Rhenna Morgan

TEMPTED & TAKEN

Haven Brotherhood

Ins Deutsche übertragen
von Julia Weisenberger

plaisir d'amour

Rhenna Morgan
Haven Brotherhood 4: Tempted & Taken
Erotischer Roman

Aus dem Amerikanischen ins Deutsche übertragen von Julia Weisenberger

www.plaisirdamour.de
info@plaisirdamourbooks.com

ISBN Taschenbuch: 978-3-86495-425-2
ISBN eBook: 978-3-86495-426-9

Dieses Werk wurde im Auftrag von Harlequin Books S.A. vermittelt durch die Literarische Agentur Thomas Schlück GmbH, 30161 Hannover.

plaisir d'amour

FSC
www.fsc.org
MIX
Papier aus verantwortungsvollen Quellen
Paper from responsible sources
FSC® C105338

Widmung

Für diejenigen unter euch, die sich großen oder möglicherweise furchterregenden Entscheidungen gegenübersehen. Möget ihr von eurem Herzen zu euren Antworten geleitet werden und von dem Mut erfüllt werden, den ihr braucht, um eure Zukunft in die Hand zu nehmen.

Vorwort der Übersetzerin

Obwohl üblicherweise russische Namen und Begriffe aus dem Kyrillischen ins Deutsche umgeschrieben werden müssten, haben der Verlag und ich uns dazu entschieden, das nicht zu tun, da wir auch nicht die Namen der Amerikaner eindeutschen.

So haben wir uns dazu entschlossen, lediglich den Namen Gorbatschow, der allgemein bekannt ist, in die deutsche Schreibweise zu übernehmen, uns ansonsten jedoch an die englischsprachige Transkription der kyrillischen Schreibweise aus dem Originaltext von Rhenna Morgan gehalten.

Kapitel 1

Eine klassische Coach in Schwarz oder eine Michael Kors in Pflaume? Dafür, dass es Einkäufe aus einem Secondhandladen waren, waren beide Taschen in erstaunlich gutem Zustand und sie passten perfekt zu Daryas Skinny Jeans und der maßgeschneiderten braunen Bluse.

Sie wackelte in ihren traubenfarbenen Chuck Taylors mit den Zehen und vermisste schmerzlich die Designerschuhe, mit denen ihr früherer Boss und Gönner sie immer versorgt hatte. Bei dem mageren Einkommen, das ihre Fahndungsaufträge ihr einbrachten, waren entweder Schuhe oder Taschen drin, aber nicht beides, und nie im Leben neue Sachen. Am Ende redete sie sich einfach ein, dass man mit Taschen einfacher rennen konnte und in hochhackigen Schuhen nicht, und Gott allein wusste, wann ihre Vergangenheit ihr hässliches Haupt heben und den Startschuss geben würde.

Die Coach-Tasche stand schick und fein am Rand ihres Betts. Sie würde sicherlich mehr Aufmerksamkeit erregen, aber die Boho-Tasche von Michael Kors mit den Quasten und goldenen Ösen besaß weitaus mehr Pep und passte farblich fast perfekt zu ihren Chucks.

Im Leben geht es darum, zu leben. Ich will, dass du für uns beide lebst.

JJs Worte. Sie hatte diese Sätze monatelang in Daryas Kopf gepflanzt und sie schwören lassen, dass sie sie nie vergessen würde.

Und zu leben hieß nicht, dass man mit der Menge verschmolz.

Sie nahm die Boho-Tasche vom Bett und holte den Inhalt aus ihrer abgetragenen Patricia-Nash-Beuteltasche mit den langen Hippie-Fransen. JJ hatte recht. Darya hatte fast zweieinhalb Jahre überstanden, seit sie aus ihrer Heimat in Russland geflohen war, und es gab kein Anzeichen dafür, dass sie auf irgendjemandes Radar aufgetaucht wäre. Musste sie vorsichtig sein und ihre Präsenz im Netz einschränken? Auf jeden Fall. Es war riskant genug, Tag für Tag unter JJs Identität zu funktionieren, ganz zu schweigen davon, etwas so Dummes zu tun, wie die Aufmerksamkeit des Killers auf sich zu lenken, den sie hinter sich gelassen hatte. Aber das hieß nicht, dass sie zu einem Schatten werden musste und ihre schachtelgroße Wohnung nur nachts verlassen durfte. Sie konnte leben. Konnte jeden großartigen Augenblick in der Heimat, die sie sich in dem hauptsächlich unter heißen Temperaturen leidenden Dallas, Texas, geschaffen hatte, einsaugen und ein frisches, neues Leben für sich schaffen.

Nach einem letzten Blick in den Spiegel eilte sie ins Wohnzimmer und summte dabei den neuen Song von Bruno Mars, den sie vergangene Nacht heruntergeladen hatte. Sie hielt neben ihrem improvisierten Büro im winzigen Esszimmer neben ihrer Einbauküche, bewegte die Maus, um den Ruhezustand ihres Computers zu beenden, und tippte ihr Passwort ein. Automatisch wurden ihre E-Mails aktualisiert, sobald sie das Programm öffnete. Statt herumzusitzen und darauf zu warten, dass der Spam von letzter Nacht heruntergeladen wurde, ging sie in die Küche, um sich eine frische Tasse Kaffee zu nehmen.

Vielleicht, nur vielleicht, wäre heute der Tag, an dem sie von Knox hören würde.

Sie hatte eine ganze Woche gewartet. Sieben Tage voller Erwartung, gefüllt mit dem fast schon zwanghaften Bedürfnis, stündlich E-Mails zu checken. Sie wusste nicht mehr, wie oft sie seine erste Antwort auf ihre erste Nachricht gelesen und wieder und wieder überprüft hatte, ob sie ihn missverstanden hatte.

Ich bin immer offen für neue Geschäftsideen. Meine Softwarefirma bringt dieses Wochenende etwas Neues heraus. Lassen

Sie mich das unter Dach und Fach bringen, dann schaue ich, dass ich etwas Zeit freischaufle, um Sie zu treffen.

Es war kein definitives Nein, aber auch kein Ja.

Sie schob die Kaffeekanne wieder auf die Heizplatte. Das nussige, tiefe Aroma der intensiven dunklen Röstung brachte an diesem frühen Morgen etwas Ruhe in ihre aufgewühlten Gedanken. Sie nippte an dem kräftigen Gebräu, lehnte sich an den Tresen und ließ den Sinnspruch auf der Kreidetafel an der Wand auf sich wirken. Die weiße Schrift war verspielt, aber die Worte verloren nie an Wucht.

Träume, als lebtest du für immer. Lebe, als ob du morgen sterben würdest.

Das war ihr Ziel. Die Mission, die sie an dem Tag angenommen hatte, an dem sie JJs Leben als ihres übernommen hatte.

Und Knox Torren war ein integraler Teil ihrer Pläne. Die Grundlage für die Zukunft, die sie sich aufbauen wollte – oder wiederaufbauen, um genau zu sein.

Drei kurze Töne von ihrem Computer zeigten an, dass ihre drei Accounts fertig geladen hatten – einer fürs Geschäftliche, einer für JJs private Korrespondenz und einer für Spammails. Sie zog den einfachen Sprossenstuhl, der zu ihrem Schreibtisch im Stil von Shakespeare passte, zu sich. Als sie San Diego hinter sich gelassen hatte, hatte sie nur wenige von JJs Besitztümern mitgenommen, aber der hier war eines ihrer Lieblingsstücke gewesen. Er war aus rustikalem Kirschholz gefertigt und ein Bollwerk von Eleganz früherer Zeiten in ihrer sonst so genügsamen Existenz. Ihr neues Leben war an diesem Tisch entstanden, geführt von der echten JJ Simpson, ihrem höchstpersönlichen Schutzengel.

Sie zwang sich, zunächst den Spam-Ordner durchzusehen. Sale-Mails speicherte sie, um sie später in Ruhe durchsehen zu können. Haarsträubende Angebote von zweifelhafter Software und billigen Klamotten-Outlets löschte sie mit einer merkwürdigen Genugtuung. Zuerst hatte sie sich die Zeit genommen, sich aus diesen nervigen Werbemails auszutragen, aber dann war ihr klar geworden, dass sie, wenn sie damit weitermachte, so gut wie keine Nachrichten mehr erhalten würde. Und das wäre unglaublich deprimierend.

Nachdem sie fertig war, klickte sie auf ihren Arbeitsaccount. Zwei Nachfragen, drei neue Jobs und eine Preisanfrage von einer neuen Firma.

Gut, das war vielversprechend. Seit sie vor fast neun Monaten nach Dallas gezogen war, hatte sie es geschafft, sechs neue Firmen als Auftraggeber zu gewinnen, die sich auf Inkasso oder Zwangsenteignungen spezialisiert hatten und ihr damit ein sicheres Einkommen boten. Sie verfasste eine rasche Antwort an den potenziellen Neukunden, hängte ihre Preisliste an und besah sich den Rest ihrer E-Mails. Es gab nichts, das nicht bis morgen warten konnte, was bedeutete, dass sie endlich ihrer Neugier nachgeben und zu dem kommen konnte, was hoffentlich besonders gut war.

Sie klickte auf ihren Privataccount.

Viel zu schnell erfasste ihr Gehirn die Absender. Ihre Schultern sanken herab und sie ließ sich zurückfallen. Nichts von Knox. Nichts, was es auch nur wert wäre, gelesen zu werden. Sie schnappte sich ihren Kaffee und sah böse auf den Kalender, der in der Ecke ihres Mailprogramms angezeigt wurde. Egal, ob es ihr gefiel oder nicht, es war wohl an der Zeit, sich der Realität zu stellen. Knox war ein erfolgreicher Geschäftsmann, der genügend Möglichkeiten hatte, um beschäftigt zu bleiben. Wie standen die Chancen, dass er an etwas interessiert war, das sie anzubieten hatte? Und im Grunde war er nicht der Einzige, der ihr dabei helfen konnte, ihre Ziele zu erreichen. Er war nur auf so schicksalhaft wirkende Weise in ihrem Leben aufgetaucht, dass sie davon überzeugt gewesen war, es wäre das Richtige, sich mit ihm in Verbindung zu setzen. Häufig war sie bereits dem gleichen Bauchgefühl gefolgt und hatte dadurch ihr Leben gerettet. Sie würde jetzt nicht damit anfangen, diese Signale zu ignorieren.

Sie bewegte den Cursor zum Ordner mit ihren Arbeitsunterlagen, öffnete den mit dem Titel „Recherche“ und klickte doppelt auf das Icon ganz oben.

Das Foto, das sie vor einigen Monaten aus einem Online-Zeitungsartikel aus Dallas gespeichert hatte, füllte den Bildschirm. Sieben Männer, die alle äußerst verschieden aussahen, sich jedoch augenscheinlich in der Gegenwart der anderen wohlfühlten, sahen mit echtem Lächeln in die Kamera. Die meisten von ihnen standen, ein paar hatten die Arme um die Schultern der anderen gelegt, einige hatten ihre Drinks zum Prosten erhoben. Zwei der Männer lehnten an glänzenden Motorrädern. Einer hatte dunkles Haar, das bis zu den Schultern reichte, und einen verruchten Glanz in seinen Augen. Der andere war Knox.

Er schenkte der Kamera ein hinterhältiges Grinsen, als ob er ein unanständiges Geheimnis hätte, das er unbedingt erzählen wollte. Er hockte halb auf dem Motorrad und hatte die Beine an den Knöcheln überkreuzt. Während die restlichen Männer die Haare entweder besonders kurz oder so lang trugen, dass sie sich allein schon damit gegen die Konventionen auflehnten, war Knox’ Frisur irgendwo in der Mitte und so geschnitten, dass er wirkte, als ob er sich gerade in den Laken gewälzt hatte. Seine Jeans war so abgetragen, dass sie sich vermutlich so weich anfühlte wie Baumwolle, und sein grünes T-Shirt mit den verblassten weißen Buchstaben schmiegte sich an seinen schlanken, aber wohlgeformten Oberkörper. Ein Tattoo lugte am Rand eines seiner Ärmel hervor und ein zweites befand sich auf seinem entblößten Unterarm. Egal, wie oft sie auch versucht hatte, weiter hineinzuzoomen, sie konnte die Details nicht erkennen, doch es sah aus wie ein Tribal-Muster. So ausgefallen, dass es zu den dicken Lederarmbändern und Armreifen passte, die er an beiden Handgelenken trug. Jason hatte gesagt, dass er eine Mischung aus dem ultimativen Geek und Hacker sei, aber sein Äußeres glich dem eines Rockstars.

Sie wechselte zum nächsten Foto, das sie aus einem Technikartikel gezogen hatte, kurz nachdem er seine erfolgreiche Lystilizer-App herausgebracht hatte. Es war ein bisschen mehr gestellt. Professioneller als das mit seinen Freunden und es fehlte das ehrliche Lächeln, betonte aber seine grauen Augen.

Das nächste Foto war ihr liebstes. Es war Teil einer Geschichte, wie er der Regierung geholfen hatte, nachdem er seine böse Hacker-Zeit hinter sich gelassen hatte, wobei sie ironischerweise ein Polizeifoto von ihm als Achtzehnjährigen benutzt hatten. Selbst damals war er attraktiv gewesen, hatte sein zufriedenes Grinsen auf die Kamera gerichtet und damit deutlich gemacht, dass er keinerlei Reue wegen dem empfand, weswegen er festgenommen worden war. Sie wäre nicht erstaunt, wenn er demjenigen, der das Foto gemacht hatte, den Mittelfinger gezeigt hätte.

Knox war klug. Brillant. Selbst wenn Jason ihr das in den letzten Monaten nicht wieder und wieder gesagt hätte, wäre jeder zu der Erkenntnis gekommen, sobald er ihn auch nur einen Augenblick angesehen hätte. Aus jedem der Fotos strömten Provokation und Charisma.

Seufzend schloss sie die Bilder wieder und alle im Hintergrund laufenden Anwendungen. Ihre Schwärmerei war dämlich. Wieso hatte sie sich von allen Opfern, die sie sich für ihr an Stalking grenzendes Verhalten hätte aussuchen können, gerade einen Hacker ersten Ranges aussuchen müssen? Das war keine gute Idee für ein normales Mädchen. Und eine grauenhafte Idee für eine Frau, die verzweifelt jeder unnötigen Aufmerksamkeit entgehen wollte. Aber Knox war der Beste. Ein Mann, der sich ein tolles Leben aus fast nichts aufgebaut hatte und dafür bekannt war, dass er talentierte Personen unter seine Fittiche nahm.

Die Realität war allerdings die Realität. Wenn er nicht in den nächsten Tagen antwortete, hätte er vermutlich keinerlei Absicht, das noch zu tun, und sie würde auf keinen Fall betteln. Vielleicht besaß sie nicht dieselben angeborenen Fähigkeiten wie er, doch woran es ihr mangelte, das machte sie mit Hartnäckigkeit mehr als wett. Sonst wäre sie immer noch in Russland und das Spielzeug eines Tyrannen.

Sie loggte sich aus ihrem Computer aus, stellte die leere Kaffeetasse in die Geschirrspülmaschine und räumte ihren Tisch auf.

JJs amüsierte Stimme erklang in ihren Gedanken. *Entspann dich, Darya. Die Welt wird nicht über dir zusammenbrechen, nur weil du vergessen hast, alles in der richtigen Ordnung aufzustellen.*

Darya hängte ihre Tasche über die Schulter und hielt neben ihrem Tisch. Der Untersetzer lag auf der Höhe ihres kabellosen Keyboards und ihr Büroklammerbehälter, der Tacker und die Post-its waren unter ihrem Bildschirm aneinandergereiht.

Sie schob die Post-its aus der ordentlichen Formation, sodass der neongelbe Stapel schief war, und grinste. Es war egal, dass Knox sie nicht kontaktiert hatte. Heute ging es nicht um Strategie oder Planung von Worst-Case-Szenarien. Es ging darum, zu leben und zu geben. Und zwar für sie *und* für JJ.

Kapitel 2

Frische Luft, Geschwindigkeit und gute Musik. Normalerweise konnte Knox sich darauf verlassen, dass diese Kombination selbst die übelste Laune oder das schlimmste Problem löste, aber heute klappte es nicht. Die Tatsache, dass er gerade ganze zehn Stunden Schlaf nach zwei Wochen voller Nickerchen hinter sich gebracht hatte, hätte dafür sorgen sollen, dass er in Bestlaune war. Stattdessen saßen ihm Schuldgefühle mit dem Charme eines Sensenmanns im Nacken. Verdammt, dieser dunkle und düstere Drecksack könnte genauso gut seine Sense einsetzen und ihn ausweiden, wenn er schon mal dabei war. Gott allein wusste, dass er das Gleiche gerade bei einem süßen Mädel getan hatte, das in den letzten sechs Monaten dafür gesorgt hatte, dass er ein halbwegs normal funktionierender Mensch geblieben war.

Er lenkte seinen aufgemotzten Audi Roadster vom Highway 75 auf eine Anliegerstraße. Das Verdeck war heruntergeklappt, sodass der Wind ihn von allen Seiten traf. Marcy Playgrounds „Sex and Candy" dröhnte durch das Innere des Autos und übertönte den Verkehrslärm am späten Montagmorgen. Was er tun musste, war, seinen Kopf aus seinem Arsch zu ziehen, und zwar pronto. Auf keinen Fall wollte er mit wirrem Hirn das Haus eines Zielobjekts durchsuchen, und er brauchte sofort Informationen über eine gewisse JJ Simpson.

Einen Block von JJs Wohnung entfernt stand Becketts unauffälliger weißer Chevy am Straßenrand. Alle fünf Autos, die sie für die Beschattung von Leuten benutzten, waren gleich, hatten nur unterschiedliche Farben, wobei dieser hier dringend eine Fahrt durch die Waschanlage nötig hatte. Er war auch weit entfernt von Becks bevorzugtem Fortbewegungsmittel – einem restaurierten 1970er Corvette-Cabrio in Paradiesapfelrot.

Knox parkte sein himmelblaues Auto hinter Beckett. Über den Parkplatz hinweg war JJs Wohnung im ersten Stock kaum einsehbar. Die hellbraune Farbe des Gebäudes eignete sich gut dafür, das Alter der Anlage zu übertünchen, und die dichten Hecken, die die Häuser umgaben, verliehen dem Ganzen ein wenig Farbe. Aber alles in allem wirkte das Äußere sehr steril.

Die Frau war ein Rätsel. Nachdem er vor ein paar Monaten seinem Bruder Trevor geholfen hatte, hatte er etwas tiefer gegraben, um mehr über die mysteriöse private Fahnderin herauszufinden. Das Resultat war die Erkenntnis, dass ihre Online-Aktivitäten vor ungefähr anderthalb Jahren fast eingestellt worden waren. Schlimmer noch – es gab widersprüchliche Fotos, die er zu derselben Jeannie „JJ" Simpson zurückverfolgt hatte. Dann hatte sie ihn dazu gezwungen, die Notwendigkeit von Informationen deutlich hochzustufen, indem sie ihn wegen einer angeblichen Geschäftsidee kontaktiert hatte. Falls sie das ernst meinte, würde er ihr zuhören. Aber wenn ihre sogenannte Geschäftsidee auch nur den Hauch eines Erpressungsversuches der Bruderschaft enthielt, wollte er genügend Druckmittel besitzen, um sie auf ihren Platz zu verweisen. Außerdem war er ganz einfach neugierig. Es gehörte verdammt viel Können dazu, sich vor ihm zu verstecken, wenn er in der Stimmung war, nachzubohren – und bei ihr hatte er tief gebohrt.

Knox behielt den Blick weiter auf den Treppenabsatz vor JJs Tür gerichtet und eilte zu Becks Chevy. Die Zentralverriegelung öffnete sich zwei Sekunden, bevor sich Knox' Finger um den Türgriff schlossen, und ein Schwall kühler Luft erfüllte den Julimorgen, als er die Tür aufmachte. Er glitt auf den Beifahrersitz und zog die Tür zu. „Du weißt schon, dass diese Dinger mit einem automatischen Thermostat ausgerüstet sind?"

„Ich mache dir doch auch nicht die Hölle heiß, dass man sich die Eier in dieser vierrädrigen Rakete verkokelt, die du Auto nennst, oder?“

Dieser gottverdammte Beckett. Sämtliche Brüder machten ihm wegen seines Audi das Leben schwer, besonders weil alle ihre Trucks, Luxussportwagen oder Spezialanfertigungen liebten. Er würde ihn dennoch nie eintauschen. Allein die Farbe brachte ihn zum Lächeln. Es war ein riesiges *Fick dich* an die Angepasstheit.

Statt wie üblich mit einer Retourkutsche zu reagieren, hob er das Kinn in Richtung JJs Wohnung. „Hast du sie schon gesehen?“

„Nein.“ Beckett drehte das Radio leiser, sodass nur noch das Dröhnen der Klimaanlage zu hören war, und sah ihn scharf an. „Für jemanden, der zum ersten Mal seit einer ganzen Weile mehr als acht Stunden Schlaf bekommen hat, wirkst du verflucht angespannt.“

Es war ziemlich verführerisch, seine Situation herunterzuspielen. Wirklich verdammt verführerisch. Aber die Tatsache, dass seine andauernden Schlafprobleme und seine Vertrauensschwierigkeiten schon wieder eine nette Frau verletzt hatten, machte ihm zu schaffen. Wenn er überhaupt mit jemandem über seine Scheiße sprechen konnte, dann war es Beckett. „Ich habe die Sache mit Tiffany beendet.“

Beckett hielt den Mund.

Knox rutschte auf dem Ledersitz hin und her. Er hatte nicht mit einem Streit gerechnet. Beck hatte ihm über die Jahre weiß Gott oft genug die Hölle heißgemacht wegen der strikten Regeln, die Knox gegenüber den Frauen aufgestellt hatte, mit denen er was hatte. So häufig, dass er ohne ein einziges Wort bereits viel vermittelte.

„Wie hat sie es aufgenommen?“, fragte Beckett schließlich.

„Noch bevor ich vom Parkplatz gefahren bin, hat sie

vermutlich zwölf verschiedene Arten ersonnen, wie sie mir die Eier abschneiden kann. Bis ich beim Highway angekommen bin, hatte sie es sich dann selbst ausgeredet." Er zuckte mit den Achseln und konzentrierte sich auf die Gruppe von Wohnungen, die sich am Rand des Geländes befanden. Während der vergangenen Woche hatte er einige Schichten übernommen, um JJs Kommen und Gehen zu beobachten, aber er hatte keinen einzigen Blick auf sie erhascht. „Tiffany wird sich davon erholen. Ich schätze, sie findet schneller, was sie sucht, wenn sie nicht von mir herumgeschubst wird."

Beckett nickte. Seine Augen waren auf dasselbe Ziel gerichtet wie die von Knox. „Und du?"

„Was ist mit mir?"

Er hielt einen Augenblick inne. „Wirst du dich genauso schnell erholen wie Tiffany?"

So viel dazu, dass Beck den Mund hielt. „Erholung ist nicht nötig, wenn man sich nie vollkommen darauf eingelassen hat."

„Das meine ich nicht. Ich spreche davon, dich von deinen Schuldgefühlen zu lösen."

Knox stieß einen tiefen Seufzer aus, stemmte den Ellbogen auf die Ablage am Fenster und fuhr sich durch die Haare. „Ich verletze sie nicht gern. Ich bin ehrlich. Ich sage ihnen immer und immer wieder, dass ich niemand für eine Beziehung bin, aber es endet stets gleich."

„Dann finden wir einen anderen Weg."

„Welchen? Alk und Pillen werfen mich zu sehr aus der Bahn. Bei unserem Beruf ist das ein Arbeitsrisiko. Trainieren hilft nicht. Arbeit hilft nicht. Aber *Sex*. Und auch wenn mich das zu einem verdammten Schwein macht, mag ich den Sex. Ich mag die Frauen. Ich mag die Herausforderung. Fuck, es ist der ultimative Kick herauszufinden, wie oft ich sie kommen lassen kann."

„Und das ist das Problem."

Der unerwartete Kommentar lenkte Knox' Aufmerksamkeit von JJs Veranda auf Beckett, der gerade den Kopf schüttelte, als ob er es mit einem Idioten zu tun hätte.

„Was soll das bedeuten?"

„Bruder, du lässt sie kommen. Mehrmals. Als ob es deine von Gott gegebene Aufgabe wäre, sie in die Stratosphäre zu vögeln. Und wenn du deinen Schlauberger-Arsch aus ihren Betten rollst, kümmerst du dich wie ein stolzer großer Bruder um sie. Da helfen weder Ehrlichkeit noch Wiederholungen, um sie davon abzuhalten, nach einem Ehering zu schielen."

Gottverdammt. Er zwang seinen Blick zurück zur Wohnung ihrer Zielperson. Frustration und Selbstverurteilung brannten in ihm. „Ich bin am Arsch."

Das brachte Beckett zum Lachen. „Nicht mehr als der Rest von uns."

Korrekt. Aber wenigstens waren er und Beckett nicht mehr allein, so wie während ihrer Jugend. Jetzt hatte er fünf weitere Brüder, von denen jeder Einzelne sein Kreuz zu tragen hatte.

„Es kommt Bewegung in die Sache." Beckett nickte in Richtung der Wohnung.

Und tatsächlich, eine klassisch schöne Blondine in engen Jeans und einem simplen braunen Oberteil erschien auf dem Treppenabsatz, stoppte lang genug, um den Türriegel vorzuschieben, und hüpfte dann fast die Stufen zum Parkplatz hinab. Sie als Blondine zu bezeichnen, war im Grunde unpassend. Im Gegensatz zu dem kalifornischen Gold, das viele Frauen anstrebten, neigten JJs Haare eher zu Weiß. Als ob sie aus einem mystischen Winterreich stammte.

Außer es war gefärbt, wie bei manchen Frauen, die er kannte. Seltsamerweise hoffte er auf das Gegenteil.

„Interessante Automarkenwahl", sagte Beckett. „Danny würde sagen, dass das ein Pluspunkt für sie ist."

Der Dodge Challenger, in den JJ stieg, war feuerwehrrot mit schwarzen Rennstreifen und sah aus wie etwas, das einer seiner Brüder aussuchen würde. „Ein guter Autogeschmack heißt noch lange nicht, dass jemand vertrauenswürdig ist."

„Ich hab's dir doch gesagt, du bist paranoid."

„Es hat mich dreiundzwanzig Jahre gekostet, die Familie zu bekommen, die ich wollte. Ich werde nicht zulassen, dass ein Unbekannter sie auseinanderreißt, sofern ich es verhindern kann. Wenn ich deshalb paranoid bin, dann sei es so." Knox schüttelte den Kopf. „Außerdem macht mich irgendwas an ihr nervös. Aber ich kann den Finger nicht darauflegen." Und bis er sicher wusste, dass seine Familie nicht davon betroffen war, was auch immer es war, würde er nicht lockerlassen. Egal, was für Ärger ihm Beckett bereitete.

Das Brummen des Challenger dröhnte bis dorthin, wo Beck und Knox warteten.

„Mein Stichwort." Knox öffnete die Beifahrertür. „Ruf mich an, wenn sie ihr Ziel erreicht hat."

„Alles klar. Du hast deine Schlüssel?"

Knox klopfte auf seine Hosentasche, in der sich seine Schlagschlüssel befanden. „Obwohl ich kein Pfadfinder war, hat mich noch nie eine verschlossene Tür unvorbereitet erwischt."

Beckett grinste und winkte ihn weg. „Ich mache es dir leicht. Es ist ein Schlage-Schloss. Ich tippe auf ein fünfstiftiges."

Knox lachte und erhob sich aus dem Sitz. „Und schon wieder hast du mir den ganzen Spaß verdorben." Damit schlug er die Tür hinter sich zu und lief zurück zu seinem Auto. Er hatte es kaum dorthin geschafft, als JJ den Challenger aus der Ausfahrt des Parkplatzes steuerte, der hinaus auf eine Anliegerstraße führte.

Beckett folgte ihr, aber Knox blieb noch auf seinem Posten. Zu häufig hatte er es bei einem Job zu eilig gehabt und die Zielperson war zurückgekommen, weil sie etwas vergessen hatte. Beim letzten Mal hatte Knox, um nicht aufzufliegen, eine äußerst persönliche Begegnung mit einer Stechpalme gehabt. Das verdammte Gestrüpp hatte ihn fertiggemacht, noch mehr als die Zwillinge, mit denen er sich am Abend von Jace und Vivs Hochzeit solo eingelassen hatte, aber es hatte ihm auch die große Bedeutung von Geduld nahegebracht.

Zehn Minuten später ließ er das Verdeck seines Roadsters hochfahren und setzte in den perfekten Parkplatz zurück, um von dort aus direkt auf die Hauptstraße fahren zu können. Eine weitere Lektion, die er über die Jahre hinweg gelernt hatte: Sorge immer dafür, dass du schnell abhauen kannst.

Er zog seine verlässliche Texas-Baseballmütze aus dem Handschuhfach, setzte sie auf und schlenderte zu JJs Wohnung. Mit dem Rucksack über der Schulter sollte er für Beobachter wie ein Freund von JJ wirken, aber jeder Job, den er im hellen Tageslicht erledigte, war ein Risiko.

Das Furchterregendste? Er war süchtig nach dem Rausch. Nicht nach dem, der sich beim Einbrechen einstellte, sondern nach dem, der von der Erwartung geschürt wurde, was auf der anderen Seite der Tür auf ihn wartete. Dort war etwas. Die zwischen seine Schulterblätter gepresste Mündung einer Schrotflinte hätte ihn nicht wirksamer zu Antworten anspornen können als der unter seiner Haut brennende Impuls .

Oben auf dem Treppenabsatz zog er seine Schlagschlüssel hervor und nahm seinen Minihammer aus der Seitentasche an seinem Rucksack. Er neigte den Körper, um seine Handlungen besser zu verbergen, und ließ den Schlüssel ins Schloss gleiten.

Hineinschieben. Ziehen. Klick.

Das Schloss unter dem Türknauf drehte sich so geschmeidig als wäre es mit Butter eingeschmiert.

Er wandte sich dem unter dem Türriegel zu, wiederholte den Prozess und brauchte dafür dreimal Rütteln und ein wenig mehr Finesse als beim ersten.

Weibliche Stimmen erklangen vom Weg unterhalb von ihm, als sich die Bolzen bewegten.

Geschafft.

Er öffnete die Tür, trat ein und schloss sie wieder hinter sich, sodass er sich in dem wunderbar durch die Klimaanlage gekühlten Wohnzimmer befand. Draußen hörte er weiterhin das Geschnatter der Frauen, doch die Deutlichkeit ihrer Worte verklang, als sie sich entfernten.

Er sah sich in dem winzigen Apartment um. Es war ein Standardgrundriss. Wohnzimmer, Einbauküche und eine kleine Essnische auf der einen Seite, Schlafzimmer und angrenzendes Bad auf der anderen. Der braune Teppich war von schlechter Qualität und die Wände in diesem furchtbaren gräulichen Weiß gestrichen, das jeder Vermieter im Land liebte, doch vor allem die Atmosphäre deutete auf eine zurückhaltende, aber spielerisch veranlagte Persönlichkeit. Eine Couch, die an der einen Wand stand, war mit blaugrauem Stoff bezogen und übersät mit farbigen Zierkissen, und der Kaffeetisch war nur eine Glasplatte mit rotgoldfarbenen Beinen.

Er ging weiter hinein. Dort, wo die meisten Leute alles – von Flyern über unbezahlte Rechnungen bis hin zu Ladegeräten und Krimskrams – liegen ließen, war in JJs Wohnung absolut nichts. Nichts lag herum. Aber sie stand wohl auf Wölfe. An einer Wand hing ein breites Gemälde, das drei davon inmitten eines Wintersturms zeigte, jeder in unterschiedlichen Grauschattierungen. An Deko besaß sie nur eine Mischung aus geschnitzten oder Keramiktieren in verschiedenen Posen, doch sonst gab es nichts, was eine gründlichere Inspektion verlangt hätte.

Der Tisch, an dem die meisten Menschen eine Essnische eingerichtet hätten? Gut, *das* verdiente seine Aufmerksamkeit. Obwohl … so verführerisch es auch war, sich sofort über ihre elektronischen Geräte herzumachen, er wusste es besser. In der Sekunde, in der er den Laptop auf ihrem Tisch öffnete, würde er zeittechnisch gegen ein Schwarzes Loch ankämpfen. Es war sinnvoller, wenn er sich jetzt die übrige Wohnung vornahm und sich um die große Sache am Ende kümmerte.

Das Bad war genauso sauber wie der Rest. Der Spiegel makellos. Alles an seinem Platz. Penibel gefaltete Handtücher hingen über den Haltern. Er bewegte sich langsam tiefer in den engen Raum und atmete den einzigartigen Geruch ein. Er erinnerte ihn ein wenig an die Rosen, die eine seiner Ziehmütter gezüchtet hatte, aber mit einem frischen Unterton. Ähnlich wie ein Morgen nach einem harten Frosttag.

Er schüttelte diese seltsame Empfindung ab, drehte sich zum Schlafzimmer und bekam prompt einen Schock. Die Wände waren in demselben langweiligen Weiß gestrichen wie die anderen, aber was ihnen an Farbe fehlte, machte das Bett mehr als wett. Auf der breiten Matratze lag eine blutrote Decke, die abgenutzt und doch heimtückisch weich wirkte. Der obere Teil war umgeschlagen wie in einem erstklassigen Hotel, sodass darunter Laken sichtbar waren, die nur einen Hauch heller waren. Ein hölzerner Ring, der gebeizt worden war, sodass er zu dem dunklen Espresso-Ton des Kopfteils passte, befand sich an der Decke. An ihm waren durchsichtige scharlachrote Stoffbahnen angebracht, die an beiden Seiten des Betts herabhingen, und Kissen in jeglicher Form und Größe waren kunstvoll am Kopfende drapiert.

Ja, ein Blick auf dieses Bett, und sämtliche Vorstellungen, die er sich von dieser mysteriösen Fahnderin gemacht hatte, wurden auf den Kopf gestellt. Die Frau, die in diesem Bett schlief, passte überhaupt nicht zu den Bildern, die er online gesehen hatte. Es strahlte reinen Sex aus. Es war eine Zuflucht, in die man sich mit einer langen Liste von dekadenten Zielen begab, und die man erst Stunden später wieder verließ.

Fuck, wer war diese Frau?

Er durchsuchte kurz ihre Kommode und überprüfte den Inhalt jeder Schublade nach Informationen oder Hinweisen, die er zu seinem Vorteil nutzen konnte. Wie alles in ihrer Wohnung war die Kleidung, die er fand, von guter Qualität, aber ein wenig abgetragen. Als ob sie ursprünglich teure Dinge gekauft und lange an ihnen festgehalten oder sie bereits secondhand erworben hätte. Abgesehen von den Büstenhaltern, Höschen und Seidennachthemden. Die waren immer noch in hervorragendem Zustand und in sämtlichen sündhaften Farbschattierungen vorhanden.

Im Kleiderschrank fand er das gleiche Bild vor. Nichts war in Schachteln verstaut, bis auf die Schuhe, die dort hineingehörten. Es gab keine Fotos. Keine Notizen. Nichts. Verdammt, jetzt, wo er darüber nachdachte, hatte er kein einziges verfluchtes Foto in der ganzen verfluchten Wohnung vorgefunden. Mädels standen auf Fotos. JJ jedoch besaß nur eine Menge von Wölfen und eine offensichtliche Vorliebe für Dinge von bester Qualität.

Gut, wo würde eine Frau, die Ordnung schätzte, ihre Geheimnisse verstecken?

Unter dem Bett.

Grinsend stellte er seinen Rucksack auf den Boden, kniete sich neben das Sextopia, das sie erschaffen hatte, und hob den Überwurf hoch.

Bingo.

Er zog zwei viereckige schwarze Plastikbehälter hervor, merkte sich genau, wie sie sie positioniert hatte, und öffnete den Deckel.

Sein leises Lachen durchbrach die Stille des Zimmers. Eine Mischung aus Unmut und reiner Freude durchfuhr ihn. Das war nicht wirklich das Geheimnis, nach dem er gesucht hatte, aber immerhin wusste er es zu schätzen. Aufgereiht auf einem schwarzen Samtkissen lagen ein dicker schwarzer Dildo, ein rosaroter Fingervibrator und ein dünner lilafarbener Analplug.

Oh ja. Das Bett und die sexy Unterwäsche führten einen nicht in die Irre. Wer auch immer JJ war, sie besaß eine verruchte Seite. Neugierig nahm er eine schmale Schachtel aus einer Ecke der Plastikbox und öffnete sie.

Ein einfacher rechteckiger Bilderrahmen aus Chrom befand sich darin. Das Foto ließ seinen Fokus auf einmal laserscharf werden. Zwei Frauen standen neben dem Dodge Challenger, in dem JJ am Morgen weggefahren war. Sie hatten die Arme umeinander gelegt und lächelten breit in die Kamera. Wer immer das Bild gemacht hatte, war weit genug entfernt gewesen, dass er das ganze Auto hatte ablichten können, sodass die Frauen weniger detailreich zu sehen waren, doch es gab keinen Zweifel, wer sie waren. Die eine war die Frau, die er an diesem Morgen die Wohnung hatte verlassen sehen – dieselbe Blondine, die derzeit in den Ausweis- und Führerscheinunterlagen als Jeannie „JJ“ Simpson bezeichnet wurde. Aber die andere war die rotblonde Frau Anfang dreißig, die er auf versteckten und jetzt toten sozialen und beruflichen Netzwerkseiten gefunden hatte.

Eine wilde Mischung von Online-Identitäten verstand er. Das passierte nun einmal in der heutigen Welt, die auf Technologie basierte. Doch dass die beiden Frauen, die hier Arm in Arm abgebildet waren, behaupteten, dieselbe Person zu sein? Zur Hölle, nein. Das Ganze roch nach Identitätsdiebstahl, wenn nicht nach Schlimmerem.

Er machte mit seinem Handy ein Foto von dem Bild,

legte alles wieder dahin zurück, wo er es gefunden hatte, und ging zum Computer. Hier mussten die richtigen Informationen sein. Er hoffte, dass kein Passwort nötig wäre und er leicht hineinkäme, während er ihren PC startete.

Keine Chance.

Er fuhr ihn wieder runter, zog seinen eigenen Laptop hervor, baute ihre Festplatte aus und verband sie mit seinem seriellen ATA. Fünf Minuten später – *voilà*. Kein Passwort notwendig.

Zuerst scannte er ihre Festplatte. Keine geheimen Partitionen. Keine besonderen Einstellungen in ihrem BIOS. Keine Schlösser, um unautorisierte Zugriffe abzuwehren oder zu verlangsamen, also war sie scheinbar nicht nebenbei als Hackerin tätig. Er überprüfte die voreingestellten DNS-Server ihres Routers und stellte sie wie die in seinem Büro ein, damit er zukünftigen Traffic überwachen konnte.

Zufrieden, dass er die Basis gelegt hatte, wandte er seine Aufmerksamkeit ihren Suchanfragen zu. Viel Shopping, keine sozialen Netzwerke außer Pinterest – wo sie kein Nutzerbild eingestellt hatte – und sehr intensive Recherchen bezüglich ihrer Fahndungsarbeit. Abgesehen davon war ihre Onlinepräsenz in den vergangenen dreißig Tagen ziemlich langweilig.

Er öffnete ihren Dateimanager. Wie ihre Wohnung war auch dieser gut organisiert und leicht zu durchschauen. Finanzielles befand sich an einem Ort, und ihre letzten Steuererklärungen zeigten an, dass sie ein solides finanzielles Polster besaß, trotz ihres mageren Einkommens, was darauf schließen ließ, dass ihre Kleidung und Schuhe secondhand waren. In einem anderen Ordner hatte sie Unterordner für die Firmen angelegt, für die sie arbeitete. In einem weiteren befanden sich Rezepte, von denen die meisten einen slawischen Touch hatten. Ganz unten war einer, der mit *Zukunft* betitelt war.

Er klickte darauf und sah eine kurze Liste von weniger als zehn gespeicherten Artikeln aus dem Internet. Sein Handy vibrierte in seiner hinteren Hosentasche, als er den ersten öffnete, und unheilvolle Aufregung drückte auf seine Schultern. Der Artikel stammte, dank Viv, die das organisiert hatte, aus einem Unterhaltungsmagazin, das den Fokus auf die diesjährige Spendengala für Catherines Kinder gelegt hatte – eine Biker Rally, in der Motorradbegeisterte aus Texas und den umliegenden Staaten zusammengelegt hatten, um Sommerkunstprogramme für Kinder aus benachteiligten Familien, die den Gürtel enger schnallen mussten, zu finanzieren. Das Foto oben im Bericht zeigte ihn und den Rest seiner Brüder in einem halbwegs ungestellten Moment, in dem sie sich um die Motorräder von ihm und Jace versammelt hatten. Das Foto war großartig. Er hatte es selbst auch gespeichert, als der Artikel erschienen war, aber jetzt, wo er es auf JJs Computer gesehen hatte, verblasste jede Hoffnung, dass JJ ehrlich war.

Der Vibrationsalarm seines Handys setzte wieder ein.

Knox überprüfte den Anrufer, ging dann ran und klemmte es sich zwischen Ohr und Schulter. „Ich schätze, JJs Montagmorgenausflug ist nicht länger ein Mysterium?“

„Nein“, sagte Beckett. „Nicht mehr.“

Knox klickte auf den nächsten Artikel und fragte: „Etwas Interessantes?“

„Nur, wenn du Freiwilligenarbeit in einer Seniorenwohnanlage als grandiose Unterhaltung bezeichnest.“

Knox runzelte die Stirn angesichts der neuen Datei, die er geöffnet hatte. Es war ein Technikartikel, der über ihn erschienen war, nachdem er dem FBI dabei geholfen hatte, einen üblen Hacker festzunehmen, der mit einem kolumbianischen Drogenboss gemeinsame Sache gemacht hatte. Er klickte auf die nächste Datei.

„Wie bitte?“

„Ich sagte, sie verbringt den Morgen damit, ein paar alte Knacker zu betüddeln, die in einem heruntergekommenen Seniorenzentrum wohnen. Jetzt befindet sie sich in einem Dojo ungefähr fünf Kilometer von ihrer Wohnung entfernt und zieht sich für ihren Taekwondo-Unterricht um.“

Ja, die Information war interessant, aber nicht so erstaunlich wie das, was er in den restlichen Dateien auf ihrem Computer fand. Er sank gegen die Rückenlehne des Stuhls. „Das ist nicht wirklich das, was ich erwartet hatte.“

„Nichts an diesem Mädel ist so, wie wir es erwartet haben“, sagte Beckett. „Hast du sie dir angesehen?“

„Blond. Knapp eins siebzig. Schlank. Blaue Augen. Mag kein Make-up.“

Beckett stieß ein leises Lachen aus. „Diese Beschreibung trifft vielleicht alle hervorstechenden Merkmale, wird ihr aber nicht gerecht. Was immer du für Fotos angesehen hast, sie haben die Realität wirklich richtig krass untertrieben.“

Knox fuhr mit dem Finger vor den perfekt aneinander gereihten Dingen unter ihrem externen Monitor entlang. Zwei Frauen, die einander gekannt hatten, nun dieselbe Identität besaßen und von denen eine vermisst wurde. Offizielle Fotos, auf denen das Aussehen so ähnlich war, dass es der Realität glich, aber nicht ganz stimmte.

Er richtete die Post-its so aus, dass sie parallel zu dem Büroklammerbehälter und dem Tacker waren. „Ich vermute, dass sie sich versteckt. Wahrscheinlich benutzt sie eine gestohlene Identität. Falls ja, hat eine Bearbeitung ihres Ausweis- und ihres Führerscheinfotos dabei geholfen, die Gesichtserkennung zu täuschen. Das würde auch erklären, weshalb sie in einem Altenheim arbeitet. Dort gibt es viele Möglichkeiten für jemand

Einfallsreichen, der eine neue Identität braucht, wenn einer der Bewohner das Zeitliche segnet."

„Das mag für sie ein Problem sein, aber keines, das uns betrifft. Außer, du hast etwas anderes gefunden?"

Knox blätterte noch einmal durch den Inhalt des Ordners, nach wie vor verblüfft darüber, wie viele Geschichten und Fotos darin enthalten waren. „Oh, ich habe etwas anderes gefunden. Allerdings sucht sie nicht nach Infos über die Bruderschaft. Ihr Interesse gilt mir."

Kapitel 3

„Soll ich Becks Bestellung wieder mitnehmen und warmhalten, bis er auftaucht?“, fragte Knox’ Kellnerin. Wie die anderen Frauen, die im *Trident* arbeiteten, trug sie ein schwarzes T-Shirt und Jeans, aber ihre Attitüde passte zu ihrem Outfit. Vollkommen „emo“ und dazu hundert Prozent „Ist mir scheißegal“, wie jeder andere hier. Allerdings war das ebenso seine Einstellung gewesen, als Jace seinen ersten Club gegründet hatte. War es immer noch.

Hier gab es auch das beste Fingerfood in Dallas. Knox bedeutete ihr, weiterzumachen. „Nein, er ist nur ein paar Minuten entfernt. Sobald er in diese Wings beißt, wird ihm die Temperatur vollkommen egal sein, wenn du einfach weiter für Bier sorgst.“

Sie zuckte mit den Achseln, stellte den Korb voller überragender Leckereien auf die Theke und ging davon.

Knox war zu ausgehungert, um auf seinen Bruder zu warten, schnappte sich daher seine eigene Bestellung und legte los. Er hatte gerade seinen ersten Wing gegessen und einen großen Schluck von seinem Fassbier genommen, um ein wenig Befriedigung zu finden, als Beckett hinter ihm herankam und sich den Stuhl zu Knox’ Rechten herauszog. „Du hast die scharfen, oder?“

Als ob er etwas anderes bestellen würde. Die Feier, mit der er und Beckett in der Bruderschaft aufgenommen worden waren, hatte in dieser Bar stattgefunden, und egal ob beabsichtigt oder nicht, die brennend scharfen Wings waren auf einen Schlag zu einem Initiationsritus und einer Tradition geworden. Er nickte und aß weiter. „Sind erst vor ein paar Minuten gebracht worden. Jessie ist am Grill, also kannst du deinen Arsch darauf verwetten, dass wir später dafür bezahlen werden.“

Beckett wickelte die Serviette von seinem Besteck ab und schüttelte sie wie ein Mann, der sich für einen Kampf wappnete. „Das ist es wert."

„Ja."

Beckett hielt erst wieder einen Augenblick inne, nachdem er seinen ersten Wing hinuntergeschlungen hatte. Er kippte einen riesigen Schluck Bier hinterher und fragte: „Also gut, was soll dieser Scheiß von wegen: JJ gräbt nach Infos über dich?"

Knox zuckte mit den Achseln. „Keinen Schimmer. Die Artikel waren nicht besonders wichtig. Nur ein paar Kommentare, die allgemein bekanntes Wissen der letzten elf Jahre abgedeckt haben."

Beckett zögerte. „Elf Jahre?"

Während sein Rachen in Flammen stand und seine Augen so sehr tränten, dass er sich wunderte, warum zum Teufel er seinen Magen weiterhin so quälte, nickte Knox und wischte sich die Finger ab. „Die komplette Spanne. Erinnerst du dich an den Bericht, der damals erschien, nachdem ich dem FBI geholfen hatte?"

„Der mit dem Fahndungsbild von deiner ersten Festnahme?"

„Genau den. Sie hatte ihn. Ich bin nicht ganz sicher, doch es würde mich nicht überraschen, wenn sie jeden Artikel, in dem ich jemals erwähnt wurde, besitzen würde."

„Aber nicht die über den Rest von uns."

Knox schüttelte den Kopf und machte mit der nächsten Runde weiter. „Nein. Nur einen von der letzten Aprilrally, in dem ein Foto von uns allen abgebildet war."

„Und du glaubst, sie hat ihn behalten, weil du drauf bist."

„Ich weiß nicht, was ich glauben soll. Einerseits will ich sie loben, weil sie so sorgfältig war. Andererseits will ich herausfinden, warum sie so fokussiert ist, damit ich das abschließen und meine Konzentration anderen Dingen widmen kann."

„Vielleicht steht sie einfach auf dich."

„Auf keinen Fall. Sie hat mich nie getroffen. Das passt nicht."

Beckett runzelte die Stirn und warf die Überreste eines Wings zurück in seinen Korb. „Es ist nicht, als ob du unter einem Stein leben würdest. Du hättest ihr überall begegnen können. So häufig wie du und ein paar deiner Mädels in den Bars rumlungert, wäre es nicht abwegig, dass sie dich gesehen hat, selbst wenn du sie nie bemerkt hast."

„Das sind nicht meine Mädels."

Beckett rollte mit den Augen, schob den Korb weg und schnappte sich sein Bier. „Affären. Harem. Egal. Du vögelst. Häufig. So, wie sie dich bei dem Job mit Natalies Ex kontaktiert hat, würde das einen Haufen erklären." Er stützte beide Ellbogen auf den Tresen und grinste. „Vielleicht hast du deinen eigenen Stalker."

„Wirkt JJ auf dich wie eine Irre?"

Becketts Lockerheit verschwand mit einem Herzschlag und er sah mit einem abwesenden Blick in Richtung Bar. „Nein. Überhaupt nicht. Jeder, mit dem ich sie gesehen habe, machte den Anschein, als wäre sie ein Sonnenstrahl für ihn. Es war richtig gefühlsduselig, aber nicht auf üble Weise. Eher fürsorglich als alles andere."

Die Kellnerin brachte zwei frische Biere und drehte sich auf dem Absatz wieder herum, ohne lang genug innezuhalten, um herauszufinden, ob sie noch etwas brauchten.

„Übrigens", bemerkte Beckett, „JJs Taekwondo ist für eine Anfängerin nicht übel. Es dauert vielleicht weitere drei oder sechs Monate, bis ihre Fähigkeiten ausreichen, damit sie sie auch draußen einsetzen kann, aber sie hat eine Begabung dafür."

„Du hast ihr zugesehen?"

„Fuck, ja, habe ich. Wie jedes andere Lebewesen auf zwei Beinen mit einem Schwanz und einem Herzschlag. Und das schließt die alten Fürze im Seniorenheim mit ein."

Das Foto, das er von JJ in ihrer Wohnung gefunden hatte, tauchte vor seinem inneren Auge auf. Es war aus der Ferne aufgenommen worden, aber selbst ohne die detaillierten Gesichtszüge hatte sie sanfter gewirkt als auf den Fotos vom Staat und FBI. „Ich glaube immer noch, dass sie sich hinter der Identität dieser JJ versteckt."

„Warum?"

„Weil ich widersprüchliche Fotos in demselben sozialen Netzwerk gefunden habe."

„Ach? So ein Scheiß passiert doch heutzutage ständig. Das weißt du genau."

„Bei Fremden, ja. Aber ich wette, ich könnte an einer Hand abzählen, wie häufig es vorkommt, wenn die zwei fraglichen Personen einander kennen."

Beckett stellte sein Bier wieder auf die Bar und schenkte Knox seine ungeteilte Aufmerksamkeit. „Was hat das zu bedeuten?"

Knox nahm sein Handy aus der hinteren Hosentasche, öffnete die Fotos, die er von seiner Online-Suche gespeichert hatte, und begann mit der älteren Version. „Das ist die Jeannie Simpson, auch bekannt als JJ, die ich auf einer alten Arbeitsnetzwerkseite gefunden habe." Er wischte zu einem anderen Foto. „Das ist die JJ Simpson aus der Akte des Staates Texas und des FBI."

„Wie ich schon gesagt habe: Das ist nicht ungewöhnlich."

Knox wechselte zu der Aufnahme, die er heute Morgen gemacht hatte. „Das ist das Foto, das ich in JJs Wohnung aufgetan habe. Ich habe bereits tief in den Sterbeurkunden gegraben, die die Verwechslung erklären könnten, und nichts gefunden."

„Glaubst du, sie hat die Frau getötet?"

„Vielleicht. Vielleicht nicht. Ich finde es nur verdammt verdächtig, dass sie einander kannten und eine von ihnen sich heutzutage nirgendwo mehr blicken lässt."

Für mindestens fünfzehn Sekunden saß Beckett da und ließ sein Bier kreisen. Er schüttelte den Kopf. „Dazu ist sie nicht der Typ. Das fühlt sich nicht richtig an."

„Vielleicht fühlt es sich nicht richtig an, aber es sieht oberflächlich betrachtet verflucht übel aus."

„Ich sage dir, sie hat nichts dergleichen ausgestrahlt. Sie ist eine freiwillige Mitarbeiterin in einem verdammten Seniorenzentrum."

„Ich hab's doch erklärt. Es wäre die beste Möglichkeit, um sich nach einer neuen Sozialversicherungsnummer umzusehen."

Beckett runzelte die Stirn. „Du liegst falsch. Ich habe keine konkreten Beweise, aber ich wette, dass du hier den falschen Baum anbellst."

„Irgendwo muss ich doch anfangen. Online habe ich nur alte Daten und Sackgassen gefunden."

„Dann geh auf das Treffen ein, um das sie gebeten hat."

Verflucht, er hasste es, nicht die Oberhand zu haben. „Das gefällt mir nicht. Vielleicht muss ich noch mal absagen und schauen, was ich über die ältere Frau rausbekomme."

„Verdammte Scheiße, Bruder." Beckett ließ den Kopf hängen, als ob er tief in sich nach Geduld suchen müsste, anschließend bannte er Knox mit einem ernsten Blick. „Sie wiegt alles in allem weniger als sechzig Kilo, und auch wenn sie möglicherweise einen von uns überlisten kann, wird sie auf keinen Fall die ganze Bruderschaft überwinden können. Du willst einen Faden, dem du folgen kannst? Dann komm ihr doch näher." Er beugte sich betont vor. „Geh. Auf. Das. Treffen. Ein."

Knox wollte sich winden – mehr als alles andere. Aufstehen, die Bar entlanglaufen und seinem Kopf Raum zum Arbeiten geben. Besser noch wäre, er hätte eine leistungsfähige LAN-Verbindung und eine Menge Zeit mit seinem Computer, ohne unterbrochen zu werden. Stattdessen zog er das Foto hervor, das er in JJs Wohnung gemacht hatte, und besah es sich erneut. „Sie ist schon ein Hingucker, hm?"

Beckett grinste und nahm sein Bier in die Hand. „Ich wette, du überlegst bereits, ob sie Tiffanys Stelle einnehmen könnte."

„Klar. Das wird nicht passieren." Er zog seinen Geldbeutel hervor, um die Rechnung zu zahlen. Sein Bedürfnis, wieder online zu gehen und zu prüfen, ob er lose Fäden übersehen hatte, führte dazu, dass er ein Jucken unter der Haut spürte wie ein Abhängiger, der einen neuen Rausch am Horizont erkennen konnte. „Egal, ob sie gut aussieht oder nicht, ich mische Sex und Arbeit nicht."

„Einen Tausender", sagte Beckett.

„Einen Tausender für was?" Warum er sich nach all den Jahren überhaupt die Mühe machte, sich dumm zu stellen, wusste Knox nicht. Ihm war vollkommen klar, wovon Beck sprach. Immerhin hatte er schon damals, als sie zehn Jahre alt gewesen waren, die Wetten seines Bruders angenommen. Obwohl es seinerzeit um gestohlenen Alk oder Zigaretten gegangen war statt um kalte, harte Kohle. Dennoch bestand die Hälfte des Spaßes darin, Beckett zu ködern.

Beckett warf einen Zwanziger auf die Bar und fuhr herum, um Knox anzusehen. „Einen Tausender, dass du mit JJ deine Grenze überschreitest, und zwar innerhalb eines Monats."

Oh ja. Das hier würde ein Kinderspiel werden. Auf keinen Fall würde er mit jemandem schlafen, der solche

Geheimnisse hatte wie JJ. Er grinste und streckte die Hand aus. „Die Wette gilt."

Halb verhungert, schweißnass und immer noch kribbelig wegen der Nachwirkungen des Adrenalinrausches marschierte Darya die Stufen zu ihrer Wohnung hinauf. Sie hatte früher geglaubt, dass die Leute, die die Sommer in Texas mit der Hölle auf Erden verglichen, ein wenig melodramatisch waren, aber nachdem sie bei fünfunddreißig Grad auf einem Pferderücken gesessen hatte, neigte sie dazu, ihnen recht zu geben. Und sie hatte tatsächlich gedacht, dass sie nach der Flucht aus ihrem Heimatland nie etwas als *zu heiß* bezeichnen würde.

Sie öffnete das Schloss und stemmte die Hüfte gegen die Tür, um regelrecht in ihre durch die Klimaanlage gekühlte Wohnung hineinzustolpern. Erster Punkt auf der Tagesordnung: Wasser. Viel Wasser. Direkt danach plante sie, mindestens dreißig Minuten lang lauwarm zu duschen. Obwohl … wenn ihr Hintern ein Mitspracherecht bekäme, würden es vermutlich weitere dreißig Minuten in der Badewanne werden. Nichts ließ eine Frau deutlicher erkennen, dass bestimmte Muskeln weniger benutzt wurden als andere, als ein zweistündiger Wanderritt.

Sie würde das Erlebnis aber für nichts in der Welt eintauschen. Ihr gesamtes Leben hatte sie sich gefragt, wie es wäre, auf einem so wunderschönen Geschöpf zu reiten, und jetzt wusste sie es. Nicht aus Büchern und nicht aus Filmen, sondern aus der Realität.

Eine weitere Erfahrung, die sie ihrer wachsenden Liste von Erfolgen hinzufügen konnte.

Eine Stunde später marschierte sie in Baumwollpyjamahosen und einem unglaublich weichen T-Shirt aus ihrem Bad und fühlte sich so gut wie wiederhergestellt. Sie grübelte darüber nach, was ihr nächstes Abenteuer sein könnte. JJ hatte einmal versucht, sie zum Fallschirmspringen zu überreden, aber Darya hatte am Absprungort den Schwanz eingekniffen. Vielleicht war sie jetzt für so etwas Verwegenes bereit. Oder für Bungee-Jumping. Sie hatte gehört, dass das Texas State Fair ziemlich eindrucksvoll war und einige Bungee-Attraktionen in Miniaturgröße besaß. Eventuell konnte sie dort anfangen und prüfen, ob sie es durchziehen könnte.

Sie zog ihren Schreibtischstuhl heraus, schaltete den Laptop ein und machte sich bereit herauszufinden, welche weniger außergewöhnlichen Dinge geschehen waren, während sie die Welt erobert hatte. Wie immer kam eine gesunde Dosis an Spammails. Sie hielt bei der neuesten Sale-Info für J. Crew und Banana Republic inne und besah sich die aktuellsten Styles. Eines Tages wäre sie in der Lage, sich die Kleidung zu kaufen, die sie wollte, und *sie* wäre diejenige, die sie bezahlen würde. Kein Wohltäter, egal wie freundlich oder selbstlos er war. Und auf keinen Fall ein Größenwahnsinniger, der über ihr Leben bestimmen wollte.

Sie klickte, abgelenkt von ihren Gedanken, auf die nächste E-Mail.

Keine hübschen Bilder oder fett gedruckten Grafiken.

Nur Text.

Sie runzelte die Stirn und scrollte wieder hoch und ihr stockte der Atem.

Knox Torren.

Endlich!

Sie richtete sich in ihrem Stuhl auf, atmete etwas zittrig aus und begann am Anfang.

JJ,

immer noch an einem Gespräch interessiert? Mein Upgrade ist fertig und ich habe Anfang nächster Woche etwas Zeit. Ich lasse Katy einen Termin für dich am

Montag, den 18., um 14 Uhr bei Citadel Security eintragen. Lass mich wissen, falls der Tag für dich nicht passt.

Er hat zugesagt. Ja, poetisch war er in seiner Antwort nicht gerade geworden, aber er hatte ihr einen Termin gegeben, an dem sie ihn treffen konnte. Es war doch egal, dass er keine überflüssigen Worte geschrieben hatte. Wenn sie ihm ihre Idee verkaufen konnte, wäre sie einen riesigen Schritt näher daran, ihre Zukunft in die eigene Hand zu nehmen.

Okay, zugegeben, sie würde ihr zukünftiges Leben unter dem Namen einer anderen führen, aber es wäre immer noch *ihres.*

Doch mehr als das – sie würde tatsächlich Knox Torren treffen.

Sie stellte die Fersen auf die Sitzkante ihres Stuhls und schlang die Arme um ihre Schienbeine. Es gelang ihr gerade eben, ein aufgeregtes schulmädchenhaftes Quietschen zu unterdrücken. Seit sie die Stelle als persönliche Assistentin bei Yefim erhalten hatte, war sie nicht mehr so glücklich gewesen. Sie war voller Vorfreude und Gewissheit. Es war, als ob sie beim Lotto gewonnen und ein Date mit ihrem Highschool-Schwarm ergattert hätte – und das alles auf einmal!

Wie sollte sie darauf antworten? Er hatte knapp geschrieben, also würde er vermutlich etwas Ähnliches zu schätzen wissen. Vielleicht ein Einzeiler, um zu bestätigen, dass ihr der Termin passte und sie ihn dann treffen würde. Oder wäre selbst das zu viel?

Sie löste die Umklammerung ihrer Schienbeine, griff nach ihrer Maus, um auf den Antwort-Button zu klicken – und erstarrte. Ihre Hand schwebte immer noch Zentimeter vor dem Desktop, und sie konnte nur die drei Gegenstände anstarren, die perfekt arrangiert unter ihrem externen Monitor standen. Sie hatte die Post-its verschoben, bevor sie gegangen war. Da war sie sich sicher.

Ihr Herz trommelte in einem wütenden, unregelmäßigen Rhythmus und ein hektisches Summen erfüllte ihre Ohren. Ein Blick auf das Schloss an ihrer Eingangstür bestätigte, dass der Riegel vorgeschoben war. Die Jalousien waren geschlossen, und niemand war in ihrer Wohnung, außer derjenige versteckte sich unter dem Bett. Sie sprang auf und eilte in ihr Schlafzimmer.

Blödsinn. Der schwarze Mann existiert nicht. Du spinnst dir bloß was zusammen.

Aber sie hatte sie absichtlich verschoben. Daran erinnerte sie sich ganz deutlich.

Sie sank auf die Knie, riss ihre Decke nach oben, lugte unter das Bett und atmete erleichtert aus. Niemand da. Nur die Schachtel, in der sie ihre Spielsachen versteckte und die eine Erinnerung an JJ, die sie mitzunehmen gewagt hatte und die sich genau dort befand, wo sie sie zurückgelassen hatte.

Sie erhob sich, wischte sich ihre zitternden, schweißnassen Hände an den Hüften ab und sah sich im Raum um. Alles andere war vollkommen in Ordnung. Alles war an seinem Platz. Warum fühlte sie sich also so, als ob tausend Blicke auf sie gerichtet wären?

Ruslans Gesicht tauchte kristallklar vor ihrem inneren Auge auf; wie er sie das letzte Mal besitzergreifend und lüstern angesehen hatte, und ihr Magen hob sich wie immer. Es war eine Warnung und ein Versprechen gewesen. Sie war davor weggelaufen und hatte sich nie wieder umgesehen.

Sie machte zwei Schritte zum Ankleidezimmer, packte beide Seiten des Türrahmens, und ihr Blick fiel auf die Koffer, die auf dem obersten Regalbrett lagen. Das Sicherste wäre, wegzulaufen. Dafür zu sorgen, dass Ruslan niemals die Gelegenheit bekommen würde, sein Versprechen wahr zu machen. Er würde sie nicht umbringen. Das zu tun würde ihm nicht das verschaffen, was er wollte, aber sie würde nichtsdestotrotz als leere Hülle enden. Sie hatte es zu häufig bei Männern wie ihm gesehen. Mächtigen Männern, die Frauen bestenfalls als Trophäe und schlimmstenfalls als Hure benutzten.

Sie schluckte und machte zwei weitere Schritte in ihr Ankleidezimmer. Ihr Herzschlag schien in ihrem Hals zu pochen. Es war wie ein Schmetterling, der entkommen wollte.

Lebe für uns beide.

Die letzten Worte, die JJ gesprochen hatte. Yefim hatte ihr das gleiche Versprechen abgenommen – nicht verbal, aber sein Blick, als er ihr bei ihrer Flucht geholfen hatte, hatte dasselbe ausgesagt.

Und ständig auf der Flucht zu sein, war kein Leben.

Sie straffte die Schultern und knirschte mit den Zähnen, stapfte aus dem Raum und ins Wohnzimmer, wobei sie auf dem Weg alle Details wahrnahm. Sie machte es sich auf ihrem Stuhl bequem und zwang sich, langsam und tief zu atmen. Es gab immer die Möglichkeit, dass derjenige, der ihre Sachen gerade hingestellt hatte, nicht Ruslan gewesen war. Immerhin hätte der sie, wenn er sie gefunden hätte, einfach schreiend und um sich tretend weggeschleppt, egal wer es mitbekam. *Avtoritet* – Amerikaner würden sie als Hauptmänner in der russischen *bratva* bezeichnen – hörten nur auf ihre *pakhan.*

Nein, es war wirklich möglich, dass jemand anderes ihre Sachen bewegt hatte. Vielleicht sogar jemand so harmloses wie ein Handwerker. Okay, dass so einer ihre Dinge berührt hatte, war vollkommen unangebracht, aber es war nicht gänzlich abwegig.

Trotzdem wäre es sicherer, wenn sie wachsam bleiben würde. War Ruslan ihr tatsächlich auf der Spur, musste sie klug vorgehen. Sich auf ihre Umgebung konzentrieren, ihre Ressourcen verstärken und so viele Verbündete zusammenscharen, wie sie konnte. Sie sah zu der E-Mail, die sie offengelassen hatte. Ihr Entschluss festigte sich, als sie die Finger auf die Tastatur legte.

Schritt eins bestand darin, ihre Zukunft auf ein solides Fundament zu stellen.

Kapitel 4

Darya hatte eine Woche gewartet. Gewartet, jeden Schritt analysiert und sich dabei fast aufgearbeitet. Abgesehen von den gerichteten Post-its auf ihrem Tisch hatte sie keinen Hinweis darauf gefunden, dass Ruslan oder jemand anderes sie entdeckt hatte. Ihr Leben war so leicht wieder in die übliche Routine verfallen, dass sie sich fragte, ob sie sich vielleicht eingebildet hatte, die Sachen auf dem Tisch schräg zurückgelassen zu haben.

Nichtsdestotrotz stand jetzt der Zeitpunkt für ihr Treffen mit Knox kurz bevor, und damit hoffentlich auch das Sprungbrett, das sie brauchte und durch diesen Termin zu bekommen hoffte. Sie hatte vor dem einstöckigen Gebäude geparkt, das einfache Betonwände hatte, starrte auf das Citadel-Security-Schild aus gebürstetem Chrom und wiederholte die Argumente, die sie mindestens zwanzig Mal pro Tag laut rezitiert hatte. Kühle Luft aus der Lüftung des Wagens traf auf ihre feuchte Haut, hatte aber kaum einen Effekt, da so viel Adrenalin durch ihre Adern pumpte.

Die Uhrzeit auf dem Armaturenbrett wechselte von 13:54 Uhr auf 13:55 Uhr. Sie konnte entweder bis 14 Uhr hier sitzen und zulassen, dass ihre Unsicherheit bis in die Stratosphäre anstieg, oder sie könnte aus ihrem Auto aussteigen und hoffen, dass eine etwas frühere Ankunft ein besonderes Maß an Professionalität zeigen würde.

Sie zog am Griff, schob die schwere Tür auf und schwang ihre Füße, die in Jimmy Choos aus zweiter Hand gehüllt waren, auf den Betonparkplatz. Was den braunen Pumps an Eleganz fehlte, machten sie wett, indem sie ihre Beine betonten, vor allem, da sie sie mit einem dazu passenden Bleistiftrock, der knapp oberhalb ihrer Knie endete, und einer zarten elfenbeinfarbenen

Bluse mit einem Stehkragen kombiniert hatte. Dieses Outfit zusammenzustellen hatte Spaß gemacht und war auch eine willkommene Ablenkung gewesen; ein kurzer Trip zurück in eine Zeit, in der sie in der Lage gewesen war, schicke Mode zu genießen, statt ständig zu versuchen, sich anzupassen.

Bevor sie die Hand auf einen der gläsernen Griffe am Eingang legen konnte, erklang das Klicken eines Schlosses, das aufgesperrt wurde. Sie zog die Tür auf, und eine Woge gekühlter Luft, die die Klimaanlage ihres Challenger in den Schatten stellte, blies über ihre Haut. Selbst mit dem Licht, das durch die Doppeltür und die Fenster auf beiden Seiten hereinfiel, dauerte es eine Sekunde, bis ihre Augen sich nach der kräftigen Sonne draußen angepasst hatten.

Eine hübsche Blondine in Jeans und T-Shirt erhob sich hinter einem geschwungenen Empfangstresen aus Ebenholz, der mit mattem Chrom akzentuiert war. Ihre Augen waren von beneidenswertem Grün und ihr Haar war zu einem verwuschelten Pixie-Look gestylt. Sie streckte zum Gruß ihre Hand über die drei Monitore hinweg, die in einem perfekten Halbkreis arrangiert waren. „Sie müssen Jeannie Simpson sein. Ich bin Katy, Knox und Becketts Assistentin. Kann ich Ihnen etwas zu trinken anbieten?“

Zwei oder drei Wodka-Shots wären nett. Gott wusste, sie brauchte etwas, um ihre Zunge zu lockern. Während das Äußere von Knox’ Gebäude mehr oder weniger nichtssagend war, war das Innere überaus beeindruckend modern eingerichtet. Wie Katys Tisch waren auch die Wände zu ihren Seiten dunkel – nicht ganz schwarz, sondern kohlegrau, und sie schienen aus einer Art Metall zu bestehen statt aus Farbe. Die Wand hinter Katys Tisch allerdings war von einem wunderschönen Taubengrau, was dem begrenzten Raum eine zusätzliche Tiefe verlieh. Klassische und doch trendige zylindrische Hängeleuchten aus gefrostetem weißem Glas befanden sich über jedem Ende ihres Tisches, und zwei undurchdringliche Stahltüren befanden sich rechts und links von ihr. „Wenn es keine Umstände macht, wäre etwas Wasser gut."

„Überhaupt nicht." Katy neigte den Kopf. Neugier schimmerte in ihrem abschätzenden Blick. „Ihr Akzent ist ungewöhnlich. Ich tippe auf Russisch?"

Eine Sekunde lang erlitten Daryas Gedanken einen kompletten Stillstand. Da sie, von ihrer normalen Routine abgesehen, nur wenig tägliche Interaktionen hatte, traf sie selten neue Leute. Daher hatte sie vergessen, dass sie Erklärungen finden musste.

„Ja", sagte sie, und ihr wurde klar, dass Knox dasselbe erwarten würde. „Ich hoffe, ich bin nicht zu schwer zu verstehen."

„Gar nicht. Er ist sogar sehr schön." Katy drückte ein paar Knöpfe auf ihrem Computer und winkte Darya zu der kleinen Sitzecke auf einer Seite der Eingangstür. „Geben Sie mir einfach eine Sekunde, damit ich Ihr Wasser holen und Knox sagen kann, dass Sie hier sind."

„Vielen Dank."

„Keine Ursache." Sie legte die Hand auf einen schwarzen Bereich neben einer schweren Tür, und ein dunkles Knacken, das sich so anhörte, wie wenn der Tresor einer Bank geöffnet wird, dröhnte durch das Zimmer. Dann war Darya allein in dieser einschüchternden Umgebung.

Langsam ging sie zu der mit elfenbeinfarbenem Leder bezogenen Couch und dem länglichen Marmorsofatisch. Sitzen kam nicht infrage, nicht, wenn sie irgendeine Art von Ruhe ausstrahlen wollte. Sie war scheinbar allein im Zimmer, aber die Kameras, die in jeder Ecke angebracht waren, machten es relativ wahrscheinlich, dass von irgendwoher Blicke auf sie gerichtet waren. Sie drückte den Griff ihrer Tasche ein wenig fester und tat so, als würde sie die Umgebung draußen vor dem Panoramafenster betrachten. Was wirklich ihre Aufmerksamkeit erregt hatte, war das Glas selbst, das mehrere Schichten dick und ohne jeden Zweifel in der Lage war, Kugeln zu stoppen. Allerdings machten solche Maßnahmen Sinn für eine Sicherheitsfirma. Genau wie die gesicherten Türen. Zumindest hoffte sie, dass das der Grund für diese strikten Sicherheitsvorkehrungen war. Das letzte Mal, dass sie sich in einer so streng überwachten Umgebung befunden hatte, war an jenem Tag gewesen, als sie Ruslan getroffen hatte und ihre Welt in fünf Minuten von einer verhätschelten Existenz zu einer Hölle geworden war.

Die Tür erklang dröhnend hinter ihr.

Darya drehte sich um. Das höfliche Lächeln, das sie für Katy aufgesetzt hatte, verblasste und ihr stockte der Atem. Statt der Assistentin kam Knox durch die große Tür in ihre Richtung, mit einem Lächeln, das selbst die abgebrühteste Frau entwaffnen konnte, und einer Flasche Wasser locker in der Hand.

Und er war großartig. Viel großartiger, als die Fotos, die sie zusammengesucht hatte, versprochen hatten. Intensiver. Charismatischer. Mehr von *allem.* Wie auf den Fotos, die sie gesehen hatte, trug er abgewetzte Jeans und schwarze Stiefel im Militärlook. Sein T-Shirt war in einem tiefen Grau, das seinen schlanken, aber muskulösen Oberkörper betonte, und Tattoos lugten unter jedem Ärmel hervor.

Erst als er in Reichweite kam und ihr das Wasser hinhielt, das er mitgebracht hatte, erkannte sie den weißen Aufdruck auf dem T-Shirt: einen klassischen Chevrolet Impala und den Text: *Steig ein, Loser. Wir gehen auf die Jagd.*

„Sie mögen *Supernatural*?!“, plapperte sie drauflos.

Sein Lächeln vertiefte sich, und er schwenkte die Flasche, die er ihr nach wie vor entgegenstreckte. „Wir wurden uns noch nicht einmal offiziell vorgestellt, und schon punkten Sie mit gutem Geschmack." Eine robuste Lederarmbanduhr mit einem breiten karamellfarbenen Band war um sein Handgelenk geschlungen, während eine dunkelbraune Ledermanschette und zwei schmalere Armbänder aus Türkis und roten Muscheln das andere umgaben. Wie ein echter Rockstar.

Sie nahm das Wasser, wünschte sich, sie könnte das eiskalte Plastik an ihre hitzigen Wangen drücken, jonglierte es stattdessen mit ihrer Tasche und bot ihm die Hand zu einer formellen Begrüßung. „Sorry. Ich bin JJ."

Sein Griff umfasste ihre Finger. Die Wärme des Kontakts und die Art, wie er sie langsam von Kopf bis Fuß ansah, sorgten dafür, dass sich ihre mühsam zusammengerafften Gedanken in alle Winde verstreuten.

„Da gibt es nichts zu entschuldigen, was mich betrifft." Sein Blick ruhte auf ihr, und die Kraft dahinter brachte sie dazu, vollkommen unpassende Dinge zu denken. Deutliche, fleischliche und köstlich verruchte Gedanken. Seine Stimme wurde tiefer und war rau von reinem, sexuellem Versprechen. „Ich bin Knox."

Oh ja. Definitiv gefährliches Terrain. Es war das Schlimmste, was ihr Verstand tun konnte, jetzt, wo der Moment, in dem sie ihre Argumente anbringen konnte, die ihre Zukunft sichern könnten, so nah war. Sie zwang sich, seine Hand loszulassen. „Freut mich sehr, Sie kennenzulernen."

Seine wunderschönen grauen Augen funkelten voller Schalk, und er grinste auf eine Art, die sagte, dass ihm die Heiserkeit in ihrer Antwort nicht entgangen war. Er trat zur Seite und machte eine einladende Geste in Richtung Tür, aber statt die Bewegung dazu zu nutzen, etwas Abstand zwischen sie zu bringen, legte er die Hand auf ihr Kreuz. „Lassen Sie uns aus der Lobby verschwinden, damit Sie die Chance bekommen, sich wieder ein wenig zu sammeln, bevor wir das Geschäftliche besprechen."

Gehen war gut. Distanz wäre noch besser. Obwohl sie zum ersten Mal, seit sie Schuhe mit Absätzen trug, nicht sicher war, ob sie einen Fuß vor den anderen setzen konnte, ohne wie ein frisch geborenes Reh zu wirken.

Hinter der industriellen Stahltür war die Luft noch kälter, und der Zug, der zwischen den Glaswänden auf beiden Seiten entstand, hob sanft das Haar in ihrem Nacken. „Sie müssen den Juli in Texas wirklich sehr hassen."

„Meine Server hassen den Juli in Texas. Ich habe gelernt, ihn zu tolerieren, noch bevor ich die Wiege verlassen habe. Wie jeder andere Einheimische."

Hinter dem Glas erstreckten sich Serverregale groß und breit in präzisen Reihen. Ihre Absätze klapperten auf den Fliesen, und das Geräusch mischte sich mit dem steten Summen der Maschinen. „Die sind alle für Ihre Sicherheitsfirma?"

„Einige davon. Der Rest unterstützt den Traffic meiner Apps."

Okay, das war dumm von ihr. Es war der Grund, weshalb sie hier war, und sie war nicht klug genug gewesen, um zu begreifen, dass er eine immense Infrastruktur brauchte, um das Geschäft zu stützen, das er aufgebaut hatte. Sie verlangsamte ihre Schritte und betrachtete anerkennend, wie die Kabel in sauberen Reihen hinter jedem Regal entlang und dann nach oben in die eisernen Dachträger liefen. Kombiniert mit dem weichen blauen Licht aus den Deckeneinbauleuchten hatte sie ein wenig das Gefühl, als ob sie sich in einem Sci-Fi-Film befand. „Es ist ziemlich überwältigend."

Er lachte leise und legte die Hand auf einen weiteren Bioscanner neben einer schwarzen Holztür. „Überwältigend ist es, wenn einer der Server den Geist aufgibt und angepisste Kunden anfangen durchzuklingeln." Das Schloss öffnete sich und er hielt die Tür für sie auf. „Es gab ein paar Momente, die ich gerne mit der elektronischen Version der Suche nach der Nadel im Heuhaufen vergleiche. Aber hey, erst eine Herausforderung führt dazu, dass ein Mann auf Zack bleibt."

Aus irgendeinem Grund rief die Vorstellung von Knox, der bis zu den Knien in einer Herausforderung steckte, ein solches Kribbeln in ihr hervor, dass sie damit gewiss die Hälfte der Maschinen hinter ihnen hätte aufladen können. Ja, er war gutaussehend, aber nichts packte sie mehr als die Intelligenz eines Mannes. Wenn man bedachte, dass Knox von beidem ein unglaubliches Ausmaß besaß, war es ein Wunder, dass sie in der Lage gewesen war, mehr als drei Worte zu sagen, ganz zu schweigen davon, dass sie sich an ihren Namen hatte erinnern können.

Sie ging hinter ihm in sein Büro. Es strömte das gleiche moderne Gefühl aus wie die Lobby, nur war es weniger einschüchternd, was die Farben anging. Ein hellgraues Chenille-Sofa und zwei Clubsessel mit einem dazu passenden Stoffmuster standen nahe einem Fenster an der gegenüberliegenden Wand. In der Mitte befand sich das, was sie für Knox' Schreibtisch hielt, obwohl er weitaus unkonventioneller war als der Standard. Während die meisten Leute ihre Möbel mit dem Rücken zur Wand und dem Blick zur Tür stellten, war Knox' breiter Stahltisch gegenüber von einer überraschend großen Anzahl von Monitoren aufgebaut, die an der weiter entfernten Wand angebracht waren. Jeder davon streamte das, wovon sie annahm, dass es Liveübertragungen aus einer Vielzahl von Büros waren. Noch beeindruckender waren die vier übergroßen Computermonitore, die in einem Halbkreis in der Mitte seines Tisches aufgebaut waren.

Auf den Monitoren an der Wand gingen Menschen ihren täglichen Aktivitäten nach, arbeiteten unschuldig, tranken und aßen, ohne einen Schimmer davon zu haben, dass sie beobachtet wurden.

Ein leises Tippen von Fingern auf Tasten erklang und die Bildschirme wurden dunkel.

„Sie sind eine Ablenkung, bis man sich an sie gewöhnt hat." Knox drehte sich in seinem schnittigen schwarzen Bürostuhl um, rollte ihn zu einem kleineren Tisch zu ihrer Rechten, der für die Zusammenarbeit gedacht war, und deutete auf den Gästestuhl dahinter. „Setzen Sie sich."

Sie gehorchte, zog ihren Laptop aus der Aktentasche und stellte ihn auf den Tisch.

Direkt ihr gegenüber beugte er sich vor, legte die Ellbogen auf die mattierte Chromoberfläche und umfasste seine geballte Faust mit der anderen Hand. „Okay, Sie haben eine geschäftliche Gelegenheit erwähnt. Wie sieht Ihr Plan aus?"

So viel dazu, sich dem Thema locker zu nähern. Und hatte sie es wirklich als geschäftliche Gelegenheit bezeichnet? Jetzt würde er glauben, dass sie das als Lockmittel gewählt hatte, um seine Aufmerksamkeit zu erregen. Sie räusperte sich und strich über ihren Computer. „Geschäftliche Gelegenheit ist vielleicht nicht der richtige Ausdruck dafür."

Sein Gesichtsausdruck wurde abweisend. Die Wärme und das unbeschwerte Vergnügen, die in seinen wunderschönen Augen zu sehen gewesen waren, kühlten innerhalb von Sekunden ab. Als ob sie ihn nicht nur verärgert, sondern auch enttäuscht hätte. Ohne die Leuchtkraft in seinem Blick wirkten seine Augen müde. Verhärmt und müde, als ob er zu lange Zeit ohne Schlaf verbracht hätte.

Sie machte weiter und zog Kraft aus ihren zahllosen Proben, die sie laut vor sich hingesprochen hatte, während sie in ihrem Zimmer auf und ab gegangen war. „Erinnern Sie sich daran, als ich das erste Mal Kontakt zu Ihnen aufgenommen habe – als ich Ihnen wegen meiner Fahndungsdienste gemailt habe? Ich habe erwähnt, dass ich Ihren Namen von jemandem kannte, dessen Mentor Sie waren."

Er nickte, auch wenn die Bewegung vorsichtig wirkte. „Jason Reynolds."

„Ja." Sie rutschte auf ihrem Stuhl hin und her und legte die Finger um die Ecken ihres Laptops. „Jason hat mir viele Geschichten über Sie erzählt. Über die Männer, die Sie Ihre Brüder nennen, und wie Sie sich eine erfolgreiche Karriere aufgebaut haben. Er hält sehr viel von Ihnen."

„Ich verstehe nicht, inwiefern das mit einer Zusammenarbeit zu tun hat."

Das war es. Wenn man das große Ganze betrachtete, war das hier kein so hohes Risiko wie die Übernahme von JJs Identität oder die Flucht aus Russland, aber es konnte immer noch ihre Zukunft in ungeahnte Höhen bringen. Sie holte kurz Luft und erwiderte seinen befehlsgewohnten Blick. „Das ist wichtig, weil ich möchte, dass Sie mein Mentor werden."

Seine Augen weiteten sich. Ein Teil der emotionalen Barrikade, die er aufgebaut hatte, lockerte sich, als er das Wort ergriff. „Jason schreibt Codes."

„Ich weiß. Er ist derjenige, der mich auf die Idee gebracht hat."

„Und woher kennen Sie ihn?"

„Er besucht jeden Montag seine Großmutter. In einem Seniorenheim. Seine Großmutter ist nicht besonders gesprächig, aber er kommt immer und bringt seinen Computer mit. Er hat mir gesagt, dass Sie dafür bekannt sind, Interessierten etwas beizubringen und Ihnen nach oben zu helfen, wenn sie sich gut anstellen."

„Ich lehre Leute mit *Talent.* Egal wie viel Interesse jemand hat, das ist nicht gleichbedeutend damit, dass derjenige auf lange Sicht erfolgreich sein kann."

Ermutigt setzte sie sich etwas aufrechter hin und beugte sich vor. „Ich kann nicht sagen, ob ich Talent habe, aber ich verspreche, dass ich hartnäckig bin. Ich habe schon zwei der Selbstlernkurse beendet, die Sie Jason empfohlen haben, und mit einem dritten begonnen."

Er lehnte sich in seinem Stuhl zurück, einen Arm immer noch auf den Tisch gelegt, während der andere locker an seiner Hüfte ruhte. Es war eine entspannte Pose, aber die Intensität, die um ihn herum knisterte, sagte, dass sie dumm wäre zu glauben, dass er nicht jedes einzelne Detail genauestens beobachtete. „Wollen Sie Ihre Fahndungsfähigkeiten erweitern?"

Bleib immer bei der Wahrheit, hatte ihr JJ empfohlen. *Oder so dicht daran, wie es geht.*

„Ich möchte diese Tätigkeit aufgeben", antwortete Darya. „Um eine Karriere aufzubauen, bei der ich weniger auf Firmen angewiesen, aber nach wie vor ortsunabhängig bin." Ihr wurde klar, dass sie aus Versehen etwas nicht erklärt hatte, und machte deutlich: „Damit ich reisen kann."

Mehrere Sekunden lang studierte er sie nur. Die Stille wurde so laut, bis sie die Geräusche der Server im anderen Zimmer übertönte.

„Das Fahndungsgeschäft ist gut", sagte sie, weil sie das Schweigen füllen musste. „Durch meine Kontakte habe ich ein stetes Einkommen, aber es gefällt mir nicht, wie ich mich dabei fühle. Ich mag es nicht, Leute zu finden, die nicht gefunden werden wollen. Ich will mir keine Sorgen darüber machen, dass sie herausfinden, wer die Informationen über sie geliefert hat, und ihre Wut an mir auslassen."

Ohne einen Muskel zu rühren, änderte sich seine ganze Haltung. In der einen Sekunde war er ein scharfsinniger Beobachter, in der nächsten ein todbringendes Raubtier. Seine Stimme war verräterisch glatt. „Ist das passiert?“

Nicht wirklich. Nicht ihr, aber es *war* geschehen. „Ein Mal. Eine Inkassofirma wollte einen Mann finden, der bei der Ratenzahlung für sein Auto zu spät dran war. Er wohnte in dem Haus seiner Ex-Frau in einer Stadt, die nur dreißig Minuten entfernt war. Die Firma hat das Auto eingezogen, doch der Eintreiber erwähnte versehentlich, wer den neuen Wohnort des Schuldners herausgefunden hatte.“

„Und?“

Sie zuckte mit den Achseln, während sie sich an den unschönen Streit erinnerte, der nur wenige Monate stattgefunden hatte, nachdem sie angefangen hatte, für JJ zu arbeiten. „Leute, die ihre Besitztümer verlieren, neigen dazu, sehr wütend zu sein. Sie wollen außerdem jemandem die Schuld an ihrem Elend geben, und dieser Mann im Besonderen wollte seinem Unmut Luft machen. Persönlich.“ Sie hielt einen Augenblick inne und suchte nach den richtigen Worten, die ihn verstehen lassen würden, ohne dass sie zu viel über ihre eigene Zwickmühle verriet. „Das will ich nicht noch einmal erleben. Ich will etwas erschaffen. Eine Karriere aufbauen, in der mein Erfolg nur durch meine Fähigkeiten limitiert wird.“

Er atmete langsam ein, seufzte, als würde er sich fragen, warum er ihr einen Termin gegeben hatte, und setzte sich auf. „Ihnen ist klar, dass mehr dahintersteckt als Syntax und Technik, oder? Selbst mit Hartnäckigkeit braucht man verdammt gute Ideen und verflucht viel Glück, wenn man mehr als ein einfacher Programmierer werden will.“

„Ich werde mir mein Glück selbst schmieden.“

Seine Augenbrauen hüpften regelrecht nach oben und

seine Lippen krümmten sich zu einem hinterlistigen Grinsen. „Zitieren Sie mich, weil Sie daran glauben, oder um mich wissen zu lassen, dass Sie Ihre Hausaufgaben gemacht haben?"

„Weil ich daran glaube. Das ist nicht das erste Mal, dass ich Risiken eingegangen bin, und ich bezweifle, dass es das letzte Mal sein wird, aber jeder Mensch muss seinen eigenen Pfad gehen. Wenn der Weg nicht existiert, ist es an jedem Individuum, selbst einen zu erschaffen. Sie haben Ihre Liebe zur Musik und zu Filmen genommen und sich eine Nische geschaffen. Dasselbe kann ich auch."

„Benutzen Sie meine App?"

Sie und jeder andere, der scharf darauf war, neue Ideen für seine Playlisten oder seine Netflix-Sucht zu finden. Lystilizer war ursprünglich nur auf Musik fokussiert gewesen, war aber vor etwas über einem Jahr auch auf Filme ausgeweitet worden. Der Algorithmus dahinter war erstaunlich, denn er bewertete die Library jedes einzelnen Nutzers und gab perfekt passende Empfehlungen für neue Käufe. „Ich benutze sie ständig."

„Musik oder Filme?"

„Beides."

„Lieblingsband."

Das stoppte sie. „Können Sie Ihre Favoriten wirklich auf nur einen beschränken?"

Einer seiner Mundwinkel zuckte. „Touché. Wie wäre es mit Ihren Lieblingsinterpreten der vergangenen sechs Monate?"

„Halsey, Eve to Adam und Chris Stapleton."

Er hob eine Augenbraue und verschränkte die Arme vor der Brust, aber sein Grinsen war spielerisch. Offensichtlich liebte er nicht nur Musik, sondern war auch vertraut mit einem breiten Spektrum von Genres. „Alternative, Rock und Country. Das ist eine ziemliche

Bandbreite. Ich hätte Sie eher für ein Top-Forty-Mädel gehalten."

Sie zuckte mit den Achseln. „Ich mag Musik, die zu meiner Stimmung passt. Warum sollte man sich auf nur einen Stil beschränken, wenn man viele erforschen kann?"

„Stimmt." Er neigte den Kopf. „Wie steht es mit Filmen?"

Einen Augenblick lang zog sie den Kopf ein, dann erinnerte sie sich, mit wem sie redete und schüttelte ihre Verlegenheit ab. Eigentlich war doch egal, was er davon hielt, dass sie sich durch die Popkultur-Listen bei IMDb geschaut hatte. „*Jungfrau (40), männlich, sucht* ... und *Die Brautprinzessin*."

Sein Lächeln vertiefte sich. „Wiehwe", sagte er und ahmte damit den Priester gegen Ende des Films nach. „Waaahwe Wiehwe."

„Du hast meinen Vater getötet!", machte sie mit ihrer eigenen Version von Inigo Montoya weiter. „Jetzt bist du des Todes!"

Sein Lachen war so laut, dass es den Raum erfüllte. Das intensive Brummen darin beruhigte ihre restlichen Ängste. „Ein Klassiker. Ich wette, ich könnte mindestens fünfundzwanzig Zitate in fünf Minuten aufsagen. Vielleicht sogar schneller."

„Als Nächstes will ich *Die unglaubliche Reise in einem verrückten Flugzeug* ansehen. Jason sagt, dass der Film wahnsinnig alt ist, aber genauso viele Zitate liefert, wenn nicht mehr."

Sein Gelächter erstarb langsam, und obwohl die misstrauische Anspannung, die sie zuvor gespürt hatte, nicht zurückkehrte, betrachtete er sie durch leicht verengte Augen. Als ob sie ein Puzzle wäre, das er nicht zusammensetzen konnte. „Wie lange leben Sie schon in den Staaten?"

Jedes Mal, wenn jemand diese Frage stellte, wollte sie

nur noch abhauen, doch ihre Herkunft zu verleugnen, kam nicht infrage. Sie hatte bereits vor langer Zeit akzeptiert, dass ihr Akzent so stark war, dass sie ihn bloß mit rigorosem Training hätte loswerden können. Aber das bedeutete nicht, dass es ihr gefiel, Türen zu öffnen, die zu weiteren Fragen führen konnten.

Das Tattoo auf seinem Unterarm erregte ihre Aufmerksamkeit. Es war kräftig und vollkommen in schwarzer Farbe gehalten, erinnerte an einen Baum im Tribal-Stil und umrahmte ein grobes H. Ein Zeichen mit tieferem Sinn, allerdings nicht so finster wie die Tattoos, die ihr aus Russland vertraut waren.

War Knox gefährlich? Sicherlich. Ihr Instinkt, was Menschen betraf, trog sie selten, und bei Knox sagte er ihr, dass er einen Verstand besaß, den man nicht auf die leichte Schulter nehmen sollte. Sie hatte sogar Gerüchte über ihn und die Männer, die er Brüder nannte, gehört, die sie mit Kriminellen in Verbindung brachten. Aber jetzt, wo sie bei ihm saß, ihn beobachtete und mit ihm interagierte, fühlte sie seinen Gerechtigkeitssinn. Ehrgefühl und Entschlossenheit, gepaart mit einem unbezähmbaren Mut. Wenn sie wollte, dass er das Risiko mit ihr einging, verdiente er im Gegenzug zumindest dieselbe Bereitwilligkeit – selbst wenn ihm das einen Hinweis darauf gab, wer sie wirklich war.

Sie holte tief Luft, richtete sich auf und ballte die Hände in ihrem Schoß zu Fäusten. „Ich habe Russland vor zweieinhalb Jahren verlassen.“

Kapitel 5

Beckett hatte recht. Jeannie Simpson, oder wer auch immer sie wirklich war, musste eine der schönsten Frauen sein, die Knox jemals getroffen hatte. Und sie war keine zickige und unberührbare Schönheit. Nein, JJs Reiz war die berauschende Mischung aus staunender Arglosigkeit und geerdeter Sinnlichkeit. Das Mädchen von nebenan und eine verführerische Winternymphe in einem, mit ihrem weißblonden Haar, den hellblauen Augen und den Lippen in hellem Wassermelonenpink. Eine Frau, die einen Heiligen in Versuchung führen könnte, seine Gelöbnisse und sämtliche Vorsicht in den Wind zu schlagen, indem sie ihm nur einen Blick zuwarf.

Er war definitiv kein Heiliger. Nicht bei dem Reigen von Trieben, der sich in der Sekunde eingestellt hatte, als er sie durch die Eingangstür hatte gehen sehen.

Eine weitere und erstaunlichere Beobachtung: Sie war unschuldig.

Vielleicht nicht bezüglich dieser Identitätssache, doch auf keinen Fall hatte sie jemanden umgebracht, um sich Jeannie Simpsons Namen anzueignen. Was vollkommen sicher war: Sie versteckte sich. Sie mochte nicht offen zugegeben haben, dass sie vor über zwei Jahren aus ihrer Heimat geflohen war, doch der Tonfall bei ihrem Geständnis war aussagekräftig genug gewesen. Er war zu gleichen Teilen ein Flehen und eine Bitte um Privatsphäre gewesen. Und er wollte verdammt sein, aber das weckte in ihm das Bedürfnis, sie irgendwohin in Sicherheit zu bringen und denjenigen zu vernichten, der sie dazu gezwungen hatte, wegzulaufen.

Er wies mit dem Kinn auf ihren Laptop. „Mit welchen Programmiersprachen haben Sie bisher gearbeitet?"

Sie seufzte erleichtert und lächelte. Die reine Dankbarkeit und Verwundbarkeit in ihrem Gesichtsausdruck zementierte noch ihre Unschuld. Sie faltete die Hände auf dem Tisch und beugte sich mit derselben steifen Vorstellungsgesprächshaltung nach vorn, die sie von Anfang an gezeigt hatte. „Jason sagte, Sie hätten ihm empfohlen, die systemeigenen Sprachen zu lernen statt Entwicklungstools, die sich über verschiedene Plattformen erstrecken, daher habe ich mich separat auf Android und iOS konzentriert."

Dreimal hatte sie jetzt schon Jason erwähnt, und jedes Mal hatte es ihn ein wenig mehr erstaunt. Ja, der Junge hatte Talent gehabt, aber auch die Aufmerksamkeitsspanne einer Eintagsfliege. Dass er sich überhaupt an Knox' Namen, geschweige denn an irgendwas aus seinem Mentoring erinnerte, schockierte ihn wirklich. Und was trieb eine so wunderschöne Frau wie JJ dazu, mit einem bleistiftdünnen Geek abzuhängen, dessen Vorstellung eines heißen Dates aus Online-Rollenspielen bestand?

Die erste Antwort, die ihm zu dieser Frage einfiel, machte ihn dermaßen sauer, dass er ohne nachzudenken fragte: „Haben Sie was mit Jason?"

Sie blinzelte ein paarmal mit leicht offenstehendem Mund. „Was soll ich mit ihm haben?"

„Ich meine, ob ihr zusammen seid. Miteinander ausgeht."

Ihre Augen weiteten sich und sie zuckte zusammen, als ob er sie wirklich schockiert hätte. Genauso rasch röteten sich ihre Wangen. Sie schüttelte den Kopf und zog das Kinn ein. „Nein, ich gehe mit niemandem aus."

Warum zum Teufel ihn ihre Antwort dermaßen beruhigte, wusste er nicht, aber diese einfachen Worte nahmen ihm einen Großteil seiner Anspannung. Und was das Erröten betraf – sie hätte genauso gut ein rotes Tuch vor einem Stier schwenken können. Auf die eine oder andere Weise würde er herausfinden, was sich dahinter versteckte. „Also, wollen Sie einen Mentor?"

Sie hob den Kopf. Hoffnung blitzte hell in ihren arktisblauen Augen auf. „Ja. Und vielleicht die Chance, für Ihre Firma zu arbeiten, sobald ich genügend Fähigkeiten entwickelt habe."

Er bekämpfte ein Feixen und rieb sich über den Mund, um alle Bemerkungen zu unterbinden, die ihm möglicherweise dazu herausschlüpfen konnten. Er musste ihren Mumm bewundern. Katy hatte es nicht gewagt, das Wort *Angestellte* in den Mund zu nehmen, bis sie ein Jahr lang das Programmieren verinnerlicht und gelebt hatte, und es hatte weitere sechs Monate gedauert, bis sie es bei ihm in Lohn und Brot geschafft hatte.

„Ich weiß, dass das bedeutet, dass Sie ein Jahr investieren", sagte JJ. „Daher bin ich bereit, meine Dienste im Austausch dafür anzubieten. Wenn Sie jemanden suchen oder jemanden in ihrer Firma brauchen, der Handlangertätigkeiten ausführt, kann ich das übernehmen. Ich lerne schnell. Ich scheue keine harte Arbeit."

Verdammt. Nichts köderte ihn mehr als Bereitwilligkeit und die innere Einstellung, alles zu tun, was nötig war. Wenn sie auch noch Talent hatte, wäre er ein Idiot, ihr keine Chance zu geben. Er stützte die Ellbogen auf den Tisch und nickte zu ihrem Computer. „Haben Sie Beispiele Ihrer Arbeit dabei?"

Das Lächeln, das sie ihm schenkte, war so strahlend, dass es mit der Nachmittagssonne konkurrierte. Eifrig öffnete sie ihren Laptop, tippte ihr Passwort ein und führte ihre Fingerspitze über das Touchpad. „Ich habe nichts besonders Ausgefallenes gemacht, sondern meist vereinfachte existierende Applikationen genommen und dann versucht, sie durch meine eigenen zu ersetzen. Ich dachte mir, dass es wichtiger wäre, die Technik zu lernen, statt sofort zu versuchen, etwas zu erschaffen."

Witzig, weil das dieselbe Vorgehensweise gewesen war, die er zu Beginn an den Tag gelegt hatte – obwohl er damals betrogen hatte, um schnell ein paar Mäuse zu verdienen, statt brav zu lernen.

Sie klickte doppelt auf ihr Touchpad und drehte den Computer um. „Es gibt vier, an denen ich gerade arbeite. Sie sind alle in diesem Ordner."

„Alles klar." Er nahm das Gerät vom Tisch, wandte sich seiner Arbeitsfläche zu und schloss es an seine externen Monitore an. „Bringen Sie Ihren Stuhl mit und lassen Sie uns mal sehen, was Sie hier haben."

Er war sofort voll bei der Sache; die Syntax vor ihm fesselte seine Aufmerksamkeit, bis der Rest der Welt verschwand. Oder zumindest so lange, bis JJ ihren Stuhl neben seinen schob und sich auf den Rand der Sitzfläche hockte. Sie war weniger als fünfzehn Zentimeter entfernt, ihr adretter Rock war hochgerutscht und zeigte ein gutes Stück ihrer cremeweißen Oberschenkel. Und ihr Haar. Herrgott, war das lang. Perfekt, um es sich als Mann um die Hand zu wickeln und sie an sich zu ziehen, während man sie von hinten nahm.

Schlechte Idee.

Was hieß: Denk nicht mal dran, du Trottel.

Er wand sich auf seinem Platz, sprach seinem Schwanz gut zu, er solle sich verdammt noch mal wieder beruhigen, und scrollte in ihrem Code weiter runter. Die Struktur war okay. Zwar etwas unentwickelt, aber ein solider Anfang. Sie hatte sogar ein paar kreative Lösungen dafür gefunden, ihren Code an Stellen zu optimieren, an denen andere aus der Bahn geworfen worden wären. Er schloss die erste App und öffnete die nächste.

Ihr Geruch legte sich langsam um ihn, derselbe Winterrosenduft, den er in ihrer Wohnung bereits zu schätzen gewusst hatte, allerdings intensiviert durch ihre Nähe. Selbst ohne aufzuschauen merkte er, dass sie ihn ansah. Ihn studierte. Vermutlich mit demselben Bambiblick und mit der gleichen Bewunderung, die ihn hatten erstarren lassen, als er ihr in der Lobby begegnet war, wo sie gewartet hatte. Er war verdammt, aber er wollte den Kopf wenden, ihren Nacken packen und ihr etwas geben, das ihre Welt ins Wanken bringen würde. Er riss sich zusammen und fragte: „Wie lange haben Sie für den hier gebraucht?“

Sie starrte ihn weiter an. Keine Antwort.

„JJ?“ Er warf ihr einen kurzen Blick zu, um zu prüfen, ob sie ihn gehört hatte.

Großer Fehler. Das war kein Bambiblick voller Bewunderung. Das war Schwärmerei mit einer unglaublichen Menge an Lust. Sie trug keinen Lippenstift, aber ihre Unterlippe glänzte, als ob ihm gerade entgangen wäre, wie sie darüber geleckt hatte. Und ihre Lippen waren geteilt; bereit und um seine Aufmerksamkeit bettelnd.

„Wie lange haben Sie hierfür gebraucht?“, fragte er erneut, obwohl die Worte diesmal viel heiserer klangen als zuvor.

Ihr Blick senkte sich auf seinen Mund. Auf ihrem Gesicht war reines Verlangen zu lesen. „Für jede ein paar Tage.“

Fuck.

Er wusste nicht, was ihn mehr anmachte – die Tatsache, dass sie innerhalb kürzester Zeit verstanden hatte, wie die Apps funktionierten, oder dass sie nicht einmal zusammengezuckt war, als er sie dabei erwischt hatte, wie sie ihn ganz offensichtlich angestarrt hatte. „Haben Sie Veränderungen im Design vorgenommen oder die Apps einfach kopiert?“

Sie schluckte und ein wenig ihrer professionellen Distanz kehrte zurück. Als ob ihr klar geworden wäre, dass der Traum vorbei und nun Zeit war, aufzustehen. Sie drehte sich zum Bildschirm, sah, an welcher Stelle des Codes er innegehalten hatte, und bedeutete ihm dann, nach unten zu scrollen. „Ich habe mir überlegt, wo man die Oberfläche für den Nutzer optimieren könnte. Punkte, an denen man mehr mit weniger Schritten tun kann. Hier gab es zu viele Unterseiten, die man im Einstellungsmenü anwählen konnte, also habe ich sie in intuitiv schneller begreifbaren Gruppierungen zusammengestellt."

Das war eine fantastische Antwort. Selbst ein paar der talentiertesten Entwickler, mit denen er in den letzten zehn Jahren zusammengearbeitet hatte, hatten darin versagt, die Oberfläche für die Benutzer zu maximieren. Egal, ob sie das allein herausgefunden oder diese Lösung von einem der Selbstlernmodule übernommen hatte, es zeigte auf jeden Fall großes Potenzial. Oder zumindest die Fähigkeit, richtig zuzuhören und zu lernen.

Also brachte sie nicht nur Bereitwilligkeit und eine tolle Einstellung mit, sondern war auch talentiert. Das war ein verdammter Hattrick, wenn es nach ihm ging. Und obwohl seine Instinkte am Anfang verflucht schiefgelegen hatten, war er sich ziemlich sicher, dass er damit richtiglag, dass ihr dringend jemand hochhelfen musste.

Der Nachteil? Ihm waren seit dem Moment, in dem er sie das erste Mal gesehen hatte, mindestens zehn verschiedene Arten eingefallen, wie er sie flachlegen wollte. Selbst wenn sie nur eine Zufallsbekanntschaft wäre, würde diese Form von Voreingenommenheit alles verkomplizieren, aber falls er ihr Mentor würde … dadurch wäre sie für ihn vollkommen tabu. Außerdem war sie niemand, der mal eben so mit jemandem schlief, darauf würde er seinen hochmodernen Serverraum verwetten.

Nein, JJ war die Art von Frau, mit der ein Mann auf lange Sicht zusammenblieb. Die er beschützen würde. Die er verwöhnen und der er Vergnügen bereiten würde. Definitiv *nicht* die Art von Frau, die Knox in seinem Leben wollte oder brauchte.

Er fuhr herum, um sie anzusehen, verschränkte die Arme vor der Brust und holte tief Luft. „Ihnen ist klar, dass ich jeden überprüfe, der mit mir zusammenarbeitet?"

War ja egal, dass er das bereits getan hatte. Das war nicht der Sinn und Zweck seiner Frage. Die Antwort allerdings … die war der Schlüssel.

Ihr Blick fiel auf den Bildschirm, der noch den Code zeigte, durch den er gescrollt hatte. Einen Augenblick lang glaubte er, sie würde den Schwanz einziehen und ihm sagen, dass sie alles allein machen würde. Stattdessen nickte sie, als ob sie innerlich eine Entscheidung getroffen hätte, und hob ihr Kinn ein wenig. Sie sah ihm direkt in die Augen. „Ich verstehe."

„Ist das ein Problem?"

Sie schüttelte in einer knappen Bewegung den Kopf.

„Würde ich etwas finden?", fragte er.

„Hoffentlich nicht", flüsterte sie.

Und da war sie. Die Wahrheit, ohne dass sie etwas zugab. Aber wenn sie wirklich zusammenarbeiten wollten, musste sie begreifen, welch genaue Überprüfung mit dieser Beziehung verbunden war. Er erwiderte ihren unsteten Blick, beugte sich vor und stützte die Ellbogen auf die Knie. „JJ, meine Frage ist, *werde ich etwas finden*?"

Verständnis zeichnete sich auf ihrem Gesicht ab und ihre cremefarbene Haut wechselte zu einem krankhaften Weiß. Sie schluckte schwer. „Sie haben bereits gesucht."

Er könnte lügen. Verdammt, das wäre vermutlich die mitfühlende Herangehensweise. Wenn sie damit allerdings nicht umgehen konnte, würde sie keinen Tag mit ihm im Büro überstehen. „Falls Jason etwas von mir gelernt hat, dann, dass ich gründlich bin. Sie sind doch bestimmt davon ausgegangen, dass ich meine Hausaufgaben mache, bevor wir uns unterhalten."

„Ich wusste, dass es ein Risiko war."

Ein Risiko. Keine Gewissheit oder ein notwendiges Übel, sondern ein Risiko. Was hieß, dass sie bereit war, ihre Geheimnisse preiszugeben, im Austausch für die Möglichkeit, eine neue Zukunft zu schmieden. „Ich werde Ihnen eine Frage stellen und ich erwarte eine ehrliche Antwort."

Sie nickte.

„Ich begreife es, wenn Geheimnisse nötig sind", sagte er. „Wir haben alle welche. Aber ich habe eine Karriere und eine Familie, die ich beschützen muss, und ich muss abschätzen, welche Art von Gefahr Ihre Verbindung zu mir und meiner Firma darstellen wird. Mehr noch muss ich wissen, ob ich Ihnen hinsichtlich meiner Datensätze trauen kann. Daher werde ich erneut fragen: Gibt es in den schwarzen Löchern Ihres sehr spärlichen Lebenslaufs Dinge, die mir oder meiner Familie Probleme bereiten könnten?"

Sie erwiderte seinen Blick, und über ihr Gesicht huschten so viele Emotionen, dass er sie nicht alle entziffern konnte. Angst war auf jeden Fall dabei, aber noch etwas darunter. Vielleicht Resignation. Dazu eine unglaubliche Menge an Hoffnung. „Wenn meine Vergangenheit mich einholt, wird sie *mich* ruinieren. Niemanden sonst. Ich will nur ein einfaches Leben. Mir eine Karriere aufbauen, die mich ernährt, und Dinge erschaffen, auf die ich stolz bin."

Oh ja. Sie war definitiv auf der Flucht. Und so hübsch, wie sie war, hatte derjenige, der sie jagte, vermutlich einen Schwanz und eine unglaublich üble Einstellung. Wer auch immer besagtes Arschloch war, seine Chance, JJ jemals wieder in die Hände zu bekommen, war in dem Moment auf null geschrumpft, als sie in sein Büro gekommen war. Auf keinen Fall würde er einem Mann erlauben, eine Frau zu schikanieren.

„Also gut", sagte er. „Lassen Sie mich mit meinen Brüdern reden. Wenn sie damit einverstanden sind, dass ich jemand Neuen einstelle, sind Sie dabei und ich unterrichte Sie."

Und wenn sie Nein sagten, würde er eine andere Möglichkeit finden, ihr zu helfen, mit dem Weglaufen aufhören zu können.

Kapitel 6

Knox stellte einen Fuß auf das Sofa und streckte sich noch mehr auf der butterweichen Ledersitzgarnitur aus. Er war umgeben von seiner Familie, und es war zwei Stunden her, seit sie alle aus dem Esszimmer geschlurft waren, vollgestopft mit Trevors Abendessenswahl, Steak und Kartoffeln. Knox' Magen fühlte sich nach wie vor an, als ob er explodieren würde. Aber egal, ob er abgefüllt war mit KC Strips, den scharf marinierten Fleischstücken aus Kansas City, oder nicht, er schaffte es immer noch, jedem den Arsch in einer altmodischen Session von *Mortal Kombat* zu versohlen.

Gabrielle – oder Gabe, wie die Gruppe sie gern nannte – gähnte und kuschelte sich enger in die Kuhle von Zekes Arm. „Wer sucht nächste Woche das Abendessen aus?"

„Knox", sagte Ninette mit einem finsteren Lächeln.

Alle stöhnten in einem perfekt aufeinander abgestimmten Chor, und Knox grinste breit. In den letzten drei Jahren hatte er ihre Tradition, dass einer das Abendessen für den Familienabend aussuchte, richtiggehend überstrapaziert, indem er jedes Lieblingsessen wählte, das er als Kind gehabt hatte. Er hatte fast erwartet, dass Jace ihn in der Woche, in der er Fischstäbchen und Kirschwackelpudding ausgesucht hatte, schlagen würde. „Was denn? Irgendjemand muss doch dafür sorgen, dass diese Runde hier weiter auf Trab bleibt."

„Du hältst uns nicht auf Trab, Bruder, du sorgst dafür, dass wir alle fett werden", sagte Danny.

Trevors Frau, Natalie, lächelte und strich das zu lange blonde Haar ihres schlafenden Sohnes aus dessen Augen. Der arme Junge war vor einer Stunde mit dem Kopf auf Trevors Schoß eingeschlafen und hatte seither keinen Mucks mehr von sich gegeben. „Während euch

Männern scheinbar Knox' Vorlieben in Sachen Essen nicht gefallen, ist Levi ein großer Fan davon."

„Der Grund dafür ist, dass die beiden im Herzen kleine Jungs sind." Sylvie erhob sich und begann damit, die leeren Nachtischteller einzusammeln. Knox liebte es, die anderen mit seiner Auswahl zu überraschen, aber Sylvies persönliche Mission war es, die perfekte Nachspeise zu dem Gericht zu finden, das ausgesucht worden war. Heute Abend war es ein traditioneller Cheesecake gewesen, den sie komplett selbst gemacht hatte. Mit den Tellern in einer Hand hielt sie neben Knox inne, tätschelte seine Wange und zwinkerte. „Nimm es dir nicht so zu Herzen, mein Lieber. Was immer du aussuchst, wir sind damit einverstanden."

Axel brummte und scrollte durch das Fernsehprogramm auf dem Bildschirm. „Herrgott, Ma. Ermutige ihn nicht auch noch. Am Ende werden wir wieder Käpt'n-Iglo-Zeug mampfen müssen."

Vivienne kicherte, erhob sich und half Sylvie. „Ihr Kerle seid so dumm. Das macht er doch nur, um euch aufzustacheln. Wenn ihr euch entspannen und einfach mitmachen würdet, würde er etwas anderes finden, um euch in den Wahnsinn zu treiben."

Ja, Jace' Frau war verdammt klug. Es war kein Wunder, dass der Anführer von Haven sein Single-Leben für sie aufgegeben hatte.

Als ob sie ein geheimes Signal erhalten hatten, das nur Frauen empfangen konnten, schlossen sich Ninette und Gabe dem Aufräumkommando an. Ihre ruhigen Stimmen, die die Aufgaben verteilten und sich über die Pläne für den nächsten Tag unterhielten, verliehen dem Raum eine angenehme Wärme.

Aus dem Nichts fiel ihm die Unterhaltung wieder ein, die er mit JJ geführt hatte. Das war ihm in den letzten Tagen häufiger passiert, während er überlegt hatte, wie er seinen Brüdern ihre Bitte, gekoppelt mit seinem Verdacht, am besten vortragen könnte. Aber diesmal fragte er sich, wie gut sie mit dem Rest der Frauen zurechtkommen würde. Ob sie sich mit seinen Brüdern so wohlfühlen würde wie Viv, Gabe und Nat.

Knox schob den Gedanken zur Seite, schloss die Augen und konzentrierte sich auf das Jetzt. Familienabende wurden nie langweilig. Die anderen Kerle brummelten manchmal, wenn Sylvie und Ninette jeden Mittwoch auf ihre Anwesenheit bestanden, aber nicht er. Er hatte sein ganzes verdammtes Leben auf so etwas gewartet. Er hatte die anderen Pflegekinder, mit denen er abgehangen hatte, dabei beobachtet, wie sie ihr Zuhause fanden, während er von Ort zu Ort weitergeschoben wurde und jedes Mal hoffte, dass es diesmal anders sein würde. Aber das war es nie. Mit siebzehn Jahren hatte er aufgegeben und akzeptiert, dass Beck dem am nächsten kommen würde, was er jemals an Familie haben würde.

Und dann war er Axel begegnet.

Einen privaten Security-Auftrag, eine Unmenge von Fragen übers Hacken und ein ganzes Jahr später hatten Axel, Jace, Trevor und Zeke ihn und Beck in der Herde willkommen geheißen. Es hatte dreiundzwanzig Jahre gedauert, bis er die Familie bekam, die er gewollt hatte, aber Mann, das Warten war es wert gewesen. Daher mussten Ninette und Sylvie vielleicht den Rest seiner Brüder zwingen, hierher zu kommen, doch es bräuchte schon ein Eingreifen von Gott und den möglichen Verlust von Gliedmaßen, damit er diese wöchentliche Auszeit von der Welt verpassen würde.

Die Frauen verließen, immer noch miteinander redend, das Zimmer und gingen in Richtung der Küche nach unten.

Jace warf seinen Brüdern einen Blick zu. „Wer bleibt über Nacht hier?“

Das war das Coole an Jace und Axels Ranch am Rand

von Allen, Texas. Jeder Bruder besaß eine eigene Suite weit weg vom Chaos von Dallas und niemand außer der Familie durfte hier sein. Das große Anwesen war genau das, was der Name versprach, den Jace gewählt hatte: Haven, ein sicherer Hafen und ein Ort, an dem sie abtauchen konnten, sagen konnten, was sie dachten, ohne dass jemand sie deswegen tadelte, und sich um ihre Geschäfte kümmern konnten, ohne dass sie Angst haben mussten, dass jemand sie belauschte.

„Ich", sagte Knox.

„Ich auch."

„Hier." Beck und Danny antworteten gleichzeitig.

Trevor legte die Hand auf die Schulter seines Sohns. Der Stolz in seiner Miene ließ in Knox eine bereits vor langer Zeit abgestorbene Hoffnung zu einer zerbrechlichen Knospe erblühen. „Bei mir geht es heute Abend nicht. Levi hat morgen ein Treffen in der Stadt mit seinem besten Freund."

Mann, Trevor hatte solches Glück. Levi mochte nicht sein eigen Fleisch und Blut sein, aber seit ein paar Monaten war er Trevors Junge, wenn es nach dem Gericht ging. Und er war ein wirklich tolles Kind. Ungestüm. Klug. Und schmerzhaft ehrlich, was bedeutete, dass niemand im Vorhinein erahnen konnte, was für ein verblüffender Kommentar jetzt wieder seine Lippen verlassen würde.

Zeke fuhr sich mit den Fingern durch die Haare und gähnte. „Ich habe morgen Frühschicht, daher werden Gabe und ich heimfahren."

Was für einen Unterschied eine Frau doch machte. Vor etwas mehr als einem Jahr war es Zeke genauso schwergefallen wie Knox, sich zu entspannen, und jetzt war es kaum zweiundzwanzig Uhr und er gähnte schon und war bereit, mit seiner Lady nach Hause zu gehen.

Aus dem Blauen heraus erwischte ihn die Erinnerung an JJ und wie sie ihn in diesem einen ungeschützten

Moment während ihres Treffens beobachtet hatte. Früher hatten Frauen ihn bereits voller Lust angesehen, aber sie hatte sich auf seine Lippen konzentriert, als ob sie sterben würde, wenn sie sie nicht probieren dürfte. Er schüttelte das Bild ab und zwang sich, sich zu konzentrieren. „Ich muss etwas mit euch Jungs besprechen, bevor jemand von euch abhaut."

Axel schob die Fußablage seines schwarzen Ledersessels zurück, erhob sich mit seinem leeren Kristallglas und warf auf dem Weg zur Bar die Fernbedienung neben Jace. „Bruder, du hast zwei gebackene Kartoffeln, ein Strip Steak und die Hälfte von Gabes gegessen. Ich glaube, nach dem ganzen Essen kannst du keinen klaren Gedanken mehr fassen."

„Was du nicht sagst", warf Danny ein. „Du bist so knochig, dass ich keinen Schimmer habe, wohin du das alles futterst."

Jace lachte leise und übernahm die Aufgabe, durch die Kanäle zu zappen. „Er arbeitet das alles wieder ab mit den ganzen Frauen in seinem kleinen schwarzen Buch."

Beck warf Knox einen Blick zu, der besagte, dass er eine Nanosekunde davor war, den anderen mitzuteilen, wie lange Knox schon ohne Schlaf verbracht hatte, bevor er nachgegeben und sich mit Tiffany eingelassen hatte.

Weil er wusste, dass ihm das viel zu viel Aufmerksamkeit und einen Vortrag von Zeke einbringen würde, den er nicht brauchen konnte, lenkte er die Unterhaltung in andere Bahnen, bevor Beckett das Wort ergreifen konnte. „Erinnert ihr euch an diese Fahnderin, die uns bei Trevors Deal geholfen hat?"

Axel sah von der Bar auf. „JJ, korrekt?"

„Offiziell heißt sie Jeannie Simpson", sagte Knox, „aber Beck, Danny und ich haben ein wenig tiefer gegraben, und ich vermute, dass das eine falsche Identität ist."

Jace hielt inne, seinen Scotch halb zum Mund erhoben. „Geht es ihr nur um ihr Privatleben oder ist es was anderes?“

„Mein Bauchgefühl sagt, es ist was anderes.“

Beckett verschränkte die Arme, als ob er es sich für eine längere Debatte gemütlich machen würde. „Für die Akten: Vor einer Woche hat sein Bauch verrücktgespielt. Dann hat er sie getroffen und begriffen, dass ich recht hatte.“

„Mit was?“, fragte Zeke.

Danny kicherte, hielt aber ansonsten den Mund. Er war erst seit ungefähr einem Jahr einer der Brüder, hatte sich allerdings seinen Platz unter ihnen so gut eingerichtet, als ob er schon sein ganzes Leben lang dabei wäre.

Knox runzelte die Stirn in Richtung Beckett. „Lass mich endlich damit in Ruhe. Hättest du denn wirklich was anderes gedacht, wenn du dieses Foto gefunden hättest?“

„Verdammte Scheiße.“ Axel wandte sich von der Bar ab, lehnte sich dagegen und überkreuzte die Beine an den Knöcheln. „Würdet ihr drei diesen Stand-up-Comedy-Auftritt endlich lassen? Welches Foto hast du gefunden?“

Axel befand sich hinter Becketts Platz auf dem Sofa, aber Beck verrenkte sich fast den Kopf, um ihn anzusehen. „Knox hat eine E-Mail von JJ erhalten, in der sie erwähnte, sie wolle mit ihm eine geschäftliche Angelegenheit erörtern. Doch weil Knox eben Knox ist, hat er angenommen, sie wolle uns alle erpressen, nachdem sie uns mit Natalies Ex geholfen hat. Also hat er online ein wenig tiefer gegraben, damit er genug Dreck zum Entgegenschleudern hat.“

„Und?“, fragte Jace.

Knox konzentrierte sich auf ihn. „Die JJ Simpson, mit der wir gearbeitet haben, ist blitzsauber. Geht man allerdings drei Jahre zurück, sah sie verdammt anders aus und lebte in San Diego."

Trevor runzelte die Stirn. „Ich checke das nicht, glaube ich."

Dasselbe Kribbeln, das Knox immer fühlte, wenn er ein spannendes Rätsel oder Problem vor sich hatte, machte sich in ihm breit und riss ihn aus dem noch andauernden Fresskoma. Er richtete sich auf der Couch zu einer halbwegs geraden Haltung auf und stemmte die Ellbogen auf die Knie. „Die Fotos, die ich online von JJ Simpson von vor drei Jahren und davor gefunden habe, zeigen eine Frau Anfang dreißig. Kurven, rotgoldenes Haar, grüne Augen und ein Meter siebenundsechzig laut den offiziellen Unterlagen. Es gibt nicht viele Bilder im Internet, aber zumindest ein paar deutliche in alten Accounts auf sozialen Medien. Sie ist nicht gerade ein Mädel vom Land, doch ich wette, sie stammt aus einer Arbeiterfamilie." Er wandte sich Axel zu, der näher kam. „Aus aktueller Zeit finde ich nur noch Porträts aus staatlichen und FBI-Quellen, und die Frau darauf hat platinblondes Haar und hellblaue Augen."

„Und?", fragte Zeke. „Heutzutage werden Identitäten ständig verwechselt."

„Ja, na ja, ich wollte sicher sein, daher haben wir ihre Wohnung durchsucht." Knox zog sein Handy raus, rief das Foto auf, das er von der Schachtel unter JJs Bett gemacht hatte, und reichte es Jace zu seiner Linken. „Ich habe diese Aufnahme von den beiden Frauen gefunden."

Jace legte die Fernbedienung zur Seite und zoomte in das Foto. „Wo ist die Rothaarige denn jetzt?"

„Keine Ahnung", erwiderte Knox. „Aber ich kann keine Fotos finden, die sie in letzter Zeit zeigen."

Axel trat hinter Jace und besah sich das Bild über seine Schulter hinweg. „Glaubst du, hier geht es um

Mord?“

„Das *habe* ich geglaubt“, machte Knox deutlich. „Ich hatte vor zwei Tagen ein Meeting mit ihr, um mir anzuhören, was für ein Geschäft sie mir vorschlagen will, und Becketts Eindruck, nachdem er ihr gefolgt ist, war richtig. Sie ist auf keinen Fall eine Mörderin. Wenn doch, ist sie die verdammt beste Schauspielerin, die ich jemals getroffen habe. Aber sie versteckt sich garantiert. Oder besser gesagt: Sie läuft weg. Vor wem, weiß ich noch nicht.“

„Worum ging es bei dem Geschäft?“, fragte Trevor.

Beckett warf ihm einen *Hab's-dir-doch-gesagt*-Blick zu und Danny gluckste.

Knox rollte mit den Augen und zeigte ihnen beiden den Mittelfinger. „Sie hat herausgefunden, dass ich früher Mentor für Codeschreiber war, und wollte mir einen Deal vorschlagen – mein Coaching im Austausch für ihre Dienste. Fahndungen oder Büroarbeit. Was immer ich brauche.“

Zeke beugte sich vor und nahm sein leeres Bohemia Weiss von dem übergroßen Holztablett, das auf der Mitte des großen Polsterhockers stand. „Ich dachte, sie wäre eine private Fahnderin.“

„Ist sie auch“, erwiderte Knox. „Aber sie will mehr. Sagt, es gefalle ihr nicht, Leute zu finden, die nicht gefunden werden wollen.“

Danny richtete die Öffnung seines Biers auf Knox. „Was zu der Sache mit der angenommenen Identität passt. Wenn sie den Job nicht mag, warum hat sie ihn dann erst angefangen?“

„Meine Rede“, bekräftigte Knox.

Jace warf Knox' Handy über den Hocker auf Zeke und Trevors Seite der Couch. „Also, was ist mit der ersten JJ passiert?“

„Sie ist verschwunden“, sagte Beckett. „Es gibt keine Todesurkunde. Niemanden, der sie gesehen hat. Sie ist einfach weg."

„Und ihr glaubt, Blondie hat das alles geplant?", fragte Axel Knox.

„Ich weiß nicht, ob *geplant* das richtige Wort ist. Ich vermute, dass sie eher einen Vorteil aus einer bestehenden Situation gezogen hat. Aber eines weiß ich: Sie will die Gelegenheit, mit mir zu arbeiten, so sehr, dass sie viel riskiert, damit es klappt."

„Was bringt dich auf die Idee?", fragte Trevor.

„Sie hat einen wirklich ausgeprägten russischen Akzent. Auch nur bei dem Treffen zu erscheinen, hat deutlich gemacht, dass sie nicht auf US-Boden geboren worden ist, und die *echte* JJ Simpson kam vor zweiunddreißig Jahren in San Diego zur Welt."

Zeke neigte den Kopf. „Hast du sie darauf hingewiesen?"

„Ja. Ich habe sie direkt gefragt, wie lange sie schon hier ist. Einen Augenblick dachte ich, sie würde nach einer lahmen Ausrede suchen, aber dann hat sie zugegeben, dass sie vor zweieinhalb Jahren hergezogen ist."

Über die Öffnung seiner Bierflasche hinweg murmelte Danny: „Auf jeden Fall eine Flüchtige."

„Aber eine ehrliche", fügte Beckett hinzu.

Axel hob sein Glas zum Gruß. „Was mich betrifft, zählt das was."

Ein paar Momente herrschte Stille im Zimmer. Jeder der Männer sah zum anderen. Wie üblich war es Jace, der als Erster das Wort ergriff. „Wie sieht also dein Plan aus? Wirst du sie unterweisen?"

Das war die Frage. Seine Instinkte hatten bereits einmal schiefgelegen, daher wusste er jetzt nicht, ob er diese Entscheidung wirklich treffen konnte. Besonders wenn man bedachte, wie sie seinen Verstand beim letzten Teil ihres Treffens durcheinandergebracht hatte.

Knox zuckte mit den Achseln. „Sie hat die korrekte Einstellung und die Fähigkeiten. Ich habe einst auch

Hilfe gebraucht. Es scheint mir das Richtige zu sein."

„Aber?", meldete sich Trevor.

„Aber ohne zu wissen, vor wem sie wegrennt, kann man nicht sagen, welche Art von Aufmerksamkeit wir erregen werden. Außerdem gehe ich hier vollkommen nach meinem Bauchgefühl. Sie könnte immer noch eine verdammt gute Schauspielerin sein. Mir gefällt es nicht, sie mit irgendeinem unserer Systeme in Kontakt kommen zu lassen, ohne dass ich mir mehrere zweite Meinungen einhole."

Beckett glitt tiefer in die Kissen. „Ich habe dir meine schon mitgeteilt. Probier's."

Danny lachte leise und schüttelte den Kopf. „Du willst bloß deine Wette gewinnen."

Zeke horchte auf und wandte seine Aufmerksamkeit Danny zu. „Welche Wette?"

Danny grinste breit und erklärte Trevor und Zeke: „Sie ist echt heiß. Wie eine Weihnachtselfe. Beckett hat einen Tausender in den Pott geworfen, dass Knox sie innerhalb von einem Monat in sein schwarzes Büchlein aufnehmen wird."

„Das wird nie passieren", sagte Knox. „Wenn jemand weiß, dass es eine schlechte Idee ist, jemanden zu vögeln, dem man etwas beibringt oder mit dem man arbeitet, dann bin ich das."

Innerhalb von einer Sekunde wechselte Becketts Stimmung von gelassen zu angepisst und er setzte sich aufrecht hin. „Oh, halt doch deine verfluchte Klappe wegen diesem Scheiß. Du warst kaum achtzehn Jahre alt. Kein Mann in diesem Zimmer konnte in dem Alter mit etwas anderem als seinem Schwanz denken. Besonders, wenn es um eine dreißigjährige Lehrerin ging, die wie ein Pornostar gebaut war. JJ ist zweiunddreißig. Das ist eine ganz andere Situation."

„Nein. Ihre *Akte* besagt, sie wäre 32", erwiderte Knox. „Sie ist auf keinen Fall so alt."

Beckett schnaubte, erhob sich und stapfte hinüber zum Minikühlschrank. „Mir egal. Sie ist viel älter als du damals, also lass dich endlich mal vom verdammten Haken."

Jace störte sich nicht im Mindesten an Becketts Ausbruch, sondern grinste und richtete seine Aufmerksamkeit auf Knox. „Ich gebe zu, manchmal endet es am besten, wenn man Arbeit und Vergnügen miteinander mischt."

„Das bestätige ich", sagte Trevor.

Natürlich. Beide hatten ihre Frauen durch ihre Arbeit gefunden. Mehr oder weniger. Trevor hatte Natalie nachgestellt, während sie auf seiner Gehaltsliste stand, aber Jace hatte Vivienne erst einmal zu einem Job zwingen müssen, bevor er sie an Land gezogen hatte.

„Ihr interpretiert da viel zu viel rein." Okay, während sie neben ihm gesessen hatte, waren ihm dutzende Fantasien durch den Kopf gegangen, die er gern mit JJ ausleben würde, aber wer konnte ihm daraus schon einen Strick drehen? Er hätte ein Eunuch sein müssen, keine Unmengen von schmutzigen Gedanken zu hegen bei diesen verflucht hohen Schuhen und ihren sündhaft langen Beinen. „Der einzige Grund, weshalb ich überlege, ihrer Bitte nachzugeben, ist, dass es aussieht, als ob sie Hilfe bräuchte. Das ist es doch, was wir tun, oder? Nur, weil sie keinen Schwanz hat, heißt das nicht, dass ich sie ihr verweigern sollte."

Beckett kam mit einem frischen Bier heran, nahm einen Zug und murmelte dann: „Mmhmm."

Trevor grinste angesichts dieses subtilen Neckens, konzentrierte sich aber auf Knox. „Ignoriere ihn. Wenn du weitere Meinungen haben willst, richte es einfach so ein, dass wir sie treffen können."

Danny lachte bellend. „Ja, das wird das Mädchen auf jeden Fall vom Weglaufen abhalten. Stell es vor sieben

Männer, die eine Wagenladung Fragen im Gepäck haben."

„Nicht so", brummte Jace. Als ob sie so etwas jeden Tag machten! Dabei trafen sie sich normalerweise nur in der Gruppe, wenn ein Bruder darum bat. Oder wenn es darum ging, eine Frau kennenzulernen, die einer der Brüder für sich beanspruchen wollte. „Wir machen das ganz locker. Sie muss ja gar keine Ahnung davon haben, was abgeht. Einfach eine Gelegenheit, damit wir sie ein wenig unter die Lupe nehmen können."

„Eine Familiensache", fügte Zeke hinzu, obwohl sein Blick, als er Knox ansah, so spitzbübisch war, dass er bloß noch aufstehen und auf und ab gehen wollte. „Das wäre nicht das erste Mal, dass wir uns treffen, um eine Frau kennenzulernen, oder?"

Dieses Arschgesicht. Das war es nicht, was das hier war, und das wusste er auch verdammt gut. Aber wenn Knox jetzt protestierte, würden die anderen Kerle nur in die gleiche Kerbe hauen, also ignorierte er es.

Axel lehnte sich mit der Hüfte gegen die Couch und rieb sich über das Kinn, wobei er durch seinen dichten Bart strich. „Wir könnten sie Samstagabend treffen. Das ist die nächste *Bikers and Blues Rally*."

Wenn es um coole Veranstaltungsorte ging, war das, was Axel den Sommer über aufgezogen hatte, um einen neuen Outdoor-Musik-Treffpunkt in Dallas zu schaffen, perfekt. Hinter seinen zweiwöchentlich stattfindenden Zusammenkünften steckte die Idee, dass man, wenn man die Leute regelmäßig in den heißesten Monaten des Jahres in Texas rauslocken konnte, genauso gut das ganze Jahr über ein festes Musikfestival unterstützen konnte. Bisher war er verdammt erfolgreich damit und schaffte es, Klyde Warren Park bis zum Bersten mit Bikern und jedem anderen Musikliebhaber in Dallas zu füllen.

„Könnte klappen.“ Beckett sah von Jace zu Trevor und Zeke. „Die Mädels werden dort sein, oder?“

„Ja“, antwortete Zeke. „Musik. Essen. Coolness. Das ist perfekt, damit JJs Wachsamkeit nachlässt.“

Jace sah Knox an. Die unverkennbare Gerissenheit in seinen Augen besagte, dass er dasselbe dachte wie Zeke. „Bist du einverstanden?“

Sie konnten ihn noch so sehr mit Blicken und Worten necken, dass er Arbeit und Vergnügen mischte, aber hier ging es nur darum, sich mit einer möglichen Angestellten zu treffen. Es war keine versteckte Ausrede, um den Segen der Familie für die lang erwartete Freundin zu erhalten. Knox zuckte mit den Achseln und lehnte sich zurück an das Sofa. „Ja, passt.“

Kapitel 7

Drei harte Klopfgeräusche erklangen gegen Daryas Eingangstür, rissen sie aus einem tiefen Schlaf und ließen sie senkrecht in die Höhe schießen. Ihr Herz hüpfte, während sie blinzelte und versuchte, ihren Blick zu fokussieren. Das weiche Morgenlicht fiel durch die Vorhänge in ihr Schlafzimmer und verlieh ihrem Zimmer einen gedämpften Glanz. Das Geräusch des Verkehrs vom Highway ertönte aus der Ferne, doch sonst war alles ruhig. Friedlich.

Sie strich sich die Haare aus dem Gesicht. Vielleicht hatte sie das Klopfen geträumt. Es wäre nicht das erste Mal, dass sie durch einen Albtraum geweckt wurde, aber nach sechs Monaten ohne einen hatte sie gehofft, dass sie endlich aufgehört hätten.

Sie sank auf den Rücken, rollte sich zum Nachttisch und tastete nach ihrem Handy. Ihre liebste Wolfszeichnung leuchtete auf dem Sperrbildschirm. Über dem Raubtier mit dem schwarzen Fell, das einen Vollmond anheulte, war hell 7:02 Uhr zu lesen.

Es musste ein Traum gewesen sein. Sie hatte nie Besucher, außer dann und wann einen Handwerker, und die klopften nicht so früh an der Tür. Sie legte sich wieder zurück, kuschelte sich auf die Seite und schob die Hand unter ihr Kissen, während ihr die Augen zufielen.

Klopf. Klopf. Klopf.

Sie riss die Lider auf und hielt das Handy in ihrer Hand so fest, dass es knirschte. Das war auf keinen Fall Einbildung gewesen. Ihr Puls beschleunigte sich zu einem Trabtempo. Sie schwang die Beine unter den kühlen Laken hervor und schnappte sich ihren kuscheligen grauen Bademantel vom Boden, wohin er irgendwann in der Nacht gerutscht war. Sie schlich sich ins Wohnzimmer und achtete darauf, kein Geräusch zu machen. Ruslan konnte es nicht sein. Zu klopfen war einem Mann wie ihm fremd.

Aber er könnte auch einen Hinweis erhalten haben, wo sie lebte, und wollte sie nun herauslocken. Er mochte arrogant sein, doch er war nicht so dumm, dass er ungewollte Aufmerksamkeit auf sich lenken würde. Sie verknotete ihren Gürtel mit festem Griff, legte die Handflächen sanft gegen die kalte Tür und erhob sich auf die Zehenspitzen, um durch den Spion sehen zu können.

Sonnenlicht drang über den Horizont im Osten und erzeugte um denjenigen, der draußen stand, einen strahlenden Heiligenschein. Der Mensch dort hob wieder die Hand, um erneut zu klopfen, und blockierte damit die Strahlen der Sonne, sodass sie sein Gesicht erkennen konnte.

Knox.

Seine Knöchel trafen wieder auf das dicke Holz und sie sprang zurück. Die übertragene Vibration schoss so kraftvoll wie Elektrizität durch ihren Körper.

„Einen Augenblick, bitte." Sie zuckte wegen ihrer so deutlich erschöpften Stimme zusammen und kämmte sich mit den Fingern durch die Haare. So viel dazu, einen vernünftigen zweiten Eindruck zu hinterlassen. An den meisten Tagen trug sie kein ausgeprägtes Makeup, aber zumindest hätte sie gern ein wenig davon aufgetragen, wenn sie sich ihrem möglichen zukünftigen Boss gegenübersah. Selbst nach fast drei Jahren in Amerika musste sie noch den Drang des Großteils der russischen Frauen abschütteln, sich vorzubereiten und schick zu machen, bevor sie sich in die Öffentlichkeit begab.

Positiv war allerdings, dass ihr kurzer Bademantel niedlich war, da Silber in die graue Chenille gearbeitet war, und ihre Streichholzfigur verdeckte. Sie öffnete den Türriegel, wappnete sich mit einem tiefen Atemzug und setzte dann ein breites Lächeln auf, als sie die Tür aufmachte. „Hallo."

Knox drehte sich um, die Hände in die Hüften gestemmt und mit einem Stirnrunzeln auf dem Gesicht, das sie ernsthaft darüber nachdenken ließ, ob es eine gute Idee gewesen war, die Tür zu öffnen.

Bis sich seine Mimik änderte.

Eine mickrige Sekunde verstrich, und das Raubtier auf ihrer Türschwelle verwandelte sich vom ungeduldigen Passanten zum fokussierten Jäger. Langsam und gleichmäßig wanderte sein Blick an ihr hinab und die Hitze darin war heißer als der stickigste Nachmittag in Texas. Seine Aufmerksamkeit richtete sich auf den tiefen Ausschnitt ihres Bademantels, und einen Augenblick lang hätte sie schwören können, dass ihm klar geworden war, dass sie nichts darunter trug.

Ihre Brüste fühlten sich schwer an und ihre Brustwarzen verhärteten sich unter dem weichen Stoff. Sie packte den Kragen über ihrem Herzen, um die Reaktion ihres Körpers zu verbergen, der viel zu bereit zu sein schien. „Ist alles okay?"

Ob die Heiserkeit in ihrer Stimme oder die Frage selbst seine Konzentration unterbrach, wusste sie nicht, aber sein Blick schoss zu ihrem, und seine Stimme klang so tief und grollend, als ob es ihm schwerfiele, überhaupt zu sprechen. „Ich habe Sie aufgeweckt."

„Ich habe gestern bis spät gearbeitet." Okay, die letzte Stunde, bevor sie eingenickt war, hatte sie mit einigen Spielzeugen und einer ganzen Menge sexueller Frustration verbracht, allerdings musste er das nicht erfahren. Sie trat weit genug zurück, um ihn hereinzubitten. „Möchten Sie hereinkommen? Ich kann Kaffee machen."

Er sah zum Parkplatz, runzelte die Stirn, als ob er sich fragte, ob es vernünftig war, hier zu sein, und fuhr sich durch sein bereits wirres Haar. Statt abzulehnen, wie sie es erwartet hatte, trat er über die Türschwelle. „Kaffee ist vermutlich eine gute Idee."

Sie schloss die Tür hinter ihm und verbrachte einen Moment damit, ihn ungestört anzustarren, während er ihre Wohnung betrachtete. Ein Hauch seines subtilen, aber sexy Geruchs umgab ihn, intensive Schwarze Johannisbeere gemischt mit rauchigem Holz, das sie an kalte Winternächte denken ließ, die man eng und schweißnass an einen Liebhaber gekuschelt im Bett verbrachte. Sein dunkelblaues T-Shirt war ein wenig zerknittert und zeigte etwas, das aussah wie ein Neonschild für Bierreklame, auf dem stand: *Lebe jeden Tag, als ob Taco-Dienstag wäre.* An jedem anderen hätte das vermutlich albern gewirkt, aber an ihm war es niedlich.

Und irre sexy.

Sie zwang sich, sich aus diesem visuellen Schwelgen zu reißen, eilte in die Küche und begann damit, Kaffee zuzubereiten.

„Sorry, dass ich Sie geweckt habe", sagte er. „Ich schlafe nicht besonders viel. Manchmal vergesse ich, dass der Rest der Welt nicht unter diesem Problem leidet."

Sie warf einen Blick über die Schulter.

Er stand da, die Hände in die Hüfte gestemmt, und starrte auf das Winterwolf-Bild, das JJ ihr an ihrem ersten Weihnachtsfest in Amerika geschenkt hatte. Obwohl Knox' Aufmerksamkeit nicht direkt auf sie gelenkt war, entströmte ihm regelrecht Energie. So viel sogar, dass sie nicht genau wusste, ob es eine kluge Idee war, ihn mit noch mehr Koffein vollzupumpen. Er sah aus, als ob er bereits drei Kannen Kaffee und dazu ein paar Red Bull intus hätte. „Schon okay. Mein Wecker hätte in gut dreißig Minuten sowieso losgelegt."

Sobald sie auf den Startknopf gedrückt hatte, wandte er sich ihr zu, was in ihr die Frage wachrief, ob er nicht die ganze Zeit alle ihre Bewegungen beobachtet hatte.

Er kam näher und sah sich um, als ob er sich jeden Zentimeter ihrer Wohnung einprägen wollte. Er schaute zum Schlafzimmer und sein Schritt stockte ein winziges bisschen, sobald ihm das ungemachte Bett auffiel. Aber er erholte sich rasch, erwiderte ihren Blick und deutete mit einem Ruck seines Kopfes auf den Stuhl, der an ihrem Tisch stand. „Nehmen Sie Platz."

„Es wäre unhöflich, mich zu setzen, während Sie stehen." Sie wies auf das Sofa hinter ihm. „Wir können uns dort niederlassen, wenn Sie möchten."

Er grinste, stützte die Schulter gegen die Wand, die ihre Einbauküche vom Wohnzimmer trennte, und verschränkte die Arme. „Falls Sie jedes Mal diskutieren, wenn ich Ihnen sage, Sie sollen etwas tun, wird mein Unterricht nicht besonders lang dauern."

„Aber …"

„Ich bin nicht der Typ, der auf dem Sofa hockt und sich unterhält. Ich breite mich dort aus. Üblicherweise mit einem Computer oder einem Spielcontroller in den Händen. Da ich Sie kaum kenne und mein Laptop draußen im Auto ist, werde ich mich nicht auf Ihren makellosen Kissen ausbreiten und es mir gemütlich machen. Zumindest noch nicht. Und jetzt nehmen Sie Platz."

Sie verkniff sich den Kommentar, dass sie kein Hund war, doch es gelang ihr nur knapp.

Das offene Lächeln, das er ihr zuwarf, zeigte ihr, dass dieser Gedanke trotzdem bei ihm angekommen war. „Sicher, dass Sie mit mir arbeiten wollen?"

Sie hob eine Augenbraue, stampfte förmlich zu ihrem Stuhl und pflanzte ihren Hintern darauf, tat es allerdings seitlich, damit sie ihn weiterhin direkt ansehen konnte.

Seine Aufmerksamkeit richtete sich auf den Saum ihres Bademantels, der ihr nun bis zur Mitte des Oberschenkels reichte, und sein Lächeln verrutschte.

Einen Moment lang konnte sie nicht atmen. Sie konnte sich nur auf ihren ansteigenden Puls und die Nässe zwischen ihren Beinen fokussieren. So, wie er sie ansah, die Intensität seines Blicks – sie konnte sich fast seine Berührung vorstellen, warm und selbstsicher zwischen ihren Knien, an der Innenseite ihrer Schenkel hinauf, bis er ihr Geschlecht umfasste.

Er stieß sich von der Wand ab und wanderte zum Küchentresen, wodurch er glücklicherweise diesen Augenblick zerstörte, bevor sie noch etwas Dummes tat – wie ihren Bademantel zurückzuschlagen und sich selbst um das Problem zu kümmern.

„Am besten sage ich Ihnen gleich, dass ich verdammt tonangebend bin", erklärte er. „Es gibt eine bestimmte Art, wie ich die Dinge handhabe. Nichts Halbgares." Er öffnete den Schrank direkt über ihrer Kaffeemaschine und nahm sich eine Tasse, als ob er schon tausend Mal hier gewesen wäre.

Sie setzte sich aufrechter auf ihren Stuhl. „Woher wussten Sie, wo die Tassen stehen?"

„Warum haben Sie sie direkt über die Kaffeemaschine gestellt?"

„Weil es dort am praktischsten ist."

Er sah zu ihr zurück, grinste und schloss die Schranktür. „Daher wusste ich es." Er besah sich ihre saubere Theke. „Milch oder Zucker für Sie?"

„Ich kann mir selbst einschenken."

„Das habe ich nicht gefragt. Ich habe gefragt, ob Sie Milch oder Zucker nehmen."

„Weder noch, ich bevorzuge ihn schwarz."

„Ist der Grund dafür, dass Sie kein Schleckermaul sind oder dass Sie es eilig haben, zum Wesentlichen zu kommen?"

Sie schluckte. Sein Tonfall ließ sie sich fragen, ob sie immer noch von ihren Vorlieben bezüglich Kaffee sprachen oder über etwas weitaus Persönlicheres. „Ich würde gerne zum Wesentlichen kommen."

Er nickte, aber seine Lippen zuckten, als ob er gegen ein weiteres Lächeln ankämpfte. Er drehte sich um, stemmte die Hüfte gegen die Theke und legte die Hände um den Rand der Arbeitsfläche. „Wo waren wir?"

„Sie sind rechthaberisch und machen nichts Halbgares", sagte sie, bevor ihr Kopf die schnippische Antwort zurückhalten konnte.

Jetzt versuchte er nicht einmal, das Grinsen zu verbergen. „Als Jason von meinen Tugenden geschwärmt hat, hat er dabei auch erwähnt, dass ich arrogant bin, zwanghaft organisiert, kontrollsüchtig und neugierig auf eine Art, die Ihnen garantiert innerhalb einer Woche auf die Nerven gehen wird?"

„Ich kann Ihnen versprechen, dass ich weitaus arrogantere und kontrollsüchtigere Männer als Sie kennengelernt habe. Und ich bin davon überzeugt, dass ich Ihre Fähigkeiten, was das Organisieren angeht, toppen kann, wenn ich die Gelegenheit bekomme. Falls Sie also versuchen, mich zu verschrecken, wird Ihnen das nicht gelingen. Sofern Sie das Risiko mit mir nicht eingehen wollen, sagen Sie das laut und deutlich und gehen Sie, aber ich höre nicht auf, bis ich Erfolg habe. Das einzig Unsichere ist der Pfad, auf dem ich dorthin gelangen werde."

Sie wusste nicht, was für eine Reaktion sie auf ihre Ansprache erwartet hatte. Vielleicht Überraschung. Auf jeden Fall Ärger. Immerhin hatte er an diesem Morgen alle ihre Knöpfe gedrückt, daher war eine Retourkutsche nur fair. Aber stattdessen nickte er ihr knapp zu. „Gute Antwort. Gott weiß, dass Sie diese Einstellung brauchen werden, damit Sie die nächsten Monate überstehen."

Hinter ihm spuckte und gurgelte die Kaffeemaschine, bevor sie fertig war.

Knox drückte sich von der Theke ab, drehte sich um

und zog die Kanne von der Warmhalteplatte. „Vermutlich haben Sie Ihre E-Mails noch nicht gecheckt, da ich Sie geweckt habe, aber Sie werden darin drei Links zu verschiedenen Trainingsprogrammen finden, die ich für Sie eingerichtet habe."

„Wirklich?" Sie fuhr zu ihrem Computer herum und wackelte mit der Maus, um ihren Bildschirm wieder zum Leben zu erwecken. „Bevor ich letzte Nacht ins Bett gegangen bin, war noch nichts da."

„Wie gesagt, ich schlafe nicht besonders viel." Hinter sich hörte sie, wie ein paar Tropfen auf die heiße Platte fielen und zischten, nachdem er die Kanne entfernt hatte. „Das ist zusätzlich etwas, an das Sie sich gewöhnen müssen. Ich erledige die meisten Überprüfungen von Codes über Nacht, daher sollten Sie damit rechnen, früh am Morgen Input zu erhalten."

Sie klickte sofort auf seine E-Mail, nachdem sie in ihrem Posteingang aufgetaucht war, und rief den ersten der Trainingslinks auf. In ihrem Browser öffnete sich eine Seite mit mindestens fünfzehn Modulen und zu ausführlichen Beschreibungen, um sie zu verarbeiten, während er ihr über die Schulter sah.

Das Rascheln von Kleidung ertönte, dann erklang seine Stimme näher. „Wenn Sie mit mir arbeiten wollen, gibt es zwei Hürden, die es zu überwinden gilt. Als Erstes will ich, dass Sie alle Module des ersten Kurses bearbeiten, die ich aufgelistet habe, und mir den Mustercode dazu bis siebzehn Uhr am Freitag schicken. Schaffen Sie es bis dahin, ohne aus dem Fenster zu springen oder mich anzurufen, um mir abzusagen, hole ich Sie am Samstagabend für die zweite Hürde ab."

Er stellte den Kaffee direkt neben ihrer Hand auf den Tisch, zog seinen Geldbeutel aus der hinteren Hosentasche und förderte eine Visitenkarte daraus zutage. Er wackelte ein paarmal damit, dann legte er sie neben die Tasse. „Wenn Sie mit der weißen Flagge wedeln wollen, ist hier meine Nummer."

Es dauerte sehr lange, bis ihr Gehirn wieder aufholte, denn das reine Arbeitspensum dessen, was er von ihr innerhalb von zwei Tagen zu beenden verlangte, brachte sie vollkommen durcheinander. Für die Module, die sie davor erledigt hatte, hatte sie zweimal so lange gebraucht, und sie würde eine Shoppingtour ohne Limit bei Neiman Marcus darauf verwetten, dass er das wusste.

Knox starrte auf sie hinab. Das markante Charisma, das ihn umgab, loderte doppelt so heiß, und eine deutliche Herausforderung funkelte in seinen Augen. „Glauben Sie, dass Sie das schaffen?"

Vielleicht. Sie würde komplett auf Schlaf und möglicherweise auch auf Essen verzichten müssen, aber das würde sie ihm niemals sagen. „Auf jeden Fall."

„Gut." Er wandte sich ab und schlenderte zur Tür.

„Sie gehen?"

„Ja", sagte er, ohne zurückzublicken.

„Aber Sie haben Ihren Kaffee nicht getrunken."

„Der ist für Sie. Vertrauen Sie mir. Sie werden ihn brauchen."

Er öffnete die Tür.

Sie sah auf seine Karte neben ihrer Kaffeetasse. Was hatte er von Samstag und einer zweiten Hürde gesagt? Sie stand hektisch auf. „Moment."

Er hielt inne, die Tür bereits halb hinter sich geschlossen, eine Hand immer noch um den Türknauf gelegt, und blickte mit erhobenen Augenbrauen zu ihr zurück.

„Was ist die zweite Hürde?"

Einer seiner Mundwinkel krümmte sich verrucht, das Versprechen eines Bad Boys und ein teuflisches Vergnügen in einem. „Sie treffen meine Brüder."

Kapitel 8

Knox schob seine Harley auf einen freien Parkplatz vor JJs Wohnung und schaltete den Motor aus. Um zwanzig Uhr an einem Samstagabend war die Welt um ihn herum alles andere als still, aber sie wirkte zahm durch die Abwesenheit des kehligen Dröhnens seines Motorrads. Er lächelte vor sich hin und eilte die Stufen hinauf. Der heutige Abend würde auf jeden Fall spannend werden. JJ hatte nicht nur den Code aus der ersten Aufgabe erstellt, die er ihr zugeteilt hatte, sondern sie hatte ihn sogar zwei Stunden vor der Zeit geschickt.

Knox,
mein Code befindet sich im Anhang. Hürde Nummer eins ist gemeistert. Da ich davon ausgehe, dass die Qualität Ihren hohen Anforderungen gerecht wird oder sie übertrifft, bin ich bereit, mich Hürde Nummer zwei morgen um zwanzig Uhr zu stellen.
Mit freundlichen Grüßen
JJ

Oh ja. Er hatte ihr auf jeden Fall mit seinem Besuch am Dienstagmorgen Feuer unterm Hintern gemacht. Was für ihn richtig beschissen war, weil ihr Eigensinn ihn verdammt noch mal anmachte. Besonders wenn er gekoppelt war mit ihrem irrwitzigen Grips und der ausgeprägten Intelligenz.

Allerdings hatte es einen Grund gehabt, weshalb er ihr Temperament angestachelt hatte, und das hatte genauso geklappt, wie er es sich erhofft hatte. Es würde noch lange dauern, bis sie sich ihren Lebensunterhalt mit dem Entwickeln von Apps verdienen könnte, und der beste Weg, wie er ihr helfen konnte, war eine gute altmodische Herausforderung.

Er klopfte mit den Knöcheln gegen die alte Holztür und besah sich den Highway in der Ferne. Sosehr er es auch zuzugeben hasste, er hatte in den vergangenen paar Tagen viel zu viel Zeit damit verbracht, sich an den Moment zu erinnern, als er das letzte Mal hier gestanden hatte. Oder genauer gesagt, an das Bild von ihr in diesem kurzen Bademantel, der einen perfekten Blick auf ihre sündhaft langen Beine erlaubte. Auf keinen Fall hatte sie etwas darunter getragen. Er hatte es schon vermutet, als sie den Kragen zwischen ihren Brüsten gepackt und ihn hereingebeten hatte, aber nachdem er erkannt hatte, wie viel von ihren Schenkeln zu sehen war, sobald sie sich an ihren Tisch gesetzt hatte, war er ganz sicher gewesen. Dass es ihm gelungen war, nicht auf die Knie zu fallen, sich ihre Oberschenkel über die Schultern zu legen und ihre Pussy mit der Zunge zu bearbeiten, bis sie schrie, war ein verfluchtes Wunder.

Der Türriegel wurde zurückgeschoben und die Tür geöffnet.

Verdammt.

Apropos wunderschöne Frau … Warum er ihr nicht gesagt hatte, was sie anziehen sollte, wusste er nicht, aber ihr Anblick war die fehlende Kommunikation definitiv wert. Sie trug ein dünnes weißes Oberteil, einen enganliegenden schwarzen Fick-mich-Rock und dazu passende hohe Schuhe.

Er wartete nicht auf eine Einladung, sondern trat vor und nahm sich viel Zeit, während er sie von oben bis unten betrachtete. „Sie sehen großartig aus."

Interessanterweise zögerte sie bis zuletzt, bevor sie zur Seite ging und ihn vorbeiließ, und wenn er sich nicht täuschte, schürzte sie die Lippen mit einem kaum verborgenen Grinsen. „Danke. Obwohl ich hoffe, Sie vergeben mir, dass ich mir vor allem wegen Ihrer Brüder Mühe gegeben habe, nicht wegen Ihnen."

Und da war er wieder, ihr Eigensinn. Er war unter einer höflichen und formellen Antwort verborgen, aber die Schärfe war nichtsdestotrotz vorhanden gewesen. Das war so was von heiß.

Die Fernbedienung zu ihrem Fernseher lag an einem Ende ihres Kaffeetisches aus Glas, perfekt parallel zum Rand. Als ob ihre Klugheit, ihre Frechheit und ihr Sex-Appeal nicht reichten, jetzt musste sie sogar noch sein zwanghaftes Bedürfnis nach Ordnung übertreffen. Seufzend umrundete er den Tisch, nahm sich die Fernbedienung und machte es sich auf ihrem Sofa bequem. „Süße, wenn sie Ihnen dank Ihres Akzents nicht aus der Hand fressen, werden Sie ihnen mit Ihren Beinen den Rest geben. Das einzige Problem ist, dass Sie da, wo wir hingehen, viel legerer gekleidet sein müssen."

Sie runzelte die Stirn, betrachtete ihre Kleidung und sah dann wieder zu ihm. „Aber Sie sagten, es sei ein Vorstellungsgespräch."

„Nein, ich sagte, Sie würden meine Brüder treffen. Das ist ein großer Unterschied. Bei unserem Ziel und der Art, wie wir dorthin gelangen, würde ich sagen, es wäre vernünftig, den Rock loszuwerden und sich in Jeans zu schmeißen. Dazu noch Stiefel, wenn Sie welche haben."

„Stiefel?"

Er drückte auf den Anschaltknopf und bekämpfte den Drang, die Füße auf den Kaffeetisch zu legen. Bequemlichkeit war das Eine, aber die saubere Oberfläche zu beschmutzen, wäre ein echt übler Zug, selbst wenn er darauf aus war, durch sein überhebliches Verhalten etwas professionelle Distanz zu schaffen. „Ja. Welche auch immer Sie haben. Oder zumindest geschlossene Schuhe, falls Sie keine Stiefel besitzen."

„Warum?"

Er scrollte durch das Programm und runzelte die Stirn. Sie besaß nur einfaches Kabelfernsehen. Das würde er ändern müssen. Vorausgesetzt, sie erhielt von den Jungs erhobene Daumen und alles schritt voran. Allerdings würden Filmabende noch in weiter Zukunft liegen, so beschäftigt, wie er sie halten würde. Er wählte CNN und drehte die Lautstärke herunter. „Obwohl Sie wie eine Gangsterbraut aussehen würden, wenn Sie diese Stöckelschuhe hinten auf meinem Bike tragen, helfen sie nicht besonders dabei, Ihre hübschen Zehen zu schützen."

„Ihr Bike?" Es waren nur zwei Worte, aber dadurch änderte sich ihr ganzes Wesen, denn die scharfe und kampfbereite Geschäftsfrau wurde zu einem Kind am Weihnachtsmorgen. „Damit meinen Sie ein Motorrad, richtig? Keinen Drahtesel?"

Aus irgendeinem blödsinnigen Grund zeigte ihm seine Fantasie das lächerliche Bild, wie er auf seinem alten, gebrauchten Geländefahrrad in die Pedale trat und sie auf seinem Lenkrad saß. „Das hängt davon ab, ob Ihr Enthusiasmus sich eher auf die motorisierte Variante konzentriert oder Sie mehr auf personenbetriebene Fortbewegungsmittel stehen."

Das Lächeln, das sie ihm schenkte, war blendend. Reines, ungetrübtes Vergnügen. „Ich habe eine große Vorliebe für Motorräder."

Fuck.

Ihr Akzent war schon sexy, wenn sie ihn mit ihrer Eigenwilligkeit herausforderte, aber gemischt mit dieser Heiserkeit war er geradezu tödlich. Gott sei Dank saß er und war ausgestreckt, sodass sein Schwanz genug Platz hatte, um etwas anzuschwellen, sonst wäre es verdammt ungemütlich. „Sind Sie begeistert, weil Sie bereits damit gefahren sind oder weil Sie es wollen?"

„Bisher habe ich es noch nie getan, aber ich wollte es schon immer probieren."

Das war ja eine erfreuliche Eröffnung. Er würde ihren Körper an seinen gepresst fühlen und ihr ein erstes Mal schenken. Eine Win-Win-Situation für alle Beteiligten. Er neigte den Kopf in Richtung ihres Schlafzimmers und betete, dass sie in ihrer Begeisterung so abgelenkt war, dass ihr entging, wie sehr er sich darauf freute, zumindest in einer Hinsicht derjenige zu sein, der ihr die Unschuld nahm. „Dann legen Sie einen Zahn zu. Wir müssen dafür sorgen, dass Sie bereit sind loszufahren."

Hinter Knox Torren auf einer Harley zu sitzen, musste den ersten Platz auf Daryas Beste-Erlebnisse-aller-Zeiten-Liste einnehmen. Alles wirkte so viel näher. So viel lebendiger und greifbarer als aus der Sicherheit ihres Autos heraus. Die Brust an seinen Rücken gepresst und ihre Arme um seine kräftigen Bauchmuskeln geschlungen, während sich der rauschende Wind mit seinem intensiven männlichen Duft mischte, das war der reine Himmel auf Erden. Ein außergewöhnlicher Rausch.

Knox lehnte sich in eine Kurve, die sie über eine große Kreuzung führte, und lenkte sie in Richtung eines Parks auf der anderen Seite des Highways, in dem sich mindestens tausend Menschen befanden. Ein gut gepflegter Rasen, an beiden Seiten eingerahmt von schlanken Boulevard-Eichen und altmodischen Straßenlaternen, erstreckte sich über die Länge von zwei Blocks der Stadt. Am weitesten entfernten Ende war eine große Bühne aufgebaut worden, und ihre roten, blauen und weißen Lichter pulsierten im Takt der Musik, die sogar noch über das Röhren des Motorradmotors hörbar war.

Sie lächelte und schlang die Arme fester um Knox. JJ hätte das hier geliebt. Jede Sekunde davon. Obwohl, so, wie sie JJ kannte, wäre sie nicht zufrieden gewesen, einfache Mitfahrerin zu sein. Nein, nach zehn Minuten Fahrt hätte sie den Plan entwickelt, ein eigenes Motorrad zu kaufen, und kurz danach ihre erste Solo-Tour in die Tat umgesetzt. Nichts hatte JJ jemals zurückgehalten. Nicht ihre Ängste und sicherlich nicht ihre Vergangenheit – was der Hauptgrund gewesen war, weshalb sie so darauf bestanden hatte, Darya, bis zu dem Tag, an dem sie gestorben war, zu helfen.

Viel zu schnell lenkte Knox sie beide in eine Reihe von anderen Motorrädern, die auf einem improvisierten Parkplatz standen. Die anderen hatten eine ähnliche Größe wie seines, aber keines besaß dieses trendige Aussehen. Sie bestanden aus glänzendem Chrom und waren protzig, doch seines war schlank, schlicht und auf Professionalität ausgelegt dank der dunkelbraunen Farbe und der mattschwarzen Rohre. Er drosselte den Motor, und der donnernde Klang eines Blues-Titels erklang, um die Leere zu füllen.

Das hier war also ein Live-Konzert. Direkt vor der Bühne standen die Leute dicht an dicht und Schulter an Schulter, aber weiter entfernt gab es Gruppen von Besuchern, die Klappstühle aufgebaut oder Decken ausgebreitet hatten, um die Show zu genießen. Am faszinierendsten war die Verschiedenartigkeit der Anwesenden. Jung, alt und alles dazwischen. Gesellschaftlicher Status schien hier nicht zu zählen. Als ob alle Vorurteile der Welt in dieser Nacht ausgesetzt worden wären und einfach jedem die Arme entgegengestreckt hätten.

Knox wandte den Kopf, um ihr ein Grinsen zuzuwerfen. „Wenn Sie absteigen, bringe ich Sie hinein, statt dass Sie es vom Parkplatz aus genießen müssen."

„Oh. Stimmt. Entschuldigung." Sie legte die Hände auf seine Schultern, unterdrückte gerade noch das Bedürfnis, das Gefühl der Muskeln unter ihren Handflächen auszukosten, und machte sich daran, sich wieder in eine aufrechte Haltung zu bringen. Dankenswerterweise geriet ihr Absteigen weniger ungelenk als das Aufsteigen. Allerdings war sie nach diesem aufregenden

Ritt so aufgeputscht vom Adrenalin, dass sie vermutlich von der Maschine hätte schweben können, wenn sie es sich in den Kopf gesetzt hätte.

In der Sekunde, in der sie den Sitz frei machte, trat Knox den Ständer nach unten, stellte das Motorrad ab und schwang wie ein moderner Cowboy das Bein über den hinteren Teil.

Vielleicht war es die Energie um sie herum oder das ehrliche Lächeln, das er ihr schenkte, als er sich umdrehte und die Schlüssel in die Tasche seiner abgetragenen Jeans steckte. Aber in einem überwältigenden Augenblick drangen all die Gefühle, die sie seit dem Tag, an dem JJ gestorben war, sorgfältig verborgen gehalten hatte, an die Oberfläche und schoben jedes Fünkchen gesunden Menschenverstand und Anstand zugunsten ungetrübter Dankbarkeit zur Seite.

Sie war nicht allein. Für diesen einen Moment hatte sie Gesellschaft, war lebendig, in Sicherheit und frei und sah sich dem Versprechen einer neuen und aufregenden Zukunft gegenüber. Sie stolperte nach vorn, umfasste Knox in einer engen Umarmung und sagte heiser: „Danke."

Seine Arme legten sich um sie, zuerst langsam und sanft, dann immer stärker. Als ob er den Sturm, der sie erfasst hatte, bemerkt und ihr Bedürfnis, sich zu verankern, gespürt hätte.

„Ich glaube, es muss nicht extra betont werden, dass mir Ihre Art, sich zu bedanken, gefällt." Er glitt mit seinen Händen an ihrer Wirbelsäule entlang, bis eine zwischen ihren Schulterblättern und die andere am unteren Ende ihres Rückens ruhte. Nicht auf ihrem Hintern, aber so tief, dass ihr Körper erwachte und sich eine ganz andere Verbindung wünschte. Als er sprach, war seine Stimme leise und kratzig. „Ich glaube allerdings nicht, dass das eine gute Idee ist, wenn ich Ihr Boss sein soll."

So schnell, wie sie die Kontrolle verloren hatte, drang die Realität wieder in ihr Bewusstsein, und sie versuchte, sich ihm zu entziehen.

Er hielt sie weiter fest und zwang ihre Hüften enger an seine.

Er wollte sie. Wenn die Hitze in seinen Augen von der Farbe von Gewitterwolken das noch nicht deutlich genug machte, ließ die beeindruckende Erektion, die er an sie drückte, keinen Zweifel mehr zu. Ihr Herzschlag fühlte sich so kräftig an, dass er mit dem steten Dröhnen der Basstrommel konkurrierte, und obwohl sie versuchte, ihre Stimme mit einer ungezwungenen Lockerheit zu versehen, hörte sie sich atemlos und heiser an. „Es tut mir leid. Ich war bloß … so glücklich."

„Genau wie ich jetzt. Sehr." Sein Blick fiel auf ihre Lippen, und er atmete langsam und tief ein, aber statt sich den Kuss zu holen, den sie sich erhoffte, lockerte er seinen Griff und schob sie von sich. „Ich bin nur einfach nicht bereit, diese Grenze mit jemandem zu überschreiten, der meine Angestellte sein will."

„Natürlich." Sie nickte und brachte mehr Abstand zwischen sie. Sie hasste die ungemütliche Lage, in die sie sie beide mit ihren Handlungen gebracht hatte. Logisch betrachtet war ihr der Grund für diese Abgrenzung klar. Er war ein Geschäftsmann, und zwar ein überaus kreativer, angetriebener und erfolgreicher. Wenn es um Knox ging, schien ihr Hirn sie leider kaum mit gesundem Menschenverstand zu versorgen. „Sie sollten wissen, dass ich das nicht auf unangebrachte Weise gemeint habe. Meine Familie war sehr offen darin, ihre Zuneigung zu zeigen, daher neige ich dazu, es genauso zu handhaben. Manchmal passiert das impulsiv. Ich wollte nicht, dass Sie sich unbehaglich fühlen."

Er kam näher und überwand damit den Abstand, den sie geschaffen hatte. „Das Letzte, was mir als Beschreibung einfallen würde, wenn Sie in meiner Nähe sind, ist *unbehaglich*. Überwältigt vielleicht. Auf jeden Fall hingerissen und bereit. Doch selbst wenn ich willens wäre, Geschäftliches und Vergnügen miteinander zu vermischen, wäre ich nicht die Art Mann, mit der man das tun sollte. Ich kenne Sie erst ein paar Tage, aber ich habe genug gesehen und gespürt, um zu wissen, dass Sie viel mehr verdienen als das, was ich bereit bin, einer Frau zu geben. Verstehen Sie?"

Nicht wirklich. Ihre Instinkte, was Menschen anging, waren selten falsch, und alles, was sie ihr über Knox sagten, war, dass er nicht nur vertrauenswürdig, sondern auch zutiefst loyal und fürsorglich war. Allerdings war es ihr unmöglich, irgendetwas rational zu durchdenken, wenn er ihr so nahe war. Sie nickte knapp und professionell und zwang sich, seinen Blick zu erwidern. „Vollkommen."

Er bedachte sie mit seinem Killerlächeln und deutete mit einer Kopfbewegung in Richtung der Menge. „Gut, dann sorge ich dafür, dass Sie eine Tour erhalten, und anschließend schauen wir, ob wir meine Familie finden."

Die Tour bestand aus einem gemächlichen Spaziergang vorbei an fünf verschiedenen Barbecue-Ständen, die ihr das Wasser im Mund zusammenlaufen ließen, einem überfüllten Bierzelt und drei weiteren Ständen, die sich auf Wein, Alkohol und Band-Merchandise spezialisiert hatten. Je näher sie der Bühne kamen, desto stärker dröhnte die Musik durch sie hindurch und desto dichter wurde die Menge, aber während der gesamten Zeit schwieg Knox, führte sie hierhin und dorthin und ließ sie jedes Detail in sich aufsaugen.

Nahe dem Zentrum der Veranstaltung befand sich ein durch ein Seil abgetrennter Bereich mit runden Tischen und einer privaten Bar in der Mitte. Knox legte die Hand auf ihren unteren Rücken, zeigte in Richtung der Abtrennung und beugte sich vor. „Dorthin geht's."

Zu ihrer Linken stieß ein kräftiger Mann mit schulterlangem grau meliertem Haar ein bellendes Lachen aus, löste sich aus einer Gruppe von Männern, die genauso robust gekleidet waren wie er, und trat direkt vor sie.

Bevor sie ihm aus dem Weg gehen konnte, wechselte Knox' Hand von ihrem Rücken zu ihrer Hüfte, zog sie rasch aus der Bahn des großen Mannes und schirmte sie vor jeglichem Kontakt ab.

Der grobschlächtige Kerl hob entschuldigend die Hände, besah sie sich und schenkte Knox ein Lächeln voller Zähne. „Hey, Knox, hab mich schon gefragt, ob ich dich hier treffe." Sein Blick glitt zurück zu Darya, die er noch einmal etwas langsamer betrachtete, dann wandte er seine Aufmerksamkeit wieder Knox zu. „Suchst du nach deiner Truppe?"

Knox schüttelte den Kopf. „Nein. Ich habe sie bereits im VIP-Bereich entdeckt."

„Das ist vermutlich der Vorteil davon, dass Axel derjenige ist, der dieses Ding hier auf die Beine gestellt hat, oder?"

„So ähnlich." Knox verstärkte den Griff seiner Hand, die immer noch an ihrer Hüfte lag. „JJ, das hier ist Seth. Seth, das ist meine Freundin JJ Simpson."

Freundin? Das war eine interessante Wortwahl für eine Vorstellung. Vielleicht besser als Bekannte oder Kollegin, aber trotzdem nicht das, was sie erwartet hatte.

„Mann, du hast eine Menge *Freundinnen,* und jede von ihnen ist heiß." Seth streckte eine große Hand aus. Starke Schwielen bedeckten die Haut und zwei klobige Silberringe zierten seine Finger. Ein Wirrwarr von Tribal-Tattoos schlängelte sich an seinem Unterarm hinauf. „Schön, dich kennenzulernen."

Sein Griff, als sie ihre Hand in seine legte, war überraschend sanft für einen dermaßen großen Mann. „Gleichfalls."

Er hielt ihre Finger weiterhin besitzergreifend fest,

während er Knox abschätzend ansah, dann ließ er die Hand sinken und wich zurück. „Bleibt ihr ein Weilchen?“

„Zumindest bis die Band fertig ist.“ Knox neigte den Kopf auf eine Weise, die zeigte, dass das Gespräch beendet war, und schob Darya in Richtung des reservierten Bereichs. „Lass mich JJ unterbringen, dann können wir uns später etwas unterhalten.“

„Ja, das werden wir. Verlass dich drauf.“ Damit zwinkerte Seth ihr zu und wandte sich wieder dorthin, wo er hatte hingehen wollen, bevor er ihren Pfad gekreuzt hatte.

„Ist Seth ein Freund von Ihnen?“, fragte sie, während sie sich durch die Menschen schoben.

„Eher eine Bekanntschaft. Er arbeitet für einen Kerl, der Geschäfte mit meinem Bruder Jace macht.“

Bevor sie sich erkundigen konnte, welche Art von Arbeit jemand ausübte, der so hart aussah wie Seth, erreichten sie den Eingang zum reservierten Bereich. Zwei Männer bewachten das Tor, beide in enganliegenden schwarzen T-Shirts, auf deren Rücken in großen Buchstaben *Security* stand. Statt sie nach ihren Namen oder Ausweisen zu fragen, wie sie es erwartet hatte, warf der Mann mit der mokkafarbenen Haut und den schulterlangen Dreadlocks Knox ein vertrautes Lächeln zu und hob seine Hand, damit er einschlagen konnte. „Hey, Mann. Hab mich schon gefragt, wann du auftauchst.“

Knox grüßte ihn und zeigte ein ganz anderes Level an Vertrautheit als das, was ihn offensichtlich mit Seth verband. „Hey, Ivan. Hätte nicht erwartet, dich heute Nacht bei der Drecksarbeit zu sehen.“

Ivan zuckte mit den Achseln und rieb sich mit dem Handrücken über das Kinn. „Du weißt doch, wie es läuft. Axel brauchte Hilfe, also habe ich sie angeboten.“

Sie wechselten einen Blick, den sie nicht richtig entziffern konnte, der aber voller Bedeutsamkeit war.

„Das zählt alles", sagte Knox. „Diese Zeit abzuleisten, ist es am Ende wirklich wert."

„Schon klar." Er wies mit dem Kopf in Richtung eines Tisches knapp hinter der privaten Bar und den Essensverkäufern, die für die VIPs bereitstanden. „Deine Truppe ist direkt geradeaus. Hab viel Spaß."

Knox nahm ihre Hand in seine, übernahm die Führung und nickte diversen Menschen entlang des Wegs zu oder grüßte sie mit erhobener Hand.

„Sie kennen eine Menge Leute", sagte sie hinter ihm.

Er sah zu ihr zurück und grinste. „Meine Brüder kennen eine Menge Leute. Wenn es nach mir ginge, würde ich vermutlich nie hinter meinem Computer auftauchen."

Als sie sich dem Tisch näherten, auf den Ivan gedeutet hatte, lockerte Knox seinen Griff. Die Band beendete ihren Song und verkündete, dass sie nach einer kurzen Pause zurück sein würden, und die Menge antwortete darauf mit tosendem Applaus.

Eine tiefe, grollende Stimme erklang von Knox' anderer Seite. „Ich dachte schon, wir müssten Beckett auf die Suche nach dir schicken."

Sie beugte sich etwas vor, um herauszufinden, wer gesprochen hatte, als Knox zurücktrat, sodass ihr Blick dadurch den ganzen Tisch erfassen konnte. Der Eindruck war überwältigend. Obwohl sie jeden von ihnen auf dem Foto betrachtet hatte, das sie vom Bericht einer Rally früher im Jahr gespeichert hatte, waren die Männer, die Knox seine Brüder nannte, im wahren Leben doppelt so beeindruckend. Neben dreien von ihnen saßen gleichermaßen schöne Frauen mit glücklichen und zufriedenen Gesichtsausdrücken.

Knox winkte dem Mann und der Frau zu, die ihnen am nächsten waren. „JJ, das hier sind Jace und Vivienne. Die zwei Trottel neben ihm sind Beckett und

Danny. Sie werden mehr als genug mit ihnen zu tun haben, wenn Sie in meiner Firma landen sollten."

Darya nickte. Die Nervosität, die sie in der letzten Stunde hatte ignorieren können, meldete sich wieder zu Wort, gemeinsam mit einer gesunden Angst, dass sie dieses Treffen richtig in den Sand setzen würde.

Knox fuhr fort, sodass keiner etwas einwerfen konnte. „Die glücklichen Pärchen da drüben sind Zeke und Gabe und Trevor und Natalie. Beide sind erst seit Kurzem verheiratet, und es ist total ekelig, ihnen zuzusehen."

Die dunkelhaarige Frau, die er als Vivienne vorgestellt hatte, runzelte die Stirn. „Und wir? Gehören wir nicht dazu oder was?"

„Bei euch ist es schon anderthalb Jahre her", brummte Knox zurück. „Ihr seid jetzt einfach ein normales Paar. Und ich bin immer noch davon überzeugt, dass ihr zwei verdächtiges Zeug in das Wasser in Haven gebt. Dieses ganze Liebesgeplänkel ist ansteckend."

Zu ihrer Linken kratzte Metall über Beton und lenkte ihre Aufmerksamkeit auf den einen Bruder, den sie noch nicht kennengelernt hatte. Er war groß, bestimmt fast eins neunzig, und wäre mit seinem langen rötlichen Haar und dem Vollbart sicher Furcht einflößend gewesen, wenn er nicht maßgeschneiderte Hosen und ein schickes Hemd mit hochgerollten Ärmeln tragen würde. Trotz der Hitze wirkte er, als ob er sich inmitten der ansonsten leger gekleideten Menge wohlfühlen würde, und nicht im Mindesten zerknittert.

Er wartete nicht darauf, dass Knox ihn vorstellte, sondern trat näher und bot ihr seine Hand an. „Ich heiße Axel McKee."

Darya legte ihre Hand in Erwartung eines höflichen Drucks in seine, aber er hob sie an seine Lippen.

„Schön, Sie kennenzulernen", stotterte sie. Der reine Schalk in seinem verruchten Blick traf sie härter als die

Tritte, die sie bei ihrem letzten Training erhalten hatte.

Axel grinste. Sein Lächeln und das sanfte Kitzeln seines Schnurrbarts auf ihrer Haut schickte eine Gänsehaut ihren Arm hinauf. „Herrgott noch eins, dieser Akzent wird mich ins Grab bringen." Er richtete sich auf, zog sie an ihrer Hand enger an seine Seite und holte hinter ihnen einen Stuhl heran, den er neben seinen stellte. „Was halten Sie davon, sich neben mich zu setzen und mich ein oder zwei Tage damit zu unterhalten?"

„Das wird auf keinen Fall passieren." Knox schob den Stuhl zu einem freien Platz an Jace' anderer Seite und führte sie dorthin. „Ein guter Rat: Axel glaubt, es wäre seine von Gott gegebene Mission, alle Frauen im Dreiländereck zu verführen. Setzen Sie sich neben Jace. Er ist zu sehr damit beschäftigt, Viv das Höschen auszuziehen, um sich mit Ihrem zu beschäftigen."

„Das verletzt mich jetzt aber, Bruder." Axel machte es sich auf seinem Stuhl bequem, den Blick immer noch auf Darya gerichtet, und hob grüßend das Glas. „Und für die Akten: Es wäre gegenüber den Damen äußerst unsportlich von mir, wenn ich mich auf unser winziges Fleckchen hier beschränken würde."

Knox schüttelte den Kopf und konzentrierte sich auf Darya. „Ich hole was zu trinken. Was darf's sein?"

Eine Vielzahl von Wein, Mischgetränken und Bier stand auf dem Tisch. Wenn es ein Vorstellungsgespräch wäre, wäre jegliche Art von Drink eine üble Idee, aber Knox hatte betont, dass es sich hier um ein lockeres Treffen handelte. Außerdem wäre etwas, um ihre Nerven zu beruhigen, ganz recht. „Wodka, bitte."

„Und jetzt bin ich verliebt", murmelte Axel und beugte sich vor, um ihre Aufmerksamkeit zu erregen. „Sicher, dass Sie nicht bei mir hocken wollen, Mädel? Lassen 'se uns mit meinem Scotch und Ihrem russischen Gebräu anstoßen und wir überwinden alle Arten von internationalen Grenzen."

„Lass deinen Dialekt stecken, du dreckiger Schotte", sagte Knox. Er legte eine Hand auf Daryas Schulter, warf dem Rest seiner Gruppe einen warnenden Blick zu und ging dann zur Bar.

Er hatte es kaum drei Schritte weit geschafft, als Vivienne sich auf ihrem Platz umdrehte. „Sie stammen aus Russland, oder? Aus welchem Gebiet?"

Und damit begann es. Seit sie erfahren hatte, dass sie Knox' Brüder kennenlernen würde, hatte sie ausgiebig darüber nachgedacht, wie sie mit ihrer Vergangenheit umgehen sollte. Das Einzige, was sich richtig angefühlt hatte, war, so ehrlich wie möglich zu sein, ohne zu viele Details mitzuteilen. „Jekaterinburg, aber ich bin nach Sankt Petersburg gezogen, sobald ich mit der Ausbildung fertig war."

Die hübsche honigblonde Frau, die Knox als Gabe vorgestellt hatte und die ein einfaches blaues Tanktop und abgeschnittene Jeans trug, meldete sich zu Wort. „Wie lange wohnen Sie schon hier?"

„Fast drei Jahre. Obwohl ich die meiste Zeit in San Diego verbracht habe. Ich bin erst seit neun Monaten in Texas."

Vivienne lachte leise. „Ihr erster Sommer in Texas. Wie geht es Ihnen damit?"

„Er ist anders. Viel wärmer als Russland im Sommer, was schön ist, außer man sitzt auf einem Pferd. Ich bin vor ein paar Wochen auf einem Wanderritt gewesen und habe begriffen, dass ich am besten bis zum Herbst damit gewartet hätte."

Der blonde Bruder mit dem Pferdeschwanz hob den Kopf. Von allen Männern waren er und Beckett diejenigen gewesen, die sie erkannt hatte – Beckett, weil er in einigen der Berichte über Knox erwähnt worden war, und Trevor, weil er vor ein paar Monaten das Ziel eines ihrer Kunden gewesen war. Das war der Job gewesen, der ihr den Mut und den Anstoß gegeben hatte, Kontakt mit Knox aufzunehmen. „Sie reiten gerne?“

Seine Frau Natalie kicherte und rollte mit den Augen. „Oh, jetzt hat sie es geschafft.“

Einen Augenblick lang dachte sie, sie hätte vielleicht ein Thema angeschnitten, das sie nicht hätte anrühren dürfen. Dann erinnerte sie sich an die Ranch, die in dem vorbereiteten Informationsbündel erwähnt worden war, das sie auf Knox’ Bitte hin an Natalies Ex-Mann weitergegeben hatte. „Ich war nie zuvor reiten, wollte es aber schon immer ausprobieren, daher habe ich es mir mal gegönnt.“

Trevor hob eine Augenbraue. „Wirklich? Und wie hat es Ihnen gefallen?“

„Es war großartig. Obwohl es mir mit weniger Leuten und ein bisschen weniger Vorgaben besser gefallen hätte.“

„Damit können wir dienen.“ Er zog Natalie näher an sich. „Wir haben bei uns Pferde und viel Platz, um sich dort auszutoben.“

Danny beugte sich vor und verschränkte die Arme auf dem Tisch. „Mann, ich ziehe jederzeit eine Harley einem Gaul vor.“

„Du hast auch mal gesagt, dass eher Schweine fliegen als du“, erwiderte Trevor. „Und jetzt kriege ich dich nicht mehr raus aus meiner Cessna.“

Danny zuckte mit den Achseln, hob sein Bier an die Lippen, feixte jedoch, ehe er es kippte. „Das war, bevor mir klar wurde, wie gut Flugzeuge dazu geeignet sind, um Mädels zu beeindrucken.“

Gabe drehte sich weit genug, um Zeke stirnrunzelnd anzusehen. „Wollt ihr damit sagen, dass dieses Fliegen beim ersten Date ein Trick ist, den ihr alle einsetzt?“

Anders als der Rest der Männer besaß Zeke einen gewissen *GQ*-Reiz. Er hatte kurzes dunkles Haar, das nur am Scheitel ein wenig länger und verstrubbelt war, und dazu kam genug Dreitagebart, dass er ihm einen sexy Touch verlieh. Er lächelte auf seine Frau hinab, nicht im Geringsten von ihrer Frechheit beeindruckt. „Du trägst meinen Klunker am Finger, also hat es wohl geklappt."

„Mmm." Natalie stellte ihr Weinglas auf den Tisch und neigte den Kopf in Gabes Richtung. „So ein Pilot ist schon heiß, aber mich hat es erwischt, als Trevor auf dem Rücken eines Pferdes saß."

„Siehst du?", sagte Trevor zu Danny. „Schreib Pferde nicht gleich ab. Die Frauen lieben sie."

„Scheiß drauf", brummte Jace. „Nehmt die direkte Route und besticht sie. Das ist schneller und effektiver."

Okay, das war ein interessantes Fitzelchen an Information, und überraschenderweise passte es zu der Herangehensweise, die ihres Wissens nach viele Männer in Russland wählten. Sie wollte gerade den Mund öffnen und fragen, ob er slawische Vorfahren habe, als Knox hinter ihr auftauchte, sich vorbeugte und einen kleinen Becher mit Wodka direkt vor sie stellte. „Worüber redet ihr?"

Vivienne grinste Jace an, dann sah sie zu Knox. „Irgendwie sind wir von höflicher Konversation über das Wetter bei dem Thema gelandet, wie man sich am besten eine Frau schnappt. Es ist keine große Überraschung, dass Beckett und Axel ziemlich schweigsam waren."

Knox wechselte auf Daryas rechte Seite, warf Beckett einen bösen Blick zu, bis er seinen Stuhl weit genug bewegte, damit Knox sich zwischen sie setzen konnte, und ließ sich dann nieder. „Also reibt ihr quasi eure eheliche Glückseligkeit unter jedermanns Nase?"

„So ähnlich", sagte Jace. Er sah einen Moment lang zu Darya, bevor er sich wieder auf Knox konzentrierte. „Wenn du willst, können wir zurückspulen und noch mal anfangen, damit du ein paar Tipps mitschreiben kannst."

Knox starrte finster zurück. „JJ hofft auf eine Position als Programmiererin, nicht auf eine Affäre oder einen Ehemann."

Nein, keinen Ehemann. Aber wenn Knox die erwähnte Affäre wäre, würde sie sich auf jeden Fall dafür bewerben.

Jace zwinkerte ihr zu, als ob er ihre Gedankengänge mitgehört hätte, dann lächelte er Knox an. „Was immer du sagst, Bruder."

„Knox sagte, Ihr richtiger Name sei Jeannie, korrekt?" Das kam von Gabe, die entweder überhaupt nicht mitbekam, wie sich Jace und Knox gegenseitig gutmütig aufzogen, oder einfach zu sehr daran gewöhnt war, um sich deshalb Sorgen zu machen.

Darya nippte an ihrem Wodka und nickte.

Gabe legte den Kopf schief. „Wofür steht dann JJ?"

So schnell und leicht sich Darya in der Gruppe wohlgefühlt hatte, überlief sie jetzt eine eisige Welle der Ungemütlichkeit. Es war nicht das erste Mal, dass ihr diese Frage gestellt wurde, und es wäre sicher nicht das letzte, aber immer, wenn sie sie beantworten musste, wurde ein Dorn voller Widerhaken durch ihr Herz gejagt. Er erinnerte sie an die Frau, die sie zurückgelassen hatte, und das Risiko, das sie an jedem Tag einging, an dem sie sich als jemand anders ausgab.

Nach und nach erwiderte sie die Blicke jedes Einzelnen um sich herum. Jeder starrte zurück. Geduldig. Anteilnehmend. Freundlich, aber wachsam. Fünfzehn Minuten lang hatte sie glücklich an ihrem Tisch gesessen und ausschließlich Güte gespürt. Eine offene Liebe untereinander, genauso wie Ehre und Beschützerinstinkte. Abgesehen von der Zeit, die sie mit JJ verbracht hatte, hatte sie dieses Gefühl der Zugehörigkeit nur mit Yefim gehabt. Einem Mann, der sie aufgenommen und ihr beigebracht hatte, wie sie sich in der realen Welt bewegen musste. Der sie unter hohem Risiko für sich selbst gerettet hatte.

Zweimal zuvor hatte sie ihrem Instinkt vertraut, und jetzt sagte er ihr, sie solle erneut ins kalte Wasser springen. Glauben und die Gelegenheit nutzen, sich etwas Gutes aufzubauen, solange sie es noch konnte. JJ mochte nicht körperlich neben ihr stehen, aber sie konnte ihre Gegenwart spüren wie eine beruhigende Hand, die sich zwischen ihre Schulterblätter legte.

Lebe für uns beide.

Ja, das hier war richtig. Sie fühlte es bis in ihre Knochen. „Die Wahrheit ist, dass ich nicht JJ heiße. Oder Jeannie." Sie erwiderte Knox' steten Blick und schluckte. „Mein echter Name lautet Darya Volkova."

Kapitel 9

Darya Volkova. Knox hatte sich den Namen innerlich mindestens zwanzig Mal vorgesagt, seit sie ihm und seiner Familie vor einer Stunde die Wahrheit gesagt hatte, und jedes Mal passte er ein wenig besser. Viel besser als JJ oder Jeannie, die sich beide nicht richtig angefühlt hatten. Sie war die ersten dreißig Sekunden, nachdem sie die Bombe hatte platzen lassen, weiß wie eine Wand gewesen. Das war eine verständliche Reaktion gewesen, wenn man die Anspannung bedachte, die auf einmal um den Tisch herum geherrscht hatte, und die sieben fokussierten Männer, die sie angestarrt hatten.

„Ich habe niemandem wehgetan", hatte sie gesagt und Knox rasch auf der Suche nach Unterstützung angesehen. „Meine Vergangenheit liegt hinter mir, aber ich wollte, dass ihr die Wahrheit erfahrt. Ich wollte euch ein Zeichen geben, dass ich jede Gelegenheit, die ihr mir gebt, sehr zu schätzen weiß."

Das Schweigen hatte förmlich geknistert, noch verstärkt durch das weiße Rauschen der Realität um sie herum, aber am Ende hatte Jace zu Knox gesehen und fragend eine Braue erhoben. Ein nonverbales *Hast du das mitbekommen?* das Knox mit einem kaum wahrnehmbaren Neigen seines Kinns beantwortete. Egal, dass seine Familie das locker genommen und so getan hatte, als ob es nur eine Kleinigkeit gewesen wäre, es war eine verdammt große Sache. Eine, in der er tiefer graben würde, sobald er wieder an seine Quellen kam. Außer sie würde ihm die Details anvertrauen, wenn er sie nach Hause brachte.

Die Frau am Verkaufsstand stellte zwei Platten voller Barbecue-Rippchen und Pulled Pork vor ihn und riss ihn damit zurück in die Gegenwart. Er schob einen Zwanziger über die Theke. Das war noch etwas, was er über die niedliche kleine Fahnderin erfahren hatte, die Darya hieß. Während manche Frauen in ihrem Essen herumstocherten, um auf ihr Gewicht zu achten oder zerbrechlich zu wirken, genoss Darya ganz offen, was sie mochte – und sie mochte Barbecue und Wodka. In Massen.

Er wandte sich von der Theke ab, trat vor und rannte fast in Seth.

Statt auf die Seite zu gehen, sah Seth zu Knox' Tisch und nickte dann in die Richtung. „Hast du eine Sekunde, bevor du zurückmusst?"

Hatte er, aber er wünschte, es wäre nicht so. Die letzten paar Stunden waren die entspannendsten gewesen, die er seit Monaten außerhalb von Haven verbracht hatte. Daher rief die Vorstellung, sich mit dem auseinanderzusetzen, was ein kalkulierendes Funkeln in Seths Augen hervorgerufen hatte, nicht gerade warme und kuschelige Gefühle in ihm wach. Aber Seth arbeitete für Otter, und Otter war ein Schlüsselfaktor, um gefährliche Drogen aus Jace und Axels Clubs zu halten. *Schlüsselfaktor* bedeutete, dass er im *Crossroads* exklusiv sämtliches Gras verkaufen durfte, solange er sich nicht dabei erwischen ließ und alle anderen schweren Jungs draußen hielt.

Knox zuckte mit den Achseln und deutete auf einen Beistelltisch, der mit Servietten, Ketchup, Senf und diversen Soßen ausgestattet war. „Klar. Du redest, ich lade mein Zeug drauf."

Er hatte kaum die Teller hingestellt, als Seth loslegte. „Ich wusste gar nicht, dass du dir eine Old Lady angeschafft hast."

Knox hielt inne, die Hand halb zum Serviettenständer ausgestreckt, und runzelte die Stirn. „Wie bitte?"

„Deine feste Freundin. JJ, korrekt?"

Knox blinzelte. Dann noch einmal. Offen gestanden, war er überrascht, dass sein Körper das überhaupt schaffte, wenn man das angenehme Vibrieren bedachte, das bei der Vorstellung, Darya würde zu ihm gehören, durch ihn rauschte. Aber das tat sie nicht. Seine Position bestand darin, ihr etwas beizubringen und auf sie aufzupassen. Nicht mehr und nicht weniger.

Er wandte seine Aufmerksamkeit von den Servietten ab und schüttelte den Kopf. „Nein, sie ist nur eine Freundin."

„Kein Scheiß?" Seth hatte die Augenbrauen so hochgezogen, dass sie fast in seinem Haaransatz verschwanden. Er sah zum Tisch der Bruderschaft und direkt zu Darya. „Mann, du bist ja irre, dass du dir die nicht greifst."

Das war etwas, das ihm sein Kopf ungefähr fünfzig Mal vorgeworfen hatte, seit er sie vor ein paar Tagen geweckt hatte, aber das änderte nichts an der Realität. „Sie ist etwas Längerfristiges. Ich bin mehr der Multiple-Choice-Typ."

Seth grinste breit. „Immer noch kein Interesse an einer Old Lady?"

„Nein. Nicht in naher Zukunft."

Seth nickte, schob die Hände in seine Jeans und blickte wieder zu Darya. „Was ist mit dem Rest deiner Truppe? Ist sie mit jemandem von denen zusammen?"

Oh, verdammt nein. Knox richtete sich zu seiner vollen Größe auf und drückte die Schultern zurück. Unerwartete Wut baute sich zu einem Feuersturm in seinem Magen auf. Er kannte diesen hungrigen Blick. Hatte ihn selbst einigen Frauen zugeworfen. Und obwohl Darya nicht ihm gehörte, würde er austicken, wenn ein Playboy wie Seth sie in die Finger bekam. „JJ ist eine freie Mitarbeiterin, aber falls du darauf abzielst, zum Schuss zu kommen, nimm jemand anderen. Dafür ist sie zu gut."

Seth lachte leise und vollkommen unbeeindruckt. „Mann, das habe ich nach einem einzigen Blick verstanden." Er hob grüßend sein Bier und wandte sich ab. „Du magst ja ein Problem mit etwas Längerfristigem haben, aber ich nicht."

Knox blieb wie angewurzelt stehen, die Teller so gut wie vergessen, während er Seths Weg zurück zu dem rückwärtigen Tisch beobachtete, den Axel für Otter und seine Gruppe reserviert hatte. Es war dumm, seine Wut anwachsen zu lassen. Das war vollkommen untypisch für ihn. Innerhalb von zwei Sekunden gefühlstechnisch von gelassen und glücklich zu Mordgedanken zu wechseln, war absolut *nicht* sein Ding. Fäuste und Konfrontationen waren Becketts Sache. Knox war eher der Typ, der einem die Eier wie nebenbei abschnitt und dabei lächelte. Warum zum Teufel war er also so angespannt?

Knox ging zurück zu seiner Gruppe, davon überzeugt, dass Seth seinen Arsch fernhalten würde. Falls die Unterhaltung ins Stocken gekommen war, während er weg gewesen war, war es nicht erkennbar. Wenn überhaupt wirkte Darya, als ob sie schon seit Jahren mit seinen Brüdern und ihren Frauen befreundet wäre, nicht erst seit Stunden.

Er machte es sich auf seinem Stuhl bequem und reichte den Teller, den er Darya besorgt hatte, zwei Plätze weiter. Irgendwie hatten es Beckett und Danny geschafft, Darya zwanzig Minuten, nachdem sie ihre Info-Bombe hatte platzen lassen, zwischen sich zu locken, und seither nicht aufgehört, ihr ein Ohr abzukauen. Mehr als einmal hatte er bemerkt, wie sie den einen oder anderen leicht berührte. Ihre Fingerspitzen ruhten auf Dannys Schulter oder sie lehnte den Kopf an Becketts Schulter, wenn er sie seitlich in eine Umarmung zog. Es war seltsam, dass diese Zuneigung bei seinen Brüdern richtig wirkte, er jedoch Seths Kopf hatte abreißen wollen, nur weil er sie angesehen hatte.

Sie hob den Blick und traf seinen, lächelte ein schweigendes Danke und nahm sich ein Rippchen.

Er packte sich ein eigenes Stück und biss herzhaft hinein.

„Sie ist hübsch", murmelte Viv neben ihm.

Hübsch war eine Untertreibung. Allein ihre Augen waren die Art von Zeug, über das Menschen Gedichte schrieben – eine Mischung aus Eis und einem klaren Frühlingstag. Dazu noch ihr winterblondes Haar, und sie wirkte wie jemand Königliches aus einer anderen Welt. „Sie ist klug. Ehrgeizig."

„Mmhmm", sagte Viv. „Vermutlich sind es auch ihre Klugheit und ihr Ehrgeiz, die dich dazu bringen, sie wie ein Falke zu beobachten."

Fuck.

Er riss seine Aufmerksamkeit von Darya los und wischte sich die Finger ab. „Ich versuche nur, herauszufinden, wie sie tickt. Ich kann sie besser unterrichten, wenn ich sie verstehe."

Jace wandte den Kopf und schenkte ihm ein rotzfreches Grinsen. Er hatte sich der Unterhaltung nicht angeschlossen, aber sein Blick sagte, dass er alles gehört hatte und ihm, wie Vivienne, kein einziges Wort glaubte.

Danny stieß ein lautes Lachen aus, und Darya erhob sich. Ein winziges Lächeln umspielte ihre Lippen, während sie alle am Tisch ansah. „Ich hole mal neue Getränke. Braucht jemand Nachschub?"

„Ich."

„Ich auch."

„Ich könnte einen weiteren Scotch vertragen."

Das kam von Beckett, Danny und Axel, die aufstanden und wie Synchronschwimmer gleichzeitig nach ihren Geldbörsen griffen. Innerhalb von zehn Sekunden hatten alle drei Scheine herausgezogen, die in der leichten Sommerbrise flatterten.

Darya sah von einer Hand zur nächsten und kicherte.

„Ich glaube, ich kann mir vier Drinks leisten."

Vivienne stützte einen Ellbogen auf den Tisch und legte ihr Kinn in ihre Handfläche. „Sie sitzen an einem Tisch mit einem Überschuss an Testosteron. Wenn Sie sie nicht bezahlen lassen, verletzen Sie ihre männlichen Egos."

„Richtig", sagte Nat. „Nehmen Sie das Geld. Sie haben keine Vorstellung davon, wie grauenhaft die Jungs schmollen können."

Darya rollte mit den Augen, begutachtete dann Axels, Becketts und Dannys ausgestreckte Hände und schnappte sich schließlich Axels Hundertdollarschein. Mit einem spielerischen Maunzen in Richtung Beckett und Danny sagte sie: „Sie können die Rechnung das nächste Mal begleichen."

Axel gluckste, lehnte sich in seinem Sessel zurück und verschränkte die Arme, als ob er gerade seine Brüder in einem Rededuell von Weltklasse geschlagen hätte. „Das Mädel hat Geschmack."

„Das ist kaum der Grund." Gabe legte die Hand um Zekes Bizeps und grinste. „Wahrscheinlicher ist, dass sie herausgefunden hat, dass du am längsten schmollen würdest."

Nach einem kurzen Lächeln von Frau zu Frau trat Darya zwischen Beckett und den Tisch und wandte sich in Richtung der Bar. „So etwas Ähnliches."

Zeke wartete gerade lang genug, dass Darya außer Hörweite war, bevor er ernst wurde. „Das war ein beeindruckender Zug, dass sie ihren wahren Namen verraten hat. Wenn sie auf der Flucht ist, wie du es vermutest, hat sie sich damit sehr verletzlich gemacht. Das braucht Mumm. Ich mag sie."

Trevor nickte. „Ich auch."

Axel und Danny folgten ihm direkt.

„Genau."

„Sehe ich genauso."

Beckett zuckte mit einer klassischen Ich-hab's-dir-doch-gesagt-Geste die Achseln und warf Knox einen herablassenden Blick zu. „Ich lese die Menschen nie falsch. Ich habe dir gleich gesagt, dass sie in Ordnung ist."

Jace bewegte sich ein wenig, bis Knox ihm seine volle Aufmerksamkeit zuwandte. „Wenn du sie einstellen willst, hast du unser aller Zustimmung."

„Und falls diese Vergangenheit sie wieder einholt", fügte Axel hinzu, „lass uns das auch wissen. Vielleicht ist sie jetzt noch keine von uns, aber wir lassen sie nicht hängen."

Knox' Konzentration war auf Daryas Hintern gerichtet, während sie zur Bar ging, sodass sein Gehirn mindestens fünf Sekunden brauchte, bis er Axels Bemerkung registrierte. „Was meinst du damit, dass sie *noch* keine von uns ist?"

Trevor grinste über den Rand seines Flaschenhalses hinweg. „Er meint, dass du sie den ganzen Abend mit den Augen ausgezogen hast, und das bedeutet, dass es nur eine Frage der Zeit ist, bevor du eine Versammlung einberufst und Anspruch auf sie erhebst."

Er öffnete den Mund, um Trevor zu sagen, er solle mit dem Blödsinn aufhören, und verlor prompt den Faden.

An der Bar trat Seth neben Darya und lehnte die Ellbogen auf die behelfsmäßige Oberfläche, als ob er sich auf eine lange Unterhaltung einrichten würde.

Dieser schwanzlutschende, gottverdammte Bastard. Welchen Teil von *Sie verdient etwas Besseres* hatte dieses Arschloch nicht verstanden?

Darya senkte den Kopf wegen etwas, das Seth sagte, lachte und schob ihr schönes blondes Haar hinters Ohr, sodass ihr hübsches Erröten sichtbar wurde. Ein Erröten, das ein anderer Mann verursacht hatte.

Becketts scharfe Stimme durchschnitt seine Gedanken. „Knox?“

Er fuhr herum, um seinen besten Freund anzusehen. „Was?“

Mit einem Feixen legte Beckett den Kopf schief. „Ich habe gefragt, wann du ihr Arbeit geben wirst. Wir müssen ihre Fingerabdrücke scannen, wenn sie Zeit im Büro verbringt.“

Knox sah zurück zu Darya. Sie hatte etwas Abstand zwischen sich und Seth gebracht, während sie ihre Bestellung aufgegeben hatte, aber Seth hatte ihn sofort durch ein durchtriebenes Vortreten wieder schrumpfen lassen.

Beckett lachte leise. „Ich werde diese Wette so was von gewinnen.“

„Beruhige dich, verdammt noch mal. Ich passe auf sie auf, nicht mehr.“ Knox wandte sich lang genug von Seth ab, um Beckett ein genervtes Stirnrunzeln zuzuwerfen, und nickte dann in Richtung des Schauspiels, das sich keine zehn Meter von ihnen entfernt abspielte. „Sie steht nicht auf ihn. Glaubst du, ich biete ihr keinen Ausweg an, wenn sie einen braucht?“

Trevor drehte sich auf seinem Stuhl, um selbst die Lage zu checken. Grinsend setzte er sich wieder richtig hin, zog seine Frau in seine Armbeuge und bemerkte gegenüber Beck: „Kann ich noch einsteigen?“

„Herrgott noch mal!“ Knox schnappte sich sein Bier vom Tisch und stemmte den Fuß auf eine Querverstrebung des leeren Stuhls neben sich. „Hört auf, mit euren Schwänzen zu denken, und schaut hin. Sie hat schon zweimal versucht, hierher zu kommen, und er hat ihr jedes Mal den Weg abgeschnitten.“

„Ich weiß nicht so recht.“ Vivienne schürzte die Lippen, als ob sie nachdenken würde, aber dadurch konnte sie nicht das Lächeln verstecken, das sich dahinter verbarg. „Sie wirkt wie ein schlaues Mädchen auf mich. Ich bin mir ziemlich sicher, dass sie Seth abwimmeln kann, wenn sie es will.“

Darya reichte Axels Hundertdollarschein an den Barkeeper, doch Seth legte seine große Pranke um ihr Handgelenk, zog es zurück und bot sein eigenes Geld an.

Bastard.

Er stand auf, kippte den Rest seines Biers herunter und knallte die leere Flasche auf den Tisch. „Wenn sie es will, ist es okay, aber wenn sie einen Ausweg sucht, bekommt sie einen.“

„Oh, ich glaube, sie bekommt tatsächlich etwas“, sagte Zeke, während Knox wegging.

Axel und Jace wollten es sich nicht nehmen lassen und schickten ihre eigenen spöttischen Kommentare hinterher.

„Vermutlich will er ihr nur seine übergroße Festplatte zeigen.“

„Schnapp sie dir, Tiger.“

Knox zeigte ihnen allen den Mittelfinger, ohne zurückzublicken, und ging weiter. Er trat hinter Darya und legte eine besitzergreifende Hand auf ihre Schulter. Aus der Nähe traf ihn ihr Geruch intensiv – ein Hauch von Rosen und frischem Winter, selbst während die Sommerhitze auf sie alle niederdrückte.

Sie erzitterte unter seiner Berührung und ihre Körpersprache wechselte innerhalb einer Sekunde von Entspannung zu vollkommener Alarmbereitschaft.

Er drückte mit einer leichten und, wie er hoffte, beruhigenden Geste ihre Schulter. „Ist alles okay?“

Seth wandte sich vom Tresen ab und steckte das Wechselgeld in die Tasche. Seine Mimik zeigte deutliche Genervtheit.

Darya drehte sich, so weit es trotz seiner Nähe ging, und ihre Augen ruhten kurz auf seiner Hand, bevor sie sie zu seinem Gesicht hob. Es war ein Blick, nicht mehr, aber er hätte schwören können, dass darin die

Funken flogen. Allerdings war die Frage, ob die Seth galten oder ihm. „Ich habe mich nur mit deinem Freund unterhalten“, sagte sie, ehe sie sich wieder umdrehte. „Seth, richtig?“

„Ja, Ma'am.“ Seth schaute auf Knox' Hand und dann mit einem wissenden Lächeln zu ihm. „Gibt es ein Problem?“

„Nein.“ Zumindest keines, das er bereit wäre, genauer unter die Lupe zu nehmen. Nicht heute, morgen oder an einem anderen darauffolgenden Tag. „JJ sah nur so aus, als ob sie Hilfe mit den Drinks gebrauchen könnte.“

Fuck, er hasste diesen Namen. Jetzt, da er den richtigen kannte, fühlte er sich falsch auf seiner Zunge an, aber ihre geheime Identität mit jemandem außerhalb der Familie zu teilen, war auch keine Option.

„Dafür hätten wir dich nicht gebraucht“, sagte Seth. „Ich helfe ihr bei allem, was sie benötigt.“

Ja, Knox wusste genau, welche Art von Hilfe Seth dabei im Sinn hatte. „Mach dir keine Mühe.“ Er zwang sich, seinen Griff zu lockern, und reichte Darya zwei der Drinks. „Nimm die, ich komme mit dem Rest nach.“

Sie zögerte lang genug, um seine Mimik – viel zu genau – lesen zu können, bevor sie ihre verblüffend blauen Augen wieder Seth zuwandte und äußerst höflich sagte: „Besten Dank für die Drinks.“

Seth kam näher und legte die Hand mit einer Zärtlichkeit an ihre Wange, die Knox vollkommen aus der Bahn warf. „Darling, was auch immer du willst, werde ich dir bereitwillig geben. Gib mir einfach nur Bescheid.“

Das wird nicht passieren.

Knox räusperte sich.

Darya machte einen großen Schritt rückwärts. „Okay. Also, danke noch mal.“ Nach einem letzten stechenden

Blick zu Knox ging sie zurück zum Tisch, während Seth die ganze Zeit auf ihren Hintern starrte.

„Wie viel hast du für die Drinks ausgegeben?“, fragte Knox.

„Das geht auf meine Rechnung.“ Langsam, als ob er keinerlei Sorgen hätte, legte Seth einen Arm auf die Bar. „Ist einer davon vielleicht für dich?“

Knox schnappte sich die beiden letzten Gläser vom Tresen. „Nein. Du hast gerade eine Handvoll Scheine für nichts und wieder nichts und für Getränke für Axel, Beckett und Danny verpulvert.“

„Zu schade.“

„Ich weiß. Tut weh, wenn man so scheitert.“

„Das habe ich nicht gemeint.“ Seth richtete sich auf, ein selbstgefälliges Grinsen auf den Lippen. „Ich meinte, dass es zu schade ist, dass keiner der Drinks für dich ist. Du wirst was Starkes brauchen, sobald dir die Wahrheit klar wird und du begreifst, dass du total verloren bist.“ Er neigte das Kinn in einer männlichen Bis-dann-Geste. „Das mit der da ist was Gutes, Torren. Versuch, es nicht in den Sand zu setzen.“

Kapitel 10

Darya eilte die Stufen zu ihrer Wohnung hinauf. Knox' dumpfere Schritte erklangen auf dem Betonboden hinter ihr im gleichen kräftigen Rhythmus wie ihr Herzschlag. Gott, was für ein Abend. Vier großartige Stunden angenehmer Unterhaltung mit wunderbaren Leuten, fantastischer Musik und genug köstlichem Essen, dass ihr der Bauch wehtat. Seit sie Russland verlassen hatte, hatte sie nicht mehr so viel Spaß gehabt. War nicht mehr so locker gewesen aus Angst, jemand könnte sie sehen. Aber bei Knox' Familie war es einfach. Als ob in ihrer Gegenwart ihre Vergangenheit keine Chance hätte, sich heranzuschleichen und den Moment zu verderben.

Sie hielt vor ihrem Apartment und kramte in der Handtasche nach ihren Schlüsseln.

Knox trat neben sie, nahm sie ihr aus der Hand und schob sich zwischen sie und die Tür. Zielsicher fand er den richtigen Schlüssel und steckte ihn ins Schloss. „Haben Sie morgen was vor?"

Ihr Herz hüpfte bei der Frage, genau wie in dem Augenblick, als er zwischen Seth und sie getreten war und sie mit einer Berührung praktisch für sich beansprucht hatte. Dieser Mann, der explizit darauf bestand, dass alles Sexuelle tabu war, hatte von dem Moment an, in dem sie ihm die Tür geöffnet hatte, eine ganz andere Sehnsucht vermittelt. „Nein."

Er öffnete, reichte ihr die Schlüssel und schritt vor ihr über die Schwelle, wobei er sich genau im Wohnzimmer umsah. „Gut. Ich schicke Danny vormittags vorbei, um Ihr Schloss auszutauschen." Er hob eine Hand, damit sie wartete. „Bleiben Sie hier. Lassen Sie mich den Rest der Wohnung überprüfen."

„Warum?"

Er hielt lang genug inne, um sie stirnrunzelnd anzusehen. „Sie haben es vielleicht nicht offen gesagt, aber es ist klar, dass Sie vor etwas oder jemandem weglaufen. Ich bringe Sie nicht nach Hause und lasse Sie hier, ohne sicherzugehen, dass Sie in Sicherheit sind, bevor ich wieder abhaue."

Oh, verdammt. Da er ihr hinein gefolgt war, hatte sie gehofft, dass er entschieden hätte, seine Ich-schlafe-nicht-mit-Angestellten-Regel zu kippen. Und obwohl sie es zu schätzen wusste, dass er sich um sie sorgte, brauchte sie eher Hilfe dabei, das Brennen zu lindern, das er mit seinen hitzigen Blicken und gelegentlichen Berührungen in ihr hervorgerufen hatte, als dass sie ein Sicherheitsteam benötigte. „Nein, ich meinte damit die Schlösser. Sie sind doch vollkommen in Ordnung. Warum sollte ich sie wechseln lassen?"

Er schaltete das Licht in ihrem Bad ein und ging hinein. Das Klappern der metallenen Duschvorhangringe erzeugte ein Echo in dem winzigen Raum. „Sie sind nicht in Ordnung. Wenigstens sollten es welche sein, die sich nicht mit einem Schlagschlüssel öffnen lassen." Er tauchte wieder auf, sah sie kurz an und marschierte weiter zu ihrer Schlafzimmertür. „Sie könnten auch ein Sicherheitssystem gebrauchen, aber da werde ich Ihrem Vermieter etwas Honig ums Maul schmieren müssen, bevor ich das in die Tat umsetzen kann."

„Schlagschlüssel?"

Er verschwand ohne zu antworten in dem Raum, und eine Sekunde später drang das Licht ihrer Nachttischlampe aus der offenen Tür.

Sie ignorierte seinen Befehl, zurückzubleiben, zu neugierig darauf, ihn in ihrem Privatbereich zu sehen, um zu gehorchen. Sie umrundete die Ecke rechtzeitig, um ihn dabei zu erwischen, wie er auf der anderen Seite des Zimmers stand und auf ihr Bett starrte, den Mund zu einer schmalen Linie zusammengekniffen und die Hände zu Fäusten geballt.

Er blickte zu ihr auf. „Ich dachte, ich hätte gesagt, Sie sollen warten."

Sie zuckte mit den Achseln. „Ich war neugierig. Außerdem ist das nicht das erste Mal, dass ich allein nach Hause komme, und es wird nicht das letzte Mal sein. Ich kann mich um mich selbst kümmern."

Er neigte den Kopf und kam etwas näher. „Neugier kann gefährlich sein. Sie lockt einen an gefährliche Orte und führt einen mit Dingen in Versuchung, die man nicht wissen sollte."

„Zum Beispiel?"

„Zum Beispiel zu wissen, was Sie unter Ihrem Bett verstecken, und in der Lage zu sein, sich vorzustellen, wie Sie auf diesen Laken liegen und sich mit den Dingen zu einem Höhepunkt treiben."

Sie keuchte und machte einen unsicheren Schritt zurück, eine Hand gegen die Brust gepresst, um das Hüpfen ihres Herzens zu beruhigen. Auf keinen Fall hatte er genug Zeit gehabt, um herauszufinden, was sie in ihrer Schachtel aufbewahrte. Er hätte sie entdecken können, ja. Aber nie im Leben hineinsehen können. „Woher wissen Sie …"

„Wie gesagt. Schlösser, die nicht mit einem Schlagschlüssel geöffnet werden können. Die brauchen Sie. Dringend."

Die Post-its.

Er war derjenige gewesen, der sie verschoben hatte. Und wenn er an ihrem Tisch gewesen war, bedeutete das … „Sie sind bei mir eingebrochen. Haben sich alles angesehen."

Sein Mund verzog sich zu einem verruchten Lächeln ohne erkennbare Zeichen eines schlechten Gewissens. „Niemand kommt meiner Familie nahe, ohne dass ich alles über denjenigen weiß, was es zu erfahren gibt. Sie waren heute ehrlich zu meinen Brüdern, daher erwidere ich den Gefallen. Und bevor Sie sich zu sehr darüber aufregen, dass ich Ihre Privatsphäre nicht respektiert habe, sollten Sie wissen, dass es keinen Menschen in meinem oder den Unternehmen der Bruderschaft gibt, der nicht dieselbe Durchsuchung erhält. Der einzige Unterschied zwischen Ihnen und denen ist, dass Sie jetzt genau wissen, dass eine stattgefunden hat."

Sie schluckte. Ihr Mund war zu trocken, um das richtig zu bewerkstelligen. „Warum haben Sie es mir dann gesagt?"

„Weil Sie verletzlich sind. Ich warte noch darauf, dass Sie mir mitteilen, wie sehr, aber am besten kann ich Sie unterstützen, indem ich es Ihnen aufzeige. Damit Sie mir erlauben, dass ich Ihnen helfe."

Ihre Dateien. Sie besaß mindestens ein Dutzend Artikel allein über ihn. „Sie wussten, dass ich Nachforschungen über Sie angestellt habe."

„Ich wusste, dass Sie eine Menge Artikel über mich besitzen. Ja. Warum Sie sie besitzen, weiß ich allerdings nicht."

„Und JJ?"

„Ich wusste, dass Sie nicht diese Frau sind und dass Sie eine irgendwie geartete Beziehung zu der wahren Jeannie hatten, bevor Sie ihren Namen annahmen. Abgesehen davon gehe ich davon aus, dass Sie mir alles Weitere mitteilen werden, wenn Sie bereit dazu sind." Er hielt inne, und sein Mund spannte sich so sehr an, dass ein Muskel an seinem Kiefer zuckte. „Wenn Ihnen nicht gefällt, wie wir arbeiten, ist jetzt die Gelegenheit, alles abzublasen."

Und da war es. Das Ehrgefühl, das sie von Anfang an in ihm wahrgenommen hatte. Er präsentierte ihr, wer er war, und das auf die grundlegendste Art. Sei dabei oder lass es bleiben. Auf jemand anderen würde das vielleicht furchterregend wirken, aber nach ihrer Zeit mit Yefim, während der sie mit unglaublich mächtigen Männern, die ohne mit der Wimper zu zucken in den

Lauf einer Waffe starren konnten, zusammengelebt und gearbeitet hatte, war es seltsamerweise beruhigend. Ein Lebenskonzept, das sie nicht nur verstand, sondern mit dem sie auch locker umgehen konnte. „Wissen ist Macht."

„Wissen ist alles. Besonders, wenn es darum geht, die Menschen, die ich liebe, in Sicherheit zu wissen."

Sie machte einen vorsichtigen Schritt vorwärts und verankerte sich in diesem Augenblick, indem sie sich locker am Türgriff neben sich festhielt. „Dann werden Sie meine Frage verstehen."

Wachsamkeit zeigte sich auf seinen Gesichtszügen, aber gleichzeitig straffte er die Schultern. „Welche Frage?"

Sie leckte über ihre Unterlippe. Verlangen erblühte in ihr und das Blut rauschte ihr wild und schnell durch die Adern. Um das zu verbergen, trat sie ganz ins Zimmer, lehnte die Schultern an die Wand und verschränkte die Arme unter der Brust. „Warum erlauben Sie es sich nicht, sich auf mich einzulassen?"

Sein Blick fiel auf ihren Mund. „Lassen Sie das."

„Warum? Sie fühlen sich von mir angezogen. Das habe ich gefühlt. Sie haben die Annäherung eines anderen Mannes unterbunden – nicht bloß mit Worten, sondern mit einer Berührung."

„Ich habe ihn nicht aufgehalten."

„Wirklich? In Russland geht ein Mann nur dazwischen und legt seine Hände auf eine Frau, wenn er jemand anderen herausfordern oder sie für sich beanspruchen will."

„Ich habe Ihnen eine Wahl gegeben."

„Und ich habe eine getroffen. Ich will dich." Sie drückte sich von der Wand ab und ging zu ihm. Die intimere Anrede passte zum Schwung ihrer Hüften, in den sie all ihr Sehnen und das Verlangen legte, gegen das sie vom ersten Tag angekämpft hatte, an dem sie ihn gesehen hatte. Aufregung und Gewissheit flackerten heiß unter ihrer Haut.

„Nein, wollen Sie nicht. Ich bin eine weitaus schlechtere Wahl als Seth."

„Warum?"

„Ich bin nicht der Typ für Monogamie und auf keinen Fall einer für eine Beziehung."

„Für was denn dann?"

Er blieb stehen, aber das Grau seiner Augen wurde mit jedem ihrer Schritte dunkler. „Ich ficke, und ich stelle sicher, dass die Frauen, mit denen ich zusammen bin, genauso oder mehr zum Zug kommen als ich."

Sie hielt eine Armeslänge von ihm entfernt inne. Die Sinnlichkeit seiner Aussage fühlte sie direkt in ihrer Mitte. Ihre Antwort kam keuchend. „Okay."

Er strahlte Anspannung aus und wirkte auf sie wie ein großes Feuer, dessen Hitze sich über sie legte und ihren Mut schürte. „Das meinen Sie nicht ernst."

„Doch, tue ich." Sie schob die Schultern zurück, womit sie seine Aufmerksamkeit auf ihre Brüste lenkte. Unter seinem hungrigen Blick fühlten sie sich schwerer an, verlangten nach seiner Berührung. „Beziehungen sind auch keine gute Idee, was mich angeht."

„Weil Sie weglaufen."

„Weggelaufen *bin.* Jetzt lebe ich. Jeden Augenblick koste ich bis ins letzte Detail aus."

Sein Blick schoss zu ihrem und durchbohrte sie mit seiner Intensität. „Was soll das bedeuten?"

„Das bedeutet, dass ich jemandem ein Versprechen gegeben habe. Ich habe demjenigen versprochen, so zu leben, dass es mehr als genug für uns beide ist."

„Damit meinen Sie JJ."

Darya nickte langsam, wie um ihren Eid zu bestätigen und gleichzeitig zu erneuern. Sie nahm seine Hand und führte sie zu ihrem Herzen. Unter seiner Handfläche trommelte ihr Puls verlangend. „Jeden Tag könnte dieser Rhythmus innerhalb einer Sekunde aufhören. Ich will leben. Fühlen. Ich will nicht, dass ich auch nur eine Sache bereue, wenn ich ins Grab sinke. Besonders nicht das hier."

Sie drückte die Hand auf seine und trat näher, bis sie ihre Finger auf seine Brust legen und den Takt genießen konnte, der zu ihrem passte. Sein warmer Atem strich über ihre Haut und sein Geruch nach Wein und Holzrauch legte sich in einer verwegenen Umarmung um sie. Das hier war richtig. Und jedes Risiko wert. „Ich habe meine Wahl getroffen. Jetzt musst du deine treffen."

Kapitel 11

Das war eine üble Idee. Die schlechteste. Er hatte bereits mehr Frauen verletzt, als er zählen konnte, und jede verdammte Wunde, die er ihnen zugefügt hatte, hatte unheilbare Narben auf seiner eigenen Seele hinterlassen. Darya zu verletzen, ihr den unabwendbaren Schlag zu versetzen, der immer folgte, wenn die Grenzen überschritten wurden, würde das wenige Gute, das noch in ihm verblieben war, abtöten.

Er konnte die Hand trotzdem nicht wegziehen. Ihr Herz pochte unter seiner Handfläche. Schnell, ja, aber auch stark und stetig. Unfähig, sich davon abhalten zu können, spreizte er die Finger und strich mit dem Daumen über die weiche Wölbung ihrer Brust.

Sie sog zittrig den Atem ein und schmiegte sich in die Berührung. Ihre Lider schlossen sich. „Du willst das hier so sehr wie ich. Du fühlst es."

Zur Hölle, ja, er fühlte es. Seit dem Tag, an dem sie in sein Büro gekommen war, hatte er nichts getan, als eine Reihe von Fantasien zu spinnen. Das machte es unappetitlich, eine andere anzurufen, um sich Erleichterung und die Chance auf ein wenig Schlaf zu verschaffen.

Das Klügste wäre wegzugehen. Seinen Arsch auf sein Motorrad zu schwingen und irgendjemanden, einfach jemand anderen als sie zu finden, um sein Bedürfnis zu lindern. Er wappnete sich dafür, sich von ihr zu trennen, obwohl er sich sicher war, dass es gewiss genauso schmerzen würde, wie eine Hand abzutrennen.

Sie öffnete die Augen. Das reine, wolkenlose Blau wurde fast von ihren geweiteten Pupillen verschluckt. „Bitte." Ein Flüstern, voller Sehnsucht, ausgesprochen von perfekten, weichen rosa Lippen. Genau das, was er hören wollte, wenn er sich in ihrer nassen Hitze vergrub.

Das Bild war viel zu deutlich in seinem Kopf. Wie Darya ausgestreckt auf ihrem Bett lag, ihre cremeweißen Schenkel gespreizt, sein Schwanz in ihr.

Fuck.

Er packte ihr Oberteil, riss sie an sich, eroberte ihren Mund, zwang ihre Lippen mit seinen eigenen auseinander und schob seine Zunge dazwischen. Er stöhnte, umfasste ihren Hinterkopf, hielt sie damit unbeweglich und vertiefte den Kuss. Heilige Mutter Gottes, sie schmeckte gut. Süß wie Honig und gefährlich süchtig machend. Ein Vorgeschmack, der ihn aufputschen und seinen Durst verstärken würde, bis er endlich den Mund zwischen ihren Schenkeln vergraben hätte.

Sie zerrte sein T-Shirt hoch und zur Seite, damit ihre Hände ungehindert zu Werk gehen konnten.

Und das taten sie. Glitten mit sicheren Strichen, die ihn in Versuchung führten, über seine Haut. Das war eine Frau, die wusste, was sie wollte, und es sich nahm, wobei sie in gleichem Maße gab wie nahm. Das machte einen Mann wie ihn unglaublich scharf, würde aber genauso dafür sorgen, dass er wie ein Schnellzug käme.

Er fing ihre Hände ein, hielt sie hinter ihr fest und drängte sie Richtung Wand.

Sie wand sich und versuchte, sich zu befreien. „Lass mich dich berühren“, stöhnte sie an seinem Mund.

Ihre Schultern trafen auf die Wand und er rieb seinen Unterleib an ihrem. „Später.“ Er knabberte an ihrem Kinn, dann leckte er hinab zu ihrem Hals.

„Nicht später.“ Das kam atemlos und abgehackt, als ob sie streiten wollte, aber nicht die Kraft aufbringen könnte. Sie neigte den Kopf, damit er besser herankam. „Jetzt.“

„Du erhältst deine Chance.“ Er gab einem der vielen Impulse nach, die ihn den ganzen Abend beschäftigt hatten, umfasste eine Brust und drückte leicht. „Ich bin ein gieriger Bastard, daher bin ich zuerst dran.“

Ihr Kopf sank gegen die Wand und sie bog den Rücken durch. „Knox." Ein Flehen. Verdammt, wenn sein Name so von ihren Lippen fiel, wechselte die Härte seines Schwanzes von Allerweltsbeton zum verfluchten Felsen von Gibraltar. Mann, er war so im Arsch. Sie war noch nicht mal nackt, und er war kurz davor, zu kommen.

Er rollte ihren Nippel zwischen Zeigefinger und Daumen, und ein kleines Zittern durchlief sie. Als ob der sinnliche Kontakt eine lang ruhende Leidenschaft geweckt hätte. Wenn sie bei so vielen Lagen Kleidung dermaßen stark reagierte, konnte er es nicht erwarten, die Zunge auf ihre Klit zu bekommen. „Sieh mich an."

Langsam öffnete sie die Augen. Ihre Hüften bewegten sich an seinen, und jede Bewegung passte zu dem Hin und Her, das er der harten Knospe zwischen seinen Fingern angedeihen ließ.

Die Worte, die auf seiner Zunge lagen, brannten, aber sie nicht zu sagen, war keine Option. Diesen Schritt zu machen, war bereits überaus dämlich. Auf keinen Fall würde er ihr nicht dieses letzte Schlupfloch lassen. „Begreifst du, was das hier ist?"

„Sex." Ihre Stimme war die Verkörperung dessen, was sie gesagt hatte, und der letzte Buchstabe wurde mit einem Zischen voller Lust ausgesprochen. „Guter, harter, schweißtreibender Sex."

Das. War. Die. Korrekte. Antwort. Verdammt.

Er riss sie von der Wand weg, zerrte ihr T-Shirt hoch und über ihren Kopf, wirbelte sich zu sich und verschlang ihren Mund, während er sie in Richtung Bett zurückdrängte. Eine kleine Bewegung mit den Fingern, und ihr BH schnappte auf. Er hatte kaum die Finger um die seidigen schwarzen Träger gelegt, um ihn ihr vom Leib zu ziehen, als ihre Kniekehlen auf den Bettrand trafen und sie auf die blutrote Decke fiel.

Herr im Himmel, was für ein Anblick. Den ganzen

verdammten Abend über hatte sie die Aufmerksamkeit von Männern erregt. Zur Hölle, es war ihm schwergefallen, seinen eigenen Schwanz davon abzuhalten, jedes Mal in Habachtstellung zu gehen, wenn sie ihn auch nur ansah. Aber sie jetzt so anzublicken, während ihre cremeweiße Haut und ihr weißblondes Haar auf diesen dekadenten Laken ausgebreitet waren und ihre Brüste noch wippten … Er würde fünf Leben brauchen, bevor er dieses Bild wieder aus seinem Kopf bekäme.

Sie stemmte sich auf die Ellbogen hoch und stellte ein Knie auf, als ob sie sich in der filmreifen Pose, in der sie da lag, nicht wirklich wohlfühlte. „Du starrst mich an."

„Fuck, ja, ich starre dich an." Er zog die Stiefel aus, wobei er aus Angst, sie könnte abhauen, keine Sekunde den Blick von ihr ließ. „Die ganze letzte Woche habe ich darüber nachgedacht, wie es wäre, dich genau dort zu sehen, wo du jetzt bist. Wenn du denkst, dass ich nicht innehalten und dem Ganzen meine Ehrerbietung erweisen werde, bist du irre."

Der Kommentar brachte ihm ein freches Lächeln ein und, verflucht, sie drückte ihre Schultern wirklich mit mehr Selbstvertrauen zurück.

Als er mit seinen Socken fertig war, zog er das T-Shirt aus und öffnete die Knöpfe seiner Hose, damit sein anschwellender Schwanz den so nötigen Freiraum bekam. „Gefällt dir das? Mir zuzusehen, wie ich dich anschaue?"

Ihr Blick sank zu seinem Oberkörper und dann weiter dorthin, wo seine Erektion sich dick und stolz im Spalt der geöffneten Jeans unter seiner schwarzen Unterhose abzeichnete. „Ja, aber ich glaube, mir gefällt es noch besser, wenn ich dich ansehen kann."

Er lachte leise und kniete sich auf das Bett. „Das beruht auf Gegenseitigkeit, Süße." Er nahm sich die Knopf-Reißverschluss-Kombination ihrer Jeans vor und zog den Stoff über ihre Hüften. „Arsch in die Höhe! Ich will ein Mal den kompletten Anblick genießen, bevor ich herausfinde, ob deine Pussy genauso gut schmeckt wie dein Mund."

Sie erhob sich für ihn, aber mit einem leisen Stöhnen, und drückte die Beine zusammen, als ob er bereits sein Gesicht zwischen ihre Schenkel gelegt hätte.

In dem Augenblick, in dem ihre Hose über ihre kaugummirosa bemalten Zehennägel gestreift war, war er auf dem Bett, die Knie an ihren Seiten, und fuhr mit den Händen ihre Hüften hinauf, bis er ihre Brüste umfassen konnte. Sie passten zu ihrem Ballerina-Körper, füllten kaum seine Handflächen, waren jedoch zu hundert Prozent Güteklasse A und perfekt mit rosa Spitzen in der Farbe von Wassermelonen, die ihren Lippen ähnelte.

Ihre Fingerspitzen tanzten über seine Brustmuskeln und tiefer zu seinem Bauch.

„Oh nein, wehe." Er fing ihre Handgelenke ein und führte sie zu ihrer Brust. „Wenn du mit etwas spielen willst, dann hiermit."

Sie schmollte und öffnete den Mund.

„Wenn es dir schon nicht gefällt, wie rechthaberisch ich im Büro bin", sagte er, bevor sie die Chance hatte zu diskutieren, „wirst du es hassen, wie ich im Schlafzimmer bin. Und jetzt halte deine Hände beschäftigt und zeig mir, wie du mit deinen Brüsten spielst, wenn du die Schachtel mit dem Spielzeug unter dem Bett hervorholst."

Ihre Lider wurden schwer und ihre raue Stimme erreichte alle richtigen Stellen in ihm. „Ich will nicht meine Hände spüren. Ich will deine. Und deinen Mund."

„Oh, den wirst du spüren." Er manövrierte sich zwischen ihre Schenkel, legte die Hände in ihre Kniekehlen und zog sie hoch, bis er sie weit gespreizt hatte. „Meinen Mund, meine Finger, und jeden Zentimeter meines

Schwanzes."

Er hätte sich wappnen sollen. Oder zumindest den gesunden Menschenverstand besitzen sollen, den Blick nicht zu ihrem Geschlecht gleiten zu lassen. Wunderschön. Ein schmaler Streifen kurz geschnittenen blonden Haares, das so weiß war wie das auf ihrem Kopf, und ihre hübsche rosa Mitte, die nur darauf wartete, dass er ihr seine ungeteilte Aufmerksamkeit widmete. Ihre Klit war bereits so hart, dass sie unter der kleinen Hautfalte hervorlugte, und ihre Schamlippen glitzerten im Licht der Lampe. Er tauchte ab, ließ sämtliches Vorspiel weg, um sich direkt auf sie stürzen und durch ihre Spalte lecken zu können.

Darya zuckte gegen seinen Mund und schrie auf. Keins der russischen Wörter, die sie ausstieß, verstand er, aber sie klangen fantastisch von ihren Lippen. Sie spreizte die Knie noch mehr und wob die Finger in sein Haar, um ihn festzuhalten. Als ob auch nur die geringste Chance bestehen würde, dass er sich von der Stelle rühren würde, bevor sie unter seiner Zunge gekommen war.

Nach einem weiteren langen Lecken hob er langsam den Blick und kam fast augenblicklich.

Sie beobachtete ihn. Vollkommen offen. Ihre Lippen waren geteilt, während ihr Atem tiefem Keuchen glich. Ein schimmernder Engel, der in einem lüsternen Moment erwischt worden war.

Er neckte ihre Klit mit seiner Zunge und schob einen Finger in sie. „Ist es das, was du willst?"

Ihre Augen weiteten sich und sie rollte die Hüften. „Mehr."

Gut, *das* war ein Wort, das er verstand. Er fügte einen zweiten Finger hinzu und stieß tiefer.

Sie stöhnte und ballte die Hände in seinem Haar zur Faust. „Ja. Genau so." Ihre Hüften zuckten wieder und wieder, ihr Blick war auf seine Finger gerichtet. Sie leckte über ihre Unterlippe, und ihre Stimme sank zu einem heiseren Klang herab, der dazu führte, dass sich seine Eier anspannten. „Das habe ich mir vorgestellt. Ich wollte es so sehr."

Gott, genau wie er. Obwohl er sich nicht vorgestellt hatte, dass sie so offenherzig sein würde. So gelassen und direkt in ihrer Sexualität. Kombiniert mit ihrer Empfänglichkeit war das wie eine neue Sucht, die nur darauf wartete, dass er ihr verfiel.

„Ja?", murmelte er an ihrem Schoß. Sein warmer Atem strich über ihre Haut und verursachte ein winziges Wimmern. „Kommst du in deinen Fantasien durch meinen Mund oder meinen Schwanz?"

„Durch beides." Es war sowohl eine rasche Antwort als auch ein nachdrücklicher Befehl.

Er hob den Kopf hoch genug, um zu ihr hinauf grinsen zu können, drehte das Handgelenk für den richtigen Winkel und knurrte an ihrer Klit. „Dann, Süße, wirst du genau das bekommen."

Seine Fingerkuppen erreichten den süßen, leicht angerauten Punkt in ihr in exakt dem Augenblick, in dem er den Mund um sie schloss und hart sog.

Ihr Rücken wölbte sich in einem wunderschönen Bogen und ihre kecken Nippel reckten sich gen Decke. Bei jedem Strich seiner Hand zuckten ihre Hüften, und die Muskeln um seine Finger bebten. So kurz davor. So verdammt kurz davor. Er schob einen dritten Finger hinein. Ihre Nässe erlaubte ihm, zu spielen und sie für seinen Schwanz vorzubereiten. Er summte und kratzte sanft mit den Zähnen über ihre Klit.

„Knox!"

Ihre Pussy zog sich hart und schnell um seine Hand zusammen, und die reine Kraft in dieser Bewegung ließ seinen Schwanz vor Erwartung pochen. Ihr Geruch und Geschmack umgaben ihn, eine tödliche Kombination von Sünde und Süße. Er gab ihr nicht die Gelegenheit, herunterzukommen, sondern ersetzte seine Finger durch seine Zunge und stieß tief, um jeden Tropfen einzufangen, während er ihren Höhepunkt verlängerte. Fuck, aber er musste in sie. Er wollte unbedingt dieses kräftige Zusammenziehen und diese Entspannung an der ganzen Länge seines Schwanzes spüren.

Er biss in die Innenseite eines Schenkels und versetzte dem anderen einen harten Klaps. „Auf die Hände und Knie. Jetzt."

Statt seiner Anordnung Folge zu leisten, schob sie die Finger zwischen die Beine und melkte noch den Rest ihres Höhepunkts, indem sie sie langsam in sich stieß. Ihre Lippen zeigten ein mattes Lächeln, und ihre Lider waren schwer wie bei einem Kätzchen, das trunken von Milch war. Ihre heisere Stimme vermischt mit ihrem Akzent ließ sie wie ein Filmsternchen aus einem Film noir klingen. „Du gibst schon wieder Befehle."

Er stemmte sich vom Bett hoch, schob seine Jeans und Unterhose herunter und schnappte sich in Rekordzeit ein Kondom aus seiner Tasche. Sein Schwanz war bereit, so vollgepumpt mit Blut, dass es ein Wunder war, dass Knox überhaupt aufrecht stehen konnte. „Fühlst du dich gut?"

Ihr Blick fiel auf seine Erektion. „Oh ja."

Er grinste, riss das Kondom auf und zog es über. „Dann würde ich sagen, dass meine Befehle gut funktionieren." Er kroch wieder auf das Bett, packte sie an der Taille und drehte sie auf den Bauch. „Und jetzt Arsch in die Höhe, Gesicht zur Matratze. Ich habe Arbeit vor mir."

Da er auf den Knien hinter ihr war, konnte er ihr Gesicht nicht sehen, aber ihr leises und verruchtes Kichern sagte nur: *Leg los.* Und ja, sie spreizte langsam die Knie und hob ihren perfekten Hintern, der die Form eines Herzens hatte. Als ob das an sich noch keine verdammt sexy Bewegung gewesen wäre, warf sie den Kopf zurück, lugte über eine Schulter und fuhr sich mit den Fingern durch ihre Spalte, womit sie genau dort weitermachte, wo sie aufgehört hatte. „Du arbeitest und ich werde spielen."

Verdammt, ja.

Er packte ihre Hüfte und drängte seine Spitze an ihren Eingang. Sein kompletter verfluchter Körper erwachte bei dem Kontakt zum Leben und schickte einen elektrischen Blitz durch ihn, der ganz Dallas für volle vierundzwanzig Stunden hätte versorgen können.

Sie drückte den Rücken weiter durch und bot sich auf zutiefst sinnliche Weise dar.

Der Anblick war allen Ernstes das Erotischste, was er je gesehen hatte. Sein dicker Schwanz, dunkel und unglaublich hart, war bereit, sich in ihrer weichen rosa Pussy zu versenken. Aber mehr noch … dieser Moment fühlte sich gigantisch an. So lebensverändernd, dass er nicht einmal hätte zurücktreten können, wenn man ihn mit einer Waffe bedroht hätte. Er presste nach vorn und die komplette verdammte Welt konzentrierte sich nur noch auf diesen einen Augenblick. Wie ihr Geschlecht ihn aufnahm und ihn ganz machte.

„Knox."

Sein Name auf ihren Lippen klang wie ein Gebet, was gut war, weil er eines brauchte. Ein riesiges, wenn er bei dieser Frau sein Gleichgewicht halten wollte. Ihr Geruch. Ihr atemloses Stöhnen. Die Art, wie sie offen zu ihrer Sinnlichkeit stand und sich das nahm, was sie wollte. Es war berauschend. Wie eine Droge, die kein Mann, der noch halbwegs bei Sinnen war, jemals absetzen wollen würde.

Er arbeitete sich hinein, erst langsam und gleichmäßig, dann schneller und mit längeren Stößen. Er strich über ihren Rücken, packte ihr herrliches Haar und zog sie hoch. Es war ursprünglich und vollkommen unpassend bei einer Frau, die ihn kaum kannte, aber Darya folgte ihm bereitwillig und ließ den Kopf mit einem Seufzer, der direkt in die Mitte seines Schafts fuhr, gegen seine Schulter sinken.

„Magst du es hart?"

„Ja."

Er umfasste eine Brust und zupfte an der Spitze, während die andere bei jedem Stoß seiner Hüfte vibrierte. „Schmutzig?"

„Gott, ja." So, wie sie es sagte, mit einem Hauch von Erleichterung und vollkommener Dankbarkeit, gemischt mit herzzerreißender Sehnsucht, schnitten die Worte direkt durch ihn hindurch. Sie zerstörten den letzten Hauch von Kontrolle, den er hatte.

„Gut", stieß er zwischen schweren Atemzügen hervor. „Denn dorthin werden wir gehen, und zwar richtig schnell."

Sie rollte den Kopf in seine Richtung, öffnete ihre vor Lust trunkenen Augen und lächelte triumphierend. „Ich kann es nicht erwarten."

Fuck.

Er schob sie beide vor, eine Hand stützte sein Gewicht über ihr ab, während die andere ihren Nacken aufs Bett drückte. Immer wieder stieß er in sie, tief und hart, und verdammt, sie kam jeder Bewegung entgegen und hob die Hüften, um mehr zu bekommen. Jedes Detail trat überdeutlich hervor. Seine Hundemarken, die auf ihrem Rücken lagen. Der Klang von Haut, die auf Haut traf. Ihre keuchenden Atemzüge. Seine dunklen Hände, die ihre hellen Hüften packten, und wie ihr Haar über ihren Rücken fiel. So viele Schichten. Es war wie ein verzwicktes erotisches Labyrinth, das ihn tiefer und tiefer zog.

Ihr Geschlecht pulsierte um ihn mit dem Versprechen, dass ihr Höhepunkt nah war, und ließ ihn fast seinen eigenen erreichen. Er strich durch die großzügige Nässe zwischen ihnen und verrieb sie bis hinauf zu ihrem angeschwollenen kleinen Knötchen. „Muss dich kommen lassen.“ Sein hartes Keuchen wurde von ihrem Nacken zu seinem Gesicht zurückgeworfen. „Deine Pussy soll meinen Schwanz genauso melken wie vorhin meine Finger, als du gekommen bist.“

Ihre Hüften zuckten und sie schrie auf. Das süße Pulsieren ihrer Mitte schloss sich wie eine Faust gnadenlos um ihn. Er versuchte, sich zurückzuhalten. Versenkte sich bis zum Anschlag in ihr und hielt vollkommen inne, bis auf das sanfte Hin und Her seiner Finger auf ihrer Klit, aber die Anspannung ihrer Muskeln war zu stark. Zu mächtig.

Seine Eier zogen sich zusammen und seine Hüften zuckten reflexartig. Sein Samen schoss seinen Schaft hinab und so kräftig hinaus, dass der Rest der Welt aufhörte zu existieren. Alles, was noch zählte, war das seidige Gleiten seines Schwanzes in ihr. Ihr Winterrosenduft auf seiner Haut und der nachklingende Moschusgeruch von Sex.

Langsam stieß er hinein und zog sich heraus, erforschte ohne Eile ihre nassen Schamlippen mit den Fingern, während sein Herz versuchte, einen steten Rhythmus zu finden.

Ihr Körper bebte unter ihm, und ihr Atem entwich ihr in einem langen Seufzer.

Er hob etwas von seinem Gewicht von ihr und schob sie mit den Hüften auf den Bauch. „Leg dich flach hin für mich.“

Sofort gehorchte sie, neckte ihn nicht oder fragte nach dem Warum. Aber er behielt ihre Verbindung bei und bedeckte ihren Rücken mit seinem Körper. Er küsste ihre schweißnasse Schulter. „Bist du in Ordnung?“

„Mmm.“ Sie öffnete die Augen. Keinerlei Reue schimmerte in ihnen. Nur gesättigte Leidenschaft. Sie hob die Hüften unter ihm und erzeugte damit eine neue

Welle von Nachbeben. „Sogar sehr glücklich. Schweißnass, aber glücklich."

Er grinste, strich ihr Haar auf die Seite und blies kalt über ihren Rücken. „Besser?"

Sie zitterte und kicherte. „Hör auf. Ich bin Russin. Wir wissen Hitze zu schätzen."

Mann, das konnte er verstehen, besonders da sein Schwanz, der langsam an Härte verlor, nach wie vor in ihr war. Er sollte sich bewegen. Das Kondom loswerden und ihnen beiden Raum geben, bevor sie mehr in diesen Augenblick hineininterpretierte, als sie sollte. Zur Hölle, bevor *er* mehr hineininterpretierte.

Er küsste den Ansatz ihres Rückens, nahm sich noch eine letzte Sekunde Zeit, den Geschmack ihrer Haut zu genießen, ehe er sich löste. Allein das war eine Handlung, die ihm sagte, wie gefährlich ihm diese Frau werden konnte. Keine seiner Liebhaberinnen hatte ihm je Gefühllosigkeit vorgeworfen, aber er hatte sich immer mit Zärtlichkeiten nach dem Akt zurückgehalten. Die Grenze zu bloßem Sex zu verwischen war zu einfach, und doch konnte er bei ihr nicht anders, als weitere Küsse auf ihren Rücken regnen zu lassen, während er sich zurückzog. Seine Hundemarken glitten über ihre Haut. „Ich gehe kurz ins Bad. Brauchst du etwas, wenn ich schon stehe?"

Sie murrte, als er sie verließ, und rollte sich langsam auf den Rücken. Sie war wie eine schamlose Sexgöttin, die sich gesättigt auf einem Bett der Sünde rekelte. „Nein. Mir geht es wunderbar." Sie winkte ihn mit einem sanften Lächeln fort. „Geh. Kümmere dich um was auch immer. Lass mich ausruhen."

Entlassen, ohne mit der Wimper zu zucken. Das war auf jeden Fall ein gutes Zeichen, aber aus irgendeinem Grund nervte es ihn. Er ging ins Bad und warf das Kondom weg. Sein Spiegelbild starrte ihn an. Er war derselbe Mann wie zuvor. Es war dieselbe sichere Routine, doch das Bild wirkte leer. Flach.

Die Nachttischlampe in Daryas Zimmer wurde ausgeschaltet.

Und was sollte er jetzt tun? Normalerweise legte er die Grundregeln fest, bevor er sich einem Bett auch nur näherte. Er stellte sicher, dass diejenige, mit der er zusammen war, damit einverstanden war, dass er tief und fest bei ihr schlief, während sein Gehirn ausgeschaltet war. Er war jedoch so angespannt gewesen und hatte die Wahrheit nicht erkennen wollen, als er die Kontrolle verloren hatte, dass er einen Bocksprung über die logistischen Einzelheiten gemacht hatte.

Eines war sicher: Er brauchte Schlaf. Dringend. Aber andererseits hätte er ein ganz anderes Problem, wenn er aufwachen und sie um ihn geschlungen vorfinden würde.

Er löschte das Licht und tappte zurück in ihr Schlafzimmer. Nur der Hauch eines Lichtscheins von der Straßenlaterne auf dem Parkplatz fiel durch die Rollläden, dieser reichte aber, um zu sehen, wie sie sich auf einer Seite des Betts zusammengerollt hatte. Ihr blondes Haar ergoss sich über ihr Kissen.

Sie gähnte, und der verführerische Klang ihrer Haut, die sich unter den weichen Laken bewegte, drang durch den Raum. „Sorry“, sagte sie direkt im Anschluss. „Das hier ist meine Seite. Du musst die andere nehmen.“

So einfach. Es war fast zu einfach.

Aber um wieder einmal gut zu schlafen, würde er die Geste annehmen und sich um den Rest am Morgen kümmern. Er zog das Laken zurück und streckte sich neben ihr aus. Ihr Geruch war überall, gemischt mit seinem und dem intensiven Aroma von Sex. Er schloss die Augen und selige Müdigkeit, die ihm in den meisten Nächten abging, legte sich wie ein schwerer Nebel um ihn. Sein Herzschlag verlangsamte sich, und sein Atem wurde gleichmäßiger, sodass er zu dem von Darya passte. Er war dem Schlaf so nah.

„Darya?“

„Mm?“

Die Dunkelheit kam näher. Wurde schwerer. „Du hattest recht. Keine Reue.“

„Keine Reue“, flüsterte sie zurück.

Und dann … gesegneter Schlaf.

Kapitel 12

Der Computercursor blinkte Darya entgegen. Ein leerer Bildschirm war alles, was sie zustande gebracht hatte in der letzten Stunde, in der sie an ihrem Tisch gesessen hatte. Das war nicht besonders überraschend, wenn man bedachte, wie lange sie gebraucht hatte, allein die erste Lektion im zweiten Modul durchzulesen, und sie wusste immer noch nicht, ob auch nur ein Fitzelchen der Informationen, die sie gelernt hatte, Sinn ergab.

8:14 Uhr wurde ihr am Rand ihres Monitors angezeigt, genauso beständig und anklagend wie die kaltherzigen Nonnen, die ihre Erziehung während ihrer Kindheit übernommen hatten. Sie stieß ein frustriertes Schnauben aus, öffnete erneut die Lektion in ihrem Browser und schnappte sich den lauwarmen Kaffee für einen weiteren Schluck. Sich auf eine Aufgabe zu konzentrieren, war ihr noch nie so schwergefallen. Selbst als sie das erste Mal in den Staaten gelandet war, war sie in der Lage gewesen, sich auf das, was sie tun musste, zu fokussieren, ohne sich ablenken zu lassen, solange ihre Umgebung sich sicher anfühlte. Allerdings hatte damals Knox nicht in ihrem Bett geschlafen und sein Geruch hatte nicht jeden Zentimeter ihrer Haut bedeckt. Wenn es um Ablenkungen ging, war er offensichtlich ihr Kryptonit.

Gott, was er mit ihr angestellt hatte. Ihr gesagt hatte. Sie schloss die Augen und drückte die Schenkel zusammen. Das bedürftige Pulsieren, gegen das sie den ganzen Morgen ankämpfte, wurde stärker, als sie sich an letzte Nacht erinnerte. Sie hatte sich schon früher mit mächtigen Männern eingelassen, aber keiner von ihnen hatte jemals so die Kontrolle im Bett übernommen wie Knox. Vollkommene Selbstsicherheit, totale Konzentration und ein verruchter Mund.

Perfekt.

Mit bebenden Händen stellte sie die Tasse weg und lockerte ihren Bademantel, damit die dringend benötigte kühle Luft der Klimaanlage unter den Stoff an ihrem Nacken dringen konnte. Zweifellos war es das Risiko, Knox als Mentor zu verlieren, wirklich wert gewesen. Sie konnte sich alles, was sie brauchte, beibringen, aber solche Erfahrungen machte man nur ein Mal im Leben. Obwohl ihr etwas sagte, dass sie vielleicht eine Wiederholung erhalten könnte, wenn sie auf Abstand blieb und sich professionell verhielt. Oder zwei. Und, bei Gott, sie wollte es noch mal.

Durch ihre geöffnete Schlafzimmertür erklang ein sündhaft erotisches Atemholen, gefolgt von dem Gleiten von Haut über die Laken.

Auf ihrer Haut bildete sich Gänsehaut, und ihre Nippel zogen sich vor Erwartung zusammen. Das war nicht gerade der beste Start, um sich unbeteiligt zu geben. Sie schnappte sich ihre Maus und scrollte weiter in der Lektion. Die Worte waren nicht mehr als schwarzweißes Durcheinander.

Die Matratze ließ ein leises Stöhnen vernehmen und Schritte erklangen auf den Teppich. Aus dem Augenwinkel erhaschte sie eine Bewegung, aber sie behielt ihren Blick auf den Bildschirm gerichtet und kombinierte ihn mit etwas, von dem sie hoffte, dass es wie versunkene Konzentration wirkte.

Sobald sich die Badezimmertür geschlossen hatte, stieß sie einen zittrigen Seufzer aus. Das war keine große Sache. Zumindest sollte es das nicht sein. Sie hatten Sex gehabt. Zugegeben, großartigen Sex, aber sie konnte deshalb nicht mehr erwarten. Er war von Anfang an deutlich gewesen und sie hatte seinen Regeln bereitwillig zugestimmt, doch nie zuvor im Leben hatte sie das Gefühl gehabt, dass von den nächsten Augenblicken und der Art, wie sie sich verhalten würde, so viel abhängen würde. Als ob ein richtiger oder falscher Schritt die Waagschalen des Lebens so verändern könnte, dass sie alles erhalten würde, wovon sie jemals geträumt hatte, oder in eine abgrundtiefe Hölle fiele.

Sie biss sich auf die Lippe und scrollte wieder an den Anfang der Lektion. Vermutlich war es keine gute Idee, am Ende ertappt zu werden, ohne dass sie etwas vorweisen konnte außer einer weißen Seite und keiner Ahnung. Er konnte nicht wissen, dass sie schon seit fünf Uhr wach war. Oder dass sie die ersten dreißig Minuten, bevor sie leise aus dem Bett geklettert war, damit verbracht hatte, seine ungeschützten Gesichtszüge zu studieren, während er geschlafen hatte.

Nein, es wäre besser, ihn in dem Glauben zu lassen, dass sie erst kurz vor ihm aufgestanden war und jetzt mit dem Tagwerk begonnen hatte.

Die Toilettenspülung ertönte, und nicht viel später erklang der Wasserhahn.

Feiner Schweiß brach ihr im Nacken aus und ihr Herz legte mit einem lockeren Joggingtempo los. Vielleicht war es keine gute Idee gewesen, eine halbe Kanne Kaffee zu trinken. Oder über die Dinge nachzudenken, von denen sie hoffte, dass sie beim nächsten Mal die Gelegenheit haben würde, sie auszuprobieren.

Die Scharniere quietschten kurz und die Badezimmertür öffnete sich.

Sieh nicht hin.

Konzentriere dich auf den Bildschirm.

Bleib ruhig.

Knox kam in Sichtweite und zögerte auf seinem Weg in die Küche nur, um auf ihren Bildschirm blicken zu können. „Bist du schon lang dran?“

Viel zu lang. Doch sie hatte kein übermäßig schlechtes Gewissen wegen dieser kleinen Flunkerei. „Ich fange grad erst an.“ Sie spielte weiter die Zwanglose, hob ihre Tasse, drehte sich in ihrem Stuhl gerade so, damit sie ihm ihre ungeteilte Aufmerksamkeit schenken konnte, und unterdrückte rechtzeitig ein Stöhnen.

Er war nicht vollkommen nackt, aber es war das nächstbeste, denn er trug nur seine schwarze Unterhose und stand im Profil da, sodass sie ihren hungrigen Blick auf ihn richten konnte. Mit der gleichen Vertrautheit wie beim letzten Mal, als er hier gewesen war, öffnete er den Wandschrank und griff nach einer Tasse.

Wegen des Nachttischlampenlichts und ihrer Lust in der Nacht zuvor hatte sie keine Gelegenheit gehabt, seine Tattoos in ihrer Gänze zu bewundern, aber im hellen Licht des Morgens waren sie eine wahre Augenweide. Die Schulter, die ihr am nächsten war, war gänzlich bedeckt mit einem verschachtelten Mosaik von nordisch gestalteten Drachen, komplizierten Knoten und einer sehr detailreichen Rüstung. Das Bild reichte bis unterhalb seines Bizepses und in einem Winkel hinüber über einen Großteil seiner Brustmuskeln, bis es nahe seines Bauchnabels auslief.

Sie nippte an ihrem Kaffee, um ihre offene Bewunderung zu überspielen, dann gelang ihr ein heiseres: „Ich dachte, du könntest nicht gut schlafen".

Er schloss die Schranktür und stellte seine Tasse auf den Küchentresen. „Kann ich auch nicht."

„Wirklich? Du hast letzte Nacht tief und fest geschlafen." Sie kombinierte die bissige Bemerkung mit einer erhobenen Augenbraue und einem Feixen. Immerhin hatte dieses herausfordernde Verhalten den Tiger schon einmal aus seinem Käfig gelockt. Jetzt wusste sie, was JJ gemeint hatte, wenn sie gesagt hatte: *Wenn es nicht kaputt ist, repariere es nicht.*

Er sah nicht auf, sondern grinste und zog die Kaffeekanne von der Heizplatte. „Diese Meisterleistung vollbringe ich nur nach dem Sex."

Das war auf jeden Fall eine interessante Info und eine schreckliche Zwickmühle für einen Mann, der Beziehungen mied.

Er schenkte seinen Kaffee ein und drehte sich weit genug, um die Kanne hoch zu halten. „Willst du mehr?"

Sag jetzt bloß nichts Blödes. Halt einfach den Mund und bleib gleichgültig.

Sie hob die Tasse. „Danke."

Mit drei Schritten stand er unmittelbar vor ihr. Die Hundemarken, die auf ihren Rücken gefallen und dort herumgerutscht waren, als er in sie gestoßen hatte, baumelten auf seiner Brust. Aber sie waren nicht militärischer Art. Der Schnitt war ungewöhnlich, die Details zu deutlich, und direkt in der Mitte befand sich das gleiche maskuline H und das gleiche Tribaltattoo, das auf seinen Unterarm tätowiert war. Er war zu schnell wieder weg und hatte seine ausgeprägten Bauchmuskeln mitgenommen, bevor sie eine Entschuldigung finden konnte, ihn zu berühren.

Und was jetzt? So zu tun, als ob nichts passiert wäre, schien ihr der Weg des Feiglings zu sein, und wenn sie schon sonst nichts in der letzten Nacht bewiesen hatte, dann dass sie auf keinen Fall ein Feigling war. Sie blies über ihren Kaffee und sah ihn an, während sie die Beine überkreuzte. „Du sagtest, dass du nicht monogam lebst und nicht auf Beziehungen stehst. Ist das der Grund? Damit du Sex haben und danach schlafen kannst?"

Er verharrte mitten in der Bewegung, sich die Tasse an den Mund zu führen, als ob sie ihn überrascht hätte. „Das ist ein Teil davon", sagte er und nippte dann gelassen am Kaffee. Er lehnte den Hintern gegen den Tresen und legte eine Hand um den Rand. Die andere hielt locker die Tasse vor seinen Bauch. Es war eine freimütige Pose, die sie praktisch dazu aufforderte, ihn nach Herzenslust anzusehen.

Sie zwang sich, ihren Blick auf seinen gerichtet zu lassen. „Was ist der andere Teil?“

„Ich habe einfach gelernt, dass man Beziehungen am besten aus dem Weg geht.“

Damit war dieses Thema rigoros vom Tisch gefegt worden. Das war wie bei ihr, wenn Leute zu sehr in ihrer Vergangenheit schnüffeln wollten. Sie drehte sich wieder zum Computer. „Klingt nach einer interessanten Geschichte.“

„Ist sie nicht, außer du findest es interessant, dass eine Lehrerin einen Schüler der Abschlussklasse in der Highschool vögelt und ihn glauben lässt, dass da mehr ist, bis sie dann behauptet, dazu gezwungen worden zu sein, als der Rektor Wind von der Sache bekommt.“

Ihre Finger verkrampften sich um die Maus, und ihr Magen hob sich und drohte damit, den Kaffee, den sie gerade heruntergeschluckt hatte, wieder von sich zu geben. Der Schmerz hinter seinen Worten war durch die Wortwahl, die sorglos klingen sollte, übertüncht worden, aber er war dennoch da und so scharf, dass er wie Peitschenhiebe über bloße Haut zuckte.

„Versuch nicht, mich zu analysieren oder zu heilen“, sagte er. „Es gab bereits ein paar andere Frauen vor dir, die das versucht haben, und es klappt nicht. Ich mag Sex. Ich schlafe mit Frauen, die wie ich denken, dann ist alles in Ordnung. Weniger Trauma und kein Drama.“

Sie ließ ihren Gesichtsausdruck nichtssagend werden, wie es die Jahre bei Yefim sie gelehrt hatten, blickte über die Schulter und zuckte mit den Achseln. „Es ist deine Vergangenheit. Deine Entscheidung.“ Damit zwang sie sich, zum fünften Mal den ersten Abschnitt ihrer Lektion zu lesen.

Sie hörte mehr, als dass sie sah, wie er den Kaffee hinter ihr trank. „Apropos Vergangenheit. Wie wäre es, wenn du mir etwas über die richtige JJ erzählst?“

„Lieber nicht.“

„Das habe ich mir gedacht, aber bist du je darauf gekommen, dass ich in der Lage wäre, dir zu helfen, wenn ich ein paar Details wüsste?"

Ihre Finger zuckten ein wenig, als sie runterscrollte, und ihr Atem stockte. Darüber hatte sie definitiv nachgedacht. Unzählige Male. Die Tatsache, dass das FBI mehrfach mit ihm zusammengearbeitet hatte, sagte viel über sein Können aus.

„Ich bin mir über deine Fähigkeiten und deine Verbindungen im Klaren." Hoffentlich bemerkte er nicht das kleine Beben in ihrer Stimme, das eng mit ihrem Herzschlag zusammenhing, der flatterte wie ein Kolibri.

„Dann weißt du, dass sie dir zugutekommen könnten?"

„Ja, aber ich habe schon genug deiner Zeit in Anspruch genommen und muss erst herausfinden, ob du bereit bist, dir so viel aufzuhalsen. Es ist wichtiger, dass ich mir eine Zukunft erschaffe, in der ich mich selbst versorgen kann, als dass ich mir noch zusätzliche Probleme aufhalse." Zusätzlich zu der unbehaglichen Situation, in die sie sie beide gebracht hatte, indem sie ein Streichholz in die entflammbare Anziehungskraft geworfen hatte, die zwischen ihnen herrschte.

Schweigen senkte sich über sie. Selbst ohne ihn anzusehen, war sein Blick wie ein lebendes und atmendes Ding um sie herum.

„Sieh mich an." Ein Befehl. So kraftvoll und unnachgiebig wie die, die er ihr letzte Nacht gegeben hatte, und genauso verführerisch.

Sie drehte den Kopf nur weit genug, um zu gehorchen, ihr Körper war noch direkt auf den Computer gerichtet.

„Ganz herum", sagte er. „Das, was du hier abziehst, ist verdammt heiß und vermutlich notwendig, damit du dich mir gegenüber behaupten kannst. Aber wir müssen viel besprechen, ohne dass du mich mit deiner Frechheit ablenkst.“

Also war er bereit, ihr seine Antwort mitzuteilen. Oder vielleicht mehrere. Welches Thema auch immer er im Sinn hatte, es ließ ihn sehr ernst wirken. Sie schluckte und drehte sich ihm ganz zu, drückte die Knie eng zusammen und legte eine Hand über die andere, um ihre Nervosität zu verbergen. „Okay, ich höre.“

Sein Blick fiel auf ihre Knie und seine Mimik wurde ein wenig sanfter, bevor er seine Konzentration wieder auf ihr Gesicht richtete. „Entspann dich. Ich lasse keine Bomben platzen.“ Er hielt inne, als ob er die Gedanken, die ihm durch den Kopf gingen, infrage stellte. „Wenn du willst, dass ich dir etwas beibringe, bin ich dabei.“

Bevor sie ihre Reaktion verbergen konnte, sanken ihre Schultern erleichtert herab und sie stieß zischend den Atem aus, von dem sie nicht gewusst hatte, dass sie ihn angehalten hatte. „Danke.“

Darüber lachte er leise. „Dank mir nicht. Ich bin immer noch ein Arschloch, wenn man mit mir arbeiten muss.“

Sie versuchte, das Lächeln zu unterdrücken, doch es gelang ihr überhaupt nicht, daher senkte sie das Kinn. „Du bist ziemlich rechthaberisch.“

„Bin ich. Aber ich bin gut in dem, was ich tue. So schnell, wie du begreifst, könntest du es auch werden, falls du durchhältst.“

Der kühne Kommentar ließ sie den Kopf hochreißen, als ob er ihr Haar gepackt und daran gezogen hätte. „Ist das dein Ernst?“

„Ja. Wenn ich daher sage, dass es mir gar nichts ausmacht, dir etwas beizubringen, und es mir vielleicht auf Dauer eher einen Vorteil verschafft, ist das die Wahrheit.“ Er nippte an seinem Kaffee und sah sie dabei weiter an. Sobald er fertig war, stellte er die Tasse auf die Seite und verschränkte die Arme vor der Brust.

„Und jetzt erzähl mir von JJ."

Monatelang hatte sie sich ihrer Vergangenheit allein gestellt. In der Sicherheit ihres Zuhauses und fern von neugierigen Augen. Aber mit einer einfachen Bitte zog Knox den Schleier zur Seite und ließ all die Herrlichkeit und die Entdeckungen aus ihrer Zeit mit JJ wieder zurückfließen. Das Zimmer wurde undeutlich und nur Knox' andächtig lauschende Gegenwart verankerte sie im Hier und Jetzt. „Als ich hier ankam, hatte ich niemanden. Keinen Namen, den ich benutzen konnte, bis auf die, die ich mir ausdachte. Bloß das Geld, das mir gegeben wurde, damit ich überleben kann."

Der niederschmetternde Geruch von Schimmel und schalem Zigarettenrauch in dem Hotel, in dem sie in den ersten paar Wochen gewohnt hatte, umgab sie, als ob überhaupt keine Zeit vergangen wäre. Sie hatte es nicht gewagt, den Böden oder der Decke, die auf ihrem Bett lag, zu viel Aufmerksamkeit zu schenken, und ihr gelang es nur dann zu schlafen, wenn sie vollkommen erschöpft war. „Ich habe in den ersten Tagen Zeitungen gekauft, um Arbeit zu finden. Später habe ich eine örtliche Bibliothek gefunden und nach Onlinestellenanzeigen gesucht."

Knox' leise Stimme drang durch ihre Erinnerungen und zog sie wieder in die Gegenwart. „Wo warst du?"

„San Diego." Die gleiche Wehmut, die sie an ihrem ersten Tag dort empfunden hatte, machte sich frisch und reinigend in ihr breit. „Es ist wunderschön da. Es ist der Himmel auf Erden, verglichen mit Russland."

Er sagte nichts, bot ihr nur ein verständnisvolles Lächeln an und wartete geduldig, dass sie weitersprach.

„Ich habe auf eine Stellenanzeige geantwortet", fuhr sie fort. „Auf einer dieser Kleinanzeigen-Webseiten, auf denen man von Bekanntschaftsanzeigen bis hin zu Stellen alles finden kann. Jeannie suchte eine Haushälterin und Assistentin."

„Und sie hat dich angestellt?“

Darya nickte. „Obwohl ich darauf bestand, dass ich nur bar bezahlt werden wollte.“ Sie lachte leise bei der Erinnerung und daran, wie damals in JJs Augen ein argwöhnisches Funkeln aufgetaucht war. „Wenn ich mich so zurückerinnere, war es wohl genau deswegen, *weil* ich darauf bestand.“ Sie sah Knox wieder an. „Sie wusste, wie es ist, auf der Flucht zu sein, und half mir deswegen.“

Knox runzelte die Stirn und neigte den Kopf. „Jeannie Simpson ist eine gebürtige US-Bürgerin.“

„Ja, das war sie. Aber nicht alle, die fliehen, fliehen aus dem Land, und niemand, der flieht, flieht ewig.“ Es fühlte sich seltsam an, die Geschichte von jemand anderem mit ihm zu teilen. Es war, als ob sie einen heiligen Eid brechen würde, doch JJ hätte das hier für sie gewollt. Sie hätte die Geschichte selbst erzählt, wenn sie hier wäre. Sie holte tief Luft und atmete sie mit einem langsamen Seufzen wieder aus. „Sie hatte keine Angehörigen. Nur einen Ehemann, der glaubte, es wäre sein Recht, ihr seinen Willen mit den Fäusten aufzuzwingen.“ Sie lächelte. „Hättest du JJ gekannt, wüsstest du, dass das nicht lange gut gehen konnte.“

„Was ist passiert?“

Sie zuckte mit den Achseln. „Als sich erwies, dass die Behörden ihr nicht helfen würden, übernahm sie selbst das Ruder.“

„Sie ist weggelaufen.“

„Ja.“

„Noch etwas?“

Darya schürzte die Lippen, hin- und hergerissen, ob sie ihm das sagen sollte, was sie für die Wahrheit hielt, oder schweigen sollte. „Sie hat mir nie mehr als das gesagt, aber ich habe lang genug geforscht, um zu wissen, dass ihr Ehemann nicht mehr am Leben ist.“

Knox neigte den Kopf. Es war simple Akzeptanz, ohne dass er ein Wort sagen musste. „Und wo ist sie jetzt? Es gibt keine Sterbeurkunde, also muss sie irgendwo atmen."

Und nun kam der schwerste Teil. Der Teil, der immer noch schwer auf ihrer Seele lastete. „Jeannie ist vor neun Monaten gestorben. Ein Gehirntumor." Sie schluckte den gigantischen Kloß in ihrem Hals runter und konnte nur auf den hässlich braunen Teppich unter ihren Füßen blicken. „Er schritt schnell voran und es endete dankenswerterweise schnell. Aber in dieser Zeit – in den Anfangsmonaten, bevor ihr Geist schwand – traf sie Arrangements. Sie aktivierte Kontakte, die sie ihr Leben lang aufgebaut hatte, damit ich ihren Namen annehmen und hoffentlich aufhören konnte, wegzulaufen."

„Das waren ja ganz schön einflussreiche Verbindungen, die sie da hatte."

Sie grinste trotz der Traurigkeit, die sie erfasste. Wie könnte sie nicht? Dass jemand wie Knox das, was sie getan hatte, anerkannte, hätte JJ tagelang zum begeisterten Kreischen gebracht. „Es gibt nur einen losen Faden in ihren Vorbereitungen: den Beerdigungsinstitutsleiter, den sie bestochen hat, damit er ihre Einäscherung übernimmt. Und selbst der kennt nicht meinen wahren Namen."

„Also bist du relativ sicher."

„Relativ. Momentan."

Er wirkte zufrieden mit ihrer Geschichte, nahm seine Tasse vom Tresen und ging zurück zur Kaffeekanne. „Vor wem?"

Schnell und ganz nebenbei. Wie gemacht, die Abwehrhaltung eines durchschnittlichen Menschen zu durchbrechen, aber sie war nicht durchschnittlich, und zwar schon lange nicht mehr. „Dieser Teil meiner Vergangenheit sollte lieber im Dunkeln bleiben."

Er schob die Kanne wieder an ihren Platz, stemmte

ein paar Sekunden die Hände auf den Tresen, richtete sich dann auf und trank. Er sah sie über den Rand der Tasse hinweg an. In seinen Augen tanzte ein mysteriöses Gefühl. Etwas Kraftvolles, aber Unausgesprochenes.

Instinktiv wappnete sie sich.

Er senkte die Tasse. „Okay. Dann lass uns über Sex sprechen."

Leidenschaft schoss direkt zwischen ihre Beine und ihre Pussy zog sich zusammen. Allein das Wort ließ ihren ganzen Körper vor Bewusstheit erbeben. Sie wollte so gern ihre Lippen lecken und vorschlagen, dass sie lieber handeln statt darüber reden sollten, aber etwas sagte ihr, dass sie sich besser nicht in die Karten schauen lassen sollte. „Was ist damit?"

„Du verstehst, dass es für mich nur Sex ist? Keine Bindungen? Keine Erwartungshaltung?"

„Ich glaube ja."

„Und denkst du, du kommst damit klar?"

„Es ist Sex. Körperliche Erleichterung. Solange das für beide Parteien gilt, bin ich einverstanden."

Etwas Ursprüngliches blitzte in seinen Augen auf, aber es war so schnell da und wieder weg, dass jemand, der ihn nicht so genau beobachtet hätte, es verpasst hätte.

Doch sie hatte ihn beobachtet. Äußerst genau. „Ist das ein Problem?"

„Nein." Keinerlei Zögern, sondern hart ausgesprochen, was das Gegenteil besagte. „Hast du ein Problem damit, dass ich danach bei dir übernachte?"

Diesmal erlaubte sie sich, zu spielen. Das Raubtier ein wenig zu necken und anzustupsen. Sie neigte den Kopf und schenkte ihm ein listiges Lächeln. „Wäre ja noch schöner, wenn nicht. Wenn du ganz locker aus der Tür gehen kannst, haben wir etwas nicht richtig gemacht."

Das brachte ihn zum Lachen und er hob zum Salut

seine Tasse. „Punkt für dich."

Es war zu viel, dass sie ihn halb nackt vor sich sah und mit ihm über Sex scherzte, ohne dass darauf Taten folgten. Daher fuhr sie zurück zu ihrem Tisch herum, scrollte das *sechste* Mal an den Anfang ihrer Lektion und begann von Neuem.

Seine Kaffeetasse klapperte auf dem Resopal der Theke und seine nackten Füße tappten über das billige PVC in der Küche. Eine Sekunde später waren seine Hände rechts und links von ihr, die eine auf dem Tisch, die andere auf der Rückenlehne ihres Stuhls. Der Geruch von Schwarzer Johannisbeere und Holz legte sich um sie, und seine Körperwärme drang in sie ein. Er besah sich den Bildschirm genau zwei Sekunden lang, bevor er das Gesicht drehte und nah an ihrem Ohr flüsterte: „Du machst keine großen Fortschritte."

„Ich war abgelenkt."

„Mmm."

Ein einfaches Brummen. Nicht mehr. Aber sie fühlte es überall. Tief in sich.

Er richtete sich auf und ihr Körper schrie auf bei dem Verlust. Bevor ihr eine witzige Antwort einfiel oder sie sich wieder auf die Lektion konzentrieren konnte, packte er ihr Knie und drehte sie in ihrem Stuhl.

„Was tust du?" Die Frage kam im Flüsterton, da sie vollkommen stumpfsinnig geworden war durch den Schock seiner plötzlichen Berührung.

Gedankenverloren strich er mit der Rückseite seiner Fingerknöchel über ihren bloßen Nacken oberhalb des Bademantels und dann tiefer am Rand des Stoffs entlang. Als seine Finger ihren Gürtel erreichten, krümmte er sie darum und zog, bis der lockere Knoten sich löste. Langsam teilte er den Bademantel mit beiden Händen und sog einen leisen Atemzug ein, der einem Zischen glich.

„Knox?"

„Hmm?“ Vollkommen konzentriert. Ein Jäger, der sich von seiner Beute nicht ablenken ließ.

Trotzdem versuchte sie es erneut, bemühte sich, mental Halt zu finden inmitten der Gefühle, die sein Blick in ihr hervorrief. „Was tust du?“

Er umfasste ihre Knie, drückte sie langsam auseinander und kniete sich dazwischen. Er packte ihre Hüften, zerrte sie an den Rand des Stuhls und hob seinen hungrigen Blick zu ihrem. „Das wollte ich schon das letzte Mal machen, als ich hier war.“

Das würde er nicht tun. Gütiger Gott, wenn er hier seinen Mund auf sie legte, würde sie an diesem Tisch nie wieder etwas Produktives gebacken bekommen. „Aber ich muss arbeiten.“

Er grinste. Ein wölfisches Grinsen, das kleine Wellen in alle Richtungen sandte. „Genau wie ich.“ Er griff in ihre Kniekehle, hob ihr Bein so hoch und weit nach außen, wie es der Tisch neben ihr erlaubte, und senkte seinen Mund auf ihr Geschlecht. „Und jetzt wappne dich, weil ich mich bei dir auf eine Weise dafür bedanken werde, dass ich gestern Nacht durchgeschlafen habe, die du lange nicht vergessen wirst.“

Kapitel 13

Knox hatte Unmengen zu tun. Er war verdammt spät dran, da er den Samstagabend freigenommen hatte und sich am Sonntag nicht konzentrieren konnte, dennoch konnte er nicht aufhören, seinen Bildschirm anzustarren.

Es hatte die Hälfte der letzten Nacht und den Großteil des Morgens gebraucht, doch endlich hatte er den Thread gefunden, und nun starrte der Mann, für den Darya offensichtlich gearbeitet hatte, zurück. Das Foto war schwarz-weiß und verdammt unscharf, aber sie stand direkt hinter dem Kerl. Sie war tipptopp gekleidet und hatte den Kopf gesenkt, als ob sie mit dem Hintergrund verschmelzen wollte.

Als ob das jemals passieren könnte. Er hatte ihre Wohnung vor mehr als vierundzwanzig Stunden verlassen und war immer noch aufgedreht. Nicht nur wegen der Sachen, die sie gemacht hatten, sondern wegen der Mutter aller Wunder, das geschehen war, sobald er nach Hause gekommen war. Verdammte Hölle, er konnte es nach wie vor nicht fassen. Ihr Geschmack hatte nach wie vor auf seiner Zunge gelegen und sein Schwanz war so hart gewesen, dass es wehgetan hatte, zu gehen. Er hatte sich geweigert, noch einmal mit ihr zu kommen – es waren keine Kondome mehr vorhanden, und das Bedürfnis, *irgendwie* die Oberhand zu behalten, hatte ihn dazu gebracht, abzuhauen, kurz nachdem sie an seinem Mund gekommen war. Aber er hatte innerhalb von fünf Minuten nach seiner Heimkehr nackt auf seinem Bett gelegen und sich einen runtergeholt mit der Erinnerung an die Bilder der letzten Nacht, die ihm so klar vor Augen standen, als ob alles noch einmal geschehen würde.

Er war gekommen. Intensiv.

Und dann hatte er geschlafen.

Vier verdammte Stunden lang.

So ein Scheiß passierte nie, wenn er es sich selbst besorgte. Niemals. Besonders, da er in der Nacht davor acht volle Stunden geschlafen hatte.

Er war mit getrocknetem Sperma auf dem Bauch aufgewacht und ihrem Geruch um sich herum. Sein Schwanz war schon wieder hart und bereit.

Ja, er musste unbedingt Abstand zu ihr halten. Verflucht, er war sich nicht mal sicher, ob eine Wiederholung des Ganzen eine gute Idee war, egal, wie super er danach schlief.

Der Türgriff hinter ihm klickte, und er wechselte die Programme auf seinem Bildschirm zu seinen E-Mails. Das war ein weiteres Problem, das er schnell lösen musste. Niemand schlich sich jemals an ihn heran. Besonders nicht hier, wo sich Kameras in jedem Winkel befanden. Und trotzdem marschierte Beckett hinter ihm herein, mit einer Schachtel Donuts und einem Monsterbecher Kaffee.

Beckett stellte die Schachtel auf den Tisch neben ihm und zog einen Stuhl unter seinem Arbeitstisch hervor, den er neben Knox' schob. „Was gibt es Neues im Cyberland?"

Gut, das war wenigstens ein sicheres Thema. Gott wusste, dass er gnadenlos aufgezogen werden würde, bevor Beckett wieder zurück in sein eigenes Büro ging. „Ich habe die Infos über Darya. Zumindest oberflächlich. Was sie darüber erzählt hat, dass sie in Jekaterinburg geboren wurde und aufgewachsen ist, stimmt. Genauso wie ihr Umzug nach Sankt Petersburg später."

Er öffnete das Foto von Daryas Boss und neigte seinen Hauptbildschirm zu Beckett. „Sie hat für diesen Kerl gearbeitet. Yefim Mishin."

„Was hat sie da gemacht?"

„Sie war seine persönliche Assistentin. Das war ein ziemlich begehrter Job nach allem, was ich herausgefunden habe."

„Und was tut Yefim so?"

„Auf dem Papier ist er Buchhalter, aber ein paar der Artikel bezeichnen ihn eher als Finanzguru. Er ist die rechte Hand eines Oligarchen."

Becketts Lockerheit änderte sich innerhalb einer Sekunde zu einer Haltung kalt wie Stein. „Glaubst du, sie ist auf der Flucht, weil sie den Kerl bestohlen hat? Meines Wissens nach unterscheiden sich Oligarchen kaum von der Mafia."

Knox schüttelte den Kopf. Seine Aufmerksamkeit wurde wieder auf das Foto von Darya gelenkt, als ob sie herausgegriffen und sein Kinn in ihre Richtung gezogen hätte. „Wenn sie Geld besitzt, benutzt sie es nicht. Nicht mal einen Cent. Ihre Kleidung ist zwar hochwertig, aber alles ist aus zweiter Hand oder sehr alt."

Das Bild, wie sie auf ihrem Stuhl gesessen hatte, ihr Körper in sich zusammengesunken, ihre Stimme kaum mehr als ein Flüstern, während sie über ihre ersten Wochen in den Staaten gesprochen hatte, fiel ihm wieder ein. Sie hatte jedes Wort gefühlt. Jede Erinnerung erneut durchlebt. Auf keinen Fall hatte das Gefühl, das hinter ihrer Geschichte steckte, etwas mit üblen Machenschaften zu tun. „Ich glaube nicht, dass sie der Typ ist, der stehlen würde."

„Wenigstens hast du die Idee fallen lassen, sie wäre eine heimtückische Killerin."

„Ja, das habe ich auch herausgefunden." Er öffnete die besten der Fotos aus den sozialen Netzwerken, die er von der richtigen Jeannie Simpson gefunden hatte, und schob sie Seite an Seite mit denen, die offiziell auf Daryas Ausweis und Führerschein angebracht waren. „Darya hat mir Einzelheiten über JJ anvertraut. Sie hat Darya angestellt, kurz nachdem diese hier angekommen war. Sie haben sich gut miteinander verstanden. Als bei JJ ein Gehirntumor entdeckt wurde, hat sie sich vorgenommen, Darya ihre Identität zu überlassen, bevor sie den Löffel abgibt. Die Frau war klug. Sie hat Daryas Gesichtszüge nur so weit geändert, dass sie zu ihren passen. Das war raffiniert, um die Gesichtserkennung aufs Kreuz zu legen."

„Verdammt. Das ist mal eine verflucht coole gute Fee."

„Du sagst es."

Beckett beugte sich vor, öffnete die Schachtel, die er mitgebracht hatte, und schnappte sich einen Donut. „Und? Wann hat sie dir diese Schatzkiste an Informationen überreicht? Als du sie vorgestern Nacht heimgefahren hast oder am Morgen danach?"

Und jetzt würde die Verarsche losgehen.

In einem letzten Versuch, die ganze Sache zu umgehen, öffnete er sein E-Mail-Programm und überflog die Liste der Absender, ohne auch nur ein Wort zu verstehen. „Sie kommt heute um zehn Uhr. Übernimm du es bitte, ihre Fingerabdrücke und Netzhaut zu scannen. Führe sie herum und stelle ihr den Rest der Truppe vor, wenn du schon dabei bist. Ich habe mit Katy gesprochen. Sie wird sie einweisen, sodass sie ein paar der Supportanfragen für die App übernehmen kann."

„Warum ich? Darya ist deine Angestellte."

Dieser gottverdammte Beckett. Nie machte er den Mund auf und fragte das, was er wissen wollte. Er musste nachbohren und graben, bis man endlich gestand, nur damit man diesen Bastard loswurde.

Knox zog seinen Geldbeutel aus der Hosentasche, holte die paar Hunderter, die er auf dem Weg hierher abgehoben hatte, heraus und knallte sie auf den Tisch. „Eintausend. Du gewinnst."

Obwohl Knox ihn nur aus den Augenwinkeln beobachtete, war Becketts hinterhältiges Grinsen zu breit, um es zu übersehen. „Oh ja. Genau nach meinem Geschmack. Noch dazu in weniger als zwei Wochen." Er klatschte die Hände zusammen, womit er die Krümel von seinem vernichteten Donut von den Fingern wischte und gleichzeitig feierte. Er schnappte sich die Kohle, faltete den Stapel mit einer Hab's-doch-gesagt-Haltung zusammen und schob ihn sich in die Hosentasche. „Und? Wie war's?"

Knox tat nun nicht länger so, als ob er arbeiten würde, und ließ sich in seinem Stuhl zurücksinken. „Ehrlich? Flechten wir uns demnächst noch Zöpfchen und kichern dämlich? Vielleicht können wir ja ein wenig Zeit erübrigen für eine Mani/Pedi?" Was zum Teufel auch immer das war. Er wusste nur, dass die Mütter, Viv, Gabe und Nat alle zwei Wochen einen festen Termin für diesen Unsinn hatten.

„Och, komm schon, Mann. Sie ist heiß. Da du Seth ja fast gekillt hättest, denke ich, dass du einiges an Aggression loswerden musstest."

Das hatte er. Und Darya hatte nicht bloß alles angenommen, sondern den Spieß umgedreht und ihn noch herausgefordert, ihr mehr zu geben. Er sah wieder auf seinen Bildschirm und klickte auf Antworten bei einer E-Mail, die er nicht mal gelesen hatte, nur damit er etwas zu tun hatte. „Tu mir einfach einen Gefallen. Führe sie rum. Sorge dafür, dass sie ankommt. Gib ihr einen unserer Computer und einen gesicherten Zugang in unser privates Netzwerk, sodass ich besser aufpassen kann, was sie vorhat."

Beckett gluckste, lehnte sich in seinem Stuhl zurück und hakte seinen Stiefelabsatz in eine Sprosse seines Stuhls. „Sie ist dir unter die Haut gegangen. Ziemlich tief."

Gottverdammt noch mal. Knox stemmte die Ellbogen auf den Tisch und grub die Handballen in seine Augenhöhlen. „Bruder, tu mir einfach den Gefallen und kümmere dich darum. Ich brauche ein wenig Distanz." Er sah auf und erwiderte Becketts viel zu scharfsinnigen Blick.

„Gib ihr ein Büro, wenn du willst, aber ermutige sie, von daheim aus zu arbeiten.“

„Du magst es nicht, wenn die Leute von daheim aus arbeiten. Du bist der Obermacker der Mikromanager und vertraust niemandem, den du nicht über deine eigenen Sicherheitskameras beobachten kannst. Verdammt, du würdest über jedem einzelnen deiner Angestellten kauern, wenn du herausfinden könntest, wie du das schaffst und gleichzeitig Arbeit erledigt bekommst.“

„Auf jeden Fall werde ich nicht über ihr kauern. Ich habe schon die Grenzen verwischt. Ich muss es nicht noch schlimmer machen und brauche dabei deine verdammte Hilfe.“

Beckett sah ihn einen Augenblick lang an, einen Ellbogen auf Knox' Tisch gestützt. Seine Finger zogen vielsagend an seiner Unterlippe, wie immer, wenn er nachdachte. Knox wollte gerade aufstehen und abhauen, als Beckett den Arm sinken ließ, die Donuts näher zu ihm schob und sich erhob. „Nimm dir einen Donut, Bruder. Du siehst aus, als ob du den Zucker brauchen könntest.“

Damit ging er Richtung Ausgang.

„Übernimmst du es?“, rief Knox über die Schulter.

Beckett winkte ab ohne einen Blick zurück. „Keine Sorge, Bruder, ich halte dir den Rücken frei.“

Kapitel 14

Ein neuer Tag und ein neuer Anfang. Gestern hatte Darya sich erlaubt, sich von den Nachwirkungen des unglaublichsten Sex aller Zeiten zu erholen, aber heute war ein neuer Tag. Es ging nur ums Geschäft.

Oder zumindest war das das Ziel.

Nach einem langsamen Ausatmen schloss sie die Augen und stellte sich vor, sie wäre nicht betroffen. Sie wäre professionell und ruhig. Dieselbe Visualisierung hatte sie an Yefims Seite benutzt, wenn es darum gegangen war, durch angespannte Unterhaltungen zu navigieren. Verhandlungen, in denen es um unglaublich hohe Summen Geld und nur leicht verschleierte Andeutungen von Mord ging. Diese Taktik würde doch gewiss auch bei einem Mann funktionieren, dem es mit einem einzigen lasziven Blick gelang, ihre Pussy nass werden zu lassen.

Sie öffnete ihre Autotür und trat in die Hitze, die Ende Juli herrschte. Selbst um zehn Uhr war die Luft bereits zum Schneiden und versprach, dass der Nachmittag brennend heiß werden würde.

Das Sicherheitsschloss der abgedunkelten Doppeltüren klickte, bevor sie noch den Arm heben konnte, und eine Sekunde später traf die unglaublich gekühlte Luft von drinnen auf ihre Haut.

„Das neue Opfer ist da!“ Katy erhob sich hinter ihrem Tisch und streckte die Hand aus. „Ach, ich meinte natürlich, die neue Trainee, aber bis Knox Sie für bereit hält, an der großen Runde teilzunehmen, werden Sie den Begriff *Opfer* zu schätzen wissen.“

Darya schüttelte ihr die Hand, dankbar für die Lockerheit und das herzliche Willkommen. „Harte Arbeit ist kein Problem. Und er spricht sehr anerkennend von Ihnen.“

„Nur, weil ich genauso stur bin wie er und dabeiblieb, bis ich bewiesen hatte, dass er mit mir besser dran war als ohne mich.“ Sie setzte sich wieder, hob einen Finger und nahm den Hörer des Telefons. Nachdem sie ein paar Tasten gedrückt hatte, klemmte sie ihn sich zwischen Schulter und Ohr und sagte zu Darya: „Knox hat mir das Prozedere für heute Morgen erklärt. Er meinte, Sie hätten bereits die Aufgaben für die nächsten Tage erhalten, aber ich solle Ihnen die Vorgehensweise beim App-Support erklären.“

Bevor Darya antworten konnte, richtete Katy sich auf, als ob am anderen Ende abgehoben worden wäre. „Hey, Beck. Darya ist hier.“ Sie lächelte über das, was er offensichtlich sagte, dann erwiderte sie: „Alles klar.“ Sie legte auf. „Beckett ist auf dem Weg.“

„Beckett?“

„Ja. Er übernimmt es, Sie zu scannen und Ihnen im Büro ein Plätzchen einzurichten. Kommen Sie einfach wieder hierher, wenn Sie fertig sind, und ich erkläre Ihnen, wie das mit unseren Tickets läuft und wie wir alles vorsortieren.“

Beckett.

Nicht Knox.

Nicht mal ein Hallo.

Es hätte nicht so wehtun dürfen, doch die Erkenntnis schmerzte wirklich sehr. Es war wie ein ungeschützter Schlag mitten in den Magen. Aber konnte sie ihm tatsächlich einen Vorwurf machen? Er hatte gesagt, es solle keine Bindungen und keine Erwartungen geben, und sie hatte zugestimmt. Hatte sogar angedeutet, dass sie das Gleiche wollte. Jetzt war es an der Zeit, dass sie ihren Part übernahm, selbst wenn das absoluter Müll gewesen war.

Katy zeigte auf Daryas Outfit. „Hier geht es ziemlich locker zu. Jeans, Pullover – Himmel, einmal ist Misty in ihrem Baumwollschlafanzug aufgetaucht. Obwohl ich ehrlicherweise sagen muss, dass sie nur kurz reingeschaut hat, bevor sie etwas für Knox erledigen musste."

Darya besah sich ihr Etuikleid aus Leinen. Der Schnitt war einfach und die gelbbraune Farbe wirkte weich auf ihrer Haut, aber sich für das Büro zu kleiden hatte ihr dabei geholfen, sich mental zu distanzieren. Trotzdem wäre es super, wenn sie die Kosten der Reinigung einsparen könnte. „Wer ist Misty?"

„Knox' Assistentin. Sie hat nicht besonders viel Ahnung von Technik, sie ist allerdings verdammt gut darin, jedermanns Flohzirkus in die Spur zu bringen."

Die schwere Stahltür zu ihrer Rechten öffnete sich und Beckett kam herein. Von allen Brüdern hatte er auf den Fotos immer am gruseligsten gewirkt – er war so groß, dass fast alle zu ihm aufsehen mussten, und dazu hatte er beeindruckende Muskeln, die seine Länge ausglichen. Sein schokoladenfarbenes Haar war an den Seiten kurz geschnitten und oben etwas länger, sodass sein starkes, kantiges Kinn strenger wirkte. Aber das, was die Leute nervös machte, war das stille mordlüsterne Funken in seinen blauen Augen. Er war wie ein tödlicher Panther, immer bereit, zuzuschlagen.

Heute allerdings schnitt ein breites Lächeln durch sein markantes Gesicht. „Hey, JJ."

Neun Monate lang hatte sie den Namen ihrer Freundin getragen und ihn als ihren akzeptiert, aber ihn jetzt zu hören, fühlte sich sperrig an. Falsch. Als ob sie ihre Schuhe verkehrt herum angezogen und nichtsdestotrotz einen Spaziergang gemacht hätte.

Er deutete auf Katy. „Katy hat schon einen Großteil Ihrer Informationen ins System eingetragen. Wir müssen bloß noch Ihre Sozialversicherungsnummer und die ganzen anderen Details hinzufügen."

Oh. Stimmt. Nur, weil sie Knox und seinen Brüdern ihren echten Namen mitgeteilt hatte, hieß das nicht, dass sie das auch beim Rest der Welt tun konnte. Fehler wie dieser würden das bisschen an Normalität, das ihr Jeannies Geschenk gegeben hatte, vernichten. „Danke. Natürlich."

Er trat so nah an sie heran, wie sie es von Knox erwartet hätte nach der Nacht, die sie miteinander verbracht hatten, aber nicht von einem Mann, den sie kaum kannte. Seine Stimme senkte sich zu einem tiefen Brummen. „Sind Sie bereit, sich einzurichten, damit Sie mit der Arbeit anfangen können?"

Die Worte waren die richtigen, doch darunter war ein gewisser Unterton. Sie wich zurück. „Ja, natürlich."

Beckett grinste, als ob er nicht nur ihr Unbehagen wahrgenommen hätte, sondern als ob sie auch genau das getan hätte, was er gewollt hatte. Er wies in Richtung der Tür, aus der er gekommen war. „Dann lassen Sie uns loslegen."

Seltsam. Irgendwas war eigenartig. Nicht ganz im Sinne von „Wieso hast du so große Augen, Großmutter?", aber doch so, dass sie wusste, dass sie behutsam vorgehen musste. Sie nickte Katy zu und trat vorsichtig vor Beckett. „Bis dann."

Falls Katy mitbekommen hatte, was mit Beckett los war, ließ sie es sich nicht anmerken, sondern duckte einfach den Kopf wieder hinter ihren Bildschirm, während ihre Finger über die Tastatur flogen. „Ja. Ich bin hier, wenn Sie fertig sind."

An der Tür versuchte Darya, diese zu öffnen, erinnerte sich aber an den Handscanner an der Seite, als sie sich nicht regte.

Beckett trat dicht hinter sie und legte die riesige Hand auf das schwarze Feld. „Entspannen Sie sich", murmelte er dicht an ihrem Ohr. „Vertrauen Sie mir."

Vertrauen? Was hatte er vor?

Das Schloss entriegelte sich und er zog die Tür weit auf.

Sie öffnete den Mund, um ihn direkt zu fragen, aber er

schüttelte den Kopf, was ihr vollkommen entgangen wäre, wenn ihr Blick nicht an seinem Gesicht geklebt hätte.

Definitiv seltsam. Dennoch ging sie vorwärts und ihre Absätze klackerten über die Fliesen.

„Wir gehen zu der letzten Tür zu Ihrer Rechten. Sobald wir Ihre Abdrücke hochgeladen haben, besorgen wir Ihnen einen Computer und einen Zugang."

„Wo ist Knox?" Sie hatte nicht fragen wollen, hatte sich selbst geschworen, dass sie es nicht tun würde, aber durch Becketts seltsames Verhalten und ihre Nervosität wegen des ersten Tags an ihrem neuen Arbeitsplatz entkamen ihr die Worte einfach.

Beckett lachte leise und zufrieden und wirkte wie ein Höhlenmensch, der kurz davor war, sich auf die Brust zu trommeln. „Machen Sie sich keine Sorgen wegen ihm. Ich werde mich gut um Sie kümmern." Er legte die Hand tief auf ihren Rücken, griff um sie herum und öffnete die Tür, damit sie vor ihm eintreten konnte. „Versprochen."

Und so ging es weiter. Berührungen, Necken und ständiges Zwinkern während des gesamten Einführungsprozesses. Kein einziges Mal übertrat er dabei die Grenze zum Unangemessenen, aber als sie endlich ihre Fingerabdrücke gescannt und einen Computer aus einem Zimmer geholt hatten, der für einen Technikliebhaber ein regelrechtes Schlaraffenland war, hätte schon eine leichte Brise sie förmlich aus der Haut springen lassen.

Sie waren gerade dabei, ihr neues Gerät hochzufahren, und Beckett beugte sich dicht über ihre Schulter, während er auf ihren Bildschirm zeigte, als ein leises Brummen von irgendwoher ertönte.

Beckett grinste und flüsterte, so dass sie ihn fast nicht verstand: „Hat ja lang genug gedauert." Er richtete sich auf und zog sein Handy aus der hinteren Hosentasche.

„Ja, was gibt's?“ Er konzentrierte sich mit einem nichtssagenden Gesichtsausdruck auf den Boden. „Ich verstehe nicht, wovon du sprichst, Bruder. Ich helfe unserem Mädel nur dabei, sich einzurichten, wie du mich gebeten hast.“ Seine Lippen zuckten und er wandte ihr den Rücken zu. „Warum zum Teufel sollte ich das tun? Und selbst wenn, was würde das für einen Unterschied machen?“ Seine Schultern bebten, aber als er sprach, gab es keinen Hinweis auf das Gelächter, das sie erwartet hatte. „Ja, ja. Verstanden. Botschaft erhalten.“ Er drehte sich weit genug, um Daryas Blick zu erhaschen, und zwinkerte ihr zu. „Bis dann.“

Er legte auf.

„Wer war das?“

Er ignorierte sie zum ersten Mal an diesem Morgen, steckte sein Handy wieder in die Tasche, tippte eine Reihe von Befehlen auf dem DOS-Bildschirm ein und schob ihren Computer dann weit genug zurück, damit er eine Hüfte gegen den Rand ihres Tisches lehnen konnte. Verschwunden war der Mann, der geflirtet, ihr geschmeichelt und sie ständig geneckt hatte, und er wurde ersetzt durch den lockeren Typen, den sie am Samstagabend kennengelernt hatte. „Okay, also verstehen Sie, wie das virtuelle Netzwerk hier funktioniert?“

„Äh.“ Sie starrte auf den Computer und gab ihrem Verstand ein paar kostbare Sekunden, um noch einmal neu zu starten. „Dreifache Authentifizierung. Der Fingerabdruckscanner, dann den Token für ein Einwegpasswort benutzen und abschließend die Passphrase von mehreren Wörtern eintippen.“

„Perfekt.“ Er richtete sich auf und deutete auf ihren Tisch. „Sie können Home Office machen, wenn Sie wollen, aber mein Ratschlag lautet, dass Sie ins Büro kommen, sofern Sie sich mit Knox gut stellen wollen.“

Wirklich? Das überraschte sie. Er hatte eher wie der Typ Mann gewirkt, der von überall und jederzeit arbeitete. Und sollte er wollen, dass sie Abstand zwischen sich brachten, wäre es außerdem eine größere Herausforderung, wenn sie ins Büro kommen würde.

Aber sie stimmte zu, für die Arbeit hierher zu kommen. Sich vorzubereiten und wirklich ins Büro zu gehen, egal wie locker die Umgebung war, half ihr immer dabei, ihre Konzentration zu stärken. Zumindest dann, wenn Beckett ihr nicht auf die Pelle rückte. Sie nickte. „Ich werde hier sein. Jeden Tag."

„Gute Entscheidung." Beckett wies mit dem Kopf in Richtung der Lobby. „Katy hat in ihrem ersten Jahr hier täglich bis in die Nacht gearbeitet. Sie weigerte sich, zu gehen, bis Knox es tat. Das hat sich für sie ausgezahlt. Er vertraut ihr fast genauso sehr, wie er mir vertraut, und das heißt was."

Interessant. Das waren weit mehr Informationen, als jemand erhalten sollte, der neu und unerfahren war. Ihre Instinkte meldeten sich zu Wort.

Beckett starrte sie direkt und unbeirrt an.

„Also lieber mehr Stunden arbeiten", flüsterte sie.

„Auf jeden Fall", erwiderte Beckett, obwohl es mehr danach klang, als ob er sie darum bat, statt es ihr zu befehlen. „Wenn Sie das machen, wird es sich lohnen, das habe ich im Gefühl."

Er erhob sich und begann damit, einen neuen DOS-Befehl einzutippen. „Ein Ratschlag noch: Hier sind überall Kameras und Mikrofone, die ständig an sind." Er betätigte „Enter", schloss das Fenster, in dem er getippt hatte, und richtete sich auf. Seine Stimme wechselte in eine Tonlage, die zu einem Gespräch übers Wetter passte. „Wenn Sie mich brauchen, wissen Sie, wo ich bin. Knox' Büro ist direkt neben Ihrem."

Er schlenderte zur Tür.

Das war es also, was er an ihrem Computer getan hatte – das Mikrofon und die Kameras lang genug auszuschalten, damit er ihr seine Ratschläge geben konnte.

Und er hatte sie direkt in das Büro neben Knox gebracht. In die Nähe seines Bruders.

„Beckett?“, rief sie, bevor er im Flur verschwand.

Er hielt mit einer Hand am Türstock inne, sah zurück und hob eine Augenbraue. Auf den ersten Anschein wirkte er so unschuldig, aber sein Blick tanzte förmlich vor Vergnügen.

Er versuchte, ihr zu helfen. Und das nicht nur auf einem beruflichen Level. Woher sie das wusste, war ihr nicht klar, aber der Gedanke war da, flatterte in ihr so sanft wie ein Tuch, das im Wind wehte. „Danke.“

Im Gegenzug starrte er sie intensiv an, Forderung und Bitte in einem. Er trat zurück in die Schatten des Flurs und senkte die Stimme so weit, dass die Kamera in der Ecke Schwierigkeiten hätte, seine Worte mitzubekommen. „Was immer Sie auch tun, machen Sie weiter damit. Geben Sie nicht auf.“

Und dann war er verschwunden.

Kapitel 15

Darya eilte in ihre glücklicherweise kühle Wohnung und jonglierte ihre Tasche mit den Sportklamotten, ihre Laptoptasche und ihre Handtasche, während sie rasch die Tür vor der brutalen Hitze des Nachmittags schloss. Sie lehnte sich gegen die Tür und seufzte müde. Das drängende *Piep, piep, piep* ihrer nagelneuen Alarmanlage passte zu dem immer noch rasenden Pochen ihres Herzens. Sie hatte dreißig Minuten gebraucht, um von Knox und Becketts Büro nach Hause zu fahren, aber sie hatte sich immer noch nicht von Becketts gnadenlosem Training erholt. Er hatte gemeint, es sei ein Vorteil des Jobs, dass sie ihren Selbstverteidigungsunterricht weiter besuchen könne, aber ihre schmerzenden Arme und ihr Hintern sagten das Gegenteil.

Sie stieß sich mit einem hässlichen *Umpf* von der Tür ab und tippte ihren Alarmcode ein. Ihre Unterhaltungen mit Knox in der letzten Woche waren bestenfalls rar gewesen, nur eine Stunde hier und da, um über ihre Lektionen zu sprechen und ein paar furchtbare Feedbacks zu ihrem Code zu erhalten. Wobei es einen Augenblick gegeben hatte, in dem er freimütig länger als eine halbe Stunde darüber schwadroniert hatte, was für „einlieferungswürdige verfluchte Idioten" ihre Vermieter seien. Das war auch der Grund, weshalb sie nur ein grundlegendes System hatte statt eines, das ein Dritte-Welt-Land hätte kontrollieren können. Darüber war Knox eindeutig nicht besonders erfreut.

Ihre Taschen lagen wie Ambosse zu ihren Füßen, und Schweiß rann ihr den Rücken hinab. Niemals hätte sie gedacht, sie würde Temperaturen über fünfunddreißig Grad erleben, aber als ob Mutter Natur die Ankunft des Augustes feiern wollte, hatte die Anzeige neununddreißig Grad gezeigt. Ja, es stimmte. Der Sommer in Texas war die Hölle auf Erden.

Sie sammelte ihre Taschen auf, ging an ihrem improvisierten Büro vorbei, um ihren Laptop und die Handtasche dort zu lassen, und warf auf dem Weg zum Bad ihre Sporttasche ins Schlafzimmer. Ihr abgezehrtes Spiegelbild starrte zu ihr zurück, das Haar um ihr Gesicht feucht und in kleinen Nestern, die ihrem langen Zopf entkommen waren und nun an ihrem Nacken klebten.

„Machen Sie weiter damit.“

Mindestens einmal pro Tag fand Beckett eine Möglichkeit, diese Botschaft zu wiederholen. Manchmal laut, manchmal mit einem eindeutigen Blick.

Sie wusste aber nicht, ob es klappte, indem sie die abgehobene und entschlossene Arbeitsdrohne spielte. Jeden Tag ging sie ins Büro und wusste nicht, welchem Knox sie begegnen würde – dem, der schon wütend war, wenn er sich im selben Zimmer wie sie aufhalten musste, oder dem, der darüber nachzudenken schien, ob er sie gegen die nächste Wand gepresst vögeln sollte.

Sie bevorzugte auf jeden Fall den zweiten. Zeit und Entfernung hatten ihr nicht dabei geholfen, diese Nacht oder den Morgen danach zu vergessen. Wenn überhaupt hatte die Erinnerung daran eher dafür gesorgt, dass ihre Lust doppelt so groß und sie ständig reizbar und kribbelig war. Das Einzige, was sie beruhigte, war, dass er scheinbar genauso schlimm dran war wie sie. Oder schlimmer. Er verbarg es gut, aber sein Blick wirkte nicht so klar, und sie hatte ihn unzählige Male dabei erwischt, wie er sich durch die Haare gefahren oder die Daumen gegen die Augen gedrückt hatte.

Sie seufzte, zog das Tanktop, ihre Yogahose und den Sport-BH aus und drehte den Hahn an der Badewanne voll auf. Wenn schon nichts zwischen ihnen passieren würde, würde sie wenigstens leben. Und sie würde es tun in dem Wissen, dass sie nicht nur professionell gehandelt, sondern überlebt hatte, indem sie vom Besten gelernt hatte.

Denn Knox Torren war der absolut Beste auf seinem Gebiet. Da gab es keinen Zweifel.

Ein *Ping* ertönte aus dem Schlafzimmer. Das Geräusch war so leise, dass es fast vom rauschenden Wasser übertönt wurde.

Sie streckte den Kopf aus dem Badezimmer, sah nach, ob die Rollläden im Wohnzimmer ganz geschlossen waren, und eilte dann zu ihrer hingeworfenen Handtasche. Zwischen ihrer Sonnenbrille und dem Make-up-Täschchen ertasteten ihre Finger am Boden der Tasche ihr Handy.

Die grüne Sprechblase zeigte Knox' Namen und eine Zeile Text, bevor das Telefon durch ihren Daumenabdruck entsperrt wurde und sie auf dem Home-Bildschirm landete. Ihre Hände zitterten wegen des Work-outs und des frischen Schusses Adrenalin, als sie zu ihren Nachrichten wechselte. Sie ließ fast das Handy fallen, sobald sie sehen konnte, wie die Botschaft lautete.

Knox: Hast du schon was gegessen?

Endlich!

Ihre Arme bebten und ihre Handflächen waren so feucht, dass sie das Gerät mit beiden Händen nehmen musste, um es gerade zu halten.

Darya: Nein.

Einfach und direkt. Da konnte man nichts reinlesen und es warf den Ball wieder zurück in sein Spielfeld.

Die Antwort kam schneller als erwartet.

Knox: Hast du Hunger?

Sie lächelte. Ihr Puls beschleunigte sich, während sie zurück ins Bad ging.

Darya: Ich dachte, wir hätten schon festgestellt, dass ich immer hungrig bin.

Sie lehnte eine Hüfte gegen die Badkommode und biss sich auf die Lippe. Das Rauschen des Wassers in der alten Porzellanbadewanne war genauso wild wie das ihres Blutes durch ihre Adern.

Knox: Kannst du kochen?

Darya: Ich bin kein Sternekoch, aber ich bringe schon was Anständiges zusammen.

Knox: Gut. Dann komme ich mit Lebensmitteln vorbei, außer, du willst nicht.

Warum sollte sie nicht wollen, dass er vorbeikam? Außer er schneite nur zum Essen rein und zu nichts sonst. Oder vielleicht schaute er wegen der Arbeit vorbei?

Darya: Warum sollte ich zu Essen Nein sagen?

Sie stand halbe Ewigkeit dort, starrte den Bildschirm an und wartete auf eine Antwort, die nicht kam. Sie wollte gerade das Handy auf die Ablage werfen und ihre müden Muskeln in der fast vollen Badewanne entspannen, als die kleinen Punkte, die eine hereinkommende Nachricht ankündigten, am unteren Rand des Fensters tanzten.

Knox: Weil ich vorhabe, dich, nachdem du mich gefüttert hast, zu ficken, bis du deinen Namen nicht mehr kennst. Also, wie sieht deine Antwort aus?

Ihr Herz zog sich zusammen und legte dann mit einem abgehackten Rhythmus wieder los. Oberflächlich betrachtet, war die Antwort grob. Unglaublich respektlos und hart. Aber etwas sagte ihr, dass mehr dahintersteckte. Die gleiche Frustration und Lust, gegen die sie sieben sehr lange Tage gekämpft hatte, verschleiert durch eine freche Herausforderung.

Und er hatte den Ball mitten in ihrem Feld zurückgelassen.

Sicherlich könnte sie sich zusammenreißen, was ihre wahren Gefühle anging. Das *musste* sie. Denn es war keine Option, Nein zu ihm zu sagen. Nicht mal zu etwas Temporärem und sehr Oberflächlichem. Ihr Körper brauchte es. Verlangte es.

Sie stieß sich von der Kommode ab und ließ ihre Daumen über die Tastatur fliegen.

Darya: Technisch betrachtet habe ich zwei Namen. Dir wird einiges an Arbeit bevorstehen.

Die kleinen Punkte tauchten sofort wieder auf und sie hielt den Atem an.

Knox: Herausforderung angenommen. Bin in 30 Minuten da.

„Ja!" Ihr triumphierender Ausruf hallte von den glatten weißen Fliesen wider und machte ihr die Realität dessen klar, was sie gerade gelesen hatte.

Ihr Kopf fuhr zum Spiegel herum. Das Licht der starken Energiesparlampen fiel auf sie und betonte ihre wirre Erscheinung. Dreißig Minuten waren nichts. Es war kaum genug Zeit, um sich die Haare zu trocknen, geschweige denn einen guten Eindruck zu machen.

Sobald der Gedanke ihr durch den Kopf ging, schob sich ein kalkulierender dahinter. Nur eine Frau, die einen Mann in Versuchung führen wollte, würde sich beeilen, um einen guten Eindruck zu machen. Eine, der es egal war, wäre sie selbst. Sie lächelte ihr Spiegelbild an. Das Vortäuschen von Gleichgültigkeit beherrschte sie. Und sie kannte genau die richtige Art, wie sie die vermitteln konnte.

Kapitel 16

Knox stürmte die letzten Stufen zu Daryas Wohnung hinauf, schob die Tüte voller Lebensmittel, die er aus Becketts und seiner Vorratskammer geholt hatte, auf eine Hüfte und klopfte an die Tür.

Daryas gedämpfte Stimme ertönte durch die dicke hölzerne Tür. „Es ist offen."

„Du willst mich doch verarschen", sagte er leise und legte die Hand um den Knauf. Und tatsächlich, das verdammte Ding ließ sich so locker wie mit Butter geschmiert drehen und ohne einen Ton öffnen. Selbst das POS-Sicherheitssystem, das er von Danny hatte einbauen lassen, blieb still.

Er schloss die Tür hinter sich, legte den Riegel vor und hämmerte den Code ein. „Willst du mir mitteilen, weshalb deine Eingangstür unverschlossen ist?"

Das Rauschen von laufendem Wasser erklang aus ihrem Badezimmer, aber es kam keine Antwort.

Knox stapfte in Richtung der offenen Badezimmertür. „Darya?"

Das Wasser stoppte. „Was?"

„Warum zum Teufel hast du die Eingangstür unverschlossen gelassen?"

Sie trat vor, vollkommen unbekleidet bis auf ein weiches weißes Handtuch, das sie sich um die Brust geschlungen hatte. „Weil ich gerade aus der Dusche gekommen bin und immer noch meine Zähne putzen muss." Ihr Haar war nass, aber zu einer Seite gekämmt, sodass es über eine Brust fiel, und ihr Gesicht war komplett frei von Make-up.

Fuck, sie war wunderschön. Verblüffend, genau wie Gott sie geschaffen hatte. Er krampfte die Hand enger um die braune Papiertüte mit Lebensmitteln und bekämpfte das Bedürfnis, alles auf den Boden zu werfen.

Er wollte ihr das nervige Handtuch runterreißen, ihren Hintern auf das Waschbecken hinter ihr setzen und jetzt sofort seinen Schwanz in ihr versenken.

„Du rennst vor jemandem weg“, sagte er stattdessen.

Das lockere Lächeln auf ihrem Gesicht verschwand und wurde durch Vorsicht ersetzt. „Ich *bin* weggelaufen.“

„Was, wenn derjenige immer noch nach dir sucht? Ich habe aus einem bestimmten Grund die Schlösser ausgetauscht und dieses System installieren lassen. Glaubst du, es ist eine gute Idee, deine Wohnungstür offen zu lassen?“

Sie neigte den Kopf und senkte die Stimme. „Ich habe gesehen, wie du auf den Parkplatz gefahren bist. Sie war nur offen von dem Moment, als du ausgestiegen bist, bis du durch die Tür gekommen bist.“ Sie packte den oberen Teil ihres Handtuchs und zupfte daran, als ob sie sicherstellen wollte, dass es richtig saß. „Ich würde kein unnötiges Risiko eingehen.“

Natürlich nicht. Dafür war sie zu klug. Aber er hatte reinstürmen und ihr die Leviten lesen müssen. Er neigte das Kinn und trat zur Seite. Entweder das, oder er würde sie an sich ziehen und sie dort halten, bis sein Herz dieses wütende Trommeln einstellte. „Ich bereite mal alles vor.“

Er wartete nicht auf eine Antwort, sondern ging in die Küche. Bis Darya hereinkam, hatte er alles ausgepackt und eine Bratpfanne und eine Auflaufform bereitgestellt. Er gab das Rinderhack in die Pfanne und beobachtete sie aus dem Augenwinkel heraus.

Sie neigte das Glas mit Spaghettisoße weit genug, um das Label lesen zu können, dann wandte sie ihre Aufmerksamkeit dem zerknitterten und mit Essensresten verschmutzten Stück Papier daneben zu. Sie strich sanft über einen Rand und fragte: „Wessen Rezept ist das?“

„Momma McKees.“

Sie riss ihren Kopf hoch. „Wer ist Momma McKee?“

Er legte den Deckel auf die Pfanne und zwang sich, sich ihr zu stellen. Der volle Anblick traf ihn wie ein Faustschlag in den Magen. Ihre Füße waren immer noch nackt, aber sie hatte hellgraue Leggings angezogen, die so weich aussahen wie seine Daunendecke daheim. Dazu trug sie ein übergroßes Hemd, das einen Mann förmlich dazu aufforderte, es aufzuknöpfen. Langsam. Und es war dünn. So dünn, dass das Licht hinter ihr die untere Rundung einer Brust etwas betonte.

Er räusperte sich und zwang sein Gehirn zurück in die normalen Pfade. Er hatte sie gerade ohne die geringste Provokation in der Luft zerrissen und jetzt plante er, wie und wann er sie ausziehen konnte. „Axels Mutter.“

Sie lächelte so offen und süß wie reinigender Regen, womit sie ihm vergab und ihn gleichzeitig zurück in den Sonnenschein lockte. „Ich weiß nicht, was überraschender ist. Dass Axel die Art von Mutter hat, die Rezepte mit anderen teilt, oder dass du sie allen Ernstes benutzt.“

Darüber lachte er, und die Anspannung, die ihn in den letzten fünf Minuten erfasst hatte, verschwand damit. „Offen gesagt teilt Sylvie fast nie ihre Rezepte mit anderen. Lieber kocht sie für uns, statt uns unabhängig zu machen, aber sie weiß, dass ich auf Fett und Käse stehe.“ Er nickte in Richtung des Papiers, das sie locker zwischen den Fingern hielt. „Das hier nennt sie Junggesellenlasagne.“

Ihr Mundwinkel zuckte. „Also hast du sie wirklich zubereitet?“

„Mehrere Male.“ Er trat vom Herd zurück und winkte sie auf seinen Platz. „Könntest du weitermachen, während ich arbeite?“

Sie sah auf die Theke und das Rezept. „Bestimmt.“

Er nickte und ging zurück ins Wohnzimmer zu seinem

Rucksack, aber zögerte, bevor er mehr als drei Schritte geschafft hatte. „Darya?"

Sie blickte vom Ofen auf, einen Bratenheber in der einen Hand, den Pfannendeckel in der anderen.

„Es tut mir leid, dass ich dich so angegangen habe. Mir …" … gefiel nur der Gedanke nicht, dass irgendein Arschloch Hand an sie legen konnte. Verdammt, der Gedanke daran, dass irgendjemand anders Hand an sie legte, gefiel ihm nicht. Das war genau der Grund, weshalb er heute Abend hergefahren war. „Du musst vorsichtig sein."

Ihr Blick glitt zurück zum Herd, aber er hatte die Überraschung in ihren Augen gesehen.

„Glaub mir, ich bin sehr, sehr vorsichtig."

Bevor die Sache noch seltsamer werden konnte, nahm er sich den Rucksack und packte seinen Kram aus. Ihr Fernseher war nicht besonders groß, aber zumindest nicht uralt. Er war außerdem leicht, sodass es einfach war, ihn und die tiefschwarze Spanplatte zu verschieben.

„Was tust du da?", fragte Darya direkt hinter ihm.

Er erstarrte eine Sekunde lang und überlegte, ihr irgendeinen Blödsinn aufzutischen, entschied sich dann jedoch dagegen. „Ich schaffe Abhilfe für deine schlechte Auswahl an Kabelfernsehen."

„Ich kann mir nichts anderes als das Basismodul leisten."

Sie vielleicht nicht, aber er. Und auch wenn er in den letzten sieben Tagen wie verrückt dagegen angekämpft hatte, würde er sich selbst verarschen, wenn er nicht zugeben würde, dass er vorhatte, zumindest ein paar weitere Nächte hier zu verbringen. „Du wirst keinen Cent bezahlen. Betrachte es als Bonus für den Job", sagte er in Richtung der nun freigelegten Kabel. „Es ist die Wiedergutmachung dafür, dass du diese Woche mit meiner üblen Laune fertiggeworden bist."

Sie blieb hinter ihm an Ort und Stelle, aber sie schwieg. Zumindest zuerst. Dann warf ihn ihre sanfte Stimme fast aus seiner Hocke. „Du bist, wer du bist, und du gibst mir eine Chance. Das sind genug Boni.“ Ihre Schritte verklangen eine Sekunde später, sodass er mit seinen wirbelnden Gedanken allein war.

Er war wirklich ein Arschloch gewesen. Kalt. Unglaublich distanziert. Aber was zum Teufel sollte er sonst tun? Er wagte es nicht, nachzugeben und dieselbe Zuneigung zu empfangen, die sie jedem anderen schenkte. Ganz zu schweigen davon, sie zu erwidern. Das würde zu einem harten Schnitt führen, der ihn umbringen würde, weil er diese Frau wirklich wollte. Er respektierte ihre Intelligenz und ihre Schlagfertigkeit. Außerdem wollte er sie in einem Zimmer einschließen, sich um sie winden und ihren Körper genießen.

Er stellte das Karussell in seinem Kopf ab, schraubte die Blende wieder fest, sammelte seine Werkzeuge ein und rückte ihre Möbel und ihren Fernseher richtig hin. Als er fertig war und in die Küche ging, um seine Hände zu waschen, hatte sie bereits den Sixpack Bier, den er mitgebracht hatte, verstaut und begonnen, die Lagen in die Auflaufform einzuschichten. Außerdem hatte sie die Pfanne in der Spüle eingeweicht. „Ist der Ofen schon vorgeheizt?“

Ihr Blick glitt zu seinen Händen unter dem kalten Wasser und ihre Lippen zuckten. „Ja.“

Was? Glaubte sie etwa, er hätte die Manieren eines Esels, oder was?

Also gut. Vielleicht war das der Fall gewesen, als er die ersten paar Male in Ninette und Sylvies Küche gekommen war, aber diesen Scheiß hatten sie ihm sehr schnell wieder ausgetrieben. Er drehte das Wasser ab und trocknete seine Hände. Aus diesem Winkel erlaubte ihr Hemd ihm nur einen kleinen Blick auf das, was darunter verborgen lag, doch der Saum tanzte bei jeder Bewegung um die Mitte ihrer Oberschenkel. Er neigte den Kopf, und eine gefährliche, aber oh so köstliche Idee erblühte in seinem Hirn.

Er schnappte sich die Folie, die sie auf die andere Theke gelegt hatte, legte sie neben den Auflauf und trat dicht hinter sie. „Ich dachte, du könntest das hier brauchen."

„Danke." So atemlos. So unglaublich gewahr gegenüber seiner Gegenwart.

Das war der beste Teil, besonders bei Darya. Die Erwartung. Das Funkensprühen und Brennen, das jedes Mal begann, wenn er sie auch nur ansah. Er strich über ihre Hüfte und hob dann das Hemd Stück für Stück.

Ihr Hin und Her, als sie die Soße auf der letzten Lage verteilte, wurde langsamer und der Löffel bebte in ihrem Griff. „Was tust du?"

Er atmete tief ein und ließ die Lippen an der Seite ihres Halses hinaufgleiten. Ihr Geruch war heute stärker. Es musste die Seife sein, die sie benutzt hatte und die ihr diesen Hauch von Winterrose verlieh. Was immer es war, es machte süchtig. Er hakte seine Finger in den Bund ihrer Leggings und zog sie tiefer, wobei er das Höschen mitnahm. „Arbeite weiter."

„Knox …" Ihr Löffel fiel polternd auf den Boden. Pastasoße und Käse spritzten über die ansonsten makellose Oberfläche. Sie packte den Rand der Theke und stieß einen zittrigen Atemzug aus.

Er zog den weichen Stoff über ihre Haut und kniete sich langsam hinter sie. „Konzentriere dich."

„Aber du bist …"

„Du machst das Essen fertig. Ich bereite dich vor. So einfach." Er tippte gegen einen Knöchel. „Hoch damit."

Sie gehorchte, und dann bat er sie, dasselbe mit dem anderen Bein zu tun. Gott, er liebte ihre Beine. Er hatte sie im Büro jeden Tag in diesen unglaublichen Schuhen gesehen, die so laut „Fick mich" schrien, aber sie barfuß vor sich zu haben – ihre zarten Füße und rosafarbenen Zehennägel … Er musste sie um sich geschlungen spüren, während ihre Fersen sich in seinen Arsch gruben.

Er strich mit den Händen an der Außenseite ihrer Beine hinauf und neckte dann die Innenseite ihrer Knie mit seinen Daumen. „Du kochst nicht."

„Ich kann nicht …" Ihre Hüften neigten sich nur ein wenig, eine unschuldige Einladung, die er nicht annehmen wollte. Noch nicht. „Es fällt mir schwer, zu denken."

„Wenn du nicht kochst, können wir nicht essen. Wenn wir nicht essen, können wir nicht vögeln." Er erhob sich, nahm sich dabei Zeit und stellte sicher, dass sie jeden Zentimeter fühlte. Er drückte sich eng an ihren Rücken, knabberte an ihrem Ohr und murmelte: „Und ich freue mich schon sehr auf den Teil mit dem Vögeln." Er gab dem starken Kribbeln unter seiner Haut nach und verpasste ihrer Hüfte einen Klaps, gerade hart genug, dass sie aufkeuchte. Dann zwang er sich, zum Kühlschrank zu gehen.

Er nahm sich ein Bier und sah nicht zurück. Er wagte es nicht aus Angst, er könnte dem Impuls nachgeben und sie jetzt sofort nehmen. Doch schnell und wild hatte sie bereits von ihm bekommen. Heute Abend wollte er sich Zeit lassen und sie scharfmachen. Sie beide, bis es entweder hieß, zu kommen oder in Flammen aufzugehen.

Er schaltete den Fernseher ein, legte die Stiefel und Socken ab und schob sie aus dem Weg. Selbst mit einer Unmenge von Sendern, die ihn beschäftigt halten konnten, waren seine Gedanken mehr auf die Klänge aus der Küche fokussiert statt auf die Bilder auf dem Schirm. Das gedämpfte Knarzen der Ofentür. Das laufende Wasser, als sie abwusch, und das weiche Tappen ihrer

Füße auf dem billigen PVC, als sie die Theke abwischte.

Auf der Kabelbox glühte in sanftem Neonblau 19:45 Uhr. Es war eine Viertelstunde her, seit sie das Essen hineingeschoben hatte. Das war eine lange Zeit für eine so effizient arbeitende Frau wie Darya.

Er nahm langsam einen Schluck von seinem Bier. Distanz zwischen ihnen war klug. Er hatte die ganze Woche darauf bestanden und sie hatte gehorcht, aber jetzt nervte es. Zu sehr, um es zu ignorieren. „Kommst du zu mir raus und setzt dich zu mir, oder versteckst du dich die restlichen dreißig Minuten, die es noch braucht?"

Schweigen aus der Küche.

„Darya?"

Sie kam um die Ecke, dasselbe gleichgültige Lächeln an Ort und Stelle, das sie während der Arbeit die ganze Zeit beibehalten hatte.

Oh Fuck, nein. Auf der Arbeit ja, aber nicht hier. Nicht jetzt. Er krümmte die Finger. „Komm her."

Sie sah dorthin, wo er inmitten des Sofas lag, und auf die zwei freien Plätze rechts und links von ihm, und kam näher. „Was siehst du dir an?"

Als ob er das wüsste. Alles, was er getan hatte, war unzählige Male auf den Knopf zu drücken. „Nichts, wofür es sich lohnt, dranzubleiben."

Sie griff nach dem Kissen neben ihm und bewegte es, sodass sie etwas mehr Raum hatte, um sich zu ihm setzen zu können.

Er schnappte sich ihr Handgelenk, bevor sie landete, stellte das Bier auf den Kaffeetisch und lenkte sie zwischen seine Beine.

Sie versuchte, ihm ihre Hand zu entziehen, doch es gelang ihr nicht. „Was tust du?"

„Wir haben Zeit genug, um zu spielen. Du wirst es genießen." Er zog stärker.

„Aber es gibt nicht genug Platz."

Das war einfach in Ordnung zu bringen. Er schnappte sich das riesige Kissen, das als Rückenpolster diente, und warf es gemeinsam mit dem kleineren aus ihrem Griff auf den Boden. „Jetzt aber." Er rutschte rückwärts, drehte sie an den Hüften und zog ihren Hintern direkt zwischen seine Schenkel.

Ihr Rücken war steif und ihre Hände waren auf seine Knie gelegt, als ob sie jeden Moment abhauen wollte.

Er strich ihre Arme hinauf, bearbeitete mit den Daumen die Muskeln zwischen ihrem Hals und ihren Schultern und zwang sie, sich an ihn zu lehnen. „Entspann dich einfach."

Stück für Stück gab sie nach und sank mit einem sanften Seufzen gegen ihn, behielt aber den Kopf nach vorn gerichtet, um ihm mehr Platz zu geben.

Er lachte leise und verstärkte seinen Griff. „Beck ist ein schrecklicher Trainer bei den Work-outs, oder?"

„Mmm." Als ob seine Berührung ihren Verstand ausgeschaltet hätte und sie nun nur noch auf einer entfernten Wolke schwebte.

Das war vollkommen seltsam, wenn man bedachte, dass er nie in seinem Leben eine Frau so berührt hatte. Nicht, wenn nicht der Orgasmus kurz bevorstand und ihr Hintern, ihre Brüste oder ihre Klit diese Aufmerksamkeit erhielten. „Du siehst gut aus."

Einen Augenblick, nachdem er die Worte gesagt hatte, biss er sich fast die Zunge durch.

Sie versuchte, sich zu ihm zu drehen, aber er hielt sie fest und rieb weiter. „Was meinst du?"

Zur Hölle damit. Er hatte sowieso schon gezeigt, was Sache war. „Bei der Selbstverteidigung. Du siehst gut aus, wenn du trainierst."

Ihre Finger zogen und zerrten an dem Jeansstoff an seinen Schenkeln, in einer Mischung von Nervosität und dem Verhalten eines Kätzchens, das ein weiches Bett bearbeitete, bevor es sich niederließ. „Wann hast du mich gesehen?“

Steh dazu, Junge. Du bist, wer du bist.

„Es gibt nur vier Zimmer im Büro, in denen keine Kameras installiert sind – die Toiletten und die Büros von mir und Beckett.“ Er führte die Daumen an den Seiten ihres Rückgrats hinab bis zu ihren Schulterblättern. Oh ja. Definitiv kein BH. Und das brachte seinen Schwanz dazu, ihr feierlich ein High-Five zu zeigen.

„Du hast mich beobachtet?“

Die. Ganze. Verdammte. Zeit. Aber das war vermutlich ein wenig zu viel Information auf einmal. Es wäre besser, wenn er etwas Zeit gewann. „Ich beobachte alles.“

Sie nickte, doch es war mehr schweigende Zustimmung, dass sie nicht weiter insistieren würde, statt eine Bestätigung, dass sie ihn verstanden hatte.

Er gab ihr keine Schuld. Manchmal machte sein Bedürfnis, die Leute, die er liebte, zu überwachen, nicht mal für ihn Sinn. Nicht, dass er Darya liebte. Sie war nur ein guter Mensch, auf den er aufpassen wollte. Nicht anders als jeder andere seiner Angestellten – abgesehen von seinem zwanghaften Drang, in ihr zu sein.

„Du und Beckett, ihr wirkt sehr eng miteinander verbunden“, sagte sie.

Knox zuckte mit den Achseln und konzentrierte sich wieder auf ihre angespannten Deltamuskeln. „Er ist mein Bruder.“

„Aber du kennst ihn länger als die anderen.“

Er erstarrte. Die unerwartete Beobachtung riss ihn aus der Ruhe, in der er sich wiedergefunden hatte. Keiner aus dem Büro kannte seine Geschichte. Niemand. Punkt. Nur seine Familie. „Wie kommst du darauf?“

Sie ließ den Kopf gegen seine Schulter sinken und hob ihren wunderschönen blauen Blick zu seinem. „Keine Ahnung. Vielleicht, weil du dich so verhältst, als ob du ihn schon immer kennst.“

Da war er. Dieser Scharfsinn, der ihn jedes Mal wieder erstaunte. Der ihn so sicher wie ihre eigene Hand an den Eiern packte. „Seit ich zehn Jahre alt war."

Ihre Lippen krümmten sich zu einem kleinen Lächeln, das so süß war, als ob er ihr gerade ein sorgsam bedachtes Geschenk gemacht hätte. Bevor er es vollkommen genießen konnte, rollte sie den Kopf wieder vor und schloss die Augen. „Waren eure Familien gut befreundet?"

Das Kichern, das ihm entkam, klang selbst in seinen eigenen Ohren bitter. „Wir hatten keine Familien. Nicht wirklich."

„Wo habt ihr dann gewohnt?" Das hörte sich vollkommen locker an. Als ob sie gerade einen Code betrachteten, statt die schlimmste Zeit seines Lebens wieder wachzurufen.

Aber das war gut. Vielleicht würde sie seine Grenzen besser begreifen, wenn sie verstand, woher er kam. Zumindest das konnte er ihr geben.

Er schluckte schwer und sah zu dem Bier, das sein Hals dringend brauchte, hatte es jedoch auch nicht eilig, das Gewicht ihres Körpers an seinem zu verlieren. „Wir haben viel in Becketts Haus abgehangen. Seine Mutter ist abgehauen, bevor ich ihn kennengelernt habe. Sein Vater war ein ekliger Saufkopf, aber solange wir ihm nicht in die Quere kamen, hat er uns in Ruhe gelassen."

„Also hast du bei ihm gewohnt?"

„Offiziell nicht."

„Wo denn dann?"

Er strich über ihre Schultern. Das unglaublich weiche Baumwolloberteil kitzelte seine Hände. Es war keine große Sache. Oder zumindest wäre es keine, wenn er sie nicht dazu machte. Er zwang sich, seine Stimme gleichgültig zu halten. „Pflegefamilien."

Er beobachtete sie. Ihr Hinterkopf ruhte an seiner Schulter und sie hatte die Augen geschlossen. Er wartete auf eine Reaktion. Ein Zusammenzucken oder ein Stirnrunzeln.

Ihre Gelassenheit ließ nie nach. Es gab nicht einmal eine Regung. „Was ist mit deiner Familie passiert?"

„Ich habe keine Ahnung, wer mein Vater war. Meine Mutter ist gestorben, als ich drei Jahre alt war. Eine Überdosis."

Sie riss die Augen auf und sah genauso schnell in seine. „Ist das der Grund, warum du nichts nimmst, das dir beim Schlafen hilft?"

Oh ja. Sehr aufmerksam. Gefährlich. Im Sinne von: Es war an der Zeit, das Thema zu wechseln.

Er holte langsam Luft, fuhr über ihre Seiten und legte eine Hand auf ihren Bauch. „Wenn du schon reden willst, dann erzähl mir von deiner Familie."

Sie atmete zittrig ein. „Mein Leben war in meiner Kindheit sehr simpel. Arm, aber einfach. Ich war ein Einzelkind und erfuhr viel Liebe, als meine Eltern noch lebten."

„Sind sie beide gestorben?" Hin und her ließ er seinen Daumen direkt unterhalb ihrer Brüste über ihre Haut gleiten.

Ihre Schultern drückten sich sanft gegen seine Brust. Sie wollte mehr. Dringend. Aber sie kämpfte so intensiv dagegen an wie er. „Mein Vater hat als Mechaniker gearbeitet. Er starb, als ich dreizehn Jahre alt war. Meine Mutter hat mir kurz darauf die Möglichkeit verschafft, in Sankt Petersburg zur Schule zu gehen."

„Wie hat sie das gemacht?"

Sie presste die Augen zusammen und ein Schaudern durchlief sie, das nichts mit Vergnügen zu tun hatte.

Er erstarrte. „Darya?"

Sie schürzte die Lippen, schluckte und öffnete die Augen. Sie erwiderte seinen Blick ganz direkt. „Meine Mutter war sehr schön. Da mein Vater gestorben war und wir kein Geld hatten, fand sie, dass es besser war, ihre Vorzüge zum Vorteil ihrer Tochter zu nutzen, als ihren Stolz zu wahren. Sie hat sich selbst im Austausch für meine Erziehung und meine Unterbringung hergegeben."

Herr im Himmel.

Er hatte nie eine Familie gehabt. Niemanden außer Beckett, bis Axel und Jace sie gefunden hatten. Aber wenigstens hatte er nie jemanden verloren. Er drückte die Hand gegen ihren Bauch und tat sein Bestes, sie wissen zu lassen, dass er hier war und es verstand, ohne dass er mehr Grenzen überschritt, als er bereits getan hatte. „Das klingt, als ob sie dich sehr geliebt hätte."

„Es war ein unglaubliches Geschenk." Wildheit funkelte in ihren Augen auf und die Kraft darin ließ sie wie eine entschlossene Göttin wirken. „Eines, das ich nie vergeuden werde."

Seine Hand bewegte sich ohne seinen eigenen Willen und glitt zwischen ihren Brüsten nach oben, bis er ihren Hals umfasste. Unter seinen Fingern und Daumen trommelte ihr Puls durch ihre Halsschlagader. Aber er konnte sich nur auf ihre Lippen konzentrieren. Konnte sich nur daran erinnern, wie sie sich an seinen angefühlt hatten. Weich und doch fest.

Er küsste nie. Nicht ohne Sex, und das hier war auf *keinen Fall* Sex. Das hier war Intimität. Intimität so gefährlich wie eine Landmine und unglaublich erschreckend.

Und dennoch wollte er immer noch ihren Mund erobern. Ihren Geschmack verschlingen und sich darin verlieren.

Der Timer in der Küche vibrierte, ein wütendes *Brrrr*, das ihm kaum bewusst wurde, trotz des gefährlichen Terrains. Sein Blick glitt zu dem besitzergreifenden Griff an ihrem Hals. Es war unglaublich, wie dunkel seine Haut verglichen mit ihrer war, wie rau an ihrem weichen Fleisch.

„Ich sollte mich darum kümmern“, flüsterte sie.

Das sollte sie. Weil danach alles zu spät wäre. „Oh ja. Es ist Zeit zu essen.“

Kapitel 17

Der Geschirrspüler war gefüllt. Die Reste waren eingepackt und die Auflaufform war gespült und wieder in derselben braunen Tüte verstaut, die Knox mitgebracht hatte. Nichts davon sollte wie ein Vorspiel wirken, aber da Knox sie bei jeder Gelegenheit neckte und berührte, war Daryas Pussy nicht nur klatschnass, sondern schmerzte auch regelrecht.

Der Fernseher ging aus und die Lichter in ihrem Wohnzimmer ebenfalls.

Sie wischte über die Theke und ihre Haut prickelte, weil ihr alles so bewusst war. Nie in ihrem Leben war sie so unsicher gewesen, wie sie sich in der Nähe eines Mannes verhalten sollte. Sie war so bereit und gleichzeitig so vorsichtig.

Allerdings war sie auch noch nie mit einem Mann wie Knox zusammen gewesen.

Ein Klicken ertönte aus ihrem Schlafzimmer und ein schneller Blick über ihre Schulter bestätigte, dass er die Lampe neben ihrem Bett angeschaltet hatte.

Er kam eine Sekunde später in Sichtweite, wie ein gelassener Jaguar, der sich auf fremdem Terrain genauso leicht bewegte, als ob es sein eigenes wäre. Sein hungriger Blick war auf ihren gerichtet, und er löschte das Licht in ihrem improvisierten Büro, sodass sie in dem einzig verbliebenen Lichtkegel aus einer kleinen Lampe über ihr stand.

Ihr Puls beschleunigte sich. Sie ging zur Spüle und reinigte ihren Schwamm, wobei sie verzweifelt versuchte, die gleiche Lockerheit an den Tag zu legen wie er.

Er trat hinter sie, als sie den Hahn abdrehte. Seine Hände glitten unter den Saum ihres Hemds an ihren Schenkeln und hinauf zu ihren Hüften. Während er eine Hand an ihrer Taille platzierte, legte sich die andere sanft auf ihren Bauch.

Unter seiner Berührung zitterten ihre Muskeln, bereit für den Augenblick, in dem seine Finger tiefer wandern würden.

Stattdessen knabberte er an ihrem Nacken. „Alles ist abgeschlossen. Brauchst du noch etwas?“ *Bevor ich dich vögle* hing unausgesprochen in der Stille, doppelt so machtvoll, als wenn er die Worte tatsächlich gesagt hätte.

Sie schüttelte den Kopf, zu gefangen in dem Moment, um zu sprechen.

Er atmete tief ein, zog die Hände unter ihrem Hemd hervor und drehte sie zu sich. Er war immer noch nah genug, um sie berühren zu können, aber nicht mehr ganz so dicht an ihr, und er umfing ihre Wange mit einer Zärtlichkeit, die ihr den Atem raubte. „Das letzte Mal war ich viel zu schnell. Ich habe mir nicht die Zeit genommen, über verschiedene Dinge mit dir zu sprechen.“

Reden? Sie konnte gerade kaum denken, geschweige denn einen Satz zusammensetzen, der Sinn ergab. „Worüber?“

Sein Blick fiel auf ihren Mund und seine Hand sank tiefer, sodass er seinen Daumen über ihre Unterlippe gleiten lassen konnte. „Ich glaube, ich habe verstanden, dass dir grob gefällt und du schmutzig gegenüber offen bist, aber gibt es etwas, was du *absolut* nicht magst?“

Oh Junge. Das war auf jeden Fall gefährliches Terrain, während ihr Kopf so abgelenkt war.

Seine Hand glitt tiefer und er fuhr in verführerischen Mustern ihren Hals hinab und dann über die entblößte Haut über ihrem Kragen.

Ihre Lider senkten sich und jedes Fitzelchen an Aufmerksamkeit konzentrierte sich auf seine Berührung.

Der Stoff teilte sich und der erste Knopf glitt auf. Kühle Luft strich über den Zentimeter Haut, den er freigelegt hatte. Sie schluckte schwer und wünschte sich, dass er weitermachen würde. Dass er die weiche Baumwolle über ihre überempfindliche Haut ziehen und seinen Körper an ihren drücken würde.

„Darya?“

Sie öffnete die Augen und seine Finger bewegten sich zum nächsten Knopf.

Richtig. Sie unterhielten sich. Über die Dinge, die sie nicht mochte. Obwohl es nicht so war, als ob sie eine Vielzahl von Erfahrungen gemacht hätte, aus denen sie schöpfen konnte, bevor sie abgehauen war, und in den letzten drei Jahren hatte sie sich mit Spielzeug zufriedengegeben, statt möglicherweise entdeckt zu werden. „Schmerzen.“

„Beinhaltet das auch meine Hand auf deinem Hintern, wenn du mich sauer machst?“

„Bozhe moi.“ Mein Gott, flüsterte sie, bevor sie es aufhalten konnte, und griff nach dem Rand des Tresens hinter ihr, als ein sichtbarer Schauder sie durchlief.

Knox lachte leise und öffnete den letzten Knopf. „Ich habe keine Ahnung von Russisch, aber ich denke, das kann ich so interpretieren, dass es okay ist, bösen Mädchen auf den Hintern zu hauen. Noch etwas?“

Sie schüttelte den Kopf. „Ich habe nicht so viel experimentiert. Ich weiß nur, dass sich das zwischen uns gut angefühlt hat.“

Er stupste gegen ihr Hemd, sodass ihr Schritt unbedeckt war und die Seiten kaum ihre Nippel bedeckten. „Hast du jemals anderes Spielzeug ausprobiert? Nippelklemmen? Seile?“

Sie konnte ihn nicht ansehen. Konnte nur beobachten, wie er die Rückseite seiner Fingerknöchel ihr Brustbein hinabgleiten ließ, immer weiter hinab.

„Darya, sieh mich an.“

Es brauchte jedes Quäntchen Mut, das sie besaß, aber sie gehorchte. Ihr Atem stockte, als ihr Blick auf seinen traf.

Er war hungrig. Ausgehungert, trotz seiner nach außen hin projizierten Selbstsicherheit und Ruhe. Und diese ganze Lust war vollkommen auf sie gerichtet. „Willst du ein wenig experimentieren?"

Gott, ja. Mit ihm würde sie fast alles ausprobieren. „Ja."

Er erwiderte ihren Blick. „Ich habe den Plug in deiner Schachtel gesehen. Lässt der dich häufig kommen?"

„Manchmal."

„Hast du nur mit Spielzeug experimentiert oder auch mit Männern?"

„Spielzeuge. Ich habe nie … ich war nie mit jemandem zusammen, dem ich vertraut habe."

Etwas flammte in seinen Augen auf. Vielleicht die Herausforderung. Oder möglicherweise ein Versprechen. Er nickte, obwohl sie nicht wusste, ob das ihr galt oder dem Dialog, der sich gerade in seinem eigenen Kopf abspielte. „Verständlich." Sein Blick sank dorthin, wo seine Finger ruhten, nah an ihrer Pussy. „Versprichst du mir, dass du mir sagst, wenn wir etwas tun, was dir nicht gefällt?"

Schneller, als sie es für möglich gehalten hätte, hielt sie seine Hand in ihrer und drückte sie fest. „Ich werde einem Mann nie erlauben, mich zu verletzen oder mich zu etwas zu zwingen, was ich nicht tun will. Niemals."

Er lächelte auf eine Weise, die sagte, dass ihn ihre Antwort nicht nur erleichterte, sondern auch verdammt stolz machte. „Das ist mein Mädchen." Er entzog ihr die Finger, die sie gefangen hatte, und legte den Arm um ihre Taille. Seine freie Hand umfing ihren Hals an einer Seite, und seine Lippen waren so nah, dass ihre kribbelten. „Gibt es etwas, was du besonders gern an die Spitze der Liste gestellt haben willst?"

Sie gab der Versuchung nach und gestattete sich, unter den Saum seines T-Shirts zu greifen. Der weiche Stoff bildete einen deutlichen Kontrast zu den heißen, harten Muskeln unter ihren Händen. „Das letzte Mal hast du mir nicht erlaubt, dich in den Mund zu nehmen. Da will ich anfangen.“

Seine Lippen wölbten sich zu einem verruchten Grinsen, eine wölfische Reaktion, die versprach, dass sie bekommen würde, was sie wollte, aber vermutlich nicht so, wie sie es sich vorgestellt hatte. „Okay, Süße“, murmelte er an ihren Lippen. „Lass uns spielen.“

Sie hatte seinen Kuss gewollt. Ihn sich ersehnt.

Stattdessen entzog er sich ihr, fing ihre Hand ein und führte sie ins Schlafzimmer. Die Kissen befanden sich schon auf dem Boden und die Bettdecke war zurückgeschlagen.

„Ich finde, du hast mehr getan, als nur abzuschließen.“

„Ich hatte einen Anreiz.“ Er trat hinter sie und zog ihr das Hemd von den Schultern. „Wenn ich gewusst hätte, dass wir mit deinem Mund um meinen Schwanz beginnen, hätten wir vermutlich das Abendessen voll und ganz übersprungen.“ Der Stoff strich um ihre Waden, bevor er sich um ihre Knöchel sammelte, und Knox umfasste ihre Brüste. „Erinnere dich an das, was ich gesagt habe. Wenn du dich unwohl fühlst, sagst du es mir und ich höre auf.“

Diese Aussage ergab keinen Sinn. Es war nur Oralsex. Intim, ja, aber sicher keine besonders verruchte Tat.

Bevor sie ihre Gedanken aussprechen konnte, schob er sie in Richtung Bett. „Leg dich für mich hin.“

Das machte noch weniger Sinn. Sie stemmte ein Knie auf das Bett, dann das andere, und kroch hinauf, bis sie in der Mitte auf der Seite lag. „Solltest du nicht derjenige sein, der sich hinlegt?“

Er grinste und packte sich ein Kissen. „Nicht bei der Art, wie wir es tun werden.“ Er bewegte seinen Finger in einem Kreis und ging in Richtung Fußende. „Dreh dich um. Kopf zu mir.“ Er legte das Kissen an den Rand und wartete.

Das langsame und qualvolle Pulsieren, das sie bei jeder neckenden Berührung und jedem dunklen Blick während des Essens bekämpft hatte, wurde zu einem schmerzenden Pochen. Sie kroch voran und eine zu Kopf steigende Mischung aus Unsicherheit und unglaublichem Thrill schickte ein Kribbeln wie von Champagnerbläschen durch ihren Körper. Sie hielt auf ihren Händen und Knien vor ihm. „So?“

Er umfasste ihre Wange, eine Zärtlichkeit, die sie nicht erwartet hatte und die genauso schnell verschwand. „Auf den Rücken. Kopf aufs Kissen.“

Sie sah auf das Kissen, dann auf ihn und schluckte. „Okay.“

Das Laken empfing sie mit einem kühlen, seidigen Kuss, und das Kissen gab ein Puffen von sich, als sie ihr Gewicht auf die daunige Weichheit legte. In der Sekunde, in der sie aufsah, begriff sie seine Absicht. In dieser Haltung wäre sie vollkommen seiner Gnade ausgeliefert. Nicht nur seinen Händen, sondern auch seiner ungeteilten Aufmerksamkeit.

Er kniete sich neben das Bett und rollte das Kissen unter ihren Hals. Er war nicht bloß sanft, er war rücksichtsvoll. Sorgfältig und bedachtsam.

„Was tust du?“, flüsterte sie. Ihr ruhiger Atem bewegte sein immer wildes Haar, als er sich kopfüber über sie beugte.

Seine Augen waren auf sie gerichtet und seine Hände umfingen ihr Gesicht. „Ich richte es dir gemütlich ein, damit ich dich mit meinem Schwanz füttern kann, wie du es dir gewünscht hast.“

Ihre Pussy zog sich zusammen, und zwar so machtvoll, dass es wie ein richtiger Orgasmus wirkte, aber ohne die befriedigende Entspannung, die darauf folgte. Sie wimmerte und drückte die Schenkel so eng aneinander, dass ihr Körper bebte.

„Langsam." Seine Lippen streichelten über ihre. Die Berührung war sanft und so andächtig, dass ihr der Atem stockte. Er leckte in ihre kaum geteilten Lippen, beschwor sie, nicht nur den Mund zu öffnen, sondern auch ihren Körper zu entspannen. Sich ihm zu überantworten und ihre Ängste wegzuwerfen. Das war der Kuss, den sie sich von ihm ersehnt hatte. Selbst in diesem seltsamen Winkel war er perfekt. Vielleicht gerade deshalb noch mehr. Heißhungrig und doch sorgsam und ernst. Als ob er ihr einfach dafür dankte, dass sie sich ihm geöffnet hatte.

Er hob den Kopf weit genug, damit er den Mund an ihrem hin und her bewegen konnte. Sein warmer Atem strich über ihr Gesicht und ihren Hals, und das beschleunigte Keuchen jedes Mal war der einzige Hinweis darauf, dass er genauso hingerissen war wie sie. „Weshalb höre ich dich nie fluchen oder schmutzige Worte benutzen? Niemals?"

Die Frage erwischte sie vollkommen unvorbereitet, nicht nur wegen des Themas, sondern auch wegen des Timings. „Weil mein Vater sagte, dass es sich für eine Frau nicht schickt. Dass er enttäuscht wäre, wenn ich damit anfangen würde."

Darüber lächelte er und strich ihr das Haar aus dem Gesicht, kämmte durch die Strähnen, sodass sie über den Rand des Betts hingen. „Für die Akten, ich bin nicht dein Vater. Und wenn du mir jemals sagst, dass du meinen Schwanz lutschen möchtest, oder mich anbetteln willst, damit ich deine Pussy ficke, verspreche ich dir, dass ich nicht enttäuscht sein werde." Er besiegelte die Ankündigung mit einem Kuss und machte dort weiter, wo er aufgehört hatte, erlaubte sich aber, über ihre Brüste zu streicheln. Er umfasste die Rundungen und wechselte jede Berührung mit verlangenden Kniffen in ihre Nippel ab.

Sie keuchte und wand sich, um mehr zu bekommen, und ballte die Hände in seinem Haar.

Er knurrte und entzog sich ihr. „Wenn du so weitermachst, komme ich noch, bevor du probieren kannst.“ Er führte ihre Hände an ihre Seiten und erhob sich. „Behalte die da, bis ich dir etwas anderes sage.“

„Was? Warum?“

Wenn er sich nicht das T-Shirt ausgezogen und an der Seite des Betts in Sicht gekommen wäre, hätte sie sich aufgerichtet und wild protestiert. Der Anblick seines muskulösen Torsos und seiner wunderschön definierten Bauchmuskeln brachte ihre Gedanken zum Stillstand.

Er kramte in seiner Hosentasche und legte etwas auf den Nachttisch. „Weil ich noch nicht bereit bin, mich gehen zu lassen, und deine Hände lassen mich meine Pläne über den Haufen werfen.“

Wirklich? Das war eine gute Information. Definitiv eine Strategie, die sie häufiger anwenden musste, zumindest im Schlafzimmer.

Er beugte sich neben das Bett und etwas schleifte über den Teppich.

Diesmal schoss sie hoch und ihre Augen weiteten sich beim Anblick ihrer schwarzen Schachtel, die gefüllt war mit ihren tollen Spielzeugen. „Was machst du?“

Er stellte sie neben ihre Hüfte und öffnete den obersten Knopf an seiner Jeans. „Ich sagte, ich gebe dir das, was du willst. Das bedeutet nicht, dass ich nicht spielen kann, während wir dabei sind.“ Er schob seine Jeans und Unterhose über die Hüften. Sein Schwanz war dick und stand aufgerichtet fast bis zu seinem Bauchnabel, als er sich von seiner einengenden Hose befreite. Anders als die anderen Männer, die sie intim gekannt hatte, war er vollkommen frei von Schamhaaren. „Überlegst du dir, ob du das, was du an oberste Stelle auf der Liste gestellt hast, noch mal änderst?“

„Nein." Das war nicht die überzeugendste Antwort, besonders mit einer Stimme, die wenig mehr als ein gebrochenes Krächzen war, aber sie konnte den Blick nicht von seinem Schaft lösen. Von der hervortretenden Ader, die sich über seine Länge erstreckte, und der schimmernden Nässe, die sich an der Spitze gesammelt hatte. Langsam betrachtete sie ihn. Sie genoss jeden Zentimeter seines großartigen Körpers. Erst als sie auf seinen Blick traf, lehnte sie sich zurück und umfing ihre schmerzenden Brüste. „Ich überlege mir gar nichts anders."

Er kam näher, vollkommen ungezwungen trotz ihres offenen Anstarrens. Als ob er wüsste, wie viel Vergnügen ihr sein bloßer Anblick bereitete, und mehr als zufrieden, es ihr zu verschaffen. Es waren noch keine Berührungen ausgetauscht worden, und doch war das hier doppelt so machtvoll wie ein traditionelles Vorspiel. „Deine Hände sind nicht auf der Matratze."

„Sie berühren dich nicht."

„Ah, aber sie stehlen mir mein Vergnügen." Er stellte die Füße zu beiden Seiten ihres Kopfs und ihre Gedanken lösten sich auf. Sein schwerer Hodensack hing nur wenige Zentimeter von ihrem Mund entfernt, und die weiche und dunkle Haut, die diesen verwundbarsten Teil seines Körpers umgab, war vollkommen glatt. Es war ursprünglich. Er war ein gefährliches Raubtier, das auf ursprünglichste Weise Unterwerfung verlangte. Niemals in ihrem Leben hatte sie etwas so Raues gespürt. Etwas so Machtvolles.

Er führte ihre zitternden Hände an ihre Seiten und sein Schaft tanzte über ihre Lippen. Ihre abgehackten Atemzüge wurden von seinem Glied zu ihrem Gesicht zurückgeworfen. „Aber wie soll ich … ich meine …"

Er erhob sich, nahm sich selbst in die Hand und sein zärtlicher und doch wachsamer Blick traf auf ihr Gesicht. „Ich gebe dir, was du brauchst." Er strich ein Mal über seine Länge. Zwei Mal. Dann berührte die Spitze ihre Lippen. „Mund auf."

Der Befehl erfasste sie und setzte ihre Mitte in Flammen. Sie beugte den Nacken und gehorchte, sehnte sich nach dem ersten Geschmack. Nach der seidigen Härte auf ihrer Zunge und an ihren Lippen. Doch statt sich in sie zu schieben, verteilte er seine Lusttropfen auf ihren Lippen. Sie stöhnte und leckte über die Spitze, saugte seinen Geschmack in gierigen, verzweifelten Zügen ein.

Er zischte über ihr und zuckte nach vorn. Die Unterseite seines Schwanzes glitt über ihre Lippen, als er sich vorbeugte und seine Hände mit ihren Brüsten füllte. Seine Stimme war tief und schwer. „Ich hatte zu viel Zeit nachzudenken. Zu viel Zeit, mir vorzustellen, wie sich dein Mund in genau diesem Moment anfühlen würde."

Wie sie. Vielleicht war sie nicht so kreativ wie er, aber, oh, ihr gefiel, wie er dachte.

Er neckte ihre Nippel, zog an ihnen, und sein Atem wurde hektischer. „Zeit, dass deine Hände mit der Arbeit anfangen, Süße. Heb die Knie."

Sie hörte die Worte, wusste, dass sie Taten verlangten, doch es fiel ihr schwer, ihren Körper dazu zu bringen, zu gehorchen. Ihre Aufmerksamkeit war zu sehr auf die genüssliche Erforschung fokussiert, die sie mit ihren Lippen und ihrer Zunge begonnen hatte. Sie musste den Job zumindest einigermaßen richtig gemacht haben, weil seine großen Hände ihre Schienbeine oben packten und ihre Schenkel weit auseinanderdrückten.

„Hände hinter die Knie."

Oh Gott.

Ein Teil von ihr konnte sich nicht bewegen, aber der weitaus abenteuerlustigere Teil von ihr wollte sich von ihrer körperlichen Form lösen und die Dekadenz in all ihrer Schönheit beobachten. Sie grub die Fingerspitzen in das weiche Fleisch ihrer Schenkel, leckte über die hervortretende Ader an seinem Schaft und öffnete sich ihm ganz.

„Genau so." So ehrfürchtig. Stolz. Seine starken Finger neckten die zarte Haut an der Rückseite ihrer Oberschenkel.

Sie ließ sich in das Kissen zurücksinken, liebkoste ihn vom Ansatz seines Schwanzes zu den angespannten Hoden dahinter und flüsterte gegen seine zarteste Stelle: „Knox."

Seine Hüften zuckten vor und seine Finger spannten sich an ihren Schenkeln an, aber er lachte immer noch leise. „Ich sehe, du hast gelernt, schmutzig zu spielen." Das Bett bewegte sich und das Öffnen ihrer Spielzeugschachtel ertönte überlaut in ihren Ohren. „Ich denke, das bedeutet, dass wir einen Zahn zulegen können."

Er zog die Hüfte zurück, strich dabei mit seinem harten Schaft über ihren Mund und erhob die Hand in ihrem Sichtfeld. Ihr rosa Fingervibrator war bereits fest an seinem Mittelfinger angebracht. „Hat dieser kleine Kerl diese Woche viel Beachtung erhalten?"

Oh Mann. Das würde wirklich intensiv werden, und zwar richtig schnell. Mit hämmerndem Herzen leckte sie über seine Eichel und grinste zu ihm auf. „Nein. Ich habe den Dildo genommen und so getan, als ob du es wärst."

Seine großspurige Haltung änderte sich und wurde von einem wilden Knurren ersetzt, das über jeden Zentimeter ihrer Haut tanzte. Er schaltete den Vibrator an und ließ ihn über einen Nippel streichen. „Heute Nacht wird der nicht zum Zug kommen, weil das Einzige, was in dich eindringen wird, ich selbst sein werde." Er umfasste seinen Schwanz mit der freien Hand und tippte auf ihre Lippen. „Und ich fange gleich hier an."

Endlich. Seit Tagen hatte sie sich das vorgestellt. Hatte die Nacht, die sie miteinander verbracht hatten, wieder und wieder Revue passieren lassen und sich gewünscht, sie hätte die Gelegenheit gehabt, ihn zu schmecken. Die Leidenschaft zu erwidern, die er ihr mit seinem Mund gegeben hatte – nicht nur einmal, sondern zweimal.

Er bewegte sich vorwärts, führte vorsichtig seine Länge hinein und hinaus, während er das vibrierende Spielzeug über ihren Schamhügel gleiten ließ, dabei aber immer knapp vor ihrer Klit innehielt.

Sie weitete die Knie und stöhnte um seinen Schaft herum.

„Mehr?"

Gott, ja. Nicht, dass sie viel sagen konnte, da ihr Mund mit seinem Schwanz vollgestopft war. Irgendwie machte die Hilflosigkeit den Augenblick so viel machtvoller. Intensiver und deutlicher. Sie wimmerte.

Eine Sekunde später tauchte sein Finger zwischen ihre nassen Schamlippen, zog ihre Essenz hinauf zu ihrer angeschwollenen Klit und umkreiste diese mit einigem Druck. „Wehe, du kommst."

Auf keinen Fall könnte sie ihren Höhepunkt unterdrücken. Er war zu nah. Er schoss mit so einer Macht auf sie zu, dass ihr Herz Probleme hatte, Schritt zu halten. Sie löste den Griff um einen Oberschenkel, packte seine Hüfte und grub die Nägel in seine Flanke. Sie spannte die Lippen um sein weiches Fleisch an und saugte, so hart sie konnte.

Er riss die Hüften weg und damit seine Länge aus ihrem Mund. „Fuck!"

Sie rollte sich auf den Bauch und warf das Haar aus ihrem Gesicht. Auf Händen und Knien zitterten ihre Arme und Beine wegen der Überdosis Adrenalin, die sich aufgebaut hatte, aber auf keinen Fall würde sie zurückweichen. Nicht jetzt. Nicht, wenn sie so nah dran war. „Ja, lass uns ficken. Jetzt."

Kapitel 18

Wild. Unglaublich zügellos und wie besessen. Auf allen vieren und mit ihrem mondfarbenen Haar, das sich über ihren Rücken ergoss, war Darya eine ursprüngliche Verführerin. Eine schneeweiße Tigerin, die begeistert war, erobert zu werden, aber genauso heiß war auf den Kampf.

Und ihr hungriger Blick war einzig auf ihn gerichtet.

Mein.

Knox zuckte vor, aus jedem rationalen Gedanken gerissen und getrieben wie ein ungezähmtes Tier, das sich auf eine wilde Jagd einstellte. Innerhalb von Sekunden hatte er sich ein Kondom vom Nachttisch geschnappt, sie auf den Rücken geworfen, ihre Schenkel nach oben und auseinandergedrückt, die Hände hinter ihren Knien. Er konnte nicht nachdenken. Wollte es nicht. Er wollte sie nur unter sich spüren. Ihre Haut an seiner, ihr Mund und ihre Zunge, die sich mit seiner duellierte, und seinen Schwanz tief vergraben in ihr.

Sein Glied lag hart und pochend auf ihrem Venushügel und das weiche Stück ihrer ordentlich gestutzten Locken strich über den Ansatz seines Schwanzes. Er ließ das ungeöffnete Kondom auf ihren Bauch fallen und sein atemloses Keuchen ließ die Haare um ihr Gesicht aufflattern. „Zieh es mir über."

Ihre Augen weiteten sich und ihr Mund bildete ein überraschtes O.

„Wenn du ficken willst, bereite mich vor", knurrte er. Der Befehl klang hart. Vermutlich war er zu schroff, aber das bisschen, das von seinem Gewissen noch übrig war, war längst zum Zerreißen angespannt. Er war zu fokussiert darauf, seine Stärke und seinen eigenen Höhepunkt zurückzuhalten.

Sie lächelte, zuerst langsam, doch dann wurde es verruchter, als sie eifrig nach dem Päckchen griff und mit ihrer Aufgabe begann.

Sein Schwanz zuckte erwartungsvoll. Das Bedürfnis, ihre flinken Finger auf sich zu spüren, sorgte dafür, dass seine Hoden sich anspannten.

Er durfte nicht kommen. Noch nicht. Erst, wenn er bis zu den Eiern tief in ihr war und ihre Pussy ihn leer melkte.

Rasch rollte sie ihm das Kondom über und packte seine Hüfte. „Bitte."

Diese Hände. Gottverdammt, diese Hände würden ihn noch umbringen. Ihre Berührung war gefährlicher als ihr Mund und hatte die Macht, ihn zu Fall zu bringen. Sie führte ihn zu diesem Ort, an dem er verwundbar war und der mit Schmerzen und Enttäuschung umzäunt war.

Er hielt ihre Handgelenke in einer Hand über ihrem Kopf und führte die Spitze seines Schwanzes durch ihre Schamlippen. „Hat dieser Dildo dir gute Gefühle bereitet? Dir gegeben, was du gebraucht hast?"

Sie schüttelte den Kopf und hob einladend die Hüfte. „Nein." Sie schloss die Augen und der Rest ihrer Worte kam mit einem tiefen Stöhnen. „Es war nie genug."

Er schob sich in sie und packte ihre Oberschenkel, um sie so hinzulegen, dass er perfekt in sie stoßen konnte. „Nein", sagte er, den Blick auf ihre Pussy gerichtet. „Ich bin es, was du brauchst. Mein Schwanz." Er versenkte sich tief in ihr und ihr Rücken hob sich vom Bett. Ein süßer Ruf der Erleichterung hallte von den Wänden um sie herum.

Nichts sonst war wichtig. Nicht der Verlust seiner sorgfältig gewahrten Distanz. Nicht seine Ängste oder die verdrehte Vergangenheit, die sie erschaffen hatte. Nur ihre Hitze. Das Flattern ihrer Muskeln, die sich um seinen Schwanz zusammenzogen, und der Geruch nach Sex. Immer und immer wieder stieß er in sie; ihre Brüste bebten bei jeder erbarmungslosen Bewegung und seine Hüften kreisten an ihren.

Sie öffnete langsam und schwerfällig die Lider, zeigte ihre hellen blauen Augen wie ein gottverdammtes Geschenk des Himmels. Eine heilende Gnade, die direkt bis in seine Seele vordrang.

„Knox." So viel schwang in diesem einen Wort mit. Hoffnung. Ein Flehen. Ein Versprechen.

Er presste seinen Mund auf ihren, jagte den Klang seines Namens auf ihren Lippen. Gierig nach ihrem Geschmack. Er ließ ihre Hände los und schob seine Finger in ihr schweißfeuchtes Haar, hielt sie gerade für sein Festmahl. „Gib es mir", knurrte er an ihrem Mund, leckte und knabberte an ihren von Küssen angeschwollenen Lippen, während seine Hüften erbarmungslos in sie stießen. „Gib mir, was *mir* gehört." Er betonte seinen Besitzanspruch mit einem machtvollen Stoß.

Ihre Nägel gruben sich in seine Schultern und ihre Fersen in seine Flanken, und ihr Nacken bog sich, während sie ihren Höhepunkt herausschrie. „Knox!"

Sein Schwanz zuckte als Antwort, der Druck seines Orgasmus war so hart, dass sein ganzer Körper erbebte. Es gab nichts außer diesen Moment. Das Gefühl von Daryas Haut. Das Anspannen und Loslassen ihrer nassen Pussy um seinen Schwanz. Ihre zitternden Arme und Beine, die um ihn geschlungen waren. Das war es, was er brauchte. Was er schon seit Tagen ersehnt hatte und worauf er richtiggehend fixiert gewesen war. Seit dem ersten Mal, als sie mit ihren verflucht langen Beinen in sein Büro geschwebt war und ihre Lippen zu einem schüchternen Lächeln verzogen hatte. Keine Zurückhaltung. Keine Abgrenzungen. Nur die leidenschaftlichste und ehrlichste Verbindung. Intim und echt.

Er ließ seine Stirn gegen ihre sinken. Sie hatten beide die Augen geschlossen und ihr Atem kam abgehackt und verlangsamte sich nur gemächlich zu einem regelmäßigen und trägen Rhythmus. Die Luft um sie herum pulsierte und Stück für Stück legte sich die Kühle des Zimmers auf seine Haut. Die Wärme ihres Mundes neckte seinen und erinnerte ihn damit an letzte Woche.

Sieben Tage lang hatte er sie beobachtet. Gesehen, wie offen sie auf jeden zuging. Wie unschuldig und klug sie war. Alle versammelten sich um sie. Männer wie Frauen. Es wäre so leicht, nachzugeben. Ihren Mund in einem gemächlichen Kuss zu nehmen und nach dem einen schwer fassbaren Traum zu greifen, der noch nicht wahr geworden war.

Stattdessen hob er den Kopf.

Ihre Augen blieben geschlossen und ihr Mund war kaum geteilt. Ein wunderschönes Rot lag auf ihren Wangen, ihrem Hals und ihrer Brust, und ihr Körper war vollkommen entspannt unter ihm.

Seine Stimme klang so abgehackt und tief, dass es sich anhörte, als ob sie von seinen Fußsohlen heraufstieg. „Bitte sag mir, dass es dir gut geht."

Gemächlich rollte sie ihren Kopf und öffnete die Augen. „Englisch ist meine zweite Sprache und selbst ich weiß, dass *gut* nicht für das ausreicht, was wir gerade getan haben."

„Ich habe dir nicht wehgetan?"

Sie lächelte und umfasste zärtlich seine Wange. „Du hast getan, was du versprochen hast, und mir gegeben, was ich gebraucht habe."

So einfach. Kein Versuch, ihn näher zu ziehen, sondern offene Akzeptanz dessen, was er zu bieten hatte.

Er stützte sich auf einen Unterarm, legte seine Hand auf ihre und drehte sich weit genug, um ihre Handfläche zu küssen. Nur ein Mal. Ein kurzes Streifen des Traums, bevor er ihn wegsperrte und sein Herz gemeinsam damit begrub. Doch als er seine Finger mit ihren verwob und ihre Hand wegzog, war es bei Weitem nicht genug.

Kapitel 19

Das Zuschlagen einer Wagentür erklang in der Ferne und weckte Knox.

Beweg dich nicht.

Denk nicht nach.

Noch nicht.

Er schaltete seinen Kopf aus und visualisierte nichts als reines weißes Licht. Er zwang die gesegnete Ruhe des Schlafs, sich über ihn zu legen. Er fühlte sich zu gut. Zu warm und entspannt, um es durch die Ruhelosigkeit der Realität zu ruinieren. Besonders da Daryas Winterrosengeruch sich um ihn wand und ihr schlafender Körper an seinem ruhte.

Er riss die Augen auf und jede Nervenbahn feuerte mit aller Kraft. Darya war neben ihm.

Nein – falsch. *Er* war neben *ihr*, sein Körper eng an ihren Rücken gedrückt und ihre Beine intim miteinander verwoben.

Was. Zum. Teufel.

Reflexartig durchfuhr ihn Panik, so machtvoll, dass er fast in die Höhe schoss. Genauso schnell hielt ihn etwas Instinktiveres an Ort und Stelle. Verdammt, selbst Handschellen um seine Handgelenke könnten ihn nicht effizienter an Daryas immer noch schlafenden Körper fesseln.

Er stieß langsam und gleichmäßig den Atem aus. Sein Herz polterte mit der Wut eines Zweijährigen im Zuckerschock herum, und kalter Schweiß brach ihm in seinem Nacken aus, aber darunter war eine unbekannte Ruhe. Als ob ihre Gegenwart neben ihm irgendwie den Schmerz und die Enttäuschung seiner Vergangenheit hätte verstummen lassen, sodass er zum ersten Mal seit Jahren einen tiefen Atemzug nehmen konnte.

Er legte den Kopf auf das Kissen und ihr seidiges Haar kitzelte seine Nase. Seltsam. Normalerweise hasste er das und wollte die nervigen Strähnen genauso auf die Seite schieben, als ob er in ein mannsgroßes Spinnennetz gelaufen wäre. Diesmal kuschelte er sich näher, inhalierte ihren Geruch und den Frieden, der sich damit einstellte.

Etwas Sonnenlicht drang hinter den geschlossenen Rollläden hindurch, ein butterweiches Glühen, das für den frühen Sonnenaufgang reserviert war. Es dauerte eine gute Minute, aber sein Herzschlag verlangsamte sich zu einem gleichmäßigen Rhythmus. Zu dumm, dass sein Kopf dem nicht folgen konnte. Während sich sein Körper an ihrem entspannte, legten seine Gedanken eine astreine Indy-500-Imitation hin und fuhren in Kreisen, bis das Zimmer sich drehte. Intimität mit einer Frau außerhalb von Sex war eine schlechte Idee. Eine einzige geladene Kugel in einem ansonsten leeren Revolver, die nur auf ihr Ziel wartete. Bei Darya? Ja, da hätte er genauso gut gleich beide Läufe einer abgesägten Schrotflinte laden und das Feuer eröffnen können.

Es wäre klüger, sich von ihr zu lösen. Ihr einen Zettel zu hinterlassen oder etwas Nettes für sie zu tun, damit er sich weniger wie ein selbstsüchtiger Arsch fühlte, und sich dann auf neutrales Terrain zu retten, bevor sie aufwachte.

Stattdessen legte er eine Hand auf ihren Bauch und erlaubte sich, die Augen erneut zu schließen. Nur ein Mal in seinem Leben hatte er sich so gefühlt.

Damals.

Reflexartig spannte sich sein Arm um Darya herum an, er atmete tief ein und mit einem friedlichen Seufzer wieder aus.

Nein, er konnte das nicht. Konnte es nicht riskieren. Egal, wie gut es sich anfühlte. Egal, wie natürlich. Er drückte ihrer bloßen Schulter einen Kuss auf und genoss für einige gefährliche Sekunden die weiche Haut, bevor er sich von ihrem warmen und einladenden Körper löste und unter den Laken hervorglitt. Er zog sich rasch an. Die Lockerheit und das wohlgeübte Schweigen während dieser Prozedur kratzten gnadenlos an seinem Gewissen. Gott, er war so im Arsch. Allein mit ihr im Büro zu sein, war schwer genug, um sein Gleichgewicht zu halten, ganz zu schweigen davon, mit ihr zu schlafen. Und eine andere anzurufen? Nein, die Vorstellung war nicht sehr reizvoll. Sein Kopf und sein Körper wollten die süße russische Wölfin auf dem Bett dort.

Nie im Leben hatte er etwas so Schönes gesehen wie den Anblick vor sich. Darya, wie sie auf ihren blutroten Laken schlief und ihr blondes Haar hinter ihr aufgefächert war, übertraf definitiv jede Landschaft und jedes klassische Meisterwerk. Verdammt, nicht mal die sieben Weltwunder waren beeindruckender.

Beckett würde ihn einen Feigling nennen, weil er abhaute, ohne sie aufzuwecken. Ohne ihr Respekt zu erweisen.

Und Beckett hätte recht, du Idiot.

Er hielt lange genug inne, um sich zu wappnen, dann ging er zu ihrer Seite des Betts und setzte sich neben ihre Hüfte. Sanft, damit er sie nicht zu brutal aus ihrem friedlichen Schlummer riss, strich er ihr eine Strähne ihres Haares aus dem Gesicht. „Hey."

Ihre Lider flatterten auf. Zuerst war sie desorientiert, fokussierte sich aber rasch auf ihn. Sie besah seine Kleidung, drehte sich, um das Zimmer hinter sich zu betrachten, und legte sich wieder auf die Seite. „Wie spät ist es?"

Als ob er das wüsste. Obwohl die Tatsache, dass er seine frühmorgendliche Ausflippphase gehabt hatte, ohne auch nur auf sein Handy zu schauen, ihm zeigte, wie dicht die Dämonen seiner Vergangenheit daran waren, ihm ein Stück aus dem Hintern zu beißen. „Früh."

Er umfasste ihren Hinterkopf. Mit vielen Frauen hatte er das hier geteilt, aber bloß eine von ihnen hatte es ihm je schwer gemacht, zu gehen. Er fuhr ihren Kiefer mit seinem Daumen nach. „Ich muss los."

Sie nickte. Ihre Lippen bewegten sich nicht, doch ihre Augen sagten viel, obwohl sich kein Funke Anklage oder Schmerz darin zeigte. Wenn überhaupt, dann funkelten sie verständnisvoll. Vielleicht sogar voller Mitgefühl.

Mann, diese Frau verdiente so viel mehr als ihn. Und er schuldete ihr viel. Nicht nur für den Schlaf, sondern auch für das Geschenk, das das Aufwachen neben ihr für ihn gewesen war. „Ich will nicht, dass du denkst, du wärst mir nicht wichtig. Dass das, was wir getan haben – letzte Nacht oder irgendwann anders – bloß eine Affäre wie jede andere ist. Ich … ich kann nur nicht …"

„Ich weiß." Sanft. Einfach. Keine Erklärung notwendig.

Er beugte sich vor, wusste in der gleichen Sekunde, dass das eine unglaublich dämliche Idee war, und warf seine Regeln trotzdem aus dem Fenster. Seine Lippen verschmolzen mit ihren. Simpel. Andauernd. Mehr als alles sonst wollte er zwischen ihre lecken und sie vollkommen anders wecken. Sich Zeit lassen und ihr die Seite von sich zeigen, die er verborgen hielt.

Stattdessen zog er sich zurück, erhob sich und lenkte seine Aufmerksamkeit lieber auf ihre Handfläche, die gegen die Laken gedrückt war, statt auf den Hunger in ihrem hellblauen Blick. „Heute musst du nicht zur Arbeit kommen, wenn du nicht willst."

„Ich will."

Er sah sie an. Er hätte es nicht aufhalten können, selbst wenn er es versucht hätte. Genauso wenig wie er die Worte hätte aufhalten können, die ihm über die Lippen flossen. „Das will ich auch."

Kapitel 20

Vier Tage hatte er es geschafft. Vier lange, grauenhafte Tage hatte Knox sich zusammengerissen und die Finger von Darya gelassen.

Seine Konzentration wandte sich von dem verdächtigen Dateieintrag auf seinem Hauptbildschirm ab und hin zu der Übertragung der Sicherheitskamera im Serverraum zu seiner Linken. Er biss die Zähne so fest zusammen, dass es scharf dorthin schoss, wo sein Kiefer eingehängt war. Vance war ein guter Kerl. Einer der besten Serverbetreuer, die er jemals eingestellt hatte.

Aber wenn er nicht bald damit aufhörte, Darya anzufassen, würde er beide Arme verlieren.

Knox' Bürotür öffnete sich und Becketts schwere Schritte erklangen. „Hey, Mann. Jace und Axel haben angerufen. Der Rest der Jungs hängt heute im *Crossroads* ab. Willst du mit?"

Knox wandte den Blick wieder zu der Aufgabe, die ihm bevorstand, und tippte die IP-Adresse des neuesten Schlags gegen ihre E-Mail-Server ein. „Weiß noch nicht. Vergangene Nacht hat jemand damit begonnen, unsere Server anzupingen."

„Bruder, das Letzte, worum ich mir Sorgen mache, ist, dass jemand unsere Fallen überwindet." Er zog sich einen Stuhl heraus und machte es sich bequem. „Und wieso hast du so eine beschissene Laune?"

„Habe ich gar nicht."

„Oh doch."

„Nein, mir geht es gut." Fuck, jetzt belog er nicht bloß sich selbst, sondern auch Beckett. „Ich will nur wissen, wer anklopft, damit ich denjenigen aussperren kann."

„Ich dachte, dass diese Honeypots und Trigger, die du aufgesetzt hast, andere automatisch blockieren."

„Tun sie auch. Normalerweise." Allerdings war die Zahl der Versuche in den letzten vierundzwanzig Stunden doppelt so hoch gewesen, was ihn nervös machte.

„Gut, dann mach deine Gott-Cyber-Routine am Nachmittag fertig und wir treffen uns bei uns, nachdem geschlossen wurde. Danny kommt ebenfalls. Es ist Freitag. Zeit, die Muskeln mal zu entspannen."

Bewegungen im Serverraum erregten seine Aufmerksamkeit, und er sah den Rücken von Vance, der Darya aus der Tür folgte. Sie würde wieder bis spät arbeiten. Darauf würde er den Gewinn des vergangenen Jahres verwetten. Aber dann würde Vance das vermutlich auch tun. Und was zum Teufel hatte sie überhaupt mit Vance zu schaffen? Das letzte Mal, als er sich bei Katy gemeldet hatte, war Darya intensiv auf ein paar weniger wichtige beschädigte Codes konzentriert gewesen.

Becketts tiefe Stimme wurde etwas lauter. „Hey! Erde an Apollo!"

Gottverdammt. Beschissenes Timing, dabei erwischt zu werden, dass er Darya anstarrte. Obwohl Beckett ein Stück außerhalb seiner direkten Sichtlinie war. Vielleicht hatte er seinen Ausrutscher nicht bemerkt. „Keine Ahnung. Lass mich mal sehen, wie es die nächsten Stunden vorangeht, dann melde ich mich."

„Du meldest dich." Becketts sonst ausdruckslose Mine zeigte mehr als ein bisschen Sarkasmus. Er stützte einen Unterarm auf den Rand von Knox' Tisch und trommelte mit dem Daumen auf die Chromoberfläche. „Das einzige Mal in den letzten sechs Jahren, dass du deine Brüder hast sitzen lassen, obwohl du noch nichts zu tun hattest, war, als drei Server abgestürzt sind und du ein schlechtes Gewissen hattest, Vance damit allein zu lassen."

„Na und?"

„Ich will wissen, was los ist."

Knox nahm die Hände von der Tastatur, schloss die Augen und rollte die Schultern, um die Anspannung in seinem Hals zu lockern. Er liebte Beckett. Liebte all seine Brüder. Aber jetzt brauchte er Zeit allein, um sicherzugehen, dass seine Gefühle fest zusammengeschnürt und verpackt waren. Ganz zu schweigen davon, dass der Gedanke an das übliche Flirten, das sie alle im *Crossroads* von ihm erwarten würden, bei ihm Juckreiz verursachte. Er drehte den Stuhl zu Beckett und erwiderte direkt seinen intensiven Blick. „Ich habe es dir gesagt. Jemand greift uns mehrere Male pro Tag an, und ich will wissen, wer dahintersteckt."

„Blödsinn. Wenn dir jemand ein Rätsel aufgibt, geht dir einer ab. Du bist weder gestresst noch angepisst. Und, Bruder, ich weiß sehr wohl, dass du diese Woche entweder das eine oder das andere warst, also was liegt dir wirklich im Magen? Hast du nicht gut geschlafen?"

„Nicht weniger als üblich. Vor ein paar Nächten hatte ich sogar ganze acht Stunden."

Beckett grinste und gluckste genauso wie er, als sie ihren ersten *Playboy* ergattert hatten. „Ist das dieselbe Nacht, in der du in Daryas Wohnung verschwunden bist?"

Bastard. „Du hast mich getrackt?"

„Warum zum Teufel nicht? Das ist doch das Schöne am GPS, nicht wahr? Außerdem ziehst du diesen Scheiß ständig bei uns ab. Mach dir keinen Knoten ins Höschen, wenn wir den Gefallen erwidern." Er zuckte mit den Achseln, lehnte sich in seinem Stuhl zurück und legte einen Fuß auf den Rand von Knox' Tisch. „Werde sauer, falls du willst, aber du bist nicht an dein Handy gegangen. Ich wollte nur schauen, dass du in Sicherheit bist."

Er war bei Darya gewesen und hatte wie ein verdammtes Baby geschlafen, doch in Sicherheit? Das war fraglich. Er war nach wie vor nicht in der Lage gewesen, abzuschütteln, wie gut es sich angefühlt hatte, neben ihr aufzuwachen. „Ja, Mom. Ich habe sogar zweimal die Fenster und Türen überprüft." Er wollte gerade noch einen pfiffigen Kommentar darüber ablassen, dass ihm seine Schmusedecke gefehlt habe, als Stimmen im Flur erklangen.

Daryas Stimme. Der lebhafte Tonfall, den sie an den Tag legte, der jeden dazu brachte, sich wie der Mittelpunkt des Universums zu fühlen, gefärbt von ihrem süßen Akzent. Das Einzige, was er hasste, war Vances albernes Lachen, das sich darum wickelte.

Sie gingen eine Sekunde später vorbei und warfen beide Beckett und Knox überraschte Blicke zu. Es war eine verständliche Reaktion, wenn man bedachte, dass Knox nie seine Tür offenließ, außer er wusste, dass jemand kam.

„Hey, Boss!" Vance winkte und schob seine dicke schwarze Brille wieder auf die Nase. Warum der Kerl sich das Ding nie richtig anpassen ließ, war Knox ein Rätsel. „Ich bringe JJ gerade rüber zu *Wing Bucket*. Wollt ihr auch was?"

Wie auf einem Breitbildmonitor zeigte sich ihm auf einmal die Erinnerung an Darya, die sich ihre Fingerspitzen leckte, nachdem sie sich bei der „Bikes and Blues"-Veranstaltung auf die Rippchen gestürzt hatte. Das war etwas, woran er jetzt nicht denken sollte. Besonders weil er wusste, dass Vance dasselbe Bild anstarren würde, wenn sie sich eine Ladung Chicken Wings bestellte.

„Nee, schon in Ordnung." Er sah zu Darya. Verdammt, vielleicht sollte er mit Beck und den Jungs ausgehen. Gott wusste, dass er hier mit ihr auf schlechte Ideen käme. „Lass dich von ihm nicht zur neunzehnten Soße überreden."

Sie lächelte, und bei Gott, er fühlte es überall. Als ob sie irgendwie in ihn gegriffen und all seine Anspannung ausgehebelt hätte.

„Okay." Sie wandte sich an Beckett und winkte, aber er hätte schwören können, dass die verlorene Verbindung ihr genauso wehtat wie Knox. „Bis später."

„Ja, JJ", sagte Beck und benutzte locker ihre falsche Identität. Sie alle hatten sich darauf geeinigt, dass sie sie in der Öffentlichkeit weiter benutzen sollte. Er hob das Kinn in Richtung Vance. „Kümmere dich um unser Mädel."

Die Metalltür schloss sich hart hinter ihnen und das brutale Geräusch echote mit viel zu viel Endgültigkeit den Flur hinauf und hinunter.

Knox fuhr rechtzeitig zu seinen Monitoren herum, um zu sehen, dass Vance Darya in seinen weißen Jeep Wrangler schob.

„So ist das also." Becketts Aussage war voller *Ahas* und sogar gefüllt mit einem *Erwischt.*

Das war okay. Knox war es gewohnt, dass Beckett herumschnüffelte, weshalb er ziemlich gut darin war, ihm ein *Verpiss dich* zu servieren. „So ist *was* also?"

„Das ist der Grund, weshalb du so mies drauf bist."

Er sah über seine Schulter zu Beckett und setzte eine skeptische Mine auf. „Wegen Vance?" Er schnaubte und blickte wieder zurück auf seine Arbeit. „Auf keinen Fall."

„Nicht wegen Vance. Weil Vance mit *Darya* unterwegs ist."

Knox schüttelte den Kopf und war sich viel zu bewusst, dass Beck, wenn er ihm ins Gesicht sehen würde, das Stirnrunzeln erkennen würde, das er seinen Computerbildschirmen zeigte. „So ist das nicht."

„Ach?"

„Ja."

Mit einer fließenden Bewegung, die einem Mann von Becketts Statur nicht möglich sein sollte, senkte er den Fuß, setzte sich auf und verschränkte die Arme auf Knox' Tisch. „Bist du dir sicher? Weil du gestern denselben üblen Blick draufhattest, als du hereingekommen bist und mich und Darya im Trainingsraum gesehen hast.“

Ja, das hatte ihn angepisst. Besonders als Beckett geglaubt hatte, es wäre eine gute Idee, zusätzliche Zeit darauf zu verwenden, ihr beizubringen, wie sie sich aus einem Würgegriff befreien konnte – eine Übung, bei der sie viel zu lang an ihn gepresst stand.

„Apropos“, sagte Beckett. „Danny hat sich am Mittwochabend denselben Blick eingefangen, als du sie erwischt hast, wie sie hinten von seinem Motorrad gestiegen ist.“

Das hatte ihn nicht sauer gemacht. Er war nur verflucht eifersüchtig gewesen. Zumindest hatte Danny sie nicht ständig betatscht. „Es ist nichts dabei, dass sie Freundschaft mit meiner Familie schließt.“

„Nein, obwohl ich mich frage, warum sie dir nicht dieselbe Zuneigung zeigt wie jedem anderen. Entweder bist du ein verdammt übler Bettgefährte und sie will dich nicht ermutigen, oder du hast eine eiserne Mauer errichtet und ihr gesagt, dass sie, außer beim Sex, die Hände bei sich behalten soll.“

„Hör auf, nachzubohren, Bruder.“

„Wer sagt, dass ich nachbohre? Vielleicht denke ich auch nur laut nach.“

„Dann denk nach und halt dabei den Mund.“

Schweigen hallte zu ihm zurück, aber Becketts Blick war genauso starr wie der Lauf einer Waffe an seiner Schläfe.

Knox öffnete ein neues Befehlsfenster und begann zu tippen. „Hast du nichts zu tun?“

Als Beckett das Wort ergriff, hatte er eine ganz andere Stimmlage angenommen. Die, die dafür reserviert war, wenn er entweder verflucht verängstigt war oder sich auf etwas konzentrierte, das ihm die Welt bedeutete. Bedachte man, dass Beckett vielleicht zweimal in seinem ganzen Leben Angst gehabt hatte, musste es Tür Nummer zwei sein. „Nichts, was wichtiger wäre, als herauszufinden, wie ich meinen Bruder dazu bringe, den Kopf aus dem Arsch zu ziehen und das zu sehen, was jeder andere in seiner Familie innerhalb von zehn Minuten gesehen hat."

Der ganze Frust, den Knox vergraben hatte, trat wieder an die Oberfläche, und er fuhr so rasch herum, dass Beckett tatsächlich zusammenzuckte. „Was? Dass sie großartig ist? Ja, das habe ich auch begriffen. Aber *du weißt*, wo ich den Kopf habe, wenn es um Beziehungen geht."

„Ja, genau. Wie ich schon sagte, dein Kopf steckt in deinem Arsch. Und schlimmer noch, du bist außerdem ein Idiot, weil du dich so in diesen beschissenen Regeln verfangen hast, an die du dich hältst, dass du nicht siehst, wie sie dich anguckt, wenn du gerade nicht hinschaust."

„Ich bin ihr Boss, das ist alles."

Beckett kam näher, bis sie fast Nase an Nase waren, und sein Gesicht rötete sich. Dies war eine der seltenen Gelegenheiten, dass er sich seine Wut anmerken ließ. „Sie sieht dich nicht an, als ob du ihr Boss wärst. Sie sieht dich an, als ob du der gottverdammte Heilige Gral wärst."

Knox riss den Kopf zurück. Becketts Aussage wirkte wie eine Ohrfeige ins Gesicht. Sie fühlte sicherlich nicht so wie er. Auf keinen Fall. Wenn doch, dann hieße das … Verdammt, er wollte nicht darüber nachdenken, was das bedeutete.

Beckett stieß ein ironisches Glucksen aus und schüttelte den Kopf. Die Anspannung, die seinen Körper erfasst hatte, verließ ihn wie in einer Welle. „Herr im Himmel, du bist echt ein Idiot. Knox, du musst mir jetzt wirklich ganz genau zuhören: Das Schicksal, das Universum oder der Allmächtige lassen sämtliches gutes Zeug auf dich herabregnen, und du bist so verfickt vernagelt wegen deiner Vergangenheit, dass du es mit beiden Händen wegwirfst."

Er erhob sich, stellte den Stuhl zurück dorthin, wo er ihn hergeholt hatte, und beugte sich dann vor. Seine Stimme war todernst. „Tu dir und ihr einen Gefallen. Wach. Auf. Zum Teufel."

Kapitel 21

„Hey, JJ." Vance steckte den Kopf um die Ecke zu Daryas Büro, das übliche offene Lächeln auf dem Gesicht und ein paar Strähnen seiner kurzen braunen Haare schief in der Stirn. „Ein paar Freunde und ich hängen heute bei mir ab und machen einen Filmmarathon. Willst du auch kommen?"

Er war so ein netter Kerl. Jeder in Knox und Becketts Büro war so. Freundlich und bereit, alles zu tun, was nötig war, um einem nach oben zu helfen. Obwohl Vance mehr als das getan hatte, sodass Darya überlegte, ob es nicht klug wäre, ein paar Tage von daheim aus zu arbeiten, selbst wenn das bedeutete, dass sie Knox nicht treffen würde.

Gott, auch nur der Gedanke daran, dass sie ihn nicht sehen würde, machte sie fertig. Dämpfte ihre Entschlossenheit und den Antrieb, mit denen sie das Leben anzugehen geschworen hatte seit dem Tag, an dem ihre Mutter das letzte Mal weggegangen war. Das hier war nicht gesund. Weder für sie noch für Knox. Das reine Leiden auf seinem Gesicht jedes Mal, wenn sie ihn ansah, stach mit winzigen Splittern in ihr Herz. Ihn nicht zu berühren, ihn nicht in ihre Arme zu ziehen und eng an sich gepresst zu halten, machte sie fertig.

Sie schenkte Vance ein, wie sie hoffte, ehrlich wirkendes Lächeln. Das war nicht gerade einfach, nachdem ihr Inneres sich anfühlte, als wäre es doppelt so schwer wie ihr Körper. „Danke, dass du gefragt hast, aber ich denke, den heutigen Abend brauche ich, um mich von dieser Woche zu erholen." Und um ihren Verstand wieder zusammenzubekommen. Ihren Mut zu finden und sich der Wahrheit zu stellen, was sie und Knox betraf.

Egal, worauf sie hoffte, die Chance, dass er sich ändern würde, war gering. Das hatte er ihr von Anfang an gesagt. Er war brutal ehrlich gewesen. Jetzt schuldete sie es sich und ihrer Zukunft, ehrlich zu sich selbst zu sein. Bereits drei Leute hatten unter großem Risiko und Leiden alles gegeben, um ihr ein besseres Leben zu bieten. Egal, wie gut, wie elektrisierend und wertvoll sich jeder Augenblick mit Knox anfühlte, sie konnte deren Geschenk nicht an einen Mann verschwenden, der nicht offen dafür war, ihr alles zu geben.

Vance neigte den Kopf, und sein Lächeln wurde zu einem flirtenden Grinsen, sodass sie den Mann hinter den dicken Brillengläsern und der unablässigen Arbeitsmoral erhaschte. Seine braunen Augen funkelten mit spielerischer Sturheit. „Sicher? Meine Freunde werden dir gefallen. Aber kein Druck. Wir hängen bloß ab und entspannen uns.“ Er hielt eine Sekunde inne, und als er wieder sprach, war seine Stimme nur einen Hauch tiefer. „Was immer du willst.“

Oh ja. Sie musste auf jeden Fall die Sache mit Vance klären, und zwar schnell. Es war hart genug, ihre Gefühle im Griff zu haben, während Knox jeden ihrer Gedanken beherrschte. Es würde sie umbringen, wenn sie auch noch Schuldgefühle auf den Berg von Sehnsucht, den sie jeden Tag kaum unter Verschluss hielt, laden würde.

Bevor sie ihre Absage höflich wiederholen konnte, erklang hinter Vance grollend Knox’ tiefe Stimme. „Sie hat Nein gesagt.“

Es war keine Drohung. Nicht wirklich. Aber es ließ keine Widerworte zu.

Und es fühlte sich wie ein Besitzanspruch an. Eine körperliche Übernahme ohne Grenzen, die jeden Zentimeter von ihr von innen bis außen markierte.

Vance trat zurück, sodass Knox’ grüblerische Miene sichtbar wurde. „Hey, Boss. Ich wollte nur schauen, ob …“

„Ich weiß.“ Knox’ Aufmerksamkeit blieb auf Darya gerichtet. „Aber sie könnte nicht mal, wenn sie wollte.

Sie hat zu tun.“

Wirklich? Sie riss den Blick von Knox’ intensivem Starren los und blinzelte, damit ihr Bildschirm wieder sichtbar wurde. Sie hatte gedacht, sie hätte keine Aufgabe übersehen, allerdings hatte sie auch die letzte Stunde ohne Erfolg etwas durchgesehen, das wie ein perfekter Code wirkte, um die Ursache für einen schwer fassbaren Defekt zu finden.

Alle E-Mails waren sortiert, und das Ticketsystem, das sie benutzten, um Aufgaben zu überwachen, zeigte nichts Neues.

„Gehen Sie nach Hause.“ Knox trat in das Zimmer und stellte sich zwischen sie und Vance. „Ich sorge dafür, dass JJ bekommt, was sie braucht. Genießen Sie Ihr Wochenende.“

Okay, das war weitaus weniger subtil. Die Worte waren zwar freundlich, aber so, wie er sich vor Vance aufbaute und die Schultern durchdrückte, wirkte es auf sie, als ob ihr Kollege gerade Knox’ letzten Geduldsfaden durchschnitten hätte.

„Ähm.“ Vance wurde bleich. „Okay.“ Sein Blick schoss über Knox’ Schulter zu ihr. „Dann sehe ich dich vermutlich Montag?“

„Klar“, erwiderte sie.

Knox feuerte gleichzeitig ein „Zweifelhaft“ ab.

Oh Junge. Das klang nicht gut. Der Schock, der über Vances Gesicht huschte, bevor er das Kinn einzog und zurückwich, bestätigte das. „Alles klar. Okay, also … Gute Nacht.“

Und dann war er weg und ließ sie in dem stillen Zimmer mit einem ungehinderten Blick auf Knox’ angespannten Rücken allein.

Mehrere Sekunden vergingen, ohne dass er sich bewegte. Er stand einfach da und starrte in den dunklen Flur, als ob er Vance’ Bewegungen verfolgte, obwohl der schon lange außer Sichtweite war.

Die Stahltür zum Eingang öffnete sich krachend und wurde dann genauso laut wieder geschlossen.

Knox ballte die Hände und senkte den Kopf.

Wappnete sich.

Nein. Nicht das. Bitte, lieber Gott, nicht das. Noch nicht.

Egal, wie klar ihr auch war, dass die körperliche Beziehung zwischen ihnen beendet werden musste, sie war dafür nicht bereit. Sie holte langsam Luft und suchte nach einer Möglichkeit, ihn abzulenken. Oder noch besser: sich vollkommen diesem Augenblick zu entziehen. Sie räusperte sich und sammelte ihre Sachen zusammen. „Ich sollte vermutlich auch nach Hause gehen."

„Nein."

Sie erstarrte, die Finger um das Notizbuch gelegt, das sie sich hastig vom Tisch geschnappt hatte, um es in ihren Rucksack zu schieben. Er hatte ein Wort gesagt. Ein einfaches Wort, aber es klang, als ob es den Lippen eines Mannes entkommen war, der lange Zeit in einem Kerker festgesessen hatte.

Langsam drehte er sich um und hob den Kopf.

Schmerz und Angst waren auf seinem Gesicht zu lesen, so intensiv und brutal in ihrer Stärke, dass ihr Herz unter diesem Gewicht zu stottern begann. Aber da war auch noch etwas anderes. Etwas, das sie drängte, alle Vorsicht in den Wind zu schießen und ihn eng an sich zu drücken. „Was meinst du mit Nein?"

Er kam näher. Im Gegensatz zu dem selbstsicheren Gang, an den sie sich gewöhnt hatte, war jede Bewegung behutsam. Wie ein gefährliches Tier, das seine eigene Stärke und Fähigkeiten kannte, aber es nicht wagte, seinen Gegner zu unterschätzen. „Ich meine damit, dass ich nicht will, dass du nach Hause gehst."

„Soll ich mich dann hier um etwas kümmern?"

Er schüttelte den Kopf und hielt so dicht vor ihr inne, dass sein Bein ihr Knie streifte. Da sie saß, ragte er über ihr hinauf. „Nein."

Sie legte ihr Tablet zur Seite, faltete die Hände im Schoß und zwang sie, locker zu bleiben, egal wie sehr sie sie fest zusammenpressen wollte. „Das verstehe ich nicht."

Sein Blick fiel auf ihre Finger, und er schluckte so schwer, dass sein Adamsapfel hüpfte. „Ich glaube, ich auch nicht, aber ich bin es leid, dagegen anzukämpfen." Er besah sich ihren Tisch, dann ihren Computer. Bevor sie wusste, was er vorhatte, drückte er auf den An-/Aus-Schalter und hielt ihn fest, womit er das Gerät dazu zwang, herunterzufahren.

Sie schoss hoch und schlug seine Hand auf die Seite, als ob die verzögerte Bewegung irgendwie die Arbeit retten könnte, die er gerade zunichtegemacht hatte. „Knox, das hatte ich nicht gespeichert."

Blitzschnell schlang er die Finger um ihr Handgelenk. „Die Arbeit ist nicht wichtig." Er kam näher. „Es gibt sowieso nichts, das ich nicht für dich in Ordnung bringen kann." Er benutzte seinen Griff, um sie herumzudrehen. Die Bewegung war sanft, trotz der Kraft in seinen Händen. Sein Blick war wie hypnotisiert auf den Punkt gerichtet, wo sie Kontakt hatten. Erst als ihr Körper direkt vor seinem war, hob er den Kopf und sah ihr in die Augen. „Ich will nicht, dass du zu dir nach Hause gehst. Ich will, dass du zu mir kommst."

Nach Hause.

Ein Teil von ihr wollte angesichts der Bitte fauchen und schimpfen. Das Kinn heben und ihm sagen, dass sie mit all seinen Regeln und seinem sorgfältig beibehaltenen Abstand fertig war. Aber ein anderer, instinktiverer Teil wurde still und horchte auf die Worte, die immer noch durch ihre Gedanken vibrierten. Das bedeutete ihm etwas. Unglaublich viel, falls sie nach der Vorsicht ging, die jede seiner Handlungen begleitete.

Vielleicht war es Zeit für die Wahrheit. Selbst wenn sie

sich nicht die Zeit genommen hatte, sich darauf vorzubereiten und eine Verbindung zu betrauern, die unvollständig gewesen war. Sie bedeckte die Hand, die er immer noch um ihr Handgelenk geschlossen hatte, mit ihrer, weil sie den Kontakt brauchte, obwohl sie damit vermutlich eine Grenze überschritt, hinter der er sie nicht haben wollte. „Ich bin mir nicht sicher, ob ich das weiterhin kann. Zumindest nicht, ohne dass ich irgendwohin gehe, wo du mich nicht haben willst."

Sein Griff lockerte sich genug, um ihren Arm und ihre Schulter hinauf zu streichen, bis er ihren Nacken umfasste. Sein Blick brannte sich in ihren. Nackte Angst und Verwundbarkeit spiegelten sich darin wider. „Was, wenn ich sagen würde, dass ich dich dort will?"

Die Worte waren so sanft, so sorgfältig gewählt und abgehackt, dass sie zuerst nicht wusste, ob sie sie richtig verstanden hatte. Sie legte ihre zitternden Hände auf seine Brust, in der sein Herz raste. Sie streichelte ihn leicht, weil das Bedürfnis, das zu lindern, was auch immer diese Wildheit ausgelöst hatte, so tief in ihr verankert war wie das Bedürfnis, ihren nächsten Atemzug zu machen. „Warum sagst du so etwas? Ich dachte, du hättest festgestellt, dass …"

„Ich weiß, was ich gesagt habe." Er drängte sie näher und legte die Hände an ihr Gesicht. Seine Lippen waren so nah, dass sich ihre teilten, und seine Wärme bedeckte sie von den Brüsten bis zu den Schenkeln. „Ich habe keine Ahnung, was ich tue. Ich weiß nur, dass das, was vorher geklappt hat, jetzt nicht mehr klappt, und dass ich dich *bei* mir haben will."

Die Betonung, die er gewählt hatte, riss ihrer Entschlossenheit den Boden unter den Füßen weg und entfachte die kaum unterdrückte Leidenschaft, die sie zu ignorieren versucht hatte. „Wovon sprichst du?"

Sein Mund spannte sich an und der Rhythmus seiner Atemzüge beschleunigte sich. „Ich will Bindungen.

Seile. Ketten. Was immer es braucht, um dich an mich zu binden. Und ich will dich in meinem Bett. Meinem. Nicht deinem."

Ihr Magen fuhr Achterbahn und baute ein paar köstliche Loopings ein. Ihre Haut kribbelte wegen des Adrenalinrauschs. Er wollte sie. Nicht auf Abstand. Nicht auf rein körperlicher Ebene, sondern an sich *gebunden*. Allein seine Worte in ihrem Kopf zu wiederholen, ließ ihre Wangen heiß werden und ihr Herz rasen.

Es war immer noch ein Risiko. Aber er hatte selbst zugegeben, dass er nicht wusste, was er tat, und wenige bis gar keine Erfahrungen mit Beziehungen gemacht. Die Erste zu sein, mit der er es seit Gott weiß wie vielen Jahren versuchte, war gefährlich. Ein Schritt, der sie gebeutelt und geschlagen zurücklassen könnte, sobald alles vorbei war.

Lebe für uns beide.

Das hier war Leben. Dicht bei Knox zu sein, seine Stärke und Gefühle an ihrer Haut, das war der größte Nervenkitzel, den sie jemals erlebt hatte. Und wenn sie auf der anderen Seite gebrochen herauskäme, dann sollte es so sein. Sie würde ihre Wunden verbinden, sich der nächsten Herausforderung des Lebens auf die gleiche Weise stellen wie jeder anderen, und dafür sorgen, dass es alle Opfer, mit denen sie gesegnet worden war, wert gewesen war.

Sie strich über seinen Kiefer, und die leichten Bartstoppeln kitzelten ihre Fingerspitzen und ließen ein Beben ihre Arme hinaufkrabbeln. Sie hob sich auf die Zehen, drückte ihre Lippen sanft an seine und flüsterte: „Dann bring mich nach Hause."

Kapitel 22

Knox drückte die Finger fester auf Daryas Kopf, um eine körperliche Bestätigung zu erhalten, dass sie wirklich hier war. Dass ihre Lippen wirklich an seinen lagen und sein Hirn nicht einfach irgendwie ihre Antwort zusammenfantasiert hatte.

Ihre Zunge leckte über seine Unterlippe, eine vorsichtige Berührung, die innerhalb einer Sekunde vorbei war, aber genauso machtvoll war wie die Worte, die noch in seinen Ohren widerhallten.

Dann bring mich nach Hause.

Er antwortete, indem er sich ihren Mund so nahm, wie er es sich immer ersehnt hatte. Er genoss sie gemächlich, ohne einen Gedanken an mehr zu verschwenden als an ihren Geschmack und daran, all die Gefühle mit ihr zu teilen, die er vergraben gehabt hatte.

Das war es, was er vermisst hatte. Was er seit über zehn Jahren bei nahezu jeder Frau vermieden und sich bei Darya nur in den verwundbarsten Augenblicken erlaubt hatte. Einen einfachen, nicht länger gezügelten Kuss. Er war so viel unschuldiger als die anderen Dinge, die sie gemeinsam getan hatten, aber gleichzeitig auch die grundlegendste Intimität.

Er legte einen Arm um ihre Taille und die andere Hand an ihren Hinterkopf.

Ihr seidiges Haar glitt über seine Fingerknöchel und hinab über seinen Unterarm, und ihr keuchender Atem wehte an seine Lippen zwischen den Augenblicken, in denen er ihr seine aufdrückte. Er hatte gemeint, was er gesagt hatte: Er hatte keinen Schimmer, was er tat, hatte sich nie etwas so Furchterregendem gestellt, wie sich ihr heute Abend zu öffnen.

Aber hier, mit ihr in seinen Armen und dem Rest der Welt weit entfernt, war es das Risiko wert.

Er knabberte an ihrer Unterlippe und verweilte lang

genug, um das hungrige Keuchen, das ihm diese Handlung einbrachte, mit einem letzten Streichen seines Mundes über ihren einzufangen, dann legte er seine Stirn an ihre. Seine Arme zitterten. Herrgott noch mal, sein ganzer Körper bebte, und er war so übervoll an Adrenalin und Endorphinen, dass er Glück haben würde, wenn er einen Monat lang überhaupt schlafen könnte. „Ich war ein Arschloch."

Es war einfacher, das zuzugeben, als er erwartet hatte. Im Grunde eine Erleichterung, denn damit wurde das Gewicht, das er auf seinen Schultern herumschleppte, um ein paar Ziegelsteine weniger, sodass frische Luft an muffige Stellen kam, von denen er vergessen hatte, dass sie in ihm existierten.

Sie zog sich weit genug zurück, um ihn ansehen zu können. „Ich fand dich ziemlich niedlich."

Natürlich. In den drei Wochen, seit sie das erste Mal in sein Büro gekommen war, hatte sie mit allen, mit denen sie gearbeitet hatte, eine positive Beziehung aufgebaut, indem sie sich auf das Gute in jedem einzelnen konzentrierte. Er andererseits sah sofort die Defizite im Charakter aller Menschen und katalogisierte sie danach, inwiefern sie für ihn zum Problem werden oder den Geschäftsplänen von ihm oder seinen Brüdern in die Quere kommen konnten. Bei Darya hatte er innerhalb von zwei Sekunden gewusst, wie tief sie ihn stürzen lassen konnte. Alles, was er gewonnen hatte, weil er sie sich vom Leib gehalten hatte, war verlorene Zeit und der Aufbau von Vertrauensproblemen, die er nun würde überwinden müssen. „Ich weiß nicht recht, ob es den Rest meiner idiotischen Sperenzchen wettmacht, dass ich mich kurz vor knapp aufgerappelt habe." Er strich ihr Haar zurück und umfasste ihr Gesicht, genoss ihre Nähe. „Ich werde es wiedergutmachen."

Ihre Lippen verzogen sich und ein spielerisches Funkeln tanzte in ihren wunderschönen Augen. „Bedeutet das, dass ich ab jetzt die Arbeit einer einzigen Angestellten machen muss statt der von zwei?"

Und da war sie. Die fröhliche und zu Scherzen aufgelegte Frau, die er durch die Kameras gesehen hatte, wenn sie mit anderen zu tun hatte. Aber diesmal war er derjenige, der in diesen Genuss kam. Derjenige, der sich ihr Lächeln verdient hatte und die Stimme dieses süßen Engels genießen konnte.

Endlich.

Er war versucht, die Wahrheit zu sagen und es zu bejahen, aber stattdessen feixte er und sagte: „Nein. Wenn überhaupt, musst du dich noch mehr zusammenreißen und die Arbeit von dreien machen."

Sie riss die Augen auf und ihr Mund öffnete und schloss sich mindestens zweimal, bevor er leise lachte und sie an sich zog.

„Entspann dich." Er küsste ihren Scheitel und füllte seine Lungen mit ihrem perfekten Geruch. „Ich kenne einen Kerl, der dir bei allem helfen kann, was dir dein Arschloch von einem Boss auferlegt."

Sie schlang die Arme enger um seine Taille und kicherte. Ihr Gelächter war das hellste und unglaublichste, das er seit Jahrzehnten gehört hatte. „Ist dieser Typ zufällig etwas über beeindruckende ein Meter achtzig groß und hat dunkelblondes Haar?"

„Wenn du mit beeindruckend das Ausmaß seiner schmutzigen Gedanken meinst, die er alle paar Sekunden hat, dann ja." Wie auf Kommando wies ihn sein Verstand darauf hin, dass die Frau, von der er einen Großteil der vergangenen drei Wochen geträumt hatte und besessen war, nicht nur an ihn geschmiegt war, sondern dass sie ihm bereitwillig eine Chance gab, obwohl er ein so beschissenes Verhalten an den Tag gelegt hatte. Sein leichtes Lachen verklang, und die Bedeutung dessen, worum er sie gebeten hatte, wurde ihm vollkommen bewusst.

Er umfasste ihren Nacken und neigte sich so weit zurück, dass er ihren Blick erwidern konnte. „Komm mit mir nach Hause." Ihr konnte nicht klar sein, was für eine große Sache das für ihn war. Noch nicht. Aber es war ein Anfang. Ein ziemlich eindrucksvoller.

Sie nickte und löste zögerlich die Arme von ihm, als ob sie ihn lieber nicht gehen lassen würde. „Lass mich schnell meine Sachen zusammensuchen."

Es war seltsam, wie leicht sich alles änderte. Wie sie sich abgestimmt bewegten, ohne auch nur ein Wort zu wechseln. Er nahm ihr die Laptoptasche aus der Hand. Sie trat dicht an seine Seite, damit er die Hand auf ihren Rücken legen konnte. Selbst als er durch den Flur ging, jeden Raum überprüfte und die Lichter ausschaltete, glitt sie neben ihm her, als ob sie diese Routine bereits an zahllosen Abenden erledigt hätten.

Die ganze Zeit hatte er das hier verpasst. Wenn er den Schmerz und das Zögern in ihrem Blick richtig interpretiert hatte, hätte er fast seine Chance verspielt, bevor er sich zusammengerissen und der Konkurrenz gestellt hatte.

Die Fahrt zu seinem Zuhause verlief überwiegend schweigend und wurde nur von Vorlieben und Abneigungen bezüglich Musik unterbrochen, sobald er sie dazu ermuntert hatte, mit dem Radio herumzuspielen. Mehr noch als von den Genres, die seine voreingestellte Auswahl ermöglichte – mit der sie voll und ganz einverstanden war –, war sie von der Anzahl von Sendern beeindruckt, die sich ihm durch den Satellitenempfang boten.

Er war gerade von der I-35 heruntergefahren, als sie es endlich zum letzten der einprogrammierten Sender geschafft hatte. „Du fährst allen Ernstes ein aktuelles Challenger-Modell und benutzt nicht lieber Satelliten- statt Lokalsender?", fragte er.

Sie wechselte zum ersten Block von sechs, um sich

noch einmal durch die Angebote zu arbeiten, und lächelte, als der Refrain von Death Cab for Cuties *Black Sun* im Wageninneren ertönte. „Nicht alle von uns sind unglaublich erfolgreiche App-Entwickler mit einer mysteriösen Hacker-Vergangenheit. Ich muss auf mein Geld achten und sparen.“

Okay, Punkt für sie. Obwohl sein Einkommen dank seinen Brüdern und ihren verschiedenartigen Investments nicht nur auf das beschränkt war, was er mit Lystilizer oder seinen anderen Programmen verdiente. „Das wird schon werden“, sagte er und überließ sie ihrer weiteren Entdeckungsreise. Und das war auch kein leeres Versprechen. So hart, wie sie in den letzten drei Wochen gearbeitet hatte, besaß sie auf jeden Fall den Willen, um erfolgreich zu sein. Außerdem hatte sie sich gerade einen knallharten Geldgeber gesichert, ob es ihr nun klar war oder nicht.

Er fuhr in die Tiefgarage von seinem und Becketts Anwesen. Zehn bis fünfzehn Jahre zuvor waren die heruntergekommenen Warenlager südwestlich des Stadtzentrums von Dallas eine fragwürdige Investition gewesen, aber jetzt befanden sie sich in einem Aufwärtstrend. Die Tatsache, dass er klug genug gewesen war, Beckett zu überreden, eines der alten Warenhäuser zu kaufen, hatte dazu geführt, dass sie den Wert ihrer Geldanlage in den fünf Jahren, seit sie die Immobilie renoviert hatten, verdreifacht hatten.

Darya richtete sich in ihrem Sitz auf und betrachtete das Parkhaus. „Hier lebst du?“

Er nickte und fuhr in Richtung der zehn reservierten Plätze, die sie für sich behalten hatten. „Beck und ich besitzen das Gebäude. Der oberste Stock gehört uns, aber wir haben die anderen vier so renoviert, dass daraus Lofts mit zwei Schlafzimmern geworden sind.“ Glücklicherweise fügte die Miete, die ihnen eine Reihe Neureicher und erfolgreicher Künstler zahlten, ihrem ohnehin wachsenden Einkommen einen weiteren Geldstrom hinzu.

Apropos … direkt unter ihrem Stockwerk befand sich ein freies Apartment. Dort könnte er sie einziehen lassen, es als Bonus für die Arbeit verkaufen und ihr dadurch auch viel mehr Sicherheit verschaffen. Oder er könnte sie einfach in seinem Bett behalten. Da wäre sie sogar noch sicherer.

Das riss ihn genauso effektiv aus seinen Gedanken wie der Anblick von Dannys tiefroter ’69er-Chevelle neben Becketts Corvette.

Fuck.

Er parkte auf seinem Platz und betätigte die Handbremse. So viel dazu, dass er sich etwas Neuem und Furchteinflößendem nähern konnte, ohne dass ihm jemand dabei zusah.

Daryas sanfte Stimme schnitt durch seine Gedanken, wie immer äußerst feinfühlig. „Ist alles okay?“

„Ja.“ Zumindest würde es das sein. Er hatte bereits zu viel verdammte Zeit damit verschwendet, dem auszuweichen, von dem seine Instinkte von Anfang an behauptet hatten, dass es richtig war. Er musste nur von jetzt an einen Fuß vor den anderen stellen und sehen, wohin es ihn führte. Oder besser gesagt, sie beide.

Außerdem wäre das nicht das erste Mal, dass Beckett ihn wegen irgendetwas aufzog, und es wäre nicht das letzte Mal. Er stellte den Motor ab und öffnete die Tür. „Warte kurz, ich mache dir auf.“

Wenn sie merkte, dass er angespannt war, als sie den Aufzug nach oben nahmen, zeigte sie es nicht. Allerdings waren die Sicherheitsvorkehrungen so engmaschig, dass es sie aufs Äußerste amüsierte. Jedes Stockwerk war mit Schlüsselkarten gesichert, aber für seines und Becketts benötigte man die gleichen Scanner, die auch im Büro angebracht waren. Mit einer Hand auf ihrem Rücken führte er sie durch das kleine private

Vorzimmer zur Eingangstür.

Er öffnete und das kräftige *Klack* des Schlosses hallte von den Ziegelsteinmauern des Lofts. Zum ersten Mal, seit Beckett und er mit den Renovierungen begonnen hatten, versuchte er, ihr Junggesellenheim so zu sehen, wie eine Frau wie Darya es tun würde. Der ursprüngliche Betonboden hätte für Beck und ihn gereicht, Sylvie und Ninette hatten jedoch einen Blick darauf geworfen und sämtliche Arten von Teppichen bestellt, um damit den offenen Raum zu verschönern. Stahlgrau, gedämpftes Blau und dunkle Schokolade, sie passten alle zusammen, aber jeder war aus einem unterschiedlichen Material und hatte ein anderes Muster. Zum Schluss wirkte das Ganze ziemlich cool.

Die moderne Metalltür schloss sich hinter ihnen und erregte die Aufmerksamkeit von Beckett und Danny, die in der offenen Küche am anderen Ende des Raums waren. Eine große Kücheninsel mit Betonoberfläche war das Einzige, das das kulinarische Wunder vom Rest der Wohnung trennte, und kam auch als Pokertisch zum Einsatz, wenn die übrigen Jungs vorbeikamen. Warum sie nicht stattdessen den riesigen Esszimmertisch benutzten, der an der Fensterfront stand, wusste er nicht. Als sie das Teil aus dunklem Holz damals gekauft hatten, hatte es ihn an etwas aus *Game of Thrones* erinnert, aber obwohl es total genial aussah, saß kaum jemand jemals daran.

Er hatte seine und Daryas Rucksäcke über eine Schulter gelegt, nahm ihren Arm und ging mit so viel Lockerheit, wie er aufbringen konnte, voran. Ja, der Griff, in dem er Darya hielt, ähnelte eher dem eines Neandertalers als dem eines rücksichtsvollen Mannes, aber entweder erdete er sich durch ihre Gegenwart oder er würde sie beide hier rausschaffen, bevor die Fragen begannen. „Ich dachte, ihr würdet mit den Jungs ins *Crossroads* gehen“, sagte er zu Beckett und Danny.

Aus der Ferne hatte er Becketts selbstgefällige Visage nicht richtig erkennen können oder Dannys Schock. Je näher er aber kam, desto klarer wurde alles. Was immer sie auch besprochen hatten, bevor Darya und er hereingekommen waren, war nun längst vergessen.

„Ich musste warten, bis Danny mit einem Job fertig war", sagte Beckett. „Ich dachte, wir trinken ein Bier und gehen dann gemeinsam rüber." Sein Blick glitt zu Darya und er hob eine Augenbraue. „Kommst du mit?"

Dank der langen Arbeitstage hatten sie sich darauf geeinigt, sich alle zu duzen.

„Wir bleiben hier", sagte Knox, bevor Darya antworten konnte. Sie mochte klug sein, aber Beckett war ein verdammt lästiger Bastard, wenn es darum ging, Details zu erfahren, die ihn interessierten, und sofern man die Neugier auf seinem Gesicht bedachte, interessierten sie ihn gerade sehr.

Beckett lächelte, als ob Knox sie darüber informiert hätte, dass er ganz allein die Sicherheitsvorkehrungen im Pentagon überwunden hätte. Er kippte den Rest seines Biers herunter, warf die Flasche in die hüfthohe Edelstahlmülltonne, die immer voll zu sein schien, und schlug Danny auf die Schulter. „Komm schon, Bruder. Wir müssen los."

Danny stotterte und sein Blick huschte zwischen Beck und Knox hin und her. „Mann, ich habe gerade erst mit dem Bier angefangen."

„Kipp es weg", sagte Beckett und ging um die Kücheninsel. Er hatte sich ein nettes Hemd angezogen, aber seine ausgeblichenen Jeans anbehalten, kombiniert mit schwarzen Stiefeln, auf die Trevor stolz wäre. „Bei mir sind gerade Schweine aus der Eingangstür geflogen. Ich kaufe dir zur Feier des Tages ein neues, wenn wir im Club sind."

Immer noch vollkommen ahnungslos kippte Danny den Rest seines Budweisers aus und warf die Flasche weg. „Was zum Teufel soll das denn bedeuten?"

Beckett sah zu Knox und dann auf Knox' Hand, die nach wie vor um Daryas Arm gelegt war. „Ich erkläre es dir auf dem Weg zum Club."

Natürlich würde er das. Und nicht nur Danny, sondern auch all den anderen Jungs. Aber die anderen kannten seine Vorgeschichte bereits. Die einzige Überraschung, die auf sie wartete, war die Neuigkeit, dass Knox mit einer Frau in seinem Zuhause aufgetaucht war.

Erst als Beckett näherkam und Darya versuchte zu mustern, wurde Knox klar, dass er sich vor ihr aufgebaut hatte.

Beckett hielt direkt vor ihnen und stemmte die Hände in die Hüften. „Lässt du sie hinter dir vor, damit ich Hallo sagen kann, oder wirst du dich den ganzen Abend wie ein verdammter Höhlenmensch verhalten?"

Höhlenmensch klang gut. Besonders, wenn es seinen Bruder davon abhielt, eine noch größere Sache aus allem zu machen als jetzt schon. Okay, zugegeben, es war eine *riesige* Sache, aber trotzdem.

Knox zuckte mit den Achseln und ging zur Seite.

In dem Moment, in dem Beckett freie Sicht auf Darya hatte, trat er vor, umschlang sie mit einer seiner Bärenumarmungen und küsste ihren Scheitel. „Willkommen in der Familie, Süße."

Daryas Blick schoss zu Knox. Ihre Augen waren aufgerissen und voller Fragen, von denen er keine Ahnung hatte, wie er sie beantworten sollte.

„Ich finde, du bist ein wenig vorschnell", brummte Knox.

„Wirklich? Ich habe schon einen Tausender hierauf verwettet und wünschte mir nur, ich hätte auf doppelt oder nichts gesetzt, als ich die Gelegenheit dazu hatte." Er hob das Kinn zum Abschied und ging zur Eingangstür, Danny dicht auf seinen Fersen. „Bedeutet das,

dass ich das Familientreffen einberufen muss?", rief er, ohne zurückzublicken.
„Lass das, Beck."
Das brachte ihm ein rasches Grinsen über die Schulter ein. „Wo wäre da der Witz?" Er neigte den Kopf in Daryas Richtung und öffnete die Tür. „Habt Spaß."
Die Tür schloss sich hinter ihnen.
Darya richtete den Riemen ihrer Handtasche auf ihrer Schulter, eine dieser unsicheren „Ich habe keine Idee, was ich mit meinen Händen anstellen soll"-Bewegungen, die Frauen immer machten, wenn sie keine Ahnung hatten, wie sie weiter vorgehen sollten. „Okay, das war interessant."
„Das war Beckett, wie er mir richtig auf die Nerven geht." Das Gewicht ihrer beider Rucksäcke auf seiner Schulter machte sich endlich ein wenig in seinem Hirn bemerkbar, und er deutete mit einem Ruck seines Kopfs auf seine Seite des Lofts. „Ich lade mal unsere Sachen ab und mache eine Führung mit dir. Ich weiß noch nicht, was ich zu essen hier habe, aber wir können was beim Lieferservice bestellen, wenn du willst."
Sie nickte und trat neben ihn. Ihre Absätze sanft auf dem Beton zwischen den Teppichen klackern zu hören, war seltsamerweise sehr befriedigend. Als ob sich ein wenig des unkultivierten Junggesellennebels allein durch ihre Gegenwart heben würde. „Was hat Beckett gemeint?"
Dieser verdammte Beckett. Eines Tages würde er einen Weg finden müssen, das Schandmaul dieses Kerls auf stumm zu stellen. Er öffnete die Tür zu seiner Suite und wich der Frage bestmöglich aus. „Mit welchem Teil genau?"
„Er sagte, dass Schweine aus eurer Eingangstür geflogen wären. Habe ich etwas missverstanden?"
Er lachte lauter als seit Tagen und ging nach rechts zu dem doppelseitigen Bücherregal, das als Trennwand

zwischen seinem Büro und Schlafzimmer diente. Durch die Fensterfront ihnen gegenüber konnten sie sehen, dass die Sonne gerade hinter dem Horizont verschwunden war und nur noch ein feuriges Orange von ihr übrig war.

Er stellte beide Rucksäcke hinter seinen Tisch. „Himmel, dein Englisch ist so gut, dass ich manchmal vergesse, dass es deine zweite Sprache ist."

Sie machte einen Kreis und besah sich den offenen Raum. Verglichen mit dem zeitgenössischen Stil ihres Büros war das traditionelle Flair vielleicht ein Schock, aber er hatte sich immer versprochen, dass er, falls er jemals etwas Eigenes besäße, es wie ein schicker englischer Lord ausstatten würde. Und siehe da, er hatte es geschafft. Sie beendete ihre eingehende Untersuchung und hob die Augenbrauen, um ihn schweigend dazu aufzufordern, weiterzusprechen.

„Es ist eine Hyperbel", sagte er, dann wurde ihm klar, dass das vermutlich nicht viel hilfreicher war. „Eine Übertreibung dafür, dass ein Wunder passiert ist. Ähnlich dem Ausdruck ‚Wenn die Hölle gefriert'."

„Ein Wunder?" Sie ging zu seinem Bücherregal. Die Wackelkopffiguren, die er seit Langem sammelte, waren im kompletten mittleren Regal aufgereiht, bis auf zwei Böden mit Bildern, die er von sich und seinen Brüdern aufbewahrt hatte. Seiner Familie.

Sie stupste seine Milton-Wackelfigur aus *Alles Routine* an und merkte dann scheinbar, dass er nicht geantwortet hatte. „Knox?"

Ach, was zum Teufel. Beckett würde die Neuigkeit sowie innerhalb der nächsten dreißig Minuten verbreiten, was bedeutete, dass er zwei bis drei Tage Schonfrist hatte, bevor die Mütter sich auf ihn stürzen würden. „Ich habe jemanden mit nach Hause gebracht."

Ihr Lächeln verrutschte und eine Mischung aus Verwirrung und Sorge zeigte sich auf ihrem Gesicht. „Das hast du noch nie getan?“

Er schüttelte den Kopf oder versuchte es zumindest. Da die Muskeln in seinem Hals und seinen Schultern so angespannt waren, wusste er nicht, wie gut er die Bewegung vermitteln konnte. Seiner Stimme ging es nicht besser. „Ich hatte vor der Highschool nie einen Ort, an den ich jemanden mitnehmen konnte. Meine Pflegefamilien waren entweder zu überfüllt oder erlaubten nicht, dass ich Freunde mitbringen durfte.“

„Aber danach … als du was Eigenes hattest.“

Langsam und ungemütlich kroch Panik in ihm hoch und warf einen unwillkommenen Schatten, dem er nicht gestatten wollte, den heutigen Abend zu verdunkeln. „Niemals.“ Er schnappte sich seinen Rucksack vom Boden, öffnete das Hauptfach und entnahm ihm seinen Laptop.

Sie trat neben ihn und legte eine Hand auf seinen Unterarm, als er sich in seinen großen Lehnsessel setzte und seinen Computer in der Mitte seines Tisches ausrichtete. „Warum?“

Er zuckte mit den Achseln und fing ihre Hand in seiner ein. Er strich mit dem Daumen über ihre Knöchel und erlaubte sich, sich zu erinnern. „Ich vermute, es war eine zusätzliche Möglichkeit, Frauen auf Distanz zu halten. Sobald man genug Enttäuschungen erlebt hat, findet man auf dem weiteren Weg heraus, wie man den Schaden verringern kann.“

Sie rutschte näher, bis ihre Knie seine streiften, und fuhr sanft durch seine Haare. Es war eine so großzügige Berührung, trotz der Einfachheit voller Herzlichkeit und so machtvoll, dass sie ihn vollkommen erfasste. „War das die Lehrerin, die dich enttäuscht hat? Die, die du am ersten Morgen erwähnt hast, nachdem wir …“

Sie senkte den Blick und biss sich auf die Lippe. Die Ruhe und Gelassenheit, die sie gezeigt hatte, seit Beckett und Danny gegangen waren, verschwanden hinter

Unsicherheit.

Oh nein. Das würde er nicht zulassen. Sein Schmerz war das eine, aber sie würde das nicht durchleiden. Nicht durch ihn und verdammt sicher nicht heute Abend. Er zog so an ihrer Hand, dass sie das Gleichgewicht verlor, und führte sie nach vorn, sodass sie stolpernd auf seinem Schoß landete. „Meinst du damit den Morgen, nachdem wir etwas begonnen haben, das ich nicht eine Sekunde lang bereue?“

Ihr Lächeln war strahlend. Der Stoff, aus dem Frühlingsmorgen sind, ohne dass eine einzige Wolke ihre Schönheit verbirgt. Das pumpte sein Ego auf, bis es mit dem Empire State Building hätte mithalten können. „Keine Sekunde lang?“

Er fuhr ihren Kiefer entlang und bestaunte den Augenblick. Niemals in einer Million Jahre hätte er geglaubt, dass er den Mut finden würde, dieses Risiko einzugehen, aber jetzt war er hier und er würde nicht zurückweichen. Für nichts auf dieser Welt. „Keine.“

Sie sah ihn an und ihre Finger strichen vorsichtig über sein Brustbein. „Denkst du … Könntest du mir von ihr erzählen?“

Das war eine nachvollziehbare Bitte. Eine, die er nachahmen würde, sobald die Zeit reif dafür war. Egal, was in ihrer Vergangenheit geschehen war, er würde sicherstellen, dass es niemals wiederkäme, um ihr um die Ohren zu fliegen. Aber wenn er erwartete, dass sie ihm ihre Geheimnisse anvertraute, würde er seine eigenen bei den Eiern packen und ihr zeigen müssen, dass er es wert war, sie zu erfahren.

Er schluckte den Kloß in seinem Hals hinunter. „Ich war groß für mein Alter. Verdammt von mir überzeugt und ständig auf der Suche nach Ärger.“ Er lachte leise, weil er sich an einige Dinge aus diesen Tagen erinnerte. „Ich habe dir ja gesagt, dass Beckett und ich nicht besonders überwacht wurden, daher mussten wir wirklich nicht sehr intensiv suchen."

„Ich habe ein Foto von dir entdeckt." Sie kicherte, als sie es sagte, doch dahinter steckte auch die Heiserkeit eines Geständnisses.

„Du hast ein Polizeifoto gefunden. Das ist kaum das beste von mir."

„Aber du hast gut ausgesehen." Sie schmiegte sich etwas dichter an seine Brust. „Ich schätze, der Ärger ist dir regelrecht in den Schoß gefallen."

Sie war damit nicht weit von der Wahrheit entfernt. Beck war genauso eifrig wie er darin gewesen, die körperlichen Wunder zu erforschen, die die Mädchen an der Schule ihnen bieten konnten, aber Knox hatte mit derselben Hartnäckigkeit, die ihn nach Methoden suchen ließ, Firewalls zu durchdringen, nach Möglichkeiten geforscht, sie zum Höhepunkt zu bringen. „Ich hatte einen gewissen Ruf, ja."

Darya wartete und beobachtete ihn geduldig, während er versuchte, einen Weg zu finden, wie er sich dem ungemütlichen Thema nähern konnte. Als ob sie merkte, dass er etwas am Schwimmen war, sagte sie: „Wie hieß sie?"

„Tami Henderson." Es war seltsam, ihren Namen nach all diesen Jahren laut auszusprechen. Seltsam, aber nicht so traumatisch, wie er gedacht hatte. „Sie war meine Geschichtslehrerin in der sechsten Stunde. Alle Kinder liebten sie, weil sie nicht der Typ war, der einen Stock im Arsch hatte, und weil sie das, was sie beruflich tat, liebte."

„Hast du sie attraktiv gefunden?"

Er grinste. „Hm, ja. Wie jeder andere Kerl an der Schule. Sie war Mitte dreißig, hatte aber einen heißen Körper und scheute sich nicht, ihn auch zu zeigen."

„Also hast du sie angesprochen?"

Kälte kroch durch seine Adern, begann in seinen Zehen und Fingerspitzen und wanderte dann zu seinem

Torso. Er umschlang Darya enger, um es aufzuhalten. „Nein. Ich war verdammt mutig, aber nicht *so* mutig." Er sah sie fest an und riss das Pflaster ab. „Nach den Weihnachtsferien bat sie mich eines Tages, nach dem Unterricht noch zu bleiben. Da begann es, einfach so."

Ihr Blick wurde sanfter und sie legte die Hand an seine Wange. „Sie hat dir etwas bedeutet."

Er zögerte einen Augenblick lang und versuchte, die richtigen Worte zu finden, um es ihr zu erklären. „Als ich aufwuchs, hatte ich niemanden. Bis ich Beckett getroffen habe. Und ja, ich liebe ihn, wie ich einen blutsverwandten Bruder lieben würde, aber ein Mann kann einem nur bis zu einem bestimmten Punkt etwas geben." Er zog ihr die Bluse aus dem sittsamen Rock und legte seine Hand auf ihre warme Haut, brauchte den Kontakt, um sich zu erden. „Ich hatte nie eine Mutter. Habe nie diese Zuneigung gespürt. Tami hat mir das gegeben. Ich dachte, es würde ihr auch etwas bedeuten. Hatte schon alles geplant. Mit Happy End und so. Ich stand vollkommen unter ihrem Pantoffel."

„Aber sie hat nicht dasselbe für dich gefühlt?"

Er schnaubte. „Falls doch, hat sie mich verdammt schnell abgewimmelt. Wir hatten es das gesamte zweite Halbjahr geheim halten können, dann bekam einer der anderen Wind von der Sache und petzte beim Rektor. Es war nur noch eine Woche bis zu meinem Abschluss. Eine Woche, nach der wir reinen Tisch machen könnten und diese großartige Beziehung zwischen uns nicht länger geheim halten müssten. Dachte ich zumindest."

„Was ist passiert?"

Knox holte tief Luft, um sich zu wappnen, und erwiderte direkt ihren Blick. „Als der Rektor uns deswegen zur Rede stellte, sagte sie, ich hätte sie zu der Affäre genötigt. Dass ich sie bedroht hätte, wenn sie nicht gehorchte. Es war nicht gerade eine Vergewaltigungsanschuldigung, aber nah genug daran, dass es für ein oder zwei Tage eng für mich wurde. Sogar die Polizei wurde eingeschaltet, um die Wahrheit herauszufinden." Er schürzte die Lippen. Die Erinnerung war jetzt genauso bitter wie vor all diesen Jahren. „Am Ende hat sie großzügig zugestimmt, keine Anklage zu erheben. Das war wirklich unglaublich nett von ihr, oder?"

„Sie hat dich verraten."

Das stimmte. Und er hatte an dem Tag, an dem er aus dieser Schule gegangen war, geschworen, dass er niemals jemand anderen nah an sich heranlassen würde – ein Eid, den Axel, Jace und die anderen fast mit einem Rammbock hatten bearbeiten müssen, um ihn zu brechen.

Seltsam. Jetzt, da er es laut ausgesprochen hatte, wirkten die Gründe für seine Handlungen irgendwie lächerlich. Es war, als ob diese Unterhaltung mit Darya einen riesigen Scheinwerfer auf seinen im Schatten liegenden Schrank gerichtet hätte und er nichts darin vorgefunden hätte als Leere und Spinnweben, obwohl er bisher geglaubt hatte, dass Dutzende von Skeletten dort wären. „Ich schätze, fairerweise sollte ich sagen, dass nicht nur sie diejenige war, die mich in die Scheiße geritten hat. Ich war reif für eine Enttäuschung. Ich habe dir ja gesagt, dass die einzigen Häuser, die ich von innen gekannt habe, die von Pflegefamilien waren, aber jedes Mal habe ich gehofft, eine Heimat zu finden. Eine Familie. Als Tami mir alle Zuneigung gab, die ich jemals gewollt hatte, und von etwas Längerfristigem sprach, habe ich es gefressen." Er kratzte sich am Kinn und stieß ein ironisches Glucksen aus. „Ich bin mir ziemlich sicher, dass es zu irgendeinem Psychoanalysegeschwätz führen würde, mit dem ein Seelenklempner super viel Spaß hätte. Dass ich das Bedürfnis nach einer Mutter mit Intimität verwechselt hätte und all diesen Scheiß."

„Unsere Vergangenheit macht uns zu dem, was wir

sind. Deine hat dafür gesorgt, dass du die Familie, die du später hattest, zu schätzen wusstest, und stark genug wurdest, um mehr zu erreichen, als die meisten Leute sich erträumen." Ihre Worte klangen sanft, waren aber voll Emotionen und dem Beschützerinstinkt einer Alpha-Wölfin. Sie fuhr locker mit den Fingern durch eine Seite seines Haares. „Danke, dass du deine Geschichte mit mir geteilt hast."

Er fing ihre Hand in seiner ein und verwob ihre Finger miteinander. „Du weißt schon, dass ich dich das Gleiche fragen werde?"

Angst funkelte in ihrem Blick auf und ihr Körper spannte sich an.

„Entspann dich." Er zog ihren Kopf an seine Brust und strich mit der Hand über ihren Rücken. „Es muss nicht heute sein. Nicht morgen oder nächste Woche, aber irgendwann." Er hielt lang genug inne, damit sie sich konzentrieren und wirklich hören konnte, was er als Nächstes sagen musste. „Ich will mir dein Vertrauen verdienen. Dass du herausfindest, dass ich dich nicht verurteilen werde, egal wie deine Geschichte ist, und dass du mir erlaubst, dich in Sicherheit zu wissen."

Sie nickte, sah aber nicht auf.

Vielleicht hätte er das nicht anschneiden sollen. Gott wusste, dass er nicht gerade begeistert gewesen war, ihr Details zu erzählen. Was er tun konnte, war, die Unterhaltung auf eine lockere Ebene zu bringen und sich wie ein normaler Typ zu verhalten, der keinen verfluchten Haufen Komplexe mit sich herumschleppte. „Okay, also, diese ganze Beziehungssache ist neu für mich. Hast du eine Idee, was wir als Nächstes tun?"

Ihr Kichern war das hübscheste Geräusch, das er seit Jahren gehört hatte; nur übertroffen von dem Klang seines Namens auf ihren Lippen, während sie mit seinem Schwanz in sich gekommen war. Sie hob den Kopf und biss sich auf die Lippe. „Du könntest mir was zu essen geben."

Die Versuchung, daraufhin einen kecken Kommentar folgen zu lassen, dass sie danach ja vögeln könnten, tanzte auf seiner Zunge, doch das wäre seine übliche Vorgehensweise. Nach all den Hürden, die er zwischen ihnen aufgebaut hatte, verdiente sie etwas Besseres. „Wäre Pizza okay? Momma McKee versorgt uns normalerweise mit genügend Resten, aber so, wie Beckett sich übers Essen hermacht, vermute ich, dass nichts mehr übrig ist."

„Eine Chicken Supreme mit Jalapeños?"

„Süße, du könntest Sardellen verlangen und ich würde Ja sagen. Und wüsstest du, wie ich zu Sardellen stehe, wüsstest du auch, dass das bedeutet, dass ich für dich durch die Hölle gehen würde." Er zog sein Handy aus der Hosentasche und suchte nach der Pizzeria um die Ecke, die er unter seinen Favoriten abgespeichert hatte. „Was sollen wir noch tun?"

Sie neigte den Kopf. „Ich habe nach wie vor nicht *Die unglaubliche Reise in einem verrückten Flugzeug* gesehen."

„Ich glaube, das bekomme ich hin." Er wählte die Nummer und klemmte sich das Handy zwischen Schulter und Ohr. „Unter einer Bedingung."

„Die da wäre?"

„Wir essen und sehen uns den Film genau so an."

Sie hob eine Augenbraue. „An deinem Schreibtisch?"

„Nein. Ausgestreckt auf der Couch vorne, aber mit dir in meiner Nähe."

Eine Frau nahm ab und ratterte den Namen des Restaurants herunter. Der Lärm im Hintergrund kündigte ihm jetzt schon an, dass sie mindestens eine Stunde würden warten müssen.

„Kein Abstand", flüsterte sie.

Darüber musste er lächeln. Seine Frau fasste die Dinge präziser zusammen als jeder andere. Er hielt den unteren Teil des Handys vom Mund weg und murmelte an ihren Lippen: „Kein Abstand. Diese Tage sind vorüber.“

Eine tiefe, brummende Stimme und ein sanftes, aber insistierendes Stupsen an Knox’ Schulter riss ihn aus dem Schlaf. Er öffnete die schweren Augenlider. Der riesige Fernseher an der Wand zeigte ihm das Hauptmenü seiner Filmbibliothek und warf weiches weißes Licht auf ihn und Darya und das braune Wildledersofa, auf dem sie die Nacht verbracht hatten. Der Rest des Zimmers war dunkel.

Darya hatte sich im Schlaf an ihn gekuschelt. Ihr Kopf lag schwer auf seiner Brust und ihre bloßen Beine waren mit seinen verwoben. Er grinste beim Anblick seines T-Shirts, das ihr fast bis zur Mitte der Schenkel reichte. Niemals hatte er einer Frau erlaubt, seine Kleider zu tragen, aber sie nach ihrer gigantischen Pizzavernichtung aus seinem Schlafzimmer heraustappen zu sehen, in nichts gekleidet außer dem lockeren dunkelblauen Baumwollhemd, war der befriedigendste Anblick seines Lebens gewesen.

Er schloss die Augen, bereit, sich von der Schwärze wieder hinabziehen zu lassen.

Ein weiteres Glucksen ertönte zu seiner Rechten, gefolgt von einem neuerlichen Anstupsen. Diesmal gelang es seinem Kopf, die Stimme einzuordnen.

„Hey, schaff deine Frau ins Bett“, sagte Beckett. „Ihr zwei bekommt hier draußen keinen guten Schlaf.“

Knox’ verwirrte Gedanken sammelten sich schließlich lang genug, um zu begreifen, dass Beckett wahrscheinlich recht hatte. Dann bemerkte er, dass die Beine seiner Frau Becketts anerkennendem Blick vermutlich direkt ausgeliefert waren. Indem ihm die Mutter aller Push-ups gelang, drückte er Darya vorsichtig an seine Brust und erhob sich mit ihr in seinen Armen.

„Danke, Mann.“ Er hielt inne, als er den Rand des

großen Sofas umrundet hatte. „Könntest du den Fernseher übernehmen?“, fragte er leise genug, um seine schlafende Fracht nicht zu wecken.

„Bin schon dabei“, erwiderte Beckett.

Eine Sekunde später wurde der Bildschirm dunkel, sodass nur noch der Lichtschimmer aus Becketts Suite am anderen Ende des Lofts übrig war, um Knox zu seinen eigenen Räumen zu leiten.

Darya holte tief Luft und bewegte den Kopf an seiner Schulter. Ihr warmer Atem strich über seine nackte Brust und seinen Hals.

Hierauf hast du gewartet.

Das war ein ganz wilder Gedanke. Er kam gänzlich aus dem Blauen und war das absolut Letzte, wovon er erwartet hätte, dass sein schlaftrunkenes Gehirn darauf kommen würde, aber es war vollkommen richtig. Darya zu halten, ihr Gewicht in seinen Armen zu fühlen und zu sehen, dass es ihr gut ging, fühlte sich *richtig* an. Als ob er nach Jahren, in denen er auf eine verschlossene Tür eingehackt und eingetreten hatte, endlich einen schwer greifbaren Ort in sich selbst aufgesperrt und ein ganz neues Level an Balance erhalten hätte.

Becketts tiefe Stimme drang eine Sekunde, bevor er die Tür zu seiner Suite schloss, durch die Dunkelheit. „Hey, Knox.“

Knox ging weit genug zurück, damit er seinen Bruder ansehen konnte, und hob in schweigender Frage beide Augenbrauen.

Die Schatten waren tief, doch es gab ausreichend Licht, um zu erkennen, dass Beckett todernst war. „Ich glaube, es ist dir nicht klar, aber du hast *geschlafen*.“

Ein Herzschlag.

Dann noch einer.

Erst beim dritten begriff er Becketts Betonung endlich.

Er hatte geschlafen.

Nicht wegen Sex. Nicht wegen Alkohol oder einer dieser Pillen, die ihm die Seele erstarren ließen. Er war wie ein normaler Kerl eingenickt, voll mit Pizza, Gelächter und allem, was Darya ausmachte.

Langsam und federleicht legte sich ein beruhigender Frieden über ihn, so tief, dass er nur wie erstarrt an Ort und Stelle stehen konnte.

„Ich habe mir fast mein ganzes Leben jemanden wie sie für dich gewünscht." Becketts Mundwinkel hob sich an einer Seite zu einem zittrigen Lächeln voller Ernsthaftigkeit, das sich auch in seiner rauen und brummenden Stimme zeigte. „Ich freue mich für dich, Bruder." Damit ging er zu seiner Suite, schloss die Tür hinter sich und ließ Knox sprachlos in der Dunkelheit zurück.

Glücklich.

Das Wort hallte intensiv in ihm wider. Genauso *zufrieden, ruhig* und jedes andere Weichei-Wort, das er in den letzten anderthalb Jahren Jace, Zeke und Trevor um die Ohren geschlagen hatte. Aber jetzt verstand er es.

Seine Arme spannten sich reflexartig um Daryas entspannten Körper an und er hob sie höher an seiner Brust. Ein Beschützerinstinkt wallte in ihm auf und brannte durch seine ansonsten lockeren Muskeln.

Vorsichtig ging er zu seinem Bett und legte Darya in die Mitte.

Sie regte sich, als er die Arme unter ihr hervorzog, und ihre Lider flatterten. Der sanfte Mondschein spiegelte sich in ihren hellblauen Augen. Sie drückte eine Hand in die Matratze, erhob sich und sah sich im Zimmer um. „Ich habe das Ende verpasst?"

Er schlüpfte aus seinen Jeans und krabbelte neben sie. „Wir schauen es morgen bei Donuts und Kaffee noch mal an." Er breitete die Decke über sie und zog sie an sich, sodass ihr Kopf an seiner Brust ruhte. Ihr Haar floss wie Seide über seinen Arm und ihr leichter Atem strich über sein Brustbein. Verdammt, er hätte es auch ohne Zudecke ausgehalten und wäre zufrieden damit gewesen, dass ihr Gewicht ihn wärmte.

„Knox?“

Er schloss die Augen und genoss ihre sanfte Stimme. „Mmm?“

„Geht es dir gut? Kannst du schlafen?“

Vor den Fenstern ertönte das Dröhnen der Autos, die auf der Interstate auf und ab fuhren, wie ein Hintergrundrauschen. Zum ersten Mal machte ihm das nichts aus. Es ging ihm nicht auf die Nerven und zwang ihn nicht, aufzustehen und hin und her zu laufen. Er strich mit den Fingerspitzen ihren Arm hinauf und verwob sie dann mit ihren Haaren. „Mir geht es gut.“

„Sicher?“

Er lächelte in die Dunkelheit. Der Nebel des Schlafes hatte sich gerade weit genug über ihn gelegt, dass sein Wangenmuskel wegen der Bewegung protestierte. „Vollkommen sicher.“

Sein Herzschlag verlangsamte sich und er entspannte sich. Ob er die Worte, die danach durch seinen Kopf waberten, laut aussprach oder nicht, wusste er nicht, aber sie waren die letzten, die er von sich gab, bevor die Dunkelheit ihn überwältigte. „Ich habe dich.“

Kapitel 23

„Und jetzt drückst du nur auf *Eingabe* und dein Code wird sich automatisch mit dem Hauptzweig verbinden“, sagte Katy, mit der sich Darya inzwischen auch duzte. Sie verhielt sich so nonchalant, als ob sie Darya gebeten hätte, ihr das Salz zu reichen. In Wahrheit könnte es passieren, dass sie das Herzstück des Codes von Knox’ App lahmlegte, die sich in den Top Ten befand.

Darya schob den Cursor auf den knallgrünen Speicherknopf und zögerte.

Neben ihr kicherte Katy. „Wirklich, es ist nichts so Weltbewegendes. Wenn du nicht davon ausgehst, dass Seine Königliche Hoheit nicht mindestens zehn Backups gemacht an mindestens genauso vielen unterschiedlichen Orten verstaut hat, bist du irre.“ Sie wedelte in Richtung Bildschirm. „Mach schon. Klick drauf.“

Okay, damit hatte sie recht. Sie hatte bereits den Ausdruck „sich mit Netz und doppeltem Boden absichern“ gehört, aber noch nie hatte sie einen Mann gekannt, auf den diese Beschreibung besser passte als auf Knox. Bevor sie zu viel nachdenken konnte, klickte sie auf den Knopf und wartete. Als die Bestätigungsnachricht aufpoppte, verbiss sie sich gerade noch ein selbstzufriedenes *Yeah* und die lächerliche Geste, die Faust in die Luft zu recken.

„Siehst du?“, fragte Katy. „Ich sagte doch, dass es keine große Sache ist. Der Code war solide und wir haben ihn beide auf Herz und Nieren getestet. Jetzt wird er übers Wochenende mit dem Rest der Updates rausgehen.“ Sie lehnte sich auf ihrem Stuhl zurück und schnappte sich ihren stets griffbereiten Starbucks-To-Go-Becher. „So. Wie fühlt es sich an, eine richtige Entwicklerin zu sein?“

Darya rollte mit den Augen, loggte sich aus der Applikation aus und öffnete ihre Mails. „Ich habe einen Bug repariert. Das berechtigt einen kaum, sich einen Entwickler zu nennen."

„Hey, alle müssen irgendwo anfangen, und der beste Start ist dort, wo man das richtet, was kaputt ist." Sie nippte an ihrem Getränk und sah Darya über den Becherrand hinweg an. „Also … ich bin echt scheiße darin, um irgendwelche Themen herumzutanzen. Obwohl ich betonen möchte, dass ich es zweieinhalb Arbeitstage geschafft habe, die Klappe zu halten, bevor ich es angeschnitten habe."

Darya hielt den Blick auf den Bildschirm gerichtet und versuchte, ihr Gesicht möglichst ausdruckslos wirken zu lassen. Das war nicht besonders einfach, da sie ziemlich sicher wusste, worauf Katy abzielte. „Was genau?"

„Dass du mit Knox ausgehst."

Wie immer, wenn sie an ihre frische Beziehung dachte, reagierte ihr Körper wie eine fein kalibrierte Stimmgabel, und jeglicher vernünftige Gedanke flatterte aus ihrem Kopf. Sie zog die Lippen zwischen die Zähne und zwang sich, Katy anzusehen.

„Oh mein Gott!" Katy lachte und stellte ihren Becher mit so viel Schwung wieder auf den Tisch, dass Darya etwas überrascht war, dass nichts aus der Trinköffnung schwappte. „Du kannst doch nicht ernsthaft glauben, dass wir das nicht gewusst haben. Es ist ja nicht so, als ob er ein Geheimnis daraus gemacht hätte."

„Er hat es dir erzählt?"

„Verbal? Nein. Aber alle hier arbeiten seit mindestens zwei Jahren für Knox, und er hat vor unseren Augen nie eine Frau berührt, außer um ihr die Hand zu schütteln."

Okay, die Berührungen waren *wirklich* ein wenig ausgeufert in den letzten paar Tagen. Ausgeufert im Sinne von total besitzergreifend. Besonders in der Nähe von Vance, dem es kaum noch gelang, Augenkontakt mit ihr herzustellen. Es war so vollkommen anders als zu Beginn, dass die besitzergreifenden und doch sanften Berührungen sie nach wie vor etwas unvorbereitet erwischten.

Katy stützte einen Ellbogen auf Daryas Tisch, beugte sich vor und wackelte mit den Augenbrauen. „Also?“

„Also?“

„Wie ist das passiert? Wie ist er so? Ist er, wenn ihr unter euch seid, genauso tonangebend wie auf der Arbeit?“

Knox meldete sich von der Tür her. „Als du nicht aufgepasst hast, und die beiden anderen Antworten lauten: *Das geht dich einen feuchten Kehricht an.*“

Darya setzte sich auf ihrem Stuhl gerader hin und Katys Augen weiteten sich.

Bevor Darya eine Erklärung finden oder zumindest Knox’ Aufmerksamkeit auf etwas anderes als auf Katys Fragen lenken konnte, trat er neben sie, beugte sich vor und drückte ihr einen längeren, sanften Kuss auf die Lippen. „Hast du deinen Patch hochgeladen?“

Ihren Patch?

Oh. Richtig. Ihr Job. Das, woran Katy und sie eigentlich arbeiten sollten, statt sich das Maul über ihren Boss und ihren … na ja … was auch immer er war zu zerreißen. Sie nickte und ihre Finger krallten sich reflexartig in sein weiches T-Shirt. Heute war es hellgrau und zeigte den Marshmallow Man aus *Ghostbusters* , der zwischen zwei Cracker und ein Stück Schokolade geklemmt war. Sie bezwang den Drang, mit einem weiteren Kuss anstelle von Worten zu antworten. Was nicht leicht war, da sein gutaussehendes Gesicht immer noch Zentimeter von ihrem entfernt war. „Ja, gerade eben.“

„Gut.“ Er richtete sich auf, packte ihre Hand und zog sie mit sich hoch. „Weil du ungefähr zwei Minuten hast, um dich zu wappnen, und das nur, wenn Katy einen spitzenmäßigen Job hinlegt und dir den Rücken freihält." Er wandte sich an Katy. „Empfangstresen. Jetzt. Die Horde ist auf dem Weg."

Katy schoss hoch und markierte ihren Kaffee. „Alle?"

„Die ganze Bande. Und da sie in einem unserer Escalades kommen, schätze ich, dass Beckett ihnen dabei geholfen hat, den Angriff zu planen."

Katy salutierte und eilte aus der Tür. „Bin dran."

„An was?" Darya drängte Knox mit einem festen Griff an seiner Schulter, sie anzusehen. „Was für eine Art Angriff?"

Obwohl die Unterhaltung eine andere Reaktion verlangen würde, grinste Knox auf eine Weise, die suggerierte, dass er sich mehr freute anstatt sich Sorgen zu machen. „Du wirst gleich meine Mütter kennenlernen."

Eine Sekunde lang hielt Daryas Gehirn nicht Schritt. Es hockte einfach da und war noch weniger kooperativ als damals, als sie versucht hatte, einen Code mit der falschen Programmdatei zusammenzustellen. „Deine Mütter sind hier?"

„Okay, eigentlich sind es Jace' und Axels Mütter – Ninette und Sylvie –, aber ich beanspruche sie für mich, und das ist ihnen scheinbar recht, also ja … meine Mütter."

Panik ergriff sie, und ihre Arme zitterten mehr, als die kühle Temperatur im Büro rechtfertigte. Ihre Handflächen wurden feucht. Sie sah auf ihre Jeans und das T-Shirt hinab. Sie hatte ein wirklich mieses Timing dafür gewählt, endlich nachzugeben und sich wie alle anderen im Büro anzuziehen. Gerade an dem Tag, an dem sie einen ersten Eindruck bei den beiden Frauen machen würde, die ihm so wichtig waren, dass er sie Mütter nannte. Mist, das Einzige, was schick war, waren die niedlichen Jimmy-Choo-Sandalen, die sie secondhand bei Ebay erworben hatte. „Knox, ich kann mich so nicht mit ihnen treffen. Ich sehe schrecklich aus."

Er hob ihr Gesicht, mit sanften Fingern unter ihrem

Kinn. „Sie werden dich lieben. Versprochen.“ Er grinste und schlang beide Arme um ihre Taille. „Und vertrau mir, wenn ich dir sage, dass sie nicht die typischen Mütter sind.“

Die dicke Metalltür am Ende des Flurs öffnete sich und eine Woge von weiblichen Stimmen ertönte direkt dahinter.

Ihr Gesicht musste weiß geworden sein oder die reine Angst widergespiegelt haben, die sich durch sie hindurchwand, weil er sich rasch vorbeugte und seine Lippen in einem keuschen, aber andauernden Kuss auf ihre drückte.

„Entspann dich“, murmelte er sanft und hob den Kopf. „Viv, Gabe und Nat hast du schon kennengelernt. Sie werden auch bei dir sein.“

„Wofür?“

Die Stimmen kamen näher, anscheinend unter der Führung von Katy, während sie von etwas plapperte, das Daryas betäubtes Gehirn nicht verarbeiten konnte.

Knox küsste ihre Nase und flüsterte: „Es ist Mittwochnachmittag. Das kann nur eines bedeuten.“

Bevor er genauer werden konnte, trat Katy durch die Tür, gefolgt von zwei wunderschönen älteren Frauen. Die drei anderen, die Darya bereits vor Wochen kennengelernt hatte, waren direkt dahinter. „Hey, Knox. Du hast Besuch.“

„Och, wir sind doch nicht wegen dem hier, Mädel.“ Die frecher aussehende der beiden ihr unbekannten Frauen ging beschwingt zu Knox. Ihr schulterlanges, kastanienbraunes Haar war nicht von der Farbe, die man als natürlich bezeichnen konnte, aber das Feuer darin passte zu ihrem ausgeprägten schottischen Akzent und dem spielerischen Funkeln in ihren lebhaften grünen Augen. „Wir sind hier, um das Schätzchen unseres Jungen zu treffen.“

Katy kicherte, schüttelte den Kopf und verließ leise

das Zimmer.

Als ob er sich schon seit Langem mit dieser Prozedur abgefunden hätte, stellte sich Knox Sylvie und breitete willkommen heißend die Arme aus. „Hey, Momma."

Sie tätschelte Knox' eine Wange und küsste die andere. „Du hattest Geheimnisse."

„Nein, er hat seinen Schatz gehütet", sagte die andere Frau und holte sich ihr eigenes Hallo ab. Während die rothaarige Frau aus Feuer und Mut zu bestehen schien, bewegte sich diese mit mehr Eleganz. Ihr Haar war von einem Platingrau, von dem jede Frau hoffte, dass es sich mit dem Alter einstellen würde, das aber kaum ohne die Hilfe eines Starfriseurs erreicht wurde. Doch noch beeindruckender war die gewitzte Achtsamkeit, die in ihrem blauen Blick brannte, der über Darya hinweg wanderte und bei Knox landete.

Die elegante Frau schob ihre Freundin liebevoll weg und küsste Knox' Wange. „Du weißt doch, wie die Jungs sich verhalten, wenn eine Frau ihre besitzergreifende Seite weckt." Sie sah zurück zu Vivienne und zwinkerte. „Der einzige Grund, weshalb wir in den ersten Wochen wussten, dass Viv existierte, war, weil Jace sie in Haven eingesperrt hielt."

„Um fair zu sein", warf Vivienne ein. „Ich war angeschossen worden, sonst wäre das nicht der Fall gewesen."

Darya starrte Knox an. Ihr Rücken, den sie angesichts des Unbehagens wegen des ersten Eindrucks leicht gewölbt hatte, wurde stocksteif. Sie war hellwach und bereit, abzuhauen. „Angeschossen?"

„Lange Geschichte", murmelte Knox nah an ihrem Ohr, dann legte er den Arm um ihre Taille. Zur schönen grauhaarigen Frau sagte er: „Vielleicht wäre es ein wenig klüger, sie sich entspannen zu lassen, bevor ihr anfangt, unsere schmutzigen Geheimnisse zu bereden."

Die Frau grinste und ihre Augen funkelten in reiner

Schadenfreude. „Mach dir keine Gedanken. Wir werden dafür sorgen, dass sie sehr entspannt ist, und ihr dann sämtliche *deiner* schmutzigen Geheimnisse verraten, bevor wir mit denen der anderen anfangen." Sie hob eine Augenbraue. „Vorausgesetzt, du stellst uns endlich mal vor."

Knox duckte sich und fuhr durch sein bereits verstrubbeltes Haar, aber aus Daryas Winkel neben ihm erkannte sie seinen verärgerten Gesichtsausdruck. „Ja, richtig." Er hob den Kopf und zog sie halb vor sich. Er deutete auf die Frau, die ihm am nächsten war. „Darya, das hier ist Jace' Mutter Ninette. Hinter ihr steht Axels Mutter Sylvie."

Darya reichte Ninette die Hand und hoffte, dass sie nicht so sehr zitterte oder so feucht war, wie sie sich anfühlte. „Ich heiße Darya Volkova. Schön, Sie kennenzulernen."

„Darya heißt sie innerhalb der Familie", warf Knox mit einem raschen Blick zum Flur ein. „Für alle anderen heißt sie JJ Simpson, also passt auf."

„Oh!" Sylvie strahlte, tippte auf Ninettes Arm und scheuchte sie auf die Seite. „Hört euch die Stimme dieses Mädels an!" Sie breitete die Arme aus, zog Darya für eine lange Umarmung an sich und flüsterte: „Lass mich dir einen Ratschlag geben: Benutze diesen Akzent jede Sekunde, in der es dir möglich ist. Wenn sie sauer sind, wird das jedes Mal ihre Wutausbrüche zähmen." Sie löste sich und zwinkerte.

„Dir ist schon klar, dass ich direkt hier bin und jedes Wort gehört habe?", fragte Knox mit einem Lächeln in der Stimme.

Sylvie zuckte mit den Achseln, als ob es ihr vollkommen gleichgültig wäre. „Und so wahr ich hier stehe, es funktioniert jedes Mal."

Natalie, Trevors Frau, stand immer noch an der Tür, gemeinsam mit Vivienne und Gabe, und räusperte sich.

„Äh, ich will euer Wettpinkeln ja nicht unterbrechen, aber wenn wir unseren Termin einhalten wollen, müssen wir Darya einladen und los.“

„Welchen Termin?“, fragte Darya.

Gabe lächelte mit einer Mischung aus Sturheit und Mitgefühl. „Mittwoch ist Mani/Pedi-Tag. Auch bekannt als der obligatorische Haven-Mädels-Klatsch-Tag.“

„Wir machen mehr als nur zu klatschen“, erwiderte Sylvie sofort.

Ninette kicherte. „Korrekt, doch ich glaube, es gibt keine kurze Beschreibung dafür, dass wir die neuesten Plotdetails von *Game of Thrones* und *Vikings* besprechen.“ Ihr Blick glitt zu Darya. „Wir versuchen, aufzupassen. Wirklich. Aber bei all den Akzenten, heißen Männern und deutlich dargestelltem Sex ist es schwer, nicht abgelenkt zu werden.“

„Korrekt“, fügte Sylvie hinzu. „Es war viel einfacher, bei *Sons of Anarchy* den Überblick zu behalten.“

Darya war verloren. Unwiederbringlich und hoffnungslos verloren. Sie drehte sich um und sah zu Knox auf, der felsenfest hinter ihr stand.

Seine Hände lagen locker auf ihren Hüften und sein leises, sanftes Lachen umgab sie wie eine beruhigende Umarmung. Seine tiefe Stimme ertönte an ihrem Ohr. „Spiel einfach mit. Du wirst Anschluss finden. Irgendwann.“

„Aber was ist mit der Arbeit?“ Sie drehte sich weit genug um, um ihm direkt in die Augen sehen zu können. „Du hast mir all diese neuen Fehlermeldungen gegeben, damit ich wegen ihnen recherchiere.“

„Scheiß drauf“, sagte Sylvie. „Weshalb sollte man sich mit einem Mann wie Knox einlassen, wenn er das Fort nicht bewachen kann, während wir uns ein wenig Zeit zum Spielen nehmen?“ Sie deutete auf Daryas Tisch. „Nimm deine Handtasche, Mädel. Zeit, dich verwöhnen zu lassen und dass wir dich kennenlernen."

Darya zögerte und warf Knox einen fragenden Blick zu.

Er riss die Augen auf und hob die Hände in der klassischen Pose eines Mannes, der sich ergab. „Wenn du meinst, dass ich mit ihnen streite, bist du verrückt. Sylvie macht irre gute Carepakete und ich riskiere nicht mein Resteessen für dich."

„Männer", sagte Ninette hinter ihr. „Alle glauben, sie würden mit ihrem kleinen Kopf denken, aber in neun von zehn Fällen regiert ihr Bauch." Sie legte eine Hand auf Daryas Schulter. „Nimm deine Sachen, Süße. Eine Frau, die sich diesen Sturkopf schnappen kann, verdient ein Verwöhnprogramm. Außerdem will ich schauen, ob ich herausbekomme, warum du einen geheimen Zweitnamen hast."

Verwöhnprogramm klang wirklich göttlich. Während sie in Russland gelebt hatte, waren Ausflüge ins Spa als Teil ihres Tagesplans von ihr erwartet worden. Ein Bonus, auf den Yefim bestand und der von ihrer Verpflegungs- und Kleiderzulage abgedeckt wurde. Das einzige Mal in ihrer Zeit in den Staaten, dass jemand anderes als sie selbst sich um ihre Hände und Füße gekümmert hatte, war bei einem Ausflug in einen ortsansässigen Schönheitssalon mit JJ gewesen, zwei Monate bevor sie gestorben war.

„Du hast wirklich nichts dagegen?", fragte sie Knox.

Er kam näher und umfasste ihre Wangen. Seine Stimme war ruhig, enthielt jedoch die gleiche Ernsthaftigkeit, mit der er sie in der Nacht hatte dahinschmelzen lassen, als er sie nach Hause eingeladen hatte. „Ich habe keine Ahnung, wo das hier hinführt, aber ich weiß, dass es wichtig ist. Es bedeutet, dass ich dir nicht nur Zugang zu meiner Wohnung gebe, sondern dich außerdem mit den Menschen teile, die ich liebe. Daher nein. Wenn du Lust auf Gekicher und auf Unterhaltungen hast, die dieses Gelächter auslösen, bin ich absolut mit von der Partie."

Der Schock darüber, was er gerade gesagt hatte – und nicht nur zu ihr, sogar vor Zeugen –, musste sich auf ihrem Gesicht gezeigt haben, denn er lachte leise, küsste ihre Stirn und zog sie an seine Brust, bis ihre Wange an ihn gedrückt war. „Lasst alles vom gemeinsamen Konto abbuchen", wies er die Frauen hinter an. „Wenn ihr schon mein Mädchen in die Schar aufnehmt, kann ich zumindest den Ausflug spendieren."

„Das ist ganz nach meinem Geschmack", verkündete Ninette. Sie schob Darya aus Knox' Armen, hob die Handtasche, die Darya neben ihrem Tisch verstaut hatte, und zwinkerte. „Auf einmal habe ich so einen Drang, mir von allem die Luxusvariante zu gönnen."

Kapitel 24

Gelächter, Unmengen von Essen und jeder, der in Knox' Leben wichtig war, an einem Fleck. Das war nicht der Plan, den er für diesen Abend gehabt hatte. Ganz zu schweigen von dem Ort. Aber durch einen Schlenker des Schicksals hatten sie sich am Ende im *Dave & Buster's* wiedergefunden, wobei die genauen Details, wie sie dort gelandet waren, nicht wirklich nachvollziehbar waren.

Der Vorteil? Da sie nicht in Haven waren, galt die Nur-Familie-Regel nicht. Das bedeutete zudem, dass sich seine Frau neben ihm befand, ihre Mimik lebhaft und ihre Hände gestikulierend, als ob sie das Bild malen wollte, das ihre wunderschöne Stimme schuf.

„Hast du Fotos von den Kanälen in Venedig gesehen?", fragte sie Trevors Sohn Levi über den Tisch hinweg.

Levi schob mit der Finesse eines hyperaktiven Achtjährigen eine weitere Pommes in seinen Mund und nickte, sodass ihm eine Strähne seines etwas längeren blonden Haars über ein Auge fiel. „Ja, sie benutzen diese dünnen Boote, und Typen in witzigen Klamotten steuern sie."

„Genau. In Sankt Petersburg gibt es auch Kanäle. Die Newa fließt mitten hindurch und trifft dann auf das Baltische Meer. Im Sommer ist es wirklich wunderschön, aber im Winter friert alles ein."

„Wow! Hier friert nie was ein."

„Oh, es kann dort sehr kalt werden und den Großteil des Winters über haben wir Schnee."

„Ist es dort, wo du aufgewachsen bist, auch kalt? In diesem Jekat…" Er runzelte die Stirn und änderte seine Herangehensweise. „Diesem anderen witzig klingenden Ort?"

„Jekaterinburg", sagte sie und lächelte mit ihrem süßen Engelslächeln zu ihm. Sie verschränkte die Arme auf dem Tisch. Offensichtlich fühlte sie sich genauso wohl dabei, mit dem unaufhaltbaren und offenherzigen Achtjährigen zu sprechen, wie mit Ninette und Sylvie, als sie zusammen hereingekommen waren. „Es ist vergleichbar. Ein wenig wärmer, aber Sankt Petersburg war interessanter. Dort gibt es mehr zu sehen und zu tun. Mehr Kunst, die man genießen kann."

Levi öffnete den Mund, zweifellos um eine weitere Frage loszuwerden.

Ehe er jedoch dazu kam, meldete sich Natalie zu Wort. „Wie wäre es, wenn wir Darya mal Luft holen lassen, bevor du sie noch etwas fragst?"

„Gute Idee", sagte Trevor. „Außerdem ist es Zeit, unsere Skeeball-Meisterschaft zu starten. Der Mann mit den meisten Coupons ist der Gewinner."

„Hey", protestierte Ninette rechts neben Darya. „Wieso denkst du, dass es ein Mann sein wird? Ich will dir nur mitteilen, dass ich zu meiner Zeit ein richtiger Skeeball-Experte war."

Levi richtete sich auf und wandte sich wieder an Darya. „Ich bin der Beste bei Skeeball. Am Familienabend spielen wir immer Spiele und jeder darf sich mal das Essen und die Spiele aussuchen. Heute durfte ich das Spiel aussuchen, also habe ich alle zu einer Skeeball-Meisterschaft herausgefordert, als Dad mir gesagt hat, dass Onkel Beckett sich das *Dave & Buster's* fürs Essen ausgesucht hat."

Knox drehte den Kopf, um Beckett neben sich anzusehen, und murmelte: „Also bist *du* der Grund, weshalb wir hier sind. Ich schätze mal, du hast diese Entscheidung getroffen, als du Sylvie und Ninette mit dem Plan zu ihrer Mani/Pedi-Invasion geholfen hast, oder?"

Beckett zuckte mit den Achseln und biss in einen Chicken Wing. „Auf dich zu warten ist, wie dem Gras beim Wachsen zuzusehen. Es macht mehr Spaß, sich ein wenig einzumischen."

Darya riss ihn mit einer ihrer unschuldigen Fragen an Levi aus seinem Geplänkel mit Beckett. „Was ist Skeeball?"

Der Blick auf dem Gesicht des Jungen war unbezahlbar. Als ob er nicht begreifen könnte, wie jemand bisher durchs Leben gekommen war ohne diese absolut notwendige Information. „Gibt es das nicht in Russland?"

„Das weiß ich nicht. Vielleicht nennen wir es anders."

Levi drehte sich auf seinem Stuhl und sah Natalie mit seinem Welpenblick an. „Darf ich es ihr zeigen, Mom?" Er wartete nicht auf eine Antwort, sondern wandte sich wieder Darya zu. „Das ist total cool. Da gibt es diese Kugeln aus Holz. Oder vielleicht nicht aus Holz, aber sie sehen so aus und fühlen sich auch so an. Die rollt man eine Rampe hoch und versucht, die Kugel in verschiedene Löcher zu bekommen. Je schwerer das Loch zu treffen ist, desto mehr Punkte kriegt man."

Er hielt genau einen Herzschlag inne, schien zu merken, dass ihm noch eine Antwort fehlte, und wandte sich wieder an seine Mutter. „Darf ich? Darya bekommt doch auch die Gelegenheit zu spielen, oder? Also muss ihr jemand beibringen, wie man das macht."

Natalie versuchte, ihr Lachen zurückzuhalten, aber angesichts Levis Begeisterung hätte sie schon der Teufel persönlich sein müssen, damit ihr das gelang. „Ich würde sagen, dass das Daryas Entscheidung ist." Sie sah über den Tisch hinweg. „*Willst* du lernen, wie Skeeball funktioniert?"

„Wenn ich es lerne", sagte sie und hatte ihren hübschen Blick auf Levi gerichtet, „sollte ich es am besten von einem Champion lernen."

„Genial!" Levi sprang auf die Füße und streckte Trevor die Hand entgegen. „Kriege ich jetzt die Spielbögen?"

„Sieh nicht mich an. Das ist Onkel Becketts Ding.“

Axel lachte leise vom Ende des Tisches und hob seinen Scotch salutierend in Richtung Beckett. „Das ist der Preis fürs Verkuppeln, Bruder. Reich die Beute rüber und lass den Jungen unser Mädel erobern.“

Darya beugte sich zu Knox und flüsterte: „Was meint er damit?“

Knox umfing ihren Nacken, sodass ihr seidenweiches Haar über seine Knöchel strich. Es hätte ihm Angst einjagen sollen, wie einfach das Zusammensein mit ihr war. Wie natürlich es sich anfühlte, sie in einer Zeit neben sich zu haben, die eigentlich nur für die Familie reserviert war. Aber ihr Lächeln zu sehen, ihre Gegenwart neben sich zu spüren war so vertraut wie nichts sonst, was er in seinem Leben erlebt hatte. Es machte mehr Sinn als jede Zeile Code oder jedes verzwickte Rätsel. „Das bedeutet, dass der Familienabend eigentlich nur für die Familie ist, weil wie ihn auf Jace’ und Axels Ranch verbringen. Aber Beck wusste, dass ich dich bei mir behalten wollte, also hat er den Ort gewechselt.“

„Wer hat gesagt, dass das etwas mit dir zu tun hat?“ Sobald Levi in Reichweite kam, übergab ihm Beckett einen Stapel Spielbögen, der so hoch war, dass man damit eine Horde Kinder müde werden lassen könnte. Levi reichte sofort jedem eine, aber Beckett sprach weiter. „Vielleicht schinde ich auch nur Zeit, so dass sie herausfindet, dass ich besser bin, und mische mich dann ein und ernte die Lorbeeren.“

„Und ich dachte schon, ich könnte mal einen ganzen Tag Urlaub machen, ohne dass ich jemanden nähen muss.“ Zeke legte einen Arm um Gabe und trank von seinem Bier.

Jace grinste, aber Vivienne ergriff das Wort, wobei sie Darya ansah. „Siehst du? Das ist der Grund, weshalb wir keine Familienessen in der Öffentlichkeit veranstalten. Ich weiß nie, ob sie sich auf die Brust trommeln oder einem anderen das Gesicht mit Schlägen bearbeiten werden."

„Wenigstens sind sie über die Phase hinaus, in der sie etwas ganz anderes ständig bearbeitet haben", murmelte Sylvie.

Egal, wie leise sie es gesagt hatte, trotzdem brach der komplette Tisch in lautes Gelächter aus, selbst Darya, die nicht im Mindesten von der anzüglichen Bemerkung abgeschreckt war.

„Okay, *das* war etwas, wovon ich keine Bilder in meinem Kopf gebraucht hätte", sagte Danny.

Ninette erhob sich, sobald Levi seine Runde um den Tisch beendet hatte, legte die Hand auf seine Schulter und bedeutete Darya, sie solle zu den Arcade-Automaten hinübergehen. „Komm schon, Darya. Der Skeeball-Meister wird ungeduldig und diese Kerle hier sehen aus, als ob sie sich nach dem Essen noch ein wenig länger ihren Drinks widmen möchten."

„Umso besser für uns", sagte Sylvie und erhob sich selbst. „Je mehr die Säufer trinken, desto schlimmer wird ihr Zustand."

Trotz ihres amüsierten, aber etwas überforderten Gesichtsausdrucks stand Darya auf, schob ihren Stuhl wieder hinein und folgte Sylvie.

Diese besah sich die anderen und ihr Blick ruhte ein wenig länger auf Viv, Natalie und Gabe. „Wie steht es mit dem Rest der Ladys? Seid ihr bereit, ein Team zu bilden und die Jungs da fertigzumachen?"

„Oh ja." Viv warf ihre Serviette auf den Tisch, stand auf und bedeutete Gabe und Natalie, sie sollten es ihr gleichtun.

„Euch ist schon klar, dass ihr immer noch drei zu wenig seid?", fragte Jace und sein Blick hing bewundernd an Vivs Hintern.

„Nein, nur zwei." Natalie beugte sich vor und drückte

Trevor einen Kuss auf die Wange. „Wir werden Levi dazu überreden, dass er unser Ersatzspieler wird."

„Tu es nicht, Sohn!", brüllte Trevor über seine Schulter hinweg, als die Gruppe sich vom Tisch löste, und Darya winkte kurz zurück, während die Frauen sie in ein Meer aus Spielen zogen.

Axel grinste und hob seinen Scotch für einen weiteren Schluck. „Zu spät. Der Junge hat dieses Funkeln in den Augen, das beweist, dass er schon vollkommen hingerissen ist."

„Genau wie sein Dad", fügte Jace hinzu. „Er kann nicht anders als für Frauen ein Ritter in schimmernder Rüstung zu sein."

„Als ob du nicht in der Sekunde nachgeben würdest, in der Viv einen Finger in deine Richtung krümmt", sagte Trevor.

„Korrekt, aber meine Rüstung ist schmutzig."

Zeke gluckste und stellte sein Bier auf den Tisch. „Ich habe das Gefühl, sie mag den schmutzigen Teil am meisten."

Das brachte ihm eine Runde Gelächter ein, das ein wenig leer klang ohne die Leichtigkeit der Frauen, die es normalerweise abrunden würde.

„Also …" Axel lehnte sich in seinem Stuhl zurück und kreuzte ein Bein über das andere. Wie üblich wirkte er abgehoben vom Rest in seiner maßgeschneiderten braunen Anzughose, den glänzenden Halbschuhen und dem frischen, weißen Hemd, dessen Ärmel er hinaufgerollt hatte. Dadurch sah er aus wie der Chef einer Firma, den man in einem lockeren Augenblick erwischt hatte. Selbst mit seinem wilden rötlichen Haar, das er eng am Hinterkopf zusammengebunden hatte, gelang es ihm, den Look perfekt zu verkörpern. „Darya scheint sich gut anzupassen."

Und damit war es ausgesprochen. Das neugierige Nachbohren, das er seit der Sekunde erwartete, als er herausgefunden hatte, dass ihr Familienabend an eine öffentliche Location verlegt worden war. Sie konnten herumbohren, so viel sie wollten. Er war noch nicht bereit, und bis er es wäre, gäbe es nichts zu bereden. „Ja."

Die Runde war still geworden und die Brüder sahen vom einen zum anderen.

Es war nicht überraschend, dass Jace derjenige war, der das Schweigen brach. „Bedeutet das, dass wir über ihre Zukunft sprechen müssen?"

„Ihre oder meine?", fragte Knox.

„Vielleicht beide." Beckett wandte seine Aufmerksamkeit von Darya ab, die neben Levi auf der anderen Seite des Raums am Ende einer langen Reihe von Skee-ball-Maschinen stand. „Die zwei müssen ja nicht ausschließlich aufeinander hocken."

Knox ließ ein schweres Seufzen hören, schnappte sich sein Bier und nahm einen kräftigen Schluck.

„Für einen Kerl, der so zufrieden gewirkt hat wie du vor einer Viertelstunde, klingt das nicht gerade witzig", sagte Trevor.

„Doch, sicher", warf Zeke ein, bevor Knox antworten konnte. „Oder hast du vergessen, wie lang er gebraucht hat, bis er herausgefunden hat, dass wir ihn nicht hängen lassen? Das Einzige, was Knox schnell hinbekommt, ist tippen und sich irgendwo reinhacken. Bei allem anderen muss er brüten und doppelt so lang darüber nachdenken wie der Rest von uns."

„Stimmt das?", fragte Danny. „Drängen wir dich zu etwas, in das wir uns nicht hätten einmischen sollen?"

Knox stellte seine Bierflasche auf den Tisch und zuckte mit den Achseln. „Ihr fragt nichts, was mir nicht auch schon durch den Kopf gegangen ist. Ich bin nur nicht bereit dafür. Noch nicht." Er legte beide Unterarme auf den Tisch und grübelte, wie er den anderen das mitteilen konnte, was in seinen Gedanken herumspukte, ohne dass er wie eine gigantische Pussy klang. „Sie weiß Bescheid. Kennt meine Vergangenheit. Alles."

„Wenn du mich fragst, ist das die größte Hürde, die es gab", sagte Axel.

„Was mich betrifft, ja." Knox sah seine Brüder an, jeden jeweils den Bruchteil einer Sekunde, bevor er sich dem nächsten widmete. „Aber ich habe keine Ahnung von ihrer. Ich bin der Einzige, der hier splitterfasernackt vor ihr steht, und bis sie nicht willens ist, dasselbe zu tun, bin ich nicht bereit, meine Familie in die Sache zu verwickeln."

„Wir sind schon mittendrin, Bruder." Jace rückte vor und spiegelte Knox' Pose. „Das werden wir immer sein. Es ist egal, ob du mit einem Zeh drinsteckst oder Hals über Kopf. Wir werden *immer* bei dir sein."

„Aber es sieht dir nicht ähnlich, dass du so um den heißen Brei herumredest", sagte Axel. „Wenn das Einzige, was dich zurückhält, die Tatsache ist, dass du ihre Vergangenheit nicht kennst, frag sie einfach."

So war er nicht. Allerdings war nichts, was er getan hatte, seit er Darya das erste Mal gesehen hatte, sein übliches Vorgehen gewesen. Er erwiderte Axels ruhigen Blick. „Ist es irre, dass ich will, dass sie es mir von sich aus mitteilt?"

Die Härte in seinen grünen Augen wurde schwächer, zeigte Verständnis und eine Wagenladung voller Mitgefühl. „Überhaupt nicht irre. Sich zu ergeben ist das süßeste Geschenk, das eine Frau einem Mann machen kann. Es ist die Mühe wert, das zu erringen, selbst wenn es lange dauert."

„Also warten wir", sagte Trevor. Die gedehnte Sprechweise täuschte über den entschlossenen Eid, der sich hinter seinen Worten verbarg, hinweg. Er rutschte vor, ließ die beiden vorderen Beine seines Stuhls wieder auf den Boden fallen, packte sein Bier und hob es salutierend. „Aber wir tun es zusammen und geben deinem Mädchen einen sicheren Ort, an dem sie sich dir mitteilen kann."

Der Rest der Männer nahm die Getränke und hob sie ebenfalls. Ein gemischter Chor der Zustimmung ertönte um ihn herum.

Gott, sie waren eine zusammengewürfelte Gruppe. Jeder von ihnen war unglaublich anders und auf individuelle Weise fehlbar, aber als Ganzes waren sie unzerstörbar und standhaft. Und sie gehörten zu ihm. Waren seine Brüder. Die Familie, die er stets gewollt hatte, wartete geduldig und war bereit, seine Zukunft zu unterstützen, wie auch immer er sie sich aufbauen wollte. Er hob seinen eigenen Drink. „Ja, wir tun es zusammen."

Kapitel 25

Die Routine, die Darya mit Knox entwickelt hatte, war nicht nur überraschend, sondern auch seltsam beruhigend. Für einen Kerl mit der Energie eines Zweijährigen im Zuckerrausch und der Hirnpower eines Raketentechnikers, erwies er sich als ein ziemlich zahmer Stubenhocker.

Arbeit. Abendessen. Mehr Arbeit mit viel Musik oder Filmen. Schlafen, wiederholen. Etwas über eine Woche lang änderte sich dieses Muster kaum und wurde nur durch Termine mit seinen Brüdern und dem Wochenende unterbrochen, die für Abwechslung sorgten.

Aber der Sex … Das war etwas ganz anderes. *Vorhersagbar* war nicht gerade ein Wort, das man mit Knox' sinnlicher Art in Einklang bringen konnte. Abgesehen davon vielleicht, dass sie jeden einzelnen Tag mit allen Arten von langsamem, unglaublich neckischem Sex bis hin zu verruchtem Vögeln beendeten.

Darya zwang sich, sich auf die Suchergebnisse auf dem Bildschirm zu konzentrieren, und scrollte gemächlich die Liste der bekannten Wohnorte ihres neuesten Fahndungsauftrags hinab. Trotz Knox' Versuchen, sie dazu zu bringen, mit ihm auf dem Sofa zu arbeiten, fand Darya, dass sie sich an ihrem Tisch besser konzentrieren konnte. Sie war fokussierter auf ihre Aufgabe.

Aber heute Abend half es nichts. Sie war zu abgelenkt. Sich des hemdlosen, auf dem Sofa ausgestreckten Mannes viel zu bewusst, und angesichts der Häufigkeit, mit der sie ihn dabei ertappte, wie er sie beobachtete.

Nein, nicht beobachtete.

Studierte.

Berechnend.

Was doppelt so seltsam war, denn nach dem Essen war Knox wie eine Maschine, wenn es um Arbeit und

Konzentration ging. Nichts lenkte ihn ab. Weder Musik noch ihre Anrufe bei ihren Kunden oder die endlosen Filme, die über den Fernseher flimmerten.

Gut, es gab möglicherweise ein *paar* Dinge, die ihn ablenken konnten. In der Nacht, in der sie nach dem Duschen aus dem Bad gekommen war und nur ein Handtuch getragen hatte, hatte er seinen Computer stehen lassen und sie von hinten gegen die Wand gedrückt genommen. Oder vielleicht konnte, wie heute Abend, Denzel in *The Equalizer* seine Aufmerksamkeit erregen. Sie hatte nach wie vor noch nicht herausgefunden, warum er diesen Film so sehr liebte, aber wenn er lief, hielt er immer inne und schaute ihn sich bis zum Ende an.

Obwohl er ihn heute gar nicht richtig ansah. Selbst ohne den Kopf drehen zu müssen, um es zu bestätigen, fühlte sie seinen gedankenverlorenen Blick auf sich wie ein Tippen auf die Schulter.

Sie sollte ihm von ihrer Vergangenheit erzählen. So, wie sich die Dinge zwischen ihnen veränderten, verdiente er es, davon zu wissen, um wirklich zu verstehen, was er riskierte, wenn er mit ihr zusammen war. Mist, wenn sie klug war, würde sie den Film, der immer noch lief, als perfekte Eröffnung dafür nutzen. Ein paar der frappierend ähnlichen Wahrheiten, die er darstellte, dazu verwenden, um ihr Schweigen zu brechen und ihm mitzuteilen, warum sie auf der Flucht war.

Aber sie war nicht bereit. Noch nicht. Nicht, bis sie mehr Zeit gehabt hatten.

Sie kopierte die neueste Adresse des Fahndungssubjekts in ihren Bericht und speicherte ihn. Im Hintergrund füllte Denzels Konfrontation mit der russischen Mafia, die er am Ende des Films aufspürte, die ansonsten gemütliche Stille. Ein paar weitere Sekunden, und der Bösewicht würde bekommen, was er verdiente.

Knox liebte diesen Teil, aber ein kurzer Blick in seine

Richtung bestätigte, dass er vollkommen von der Action abgelenkt und nur auf sie fokussiert war.

Sie legte die Hände in den Schoß, schob sich vom Tisch und sah ihn stirnrunzelnd an. „Ich kann mich nicht konzentrieren, wenn du mich so beobachtest."

„Wenn ich dich *wie* beobachte?"

„Als ob du hinterhältige Pläne schmiedest."

Das schmutzige Grinsen, das sie nicht nur lieben gelernt hatte, sondern auch ungeduldig herbeisehnte, hob seine Lippen. „Ich dachte, du magst meine hinterhältigen Pläne."

Oh, natürlich. Besonders die, in denen sie beide am Ende nackt, schweißnass und vollkommen erschöpft vom Sex waren, der dafür sorgte, dass sich ihre Zehen krümmten. Sie nahm wieder die Maus zur Hand und drückte in ihrem Browser auf die Zurück-Taste. „Ich kann mir gerade keine hinterhältigen Pläne leisten. Ich bin hintendran mit meinen Fahndungsaufträgen, und wenn ich heute Abend keine Informationen für meine Klienten herausbekomme, werden sie damit drohen, jemand anderen darauf anzusetzen."

Das Grinsen wurde zu einem Feixen. Einem wirklich selbstzufriedenen Feixen, das besagte, dass sie direkt dorthin getänzelt war, wo er sie haben wollte. „Lass sie doch."

Es war eine Herausforderung mit sanfter Stimme, aber nachdrücklich vorgetragen.

Dass sie es schaffte, ihn nicht anzusehen – nicht seinen Blick zu erwidern und die Hoffnung, die er mit seinen simplen Worten hell hatte auflodern lassen –, war ein Wunder. Stattdessen scrollte sie den Bildschirm hinab und sah nichts von dem, was vor ihr auftauchte. „Ich bin noch nicht bereit."

„Doch, bist du."

Drei einfache Worte, aber sie von Knox zu hören, war die höchste Auszeichnung, die es gab. Wenigstens was sie betraf. Sie erwiderte seinen Blick. „Ist das dein Ernst?"

„Habe ich dir je Scheiße erzählt?"

Nein. Absolut nicht. Knox konnte unglaublich rücksichtsvoll sein. Er war großzügig und gründlich, aber jemand, der Unsinn verzapfte? Niemals.

Er wartete nicht auf ihre Antwort, sondern deutete auf den Computer auf seinem Schoß. „Ich habe mir gerade die Überarbeitung der App angesehen, die du gestern eingereicht hast. Die Idee mag ja nicht deine gewesen sein, deine Umsetzung war allerdings goldrichtig, und du hast Zeug optimiert, an das ich nicht mal gedacht habe. Alles, was du brauchst, ist deine eigene Idee, dann bist du nicht mehr aufzuhalten."

Ihre eigene Idee.

Ihre eigene Chance.

Ihre eigene Zukunft.

Aber sie musste praktisch denken. Ein solides Fundament legen, das ihr genügend Raum geben würde, um zu wachsen. Und das bedeutete, dass sie in der Spur bleiben musste, bis sie zumindest eine Handvoll verkaufsfähige Produkte hatte. „Vielleicht. Doch mein regelmäßiges Einkommen aufzugeben, ist leichtsinnig. Es ist besser, nebenbei zu experimentieren und etwas aufzubauen, während meine Fahndungsjobs die Rechnungen bezahlen."

„Es wäre nicht leichtsinnig, wenn du Vollzeit für mich arbeiten würdest."

Sie erstarrte und spulte seine Worte in ihrem Kopf zurück, selbst dann noch, als sie ihn auf der Suche nach Hinweisen darauf studierte, dass sie sich verhört hatte. „Was?"

Er schloss seinen Laptop, legte ihn mit der lässigen Selbstsicherheit eines Mannes, der alle seine Handlungen unter Kontrolle hat, auf den Kaffeetisch und erhob sich. „Arbeite für mich." Er trat auf sie zu. Der tiefsitzende Bund seiner Jeans betonte das scharfe V seiner Hüften. „Du arbeitest jetzt schon so viele Stunden wie eine Vollzeitkraft. Wenn du die Fahndungssachen bleiben lässt, hast du genug Zeit, um Brainstorming zu betreiben und Prototypen zu entwickeln." Er legte eine Hand auf die Rückenlehne ihres Stuhls, die andere auf ihren Tisch und beugte sich vor. „Außerdem wirst du den Vorteil haben, dass du individuelles Coaching erhältst."

Verdammt, aber seine Stimme war wie eine Waffe, wenn er sie so einsetzte. Da er sich in Kuss-Entfernung befand, stieg sie ihr umso mehr zu Kopf. Der geschmeidige Bariton scheuchte die wenigen produktiven Gedanken, die sie hatte zusammenkratzen können, in alle Richtungen und weckte einen kribbelnden Bienenschwarm in ihrem Magen.

Aber sie durfte nicht ihren Fokus verlieren. Nicht bei einem so wichtigen Thema. Sie konzentrierte sich auf seine Lippen und ihr Herzschlag wechselte zur Geschwindigkeit eines Kolibriflügelschlags. „Der Teil mit dem *individuell* ist es, der mir Sorgen macht."

„Tatsächlich? Weil ich finde, dass du diesen Teil wirklich gut draufhast." Er strich mit seinen Lippen über ihre, der Hauch einer Berührung, der dazu führte, dass sie ihre teilte, bereit und mit dem Verlangen nach mehr. „Nenn mir einen guten Grund, weshalb du nicht mit mir arbeiten solltest."

Einen Grund? Es gab keinen. Zumindest keinen, der in der Lage gewesen wäre, die sehr greifbare körperliche Lust in den Schatten zu stellen, die er hervorgerufen hatte. Aber Angst war eine ganz andere Sache. Allerdings wäre sie nicht so dumm, sie zu erwähnen. „Was passiert, falls das endet? Falls du bereit bist, weiterzuziehen? Was, wenn das unsere Zusammenarbeit unmöglich macht?"

Er lächelte an ihren Lippen, umfasste ihren Hinterkopf und küsste sie mit einer Stärke und Tiefe, die sagte, dass er ihre Ehrlichkeit nicht nur zu schätzen wusste, sondern sie auch ermutigte. Als er weit genug zurückwich, um ihr in die Augen sehen zu können, hatte sie ihre Frage fast vergessen. „Unmöglich wird sie nie sein. Das hast du mir gerade bewiesen. Egal, was passiert, du vertraust darauf, dass du ehrlich sein kannst. Dass du mir sagen kannst, was dir im Kopf herumgeht. Solange wir miteinander reden, gibt es nichts, was wir nicht lösen könnten. Weder auf der Arbeit noch irgendwo sonst."

„Glaubst du das wirklich?"

„Soll ich es dir beweisen?" Das Glitzern in seinen Augen war unwiderstehlich. Er war der unzähmbare Bad Boy, der sie mit dem Versprechen von etwas Dekadentem und Göttlichem lockte.

Ein Zittern machte sich tief in ihrem Magen breit. Was immer er vorhatte, ihr Körper war mehr als bereit und ihr Kopf gleichermaßen neugierig. „Wie willst du es mir beweisen?"

Er packte ihre Hand, erhob sich, zog sie von ihrem Stuhl hoch und hinter sich her in Richtung Schlafzimmer. „Oh, hier geht es ums Zeigen, nicht ums Erzählen."

Sie stemmte halbherzig die Fersen in den Boden und sah zurück zu ihrem Computer. „Aber ich bin noch nicht fertig."

„Du bist fertig. Du hast es nur noch nicht zugegeben." Damit wirbelte er sie herum, drängte sie gegen den Rand des Betts und verschlang ihren Mund.

Als Ablenkungsmanöver war sein Kuss hervorragend geeignet. Besonders, wenn er die vollkommene Kontrolle übernahm.

Und das tat er diesmal auf jeden Fall. Durch die Hand an ihrem Hinterkopf, die sie in Position für seinen Mund hielt, bis zu der anderen an ihrem Hintern, gab es keine Chance, ihm zu entkommen.

Das war ihr aber auch egal. In diesem Moment hätte das ganze verdammte Gebäude um sie herum zusammenbrechen können und sie hätte gezögert, Schutz zu suchen. So gut war sein Kuss. Eine berauschende Zärtlichkeit, die sämtliche Probleme der Realität fortwischte und in ihrem Geist nur noch Leere hinterließ.

Mit einer Lässigkeit, die sie in den letzten Tagen und Nächten gemeinsam entwickelt hatten, machte er mit ihrem T-Shirt und den Shorts, die sie zum Schlafen trug, kurzen Prozess, sodass ihr Körper vor Verlangen summte und bereit war. Das war die Sache mit Knox – im Leben und beim Sex legte er fest, was er wollte, und ging danach aufs Ganze. Und sie liebte es, wenn das, was er wollte, sie war. Dann war sie blind für alles andere und offen für alles, was er ihr geben wollte.

Sie griff nach seinem Bund, um den Gefallen zu erwidern.

Er schnappte sich ihre Hände, drehte sie um und hielt beide Handgelenke hinter ihrem Körper fest. „Nein. Noch nicht“, knurrte er an ihrem Ohr. „Ich bin noch nicht fertig damit, dich vorzubereiten.“

Sie wackelte mit ihrem Hintern an seinem mehr als bereiten Schwanz, denn allein das Versprechen in seiner Stimme zu hören reichte, um sie vollkommen nass werden zu lassen. „Wofür?“

Er packte zwei ihrer dicksten Kissen und stapelte sie vor ihr auf der Seite des Betts auf. „Beug dich drüber, Süße. Wir werden unsere Kommunikationsfähigkeiten auf die Probe stellen.“

So hoch, wie die Kissen waren, und in Anbetracht des Winkels, in dem sie ihren Hintern für ihn präsentieren würde, bezweifelte sie ernsthaft, dass mehr Kommunikation stattfinden würde, als dass sie immer wieder *Ja* oder *Mehr* sagte. Trotzdem beugte sie sich vor, legte die Wange auf die weiche Unterlage und sah über die

Schulter zu ihm. „Das letzte Mal, als du mich von hinten genommen hast, waren die Nachbarn nicht besonders erfreut über unseren Enthusiasmus."

„Was nur wieder beweist, dass deine Wände zu dünn sind. Darum werde ich mich kümmern, nachdem ich dich dazu gebracht habe, bezüglich der Arbeit Vernunft anzunehmen." Er schlug auf ihren Hintern und schob ihre Füße auseinander. „Jetzt will ich, dass du für mich die Beine spreizt. Ich brauche Raum, um zu arbeiten."

Als ob er sie zweimal darum bitten müsste. Ob mit den Fingern, dem Mund oder dem Schwanz – Knox bearbeitete sie mit derselben Expertise, wie er alles andere anging. Einhundert Prozent Hingabe und Leidenschaft.

Er hockte sich hinter sie und drückte bei seinem Griff um ihre Handgelenke leicht zu. „Verschränke die Finger ineinander und behalte die Hände hinterm Rücken. Du weißt, wie sehr ich Ablenkungen hasse."

„Das stimmt überhaupt nicht. Du bist ein Ablenkungsjunkie."

Er kicherte und schlug auf die andere Seite ihres Hinterns. Diesmal hart genug, dass ihre Pussy sich zusammenzog. „Mach ruhig weiter so, Süße. Zu sehen, wie sich deine Haut durch meine Hand rosa färbt, ist verfickt sexy."

Sie tat wie geheißen, wackelte währenddessen aber mit dem Hintern. „Dann solltest du vermutlich aufhören, zu reden, und mir mehr davon geben."

„Oh, ich werde dir mehr geben." Er strich an der Rückseite ihrer Oberschenkel tiefer, danach erklang das Geräusch von Plastik auf ihrem Teppich unter dem Bett. Im nächsten Augenblick stand er hinter ihr, und die Plastikschachtel, die sie unter dem Bett aufbewahrte, befand sich neben ihr auf dem Laken. „Die Frage ist, wie weit du mich gehen lässt."

Sachte registrierte ihr Verstand, dass er sich hinter ihr

bewegte, und sie hörte, wie seine Jeans zu Boden fiel, aber der Hauptteil ihrer Aufmerksamkeit war auf die Schachtel gerichtet. Oder genauer, auf die Spielzeuge darin.

Die Vorderseiten seiner muskulösen Schenkel drückten sich an ihre Beine und er streichelte mit den Händen träge hinauf bis zu ihren Hüften. „Ist irgendwas in dieser Schachtel tabu?“

Ihr Herz hüpfte so heftig, dass sie hätte schwören können, das Echo davon durch die Matratze unter ihrer Wange hallen zu hören. Er fragte nicht wegen *etwas* in dieser Schachtel, sondern wegen eines ganz bestimmten Toys …, weil sie bereits alle bis auf eines benutzt hatten.

Aber sie hatte auf jeden Fall über das letzte Ding nachgedacht. Sie hatte sich vorgestellt, wie er den schmalen Dildo in sie hineinarbeiten würde. Wie es sich anfühlen würde, noch mehr davon aufzunehmen.

Nur ein einziger Mann hatte sie jemals dazu gebracht, über so etwas nachzudenken. Und jetzt war ihre Chance. „Nichts.“

Ein tiefes, zufriedenes Brummen erfüllte das Zimmer und er führte seinen unglaublich harten Schwanz in der Spalte ihres Hinterns entlang. „Was ist mit den Dingen, die nicht in der Schachtel sind?“

Sie stöhnte auf und rollte ihren Kopf, sodass ihre Stirn sich gegen die Matratze drückte, hob die Hüften hoch und schob sie rückwärts gegen seine neckenden Berührungen.

„Ich liebe diesen Klang, Süße, aber das ist keine Antwort.“ Seine Finger glitten zwischen ihre Schamlippen und rieben ihre Nässe hinauf und um ihre Klit. „Gib mir Grenzen oder grünes Licht.“

Grenzen? Bei Knox? Vielleicht, wenn er sie gefragt hätte, *bevor* er sie berührt hatte. Bevor er sämtliche ihrer Gehirnzellen durch seinen Kuss kurzgeschlossen hatte, sie ausgezogen und wie ein Eroberer nach vorn gebeugt hatte, der bereit war, Anspruch auf sie zu erheben. Aber jetzt konnte sie ihm keine Grenzen setzen. Weder in ihrem Kopf noch bei ihrem Körper. „Keine Grenzen."

Das Brummen steigerte sich zu einem Knurren und er pumpte zwei Finger in ihre Pussy. „Sicher?"

Ja.

Nein.

Vielleicht.

Alle drei Antworten tauchten in ihrem Kopf auf, aber ihre Libido übernahm die Regie und gab die, die sie wollte: „Halt die Klappe und fick mich, Knox."

Diese Frechheit brachte ihr einen kräftigen Klaps direkt zwischen die Beine ein. Das Brennen mischte sich mit der kühlen Luft an ihrer feuchten Spalte. „Ich glaube, allein dafür werde ich den Plug weglassen und dich auf die gute altmodische Art weiten."

Ihre Fantasie malte ihr viel zu rasch das Bild, das zu seinen Worten passte, und ein Schaudern erfasste sie so stark, dass ihre Knie fast nachgaben.

Das Knistern der Kondomverpackung erklang, gefolgt von einem anerkennenden Summen.

Und dann tippte die dicke Spitze seines Schwanzes gegen ihr Geschlecht.

„Herrgott, Darya. Ich muss eine Möglichkeit finden, wie ich dich so vögeln kann, dass du siehst, was ich tue." Sein Schaft versenkte sich tief in ihr und sie erhob sich auf die Zehenspitzen, wollte mehr. „Genau so. Wenn deine hübsche rosa Pussy alles nimmt, was ich ihr gebe."

„Knox!" Frustriert wegen seines langsamen und bedachten Vorgehens löste sie ihre Hände voneinander, stemmte sie neben ihren Kopf und schob sich rückwärts in seine Stöße.

Einen Augenblick später lag seine Hand an ihrem Nacken, hielt sie fest, und seine tiefe Stimme grollte nahe an ihrem Ohr: „Halt still."

Heilige Hölle, das war heiß. Die vollkommene Überlegenheit, die er durch diesen einfachen Befehl und die Dehnung seines dicken Schwanzes in ihrer Pussy an den Tag legte, ließ sie fast kommen.

Langsam baute er wieder seinen Rhythmus auf, immer noch genauso ruhig wie zuvor, doch jeder seiner Stöße erfüllte sie vollkommen. Da ihr Gesicht von der Schachtel abgewandt war, konnte sie nicht sehen, was er tat, aber etwas stieß gegen das harte Plastik. „Ich liebe es, wenn du gierig wirst. Heute Nacht nimmst du allerdings nur, was ich dir gebe. Verstanden?"

„Dann hör auf, schmutzige Dinge zu sagen. Ich kann deinen Schwanz *oder* dein dreckiges Mundwerk aushalten, aber nicht beides gleichzeitig."

Er lachte leise und das dumpfe Klicken von Hartplastik erklang hinter ihr. „Bist du dir sicher?" Kalte Flüssigkeit tropfte auf ihr Steißbein und rann zwischen ihre Hinterbacken.

Das Gleitgel.

Gott, es würde wirklich passieren.

Das Klicken ertönte erneut und die Flasche landete neben ihr auf dem Bett.

„Wenn ich nicht reden darf, während ich dich ficke, kann ich dir den Anblick nicht beschreiben." Als ob er alle Zeit der Welt und keine Ahnung davon hätte, wie angespannt und bereit zu explodieren sie war, verrieb er die Feuchtigkeit. Auf und ab, in Kreisen um ihren Anus, in den er hin und wieder leicht hineindrückte, bevor er über ihr Perineum strich und die hypnotisierende Bewegung wiederholte. „Du neigst deine Hüften immer so für mich, aber heute Nacht bettelst du förmlich darum."

„Knox, hör auf."

Sein Daumen erstarrte, nicht jedoch seine Hüften, sodass die dicke Spitze seines Schafts köstlich in ihr schrammte. „Aufhören?“

„Nur mit dem Gerede. Mit allem anderen: weitermachen!“

„Hmm.“

Das klang nach einem Mann, der keine Anstalten machte, ihr zu gehorchen. Er ließ seinen Daumen wieder kreisen, aber diesmal fügte er mehr Druck hinzu und zog sich nicht zurück. „Bist du dir sicher, dass du es nicht wissen willst? Weil ich mir auf jeden Fall abspeichern werde, wie mein Daumen aussieht, wenn er in deinen Arsch gleitet.“

Er drückte fester hinein und sie wimmerte. Ihre Pussy bebte so sehr um seine Dicke, dass ihr klar wurde, dass der Orgasmus, der sich näherte, gigantisch werden würde. „Ich komme gleich.“

„Noch nicht.“ Er bewegte seine Hand und schob zwei Finger in sie, dehnte sie beständig. „Halt dich noch ein wenig für mich zurück.“

„Knox.“ Sie krallte sich in die Laken und stöhnte. „Bitte. Ich bin so nah dran.“

„Oh, Baby. Genau wie ich.“ Die Dehnung in ihrem Hintern verstärkte sich und das Pochen zwischen ihren Beinen wurde zu einem verlangenden Pulsieren. „Aber ich will direkt hier sein, wenn du abhebst. Ich will derjenige sein, der dich zum ersten Mal so kommen lässt.“

„Dann tu es endlich.“ Sie hatte es mehr wie einen Befehl klingen lassen wollen, doch es ähnelte eher einem Flehen, denn ihre Stimme war so angespannt und fertig, wie sie sich fühlte. Schweiß bedeckte ihren Nacken und rann über die Haut hinten an ihren Schenkeln, wo seine Beine gegen ihre stießen. Jeder Zentimeter ihres Körpers bebte. Bereit. Mehr als bereit. *Verlangend.*

Er nahm sie immer noch langsam und methodisch, zog seine Finger aus ihr und griff nach dem Gleitgel. „Was soll ich tun, Süße?“

Gott, sie hatte keine Ahnung, ob sie ihn umbringen

oder loben sollte. Trotz all seiner hinterhältigen Manöver kannte er stets den richtigen Weg, um sie bis an den Abgrund zu treiben. Er wusste, wie er bei ihrem Spiel jede Empfindung herauswringen konnte. Aber sie besaß eigene Fähigkeiten. Eigene Macht. Was genau der Punkt war, den er hatte verdeutlichen wollen. „Benutz diesen herrlichen Schwanz und fick meinen Hintern damit. Jetzt."

Das Geräusch, das er von sich gab, als sein Schaft aus ihrer Pussy glitt und vor ihrem Anus innehielt, zeigte ihn vollkommen als ursprüngliches Raubtier, das kaum zurückgehalten werden konnte, hungrig und darauf konzentriert, seine Beute zu erlegen.

Er verteilte noch mehr kaltes Gleitgel zwischen ihren Hinterbacken und strich es mit seinem Schwanz dorthin, wo er es haben wollte. „Herrlich, hm?" Er warf die Flasche wieder aufs Bett, packte ihren Hintern und zog ihn auseinander, sodass er sie intim betrachten konnte. Allein das Wissen, dass sein Blick auf ihr lag und er beobachtete, wie er sie vorbereitete, trieb sie bereits näher auf ihren Höhepunkt zu. Es ließ sie sich wünschen, dass sie es ebenfalls sehen könnte. „Wenn du es so ausdrückst, kann ich es dir ja kaum verweigern, oder?"

Seine dicke Spitze durchstieß ihren engen Ring, und sie wimmerte, während sie sich für das Dehnen und Brennen wappnete.

„Ruhig." Er strich mit einer starken Hand über ihren unteren Rücken. Die sanfte Berührung war ein deutlicher Kontrast zu dem Schraubstockgriff, in dem er ihre Hüfte hatte. „Entspann dich und lass mich dir geben, was du willst."

Sie stieß zittrig den Atem aus und sein Schaft sank tiefer. Füllte sie. Eroberte sie auf eine Weise, die sie nicht zuzugeben wagte.

„Perfekt." Eine dunkle Ermutigung. Lob und Versuchung von ihrem höchsteigenen blonden Teufel. „Langsam und ruhig, bis du alles aufnehmen kannst.“

Seine Worte bewegten sich durch sie hindurch, und die subtilen Zwischentöne riefen Möglichkeiten in ihr wach, bei denen sie hart darum gekämpft hatte, sie zu ignorieren. Sie wollte die Vorstellungen über ihre Zukunft fest unter Verschluss halten, bis die Sache mit ihnen etwas stabiler war.

Aber er hatte recht. Sie vertraute ihm. Physisch. Emotional. Egal, was zwischen ihnen passierte, er verhielt sich integer. War ehrlich und offen.

Und sie würde nicht gegen ihn kämpfen.

Weder in der Arbeit. Noch beim Sex. Oder mit ihrem Herzen.

Er schob sich bis zum Anschlag in sie und ihr Körper sang angesichts der Vollständigkeit, die sie nun empfand. Als ob die physische Verbindung dazu diente, das zu bestätigen, was ihr Kopf und ihre Gefühle bereits akzeptiert hatten.

Er blieb an Ort und Stelle, drückte ihre Hüfte und knurrte: „Sprich mit mir.“

„Kein Reden.“ Sie bewegte sich das bisschen, das ihr trotz seines unerbittlichen Griffs gelang, streckte eine Hand nach hinten aus und grub die Nägel in seine Hüfte. „Bitte gib mir, was ich brauche.“

Er bewegte sich. Zuerst langsam und weniger tief, er wurde aber rascher schneller. Er las ihre Reaktion und baute darauf auf. Er rollte mit den Hüften und trieb sich in sie, als ob sein einziger Gedanke ihrem Vergnügen galt. Ihren Bedürfnissen.

Sie drückte sich auf ihren Unterarmen hoch, erwiderte jeden Stoß, erlaubte diesem fremden, aber köstlichen Kontakt, sie noch tiefer mit sich zu reißen. Weg von den Gedanken. Weg von den Begrenzungen oder Sorgen bezüglich der Zukunft. Weg von allem als dem Hier und Jetzt und der bevorstehenden Explosion zwischen ihnen.

Sie schob eine Hand zwischen ihre Beine. Die leichte Berührung ihrer Finger an ihrer pochenden Klit war fast schmerzhaft. „Ich habe keine Lust mehr zu warten."

„Fuck. So gottverdammt gierig." Mit nichts Geringerem als einem Knurren packte er ihr Haar, riss sie aufrecht und umfasste ihren Hals mit einer Hand. Mit der anderen schlug er ihre suchenden Finger aus dem Weg und unterbrach dabei kein einziges Mal den unwiderstehlichen Rhythmus seines Schwanzes in ihr. „Oh nein, das wirst du nicht tun. Diese Pussy gehört mir." Er schob seine Finger fordernd durch ihre nassen Schamlippen und umkreiste ihre Klit. „Wenn du kommst, dann weil *ich* derjenige war, der dich dorthin gebracht hat."

Er stieß zwei Finger tief in sie, trieb sich härter in ihren Hintern und verlangte mit jedem Stoß, dass sie sich ihm ergab. Sich ihm unterwarf.

Und ihr Körper gehorchte.

Ihr Geschlecht pulsierte und zog sich um seine Finger zusammen. Ihre Muskeln bebten bei dem Ansturm der Endorphine. Ihr Verstand und ihre Seele schwebten in einem samtschwarzen Himmel, der nur von Granat-, Smaragd- und Saphirsplittern erhellt wurde.

„Ja. Ich liebe es, wenn du kommst. Das gehört *mir*." Er stieß ein Mal in sie. Zwei Mal. Dann versenkte er sich bis zum Anschlag, hielt sich tief in ihr und sein Schwanz zuckte in ihr. Er vergrub das Gesicht an ihrer Halsbeuge und ließ seine Hüften an ihren kreisen. Sein Atem blies schnell und heiß über ihre Haut. Trotz der Anspannung in seinen Armen ließ er die Finger genüsslich in ihre und aus ihrer Pussy gleiten, sodass er ihren Höhepunkt mit jeder präzisen Bewegung verlängerte. „Mir, weil du mir vertraust. Weil das, was wir miteinander haben, funktioniert."

Er hatte recht. Er hatte es ihr bewiesen, genau wie er es gesagt hatte. Aber er war auch ein dominanter Mann, der es gewohnt war, seinen Willen zu bekommen, wenn er sich etwas in den Kopf setzte, und ihre Vergangenheit war bereits von zu vielen Männern wie ihm beeinflusst worden. Wenn sie diesen Schritt tat, dann weil sie es so gewählt hatte. Wenn es *ihr* passte und nicht jemand anderem.

Er ließ sie sinken, bis ihr Oberkörper erneut auf dem Bett lag und er auf ihr, danach schob er sanft ihr Haar von ihrem Rücken und knabberte an dem süßen Punkt an ihrem Halsansatz. Erst als sie sich vollkommen entspannt hatte und ein leises Seufzen von sich gab, sprach er wieder. „Alles in Ordnung?"

Herrlich. Sie fühlte sich mächtig und selbstsicher und zugleich beschützt. Die Kombination stieg ihr zu Kopf und war zu gleichen Teilen beunruhigend wie angenehm. „Ich werde wund sein, aber auf die gute Art", murmelte sie.

„Es gibt eine gute Art?"

Sie bewegte sich und sah zurück zu ihm. „Ich werde das von heute fühlen, und dann werde ich lächeln, weil ich mich daran erinnere."

Er grinste und biss in ihre Schulter, eindeutig erfreut über ihre Erklärung. „Soll ich dir ein Bad einlassen, damit deine Muskeln locker werden, bevor wir schlafen gehen?"

„Ich muss noch arbeiten."

„Nein, musst du nicht."

„Knox …"

Nach wie vor in ihr, ließ er die Hüfte kreisen und eroberte ihren Mund, um sie zum Schweigen zu bringen. „Du weißt, dass das das Richtige ist", sagte er nach einem langen Kuss. „Sag Ja und ich lasse dir ein Bad ein."

„Lass mir ein Bad ein und gib mir eine Woche."

Der berechnende Glanz in seinen Augen tauchte wieder auf, und Knox ließ die Lippen an ihrem Kiefer entlanggleiten. „Drei Tage."

Dieser sture, brillante, wunderschöne Mann. „Eine Woche."

„Fünf."

Fünf Tage waren vernünftig. Besonders wenn man bedachte, dass sie ihre Antwort bereits kannte.

„Und ich will die Kondome weglassen", fügte er hinzu, bevor sie zustimmen konnte. „Was immer es braucht, um damit einverstanden zu sein, ich bin dabei. Zeke kann uns testen, oder wir finden jemand anderen, der die Blutuntersuchungen macht."

In ihrem Magen flatterten die Schmetterlinge, und ihr Brustkorb fühlte sich eng an, als ob ihr Herz auf doppelte Größe angeschwollen wäre. Allein die Vorstellung, ihn so in sich zu fühlen – wie sein Erguss sich mit ihrem Höhepunkt mischen würde –, ließ sie fast nachgeben. „Jetzt ein Bad und fünf Tage für meine Antwort, aber wir werden die Kondome schneller weglassen, wenn wir es schaffen."

Er lächelte breit, umfasste ihren Hinterkopf und drückte ihr einen triumphierenden Kuss auf die Lippen. „Dann sollte ich mich besser aufrappeln und dir das Bad einlassen, weil wir einen Deal haben."

Kapitel 26

Knox scrollte sich durch eine endlos wirkende Liste von Logeinträgen. Der schwarze Text vor dem gedimmten weißen Hintergrund durchdrang nicht einmal seine anderweitig beschäftigten Gedanken. Die Uhr am oberen rechten Rand seines Bildschirms zeigte 15:23 Uhr. Überragende fünf Minuten später als beim letzten Hinsehen, und die Zeit verging einfach nicht schneller. Es war vergleichbar mit dem Gefühl, das er hatte, wenn er nicht schlafen konnte und die Nacht ewig andauerte. Statt an die Decke zu starren und über alles – von Ideen für Apps bis hin zu möglichen Datenlecks – nachzudenken, konnte er diesmal nur über die Antwort grübeln, die ihm Darya für Ende dieses Tages versprochen hatte. Noch zwei Stunden, höchstens drei, bevor sie ihn wissen lassen würde, ob sie ihre Fahndungsaufträge aufgeben und sich in Vollzeit seinem Team anschließen würde.

Er schob seine Maus auf die Seite, stieß sich vom Tisch ab und starrte aus den dicken verdunkelten Scheiben, die ihm einen direkten Blick auf die belebte Straße vorn boten. Über zwei Monate lang hatte sie sich auf das Training und die Möglichkeiten, die er ihr geboten hatte, gestürzt und in dieser kurzen Zeit mehr geschafft als die talentiertesten Programmierer, mit denen er gearbeitet hatte. Zu behaupten, dass es ihn anmachte, ihr zuzusehen, wie sie Informationen verschlang, war die Untertreibung des Jahrhunderts. Er würde es eher damit vergleichen, einem Mann Napalm zu reichen, der unbedingt in einem Freudenfeuer tanzen wollte. Wenn er dazu noch in Betracht zog, wie sich die Dinge im persönlichen Bereich zwischen ihnen entwickelt hatten, war er umso entschlossener, sie auf jede Weise an sich zu binden, die ihm möglich war. *Jetzt* begriff er, weshalb Jace den Weg mit Vivienne eingeschlagen hatte, den er gewählt hatte. Verdammt, wenn er damals gewusst hätte, was er jetzt wusste, hätte er einfach am ersten Tag Vivs Zeug gepackt und sie mit Jace in eine Wohnung gesteckt.

Er seufzte und ließ den Kopf gegen die Kopfstütze seines Stuhls sinken. Aber sie hatte ihm immer noch nicht von ihrer Vergangenheit erzählt. Sie war ein paarmal kurz davor gewesen, hatte in die Ferne gesehen und auf der Unterlippe gekaut, bevor sie sie abrupt auf leichtere Themen gelenkt hatte. Es hatte ihr auf der Zunge gelegen. Zumindest vermutete er, dass sie an ihre Vergangenheit gedacht hatte. Ihre gemeinsame Zukunft sollte es besser nicht sein.

Ein leises Klopfen ertönte an seiner Tür.

Knox riss den Kopf hoch und starrte zur Übertragung der Kamera, die direkt auf seine Bürotür gerichtet war.

Wenn man vom unglaublich atemberaubenden Teufel sprach …

Er wandte sich in seinem Stuhl um. „Ja."

Der Knauf drehte sich langsam und leise, als ob auf der anderen Seite der Tür ein Einbrecher wäre statt der Frau, die dafür verantwortlich war, dass er halb den Verstand verlor. Sie steckte den Kopf herein. „Knox?"

„Süße, du weißt doch, dass du nicht anklopfen musst."

„Aber deine Tür war geschlossen. Ich dachte, du wärst vielleicht mit etwas beschäftigt und wolltest nicht gestört werden."

Er nickte in Richtung Tür. „Wenn du die da schließt und abschließt, werden wir mit etwas beschäftigt sein, wobei ich nicht gestört werden will."

Ihr scheues Lächeln passte zu dem hübschen Erröten, das über ihre Wangen huschte, aber ihre Hüften schwangen in natürlicher Sinnlichkeit, als sie näherkam. „Ich dachte, wir hätten ausgemacht, dass wir bei der Arbeit die Finger voneinander lassen."

In dem Moment, in dem sie in Reichweite war, schoss

er vor, packte sie an der Taille und zog sie auf seinen Schoß. „Oh, es gibt auf jeden Fall eine Regel bezüglich unserer jeweiligen Finger. Du schwörst, dass du die Finger von jedem Mann außer mir lässt, und ich schwöre, dass ich die Finger von jeder Frau außer dir lasse. Zwischen uns beiden aber ist alles erlaubt."

Ihr heiseres Lachen war der Stoff, aus dem feuchte Träume waren, ein sinnliches Reiben an seinen Ohren, das alle möglichen schmutzigen Gedanken in ihm weckte. Sie neigte den Kopf und sah spielerisch unter ihren weichen Wimpern zu ihm auf. „Bist du sicher, dass du nicht über die Arbeit sprechen willst?"

Sofortige. Konzentration.

„Sprechen wir von einem Code, den du versuchst auszutüfteln, oder von Langzeitkarriereplänen?"

Ihr Blick sank zu seiner Brust, wo sie ihre Finger auf sein Herz gedrückt hatte. „Langzeit."

Dem Himmel sei Dank. Vermutlich hätte er es bis zum Ende des Tages geschafft, aber wenn sie es früher klären wollte, könnte er vielleicht etwas dringend benötigten Sauerstoff in sein Gehirn bekommen. „Gut, dann hängt es von ein paar Dingen ab. Wenn du mir die Antwort geben wirst, die ich will, können wir reden. Wenn nicht, werden wir kurz auf Pause drücken, damit ich ein wenig deutlicher machen kann, welche Vorteile es hat, meine Angestellte zu sein."

Ihr Mund verzog sich zu einem niedlichen Lächeln. „Vielleicht solltest du mir trotzdem von den Vorteilen berichten."

„Süße, ich werde dir gar nichts *berichten*. Ich werde es dir zeigen. Vermutlich, während dein Hintern auf dem Rand meines Schreibtisches hockt und deine Schenkel um meine Hüften gelegt sind."

Eine Sekunde. Das Fitzelchen einer Sekunde und ihre Lider wurden schwer. Ihre Lippen teilten sich etwas, eine willkommene Einladung. Er war halb versucht, sie anzunehmen, egal, wie ernst der Grund ihrer Unterhaltung war oder wohin er wollte, dass sie führte. Er umfasste ihre Hüften und zog sie stattdessen näher. „Sag Ja. Die Fahndungsaufträge bringen dir bei Weitem nicht so viel, wie ich dir zahlen kann, ganz zu schweigen davon, was du wert bist. Und du hast von Anfang an gesagt, dass du die Arbeit nicht magst."

Sie drückte die Hand fester an seine Brust, als ob sie nach etwas suchte, das ihr Halt gab.

Er spannte die Arme um sie an und senkte die Stimme. „Spring. Lass mich dich auffangen."

„Ich bin bereits gesprungen", flüsterte sie. „Vor Monaten."

Reines Vergnügen floss feurig durch seine Adern, ein kraftvoller Rausch, mit dem es selbst einige seiner viel gefährlicheren Erfahrungen nicht aufnehmen konnten. „Ist das ein Ja?"

Sie neigte den Kopf und sah ihn weiter an.

„Gut. Dann wirst du nichts dagegen haben, wenn ich mein Glück etwas ausreize, wo ich schon mal dabei bin."

Sie schürzte die Lippen zu einer niedlichen kleinen Schnute. „Du reizt dein Glück ständig aus."

Verdammt, ja. Besonders, was den körperlichen Aspekt ihrer Beziehung anbelangte. Er mochte zögern, die Tiefe seiner Gefühle auszusprechen, aber er hatte keine Probleme damit, sie beim Sex auszudrücken. In den Wochen, seit sie eine Routine dabei entwickelt hatten, zwischen ihrer und seiner Wohnung hin und her zu wechseln, hatte er nicht nur ihre winzige Spielzeugsammlung zur Anwendung gebracht, sondern eine weitaus größere Auswahl bei sich zu Hause angesammelt. „Dann weißt du, dass es weise wäre, jetzt zuzustimmen. Ich bekomme auf lange Sicht so oder so meinen Willen."

„Zustimmen?"

Er schluckte schwer. Der ungeheuerliche Schritt, den er vorschlagen wollte, war der größte, den er bis heute gewagt hatte. Wenn sie Ja sagte, hätte er keine Wahl mehr, sondern müsste mit seinen Brüdern eine intensivere Unterhaltung führen – egal, ob sie ihm ihre Vergangenheit anvertrauen würde oder nicht. „Zieh bei mir ein."

Einige lange Sekunden, die reichten, damit sich sein Inneres zusammenzog, saß sie bewegungslos auf seinem Schoß, so still, dass es ihm schwerfiel zu erkennen, ob ihre Lungen noch arbeiteten.

„Wir verbringen sowieso die Hälfte unserer Zeit bei mir", sagte er. „Wir können nichts unternehmen, ohne dass deine Nachbarn es mitbekommen, und ich habe bei Weitem nicht genug Platz, um dich in der Dusche richtig nehmen zu können. Ganz zu schweigen davon, dass dieser Schuppen ein Sicherheitsalbtraum ist."

„Aber was ist mit Beckett?"

„Was soll mit ihm sein? Er vergöttert dich. Und wenn er nicht das Essen inhaliert, bevor wir es uns schnappen können, oder spätabends den Fernseher in Beschlag nimmt, sehen wir ihn doch nie." Vielleicht war das das Problem. Vielleicht gefiel ihr die Vorstellung nicht, mit einem anderen Kerl als ihm zusammenzuwohnen. „Außer du möchtest, dass wir was Eigenes für uns haben", fügte er hinzu. „Wir können ihm das Stockwerk überlassen und ein anderes für uns benutzen. Ich besitze die Hälfte des Gebäudes, also können wir tun, was immer wir wollen. Oder ich kann etwas kaufen, was …"

„Pst." Sie drückte zwei Finger auf seine Lippen und lächelte dieses sanfte Lächeln, das ihn jedes Mal dazu brachte, sich zu fragen, ob sie nicht mehr Engel als Mensch war. „Ich habe kein Problem damit, dass Beckett dort wohnt. Ich mag dein Zuhause. Ich will nur nichts tun, was dazu führt, dass er sich unwohl fühlt."

„Du machst Witze, oder? Die meisten meiner besseren Erinnerungen stammen daher, dass ich dafür gesorgt habe, dass Beckett sich unwohl fühlt. Jetzt hätte ich nur eine Partnerin dabei.“ Er legte die Hand an ihre Wange und zog sie zu einem Kuss an sich. „Das ist mein Ernst. Denk einfach darüber nach. Ich werde dich nicht drängen.“

Sie entzog sich seinen Lippen und warf ihm einen ungläubigen Blick zu. „Kein Druck? Von dir?“

„Okay, vielleicht ein bisschen Druck. Ich würde sogar vorschlagen, dass wir heute Abend bei dir bleiben, so dass ich genug Zeit damit verbringen kann, dir alles aufzulisten, was falsch daran ist.“

Gott, ihr Lächeln war wunderschön. Genauso kraftvoll und heiß wie der Sonnenschein vor seinem Fenster im August, verbunden mit den kühleren Schattierungen eines Vollmonds. „Okay. Heute Abend bei mir. Und bevor ich dir eine Antwort gebe, musst du mir schwören, dass du mit Beckett sprichst.“

Oh, er würde mit Beckett reden … und mit dem Rest seiner Brüder. „Ich spreche mit ihm, aber er wird einverstanden sein.“ Er tätschelte ihre Hüfte und richtete sich in seinem Stuhl auf. „Und jetzt spring auf und schaff deinen Hintern an die Arbeit. Ich will hier raus sein, bevor die Sonne untergeht, und habe noch nicht mal die Hälfte von dem Scheiß erledigt, der erledigt werden muss.“

Sie drehte sich auf seinem Schoß, hielt aber inne, ehe sie sich erhob, um sich vorzubeugen und auf seinen Bildschirm zu sehen. „Arbeitest du an etwas Neuem?“

„Nein, ich schaue nur die Logeinträge durch.“

„Das hier sieht nicht nach Dateien eines Anwendungsprotokolls aus, sondern eher wie Webseiten und IP-Adressen.“

Er lachte leise über ihr verwirrtes Gesicht. „Das sind Hackerangriffe auf einen unserer Mailserver. Ich habe

Honeypots installiert, um die neugierigeren Typen vom richtigen Stoff wegzulocken. Wenn sie versuchen, an die Daten zu kommen, wird automatisch eine Sperre für ihre IP aufgefahren. Sie durchzuschauen ist genauso spannend wie die Werbesendungen mitten in der Nacht im Fernsehen, aber ich behalte gerne die hartnäckigeren Versuche im Auge."

Sie griff nach der Maus, hielt aber inne, bevor sie die Hand darum schließen konnte, und sah zu ihm zurück. „Darf ich schauen?"

Er zuckte mit den Schultern. „Klar."

Sie blickte wieder auf den Bildschirm und scrollte von oben nach unten. „Was ist ein Honeypot?"

Er konnte nicht anders. Nicht, wenn sie ihm eine dermaßen perfekte Vorlage lieferte. Er schob seine Hände zwischen ihre Schenkel und rieb über den mittleren Saum ihrer Jeans. Rückblickend betrachtet war es ein ernster Fehler gewesen, ihr die adretten Röcke auszureden, denn damit hatte er sich zugleich des leichten Zugangs beraubt. „Das hier ist einer meiner liebsten Honigtöpfe."

Sie kicherte, wand sich auf seinem Schoß und schlug seine Hand weg. „Das habe ich nicht gemeint, und das weißt du auch."

Seufzend setzte er sich zurück und erlaubte ihr, sich wieder auf den langen Strom von Text auf dem Bildschirm zu konzentrieren. „Es ist genau das, wonach es klingt. Eine Ablenkung. Eine Falle. Ich stelle falsche Daten zur Verfügung und locke die Leute, die in unseren Geschäften herumschnüffeln wollen, dorthin, statt dass sie an die wichtigen Daten kommen. Wenn sie den Köder schlucken, blockiere ich sie."

Sie nickte, wirkte aber abgelenkt. Ihre Finger erstarrten auf dem Mausrad und eine leichte, aber sehr reale Anspannung hielt sie im Griff.

Knox setzte sich auf und folgte ihrem Blick. „Ist etwas

nicht in Ordnung?“

Sie ließ die Maus los, erhob sich und machte zwei zittrige Schritte von seinem Tisch zurück. „Nein, ich …“ Sie strich sich über die Hüfte, räusperte sich und hielt inne, kurz bevor sie seinen Blick erwiderte. Ihr Lächeln war unglaublich leer. „Ich weiß nur nicht, was das alles bedeutet.“

Bullshit. Kein einziges Mal, seit er sie kennengelernt hatte, hatte er jemals das Gefühl gehabt, dass sie ihn anlog.

Bis jetzt.

Vielleicht war es eher ein Ausweichen statt einer richtigen Lüge, aber es schmerzte dennoch. Er hatte ihr alles gegeben, Grenzen niedergerissen, die abzubauen er noch für niemanden in Erwägung gezogen hatte, und sie konnte ihm nicht einmal das hier schenken? Er erhob sich, war versucht, näher zu treten, sie an die Wand zu drängen und Antworten zu verlangen. Stattdessen kämpfte er dagegen an. Er hatte ihr bereits gesagt, dass er von ihrer Vergangenheit erfahren wollte, und mehr als alles andere wollte er es sich verdienen. Wollte wissen, dass sie ihm genügend vertraute, sie ihm zu verraten. Dennoch, wenn das, was sie gesehen hatte, sie so aufgewühlt hatte, musste er es erfahren. „Was hast du entdeckt?“

Sie schluckte schwer und ihr Blick glitt zu dem Bildschirm hinter ihm. „Da war ein Wort – Koschtschei.“ Allein es auszusprechen ließ sie bleich werden.

Er drehte sich wieder um, beugte sich vor und scrollte durch die Liste. „Ja. Was ist damit?“

„Vermutlich ist es nichts.“

Er hatte die Zeile gefunden, auf die sie sich bezogen hatte, markierte den Text, kopierte ihn in ein extra Dokument und sah stirnrunzelnd über die Schulter. „Du siehst aus, als ob der schwarze Mann gerade ein ekelhaftes Paar Eier auf meinem Computer zur Schau gestellt hätte. Sag mir nicht, es wäre nichts. Was bedeutet es?"

„Es ist eine Figur aus der slawischen Folklore. Der Koschtschei ist …" Sie ließ eine Hand kreisen und ihr Blick schweifte in die Ferne, als ob sie nach der richtigen Mischung von Worten suchte, um ihre Gedanken zu vermitteln. „Der Todeslose." Ihr Blick wurde schärfer und sie erwiderte Knox' Starren. „Er kann nicht getötet werden, weil seine Seele unabhängig von seinem Körper aufbewahrt wird."

Knox richtete sich auf. „Hat dich also diese Geschichte erschüttert?"

Schmerz zuckte in ihren Augen auf, und eine Sekunde lang dachte er, sie würde alles mit einer blödsinnigen Entschuldigung abtun, so wie vor ein paar Minuten. „Nein."

Scheiß auf die Distanz. Scheiß aufs Warten und Sorgenmachen und alles andere dazwischen. Er ging zu ihr und zog sie eng in seine Arme. „Was immer es ist, sag es mir einfach. Ich kann nichts richten, wovon ich nichts weiß."

„Das kannst du nicht richten", flüsterte sie. Ihre Aufmerksamkeit glitt zu dem Bildschirm, dann wieder zurück zu ihm. „Vielleicht ist es nichts. Ich hoffe, dass es nichts ist. Aber du verdienst die Wahrheit."

Endlich.

„Okay. Gut." Er zog sie an sich und küsste ihren Scheitel. „Lass uns für heute Schluss machen. Wir gehen früher heim und entspannen uns einfach bei dir."

Sie drückte die Hände an seine Brust und neigte sich zurück, um seinen Blick zu erwidern. „Nein, erledige deine Arbeit. Wir machen weiter wie immer und reden heute Abend. Okay?"

Ein unbequemes Prickeln machte sich an seinem Nacken breit. Was immer ihr auch gerade durch ihren klugen Kopf ging, er war sich ziemlich sicher, dass es ihm nicht gefallen würde. Aber wenn sie wollte, dass er noch zwei beschissene Stunden wartete, würde er sie ihr geben. Dann würde er sicherstellen, dass die Dämonen aus ihrer Vergangenheit nie wieder ihre Gedanken verdüstern würden.

Kapitel 27

Eine Träne zerplatzte auf Daryas Handrücken. Das hilflose Zittern in ihren Armen ließ sie auf den Stapel Kleider in ihrem offenen Koffer fallen. Seit dem Tag, an dem sie ihre Mutter hatte weggehen sehen, hatte sie gewusst, dass der Tag kommen würde, an dem sie ihr eigenes Opfer würde bringen müssen. Hatte gewusst, dass sie ihre Schuld gegenüber dem Universum nur erhöht hatte, als Yefim und JJ ihr zu Hilfe gekommen waren.

Heute war der Tag, an dem sie den Preis zahlen musste.

Sie rieb sich abrupt mit dem Handrücken über die Wangen und zwang ihre Beine, nicht nachzugeben. Im besten Fall hatte sie zehn Minuten, um sich zusammenzureißen und für Knox bereit zu sein. Vermutlich weniger, wenn sie nach seiner abgehackten Stimme am Telefon ging, als er sie gefragt hatte, warum sie vor ihm gegangen sei.

Eine weitaus mächtigere Angst als die Aussicht auf die Tage, die vor ihr lagen, durchfuhr sie. Allein die Vorstellung, dass ihre Taten dazu beitragen würden, sein Vertrauen weiter zu zerstören, zwang sie fast in die Knie. Er würde ihr nie vergeben. Niemals. Und wie könnte sie es ihm vorwerfen? Sie hatte nicht nur ihr Versprechen ihm gegenüber gebrochen, sondern würde ihm noch eine neue Reihe emotionaler Ziegelsteine liefern, hinter denen er sein Herz verstecken konnte.

Sie stopfte die letzten ihrer wichtigsten Kleider hinein und zog an den Gurten, um sie festzuzurren.

Die Tür öffnete sich, und ihr Herz pochte so hart, dass es wehtat.

„Darya?“ Ein drängender Ruf, gefüllt mit Sorge wie mit Wut. Seine schnellen Schritte kamen durch das Wohnzimmer.

Kalter Schweiß brach auf ihrer Haut aus, und egal, wie sehr sie es auch versuchte, sie konnte ihre keuchenden Atemzüge nicht beruhigen.

Als er wieder etwas sagte, war seine Stimme genauso heiser wie ihre und der Tonfall eher eine Anschuldigung statt einer Frage. „Was tust du?", fragte er hinter ihr.

Sie zwang sich, sich umzudrehen, und fiel angesichts der offen zur Schau gestellten Verwundbarkeit auf seinem Gesicht fast zu Boden. Seine Aufmerksamkeit war nicht auf sie gerichtet, sondern auf die drei Koffer auf dem Bett. „Ich muss gehen."

In diesem Moment hätte sie alles getan, um die Worte zurückzunehmen. Um die letzten vier Wochen noch einmal auf Anfang zu stellen und sie langsamer zu durchleben. Jede einzelne Sekunde zu genießen und keinen Augenblick an Schlaf zu verschwenden. Sie hatte gedacht, sie hätte verstanden, was JJ gemeint hatte, als sie von *Leben* gesprochen hatte, aber sie begriff es erst jetzt. Begriff die Bedeutung von Verlust.

„Das hier hat etwas mit dem zu tun, was du in den Protokolldaten gesehen hast." Es war eine Feststellung, keine Frage.

Sie nickte. „Ja." Sie stemmte eine Hand auf den offenen Koffer, brauchte etwas, *irgendwas*, um sich aufrecht zu halten. „Ich habe die IP-Adresse überprüft. Sie stammt aus Russland."

Er kam vorsichtig ins Zimmer. „Sechzig Prozent unserer Hackerangriffe kommen aus Russland. Das bedeutet gar nichts."

„Doch, wenn der Name Koschtschei damit verbunden ist."

Er verengte die Augen wie ein Raubtier, das gerade einen Schritt in die Falle gemacht hatte. „Ist das der Grund, weshalb du früher gegangen bist und von außen auf unsere Sicherheitsapps zugegriffen hast?"

Natürlich wusste er es. Was Knox nicht durch die Kameras beobachtete, die in jeder Ecke seines Büros angebracht waren, das bekam er elektronisch durch Login-Daten und Gott allein wusste wie viele Code-Fallen mit. Sie schluckte schwer und hasste es, dass sich in ihrem Magen das drückende Gefühl des Betrugs breitmachte. „Ich wollte glauben, dass es ein Zufall war. Ich bin früh gegangen, um über das nachzudenken, was ich sagen wollte. Wie ich dir von meiner Vergangenheit berichten könnte. Auf dem Weg nach Hause sind mir die Aufnahmen der Sicherheitskameras eingefallen. Ich dachte, nachzusehen würde meine Nerven beruhigen. Mir dabei helfen zu erkennen, dass ich mir vermutlich viel zu viele Gedanken mache."

„Und?"

„Ich habe mir nicht zu viele Gedanken gemacht."

Sofort änderte sich seine Mimik. Reine Wut verdrängte jede Spur von Angst. „Zeig es mir."

Der Nachdruck seines Befehls zwang sie zum Handeln und schickte sie auf unsicheren Füßen zu dem Firmenlaptop, der immer noch auf ihrer Kommode stand. Es brauchte drei Versuche, um ihr Passwort einzugeben, und seine Hitze ausstrahlende Gegenwart fühlte sich wie Flammen an ihrem Rücken an. In der Sekunde, in der ihr Passwort bestätigt wurde, war auf dem Bildschirm das Fenster offen, in dem sie die Aufnahmen angesehen hatte. Sie zeigte auf einen Parkplatz auf der anderen Straßenseite und einen Kabeltechniker, der zu seinem Lieferwagen ging. Sein dunkles Haar war kurz und ein ordentlich gestutzter Bart bedeckte seinen Kiefer. Seine Augen wurden von einer verspiegelten Sonnenbrille verdeckt. „Das ist falsch."

Knox beugte sich vor. „Du packst deinen Scheiß zusammen und haust ab, weil ein Kabeltechniker in der Straße, wo ich arbeite, aufgenommen wurde?" Er richtete sich auf und sah ihr in die Augen. Ein ungläubiges

Feuer brannte in seinem grauen Blick. „Bist du vollkommen irre?“

„Das ist kein Kabeltechniker, Knox. Sieh ihn dir an.“ Sie tippte wieder auf den Bildschirm. „Hast du jemals einen Techniker gesehen, der einen Overall trägt? Im August? Und wo sind seine Werkzeuge? Er besitzt keine. Er hat nie welche aus seinem Truck genommen. Alles, was er getan hat, war, eine kurze Weile aus der Sicht der Kamera zu treten.“

Ein Hauch von Verstehen schien sich einzustellen, und sie hätte schwören können, dass er aufgehört hatte zu atmen.

Darya zoomte das Bild näher heran. „Ich hätte es fast übersehen, aber sobald ich genauer hingeschaut habe, war es das hier, was mich überzeugt hat.“ Sie zeigte auf die Hand des Mannes. Er hatte ein Tattoo, das halb Monster, halb Mann war, auf dem Handrücken. „Das hier ist Koschtschei, und die Männer, die ihm dienen, haben es alle.“

„Du sagtest, es sei Folkore.“

„Ist es auch, aber der Mann, der mir auf der Spur ist, hat sich selbst diesen Beinamen gegeben. Er glaubt, dass er nicht sterben kann. Dass er unbesiegbar ist. Und er will mich.“

„Ist es ein Mordauftrag? Rache? Was?“

Sie erwiderte seinen Blick und versuchte zu schlucken, doch die Härte der Realität stahl ihr sämtliche Feuchtigkeit von der Zunge. Niemals in einer Million Jahren würde sie vergessen, wie Ruslan sie angesehen hatte. Sie durfte ihm nicht erlauben, sie zu bekommen, aber mehr als das konnte sie ihm nicht erlauben, Knox zu verletzen. „Nein, er will *mich*.“

Sie wusste nicht, was sie erwartet hatte. Weitere Argumente vielleicht. Oder erneut die brennende Wut, die er schon einmal gezeigt hatte. Stattdessen trat wilde Entschlossenheit zutage. Unbezähmbare, resolute

Überzeugung. „Er kann den ganzen gottverdammten Tag warten, aber er bekommt dich nicht."

Eiskalte Todesangst floss durch ihre Adern. „Knox, du hast keine Ahnung, wer dieser Mann ist. Ich habe dir am ersten Tag prophezeit, dass meine Vergangenheit mir folgen würde. Ich wusste nur nicht, wie sich die Dinge zwischen uns entwickeln würden. Wenn Ruslan auch bloß einen Hinweis darauf erhält, dass du und ich zusammen sind, wird er dich umbringen und vermutlich die anderen Menschen verletzen, die du liebst, einfach aus Prinzip. Ich muss gehen, und zwar schnell, damit ich ihn von dir ablenken kann. Von euch allen."

„Du glaubst allen verfluchten Ernstes, dass ich dich aus dieser Tür lasse? Dass ich dich das wegwerfen lasse, was wir aufgebaut haben?" Er kam näher und seine Stimme war tödlich ernst. „Süße, ich würde keinen Angestellten in einer solchen Situation hängen lassen, ganz zu schweigen von der Frau, die Vollzeit in meinem Bett schläft."

Jeder Funke Frustration, Wut und Angst, die sie an dem Tag vergraben hatte, als sie aus Russland entkommen war, trat in einem wilden Strom an die Oberfläche. „Er wird dich umbringen. Verstehst du das nicht?"

Er öffnete den Mund.

Bevor er sprechen konnte, unterbrach sie ihn. „Drei Leute haben Opfer für mich gebracht, damit ich ein Leben haben konnte. Sie haben es getan, weil sie mich geliebt haben, und jetzt bin ich an der Reihe. Will ich gehen? Nein. Das Letzte, was ich will, ist von dir getrennt zu sein, aber ich werde Ruslan nicht erlauben, den Mann, den ich liebe, oder seine Familie zu verletzen. *Niemals.*"

Eine Sekunde.

Das war alles, was es brauchte, und die Anspannung in Knox änderte sich. Während zuvor die Luft um ihn herum praktisch vor Aggression und ungezähmter

Wildheit Funken geschlagen hatte, summte sie jetzt wegen der aufgeladenen Konzentration, die auf sie gerichtet war. Seine Stimme war gepresst, ein Pulverfass voller Gefühlen, das in seinen ruhigen Worten steckte. „Du liebst mich?"

So verwundbar. Eine Verletzlichkeit, die er, wie sie ohne jeden Zweifel wusste, nur ihr zeigte. Sie legte die Hand an seine Wange und atmete seinen Geruch nach Holzrauch und Schwarzer Johannisbeere tief ein, wollte ihn sich für die einsamen Tage und Nächte einprägen, die ihr bevorstanden. „Das ist eine weitere Grenze, die ich überschritten habe, ich weiß. Aber wie könnte ich das nicht? Du bist du."

Schneller, als sie ihn sich jemals hatte bewegen sehen, riss er sie an sich. Seine Arme legten sich um sie wie unbeugsamer Stahl und hielten sie fest an seiner Brust. Er wob die Finger in ihr Haar und presste ihre Wange gegen sein Herz, das einen hektischen Rhythmus unter ihrem Ohr trommelte.

Gott, sie würde ihn vermissen. Ihre körperliche Verbindung, ja, aber mehr noch seinen Verstand und seine unglaubliche Fähigkeit zur Güte. Niemandem in Knox' Umgebung fehlte etwas. Nicht, wenn er es verhindern konnte. Besonders ihr nicht. Denn egal, ob es ihm klar war oder nicht, er hatte ihr die Welt geschenkt, einfach indem er er selbst gewesen war.

Sie drückte die Hände gegen seine Brust, aber sein Griff gab nicht nach. „Knox, ich muss gehen. Wenn er dich mit mir zusammen vorfindet …" Ein Zittern ergriff sie von Kopf bis Fuß, und die grauenhaften Geschichten aus den Tagen, in denen sie mit Yefim gearbeitet hatte, malten unwillkommene Bilder in ihrem Kopf. „Bitte", murmelte sie. „Würde dir oder deiner Familie etwas geschehen, könnte ich mir niemals vergeben."

Seine Arme lockerten sich so weit, dass er ihr beruhigend über den Rücken streicheln und einen süßen Kuss auf ihren Scheitel drücken konnte. Er lachte leise. Das wunderbare Geräusch passte überhaupt nicht zu dem Augenblick, aber es war nichtsdestotrotz wunderbar. „Die Jungs hatten recht. Ich hätte dich einfach von vornherein für mich beanspruchen sollen."

Als sie diesmal gegen ihn drückte, gab er ihr genug Freiraum, damit sie seinen Blick erwidern konnte. „Beanspruchen? Was soll das bedeuten?"

Sein Lächeln steckte voller Zuversicht und ein bisschen Verruchtheit. „Genau das, wonach es klingt. Dass du mir gehörst. Du, deine Vergangenheit *und* deine Zukunft."

Sie ballte die Fäuste in seinem T-Shirt, dessen Stoff so weich war, dass es ein Wunder war, dass es bei ihrem brutalen Griff nicht riss. „Hast du mir nicht zugehört? Ich muss gehen."

„Ich habe dir zugehört. Obwohl du, wenn ich vor vier Wochen auf meine Brüder gehört hätte, inzwischen wüsstest, dass unsere Frauen nichts für uns *opfern*. Sie leben, wie sie es wollen. Frei. Ohne Angst. Und das ist der Fall, weil wir die Mittel und die Fähigkeiten haben, jegliche Bedrohung für ihr Glück auszumerzen, egal, woher diese Bedrohung kommen mag."

„Knox …"

„Nein." Knox beugte sich vor. Seine tiefe Stimme vibrierte durch sie hindurch, ein donnernder Eid, den er mit der Gewandtheit eines Attentäters übermittelte. „Ich weiß nicht, wer Ruslan ist oder was er von dir will, aber die Tage deines Weglaufens sind vorüber. Wir werden diese Koffer schließen, sie *und* dich in mein Auto packen, und dann wirst du mir die ganze verdammte Hintergrundstory liefern, während ich dich nach Hause bringe."

Mehr als alles andere wollte sie genau das tun. Nachgeben und einer weiteren Person erlauben, sie vor der

Hässlichkeit ihrer Vergangenheit zu beschützen und abzuschirmen. „Das kann ich nicht. Denk an deine Mütter. Vivienne, Natalie und Gabe. Oder, schlimmer noch, Levi. Wenn Ruslan mich nicht kriegt, wird er sie benutzen."

Knox ließ die Hände sinken, langsam, als ob er sich dazu zwingen müsste, dann trat er zurück. „Ich glaube, du verstehst es nicht." Er drehte sich zum Bett und legte die Hand um den Griff von einem der gepackten Koffer. „Der einzige Ort, an den du gehen wirst, ist mein Zuhause."

Kapitel 28

Fünfzehn Minuten und einen Haufen Widerworte später saß Darya auf dem Beifahrersitz von Knox' Auto. Das Verdeck war geschlossen und die Musik ausgeschaltet, was vollkommen anders war verglichen mit den übrigen Malen, als sie neben ihm gesessen war. Er war außerdem frustrierend verschlossen. Während normalerweise das Schweigen zwischen ihnen eher beruhigend war – zwei geschäftige Köpfe, die wortlos und doch nahtlos parallel arbeiteten –, ließ die Stille sie diesmal unruhig hin und her rutschen.

Als ob er es bemerkte, schaltete er in den nächsten Gang, dann legte er seine Hand um ihre, die sie auf dem Schoß zur Faust geballt hatte. „Was immer dir Sorgen macht, lass es los. Ich kümmere mich darum."

Sie öffnete den Mund, um zu streiten, schloss ihn aber angesichts des warnenden Blicks, den er ihr zuwarf, genauso schnell wieder.

Nach einem letzten ermutigenden Druck ließ er ihre Hand los und nahm sein Handy von der Mittelkonsole. In den vergangenen vier Wochen hatte sie das Gerät kaum im Einsatz gesehen, während er fuhr, aber wenn er es tat, verwendete er normalerweise jedes Feature, das es ihm erlaubte, die Hände nicht zu benutzen. Diesmal schaltete er Bluetooth aus und klemmte sich das Handy zwischen Ohr und Schulter.

„Hey", sagte er zu demjenigen, der antwortete, und sah in den Rückspiegel. „Wir müssen den Familienabend von Haven zu uns verlagern und ein Treffen einberufen. Darya hat Probleme und ich lasse sie nicht allein."

Also war es Beckett. Das war keine große Überraschung. Für Männer, die nicht aus demselben Mutterleib stammten, standen sie sich erstaunlich nah. Erstaunlich, aber wunderbar.

„Ja, es geht um *dieses* Treffen und ich will alle an Bord haben. Ist das, was Darya sagt, wahr, brauchen wir auch die Frauen und Levi. Es ist zu riskant, sie schutzlos zu lassen, bis wir einen Plan haben.“ Er hielt lang genug inne, damit Beckett etwas sagen konnte, dann sah er zu ihr. „Noch keine Details, doch sobald wir ankommen, habe ich sie. Wir müssen das Loft überprüfen. Und das Büro. Darya hat von einem Kerl vor unserem Gebäude Bildmaterial gefunden, der ihren Worten nach für den Typen arbeitet, der hinter ihr her ist. Wenn sie schon so nah sind, müssen wir vom Schlimmsten ausgehen und nach Wanzen suchen.“

Ihr Atem stockte und die erstickende Magensäure, die sie heruntergeschluckt hatte, seit sie das erdrückende Video gefunden hatte, hob sich in ihrem Bauch. Sie hatte nicht an Wanzen gedacht. Was, wenn Ruslan es geschafft hatte, sie in ihrem Apartment unterzubringen? Wenn er gehört hatte, was sie Knox mitgeteilt hatte, würde er Knox auf jeden Fall umbringen.

Knox’ Blick glitt zu den Seitenspiegeln, die Konzentration, die er in diese Bewegung legte, größer, als es für den abendlichen Verkehr an einem Mittwoch um neunzehn Uhr dreißig nötig gewesen wäre. „Nein, bisher habe ich niemanden entdeckt, der uns folgt, aber für den Fall der Fälle nehme ich die lange Route nach Hause. Gib den Jungs Bescheid, dass sie aufrüsten sollen. Ich kenne keine Details, doch die Männer, mit denen wir es zu tun haben, sind keine Amateure.“ Er lauschte einen Moment, nickte wegen dem, was Beckett sagte, und antwortete dann: „Okay. Verstanden.“

Er beendete die Unterhaltung und warf das Handy zurück auf seinen Platz unter dem Armaturenbrett. „Beckett ändert die Sicherheitsprotokolle im Gebäude. Zusätzliche Männer werden noch in dieser Stunde platziert und die Reichweite der Kameras wird erhöht.“

„Knox …“

„Süße, wenn du noch einmal damit anfängst, dass ich das nicht tun muss, fessle ich dich in dem Moment, in dem wir heimkommen, und ficke dich, bis du vollkommen vergessen hast, wie man redet."

Sie sog scharf den Atem ein. Ihr Körper mochte sich durch den ständigen Adrenalinrausch schwer und müde anfühlen, aber ihr Geschlecht zog sich bei diesem Versprechen zusammen.

Er lachte leise und sah über seine Schulter, um die Spur zu seiner Linken zu überprüfen. „Wenn ich gewusst hätte, dass dich das ablenken würde, hätte ich schon vor dreißig Minuten Sex ins Spiel gebracht." Auf der Spur für Fahrgemeinschaften trat er aufs Gaspedal und legte die Hand wieder über ihre. „Und jetzt schieß los. Wer ist Ruslan? Was will er?"

Unzählige Male im letzten Monat hatte sie darüber nachgedacht, wie sie ihm mitteilen sollte, was sie hergeführt hatte. Sie hatte alle möglichen Szenarien und Dialoge geprobt in Vorbereitung auf diesen Augenblick. Jetzt, da sie ihnen eine Stimme geben sollte, erstarben sie in ihrem trockenen Mund.

Er sah stirnrunzelnd auf die Straße und hielt das Lenkrad so fest, dass seine Knöchel weiß wurden. Trotz seiner offenen Frustration war die Hand, die er über ihre gelegt hatte, sanft. „Mein Tank ist voll und ich kann gut vier Stunden herumfahren, bevor ich anhalten muss, also kannst du es auch gleich ausspucken."

„Es ist ja nicht so, dass ich es dir nicht sagen möchte. Ich weiß nur nicht, wo ich beginnen soll."

Sein Daumen strich hin und her über ihre Knöchel. „Du bist zur Schule gegangen. Was ist danach passiert?"

Stimmt. Der Anfang war leicht. Sie öffnete die Hand und verflocht ihre Finger mit seinen. „Ich habe Wirtschaft studiert und war sehr gut darin. So gut, dass einer meiner Lehrer mich einem Mann namens Yefim Mishin empfohlen hat. Er hat mich als persönliche Assistentin eingestellt."

Er nickte, als ob diese Neuigkeit keine große Überraschung wäre. „Wenn du Wirtschaft studiert hast, warum hast du dann einen Assistenzjob angenommen? Warum nicht etwas, bei dem die Herausforderung größer war?"

„Oh, es gab mehr als genug Herausforderungen, wenn es darum ging, für Yefim zu arbeiten. Als seine Assistentin war ich ständig bei ihm. Ich war bei jedem Meeting anwesend und reiste dauernd mit ihm herum. Und obwohl ich bei den Meetings selten das Wort ergriffen habe, habe ich viel dadurch gelernt, dass ich ihm bei der Arbeit zusah. Es war eine sehr begehrte Position. Sie angeboten zu bekommen, war für mich nicht nur ein Segen, sondern ich habe sie auch erfreut angenommen."

„Hat er dich gut behandelt?"

Sie lächelte hinab auf ihren Schoß. Die Erinnerung an die Tage, bevor alles den Bach runtergegangen war, waren so federleicht wie eine sanfte Morgenbrise. „Er war wie ein zweiter Vater für mich. Äußerst nachgiebig. Ich erhielt nicht nur mehr als andere in einer vergleichbaren Position, sondern er war auch ein Mentor für mich. Er hat sich die Zeit genommen, die Nuancen jedes Meetings und jeder strategischen Entscheidung, die er getroffen hatte, zu besprechen."

„Und?"

Draußen vor der Windschutzscheibe kroch die Sonne Richtung Horizont. Keine einzige Wolke verdeckte das Orange und Indigo vor ihnen. Es war ein vollkommen anderer Anblick als der dunkle, ominöse Nebel, der durch ihre Erinnerungen rollte. „Und eines Tages nahm er mich zu einem Ort mit, an den er mich nicht hätte bringen sollen."

Knox blieb einen Augenblick still. Dieselbe absolute

Konzentration, die er immer seinem Bildschirm schenkte, wenn er sich auf ärgerliche Codes stürzte, tauchte auf seinem Gesicht auf. „In welcher Branche war er tätig?"

„Nicht nur in einer einzigen. In vielen. Hast du jemals den Begriff *Oligarch* gehört?"

Er runzelte die Stirn, hielt den Blick aber auf die Straße gerichtet. „Das sind Top-Geschäftsleute in Russland, richtig?"

Sie nickte. „Es ist eine kleine Gruppe von Geschäftsleuten, die unter Gorbatschow großen Reichtum angesammelt haben. Yefim hat als enger Berater für einen dieser Männer gearbeitet. Aber er war auch ein Bekannter von Anton Fedorov." Sie hielt lange genug inne, um angespannt Luft zu holen. „Anton gehört zur *mafiya*."

Überraschenderweise brachte ihn das Wort nicht so aus dem Konzept, wie sie gedacht hatte. Abgesehen von einem kurzen Heben seiner Augenbrauen wirkte er vollkommen ungerührt. Eher so, als ob sie ihm gesagt hätte, dass eine unerwartete Kaltfront über sie hereinbrechen würde. „Und dieser Ruslan, der hinter dir her ist, arbeitet für Anton?"

Darya schüttelte den Kopf. „Anton ist ein sehr traditioneller *bratva*. Ein *pakhan*, so etwas wie ein Chef, der das alte Leben nach *vory v zakone* lebt. Aber als Antons Ratgeber wurde Yefim beauftragt, um mit einer anderen Familie in Verhandlungen zu treten. Deren *pakhan*, Ruslan Sokolov, ist rücksichtslos. Machthungrig. So sehr, dass er seinen eigenen Mentor getötet und dessen Platz eingenommen hat. Seine Geschäfte weckten Aufmerksamkeit, die Anton und die anderen *pakhan* verabscheuten. Yefim wurde geschickt, um Grenzen auszuhandeln."

„Also sind Ruslan und Anton Rivalen."

„Ja."

Knox sah über die rechte Schulter, wechselte von der

Fahrgemeinschaftsspur auf die ganz rechts liegende Spur und nahm in Höchstgeschwindigkeit die nächste Ausfahrt. Sein Blick klebte am Rückspiegel, und er beobachtete, ob jemand anders ebenfalls dieses Manöver durchführte. „Also bist du mit Yefim zu den Verhandlungen gegangen. Hast du etwas getan, das diesen Ruslan auf die Palme gebracht hat?"

„Nein." Sie konzentrierte sich auf seine Hand, die um den Schalthebel lag. Darauf, wie er langsam und doch mit kraftvoller Selbstsicherheit vom einen Gang in den anderen schaltete. Jetzt würde sie viel dafür geben, dass diese Hand wieder auf ihrer ruhte und sie beruhigte. „Ich habe ihn nicht verärgert. Ich habe seine Aufmerksamkeit erregt."

Knox drehte abrupt den Kopf in ihre Richtung. Sein Fokus lag ungemütlich lang auf ihr, wenn man bedachte, wie schnell er sie die Auffahrt hinaufsteuerte. „Willst du mir sagen, dass du vor einem Mann wegläufst, weil er dich will?"

„Ich glaube, du begreifst nicht, wie Männer wie Ruslan denken. Traditionelle russische Männer sind besitzergreifend. Sie sind weitaus primitiver in ihrer Art, mit Frauen umzugehen, als Amerikaner."

Er hob eine Augenbraue. „Bist du dieselbe Frau, die den letzten Monat mit mir im Bett gewesen ist? Denn ich glaube, dass das meiste von dem, was wir getan haben, der primitiven Kategorie angehört."

Natürlich gelang es Knox, ihr selbst in dieser Furcht einflößenden Zeit ein Lächeln zu entlocken. „Ja. Zwischen uns ist alles ziemlich ursprünglich. Sehr sinnlich." Ihr Lächeln verrutschte. „Aber du hast mir immer die Wahl gelassen. Bei Ruslan hätte ich keine Wahl."

Vorher mochte er ruhig gewesen sein, sogar herablassend bei der Erwähnung des organisierten Verbrechens, doch bei ihrer Erklärung verhärtete sich Knox' Miene mit mitleidlosem Jähzorn. „Erzählst du mir gerade, er würde einfach … was? Dich in Besitz nehmen?“

Sie neigte langsam den Kopf und ihre Stimme sank. Instinktiv behandelte sie den Rest, als ob es ein äußerst schwerwiegendes Geheimnis wäre. „Männer wie Ruslan bitten nicht um das, was sie wollen. Sie nehmen es sich, welche Mittel auch immer dafür notwendig sind.“

Knox blieb still. Obwohl er auf die Straße und das ununterbrochene Navigieren durch den leichten Verkehr konzentriert war, stand es außer Frage, dass seine gesamte Aufmerksamkeit ihr galt.

„Ruslan hat sein Verlangen nach mir sehr deutlich gemacht“, sagte sie. „Ich wusste, was das bedeutete und wie das Leben, das daraus resultieren würde, aussehen würde. Yefim genauso. Deshalb hat er mir geholfen, zu entkommen. Er hat seine Verbindungen zu Anton genutzt, um mir eine falsche Identität zu besorgen, die mich in die Vereinigten Staaten gebracht hat, und einen Angriff vorgetäuscht. Der Plan war, dass Yefim bewusstlos vorgefunden werden sollte und ich vermisst werden würde. Antons Leute sollten einen nicht identifizierbaren Körper bereitstellen, von dem man annehmen konnte, dass ich es wäre.“

„Hat es geklappt?“

„Ich weiß es nicht. Ich konnte Yefim nicht kontaktieren, ohne zu riskieren, meine Existenz bekannt zu geben und ihn in Gefahr zu bringen, aber nachdem ich JJs Identität angenommen hatte, habe ich geglaubt, dass ich in Sicherheit wäre.“

Knox rauschte in eine Straße, fuhr bis zum Ende der Warenhäuser an beiden Seiten und bog dann scharf nach rechts ab. Unmittelbar vor ihnen befand sich die unterirdische Einfahrt zur Garage des Lofts. Direkt neben dem Tor, das normalerweise nur von einem Kartenleser kontrolliert wurde, stand ein großer Mann in einem einfachen schwarzen T-Shirt und schwarzen Cargohosen und hielt ein Tablet in der Hand. Nach einem Blick auf Knox' Auto öffnete der Mann das Tor und nickte.

Weitere dreißig Sekunden später glitten sie auf Knox' reservierte Parkplätze. Sobald er den Motor abgeschaltet hatte, umschloss die Stille sie. Er drehte sich auf seinem Sitz. „Mir ist klar, dass du Angst hast, aber ich will, dass du mir mal richtig zuhörst. Du bist in Sicherheit. Kein Weglaufen mehr."

„Knox, Ruslan ist gefährlich. Er hat kein Gewissen. Keine Ehre."

„Und?"

Sie brauchte den Kontakt, daher legte sie die Hand auf seinen Unterarm und drückte ihn leicht. „Du schon."

Entweder war er eindeutig wahnsinnig oder er hatte wirklich keinerlei Probleme mit der Hässlichkeit, die sie in sein Leben gebracht hatte. Er lächelte. Er lächelte allen Ernstes. „Ja, ich besitze Ehre. Genau wie meine Brüder. Aber nur, wenn man sie sich verdient hat. Wir können und werden schmutzig spielen, wenn das bedeutet, dass unsere Familie sicher ist. Und es ist mir scheißegal, wie viel Muskelmasse dieser Ruslan-Sack in den Ring wirft – ich bin ein hinterlistiger Dreckskerl, wenn ich es sein will, und gerade jetzt gibt es eine riesige Wagenladung Motivation für mich."

„Warum?"

„Warum was?"

„Weshalb die Motivation? Ich habe dir gesagt, dass das Beste für alle wäre, wenn ich gehe und sie von dir und deiner Familie weglocke."

Innerhalb eines Wimpernschlags legte sich seine Hand um ihren Nacken und sein Gesicht war ihrem so nah, dass sein Atem sich warm an ihrer Haut anfühlte. „Du liebst mich?"

Sie nickte, obwohl sie es kaum schaffte, weil er sie so intensiv anstarrte.

Seine Finger drückten etwas stärker zu. „Keine Frau

außerhalb meiner Familie hat das jemals zu mir gesagt. Wenn du glaubst, dass ich zulasse, dass jemand auch nur daran denkt, der Frau wehzutun, die es zum ersten Mal getan hat, bist du vollkommen auf dem Holzweg.“ Er überwand das, was noch an Distanz zwischen ihnen übrig war, und presste ihr einen festen Kuss auf die Lippen, bevor er sich weit genug zurückzog, um zu murmeln: „Jetzt schnall dich ab und bereite dich darauf vor, auszusteigen. Für den Fall, dass du es übersehen hast, vier meiner Brüder und ihre Brut sind schon hier und warten auf uns.“

Der Kommentar riss sie aus dem angenehmen Kokon, den seine machtvollen Worte erschaffen hatten. Und ja, die Parkplätze um seinen und Becketts, die normalerweise leer waren, waren belegt – von einem riesigen silbernen Truck, einem klassischen ’69er Camaro, einer auberginefarbenen Chevelle und einem Corvette-Cabrio in Paradiesapfelrot. Das hieß: Trevor, Danny, Zeke und Beckett. „Sie sind schon hier?“

Knox schob das Handy in seine hintere Hosentasche und öffnete das Handschuhfach. Wenn sich darin eine zusammengerollte Schlange befunden hätte, die bereit gewesen wäre, zuzubeißen, hätte sie nicht überraschter sein können. Eine Pistole in einem Halfter lag dort. Er packte sie, zog die Waffe heraus und überprüfte die Sicherung. „Meine Familie verschwendet keine Zeit, wenn sie gebraucht wird. Ich vermute, dass Axel und Jace nicht lang auf sich warten lassen werden.“ Er öffnete die Autotür. „Du wartest hier.“

Als ob sie etwas anderes hätte tun können, als verblüfft und schweigend still zu sitzen.

Knox besitzt eine Handfeuerwaffe?

Auf der einen Seite passte das nicht, auf der anderen Seite jedoch akzeptierte ein Teil von ihr instinktiv diese Vorstellung. Knox war immerhin Knox. Ja, er hatte sie von Anfang an unablässig herausgefordert, aber er hatte auch eine beschützende Art an den Tag gelegt. Und nicht nur, was sie betraf, sondern gegenüber allen in seinem Leben. Die Tatsache, dass er bereit war, diesen Schutz auf ein gefährlicheres Level auszuweiten, sollte sie nicht überraschen.

Ihre Tür wurde geöffnet, und Knox streckte die Hand aus, um ihr herauszuhelfen. „Komm schon, Süße. Ich hole deine Tasche, nachdem wir es dir bequem gemacht haben." Er sagte es nicht, aber in seinen Worten schwang mit: *Wenn du in niemandes Schussbahn stehst.*

Anspannung und übermäßige Bewusstheit begleitete ihre Fahrt hinauf ins oberste Stockwerk. Selbst die Luft schien elektrisch geladen zu sein. Die Atmosphäre ähnelte überhaupt nicht dem spielerischen Hin und Her und den neckenden Berührungen, die sie an den vorherigen Abenden geteilt hatten, als sie gemeinsam von der Arbeit gekommen waren. Stattdessen schob er sie in eine Ecke, stellte sich vor sie und entsperrte mit dem biometrischen Scanner das fünfte Stockwerk. Erst als sich die Türen zu ihrem Loft öffneten, entspannten sich seine Schultern ein wenig. Er ging zur Seite, legte die Hand auf ihren Rücken und deutete in den privaten Flur.

Hinter der dicken Stahltür erklang Levis Gelächter, gefolgt von dem abrupten Surren eines elektrischen Bohrers.

Knox kramte seine Schlüssel heraus, aber bevor er den finden konnte, den er suchte, wurde die Tür geöffnet.

Danny hatte eine Hand auf dem Türknauf und trat weit genug zurück, dass sie einen Großteil des Hauptzimmers im Loft sehen konnten. Er deutete über die Schulter zu Beckett und dem gutaussehenden dunkelhäutigen Mann mit den Dreadlocks, den sie bei dem Konzert kennengelernt hatte. Beide hockten auf Leitern und hängten etwas, was aussah wie ein mindestens fünfzig Zoll großer Flatscreen, an die Wand, an der sich zuvor ein wunderschönes Landschaftsbild befunden hatte. Fünf weitere Flatscreens der gleichen Art waren bereits angebracht. „Du kommst gerade rechtzeitig. Wir haben schon fast alle Sicherheitskameraübertragungen zum Laufen gebracht. Wenn du nicht willst, dass an der Eingangstür Schlösser vom Kaliber eines Tresorraums und Retinascanner installiert werden, solltest du *jetzt* eingreifen, weil Beckett voll wegen dieser Bedrohung unserer Sicherheit abgeht."

Als ob er erst in diesem Moment bemerkt hätte, dass sie auch da war, warf Danny ihr sein gigantisches und vollkommen entwaffnendes Lächeln zu, beugte sich vor und küsste ihre Wange. „Willkommen Zuhause, süße Maus."

Vier weitere Männer, die sie nicht erkannte, kamen in Sichtweite, alle in die gleiche Kombination von schwarzer Cargohose und T-Shirt gekleidet wie die Männer vor dem Tor, die Arme voll mit Werkzeug und Computerkabeln. „Wer sind die da?"

„Sie sind Teil von Becketts Crew", sagte Danny, bevor Knox antworten konnte. „Meine Leute behalten die Umgebung im Auge."

Knox drängte sie in das belebte Zimmer. „Wie lange dauert es noch, bis wir bereit sind, online zu gehen?"

„Wir sind es schon", sagte Beckett, womit er bewies, dass er sich absolut darüber im Klaren war, was um ihn herum vor sich ging, obwohl er alle Hände voll zu tun hatte. Er sah über die Schulter und nickte in Richtung der Computer, die auf dem zuvor ignorierten Esszimmertisch standen. „Als Erstes haben wir die Streams aktiviert. Habe gesehen, wie du reingefahren bist." Sein Blick huschte zu Darya und er zwinkerte. „Hey, Frechdachs."

Levis helle Stimme ertönte aus der offenen Küche. „Du bist hier!"

Bei seinen Worten wandten Trevor, Natalie, Zeke und

Gabe ihre Aufmerksamkeit Darya zu. Anders als die anderen im Zimmer hatten sie es sich um die große Kücheninsel herum bequem gemacht. Trevor und Zeke genossen gemütlich ein Bier, während Nat und Gabe über etwas herumalberten, das aussah wie ein Snackteller.

Sie wappnete sich in Erwartung eisigen Stirnrunzelns oder wütender Blicke.

Einer nach dem anderen bemerkte ihre Anwesenheit, aber es war keine Wut, die sie in ihren Augen sah. Es war derselbe freundliche Gruß, den sie ihr immer geschenkt hatten.

Nun, abgesehen von Trevor. Er runzelte wirklich die Stirn, allerdings in Knox' Richtung. „Herrgott noch mal, Bruder. Was für eine Route hast du genommen, um herzukommen? Wir sind den ganzen Weg von Haven hergefahren und waren dennoch schneller als du."

Levi wirkte nicht im Geringsten eingeschüchtert von den Kabeln, die um ihn gespannt waren, oder dem Chaos um ihn herum. Er eilte in ihre Richtung und seine Schritte hallten laut auf dem Betonboden. „Ist das nicht mega? Onkel Beckett sagt, dass er mir beibringen wird, wie man all diese coolen Geräte benutzt, sobald er alles eingerichtet hat."

„Onkel Beckett raucht Pott." Knox wuschelte über Levis Kopf und steuerte Darya mit einer Hand zwischen ihren Schulterblättern in die Küche. „Alles mit Strom gehört mir. Er hat die Aufsicht über die Muskelkraft. Wenn du wissen willst, wie das hier funktioniert, kommst du zu mir."

Knox zog Daryas Handtasche von ihrer Schulter und warf sie auf den Küchentresen, als wäre es ein Abend wie jeder andere statt einer, an dem sie sich für eine Belagerung einrichteten.

Natalie winkte in Richtung der Snacks, die sie auf der Insel platziert hatten, und ging zum Kühlschrank.

„Nimm dir was zu essen. Willst du auch was trinken?"

„Für mich ein Bier." Knox küsste ihre Wange und drückte ihre Schulter. „Ich schaue mir rasch mal die Videoüberwachung an. Setz dich und mach es dir bequem. Nimm dir was zu essen."

Setz dich.

Mach es dir gemütlich.

Nimm dir was zu essen.

Vollkommen entspannt. Nicht anders als bei den anderen Gelegenheiten, wenn sie als Familie zusammengekommen waren, abgesehen davon, dass diesmal die Sicherheit in Richtung Fort Knox zu eskalieren schien. Egal, wie sehr sie sich wünschte, dass ihr Verstand etwas Sinnvolles tun und eine Erklärung liefern würde, es tat sich nichts. Genauso wenig wie sich ihre Füße rührten. Ungläubiges Staunen hielt sie an Ort und Stelle.

„Bist du in Ordnung?", fragte Levi.

Sie tauchte aus ihrer dümmlichen Verblüffung auf und entdeckte, dass Levi ihre Hand gepackt hatte und Zeke neben ihr stand. Allerdings war der Mann zu ihrer Rechten nicht der geduldige und freundliche Bruder, den sie in den letzten Wochen kennengelernt hatte. Das hier war der Arzt, dessen zusammengekniffene Augen sie abschätzend ansahen.

„Ihr seid nicht sauer?" Sie hatte das nicht fragen wollen. Hatte nicht einmal die Angst erkannt, mit der sie ins Zimmer gekommen war, bis ihr Unterbewusstsein die Frage gestellt hatte. Aber jetzt, da sie es ausgesprochen hatte, wollte sie *wirklich* die Antwort wissen.

Zekes Mund verzog sich zu einem albernen Grinsen. „Machst du Witze? Wenn nicht jemand aus unserer Familie bald was unternommen hätte, um die Dinge aufzupeppen, hätte ich damit beginnen müssen, Antidepressiva zu verteilen." Er legte einen Arm um ihre Schultern und wies Levi in Richtung Essen. „Mach ihr was fertig, Levi. Ärztliche Anweisung."

„Stimmt", sagte Levi mit der unbeirrbaren Zielgerichtetheit, die sie an dem kleinen Jungen zu schätzen gelernt hatte. „Essen macht alles wieder gut."

Trevor gluckste und hob sein Bier von der Theke. „Na ja, noch ein oder zwei Jahre, dann wirst du etwas anderes Nettes finden, was deine Stimmung aufhellen wird."

Natalie öffnete Knox' Bierflasche und sah Trevor stirnrunzelnd an. „Klappe."

„Schon okay, Mom. Es ist doch nur Sex."

Gabe und Zeke taten ihr Bestes, um es möglichst nicht rauszulassen, aber ihrer beider Brust bebte vor unterdrücktem Gelächter.

„Was ist so witzig?", fragte Knox, der hinter ihr herankam.

Natalie reichte ihm das Bier und schürzte reuig die Lippen. „Trev hat sich mit Levi über die Bienchen und Blümchen verbrüdert, und Gabe und Zeke sammeln gerade ernsthaft Schuld für ihr Karma an, weil sie darüber kichern."

Knox sah Levi vollkommen ernst an. „Erinnerst du dich daran, dass ich gesagt habe, du sollst wegen elektronischer Sachen zu mir kommen?"

„Ja."

„Dasselbe gilt für Sex."

„Hör nicht auf ihn, Junge", sagte Zeke. „Ich bin derjenige mit einem medizinischen Abschluss. Ich weiß, wie es wirklich funktioniert. Besonders die wichtigen Teile."

Gerade als Natalie wirkte, als ob sie Zeke und Knox an den Ohren packen und sie aus dem Loft werfen wollte, öffnete sich die Eingangstür und ein Chor ausgelassener Stimmen ertönte.

„Sorry, dass wir spät dran sind!", brüllte Sylvie, die Arme voll mit Lebensmitteltüten.

Ninette und Vivienne waren genauso beladen hinter

ihr, während Jace und Axel das Schlusslicht bildeten. „Das ist die einzige Frau, die glaubt, dass ein Einkauf in einer Krisensituation notwendig für die Mission ist", brummte Axel, obwohl sein Blick vor Vergnügen tanzte.

Bereits halb in der Küche reichte Sylvie ihre Tüten an Danny weiter, während Jace die Eingangstür versperrte. „Ich habe gesehen, was diese Jungs in ihrem Kühlschrank haben. Wenn wir uns einigeln, bis wir einen vernünftigen Plan für Was-auch-immer-gerade-los-ist haben, mache ich das nicht, ohne etwas zu haben, das meinen Magen zufriedenstellt."

Und so wurde es gemacht. Innerhalb von Sekunden hatte Sylvie das Kommando in der Küche übernommen und den Frauen verschiedene Aufgaben zugewiesen. Die Männer versammelten sich um das improvisierte Kontrollzentrum auf dem Esszimmertisch. Ihre Stimmen waren gesenkt und ihre Aufmerksamkeit auf die Bildschirme gerichtet, die nun mit sämtlichen Ansichten des Gebäudes gefüllt waren. Die einzige Person, die benommen und bewegungslos im Zimmer stand, war sie.

Ninette trat neben sie und deutete auf den unberührten Teller, den Levi auf die Theke vor ihr gestellt hatte. „Sparst du dir Raum im Magen für Sylvies Kochkünste auf oder ist die Vorstellung von Essen gerade nichts, was für dich appetitlich ist?"

Ein Blick auf den weißen Keramikteller reichte, um zu wissen, dass ein Kind ihn zusammengestellt hatte. Eine winzige Karotte, ein Selleriestück und drei rote Trauben lagen isoliert an einer Stelle. Der Rest war beladen mit drei verschiedenen Arten von Käsewürfeln, Crackern und Nacho-Käse-Tortillachips.

Was für ein unglaubliches Geschenk. Levis offene Freundlichkeit war genauso ehrlich und unbeirrt wie der Empfang, den sie von den anderen erhalten hatte.

Dreimal hatte es tolle Menschen gegeben, die mehr getan hatten als notwendig, um ihr zu helfen. Diesmal hatte sie ein ganzes Team von Schutzengeln.

Sie hob den Blick zu den anderen Frauen, die in der Küche arbeiteten, und sah dann zu den Männern. „Ich kann das niemals vergelten", sagte sie so leise, dass nur Ninette es hören konnte. „Niemals. Nicht das, was sie tun. Nicht, wie alle mich behandeln. Nichts davon. Es ist zu viel."

Genauso sanft antwortete Ninette: „Was lässt dich glauben, dass wir eine Wiedergutmachung haben wollen?"

Das war eine gute Frage, über die sie noch nie richtig nachgedacht hatte. Sie wusste nur, wie oft sie gesegnet worden war, und dass sie verzweifelt mit jemand anderem teilen wollte, was ihr gegeben worden war.

Ninette trat dicht neben sie und legte einen Arm um Daryas Taille. Zusammen beobachteten sie die Männer, während sie arbeiteten. Ihre tiefen Stimmen brummten beruhigend und verankerten damit irgendwie die Aktivität im Zimmer. „Ich weiß nicht, woher du die Vorstellung hast, dass irgendwo eine Karma-Strichliste geführt wird, aber meines Erachtens funktionieren Familien so nicht. Besonders nicht unsere." Sie hielt lang genug inne, um ihren Kopf Richtung Knox zu senken, der in der Mitte stand und dessen Finger über die Tastatur flogen. „Wenn du dir Sorgen darum machst, ob dir mal eine Rechnung präsentiert wird, dann sieh dir meinen Jungen genau an und denk an Folgendes: Ich habe ihn in den letzten Wochen glücklicher erlebt als in den ganzen sechs Jahren, die ich ihn kenne. Er war immer witzig, aber ich habe ihn noch nie frei gesehen. Nicht so, wie er es in deiner Nähe ist. Also, wenn du mich fragst, hast du sämtliche Rechnungen über hundert Mal beglichen."

Sie erwiderte Daryas verblüfften Blick ganz direkt,

nickte in Richtung der Kücheninsel und zwinkerte. „Und jetzt nimm deinen Teller und pflanz deinen Hintern auf einen Barhocker. Sofern du einen harten Drink brauchst, schenke ich dir einen ein, aber verdammt möge ich sein, wenn ich die Letzte bin, die alle schmutzigen Details über den Grund zu hören bekommt, weshalb wir uns einbunkern."

Kapitel 29

Der letzte Nachzügler aus Becketts Crew, die sich um die Installation gekümmert hatte, schloss die Tür hinter sich und hinterließ Knox' Familie im Loft und in Sicherheit. In den vergangenen dreißig Minuten hatten Knox, Danny und Beckett verschiedene Kamerawinkel im Gebäude durch Fernzugriff von ihren Computern aus optimiert, nebeneinander an dem großen Esstisch sitzend, für den sie endlich einen Nutzen gefunden hatten.

An der anderen Seite saßen, mit den Rücken zu den sechs Flatscreens, Jace, Axel, Trevor und Zeke und wirkten ziemlich ruhig angesichts der unerwarteten Wendung, die Knox dem Familienabend verpasst hatte. Trotz all des Chaos um sie herum und der fehlenden Information, weshalb Beckett alle Hebel in Bewegung gesetzt hatte, hatte keiner von ihnen nach Antworten gedrängt.

Jetzt, da die Luft rein war, würde sie ein Haufen an Geschichten erwarten. Das bedeutete auch, dass er einen Schritt näher dran war, die Logistik hinter sich zu bringen und Darya wieder neben sich zu haben.

Zu seiner Linken wartete Danny, bis sich die Aufzugtüren hinter den Männern geschlossen hatten, dann nickte er. „Alles okay."

„Gut." Knox drehte sich und sah, dass Beckett mit einem frischen Budweiser in der Hand vom Kühlschrank zurückkam. Levi und die Frauen hatten sich weit hinter ihm um die Kücheninsel versammelt. „Du hast nach Wanzen gesucht, korrekt?"

Beck lachte leise und glitt in seinen Stuhl neben Knox. „Ninette hat in den letzten dreißig Minuten Darya sämtliche Details entlockt. Glaubst du, ich hätte zugelassen, dass sie miteinander reden, wenn ich nicht als Allererstes alles hier abgesucht hätte? Trotz ihrer schlauen Umschreibungen, damit Levi nicht mitbekommt, um was es genau geht, und mit ihren gesenkten Stimmen, sobald Außenstehende in der Nähe sind."

Also hatte er dieselben Bruchstücke aufgeschnappt wie Knox. Was bedeutete, dass der Rest seiner Brüder es vermutlich auch getan hatte.

Und ja, Jace stützte sich auf den Tisch und stemmte beide Unterarme auf das dunkle Holz. „Okay, Bruder. Erzähl. Was zum Teufel ist los?"

„Kurz zusammengefasst? Ein Arschloch von der russischen Mafia namens Ruslan Sokolov ist hinter Darya her."

Jace starrte Knox einen weiteren Herzschlag lang an, besah sich die Reihe der Computer auf dem Tisch und blickte dann an die Bildschirme an der Wand. „Ich schätze, die Tatsache, dass du diesen Ort hier sicherer gemacht hast als das Weiße Haus, bedeutet, dass sich die Dinge zwischen dir und Darya geändert haben?"

„Oh ja, das haben sie. Sie gehört mir."

Axel lachte leise und Beckett schnaubte ein klassisches: *Hab's euch doch gesagt.* Der Rest der Männer zeigte eine Mischung aus wissendem Grinsen und Augenrollen.

Jace ließ seinen stets anwesenden Zahnstocher kreisen. Seine Mimik war ein Mix aus Humor und Stolz. „Ich muss schon sagen, wenn du untergehst, dann mit fliegenden Fahnen. Willst du uns mitteilen, wann du vom Dinge-langsam-angehen-Lassen zu einem Viertelmeilensprint gewechselt hast?"

„Ungefähr eine Nanosekunde nachdem ich sie mit ihren gepackten Koffern vorgefunden habe, bereit abzuhauen."

Becketts Kopf ruckte vom Bildschirm, den er angesehen hatte, zu Knox. Die Überraschung auf seinem Gesicht wäre nicht anders ausgefallen, wenn Knox eine Waffe auf ihn gerichtet hätte. „Was?"

Trotz der Lautstärke von Becketts Frage behielten die Frauen ihr Geschnatter bei, nur Daryas Blick glitt mit einem Hauch Neugierde zu den Männern.

Knox warf ihr ein, wie er hoffte, zuversichtliches Lächeln zu und konzentrierte sich dann wieder auf seine Brüder. „Scheinbar macht mich die Tatsache, dass ich mit ihr schlafe, nicht nur zu einem automatischen, sondern auch zu einem hell leuchtenden Ziel mit Landestreifen, die auf mich weisen." Es war ihm vollkommen egal, dass er ein Ziel war, aber die Erinnerung an den Schlag, den er gefühlt hatte, als ihre Taschen gepackt auf dem Bett gestanden hatten, beschleunigte seinen Herzschlag zu einem schmerzhaften Rhythmus. „Ich liebe meine Familie. Angesichts dessen, wovon sie behauptet, dass dieser Kerl dazu in der Lage ist, und wegen des Risikos, dem jeder deshalb ausgesetzt ist, wäre es vermutlich sicherer gewesen, wenn ich sie hätte gehen lassen, aber das kann ich nicht." Er sah zu seinen Brüdern. „Sie gehört mir und ich behalte sie."

„Also das ist ein Junge, der weiß, was er will", sagte Axel. Er blickte zu Jace. „Ich unterstütze seinen Antrag."

Beckett lehnte sich in seinem Sessel zurück. „Er hat lang genug dafür gebraucht, aber ich bin dabei."

„Zur Hölle, ja", sagte Trevor.

Zeke hob sein Bohemia Weiss. „Dann überwiegen die vergebenen Männer die Junggesellen, weil ich auch dabei bin."

Danny drehte sich auf seinem Stuhl weit genug herum, damit er einen Ellbogen auf den Tisch legen und Knox' Blick direkt erwidern konnte. „Wenn ich für Ja bin, heißt das dann, dass dein kleines schwarzes Buch frei ist? Falls ja, bekommst du meine Stimme."

„Ich glaube nicht, dass Darya mich auch nur einen Block nah an eine Frau ranlässt, mit der zu schlafen ich jemals in Erwägung gezogen habe, also ja." Er verschränkte die Arme vor der Brust. „Obwohl ich ein wenig sauer bin, dass du tatsächlich denkst, ich würde die Namen und Telefonnummern von überragenden Affären auf Papier aufbewahren."

Jace stieß ein leises Lachen aus. „Ich werde nicht Nein sagen, wenn Knox sich eine gute Frau geschnappt hat, also abgesehen davon, dass Knox' Top-Ten-Liste weitergegeben wird, bedeutet das, wir haben nur noch einen Tagesordnungspunkt, mit dem wir uns beschäftigen müssen." Er sah Knox direkt an. „Erzähl uns mehr von diesem russischen Arschloch, das wir vernichten müssen, damit unser Mädel in Sicherheit ist."

In den nächsten zwanzig Minuten tat Knox genau das und wiederholte dieselben Details, die Darya auf der Fahrt zurück zum Loft Stück für Stück mit ihm geteilt hatte. Wie sie Ruslans Aufmerksamkeit auf sich gezogen hatte. Von ihrem Job bei Yefim, und wie dieser seine Verbindungen zu einer anderen *mafiya*-Familie dazu genutzt hatte, um ihr bei der Flucht in die USA zu helfen. Wie sie den Begriff *Koschtschei* und die Sicherheitsaufzeichnungen außerhalb ihres Gebäudes miteinander in Verbindung gebracht und realisiert hatte, dass Ruslan näherkam.

„Und sie glaubt, dass dieser Ruslan einen von uns dazu benutzen würde, um sie herauszulocken, falls notwendig?", fragte Trevor Knox.

„Sie war sich dessen sicher. Meinte, er wäre mörderisch genug veranlagt, dass er seinen eigenen Chef umgenietet hat, um die Familie zu übernehmen."

„Gierig", sagte Danny leise. „Wenn er die Eier hat, diese Route zu wählen, würden eine Frau oder ein Kind nicht einmal einen minimalen Ausschlag in seinem Gewissen verursachen."

„Nein", stimmte Beckett zu.

Zeke nickte ebenfalls. „Macht Sinn, dass wir ein Auge auf die Frauen haben, ich verstehe allerdings nicht, weshalb du hierhergekommen bist, wenn du doch wusstest, dass du sie für dich beanspruchen wirst. Ja, du hast mehr Zeug und Gerätschaften und eine ganze Riege neuer Bildschirme, um alles zu beobachten, aber in Haven haben wir viel mehr Platz.“

Darüber hatte er nachgedacht. Er hatte sogar seinen Wagen in Richtung der 75 North gewandt, als er von Daryas Parkplatz gefahren war, doch seine Instinkte hatten übernommen und ihn nach Hause gelenkt. Sie gehörte zu ihm. An einen Ort, an dem er nicht nur sämtliche Ecken kannte, sondern auch ein Auge auf alle werfen konnte. Ganz zu schweigen davon, dass er eine Unmenge an Fluchtrouten und eine gute Deckung hatte.

Axel lachte leise und antwortete, ehe Knox seine Gedanken in Worte fassen konnte. „Ja, da wird er seine Meinung nicht ändern. Es wird eine Weile dauern, bevor der Höhlenmensch seinen neuen Preis aus dem Bett lassen wird. Das bedeutet nicht, dass der Rest von uns sich nicht in Haven breitmachen kann. Es schickt sowieso eine falsche Botschaft, wenn wir alle unter einem Dach zusammengepfercht sind.“

„Stimmt“, warf Jace ein. „Wenn wir uns alle unter einem Dach versammeln, ist das der sicherste Weg, uns in die Karten schauen zu lassen und zu zeigen, dass wir wissen, dass wir beobachtet werden. Für den Fall, dass du es nicht geschafft hast, einen möglichen Verfolger abzuhängen, wäre es besser, wir verteilen uns und lassen es wirken, als ob das hier nur ein Familientreffen wäre. Die Frauen und Levi können bei mir bleiben, Axel, Trevor und Zeke in Haven. Danny, Beckett, Knox und Darya sollten hier warten.“

„Das wird bei den Müttern nicht gut ankommen, und das weißt du“, sagte Axel. „Ihr habt die Menge von Lebensmitteln gesehen, die sie vom Laden hergeschleppt haben. Darya ist ihr neuestes kleines Küken.

Wenn sie nicht mit dem Rest der Frauen nach Haven kommt, werden diese Lebensmittel nicht aus den Schränken verschwinden und ihre Hintern werden direkt hier geparkt bleiben, um sicherzustellen, dass Darya ihre Art der Unterstützung erhält, bis dieser Scheiß vorbei ist."

Verdammt, aber das gefiel ihm. Nicht nur die Tatsache, dass die Frauen, die ihn mehr oder weniger adoptiert hatten, die Frau guthießen, die er als die Seine gewählt hatte, sondern auch, dass Darya endlich die mütterliche Unterstützung erhalten würde, die sie viel zu früh in ihrem Leben verloren hatte.

„Wir bekommen das hin", sagte Beckett. „Es gibt ein Eckloft direkt unter Knox' Suite, das leer steht und das Danny und ich benutzen können, um zu schlafen, falls wir es müssen. Ninette und Sylvie können meine Zimmer haben, da dieser Stock gesichert ist."

„Ich glaube auch, dass es klug wäre, wenn wir alle sichtbar blieben", meinte Trevor. „Die Vorstellung, dass die Frauen und Levi ungeschützt sind, fühlt sich aber falsch an."

„Also beschränken wir die Zeit ohne Schutz", schlug Zeke vor. „Falls sie ohne uns rausgehen, dann nur mit Security."

„Davon haben wir genug", erwiderte Beckett. „Ich plane unsere Termine um und stelle sicher, dass unsere Topleute immer frei sind, um unsere Familie im Auge zu behalten, wenn wir es brauchen."

Knox kämpfte gegen den Drang an aufzustehen und herumzumarschieren, packte sich einen der drei Stifte, die er auf den Tisch geworfen hatte, während er den Laptop ausgepackt hatte, und wirbelte ihn zwischen seinen Fingern herum. „Also, was ist unser nächster Schritt bezüglich Ruslan?", fragte er Beckett.

„Zuerst einmal will ich den Kerlen, die ihr folgen, Gesichter zuordnen können. Ich will ihre Muster kennen, wissen, wie groß die Gruppe ist, mit der wir es zu tun haben, und rausfinden, woher sie stammen."

„Vertraust du deinem Sicherheitsteam genug, um diesen Job nach draußen zu vergeben, oder sollen wir das innerhalb der Bruderschaft regeln?", fragte Jace.

Beckett schüttelte den Kopf. „Wir sollten lieber das, was wir untersuchen, dicht an unserer Brust behalten. Zumindest bis wir einen guten Weg gefunden haben, wie wir das Blatt wenden können. Jeder auf unserer Gehaltsliste, der das Loft bewacht, wird annehmen, dass ich oder Knox jemand Neuen angepisst haben. Wenn ich sie jemandem auf die Spur hetze, ohne eine Erklärung dazu abzugeben, könnte die Neugier sie überwältigen. Das Letzte, was wir brauchen können, ist jemand, der quatscht."

„Was ist mit Ivan?", fragte Trevor. „Ist er tief genug drin, dass wir auf ihn zurückgreifen können, wenn wir einen weiteren Mann benötigen?"

Alle sahen zu Knox.

Zumindest diese Antwort war nicht schwer. „So, wie er da war, um sich um Natalie zu kümmern, und wie er sich mit uns gegen Wyatt zusammengeschlossen hat? Ja, er ist dabei. Auf keinen Fall würde er durchdrehen und den Schwanz einziehen, wenn Darya ihn brauchen würde."

Zeke besah sich jeden Mann am Tisch. „Wir machen diesen Schritt, und ist jeder von uns einverstanden, dass wir Ivan auf lange Sicht mal ernsthaft unter die Lupe nehmen? Weil mir etwas sagt, dass das, womit wir es diesmal zu tun haben, mit einer Unmenge von schmutzigen Geheimnissen enden könnte, die wir unter den Teppich kehren müssen."

„Du kennst meine Gedanken schon", erwiderte Trevor. „Ich bin derjenige, der ihn empfiehlt, und von meiner Seite aus hat sich nichts geändert."

„Ich mag ihn." Danny schob seinen Laptop weit genug zurück, um die Arme auf dem Tisch verschränken zu können. „Er jammert nie. Das einzige Mal, dass er herumgedruckst hat, als ich ihn um etwas gebeten habe, hatte er gerade einen Streit mit seinem Kind, und dennoch hat er versucht, alles zu jonglieren."

„Ich hoffe, du hast ihn aufgehalten, bevor das passiert ist", sagte Axel.

„Verdammt ja, natürlich. Familie kommt an erster Stelle."

„Immer", erwiderte Axel.

Zeke sah zu Axel, Jace, Knox und Beckett. „Seid ihr damit einverstanden?"

Eine Runde Nicken und Ja echote zurück, bevor Zeke sich auf Jace konzentrierte. „Dann würde ich sagen, dass wir ihn einbeziehen, weil auch ich dafür bin."

Jace grinste Danny an. „Sieht so aus, wie wenn du nicht mehr lang der unterste Mann auf dem Totempfahl wärst. Wie fühlt sich das an?"

„Die Wahrheit?" Danny neigte den Kopf und ein wenig Feierlichkeit schimmerte in seiner sonst unbekümmerten Miene. „Ich habe mich bei euch Jungs nie so gefühlt, als würde ich auf der untersten Sprosse stehen, daher bezweifle ich, dass sich die Dinge ändern werden." Er warf Jace sein eigenes widerborstiges Grinsen zu. „Abgesehen davon weiß ich einen weiteren Bruder, der mir den Rücken freihält, wirklich zu schätzen."

Ein Chor der Zustimmung ertönte, und jeder Mann hob salutierend seinen Drink, womit sie eine Vielzahl von Gesichtsausdrücken von der Gruppe erhielten, die sich um die Kücheninsel versammelt hatte. Die meisten der Frauen warfen ihnen ihr übliches Augenrollen und Feixen zu. Levis Stirnrunzeln sagte, dass er ein wenig sauer war, weil er nicht bei dem Rest der Männer war, doch Daryas Gesicht war schwerer zu lesen. Sie wirkte, als ob es ihr zwar recht war, wo sie gerade war, dass sie aber nicht die Notwendigkeit der Distanz zwischen ihnen sah.

Verständlich. Außer dass er sie seinem Clan vorgestellt hatte und sie zu ihren wöchentlichen Ausflügen mit den Frauen ermuntert hatte, hatte er einen Scheiß getan, um ihr die Gepflogenheiten der Bruderschaft zu erklären. Zum Beispiel, dass sie ihre Treffen getrennt von den Frauen durchführten, damit diese ehrlich ihre Unschuld beteuern konnten, wenn den Brüdern jemals etwas um die Ohren flog. Eine andere war das Ausmaß der Aktionen, die sie durchführen konnten. Obwohl die Überraschung und die großen Augen Daryas, als er die Pistole aus seinem Handschuhfach gezogen hatte, darauf schließen ließen, dass sie Letzteres vermutlich zumindest ahnte. Aber er würde ihr die restlichen Details verraten. Heute Abend. Sobald sie die ersten Pläne losgetreten hatten.

Becketts Stimme schnitt durch seine Gedanken. „Knox?"

Knox lenkte seine Aufmerksamkeit wieder zurück auf die Männer, die sich um den Tisch versammelt hatten. „Ja. Sorry. Was?"

Er rechnete ihnen allen hoch an, dass ihm niemand die Tatsache unter die Nase rieb, dass er abgelenkt gewesen war; zugleich aber verschwendeten sie keine Zeit darauf, sofort wieder zum Thema zu kommen.

Jace nahm seinen Zahnstocher zwischen den Lippen heraus und warf ihn auf den Tisch. „Beck hat dich dazu befragt, dass dir niemand am Hintern geklebt hat, als du hergekommen bist. Glaubst du, das bedeutet, dass sie nur beobachten, wann Darya kommt und geht?"

Knox sah zu Beckett. „Was macht das für einen Unterschied?"

„Falls ich diese Kerle verfolgen soll, muss ich sie erst mal finden. Es würde helfen, wenn ich wüsste, wo ich anfangen muss."

Ja, jetzt war es an der Zeit für die Planung. Knox fuhr

sich durchs Haar und ballte an seinem Scheitel eine Faust, womit er seinen Kopf dazu zwang, die Konfrontation, die er in Daryas Wohnung gehabt hatte, noch einmal zu durchleben. „Dank der Aufnahmen, die sie gefunden hat, wissen wir, dass sie zumindest Daryas übliche Aufenthaltsorte im Auge haben. Der Kerl, den sie mir gezeigt hat, sah aus, als ob er eher das Gelände untersucht hat als die Überwachungsanlagen."

„Ja", warf Danny ein. „Ich habe die Aufnahme entdeckt, nachdem Beckett es erwähnt hat. Gestern Nachmittag. Nichts davor oder danach ähnelt dieser Vorgehensweise. Zumindest nicht im Blickfeld der Kamera."

„Das passt zu dem Zeitpunkt, an dem die Koschtschei-Login-Versuche begonnen haben. Früh am Morgen, aber am selben Tag." Knox blickte stirnrunzelnd zu Beckett. „Wenn wir Glück haben, haben sie gerade erst angefangen zu graben."

„Und wenn nicht?", fragte Trevor.

Knox erwiderte seinen Blick, dann sah er wieder zu Beck. „Falls sie unsere Schlösser und die Sicherheitsvorkehrungen, die wir in Daryas Wohnung installiert haben, überwinden konnten, könnten sie auch Wanzen angebracht haben."

„Also sollten wir alles genau unter die Lupe nehmen, damit wir das ausschließen können. Was sonst?"

„Nichts. Wir sind mit einem Koffer aus ihrer Wohnung gegangen. Ich habe ihr gesagt, dass ich wegen des Rests ihrer gepackten Koffer zurückkehren werde, wenn es sein muss."

„Fürchtest du, dass es die falsche Botschaft schicken könnte, sie mit einem Koffer zu sehen?", fragte Axel.

„Das weiß ich nicht", sagte Knox. „Vielleicht."

Zeke schüttelte den Kopf. „Glaube ich nicht. Du hast ihr Auto dort gelassen." Er wandte sich an Beckett. „Wenn wir Wanzen ausschließen können, sind sie vermutlich einfach davon ausgegangen, dass sie ein paar Tage mit einem Kerl wegfährt."

„Und wahrscheinlich wurde damit die Zielscheibe auf Knox' Rücken noch größer. Zumindest falls das, was Darya von dem Typen erzählt hat, stimmt", sagte Axel.

Beckett drehte sich zu Knox. „Sofern ich ein Zielobjekt mit einem Koffer aus ihrer Wohnung kommen sehe, würde ich ihr folgen. Bist du sicher, dass du niemanden gesehen hast?"

„Ja. Ich habe jeden Trick angewandt, der mir eingefallen ist, um sicherzugehen."

Drei ganze Herzschläge lang studierte Beckett ihn einfach und sein Verstand lief offensichtlich auf Hochtouren. Endlich nickte er. „Okay. Heute Abend werden Danny und ich uns ein wenig umsehen und schauen, ob wir nicht die Dunkelheit zu unserem Vorteil nutzen und herausfinden können, wer sie beobachtet."

„Ich werde tiefer in Ruslans Vorgeschichte und in den Koschtschei-Hackerversuchen graben", sagte Knox. „Mal sehen, ob ich eine Falle für denjenigen einbauen kann, der auf Ruslans Seite für die Technik zuständig ist. Wenn sie hochmütig genug sind, um ihren Namen daraufzustempeln, während sie versuchen, jemandes Server zu hacken, hoffen wir mal, dass sie auch so dumm sind, dabei ein paar Fehler zu machen."

Jace nickte. „Korrekt. Wir werden die Frauen, die wir von Darya losreißen können, nach Haven bringen und uns am Morgen zum Update und zur Planung der nächsten Schritte wieder hier treffen."

Axel lachte leise und wirbelte den Scotch in seinem Tumbler herum. „Der arme russische Drecksack. Der hat keine Ahnung, was für Ärger er sich gerade eingehandelt hat." Axel hob sein Glas in Richtung Jace. „Die Haven-Männer mischen nun in internationalen Ränken mit. Ich liebe es, verflucht!"

Kapitel 30

Es war fast acht Stunden her, seit Darya das Wort *Koschtschei* auf Knox' Bildschirm erblickt hatte. Fünf, seit Knox in ihre Wohnung gestürmt war, die Koffer gesehen und die Wahrheit verlangt hatte. Jetzt war Mitternacht noch eine Stunde entfernt und der Großteil seiner Familie war auf dem Weg nach Haven – eine Ranch am Stadtrand von Dallas, die Jace und Axel gehörte, wie sie erfahren hatte, und auf der nur die erlaubt waren, die als Familie galten.

Sie hatte auch entdeckt, dass sie nun ebenfalls zu besagter Familie zählte. Diese Nachricht war ihr mit einem ganzen Reigen von Bärenumarmungen und brüderlichen Küssen übermittelt worden, was sie ziemlich verwirrt zurückließ. Sie wusste nicht genau, was Familie ihnen bedeutete und wann die Veränderung eingetreten war, aber keiner von ihnen hielt mit seiner Zufriedenheit diesbezüglich hinterm Berg. Während all dessen blieb Knox verlässlich an ihrer Seite und zog den Arm, den er um sie gelegt hatte, nur dann zurück, wenn die guten Wünsche es verlangten. Jetzt stand er felsenfest und beruhigend hinter ihr, als sie sich von den Letzten verabschiedete, die sich zur Ranch aufmachten.

Sie befanden sich vor Knox' Eingangstür, Darya umarmte Gabe und wiederholte dieselben Worte, die sie auch Natalie und Vivienne mitgeteilt hatte, als sie mit ihren Männern losgefahren waren. „Es tut mir leid. Alles."

Gabe schloss die Arme fester um Daryas Schultern und lachte leise. „Offensichtlich warst du noch nicht in Haven. Sonst wüsstest du, dass es überhaupt keine Qual ist, längere Zeit dort zu entspannen. Aber das kannst du schon bald selbst feststellen." Sie löste sich weit genug von ihr, um Daryas Schultern zu packen und sie gerade zu halten. Sie wurde ernst, was sich in ihren hellblauen Augen widerspiegelte, die sie durchbohrend ansahen. „Ich weiß, dass es schwer ist, in diese Gruppe zu kommen, nachdem du so viel Zeit allein verbracht hast, und dass du dich erst noch an die Vorstellung gewöhnen musst, so viele gute Leute hinter dir stehen zu haben. Aber glaube mir, wenn ich dir sage, dass du von niemandem mehr geliebt, akzeptiert und beschützt werden wirst als von uns."

Knox trat näher, die Hände ein beruhigendes Gewicht auf Daryas Hüfte und seine Hitze eine angenehme Decke an ihrem Rücken. „Sie wird es noch begreifen. Wir unterhalten uns heute Abend, dann wird sie verstehen, dass wir alles im Griff haben, was nötig ist."

Zeke lachte leise und schob Gabe weit genug aus dem Weg, damit er sich selbst verabschieden konnte. „Etwas sagt mir, dass Unterhalten nicht an oberster Stelle der Agenda stehen wird. Du hast sie kaum losgelassen, seit das Treffen geendet hat." Er küsste Daryas Wange, trat zurück und schaute zu Knox hinter ihr. „Wir sehen uns am späten Vormittag hier."

„Ja, wir werden bereit sein." Knox drückte Daryas Schultern und griff um sie, um dem Paar die Tür zu öffnen, als Ninettes Stimme vom Türrahmen zu Becketts Suite erklang.

„Lasst uns wissen, wenn ihr in Haven seid." Ninette ging barfuß Richtung Küche. Sie hatte die Jeans und die lockere Bluse, in der sie angekommen war, gegen Yogahosen und ein übergroßes T-Shirt gewechselt. Wie Sylvie, die es sich bereits auf der riesigen Sofalandschaft vor dem Fernseher bequem gemacht hatte, war ihr Gesicht ungeschminkt, leuchtete jedoch mit einer Vitalität, die die meisten Zwanzigjährigen beneiden würden. „Und sorgt dafür, dass Ruger und Max heute Abend Freilauf im Haus bekommen. Max würde wahrscheinlich nur alle vier Wände zusammenbellen, aber Ruger wird jedem Fremden die Eier abbeißen, wenn er blöd genug ist, einen Fuß auf mein Gelände zu setzen."

Das brachte Gabe zum Kichern. „Sehr wohl, Ma'am."

Von allen Überraschungen, mit denen Darya im Lauf des Tages konfrontiert worden war, war die unerwartetste, dass sich Knox' Mütter beide geweigert hatten, zu sich nach Hause zurückzukehren, um Darya weiter Gesellschaft leisten zu können.

Wenn du glaubst, dass wir sie mit einem Trio von Männern allein lassen, die unter einer Überdosis von Testosteron leiden, bist du vollkommen irre.

Als ob sie mitbekommen hätte, dass Darya sich diese Aussage noch einmal hatte durch den Kopf gehen lassen, zwinkerte Gabe und krümmte die Finger als Lebewohl über eine Schulter. „Wie gesagt, alles Liebe. Habt Spaß miteinander."

Knox machte die Tür hinter ihnen zu und betätigte das Schloss.

Sie hatte sich kaum umgedreht und den Mund geöffnet, um Ninette zu fragen, wer Ruger und Max waren, als sie gegen die Tür gedrängt wurde und sich eine solide Wand köstlichen Mannes gegen ihre Vorderseite drängte.

Seine Nase strich über die Seite ihrer eigenen und sein Atem flüsterte warm an ihrem Gesicht. Die Luft um sie herum war innerhalb einer Sekunde so brennend heiß wie eine Feuergrube. „Zeke hat recht. Ich weiß, dass du vermutlich Unmengen von Fragen hast, aber ich bin dafür, dass ich dich zuerst liebe und alles Verbale auf später verschiebe."

„Knox", flüsterte sie. Sie war sich nur zu bewusst, dass hinter ihnen die Mikrowellentür geschlossen wurde und Tasten piepten, was durch das offene Loft tönte.

„Okay, streichen wir das." Er schob seine muskulösen Hände unter den Saum ihres T-Shirts. Das leise und heisere Timbre seiner Stimme verstärkte das sinnliche Streicheln seiner Fingerspitzen über ihre Haut. „Worte sind okay, solange du meinen Namen genau so sagst. Oder bettelst." Er leckte über ihre Unterlippe, und diese leidenschaftliche Berührung schien sich direkt zwischen ihren Beinen fortzusetzen. „Ich liebe das Wort *Bitte* auf deinen Lippen, verdammt."

Ihre Pussy zog sich zusammen und jeder Nerv unter ihrer Haut feuerte hell. Alle ihre Sorgen und das Adrenalin, gegen das sie während des Tages gekämpft hatte, wurden von dem Verlangen ersetzt, das er allein mit seiner Präsenz und einer Reihe von sinnlichen Worten erschaffen hatte.

„Knox, deine Mütter … Ich sollte …"

Er verschloss ihren Mund mit seinem und verschluckte den Rest ihrer Worte.

Ihr schlechtes Gewissen verlangte, dass sie ihn wegdrückte. Es gelang ihr sogar, ihre Handballen gegen seine harte Brust zu drücken, aber ihr Körper war gegen diese Idee und sank in den Kuss.

Sylvies halb hektische Stimme ertönte aus dem Wohnzimmer. „Jesus, Maria und Josef, Sohn. An der Wand zu stehen mag ja eine Darstellung deiner Stärke und so 'n Zeug zu sein, aber für das Mädel war es ein richtig bäriger Tag. Lass sie sich hinlegen und ein bisschen entspannen."

Knox hatte die Stirn gegen ihre gepresst, stieß ein Glucksen aus, behielt jedoch den Körper dicht an ihren gedrückt. „Sicher, dass du nicht nach Haven willst, Ma? Ich vermute, Zeke hat es noch nicht mal vom Parkplatz geschafft."

„Und mir die Sperenzchen hier entgehen lassen?" Ihre Tonlage veränderte sich, was zeigte, dass sie sich wohl wieder dem Fernseher zugewandt hatte. „Keine Chance. Außerdem muss jemand dem Mädel beibringen, wie man euch Bagage in den Griff bekommt. Da kann sie es gleich von den Meisterinnen lernen."

Knox hob den Kopf. Wenn er auch nur im Mindesten

davon genervt war, dass sie von den Mutterfiguren in seinem Leben unterrichtet werden sollte, zeigte sich nichts in seiner Miene. Hinter der immer noch funkelnden Intensität in seinem Blick befand sich tatsächlich kaum zurückgehaltenes Gelächter. Er umfasste ihre Wange und strich mit dem Daumen über ihre Unterlippe. Seine Augen waren auf ihre gerichtet, aber seine Worte galten den beiden Frauen, die sich hinter ihnen um ihre eigenen Dinge kümmerten. „Braucht ihr zwei was von uns?“

Ninette schnaubte. Das unfeine Geräusch wurde von der Mikrowellentür untermauert, die geschlossen wurde. Ungefähr eine Sekunde später füllte der butterige Geruch von Popcorn die Luft. „Ich habe schon Arschlöcher bekämpft, bevor du geboren wurdest, Knox. Bring dein Mädchen dorthin, wo sie sein muss. Uns wird es gut gehen.“

Alle Leichtigkeit auf seinem Gesicht verschwand und wurde ersetzt von dem Vergnügen eines hungrigen Raubtiers, das gerade die letzte Barriere zu seiner Beute übersprungen hatte. Er wich zurück und schloss die Finger um Daryas Handgelenk. „Ja, Ma’am.“

Bevor sie wusste, was los war, folgte sie ihm in Richtung seines Lofts. Seine Schritte waren langsam, aber voller Absicht.

„Ivans Scans sind im System“, sagte er mit Blick zu Ninette und Sylvie. „Er wird in weniger als dreißig Minuten hier sein, um sich die Aufnahmen der Überwachungskameras anzusehen, während Beckett und Danny weg sind. Bis dahin lasst es mich wissen, falls ihr etwas seht, das euch spanisch vorkommt.“

Mit einer Schüssel Popcorn in der Hand marschierte Ninette zum Sofa und winkte die beiden weg. „Ja, ja. Geht. Ich würde sagen, habt Spaß, aber wir haben schon die Vorschau darauf bekommen, also ist das wohl überflüssig.“

Darya grub die Fersen in den Boden, entschlossen, ihnen zumindest richtig Gute Nacht zu wünschen. „Knox …"

Er fuhr herum, bückte sich, bis seine Schulter auf Höhe ihres Bauchs war, und hob sie wie einen Sack Kartoffeln hoch.

Ihr überraschtes Quietschen echote im Loft und mischte sich mit Ninettes und Sylvies Lachen. Knox schloss gerade die Tür zu seiner Suite, als Sylvie murmelte: „Gut, das ist auch eine Art, ihr den Boden unter den Füßen wegzuziehen."

Darya, der immer noch schwindlig war wegen des abrupten Wechsels ihrer Blickrichtung, stemmte die Hände auf Knox' Rücken und versuchte, sich aufzurichten. „Knox, lass mich runter."

Er umfasste ihren Hintern und marschierte durch die Dunkelheit. „Auf keinen Fall. Ich habe den ganzen Abend darauf gewartet, dich neben mir zu fühlen. So geht es schneller."

Sie versuchte erneut, in die Senkrechte zu kommen, aber Knox untergrub ihr Vorhaben, indem er sich nach vorn duckte und sie auf ihren Rücken warf. Er hielt ihren Kopf, bevor er auf das Bett auftreffen konnte, während der Rest seiner Kingsize-Matratze ihr Gewicht mit einem sanften *Wusch* aufnahm.

Er glitt so natürlich zwischen ihre Schenkel, wie Wasser durch einen mit Kieseln gesäumten Bachlauf floss. Seine Hüften ruhten bequem in der Wiege ihrer eigenen.

Sie blinzelte, bis sie deutlich sehen konnte.

Mondlicht und das sanfte Glühen der Lichter der anderen Lagerhäuser fielen durch die riesigen Fenster und betonten sein gutaussehendes Gesicht, das nur Zentimeter von ihrem entfernt war. „Ich habe mein ganzes Leben auf dich gewartet."

Was immer sie erwartet hatte, was er sagen würde, das

war es nicht gewesen. Aber die Schönheit in seinen Worten schoss direkt durch ihre Müdigkeit und ihre Sorgen, die sie den gesamten Abend lang gequält hatten. Abgesehen von ihrer beider beschleunigtem Atem waren die einzigen Geräusche das gedämpfte Brummen der Autos auf dem Freeway und das stete Pochen ihres rasenden Herzens.

Er machte weiter, ließ seine unzensierten Worte wie Morgensonnenschein nach einer Monate andauernden Dunkelheit auf sie fallen. „Nach Tami und einer Reihe schlechter Entscheidungen nach ihr habe ich mich selbst davon überzeugt, dass es nicht passieren würde. Ich habe mich abgeschottet, damit ich nicht mehr verletzt werden konnte, aber tief in mir wollte ich immer jemanden, der mir gehört. Jemanden, der klug ist. Leidenschaftlich, mit einem weichen Herzen. Zuzusehen, wie meine Brüder sich verliebt haben, hat mich fast umgebracht. Hat meine Sehnsucht intensiviert. Verschärft." Er stemmte die Ellbogen neben sie, umfasste ihr Gesicht, und die Wildheit seines Blicks stand im Gegensatz zu der ehrfürchtigen Berührung. „Wenn ich jetzt die Worte höre, die du mir geschenkt hast, war das jeden Tag, den ich gewartet habe, jede Sekunde wert."

Ihr Atem stockte. Sie war so oft gesegnet worden. Die, die Opfer für sie gebracht hatten und Risiken für sie eingegangen waren, hatten einen hohen Preis gezahlt, damit sie unzählige Gelegenheiten erhielt und unglaubliche Dinge sehen konnte. Aber in dieser Sekunde verblasste jeder andere Augenblick ihres Lebens im Vergleich dazu. Sie spreizte die Hand auf seiner Brust. „Ich glaube nicht, dass ich das verdiene. Nicht nach allem, was deine Familie gerade wegen mir ertragen muss."

Die Sanftheit in seinem Blick veränderte sich und wurde von solcher Hitze ersetzt, dass ihre Haut innerhalb von Sekunden warm wurde. Er bedeckte ihre

Hand mit seiner. „Fühlst du das?“

Unter ihrer Handfläche schlug sein Herz in einem steten Rhythmus, der genauso stark und kräftig wie der Mann war, als der er sich erwiesen hatte.

„Vor dir hätte es auch leer sein können“, sagte er. „Ja, Beckett und der Rest meiner Brüder haben mir die Familie gegeben, die ich nie gehabt hatte, aber es gab eine Leere, die sie nicht füllen konnten.“ Er verstärkte den Griff auf ihrer Hand und senkte die Stimme. „Ich schwöre bei Gott, manchmal glaube ich, dass ich all die Jahre nicht schlafen konnte, weil ein Teil von mir Angst hatte, dass ich meine Chance verpassen würde, wenn sie jemals käme.“

Aber in ihrer Nähe hatte er geschlafen. In jeder Nacht seit dem Tag, an dem er sie nach Hause gebracht hatte, und zwar tief und fest, eng hinter ihr.

Er lächelte, als ob er gesehen hätte, wie sich die Erkenntnis in ihrem Kopf materialisiert hatte. „Ich habe meine Chance nicht verpasst. Es war knapp, weil ich ein sturer Idiot war, aber jetzt, da mein Kopf nicht mehr in meinem Arsch steckt, kann ich dir sagen, dass du eindeutig *alles* verdienst. Meine Fähigkeiten, meine Kontakte, mein Geld … alles, bis hin zu meinem Leben, wenn es das ist, was es braucht, um dich in Sicherheit zu wissen.“

Sie ballte die Hand in seinem T-Shirt zur Faust und die Leichtigkeit des Augenblicks verhärtete sich zu Angst. „Bitte sag das nicht. Ich habe in meinem Leben schon zu viele Leute verloren, die ich liebe. Ich will dich nicht auch noch verlieren.“

Mit einem zärtlichen Lächeln zog er ihre Hand weg und küsste ihre Knöchel. „Süße, ich habe dich gerade als meine beansprucht. Du könntest mich nicht ins Wanken bringen, selbst wenn du es versuchen würdest.“

Sie für sich beansprucht? Der Teil in ihr, der gesehen

hatte, wie zu viele Frauen wegen der diktatorischen Macht von Männern ihre Unabhängigkeit verloren hatten, wenn nicht gar ihr Leben, sperrte sich gegen diese Aussage. Sie wollte Distanz suchen und ihrem Verstand die Gelegenheit geben, nachzudenken und alles zu verarbeiten.

Der andere instinktivere Teil von ihr erblühte angesichts dieser Vorstellung. Als ob er ihren Geist förmlich in feinste Seide gekleidet und ihr die Welt zu Füßen gelegt hätte.

Er führte ihre Hand auf das Bett und legte sie neben ihren Kopf. „Also … Ich habe den ganzen Abend darauf gewartet, dir zu zeigen, wie viel mir deine Worte bedeutet haben. Gibt es noch Fragen, die nicht warten können, bis ich meine Dankbarkeit angemessen zum Ausdruck gebracht habe?“

Oh, sie hatte Fragen. Massenweise. Da er sie allerdings so hungrig anstarrte, wirkten sie fast alle nicht wichtig genug, um zu verdienen, ausgesprochen zu werden – bis auf eine. „Was meinst du damit, du hättest mich für dich beansprucht?“

Ein paar intensive Momente sah er sie an. Seine klugen grauen Augen bemerkten zweifellos mehr, als sie sich gewünscht hätte. „Ich bin nicht er. Ruslan will dich in einen Käfig sperren. Ich will, dass du frei bist. Mit mir. Neben mir. Ein Teil von mir.“ Er ließ ihre Handgelenke los, schob die Handflächen auf ihre und verwob ihre Finger miteinander. „Aber ich werde dich nicht anlügen. Wenn du jemals wegläufst, werde ich direkt hinter dir sein. Nicht, um dich gegen deinen Willen einzusperren, sondern um dich zurückzugewinnen. Alles, was zwischen uns passiert, geschieht, weil du es wählst. Weil du mich dessen als würdig erachtest.“ Er hielt inne und sah sie an. „Verstehst du das?“

„Ich glaube schon“, flüsterte sie. Ihr Hals fühlte sich wegen all ihrer Gefühle zu eng an, um mehr herauszubringen.

„Gut. Dann kümmere ich mich um die andere Sorge, von der ich davon ausgehe, dass sie dir im Hirn herumtanzt – wenn ich schon mal dabei bin.“ Er beugte sich näher. Seine Stimme klang nahezu genauso leise wie ihre. „Du hast die Art von Leben gekannt, das Yefim geführt hat. Weißt, dass er mit gefährlichen Männern zu tun hatte. Also verstehst du vermutlich, wie Männer wie er vorgehen. Ihre Denkweise, wessen sie fähig sind und wie sie operieren.“

Ein Gewicht senkte sich auf ihre Brust, und durch ihre Halsschlagader schien so viel Blut zu fließen, dass ihr schwindlig wurde. Sie nickte. Oder zumindest versuchte sie es, denn Unsicherheit und Angst machten die einfache Bewegung zu einer herkulischen Aufgabe.

„Wo immer du gerade in deinem Kopf herumgeisterst, komm zurück.“ Seine Lippen krümmten sich zu einem übermütigen Grinsen. „Wir sind mutige Bastarde und nicht besonders an Regeln interessiert, die wir nicht selbst gemacht haben, aber wir sind nicht die *mafiya*. Ich erwähne das nur, um dir eine Vorstellung davon zu geben, wessen wir fähig sind. Ihr Denken – ihre Hartnäckigkeit und Konzentration – ist etwas, das wir teilen. Wir haben ein gutes Leben aufgebaut, das die Leute, die wir lieben, versorgt. Das bedeutet, dass wir manchmal nach den Regeln spielen und innerhalb der Linien ausmalen, die andere Leute gezogen haben, manchmal nicht. Aber was immer wir auch für Entscheidungen treffen, wir treffen sie auf Grundlage unseres eigenen Codes. Unserer Ehre. Es werden nie Sachen abgezogen, die einen Unschuldigen verletzen könnten.“

„Also geht es nur ums Geschäft? Um Investitionen und Verbindungen?“

Er erwiderte ihren Blick, ruhig und wachsam. „Außer jemand der unseren braucht mehr. Dann gibt es keine Zurückhaltung.“

„Knox, bitte …“

Sein Mund senkte sich auf ihren, womit er nicht nur ihre Worte zum Verstummen brachte, sondern auch ihre Gedanken mit seinem allumfassenden Kuss durcheinanderwirbelte. Lippen, Zähne und Zunge, er bearbeitete ihren Mund, bis jedes Krümelchen Sorge zerfiel und sie nachgiebig und bereit für mehr seiner Berührungen zurückließ.

Immer noch hatte er seine Finger mit ihren verwoben und drückte sein Gewicht in ihre Handflächen. Erst als sie stöhnte, ihre Hüften gegen seine presste und versuchte, ihre Hände freizubekommen, unterbrach er den Kuss. Er legte seine Stirn an ihre. Sein Atem ging so schwer wie ihrer. Er war ein Biest, das seine Beute nicht nur gejagt, sondern auch gefangen hatte. „Vertraust du mir?“

„Ja.“ Ohne jeden Zweifel. Es war egal, welcher Abscheulichkeiten Ruslan ihres Wissens nach fähig war oder welche Ängste sie tief in sich hatte, es gab niemanden, dem sie mehr vertraute als Knox.

Er hob den Kopf und erwiderte ihren Blick ganz direkt. „Dann vertrau mir auch in diesem Punkt. Vertrau mir, dass ich weiß, was wir können, und dass wir für deine Sicherheit sorgen können. Dass wir dich freibekommen.“

Es gab keine Worte, weder in Englisch noch in ihrer eigenen Sprache, die das Gefühl vernünftig ausdrücken konnten, das in ihr anschwoll. Aber sie könnte es ihm zeigen. Sie könnte alles, was sie fühlte – jede Hoffnung, jeden Traum und jede Angst –, in diesen Moment legen und sich ihm unterwerfen.

„Knox?“, fragte sie sanft in einem bedächtigen Flüstern in der Stille des Zimmers.

Statt einer Antwort neigte er den Kopf und hob eine Augenbraue.

Sie zog an ihren Händen, und überraschenderweise

ließ er sie los, sodass sie ihre zitternden Finger an seine Wangen legen konnte. „Ich glaube, ich bin fertig mit Reden."

Eine Sekunde. Eine vollkommen perfekte Sekunde, und seine komplette Haltung veränderte sich. Er war ein Tiger im Käfig, der auf einmal die Freiheit vor sich sah und sich bereit machte, zu springen. Doch statt der zerstörerischen Attacke, die sie erwartete, drückte er einen zärtlichen, ehrfürchtigen Kuss auf ihre Lippen.

Wochenlang hatten sie jede Nacht miteinander verbracht. Miteinander gebalgt und die sexuellen Sehnsüchte des jeweils anderen mit endlosem, unbändigem Appetit erforscht. Im Anschluss daran war er immer sanft gewesen. Aufmerksam und auf eine Weise präsent, die er sich anfangs nicht erlaubt hatte, aber während des Sex war er stets aggressiv. Er forderte und war dreist, bis ihr Spiel manchmal köstlich grob wurde.

Doch das hier war anders.

Besonders auf eine Weise, die über Worte hinausging und den tiefsten Teil in ihr berührte.

Hin und her strichen seine Lippen über ihre und sein Atem vermischte sich mit ihrem, was ein wunderbar neues Level an Intimität war. Obwohl sein Kuss unendlich zärtlich war, war die Luft um sie herum wie mit elektrischer Energie geladen, was ihre Haut äußerst köstlich kribbeln ließ.

Sie legte die Arme um seinen Nacken, hob den Kopf von der Matratze und versuchte, den Kuss zu vertiefen.

Knox entzog sich ihr; nicht so, dass er sein Gewicht von ihr nahm, aber so, dass er ihr seinen himmlischen Geschmack raubte. Sie hatte schon viele Ausdrücke auf seinem Gesicht gesehen, doch dieser war neu. Ein Hauch von Verwundbarkeit, die er an dem Abend gezeigt hatte, als er ihr von seiner Vergangenheit erzählt hatte, allerdings überschattet von resolutem Ernst. Damit leistete er ihr einen Eid, noch bevor er etwas sagte.

„Ich beeile mich nicht. Nicht heute Abend. Was ich dir geben will, was ich dir zeigen will, verdient mehr als das."

Selbst nach all dem Auf und Ab des Tages gelang ihrem Bauch ein Sturzflug und eine Drehung, die jeder Achterbahnfahrt in einem Vergnügungspark Konkurrenz hätten machen können, und ihr stockte der Atem. Sie strich über seinen Kiefer. „Was immer du willst. Du führst mich und ich werde dir vertrauen."

Sein Blick flammte auf, und er hatte dieselbe gierige Miene wie ein Mann, der über eine Höhle voller verlorener Schätze gestolpert war. Er bedeckte ihre Hand mit seiner, drückte sie. Dann setzte er sich zurück auf die Fersen, wobei er seinen Griff an ihrer Hand dazu benutzte, sie mit sich hochzuziehen. Mit einer geschmeidigen Bewegung packte er den Saum ihres T-Shirts, zog es nach oben und über ihren Kopf.

Die kühle Luft des Zimmers traf auf ihre nackte Haut und verursachte ihr eine Gänsehaut, aber es war die Ehrfurcht in seinem Blick, die ihre Gedanken zum Stillstand brachte. Als ob er sie zum ersten Mal sehen und die Schönheit von ihnen beiden zusammen aus einem ganz neuen Blickwinkel erleben würde. Er strich mit den Fingerspitzen über die Schwellung ihrer Brust. „Ich hätte es am ersten Tag wissen sollen."

„Was?"

Er hob den Blick zu ihrem. „Dass du anders bist." Er nahm sich Zeit, die Träger ihres BHs von ihren Schultern zu streifen, fuhr einen neckischen Pfad von ihren Rippen zu ihrem Rücken und öffnete den Verschluss. Kein einziges Mal wandte er die Augen von ihren ab. „Dich auch nur anzusehen, hat mich vollkommen stupide gemacht. Ich wollte vergessen, dass ich eine Vergangenheit habe. Ich wollte alles Leid vergessen, das ich erfahren habe, und meine Regeln aus dem Fenster werfen." Er zog die Seide weg, warf das Stück Stoff auf den

Boden und legte sie wieder auf ihren Rücken. „Ich hätte wissen sollen, dass du mir gehörst."

Mir.

Es war so ein einfaches Wort, aber es explodierte in ihr und setzte in der Folge einen Mahlstrom von Gefühlen frei. Unter seinem Blick fühlten sich ihre Brüste straff und schwer an, und ein Kribbeln tanzte unter ihrer Haut.

Mit schmerzhaft langsamen Bewegungen befreite er sie von ihrer Jeans und ihrem Höschen und warf beides auf den Boden. Er stand neben dem Bett und besah sie sich im Mondlicht. „Wunderschön."

So oft hatte er sie nackt gesehen, doch nie hatte es sich so intim angefühlt. So bloßgestellt und roh. „Du berührst mich nicht mal, aber ich könnte schwören, dass ich dich immer noch fühlen kann."

Das brachte ihn zum Grinsen und ein wenig seiner spielerischen Art, die sie so an ihm liebte, wurde sichtbar. „Interessant. Würdest du mir mitteilen, wo?"

Oh ja. Knox' verschmitzte Seite war zum Vorschein gekommen, und Darya war mehr als bereit, mitzuspielen. Sie bewegte ihre Knie auf eine Seite und strich mit den Fingerspitzen oberhalb ihres Bauchnabels entlang. „Hier beginnt es. Manchmal ist es ein Kribbeln. Manchmal geht es tiefer. Wie ein Ziehen oder so."

Er kam näher ans Bett, den Körper so geneigt, als ob er sich verzweifelt nach Kontakt sehnte, sich jedoch zurückhielt. „Bloß dort?"

„Nein." Mit beiden Händen umfasste sie sanft ihre Brüste. Der Druck an ihren empfindlichen Wölbungen war ihr äußerst willkommen, aber immer noch nicht die Berührung, die sie sich ersehnte. Nach den Nächten, die sie zusammen verbracht hatten, würden nur seine Hände reichen. Die Stärke in ihnen, die er bewusst kontrollierte. „Hier schmerzt es."

Sein Blick senkte sich auf sie, vollkommen ergeben,

die Lider schwer und die Lippen geteilt. Seine Hände öffneten und schlossen sich zu lockeren Fäusten.

Sie knetete ihre Brüste und strich mit den Daumen über ihre aufgerichteten Nippel. „Siehst du mich gerne an?"

Er leckte über seine Unterlippe und seine Stimme erklang tief und hungrig. „*Gerne* ist das falsche Wort."

„Was ist das richtige?"

Er hob den Blick zu ihrem. „Es ist für mich eine *Lebensnotwendigkeit.*"

Lust schoss ihr zwischen die Beine und sie wimmerte. Ihre Hüften bewegten sich in dem Rhythmus, in dem ihr Puls pochte. Sie kniff und rollte ihre Nippel, verstärkte damit die Empfindungen, sodass jedes Ziehen direkt in ihre Klit fuhr. „Auch für mich ist es eine Lebensnotwendigkeit, aber du hast noch zu viele Sachen an."

Mit einem frustrierten Grollen riss er sich das T-Shirt über den Kopf. In der Sekunde, in der es ihm über den Kopf rutschte, sank sein Blick sofort wieder auf ihre Hände, die auf ihren Brüsten lagen, und er warf das Oberteil auf den Boden. „Wo noch?"

Ihr gefiel dieses Spiel. Sehr. Es war eine zu Kopf steigende Mischung aus Visuellem, Versuchung und Strategie. Und oh, sie liebte es, ihn anzusehen. Die kompakten und definierten Muskeln seiner Schultern, Arme und Brust zu würdigen. Von allen Arten, sie zu nehmen, mochte sie die am liebsten, wenn er über ihr war, sodass sie jedes Zucken und jedes Anspannen seines Unterleibs beobachten konnte, während er seinen Schwanz in sie arbeitete.

Sie wollte ihn unbedingt weiter herausfordern, hob eine Hand über den Kopf und drückte den Rücken durch, sodass sie sich ihm anbot, als ihre andere Hand über ihren Bauch tiefer strich. „Ich zeige es dir, wenn du mir den Rest von dir zeigst. Alles."

Der Muskel an seinem Kiefer zuckte, was durch die Schatten, die durch das helle Mondlicht entstanden waren, noch deutlicher wurde. „Ich will dir heute Langsamkeit schenken."

„Dann tu das. Aber lass mich dich mit meinen Augen so lieben, wie ich dich mit meinem Herzen liebe."

Etwas huschte über sein Gesicht. Vielleicht Überraschung angesichts der Erinnerung an ihre Gefühle oder einfach der Fremdheit des Geständnisses. Was immer es war, es führte dazu, dass er sich bewegte. Er schob die Jeans über die Hüften, gleichzeitig seine schwarze Unterhose und entblößte damit seinen perfekten Schwanz. Er war hart und dick und reckte sich stolz fast bis zu seinem Bauch. Als Knox aus seiner Hose schlüpfte und sie auf die Seite trat, wippte sein Glied und es juckte sie verzweifelt in den Fingern, seine Länge umfassen und streicheln zu wollen.

Als ob er den Inhalt ihrer Gedanken wüsste, schloss er eine Hand um die Basis und drückte zu. „Zeig es mir." Die Worte rollten als Befehl seine Kehle hinauf, aber darin lag auch Verlangen. Ihr Mann hungerte nach dem, was nur sie ihm geben konnte.

Sie fuhr genüsslich einen Kreis um ihren Nabel, dann tiefer, langsam in Richtung ihres Geschlechts. In einem blendenden Moment veränderte sich alles. Was als Spiel begonnen hatte – ein sinnliches Necken, um den Augenblick zu verstärken und aufzubauen –, wurde zu etwas Größerem. Eine allumfassende Verbindung, die sich selbst ohne physischen Kontakt um sie wickelte und um sie herum pulsierte. Ihr Verstand bemühte sich, es zu verarbeiten, scheiterte aber angesichts der ganzen Sinneseindrücke. Wie er langsam sein Glied bearbeitete, die besitzergreifende Hitze in seinem Blick, als er sie ansah, wie er die Schultern zurückdrückte und seine Brust sich mit jedem tiefen Atemzug hob und senkte. All das verschmolz und überwältigte sie. Es drängte alles zur Seite bis auf das Bedürfnis, ihn zu fühlen. Sein Gewicht, das sie niederdrückte. Seine Haut, die heiß an ihrer lag. Seinen Schwanz, der sich in ihr versenkte.

Sie machte eine neckische Bewegung mit den Fingerspitzen in den kleinen Löckchen über ihrem Schamhügel und atmete zittrig ein. „Ich brauche dich hier."

Sein Blick klebte auf ihren Fingern. Er kroch auf das Bett, packte sanft ihre Fußknöchel und kniete sich zwischen sie. Dann strich er ihre Schienbeine hinauf, legte die Hände auf ihre Knie und öffnete sie noch mehr, damit er sie entschlossen studieren konnte. „Mach weiter."

Als ob sie etwas anderes tun könnte. Wie er sie beobachtete, jeden Zentimeter verschlang, den sie bedeckte, verlangte praktisch ihren Gehorsam. Sie ließ die Finger durch ihre Schamlippen gleiten, und die Nässe, die sie vorfand, passte zu dem langsamen, drängenden Schmerz. „Knox."

„Genau so." Er setzte sich auf seine Fersen zurück und ließ seine flachen Hände an ihren inneren Schenkeln hinaufgleiten. „So nass für mich. So bereit." Seine Daumen befanden sich nur Zentimeter von ihrem Innersten entfernt, strichen auf und ab, entflammten ihr Verlangen, bis sie kaum mehr einen vernünftigen Atemzug machen konnte. „Verteile es nach oben. Bedecke deine Klit damit."

Ihre Oberschenkel zitterten und ihr Geschlecht zog sich bei seinem Befehl zusammen, aber sie gehorchte, umkreiste das angeschwollene Nervenbündel und beugte die Hüfte in jedes Streicheln. Ihre Muskeln bebten. Ihr Höhepunkt befand sich gerade außerhalb ihrer Reichweite.

„Komm nicht", knurrte er. „Warte auf mich."

Sie stöhnte und erhöhte den Druck weiter. Ihr Blick huschte zwischen der Schönheit seines muskulösen Körpers, der im Mondlicht hoch über ihr emporragte, und der versunkenen Gier auf seinem Gesicht hin und her. „Ich bin kurz davor."

„Du wirst noch kürzer davor sein, bevor ich dir meinen Schwanz gebe." Er packte seinen Schaft mit einer Hand und drückte ihren Schenkel mit der anderen. „Schieb deine Finger hinein. Zeig mir, wo du mich willst."

Eifrig versenkte sie zwei ihrer Finger in sich, verzweifelt auf der Suche nach der Fülle, nach der sie verlangte; sie fand jedoch ihre eigene Berührung erbärmlich mangelhaft. Sie wimmerte und ließ die Hüften kreisen. „Es reicht nicht."

„Ich weiß, Baby. Aber ich will einen Vorgeschmack und du wirst ihn mir geben." Er packte ihre Hüften, zog sie so dicht an sich, dass die feinen Haare an seinen Oberschenkeln ihren Hintern kitzelten, und führte ihre Hand an seinen Mund. „Das Beste beider Welten." Er leckte einen ihrer Finger ab und rieb mit der Seite seines Glieds ihre Klit, die noch feucht von ihren Säften war. „Dein Geschmack in meinem Mund, und deine heiße Pussy, die meinen Schwanz neckt."

Ihre Hüften neigten sich reflexartig, und ein tiefes, heiseres Stöhnen stieg in ihrer Kehle hoch, während sie die Beine um seine Taille schloss. Sie hob den Hintern an, versuchte, seine Spitze an ihrer Öffnung zu fangen, doch die Hand, die er an ihrer Seite verankert hatte, hielt sie gerade außerhalb seiner Reichweite. Gott, sie liebte es, ihn nackt an sich zu fühlen. Von allen Veränderungen in ihrer Beziehung über die letzten Wochen hinweg war der Entschluss, dass sie bereit waren, sich aufeinander einzulassen, sodass sie Haut an Haut miteinander schlafen konnten, die intimste gewesen. Bis jetzt. „Knox. Bitte."

Er zog ihre beiden Finger in die nasse Hitze seines Munds und leckte sie sauber, wobei er die Augen geschlossen hatte und jeden Tropfen genoss. Während all dessen ließ er seine Länge gegen ihre geschwollene Klit streichen und ließ sie mit jedem Streicheln höher und höher fliegen. Erst als er jeden Zentimeter geschmeckt hatte, küsste er die Mitte ihrer Handfläche und führte ihre Hand an seine Brust. Er beugte sich über sie und ließ ihre Hüfte los, um seine Hand neben sie zu stemmen. Seine Hundemarken fielen mit einem leisen Klirren auf ihr Brustbein. Das Metall war eine willkommene Kühle angesichts des Feuers, das sie von innen heraus verbrannte.

Erstarrt blickte er sie einen Augenblick an, und Gedanken, die sie nicht identifizieren konnte, huschten über sein Gesicht. „Du bist jetzt mein." Er hob den Blick zu ihrem und die Entschlossenheit darin schoss ihr direkt ins Herz. „Mein, um dich zu behalten. Zu beschützen. Immer." Er bewegte die Hüften, und sie weinte fast, als seine Spitze ihren Eingang berührte.

Sie bog sich, um ihn aufzunehmen, und rollte ihr Becken, um ihn willkommen zu heißen. Als er sich zurückhielt, grub sie die Nägel in seine Schultern und die Fersen in seinen Hintern. „Bitte."

Er kam einen Hauch näher. Weit genug, dass ihre Muskeln erwartungsvoll bebten, aber nicht genug, um den Schmerz zu lindern. „Nimm sie mir ab."

Sie stöhnte und wand sich unter ihm. Der seltsame Befehl minderte nicht das Bedürfnis, seine Länge in sich zu fühlen. „Was soll ich abnehmen?"

„Meine Hundemarken." Er schob eine Hand unter ihren Kopf und ballte sanft die Faust in ihrem Haar, wodurch er ihre Augen dazu zwang, sich zu öffnen und ihren Blick auf ihn zu richten. „Nimm sie mir ab."

Verblüfft von der Intensität in seinen Augen löste sie den Todesgriff, den sie um seine Schultern hatte, und führte ihre zitternden Hände zu der dicken Kette um seinen Hals. „Du nimmst sie nie ab." Niemals. Nicht unter der Dusche. Nicht in der Nacht. Nicht, wenn sie zusammen waren. Und nach dem, was die anderen Frauen gesagt hatten, war der Rest seiner Brüder genauso.

Niemals.

Seine Hüften schoben sich vor und er stieß sich in sie. „Tu es."

Sie hob die Kette und er senkte das Kinn. In dem Augenblick, in dem sie über seinen Kopf rutschte, richtete er seinen Blick auf ihren und befahl: „Leg sie an."

Oh. Mein. Gott.

Sie hatte seinen Besitzanspruch verstanden. Hatte die Wichtigkeit des heutigen Abends und was ihre Worte ihm bedeutet hatten, begriffen, aber bis zu diesem Moment hatte sie nicht erkannt, was er zu sagen versucht hatte. Was er zu zeigen versucht hatte. Knox nahm sie nicht nur in Besitz. Er gab ihr sich selbst und machte ihr seine Liebe auf die ihm bestmögliche Weise klar.

Mit bebenden Fingern hob sie die Kette über ihren Kopf. Die Hundemarken ruhten schwer auf ihrer Brust, ein Brandzeichen, das sich tief unter ihre Haut grub. Sie bewegte die Hände von der glatten Oberfläche weg und spreizte sie auf seiner Brust.

Stolz und Besitzgier erfüllten seine Mimik, und als sein Fokus sich ihren Augen zuwandte, war es, als ob zwischen ihnen etwas wie ein Puzzleteil an Ort und Stelle rutschte. Er erwiderte ihren Blick und schob die Hüften vor. Er füllte sie mit quälender Langsamkeit. „Mein."

Sie legte die Hände um seine Schultern, weil sie seine ihm innewohnende Stärke brauchte, um sich in diesem Augenblick zu verankern. „Dein."

Er drückte sich tiefer, nahm sich langsam, was sie offen anbot, und brannte sich auf eine Weise in ihr Gedächtnis, die ihr nicht einmal der Tod stehlen könnte. Er füllte sie bis zum Anschlag und senkte den Mund auf ihren. „Schwöre es mir, Darya. Schwöre mir, dass du nie wegrennen, sondern mir erlauben wirst, dich in Sicherheit zu bringen."

Da war es. Die Verwundbarkeit, die er ihr im intimsten aller Momente zeigte. Egal, was es sie kostete. Egal, was die Zukunft für sie beide bereithalten würde, das hier war der Augenblick, in dem sie ihn als den Ihren wählte und sich an seine Seite stellte.

„Niemals." Sie legte ihre Arme und Beine um ihn, wob die Finger in sein Haar und hielt seinen Kopf eng an ihrem. „Ich gehöre dir. Vollkommen."

Mit einer überwältigenden Bewegung nahm er ihren Mund und trieb seine Hüften gegen ihre, womit er ihren Eid auf körperliche und äußerst köstliche Weise besiegelte. Jedes Gefühl katapultierte sie bis an den Rand, wo sie kurz vor einem gigantischen freien Fall schwankte. Sein Kuss. Sein harter Körper, der sich an ihrem bewegte. Seine eiserne und zugleich seidenweiche Härte, die sich immer wieder in ihrer nassen Pussy versenkte. Hier ging es nicht mehr um Erwartung oder Sex. Hier wurden zwei Menschen eins. Es war eine Verbindung der Herzen sowie des Fleisches, und es wurden Schwüre ohne ein einziges Wort gesprochen.

Er stöhnte in ihren Mund, nahm sein Gewicht zurück und schob die Arme unter sie. Eine legte er um ihren Rücken, den anderen hinter ihre Schultern. Er richtete sich auf und zog sie dabei mit sich, sodass sie über seinen Hüften hockte, während er tiefer in sie stieß. Aus diesem Winkel und durch die Kraft in jedem Rucken seines Beckens traf seine Spitze den süßen Punkt in ihr und sein Schaft rieb unnachgiebig über ihre Klit. Mit seinen Lippen dicht an ihren und ihren Herzen, die Brust an Brust schlugen, schloss er die Hand im Haar an ihrem Hinterkopf zur Faust und knurrte: „Jetzt. Nimm es. Komm für mich. Vervollständige mich."

Sie hätte ihren Höhepunkt nicht mal aufhalten können, wenn sie es gewollt hätte; nicht, wenn sie ihn fühlte und seine liebevollen Worte direkt in ihr Herz flossen. Ihr Geschlecht zog sich mit einer Kraft zusammen, die von ihren Fußsohlen aus pulsierte und sich in alle Richtungen erstreckte. Sie schrie an seinem Mund und drückte die Arme um seine Schultern zusammen. Das Metall seiner Hundemarken grub sich in ihr Fleisch, während ihr Innerstes seinen Schaft molk.

Sein Mund presste sich auf ihren, und Knox versenkte sich bis zum Anschlag in ihr, vergrub sich in ihr und drückte die Hand so fest auf ihren unteren Rücken, dass sie sich nicht bewegen konnte. Es gab kein Entkommen von seinem Schwanz, der seinen Samen in ihr verspritzte.

Kein Entkommen.

Die Vorstellung hätte sie bei Ruslan in Todesangst versetzt, aber bei Knox hieß sie sie willkommen. Sie genoss den wertvollen Schild, den sein Besitzanspruch schuf. Den Schutz und die Liebe, die ihn begleiteten. Denn nach dem hier gab es keinen Zweifel mehr. Knox liebte sie. Er hatte es gezeigt mit allem, was er in sich hatte – jeder Tat, seit sie ihre Gefühle verkündet und ihre Vergangenheit mit ihm geteilt hatte, bis hin zu diesem wunderschönen Augenblick. Er hatte ihr alles von sich gegeben, sein Herz und seine Seele.

Sein Kuss lockerte sich, während gleichzeitig seine Stöße von wild und verzweifelt zu schwächeren, genießerischen Bewegungen wechselten. Er behielt einen Arm um ihren Rücken geschlungen und legte die Hand an ihre Wange und seine Stirn an ihre. Sein Atem strich leicht und warm über ihr Gesicht.

Sie öffnete die Augen und weinte beinahe angesichts der Verwundbarkeit, die sich in seiner Mimik spiegelte. Selbst mit geschlossenen Augen war er vollkommen offen, und das war ein Geschenk, von dem sie überzeugt war, dass er sonst niemandem in seinem fast einsiedlerischen Leben gegeben hatte. Sie legte die Hände an sein Gesicht, absolut sicher in dem Wissen, dass er sie an sich gedrückt halten würde. „Du liebst mich", flüsterte sie.

Seine Lider öffneten sich. Durch das Mondlicht, das durch das Fenster fiel, schimmerten seine Augen mehr als im hellsten Licht. Ein nebliges und mystisches Grau, das diesen magischen Augenblick reflektierte. „Wenn *Liebe* das stärkste Wort ist, um zu beschreiben, was ich fühle, dann ja. Ich liebe dich. Mit allem, was ich in mir habe."

Tränen bildeten sich aus dem Nichts und Gefühle verengten ihre Kehle, bis sie kaum mehr sprechen konnte. „Danke, dass du mich damit ehrst. Dass du dich mir schenkst."

Er lächelte mit einer Helligkeit, die den Mond in den Schatten stellte und ihr Herz so anfüllte, dass es schmerzte. Er beugte sich vor, stützte sie mit einer Hand, während er sie beide mit der anderen abfing, und ließ sie zurück aufs Bett sinken. „Ich habe dir gesagt, dass ich dir alles geben werde. Ich wäre kein wahrer Mann, wenn ich mich nicht zu dem bekennen würde, was echt ist."

Und damit brachte er sie beide wieder runter. Lockerte die Stimmung auf, bis sich ein angenehmes Gefühl zwischen sie senkte, in dem sie einfach den Augenblick genießen und in dem köstlichen Nachglühen verweilen konnten. Er stützte einen Unterarm auf die Matratze neben ihr. Sein Schwanz war immer noch in ihr vergraben. Er strich ihr das Haar aus dem Gesicht und fuhr die Linie ihres Kiefers nach. „Willst du, dass ich dich sauber mache, oder sollen wir so bleiben?"

Das war eine Frage, auf die sie seit der Woche eine Antwort zu finden versucht hatten, in der sie aufgehört hatten, Kondome zu benutzen. Diese Veränderung war etwas gewesen, womit sie beide keinerlei Erfahrung gehabt hatten, bevor sie dieser tieferen Intimität zugestimmt hatten. Manchmal duschten sie. Manchmal kümmerte er sich um sie. Manchmal ließen sie die Dinge einfach so, wie sie waren.

Heute Abend war sie für Letzteres. „Ich wäre lieber nicht von dir getrennt."

Sein schnelles Grinsen wärmte sie. „Dann werde ich mich nicht beschweren." Er rollte sie zur Seite und sein Schwanz glitt heraus, sodass ein trauriges Wimmern sich von ihren Lippen löste. Er legte ihr Bein über seine Hüfte und schob seinen Schenkel zwischen ihre. Jede Nacht schliefen sie so ein. Egal, wie sie erwachten, sie begannen Nase an Nase und Brust an Brust, während ihr Atem sich vermischte. „Wirst du einschlafen können?"

Sie nahm sich die Zeit, sein Gesicht anzusehen, und erlaubte sich, den Moment tief im Gedächtnis zu verankern. „Mit dir kann ich alles tun, glaube ich."

Kapitel 31

Knox starrte an die Decke des Schlafzimmers. Seit dem Sonnenaufgang vor einer Stunde hatte er zugesehen, wie das butterfarbene Glühen eines weiteren Sommermorgens sich langsam über die weiße Oberfläche erstreckte. Daryas beruhigendes Gewicht und der süße Druck ihres nackten Körpers an seinem war das Einzige, was seinen Tatendrang aufhielt. Nicht, dass sein Verstand inaktiv wäre. Zum ersten Mal, seit er sie nach Hause gebracht hatte, hatte er nicht einschlafen können, und es war ihm vollkommen egal gewesen. Einige seiner besten Ideen waren ihm in den ruhigen Stunden vor dem Sonnenaufgang gekommen, und jetzt brauchte er jedes Fitzelchen Inspiration, das sein Kopf ihm liefern konnte.

Er schnappte sich sein Handy vom Nachttisch und sah auf die Zeit.

7:53 Uhr.

Das bedeutete, dass Ninette und Sylvie vermutlich schon auf den Beinen waren, und mit ein wenig Glück waren Danny und Beckett bereits zurück oder zumindest auf dem Weg hierher mit der Information, ob jemand Daryas Haus beobachtete.

Er legte das Handy wieder auf die dunkle Mahagonioberfläche des Nachttischs, rollte sich auf die Seite und umarmte seine Frau fest. Ein weiterer Vorteil einer schlaflosen Nacht war, dass er ihr beim Schlafen zusehen konnte. Er konnte sich an ihren klassischen Gesichtszügen satt sehen und sich jedes Detail einprägen. Er hatte auch herausgefunden, dass sie es mochte, wenn jemand mit ihrem Haar spielte. Ob sie die Berührung im Schlaf bemerkte oder nicht, wusste er nicht, aber jedes Mal, wenn er durch die seidigen Strähnen gefahren war, hatte sie fast geschnurrt und sich näher an ihn gekuschelt.

Er küsste ihre Wange und murmelte ihr leise ins Ohr: „Guten Morgen, Engel."

Sie regte sich und ihre Augen flatterten auf. Das verblüffende Blau war wegen des sanften Glühens der Sonne noch viel eindrucksvoller. Zuerst wirkte ihr Gesichtsausdruck etwas benommen, ihre Mimik sanft und unberührt von der Realität, doch wie immer schloss ihr Verstand rasch auf und ihr Blick wurde klar. „Ist alles in Ordnung?"

„Perfekt." Er rollte sie auf den Rücken und drückte ihr einen zärtlichen Kuss auf die Lippen. „Ich muss ein paar Fallen überprüfen, die ich letzte Nacht ausgelegt habe, aber ich wollte nicht, dass du aufwachst und dich fragst, wohin ich abgehauen bin."

Sie zeichnete unter einem seiner Augen einen Bogen. „Du hast nicht geschlafen."

„Ich wollte nicht. Ich war zu beschäftigt damit, die Frau neben mir zu genießen." Er schnappte sich ihre Hand und küsste ihre Handfläche. „Aber ich kann meine Arbeit weitaus schneller erledigen, wenn ich weiß, dass du glücklich in meinem Bett schläfst."

„Wenn ich bleibe, versprichst du mir dann, dass du heute Nacht schlafen wirst?"

Er konnte nicht anders. Der Reiz all der sexuellen Möglichkeiten, wie sie sein überaktives Gehirn dazu bringen konnten, abzuschalten, ließ seinen Schwanz hart werden. „Oh, ich werde heute Abend sichergehen, dass wir beide so erschöpft sind, dass wir förmlich ins Koma sinken werden."

Das brachte sie zu einem Lächeln voller Zähne und Schalk, das zu seinem eigenen passte. „Damit kann ich arbeiten."

„Gut. Jetzt schließ die Augen und denk darüber nach, was heute Abend auf deiner Wunschliste steht."

Sie lachte leise und sinnlich. „Mit dir wird diese Liste länger und länger."

Fuck, aber er liebte diese Frau. Er liebte ihr Herz und wie freundlich sie selbst zu Fremden war. Wie leicht sie nicht nur intellektuell mit ihm Schritt hielt, sondern dass sie auch beim Sex perfekt zu ihm passte. „Mach sie so lang, wie du willst. Wir hören nicht eher auf, bis du zufrieden bist, und dann werde ich immer noch offen dafür sein, sie erneut einmal von oben abzuarbeiten." Er strich mit der Nase an ihrer entlang und atmete ihren Winterrosenduft ein. „Schlaf für mich, Engel."

Bevor er seine Meinung ändern und seinen bereiten Schaft in ihrer Süße versenken konnte, rollte er sich aus dem Bett und nahm sein Handy, während er aufstand. Er schnappte sich seine Jeans vom Boden, zog sie rasch über und tappte, so leise er konnte, zur Tür. In dem Augenblick, als er sie öffnete, drangen das intensive, nussige Aroma von Kaffee und der noch bessere und vertraute Geruch von Sylvies Bratkartoffeln und Speck in seine Nase. Sein Magen knurrte anerkennend, schon bevor er die Tür zu seiner Suite hinter sich geschlossen hatte.

Und ja, Ninette hockte auf einem Barhocker an der großen Kücheninsel, während Sylvie den Ofen bediente. Obwohl sie sich nicht in ihrer üblichen Umgebung befanden, wirkten sie, als ob sie zu Hause wären. Beide trugen noch ihre Yogahosen und T-Shirts, in denen sie normalerweise immer fernsahen. Ninette entdeckte ihn als erste und warf ein lockeres Guten-Morgen-Grinsen über die Schulter, während sie ihre übergroße Kaffeetasse auf die Betonoberfläche des Küchentresens stellte. „Schau an, wer wach ist und lächelt, als ob er gestern Abend einen ganzen Schwarm Kanarienvögel verputzt hätte."

Ah, Scheiße. Wer hätte gedacht, dass er mit neunundzwanzig Jahren immer noch rot werden konnte, als ob er dabei erwischt worden wäre, wie er sich zu einem Poster aus dem *Penthouse*-Magazin einen runterholte? Er ging an Ivan vorbei, der sich um die Bildschirme und Laptops auf dem Esszimmertisch kümmerte. „Hey, Mann. Gibt's was Neues?"

„Nein. Nicht mal einen Piep", sagte Ivan. „Ich habe vor einer halben Stunde einen Anruf von Danny und Beck erhalten. Sie schauen auf dem Weg zurück bei Krispy Kreme vorbei und haben den Rest der Bande früher zusammengerufen. Jace und Axel sind gerade in die Garage gefahren."

Das waren gute Neuigkeiten. Ein früheres Treffen bedeutete, dass er weniger Zeit damit totschlagen musste, um Darya abzulenken. „Danke, Mann." Er ging in Richtung Küche und zu Ninette, die ihn weiter mit Argusaugen ansah. Ihre Aufmerksamkeit war etwas zu sehr auf ihn gerichtet, um angenehm zu sein.

Sie erhob sich, als er bei ihr ankam, und nahm ihn auf vertraute Weise in die Arme. „Ich würde dich fragen, ob du ein Nickerchen gemacht hast, aber ich vermute, die Antwort lautet Nein. Also wie wäre es, wenn ich frage, ob wenigstens dein Mädchen geschlafen hat?"

Knox lachte leise und küsste Ninettes grauen Scheitel. „Sie hat tief und fest geschlafen. Obwohl ich hoffe, dass sie mindestens noch eine Stunde hinbekommt, bevor sie ihrer Neugier und ihrem Pflichtgefühl nachgibt und ihren Hintern aus dem Bett hievt."

„Sie ist eine Frau, Knox. Eine kluge, der gerade deutlich gemacht wurde, dass sie vollkommen in Besitz genommen wurde. Es ist nur normal, dass sie instinktiv das Bedürfnis hat, ihre Rolle als Frau des Hauses einzunehmen, statt sich auszuruhen – was sie lieber tun sollte." Sie trat zurück, behielt aber die Hände auf seinen Schultern und betrachtete seinen nackten Oberkörper. „Ich sehe, dass dir heute Morgen etwas abgeht."

Knox schnaubte und ging zur Kaffeekanne. „Als ob du uns alle nicht schon eine Million Mal oben ohne gesehen hättest."

Der seltsame Kommentar musste Sylvie ebenfalls unvorbereitet erwischt haben, denn sie hielt lang genug mit dem Kartoffelwenden inne, um sich umzudrehen und ihn von Kopf bis Fuß zu mustern.

Knox nutzte die Gelegenheit, beugte sich vor und küsste ihre Wange. „Morgen, Ma."

Als er sich von ihr löste, grinste sie ihn frech an. „Ninnie meinte nicht dein Oberteil, mein Lieber." Sie neigte den Kopf zu seiner Brust und wackelte mit den Augenbrauen. „Sie hat von deinen Hundemarken gesprochen."

Ja. Neunundzwanzig Jahre und beide ließen ihn sich wieder wie einen Zehnjährigen fühlen. Er überspielte die ungemütliche Antwort, indem er sich auf die Kaffeemaschine stürzte, mit der man einzelne Tassen zubereiten konnte.

Sylvie wirkte von dem Thema nicht im Mindesten bestürzt, sie redete einfach weiter. „Du weißt, dass Ninnie und ich uns sehr freuen würden, dir dabei zu helfen, einen hübschen Ring für dein Mädel auszusuchen."

„Ich dachte, wir sorgen zunächst mal dafür, dass sie aus dem Haus gehen kann, ohne dass ein Psycho sie in die Fänge kriegt, und planen erst dann Hochzeit und Babys."

„Oh, Babys!" Ninette setzte sich wieder auf ihren Barhocker. „Dass dieses Wort überhaupt aus dem Mund unseres Jungen kommt, zeigt, dass der Shoppingtrip nicht mehr weit entfernt ist."

Shit. Sie hatte recht. Wo zum Teufel war das Wort *Babys* hergekommen? Obwohl ihn die Vorstellung von Darya, in deren Bauch sich sein Kind befand, viel aufrechter stehen und ihn die Schultern so weit zurückdrücken ließ, wie es ging. Dennoch behielt er den Blick auf die Kaffeemaschine gerichtet, die gurgelte und den Rest seines Getränks ausspuckte.

Die Tür zum Loft wurde geöffnet und Jace und Axel

kamen herein. Sie brauchten wenige Sekunden, um den offenen Bereich zu taxieren, jedermanns Position zu registrieren und sich darauf einzuschießen, Knox aufzuziehen. „Habe doch gesagt, er wäre auf und würde mit den Hufen scharren", sagte Axel über die Schulter zu Jace.

Jace warf Knox ein nerviges Grinsen zu. „Ja, aber wenn er halb angezogen ist, ist es noch nicht lang her, was bedeutet, dass er eine verdammt gute Nacht gehabt hat."

„Ich bin bei mir daheim und meine Frau ist nach wie vor in meinem Bett", sagte Knox über seine Kaffeetasse hinweg. „Sei froh, dass ich Jeans trage."

„Okay, Punkt für dich." Axel ging in Richtung der Küche, während Jace sich zu Ivan begab. „Rieche ich da etwa Bratkartoffeln?"

„Und Speck", sagte Sylvie. „Im Ofen sind Brötchen, und ich fange mit dem Rührei an, sobald Danny und Beckett eintreffen."

Axel trat an Ninettes Seite, legte den Arm um ihre Schultern und küsste ihre Wange. „Das ist wie daheim."

„Wenn meine Jungs hier sind, ist es unser Zuhause", sagte Ninette mit lockerem Lächeln. „Aber apropos Haven. Wie geht es dem Rest der Truppe?"

„Levi ist selig", sagte Axel. „Trevor hat bei ihnen gehalten und Lady eingeladen, wenn man also Ruger und Max noch dazu nimmt, befindet er sich im Hundehimmel. Außerdem erachten seine Tante Vivienne und Tante Gabe es als ihre Pflicht, ihn mehr als üblich zu verwöhnen."

„Wie sie es auch tun sollten", sagte Sylvie. „Obwohl ich niemals einen Jungen getroffen habe, den man leichter verwöhnen kann als Levi."

Das Kratzen von Holz auf dem Betonboden lenkte jedermanns Aufmerksamkeit auf den großen Esszimmertisch. Ivan erhob sich, schüttelte Jace' Hand und winkte locker allen in der Küche zu. „Ich gehe raus und haue mich ein paar Stunden aufs Ohr. Wenn ihr mich vor heute Abend braucht, ruft mich an und ich schaue vorbei."

Knox kam ihm auf halbem Weg zur Eingangstür entgegen und bot ihm seine Hand an. „Danke, dass du so kurzfristig eine Schicht einlegen konntest."

Ivan nahm sie und erwiderte seinen Blick ganz direkt. „Ich kenne Darya noch nicht besonders lange oder gut, aber ich kenne dich. Wenn sie zu dir gehört, ist sie es wert." Damit neigte er grüßend den Kopf in Richtung der Frauen, öffnete die Tür und ging hinaus.

„Für ihn ist vieles einfach selbstverständlich." Jace setzte sich hinter die Computer, verschob aber seinen Stuhl so, dass er gleichzeitig einen direkten Blick in die Küche sowie auf die Bildschirme der Laptops werfen konnte. Er stellte einen Fuß auf eine Sprosse des Stuhls neben ihm und sah mit schief gelegtem Kopf zu Knox. „Schon 'ne Ahnung, wie weit Danny und Beck sind?"

Knox verschloss die Eingangstür und ging zurück in die Küche. „Sie sollten jeden Moment hier sein. Wo sind Zeke und Trevor?"

„Sie bleiben in Haven, damit sie die Dinge im Auge behalten können", sagte Axel. „Wir haben ihre Schicht übernommen, können sie aber anrufen, wenn etwas Großes bevorsteht, das nach ihrem Input verlangt." Er hob seine eigene Kaffeetasse und neigte den Kopf Richtung Knox' Suite. „Ist Darya noch ausgeknockt?"

„Hoffe ich." Knox zog sich einen Barhocker neben Ninette heraus. „Gestern war ein höllischer Tag."

„Du hast ihr vermutlich ein paar Extrainformationen über ihre neue Familie gegeben?", fragte Axel.

„Genug, damit sie weiß, dass wir uns um das kümmern, was in den Griff bekommen werden muss."

„Wie hat sie das aufgenommen?", fragte Ninette.

Knox behielt den Blick auf die Theke gerichtet, aber

er war sich ziemlich sicher, dass dennoch alle das dümmliche Grinsen auf seinem Gesicht mitbekamen. „Sie hat mich so angenommen, wie ich bin."

„Ich wusste, weshalb ich dieses Mädel mag", sagte Axel mit einem Kichern.

Jace' Stimme ertönte vom Esszimmertisch. „Danny und Beck sind gerade reingefahren."

„Gut", meinte Sylvie nickend. „Dann mache ich jetzt mit den Eiern weiter."

Vielleicht war es der Geruch des Essens oder der Lärm der Männerstimmen, die im Zimmer ertönten, nachdem Beckett und Danny aufgetaucht waren, aber ungefähr fünfzehn Minuten später marschierte Darya aus seiner Suite. Ihr Gesicht war ungeschminkt – er hatte fünf Morgen gebraucht, um sie davon zu überzeugen, dass er das liebte – und sie hatte sich eine lockere, eisblaue Baumwollschlafanzughose und ein weißes Tanktop übergeworfen. Zwischen ihren Brüsten baumelten seine Hundemarken, direkt dort, wo Gott und die Welt sie sehen konnten.

Fuck, ja. Sobald seine Brüder ihn allein erwischten, würden sie ihm ordentlich einen einschenken. Vermutlich das Dreifache dessen, was Sylvie und Ninette ihm gesagt hatten, aber es war ihm scheißegal. Sie sahen dort, wo sie waren, perfekt aus. Ganz zu schweigen davon, dass sie als verdammt gute Erinnerung daran dienten, falls sie auf die bescheuerte Idee käme, davonzulaufen.

In dem Moment, in dem sie in Reichweite war, zog er sie zwischen seine Schenkel und dicht an sich. „Waren wir zu laut?", murmelte er an ihrem Ohr.

„Meine Gedanken waren lauter." Sie grub ihre Handflächen in seine Schultern und lehnte sich so weit zurück, dass sie sein Gesicht sehen konnte. „Außerdem hat das Essen richtig gut gerochen, also habe ich nachgegeben."

„Knox, lass das Mädel los, damit sie essen kann." Sylvie schob einen vollen Teller neben den, den sie für Knox beladen hatte, dazu noch eine Serviette, in die Besteck eingewickelt war. „Steh auf und überlass ihr deinen Platz. Ihr Männer könnt euer Essen zu euch nehmen und gleichzeitig arbeiten."

Axel brummte und nahm seinen Teller und die Kaffeetasse vom Tresen. Trotz des geplagten Geräuschs war seine Stimme voller Vergnügen. „Klingt für mich, als ob die Frauen uns loswerden wollen, damit sie sämtliche Details der letzten Nacht erfahren können." Er zwinkerte Darya zu, während er die Kücheninsel umrundete, dann warf er Knox ein Grinsen zu, bevor er in Richtung Esszimmertisch ging, wo Jace, Danny und Beckett sich bereits niedergelassen hatten. „Ich hoffe für dich, du warst in Bestform, Bruder."

Knox packte ihre Hüften und drückte sie. Er war versucht, den ganzen Haufen zur Hölle zu schicken und Darya zurück in seine Suite zu schaffen. Stattdessen senkte er nur für sie seine Stimme. „Ist bei dir alles klar, während ich mit den Jungs rede?"

Ihr Lächeln war sehr süß. Sanft wie ihre Küsse am Morgen und ein klein bisschen scheu, aber ohne die Sorgen, mit denen sie am Tag zuvor gekämpft hatte. „Mir geht es gut. Ich werde deinen Müttern beim Aufräumen helfen und dann ein wenig Zeit damit verbringen, mich in die Arbeit zu stürzen."

Arbeit war gut. Wie er war sie vollkommen fokussiert, sobald sie sich mit dem Programmieren beschäftigte. Sie unterschieden sich darin, dass sie, wenn sie sich vom Bildschirm löste, leicht abschalten konnte. Er umfasste ihren Nacken und küsste sie, wobei ihm egal war, dass die Unterhaltung um sie herum fast zum Erliegen gekommen war. Erst als sie an seinem Mund lächelte und gegen seine Brust drückte, ließ er sie los und erlaubte, dass sie sich von ihm fortbewegte.

„Hundemarken, hm?“ Danny grinste und schob den leeren Stuhl neben sich weit genug vom Tisch weg, damit sich Knox dort niederlassen konnte. „Bist du dir sicher, dass du nicht stattdessen etwas hättest wählen sollen, was die männliche Bevölkerung noch ein wenig deutlicher abschrecken würde? Wie … na ja, beispielsweise einen gigantischen Ring?“

Den Blick auf den Bildschirm vor sich gerichtet und mit nur halb so schnellen Fingern wie Knox mischte sich Beckett mit einem Kichern ein. „Sei froh, dass er sie nicht mitten in der Nacht zu einem Tattooladen geschleift hat.“

„Besitz von“, fügte Axel hinzu.

Jace erwiderte Knox’ Blick, aber seine leise Stimme galt jedem an diesem Tisch. „Seid vorsichtig, Brüder. Was man sät, das wird man ernten.“ Er besah sich den Rest der Männer und nahm seinen Kaffee in die Hand. „So, wie ich das sehe, seid ihr alle reif dafür, in seine Fußstapfen zu treten. Es ist nur eine Frage der Zeit, welchen von euch es als nächsten erwischt.“

Ja, Jace verstand es. Er war der erste unter den Brüdern gewesen, der sich den unbekannten Gefühlen stellen musste, die daher stammten, dass man eine Frau als die Seine beanspruchte. Die Tatsache, dass er nie gedacht hätte, sich jemals in diesen Schuhen wiederzufinden, machte den Augenblick umso süßer. „Sie können sich über mich lustig machen, so viel sie wollen. Das Einzige, was mir momentan wichtig ist, ist, diese Scheiße wieder in Ordnung zu bringen, damit Darya und der Rest unserer Frauen nicht innerhalb unserer vier Wände eingeschlossen bleiben müssen.“ Er streckte die Beine aus, lehnte sich zurück und legte die Unterarme auf den Tisch, während er die Finger locker um den Griff seiner Tasse schloss. Den Blick auf Beckett gerichtet, wurde er ernst. „Also? Beobachtet jemand Daryas Haus?“

„Zwei", sagte Beckett. „Es hat ein wenig gedauert, aber wir haben sie in einer Auffahrt gegenüber dem Wohnblock entdeckt. Das Haus ist zur Vermietung ausgeschrieben und vollkommen dunkel. Das Einzige, was sie verraten hat, war ihr glänzend schwarzer Mercedes."

„Das ist nicht gerade die beste Möglichkeit, mit den Leuten in dieser Gegend zu verschmelzen", sagte Danny.

Axel beugte sich am Tisch vor und nippte an seinem Kaffee. „Aber dieser Fehler ist gut für uns, wenn er bedeutet, dass Beckett herausfindet, von wo aus sie operieren oder wie groß ihre Crew ist."

„Was ist mit Darya?", fragte Jace Knox.

„Was soll mit ihr sein?"

„Wenn sie ihre Bewegungen beobachten, dann müssten sie gesehen haben, dass ihr zwei mit einem Koffer abgefahren seid. Vielleicht denken sie, dass ihr einen kleinen Ausflug macht, aber wenn sie nicht bald wieder auf ihrem Radar auftaucht, werden sie anfangen, nach Informationen über dich zu suchen."

„Dann lass sie suchen."

Jace zögerte und hielt seinem Blick stand, selbst als er seinen Zahnstocher rasch mit seiner Zunge kreisen ließ. „Ich glaube, du begreifst nicht, worauf ich hinauswill. Wenn sie auftaucht, führt sie das auf die falsche Fährte. Sie werden immer noch denken, dass wir keine Ahnung haben, und damit erkaufen wir uns mehr Zeit, um einen Plan zu schmieden."

„Nein." Als ob seine harte Absage nicht reichte, konzentrierte sich Knox auf den Bildschirm vor sich und schnitt so sämtlichen Blickkontakt ab. „Ich benutze sie nicht."

Beckett, der auf derselben Seite des Tisches saß wie Knox, bewegte sich, bis er Danny sehen konnte. „Das ist ein guter Punkt, Knox. Niemand sagt, dass es viel sein muss. Fahrt einfach zu ihrer Wohnung, bringt einen leeren Koffer hin und haut wieder ab."

Knox riss den Kopf herum und starrte ihn bitterböse an. „Das wird nicht passieren." Er erwiderte Becketts Blick und versuchte, seinen Atem weniger wie den eines Marathonläufers klingen zu lassen. Das war nicht gerade die leichteste Aufgabe, da sein Herz mit einem Sprint begonnen hatte, als er sich auch nur vorstellte, dass Darya die Sicherheit seines Lofts verließ. Er zwang seine Aufmerksamkeit zurück auf seinen Laptop. „Ich habe einen neuen Honeypot aufgestellt."

Seine Brüder schwiegen, entweder zu verblüfft von seiner rigorosen Weigerung oder um ihm einfach Raum zu geben und zu sehen, wohin dieses Thema führen würde.

Er wollte gerade mehr berichten, als Axel murmelte: „Was zum Teufel ist ein Honeypot?"

Danny kicherte. „Es ist eine Falle. Knox benutzt sie, um Leute hereinzulegen, die die Nase in unser Geschäft stecken. Falsche Datenbanken mit dem Versprechen von finanziellen oder persönlichen Informationen. Wenn sie zuschnappen, blockiert er sie."

Axel grinste. „Ich glaube, ich mag meine Definition von Honeypot lieber, aber jedem das Seine."

Ein Witz, und die Anspannung war gebrochen. Genau das war es, was Knox an seinen Brüdern liebte. Sie mochten nicht immer einer Meinung sein, doch sie hielten sich stets gegenseitig den Rücken frei.

„Ich schätze, du hoffst, dass uns diese Falle eine weitere Möglichkeit verschafft, an Ruslan ranzukommen?", fragte Jace.

Knox nickte. „Das Ziel ist, einen Weg zu finden, wie ich sie dazu bringen kann, einen RAT hochzuladen."

Axel zuckte zurück und runzelte die Stirn. „Einen was?"

„Einen Remote-Access-Trojaner", antwortete Beckett.

„Im Grunde ist das Schadsoftware, also übles Zeug. Sie gibt ihm administrativen Zugang zu ihren Systemen."

„Und von dort kann ich sämtliche Informationen über diesen Sack bekommen, die wir brauchen, um Druck ausüben zu können." Knox zögerte. Von all dem Scheiß, den sie die Jahre über gemacht hatten, war das, was er vorschlagen wollte, vermutlich der gefährlichste. „Das kleine bisschen an Recherche, das ich gestern Abend noch wegen Ruslan vorgenommen habe, hat mir gezeigt, dass der Kerl verflucht viel Kohle hat."

„Du willst die Konten des Dreckskerls plündern." Jace grinste breit. „Du bist ein echt mieser Bastard, wenn jemand sich an deinem Spielzeug vergreift."

„Als ob du es anders machen würdest, wenn es um Viv ginge."

Das Grinsen erstarb und die tödliche Seite, die Jace selbst an guten Tagen nur mühsam unter Verschluss hielt, trat zutage. „Ich würde ihm sein Geld nehmen, aber bloß, um ihm nah genug zu kommen, damit ich ihm seinen Schwanz abschneiden und den Bastard daran ersticken lassen könnte."

„Dann verstehst du mein Denken."

„Mehr als jeder andere." Er lehnte sich zurück. „Aber wenn du diesen Schritt machst, wird es rasch eskalieren. Sind wir bereit dafür?"

„Noch nicht", sagte Beckett. „Doch wir werden es sein. Wir müssen nur herausfinden, wo sie sich eingeigelt haben und ob Ruslan überhaupt bei ihnen ist."

Danny richtete sich in seinem Stuhl auf und starrte mit verengten Augen auf seinen Laptop. „Habt ihr Mieter, die einen dunkelblauen BMW 750 fahren?"

Knox beugte sich lang genug rüber, um zu überprüfen, ob die Angabe stimmte, dann checkte er die Marken und Modelle, die von ihren Mietern gelistet worden waren. „Ich erinnere mich nicht an jemanden mit einem BMW, ganz zu schweigen von einem 750er."

„Bruder, das ist nicht nur ein 750er", sagte Beckett. „Das ist ein Alpina mit verdunkeltem Glas, von dem ich wette, dass es kugelsicher ist."

Danny zoomte das Auto heran und drückte ein paar Tasten auf seinem Laptop. Eine Sekunde später tauchte das Bild auf einem der sechs Flatscreens an der Wand auf, gerade als die zwei vorderen Türen der Limousine geöffnet wurden. Zwei Männer in dunklen Hosen und schwarzen Oxford-Hemden, deren Ärmel hochgekrempelt waren, stiegen aus. Beide besahen sich die unmittelbare Umgebung, bevor der Fahrer zur hinteren Tür auf der Seite des Bürgersteigs ging und sie öffnete.

Ein weiterer Mann verließ den Wagen, der es kleidungstechnisch mit Axel an einem seiner besonders raffiniert ausstaffierten Tage hätte aufnehmen können. Sein grauer Anzug vermittelte den Eindruck von Reichtum, und trotz des schwülen Morgens wirkte sein weißes Hemd wie frisch vom Bügel. Er und Axel hätten in den Clubs als Duo durchschlagenden Erfolg gehabt, wenn man sein dunkles, schulterlanges Haar und den gestutzten Bart in Betracht zog. Er sah hinauf zu dem Gebäude, als ob er die Blicke auf sich fühlen würde, schloss seinen Zweireiher und drückte die Schultern zurück, wie es nur ein Mann konnte, der Macht besaß.

Jace wandte Knox den Kopf zu. „Etwas sagt mir, dass unsere Suche nach Ruslan gerade sehr viel kürzer geworden ist."

Kapitel 32

Dieser irre Bastard.

Knox' Stuhlbeine kratzten hart über den Betonboden, als er sich erhob und das verdammte Ding fast bis an die nächste Wand schob. Er öffnete den Mund, um die Frauen in seine Suite zu schicken, verschluckte aber prompt den Befehl angesichts Daryas erschrockener Stimme.

„Oh mein Gott." Auf ihrem Gesicht zeigte sich Schock und zugleich Freude. Sie rutschte von ihrem Barhocker und eilte an den Esszimmertisch, wobei sie Ninette und Sylvie mit großen Augen und schweigend zurückließ. Kein einziges Mal wandte sie auf dem Weg zu Knox den Blick von dem Bildschirm in der Mitte ab. „Was tut Sergei hier?"

Selbst nach einer Nacht der Überwachung schafften es Danny und Beckett schneller als Knox, ihren Verstand wieder zu sammeln, und fielen sich gegenseitig ins Wort.

„Wer ist Sergei?"

„Das ist nicht Ruslan?"

„Da das Mädel lächelt, würde ich mal schätzen, dass er es nicht ist." Typisch Axel. Er grinste, lehnte sich in seinem Stuhl zurück und strich sich durch den Bart, als ob er gerade eine verdammt unterhaltsame Show entdeckt hätte. „Wer immer er ist, der Mann hat Stil."

„In dieser Familie gibt es nie einen langweiligen Moment", fügte Jace kopfschüttelnd hinzu.

Auf den Bildschirmen standen die beiden Männer, die sich von den Vordersitzen erhoben hatten, die Füße gespreizt, die Schultern zurückgedrückt und die Hände locker vor sich gefaltet. Der Anzugträger – oder Sergei, wie es schien – ging in die Lobby in Richtung des bevorstehenden Zwei-gegen-Einen mit Becketts Wachen.

Knox trat dicht an Darya heran und drehte sie, sodass

sie ihn ansah. „Du kennst diesen Kerl?"

Axel hatte recht. Wer immer er war, sie war froh, ihn zu sehen. Vielleicht nicht so sehr, dass sie bereit wäre, Purzelbäume zu schlagen, aber ihre Lippen waren definitiv nach oben gebogen. Fuck, aus Prinzip wollte er den Bastard deshalb verprügeln.

Als ob sie sich noch einmal vergewissern wollte, sah sie zurück zum Bildschirm, dann nickte sie. „Sergei hat mir geholfen, zu entkommen."

„Ich dachte, ein Kerl namens Yefim hat das getan", wandte Danny hinter ihr ein.

Becketts Handy klingelte, als zwei weitere Wächter ins Blickfeld der Kamera traten. Beide kamen aus der Sicherheitstür, die zum Haupttreppenhaus führte. Und ja, einer der Wächter hatte sich das Handy ans Ohr geklemmt.

„Ja, wir sehen ihn", sagte Beckett statt einer Begrüßung. Er sah zu Darya. „Behaltet ihn einfach dort. Sieht so aus, als ob wir ihn kennen."

Verstehen machte sich auf ihrer Mimik breit und ihr Mund teilte sich. „Ihr dachtet, das wäre Ruslan?"

Jace zuckte mit den Achseln. „Wenn ein Anzugträger in einem hundertdreißigtausend Dollar teuren Wagen ankommt und zwei Kerle als Unterstützung dabeihat, ist das nicht so abwegig."

„Nein." Sie legte die Hand auf Knox' Brustbein, eine drängende Berührung, von der er nicht genau wusste, wie er sie interpretieren sollte. Entweder war sie bestürzt wegen der Sorgen, die die Ankunft des Mannes hervorgerufen hatte, oder sie hatte einfach nur eine Scheißangst, dass er und seine Brüder ihn an seinen Eiern aufhängen würden, und wollte sie verzweifelt aufhalten. „Ich habe dir erzählt, dass Yefim seine eigenen Kontakte in der *mafiya* aktiviert hat, um mir bei der Flucht zu helfen. Es war Antons verlässlichster *avtoritet*, der alles umsetzte."

„Sergei", sagte Knox und hasste es, wie der Name des Mannes auf seiner Zunge lag. Was ziemlich bescheuert war, wenn er bedachte, dass Darya nicht hier wäre, hätte es Sergei nicht gegeben. „Hat der Typ einen Nachnamen?"

Sie legte den Kopf schief und sah ihm ins Gesicht. „*Petrovyh.*" Dank ihres Akzents klang der Name dieses Bastards viel zu sexy.

Wunderbar. Noch etwas, das an seinem Ego nagte.

Ihre Lippen krümmten sich, als ob sie über ein Geheimnis gestolpert wäre, und sie trat so nah an ihn heran, dass sie ihm die Arme um die Taille legen konnte. Dann senkte sie die Stimme, sodass nur er sie hören konnte. „Ich kenne Sergei seit Langem und schulde ihm viel für sein Eingreifen. Aber du solltest auch wissen, dass er vierzehn Jahre älter ist als ich und von Yefim aufgezogen wurde, seit er zwölf war."

„Das bedeutet?"

„Das bedeutet, dass er mich in der ganzen Zeit, die ich ihn kenne, wie eine kleine Schwester behandelt hat. Als nichts anderes. Und selbst wenn er sich für mich interessiert hätte, hätte seine Position bei Anton jegliche Beziehung von Anfang an nahezu unmöglich gemacht."

Als ob! Er hatte gesehen, wie Männer Darya anschauten – alte Männer und seine eigenen Brüder eingeschlossen. Auf keinen Fall wäre dieser Sergei eine Ausnahme. Aber wenn sie ihn nur als einen großen Bruder betrachtete, war das etwas, womit er arbeiten konnte. Er zog Darya dicht an sich und konzentrierte sich auf Beckett. „Ich schätze, er ist wegen einer Unterredung hier?"

Das Handy immer noch ans Ohr gelegt, bedeckte Beckett die untere Hälfte mit seiner großen Handfläche. „Lance sagt, dass er direkt nach dir und Darya gefragt hat. Er meinte, ihr hättet einen gemeinsamen Bekannten, um den man sich kümmern müsse."

„Woher zum Teufel wusste er, dass er herkommen muss?“, wollte Danny wissen.

„Ich schätze, am besten fragen wir ihn selbst.“ Jace drehte sich weit genug, um Sergei auf dem Bildschirm sehen zu können. „Er wirkt auf jeden Fall nicht wie jemand, der es eilig hat, abzuhauen.“

Nein. Überhaupt nicht. Falls Becketts vier Wachen, die sich vor ihm aufgebaut hatten, ihn auch nur im Entferntesten nervös machten, zeigte Sergei es nicht. Er stand einfach da, die Füße hüftbreit auseinander und die Arme locker an seinen Seiten. Er war auf jeden Fall mutig.

Knox sah zu Darya hinab. „Du vertraust diesem Kerl?“

Sie erwiderte seinen Blick. Ihr Atem kam sanft und gleichmäßig. „Ich werde dich nicht anlügen. Während ich für Yefim gearbeitet habe, hatte ich mit vielen gefährlichen Männern zu tun. Sergei hat sie alle übertroffen. Er ist in diesem Umfeld groß geworden. Er hat schon mit sechzehn Jahren angefangen, für Anton zu arbeiten. Er ist klug. Sehr gut geschult. Loyal denen gegenüber, die auf seiner Seite sind. Aber auch tödlich.“ Sie hielt einen Augenblick inne und drehte sich weit genug in seinen Armen, um zu Axel und Jace sprechen zu können. „Ich würde ihm nicht nur mein eigenes Leben, sondern auch das eurer Familie anvertrauen.“

Jace ließ seinen Zahnstocher kreisen.

Axel ruckte zurück auf die hinteren Beine seines Stuhls.

Ninette war diejenige, die die Stille unterbrach. „Oh, verfickte Scheiße noch mal.“ Alle Männer drehten sich rechtzeitig zur Küche, um zu sehen, dass sie das Tablet, mit dem sie im Internet gesurft hatte, abschaltete und es zur Seite legte. Ganz so, als ob sie genug davon hätte, darauf zu warten, dass die Männer sich endlich mal zu etwas aufrafften. „Wenn Darya sagt, dass der Mann in Ordnung ist, lasst ihn rauf. So werden wir viel mehr Antworten bekommen, als wenn ihr vier euch auf die Brust trommelt und Rauchsignale sendet."

„Keine Scheu, Mom. Erzähl uns, was dir durch den Kopf geht", erwiderte Jace.

„Ich sage euch, was *mir* durch den Kopf geht." Sylvie wischte ihre Hände am Geschirrtuch ab, legte es auf den Küchentresen und neigte den Kopf in Richtung der Flatscreens. „Der Mann trägt einen schicken Anzug und sieht ziemlich gut aus. Wenn ihr vier nicht das Okay gebt, geben Ninnie und ich es allein wegen dieses Anblicks."

„Amen", warf Ninette ein.

„Himmel", sagte Axel leise und setzte sich auf. Er sah zu Beckett und zuckte mit den Achseln. „Tu es. Dann bekommen wir Antworten, und die Frauen sind glücklich."

Darya kicherte, immer noch in Knox' Arme geschmiegt.

Beckett blickte jede Frau stirnrunzelnd an, nahm allerdings die Hand vom Smartphone und knurrte hinein: „Schickt ihn hoch."

Die nächsten Minuten vergingen in Stille. Danny und Beckett begaben sich zum Flur, zu dem der Aufzug führte, die Waffen im Holster, aber sichtbar, während Jace und Axel auf ihren Stühlen blieben und weiterhin nicht aus der Ruhe zu bringen waren. Ninette und Sylvie machten mit ihrer synchronisierten Küchenroutine weiter, als ob sie nicht gerade einen bekannten Killer ins Loft eingeladen hätten.

Der obere rechte Bildschirm zeigte die sich öffnenden Aufzugtüren und Sergei trat in den einfachen grauen Raum.

„Du weißt schon, dass sie ihn abtasten werden, oder?", fragte Knox.

Sie drückte seine Hand, in die sie ihre geschoben hatte, als die Wachen zur Seite traten und Sergei vorbeiließen. „Das ist nichts anderes als das, was er tun würde. Er wird diese Vorgehensweise mehr respektieren, statt dass sie ihn verärgern wird."

Knox wandte ihr seine Aufmerksamkeit zu. „Mir ist scheißegal, was er denkt. Ich mache mir bloß Sorgen über das, was du denkst."

Das brachte sie zum Lächeln. Ihre Augen funkelten verständnisvoll und ein wenig erstaunt. „Ich mache mir auch Sorgen darüber, was du denkst. Erinnere dich nur an das, was ich gesagt habe. Er hat mir viel gegeben. Viele Jahre lang hat er mich wie eine kleine Schwester behandelt. Ich könnte ihm nicht weniger ein frostiges Willkommen bieten als deiner Familie." Sie fuhr mit den Fingerspitzen über seinen Kiefer und senkte die Stimme. „Vertraust du mir?"

Bevor er antworten konnte, öffnete sich die Tür des Lofts.

Danny kam zuerst herein und nickte in Knox' Richtung.

Hinter ihm stand Sergei, dem Beckett fast wie eine eiserne Decke am Rücken klebte. Man musste Sergei hoch anrechnen, dass er nicht im Mindesten von dieser Einschüchterungstaktik beeindruckt war. Er ließ den Blick nur kühl durch das Zimmer gleiten, bevor er auf Darya fiel. *„Moya zvyozdochka."*

Zwei Worte, die Knox ums Verrecken nicht verstand, die aber mit einer so leisen Vertrautheit und Wärme direkt zu seiner Frau gesprochen wurden, dass er mit den Zähnen knirschte.

Darya auf der anderen Seite strahlte den Kerl an. „Sergei." Sie trat vor, und nur dank eines herkulischen Willensaktes gelang es Knox, ihre Finger aus seinen gleiten zu lassen.

Doch er folgte ihr. Der Typ mochte sie ja gerettet haben und eine vernünftige Begrüßung verdienen, aber das hieß nicht, dass Knox es nicht überdeutlich machen konnte, in wessen Arme sie zurückkehren würde, sobald das ganze Hi-wie-geht's-Getue erledigt wäre.

Sie erhob sich auf die Zehenspitzen, warf Sergei die Arme um den Hals und umarmte ihn. Die Geste wirkte nicht anders als die, mit der sie Beckett bedachte, wenn sie eine harte Trainingseinheit hinter sich hatten. „Es tut gut, dich zu sehen."

Mit einem Blick auf Knox erwiderte Sergei die Umarmung vorsichtig. Seine großen Hände waren fest, aber oben an ihren Rücken gedrückt, weit entfernt von ihren Hüften. Silberne und schwarze Ringe schmückten drei seiner Finger und einen Daumen, und schwarze Tattoos mit einer Reihe von Symbolen bedeckten einen Großteil seiner Handrücken und der Haut bis hin zu seinen Knöcheln. Ein Schwall Russisch, den keiner von ihnen verstand, floss über seine Lippen.

Aber Darya verstand es, und wenn man danach ging, wie sie sich aus Sergeis Armen losriss und die Stirn runzelte, war es nichts Gutes.

Knox trat vor und zog Darya zurück in seine Umarmung. „Noch mal das Ganze. Und diesmal auf Englisch."

Sergei hob einen Mundwinkel zu etwas, das fast einem Lächeln glich. Sein Akzent war ausgeprägter als der von Darya, aber die Worte, die er zusammensetzte, zeigten, dass er kein Problem mit der Sprache hatte. „Mir scheint, du hast starke Beschützer gefunden", sagte er zu Darya. „Das habe ich auch Yefim mitgeteilt. Er freut sich."

Eine Mischung aus Trauer und Sorge huschte über Daryas Gesicht. „Geht es ihm gut?"

„Sehr. Griesgrämig wie eh und je, aber immer noch fit und mit zu vielen Fäden in der Hand." Sergei strich über die Front seines Jacketts und registrierte die Platzierung jeder einzelnen Person im Raum und die Sicherheitskameraübertragung, die jeden Winkel des Gebäudes zeigte. Er konzentrierte sich auf Knox. „Sicher hat Darya euch bereits meinen Namen mitgeteilt, aber ich wiederhole ihn gerne selbst noch mal.“ Er streckte die Hand aus. „Ich bin Sergei Petrovyh. Ich betrachte ihren früheren Arbeitgeber und Förderer, Yefim Mishin, als meinen Vater.“

„Knox Torren.“ Knox schüttelte die Hand. „Darya hat uns gesagt, dass Sie die Person sind, die ihr bei der Flucht geholfen hat.“

Sergei sah zu Darya, eine stille Frage im Blick.

„Ich habe vor Knox keine Geheimnisse“, sagte Darya ruhig. „Weder vor ihm noch vor seiner Familie.“

„*Ihrer* Familie“, verbesserte Knox.

Es dauerte nur eine Handvoll Sekunden, aber Sergei nickte und wandte dann sein Wort an alle im Raum. „Auch gut. Das wird die Neuigkeiten, die ich mitzuteilen habe, weniger lästig machen, wenn es um Details geht.“

Darya blickte zu Ninette und Sylvie, wie um doppelt sicherzustellen, dass sie noch da waren. Beide hatten jegliches Vorspielen, sie würden geschäftig arbeiten, abgelegt und beobachteten, wie sich die Szene vor ihnen entfaltete, aber in diesem Augenblick fand eine Art schweigende Frauenunterhaltung zwischen den dreien statt. Darya sah wieder zu Sergei und rieb die Hände in einer ungewohnten nervösen Geste aneinander. „Wir haben etwas Kaffee übrig. Vielleicht solltest du dich zu Jace und Axel setzen und uns erzählen, was dich hergeführt hat.“

Ein angenehmes Kribbeln durchlief Knox, ein kleines warmes und flauschiges Gefühl und männlicher Stolz ließen ihn die Schultern ein wenig durchdrücken. Sosehr er sich auch daran gewöhnt hatte, dass Ninette und Sylvie das Kommando bei den meisten Familienzusammenkünften übernahmen, so war die Tatsache, dass Darya das Heft in die Hand nahm, doch etwas, das sein Selbstbewusstsein steigerte.

Sergei neigte den Kopf in einem königlichen Nicken und trat neben Darya, die ihm den Weg wies.

Erst als Sergei sich dem Tisch näherte, erhoben sich Jace und Axel, boten jeweils ihre Hände zum Gruß an und machten ernste Gesichter. Danny und Beckett schlossen sich ihnen an und stellten sich knapp und geschäftsmäßig vor. Währenddessen schnappte Darya ihren Kaffee von der Theke und eine frische Tasse für Sergei und steuerte dann den leeren Stuhl neben Knox an.

Ja, es war ein vollkommener Neandertaler-Move, aber Knox dirigierte sie um, bevor die Schwerkraft zuschlagen konnte, und zog sie auf seinen Schoß. In dem Augenblick, in dem ihr Körper sich an seinen schmiegte, legte sich ein großer Teil seiner Anspannung und erlaubte es ihm, sich so zu konzentrieren, als ob er sich auf einen Code gestürzt hätte. Er erwiderte Sergeis Blick. „Die Wachen sagten, wir hätten einen gemeinsamen Bekannten, über den wir sprechen sollten."

Sergei nickte. „Meine Männer haben gesehen, wie Sie Darya mit einem Koffer aus ihrer Wohnung gebracht haben. Ihnen ist auch die erhöhte Sicherheitsstufe an Ihrem Gebäude aufgefallen und dass weder Sie noch Darya zur Arbeit gegangen sind, wie Sie es normalerweise tun. Ich kann aus diesen Handlungen nur schließen, dass Sie herausgefunden haben, dass sie beobachtet wird."

„Von Ruslan", sagte Knox.

„Nicht von ihm. Noch nicht. Aber von seinen Männern, ja. Sie sind am Dienstagmorgen in Dallas angekommen und haben sofort begonnen, ihre Bewegungen zu beobachten."

„Okay, das erklärt, warum *wir* an ihm interessiert

sind“, meinte Knox. „Und jetzt erzählen Sie uns, weshalb er ein gemeinsames Problem ist.“

„Weil er inzwischen für zu viele wichtige Familien eine Last ist.“ Sergeis Blick fiel lang genug auf Darya, dass seine Worte sacken konnten, anschließend sah er erneut zu Knox. „Ich vermute, Darya hat Ihnen den Begriff *pakhan* erklärt?“

„Ganz grundlegend, ja. Ich nenne ihn ganz einfach Ihren Boss.“

Sergei holte langsam und abwägend Luft, dann atmete er wieder aus. „Der Begriff ist zu einfach und ihm fehlt der angemessene Respekt, aber die Essenz ist dieselbe.“ Er ließ den Ring an seinem Daumen kreisen. „Ruslan hat jahrelang Aufmerksamkeit auf sich gezogen und unseren Code verletzt. Viele *pakhan* sind sein Verhalten leid und nicht mehr bereit, es zu tolerieren.“

Beckett, der die langsame Vorgehensweise offensichtlich ermüdend fand, mischte sich ein. „Das erklärt immer noch nicht, was Sie hier tun.“

Bevor Sergei auch nur den Mund öffnen konnte, antwortete Axel mit tiefer und düsterer Stimme. „Weil er Darya als Köder benutzt hat und dieser Köder verschwunden ist.“

Über das Zimmer legte sich gespenstische Stille.

Sergei blieb außergewöhnlich ruhig, und einen Augenblick lang fürchtete Knox, Danny oder Beck hätte eine versteckte Waffe übersehen. Schließlich, den Blick immer noch auf Axel gerichtet, neigte Sergei bestätigend das Kinn.

Zuerst war Darya locker und gemütlich an ihn geschmiegt gewesen, doch jetzt richtete sie sich auf seinem Schoß auf. „Was? Warum? Du weißt, wie mein Leben aussehen wird, wenn er mich findet.“

Sergei sah wieder zu Darya. „Ja, aber seine Taten sind übler geworden. Genau wie seine Paranoia. Er ist nie ungeschützt. Nie verwundbar.“

„Du bist seine Schwachstelle“, sagte Jace zu Darya.

„Korrekt.“ Sergeis Lippen verzogen sich zu einem ironischen Lächeln und er besah sich die Männer an dem Tisch. „Daryas Verschwinden war ziemlich verdächtig. Für einen Mann wie Ruslan gibt es nichts Erniedrigenderes, als wenn eine Frau seinen Klauen entflieht.“ Er zuckte mit den Achseln und strich eine nicht existierende Falte aus seiner Hose. „Es ist eine Leiche gefunden worden. Unidentifizierbar, aber so platziert, dass er entweder das Gesicht wahren und sie als ihre akzeptieren konnte, oder seinen Ruf beschmutzen musste, indem er tiefer grub.“

Von seinem Platz am Ende des Tisches fügte Danny die noch fehlenden Stücke des Puzzles ein. „Und seither hat er ein Rad ab.“

„Seine Handlungen haben Auswirkungen auf die Geschäfte“, sagte Sergei. „Er besitzt keine Ehre. Hinter seinen Taten steckt keinerlei Grund bis auf sein Ego. Die Familien können es sich nicht länger leisten, die Situation zu ignorieren.“ Er fokussierte sich auf Knox. „Es ist mein Job, mich um die Chose zu kümmern.“

„Aber das können Sie nicht, wenn Ihr Köder weggesperrt ist“, sagte Beckett.

Sergei nickte. „Exakt.“

„Haben Sie vollkommen Ihren verfickten Verstand verloren?“ In dieser Sekunde war das Einzige, was ihn davon abhielt, aufzuspringen und dieses Arschloch zu erwürgen, die Tatsache, dass Daryas süßer Körper an ihn gedrückt war und sie seinen Oberschenkel mit hartem Griff umklammert hielt. „Darya hat mir erzählt, wie dieser Typ drauf ist. Wie die Frauen in seinem Leben enden. Glauben Sie allen Ernstes, Sie können hier einfach reinspazieren und vorschlagen, dass wir sie in eine Situation bringen, in der dieser kranke Bastard sie in die Finger kriegen kann?“

„Es gab nie ein Risiko für sie“, sagte Sergei. „Ruslan

ist erst gestern Nachmittag aus Sankt Petersburg abgereist, nachdem seine Späher ihre Existenz und ihren Aufenthaltsort bestätigt haben. Meine Männer haben sie bewacht seit dem Tag, an dem wir ihre Anwesenheit in Dallas gegenüber einem von Ruslans Bekannten haben durchblicken lassen. Sie sind diejenigen, die Ruslans Männer lang genug abgelenkt haben, damit ihr beide ihre Wohnung verlassen konntet, ohne dass sie euch folgten." Er hob Knox gegenüber eine Augenbraue. „Sie haben sogar zugesehen, als Sie es gewagt haben, in ihre Wohnung einzubrechen."

Glühend heiße Wut durchfuhr ihn, so gewaltig und überwältigend, dass sein ganzer Körper unter dieser Kraft erbebte.

Aber bevor sein Kopf eine körperliche oder verbale Erwiderung hinbekam, stieß Darya eine Reihe von Wörtern in Russisch aus, die so abgehackt und beißend klangen, dass es ein Wunder war, dass Sergei unter der Attacke nicht zusammenzuckte. Als ihre Stimme verstummte, bebte ihre Brust und ihre Wangen zeigten ein fleckiges Rot.

Sergei starrte sie an. Ein kleines Lächeln spielte um seine Lippen. Ihm musste auffallen, dass sein Amüsement ihr nicht besonders gut gefiel, denn er senkte endlich den Kopf und brachte seine Mimik unter Kontrolle, bevor er Knox seine Aufmerksamkeit zuwandte. „Ich entschuldige mich. Darya hat wiederholt, dass es keine Geheimnisse vor ihrer Familie geben wird und sie auch nicht tolerieren wird, wenn ich nicht respektvoll bin."

Okay, diese Frau-des-Hauses-Sache mochte seinen Stolz etwas aufgebaut haben, aber zu sehen, wie sie sich nicht nur für ihn, sondern für seine ganze Familie starkmachte, ließ sein Ego anwachsen, bis es wie Jacks Bohnenranke in den Himmel hinauf ragte. Knox kämpfte gegen das Bedürfnis, sie an sich zu ziehen oder ihren unerwarteten Gast zur Hölle zu schicken und ihr seine Dankbarkeit auf weitaus gründlichere Weise zu beweisen.

Unglücklicherweise brachte Sergei sie wieder auf das ursprüngliche Thema zurück. „Ich muss zugeben, dass ich neugierig bin. Was hat Sie auf deren Gegenwart aufmerksam gemacht?“

„Er hat versucht, einen unserer Server anzugreifen“, antwortete Knox. „Es wirkte wie ein üblicher Hackerangriff auf mich, aber Darya erkannte ein Wort in der URL.“

„Koschtschei“, sagte Darya.

Beckett, der sich bereits auf eine Kooperation eingestellt hatte, holte das Material, das Darya gefunden hatte, und schickte das Bild davon auf einen der Bildschirme an der Wand. „Sie fand das hier ein paar Stunden später. Das stammt von einer unserer Kameras und ist ganz am Rand des Blickfelds.“ Er zoomte auf das Tattoo, das sie ihm gezeigt hatte, und drückte auf Pause. „Sieht das hier bekannt aus?“

Sergei schnaubte, offensichtlich abgestoßen. „Leider ja. Obwohl wir nicht erkannt haben, dass sie so dumm waren, sich von der Kamera erwischen zu lassen. Seine Männer sind genauso arrogant wie er.“

„Oder sie glauben, wir sind dumm.“

Sergei neigte den Kopf und drehte erneut den Ring an seinem Daumen. „Wir wissen beide, dass Ihr Intellekt nicht zur Debatte steht. Ihre Sicherheitsmaßnahmen sind einige der wenigen, die meine Männer nicht durchdringen konnten.“

Verdammte Scheiße.

Wenn das mal kein passiv-aggressives Statement war! Knox wusste nicht, ob er angesichts der offenen Anerkennung seiner Fähigkeiten grinsen oder den Bastard aufschlitzen sollte, weil er versucht hatte, durch seine Firewalls zu kommen.

Zum Glück lenkte Jace seine Gedanken in eine andere Richtung, bevor Knox sich für eine der beiden Möglichkeiten entscheiden konnte. „Also ernten Ihr Boss und seine Kollegen den Ruhm, wenn Ruslan weg ist. Was haben Sie davon?"

Ausdruckslos und ohne auch nur ein Jota seiner Lockerheit zu verlieren, sah Sergei Jace an. „Ich erledige meine Aufgabe."

„Das ist absoluter Blödsinn", sagte Axel. „Bei einem so großen Ziel, für das Sie außerdem noch ein nettes Mädel wie Darya in die Schusslinie manövrieren, wird am Ende was Tolles für Sie rausspringen."

Schweigen erfüllte das Loft.

Sergei blieb lange Zeit still, bis er zu Darya sah und etwas, das Knox nur als Anerkennung bezeichnen konnte, in seinen Augen funkelte. „Du hast in deinem neuen Leben gut gewählt." Er faltete die Hände im Schoß, eine kultivierte Geste, die ein Vater machen würde, bevor er seine ungehorsame Tochter disziplinierte. „Würdest du mir einen Augenblick mit deinen Beschützern geben, *moya zvyozdochka*?"

Darya sah ihn an, dann zu Knox.

Knox drückte ihre Hüfte und hoffte, dass sie die Geste als die Ermutigung erkannte, die sie sein sollte. Ja, es waren vor allem ihr Leben und ihre Zukunft, die auf dem Spiel standen. Aber wenn das, was Sergei zu sagen hatte, so schlimm war, dass er es vor einer Frau, die er als kleine Schwester betrachtete, geheim halten wollte, wollte Knox sicher nicht, dass sie unnötig gefährdet wurde. Er sah zu Sylvie und Ninette und deutete auf seine Suite. „Würdet ihr zwei Darya dabei helfen, ihre restlichen Sachen auszupacken und herauszufinden, was sie sonst noch aus ihrer Wohnung braucht?"

Diesmal kamen keine spitzen Kommentare von Sylvie oder Ninette auf Knox' äußerst wenig subtile Anweisung. Aber Sergei war keiner von ihnen, und eines, was seine Mütter nie tun würden, wäre, die Familie vor einem Fremden zu schwächen.

Nach einem sanften Kuss, der Knox' Meinung nach viel zu schnell vorbei war, und einer brüderlichen Umarmung für Sergei ging Darya zu Knox' Suite. Ninette und Sylvie folgten ihr.

Die Tür hatte sich kaum geschlossen, als Sergei begann: „Sie haben recht. Meine Belohnung ist erheblich." Er hielt inne und starrte aus den Fenstern, die auf das Industriegebiet und die I-45 hinaus zeigten. „Ich wurde in den Staaten unterrichtet. Es gibt hier viel, das ich zu schätzen weiß."

Beckett, der noch nie einen Sinn für unnötige Theatralik gehabt hatte, meldete sich zu Wort. „Ich verstehe nicht, inwiefern das mit Ihrer Belohnung zu tun hat."

Sergei riss seinen Blick von den Fenstern los und sah Beck an. „Es hat damit zu tun, weil ich Ihr Land zu meiner Heimat machen will. Ruslan zu erledigen wird mir das Recht verleihen, eine eigene Familie zu gründen. Hier, an dem Ort, den ich mir selbst ausgesucht habe."

Ah, Fuck!

Das war nicht gerade die schreckliche Info-Bombe, auf die er gewartet hatte, nachdem Darya höflich darum gebeten worden war, das Zimmer zu verlassen, aber dennoch eine Bombe. Besonders, da „Familie" in Sergeis Kontext nicht wie üblich Frau und zwei Komma fünf Kinder bedeutete.

Jace neigte den Kopf. „Sie würden hier eine Niederlassung gründen."

Sergei nickte. „Korrekt. Und ich stünde bei den Männern in der Schuld, die mir dabei helfen würden."

„Sie glauben doch nicht allen Ernstes, dass ich Daryas Sicherheit gegen eine zukünftige Schuld Ihrerseits uns gegenüber eintauschen würde", sagte Knox.

„Die Schuld, wie Sie sie nennen, wäre eine Zugabe, ja.

Aber Sie vergessen, wer am meisten davon profitieren würde."

Darya.

Sergei musste es nicht sagen. Alle im Zimmer wussten, dass Ruslan eliminiert werden musste, damit sie in Sicherheit wäre. Dennoch machte er weiter. „Kein Weglaufen mehr. Kein Verstecken. Sie könnte ihren eigenen Namen tragen." Er grinste und neigte den Kopf, als er die ultimative Herausforderung aussprach: „Oder Ihren."

Kapitel 33

Eines, das Darya in den letzten Monaten über das Wetter in Dallas gelernt hatte, war, dass es einen immer auf Trab hielt. Ja, es war nicht so kalt wie in Russland, aber es war auch nicht so vorhersehbar wie in San Diego. Eher wie ein leidenschaftliches Kind mit einer Neigung zur Launenhaftigkeit.

Darya hatte sich auf dem butterweichen Ledersofa in Knox' Büro daheim zusammengerollt und starrte hinaus auf die schiefergrauen Wolken, die den Horizont bedeckten. Während des Großteils des Tages waren das Sonnenlicht und die Hitze so heftig gewesen, dass die Luft über den Teerdächern auf der anderen Straßenseite geflimmert hatte. Doch gegen achtzehn Uhr arbeitete sich eine kräftige Kaltfront voran, was eine Runde von Stürmen mit Donner und Blitz entstehen ließ, die so ausgeprägt waren, dass das gesamte Gebäude erbebte. Jetzt prasselte Regen an die Fenster und alle paar Minuten durchschnitten Blitze die Landschaft.

Das Trommeln von Knox' Fingern auf seiner Tastatur diente als ständiges weißes Rauschen. Fast nonstop hatte er an seinem Computer geklebt und nur lang genug pausiert, um nach ihr zu sehen und die Beine zu strecken. Selbst während der kurzen Unterbrechungen befand sich sein Kopf offensichtlich immer noch in der Arbeit. In der Zeit, in der sie mit ihm gearbeitet hatte, hatte sie ihn niemals so konzentriert erlebt. So fixiert auf eine einzige Sache.

Und sie hasste es.

Hasste es, zu wissen, dass das, worin er sich vergrub, mit ihr zu tun hatte, aber mehr noch, weil sie seine Leichtigkeit vermisste. Seinen schrägen Sinn für Humor und seinen rasiermesserscharfen Verstand.

Dieser verdammte Ruslan.

Ausgestreckt auf dem Sofa, den Ellbogen über die

Lehne gelegt, ballte sie die Hand und drückte sie an ihren Mund. Ihr ganzes verdammtes Leben hatte aus einem defensiven Manöver nach dem anderen bestanden. Zuerst hatte sie sich vom Verlust ihrer Mutter erholen müssen. Dann war sie vor Ruslan weggelaufen und hatte Yefim und JJ verloren. Ja, sie war schockiert und ein wenig erschrocken gewesen, als Sergei seine Gründe dargelegt hatte, weshalb er Ruslan ihre Existenz preisgegeben hatte, aber je länger sie darüber nachdachte, desto mehr sah sie die Weisheit in seinem Plan. Zum ersten Mal in ihrem Leben hatte sie die Gelegenheit, die Initiative zu ergreifen statt einfach nur zu reagieren. Darin lag Macht. Freiheit.

Sie schloss ihren Laptop und schob ihn auf den schokoladefarbenen Polsterhocker neben sich. Von ihrem Platz auf der anderen Seite des Zimmers konnte sie den Code nicht erkennen, der auf Knox' Computerbildschirmen angezeigt wurde, aber sie würde ihre gemeinsame Zukunft darauf verwetten, dass er nach einem Weg in Ruslans Netzwerke suchte. Einen Einstieg, der ihm den Vorteil geben würde, den er brauchte, um sie in Sicherheit zu wissen.

Eine weitere Person setzte sich für sie ein. Mehrere, genau genommen, wenn man bedachte, wie seine Familie sich um sie zusammengeschlossen hatte.

Ich weiß nicht, woher du die Vorstellung hast, dass irgendwo eine Karma-Strichliste geführt wird, aber meines Erachtens funktionieren Familien so nicht. Besonders nicht unsere.

Ninette hatte recht. Es war nichts Falsches daran, dass sie etwas zurückgeben wollte, nachdem so viele Leute ihr geholfen hatten, doch für sich selbst einzutreten hatte auch etwas für sich. Sich aufzurichten und hervorzutreten.

Sie umfasste die Hundemarken, die schwer zwischen ihren Brüsten hingen, und drückte sie fest. Das Metall fühlte sich kühl auf ihrer übermäßig heißen Haut an.

„Wir müssen reden."

Knox' Finger erstarrten in der Sekunde, in der sie ansetzte, und er drehte den Kopf nur so weit, dass sie sein gutaussehendes Gesicht im Profil sehen konnte. „Stimmt etwas nicht?"

An jedem anderen Tag hätte sie eine andere Taktik gewählt. Sie hätte langsam begonnen und sich mit Logik vorgetastet. Heute musste sie angriffslustig vorgehen, wenn sie auch nur eine Chance haben wollte, sein Bedürfnis, sie zu abzuschirmen und zu beschützen, zu durchdringen. „Ja."

Er drehte sich in seinem Stuhl herum und Sorge wischte sofort die hartnäckige Konzentration aus seinem Gesicht. Sein Blick sank auf den geschlossenen Laptop vor ihr und huschte dann durch den Raum, als ob er dadurch einen Hinweis darauf finden könnte, was nicht stimmte. Er starrte auf ihre Hand, die sie um seine Marken geballt hatte, und sein Gesichtsausdruck wurde verschlossen. „Wenn du glaubst, dass du wieder abhauen kannst, kannst du diese Idee gleich aus dem Fenster werfen."

„Ich habe dir mein Wort und meine Liebe gegeben. Was immer wir auch tun, ich will, dass wir es zusammen tun." Ihr Blick schweifte zu den Bildschirmen hinter ihr, die wie ein Leuchtfeuer waren und ihr die Worte schenkten, die sie brauchte. Sie sah wieder zu ihm. „Aber wir sind nicht gemeinsam an dieser Sache dran. Nur du bist es. Du und deine Brüder. Es ist meine Zukunft. *Du* bist meine Zukunft. Ich sollte meinen Teil darin übernehmen."

Er erhob sich und runzelte die Stirn. Sie konnte mehr als bloß ein wenig Sorge von seiner gerunzelten Stirn ablesen, als er näherkam. „Babe, das, was ich tue, braucht Jahre, um es zu lernen. Und auf keinen verdammten Fall würde ich dir empfehlen, deine ersten Gehversuche an einigen der Sicherheitssysteme auszuprobieren, die Ruslan besitzt." Er erreichte die Couch, setzte sich und zog sie auf seinen Schoß, sodass sie rittlings auf ihm saß. „Wenn du diese Seite meiner Geschäfte kennenlernen willst, werde ich es dir beibringen, aber ein falscher Schritt bei diesem Kerl und er weiß, dass wir ihm auf der Spur sind."

„Ich spreche nicht vom Hacken."

Stille erstreckte sich für zwei Herzschläge zwischen ihnen, dann presste er den Mund zu einer harten Linie zusammen, zu stur, um das Thema zu diskutieren.

„Ich finde, dass Sergeis Plan gut ist", sagte sie. „Ich könnte …"

„Nein." Seine Brust hob und senkte sich ein wenig schneller und seine Augen funkelten wegen kaum zurückgehaltener Wut. Der lockere Griff, den er um ihre Hüfte gehabt hatte, wurde so stark, dass sie nicht wusste, ob er sie an sich reißen oder wegschieben wollte. „Das wird nicht passieren. Wir finden einen besseren Weg. Einen, der dich keinem Risiko aussetzt."

„Und was, wenn ich dieses Risiko eingehen *will*?"

Sein Kopf zuckte zurück und seine Augen weiteten sich. „Das ist nicht dein Ernst."

„Es ist mein voller Ernst." Sie legte die Hände an seine Wangen und wob ihre Finger in sein Haar. Es war immer wild, nachdem er Zeit an seinem Computer verbracht hatte, aber heute noch mehr. Seine Eigenheit, sich durch die Haare zu fahren, wenn er ein Rätsel entwirrte, das seine Konzentration fesselte, gab ihm stets das Aussehen eines Mannes, der sich gerade ein paar Stunden im Bett vergnügt hatte. „Mein ganzes Leben habe ich auf die Ereignisse um mich herum reagiert. Ich war immer diejenige, für die sich andere eingesetzt haben." Sie hielt lang genug inne, um seinen funkelnden grauen Blick zu erwidern. „Ich will diesmal nicht passiv sein. Ich will für mich einstehen. Handeln und mir die Zukunft erobern, die ich will."

„Das verstehe ich. Das will ich auch für dich und ich werde dir helfen, aber nicht in einer Zeit, in der das bedeuten würde, dass du am Ende vielleicht stirbst."

„Das würdest du nie zulassen. Genauso wenig wie deine Brüder. Oder Sergei. Ich vertraue dir. Euch allen."

Sein Mund klappte ein bisschen auf, sodass sie wusste, dass ihre Worte Eindruck hinterlassen hatten, also preschte sie weiter vor. „Es ist der richtige Zug. Der sauberste, schnellste und sicherste für alle, die involviert sind. Mich eingeschlossen. Sergei kennt Ruslan. Er hat bestimmt schon jedes Szenario durchgeplant, aber wenn du und deine Brüder ihm helfen, können wir das hier hinter uns bringen und mit unserem Leben weitermachen. Du weißt das, und du würdest es auch zugeben, wenn die Frau, um die es geht, irgendeine andere wäre als ich."

Er schluckte schwer und seine Hände glitten ihren Rücken hinauf, als ob er die Berührung bräuchte, um sich zu erden. „Dir ist nicht klar, worum du mich bittest."

„Doch", flüsterte sie und hasste die Wunde, die er sich selbst zufügen würde, wenn er täte, worum sie ihn bat. „Ich möchte, dass du die Zukunft riskierst, die du immer gewollt hast. Aber damit ich mit dir in diese Zukunft gehen kann, muss ich ganz sein. Ich muss wissen, dass ich meinen Anteil daran hatte, sie gemeinsam mit dir aufzubauen." Sie hielt nur lang genug inne, um sicherzugehen, dass das Gewicht dessen, was sie noch zu sagen hatte, ihm besonders bewusst wurde. „Du hast mir gesagt, dass die Frauen in dieser Familie frei sind, so zu leben, wie sie es wollen. Dass sie ihre eigene Wahl treffen können. Hiermit treffe ich meine."

Er umfasste ihre Schultern und drückte sie. Zweifellos hatte er sich einen Reigen von Argumenten zurechtgelegt und war bereit, sie loszuschicken.

„Kannst du ihn überlisten?“, fragte sie, bevor er sprechen konnte. „Wenn es jemand anderes wäre, einer von Dannys oder Becketts Kunden, könntest du es tun?“

Da waren sie – das unerschütterliche Selbstvertrauen und die Sicherheit, die jede seiner Bewegungen gelenkt hatten, seit sie das erste Mal in sein Büro gelaufen war. Beides trat deutlich und wunderschön an die Oberfläche. „Das ist mies.“

„Mies, aber korrekt. Du würdest nicht zögern. Keine Sekunde.“

Er holte tief Luft, ließ den Kopf hinten an die Couch fallen und stieß einen langen Seufzer aus. Er starrte an die Decke, und die Muskeln an seinem Kiefer zuckten, was ihr sagte, dass ihm die Planung, die sich bereits in seinem Kopf breitgemacht hatte, nicht besonders gefiel. „Du hast recht.“

„Also stimmst du mir zu?“

Es dauerte ewig, bis er antwortete, aber dann füllte vorsichtige Entschlossenheit seinen stürmischen Blick. „Ich werde mit meinen Brüdern sprechen.“

Kapitel 34

Anderthalb Tage später hatte Knox noch immer nicht seinen Frieden mit Daryas Entschluss gemacht. Er hatte fast vierzig Stunden Planung und Überwachung hinter sich, darüber hinaus mit Becketts besten Männern und Sergeis. Ihr Vorgehen war perfekt orchestriert. Solide und gut durchdacht. Im Grund genommen verflucht brillant.

Und er hasste die ganze Idee aus tiefstem Herzen.

Er bog auf den Parkplatz vor Daryas Wohnung ein, halbwegs in Versuchung, eine Hundertachtzig-Grad-Wendung hinzulegen und zurück zum Loft zu fahren. Darya saß still neben ihm. Normalerweise würde sie das Radio bedienen und ihn mit Small Talk zu den Bands überschütten, die liefen, aber heute war ihre Haltung so gerade wie ein Betonpfeiler, und ihre Hände waren im Schoß zu Fäusten geballt.

„Wir müssen das nicht tun", sagte er wohl zum zwanzigsten Mal, seit sie aufgestanden waren. „Sie haben den Köder geschluckt, den ich ausgelegt habe, und ich habe uneingeschränkten Zugriff auf alle ihre Server, um ihn finanziell vollkommen zu ruinieren. Niemand wird weniger von dir halten, wenn du dich für einen Angriff über die Technik entscheidest. Herrgott noch mal, ich wäre dankbar."

Woran auch immer sie gedacht hatte, sie zuckte mit den Achseln, wandte sich ihm zu und legte ihre Hand auf seine, die auf dem Schaltknüppel lag. „Ruslan ist hier. Wir wissen, wo er ist, und wir haben einen Plan. Jetzt einen Rückzug zu machen, wäre dumm."

Oh, sie wussten ganz genau, wo er war. Und ungefähr fünf Minuten, nachdem Sergei telefonisch die Details durchgegeben hatte, hatte Knox Zugriff auf die Server des Hotels gehabt und kannte nicht nur das Zimmer, in dem er übernachtete, sondern auch, was der Schwanzlutscher zum Frühstück bestellte. „Ich verstehe aber immer noch nicht, warum Sergei keinen Versuch am Flughafen unternommen hat.“

„Er hat bloß eine Chance, was das hier angeht, Knox. Das weißt du. So eine Tat in aller Öffentlichkeit einzugehen, wäre fast unmöglich zu übertünchen. Und wenn sie es versucht hätten und der Schütze nicht getroffen hätte, wäre Ruslan gleich wieder ins Flugzeug gestiegen und abgereist. Das hier ist ideal. Einfacher zu kontrollieren.“

Einfacher aufzuräumen vielleicht. Aber es wäre nicht einfacher, für Daryas Sicherheit zu sorgen. Obwohl er sich weitaus besser gefühlt hatte, als er erfahren hatte, dass Ruslan auf demselben privaten Landeplatz angekommen war, den auch Trevor nutzte. Dank der Verbindungen seines Bruders würde es Ruslan auf keinen Fall gelingen, seinen Vogel wieder in die Luft zu bekommen. Zumindest nicht, bevor er ein wenig liebevolle Pflege durch einen qualifizierten Mechaniker erhalten hatte.

Er fuhr auf den Parkplatz neben Daryas rotem Challenger und schaltete in Neutral. Gott sei Dank hatte Becks Bekannte Gia zugestimmt, bei der Operation mitzumachen, die sie gemeinsam zusammengestellt hatten. Auf keinen Fall hätte er sich zusammenreißen können, wenn nicht ein Top-Bodyguard wie sie Darya den Rücken freihalten würde. „Erinnere dich daran, was ich über dein Auto gesagt habe. Wir konnten es nicht überprüfen, ohne die Aufmerksamkeit von den Kerlen zu erregen, die deine Wohnung im Auge behalten, also benutze Gias Wagen.“

Darya nickte und hob ihre Handtasche vom Boden zwischen ihren Füßen auf. Um die drückende Hitze zu bekämpfen, war die Klimaanlage des Audi voll aufgedreht, sodass sich sogar ihre Haare bewegten, die ihr um die Schultern fielen.

„Wir können nicht über unsere Pläne reden, bis ich deine Wohnung nach Wanzen durchsucht habe“, fuhr er fort. „Willst du erneut die Prozedur durchsprechen, bevor wir reingehen?“

Ihre Lippen verzogen sich zu einem müden, aber süßen Lächeln. „Wir haben es so häufig besprochen, dass ich es im Schlaf wiedergeben könnte.“

Gott, sie war wunderschön. Wunderschön, klug und mutig und hatte das liebevollste Herz, dem er je begegnet war. Er legte die Hand an die Seite ihres Halses. Ihre Haut war feucht an seiner Handfläche, aber ob der Grund in der drückenden Hitze oder in ihrer Angst zu suchen war, wusste er nicht. „Ich liebe dich.“

Sie nahm seine Finger, führte sie an ihren Mund und küsste seine Handfläche. „Es wird alles gut werden. Morgen um diese Zeit werden wir zurück in deinem Loft sein und keiner von uns muss jemals wieder daran denken.“

Er würde daran denken. Verdammt, die Sache hatte noch nicht mal begonnen, aber er wusste bereits jetzt, dass er deshalb monatelang, vielleicht jahrelang Albträume haben würde.

Doch nun brauchte sie ihn stark und auf ihrer Seite, egal welche Entscheidung sie getroffen hatte. Sie hatte recht gehabt, ihn an sein Versprechen zu erinnern. Haven-Frauen sollten das Leben führen, das sie wollten, und die Entscheidungen treffen, die sie für richtig hielten, genauso wie die Männer. Wenn er das, was sie wollte, nicht anerkennen und unterstützen konnte, verdiente er die Zukunft nicht, die sie ihm anbot. „Morgen um diese Zeit werde ich dich an mein Bett gefesselt haben und du wirst so fertig sein davon, wie ich mit deinem Körper gespielt habe, dass du nicht weiter darüber nachdenken kannst.“

Sie grinste, und ein wenig von der Leichtigkeit, die sie an dem Tag verloren hatten, als sie Koschtschei auf seinem Bildschirm gelesen hatte, schimmerte durch ihre grimmige Konzentration. „Darauf freue ich mich.“ Sie beugte sich über die Mittelkonsole und küsste ihn. Ihr Winterrosengeruch befeuerte seine Verlustangst eher, als dass er sie beruhigte. „Lass uns schnell machen und das hier hinter uns bringen, damit wir anfangen können.“

Bevor sie sich von ihm lösen konnte, ballte er die Faust in ihrem Haar und nahm mehr von dem, was sie ihm anbot. Er legte den Mund auf ihren und eroberte sie so kraftvoll, dass sie es noch lange, nachdem er weg wäre, fühlen würde. Nichts fiel ihm einfacher, als Darya zu küssen. Kein Programm, kein Rätsel. Nicht mal das Atmen. Allein der Gedanke an ihre Lippen auf seinen, ihren Geschmack auf seiner Zunge entriss ihn der Realität und ließ ihn in unglaublicher Seligkeit schweben.

Sein Handy vibrierte und zwitscherte.

Darya grub einen Handballen gegen seine Schulter und drückte ihn weg. Sie leckte über ihre Unterlippe, und ihre Lider hingen schwer über ihren wunderschönen blauen Augen. Wunderschön. Selbst in diesem Moment, in dem der Rest der Welt bereit war und wartete, dass sie sich aufrafften.

Knox griff nach seinem Handy. „Ja.“

Becketts Stimme ertönte deutlich. „Ich weiß, dass du das nicht machen willst, Bruder, aber ihr habt Zuschauer. Ich schlage vor, ihr schafft eure Ärsche aus dem Wagen und macht weiter mit der Show.“

Fuck.

Er fuhr sich durch die Haare. „Okay. Wir steigen aus.“ Er beendete den Anruf, ohne auf eine Antwort zu warten, und sah zu Darya. „Bist du bereit?“

Sie nickte.

„In Ordnung. Dann mal los.“ Er öffnete die Tür und schälte sich aus den tief liegenden Sitzen. Der Sommer gab Texas alles, was er hatte, in diesen letzten Augusttagen. Es war erst kurz nach zehn Uhr früh, aber hatte bereits zweiunddreißig Grad – was an sich nicht so schlimm wäre, wenn die Luftfeuchtigkeit nicht gleichzeitig neunzig Prozent betragen würde.

Er nahm Daryas fast leeren Koffer aus dem Kofferraum, ging zu ihrer Tür und half ihr raus. Anders als Beckett gefiel es ihm nicht, ständig eine Handfeuerwaffe bei sich zu tragen. Aber nun, wo er Darya zu ihrer Wohnungstür führte und wusste, dass Ruslans Männer irgendwo hier draußen waren, hätte er sich weitaus besser gefühlt, wenn er das Gewicht einer Pistole in einem Holster an seiner Seite gespürt hätte.

Sobald sie drin waren, begann er damit, jedes Zimmer selbst zu durchsuchen, dann holte er seine Scanner aus dem Koffer und fing mit einer elektronischen Überprüfung an. Währenddessen redeten sie ständig über Filme und Musik, während Darya sich für ihren erfundenen Nachmittagstermin in der Stadt mit Gia zurechtmachte.

Er beendete gerade den Scan im Bad und überprüfte zum zweiten Mal den Spiegel auf Anzeichen für versteckte Kameras, als sein Handy in der hinteren Hosentasche vibrierte.

Beckett: Gia ist da. Männer in Position. Was gefunden?

Er konnte das. Für Darya könnte er sich zusammenreißen und das Bedürfnis ignorieren, sie zurück zu sich zu schleifen. Alle Brüder waren bereit, seine Frau sogar unter Einsatz ihres Lebens zu beschützen, wenn es notwendig wäre. Er musste sich nur konzentrieren und tun, worin er gut war, bis das hier vorbei war.

Knox: Alles sauber.

Weniger als fünf Minuten später war Gia da, und Knox

hatte keine Entschuldigung mehr, länger zu bleiben. Er nahm Daryas Hand in seine und führte sie zur Tür. Als er sie nicht nur öffnete, sondern Darya auf den Absatz der Treppe hinauszog, stemmte sie die Fersen in den Boden und sah zurück zu Gia.

„Entspann dich", sagte er und nahm sie in seine Arme. Von dort, wo sie standen, hatten die Männer, die sie beobachteten, eine unverstellte Sicht auf sie. „Gib deinem Mann einen Abschiedskuss, damit er durchhält, während wir diese Prozedur durchziehen."

„Aber sie werden dich sehen", flüsterte sie, als ob irgendjemand außer Gia es hören könnte, und versuchte, sich aus seinem Griff zu winden. „Ich habe dir gesagt, was passieren wird, wenn sie herausfinden, dass wir intim miteinander sind."

Er schlang die Arme enger um ihre Taille, umfasste ihren Hinterkopf und hielt sie so, wie er sie haben wollte. Er strich mit der Nase an ihrer entlang, atmete ihren Geruch ein und neckte ihre Lippen mit seinen. „Hast du. Deshalb stoße ich sie direkt mit der Nase drauf. Die Wahrscheinlichkeit, dass sie den Köder schlucken und sich auf mich statt auf dich stürzen, ist äußerst gering, aber wenn das bedeutet, dass ich derjenige auf dem heißen Stuhl bin und nicht du, werde ich es riskieren." Er leckte über ihre Unterlippe und knurrte. „Jetzt gib mir deinen Mund."

Sie zögerte nur eine Sekunde und schenkte ihm mit einem einfachen Blick so viel Güte, dass es ihn bis tief ins Mark traf. Dann küsste sie ihn.

Alles lag in diesem Kuss. Liebe. Lust. Angst und Hoffnung. Alles so dicht verwoben, dass die ganze verdammte Welt in dieser Sekunde hätte implodieren können und sie durch nichts hätten berührt werden können.

Hinter ihnen räusperte sich Gia.

Knox zwang sich, den Kuss abzubrechen, und runzelte die Stirn über Daryas Schulter hinweg in Gias Richtung.

Sie wackelte mit ihrem Handy. „Sorry. Beck sagt, der Plan war, eine Beziehung vorzuführen und nicht, ein Blutbad zu provozieren, weil ihr zwei Sex hattet."

Dieser gottverdammte Beckett. Für einen Kerl, der sich als gute Fee erwiesen hatte, um Darya und ihn zusammen zu bringen, hatte er sich in den letzten vierundzwanzig Stunden dank all seiner Pläne in jemanden verwandelt, der ihn effektiv daran hinderte, Sex zu haben. „Okay." Knox presste die Lippen auf Daryas Stirn und ließ sie los. „Headset auf. Mikrofone und Sender überprüfen, ehe ihr auch nur einen Schritt aus der Wohnung macht."

„Wir kriegen das schon hin", sagte Gia, bevor Darya antworten konnte.

Von Darya wegzugehen und nicht zurückzublicken, war das schwerste, was er jemals getan hatte. Verdammt, das Einzige, was ihm dabei half, in sein Auto zu steigen und vom Parkplatz zu fahren, war die zarte Hoffnung, dass Ruslans Handlanger den Köder schlucken und ihm folgen würden statt Darya.

Er hatte es kaum auf die Auffahrt zur I-45 geschafft und fühlte sich wirklich ungemütlich wegen des geringen Drucks seines Fußes auf dem Gaspedal, als sein Handyklingeln via Bluetooth des Audi ertönte. Becketts Name tauchte auf der Anzeige in der Mittelkonsole auf. „Sag mir, sie haben es geschluckt."

Die Leitung knisterte wegen des zu langen Schweigens. „Sorry, Bruder. Du wusstest, dass es ein Schuss ins Blaue war."

Ja, das hatte er gewusst. Regel Nummer eins bei einer Verfolgung war, dass man nie das Hauptziel aus den Augen ließ. Nicht, wenn man keine Rückendeckung hatte. Die guten Neuigkeiten? Sofern es nur zwei Männer waren, die Darya beobachteten, könnte das auch bedeuten, dass die Männer, die Ruslan bewachten, ebenfalls wenige waren. Sergei hatte gesagt, dass bloß vier Männer ihm aus seinem Privatjet gefolgt waren. Das bedeutete, es waren sechs bekannte Schläger, mit denen sie sich auseinandersetzen müssten, wenn es zum Äußersten kam, die gegen fünf Leute von der Bruderschaft und sechs von Sergeis Männern antreten müssten. Elf zu sechs war eine verdammt gute Quote. Er hätte gern alle seine Brüder auf den Job angesetzt, aber Trevor musste sichergehen, dass Ruslans Flugzeug auf dem Boden blieb, und Jace war der Einzige, der eine Chance hatte, Ninette, Sylvie und den Rest der Frauen in Haven zu bändigen, damit sie in Sicherheit waren. Zeke würde mit Knox im Überwachungsraum bleiben, den sie im Hotel aufgebaut hatten, falls es einen medizinischen Notfall gäbe.

„Dann weiter mit Plan B", sagte Knox, nahm die nächste Ausfahrt und fuhr Richtung Hotel. „Aber sobald wir drin sind, sollte Sergei seine Waffe lieber im Holster lassen, weil Ruslan, dieser Bastard, mir gehört."

Kapitel 35

Nach zwei ganzen Stunden Shopping in einer von Dallas' höherwertigen Malls wusste Darya mit vollkommener Sicherheit, dass Gia Sinclair einen Killerjob ablieferte. Von dem Moment an, in dem sie aus Daryas Eingangstür gegangen waren, bis jetzt hatte Gia irgendwie eine lockere Unterhaltung mit ihr geführt, während sie gleichzeitig Becketts, Knox' und Dannys periodischen Updates über das Headset zuhörte und darauf antwortete. Das ständige Geschnatter sorgte dafür, dass Daryas Verstand kurz vorm Durchdrehen war. Es war vergleichbar damit, für einen wichtigen Test zu büffeln, während jemand im Hintergrund Metallica dröhnen ließ.

Gia war nicht im Mindesten beunruhigt. Weder von der Tatsache, dass zwei von Ruslans Schlägern ihnen die letzte Stunde unauffällig gefolgt waren, noch dass Knox berichtet hatte, dass weitere Männer Ruslans Suite verlassen hatten und auf dem Weg zu ihnen waren. An der Oberfläche war sie einfach eine sorglose Frau, die mit ihrer Freundin unterwegs war und auf Teufel komm raus frustshoppen wollte. Nur äußerst subtile Hinweise zeigten, wie sorgfältig sie ihre Umgebung im Auge behielt.

Sie bestellten Softdrinks in einem der Fast-Food-Restaurants und entdeckten einen Tisch an einer viereckigen Säule. Gia nahm den Stuhl, dessen Lehne mit dem Rücken dazu stand, stellte ihre offene Handtasche auf den Tisch und bedeutete Darya, sie sollte sich auf den Platz ihr gegenüber setzen.

Murmeln drang durch das Headset und das deutliche Grollen von Sergeis akzentuierter Stimme ertönte, auch wenn sie nicht die Worte ausmachen konnte. Eine Sekunde später war Beckett wieder dran. „Knox, hattet ihr schon Glück und konntet einen Blick in Ruslans

Suite werfen, oder findet Sergei auf verflucht altmodische Weise heraus, gegen wie viele wir antreten müssen?"

„Bisher nicht." Wenn man nach dem brummenden Tonfall von Knox ging, war ihr Mann nicht besonders erfreut darüber, dass ihr Plan, eine Kamera durch den Zimmerservice oder mit dem Wagen der Zimmermädchen hineinzuschmuggeln, nach wie vor nicht gelungen war. „Nachdem ich zum Mittagessen selbst den Zimmerservice gerufen habe, kann ich ihm keinen Vorwurf machen, dass er sein Essen von woanders herbringen lässt, aber Herrgott noch mal, man könnte doch davon ausgehen, dass dieser Bastard inzwischen neue Handtücher brauchen würde."

Beckett lachte leise. „Wir werden wohl altmodisch und blutig vorgehen müssen."

Ein kaltes Schaudern, das nichts mit der hypermodernen Klimaanlage der Mall zu tun hatte, lief Darya den Rücken hinunter. Ruslan mochte unvorhersehbar sein, aber er war gnadenlos, und die Männer, die ihm dienten, waren nicht anders. Informationen aus ihnen herauszubekommen, würde extreme Maßnahmen erfordern.

„Denk an etwas Schönes", murmelte Gia von ihrem Platz auf der gegenüberliegenden Seite des Tisches. Ihr Mikrofon war weiterhin an, daher vibrierte es wegen des Surround-Sound-Effekts, doch ihre Stimme erklang auch in einem scharfen Befehl. „Unsere Jungs kommen den Gang hinter uns herauf. Sie haben uns bisher nicht bemerkt, aber es wäre besser, wenn du nicht weiß wie eine Wand aussehen würdest."

Ihr Handy klingelte in ihrer Handtasche und riss sie aus ihrer Sorge, die ihr bis in die Knochen gefahren war. Sie holte das Gerät heraus und lächelte ihr erstes echtes Lächeln an diesem Nachmittag, als sie Knox' Namen auf dem Bildschirm sah.

„Hey", sagte sie und wünschte, sie hätte die Möglichkeit, ihr Mikrofon an- und auszuschalten wie Gia. Da sie von Ruslans Männern genauer beobachtet wurde als Gia, war ihr Headset nahezu nicht erkennbar und besaß einen drahtlosen Receiver, der klein genug war, um sehr clever durch ihren Gürtel versteckt zu werden – allerdings unglücklicherweise keinen Knopf zum Abschalten.

„Willst du raus?", fragte Knox. „Du musst es nur sagen und wir werden es abbrechen." Keine Vorrede, kein leises Hi-wie-geht-es-dir-damit. Er kam direkt auf den Punkt. Aber hier ging es immerhin genauso um seine Zukunft wie um ihre. Und wenn sie in den zwei Monaten, die sie ihn nun kannte, etwas über Knox gelernt hatte, dann war es, dass er die Leute, die er liebte, mit allem beschützte, was er in sich hatte.

Und Knox Torren liebte sie definitiv.

„Nein, ich will das durchziehen. Ein für alle Mal." Sie sah zu Gia, die eine gute schauspielerische Leistung zeigte und so tat, als würde sie ungeduldig darauf warten, dass ihre Freundin endlich das verdammte Handy zur Seite legte.

Zuerst war es still in der Leitung. Sie wappnete sich und erwartete, seine Stimme über das Mikro in ihrem Ohr zu hören, wie er mit einem einzigen Wort die ganze Operation beendete.

Stattdessen sprach er nur zu ihr und gab ihr genau den Anker, den sie brauchte. „Wir werden das hier so was von rocken, Süße. Du, ich und unsere Familie. Wir werden uns um alle kümmern und dann wird dieser ganze Scheiß hinter uns liegen."

Du, ich und unsere Familie.

So wunderbar. Egal, wie oft er das in den letzten paar Tagen wiederholt hatte, es hallte immer noch tief in ihr wider.

„Ich liebe dich." Ihre einfachen Worte waren leise,

aber gefüllt mit allen Gefühlen, die sie besaß, und sie betete, dass es ihm nicht wie ein furchterfüllter Abschied vorkommen würde – selbst, wenn ein Teil von ihr genau das fürchtete.

„Ich liebe dich auch, Süße. Bleib dicht bei Gia, hör auf das, was sie sagt, und halte dich richtig fest an ihr, wenn die Kacke am Dampfen ist. Verstanden?"

„Verstanden."

Er hielt inne, und in diesem Augenblick konnte sie förmlich das Zögern fühlen, das sich in ihm breitmachte.

„Mir geht es gut, Knox. Leg auf und spinn deine Magie. Ich sehe dich im Hotel."

„Ich bin bei dir. Bei jedem Schritt."

Und das war er. Er überflutete sie mit seiner Stärke und seinem Selbstvertrauen, selbst aus der Ferne. „Ich weiß, dass du das bist." Sie wappnete sich und richtete sich etwas mehr in ihrem Stuhl auf. „Bis bald." Bevor sie ihre Meinung ändern konnte, beendete sie den Anruf und zwang sich, einen großen Schluck Cola ihren staubtrockenen Hals hinabzuspülen.

Gia stemmte die Ellbogen auf den Tisch und legte ihr Kinn auf ihre Handfläche. „Ich hätte auch Essen bestellt, aber ich vermute, du würdest nur drin rumstochern und damit deine Nervosität verraten."

„Kein Essen", stimmte Darya zu. „Selbst wenn ich es essen würde, weiß ich nicht, ob ich es in mir behalten könnte."

„Kenne ich nicht", sagte Gia. „Ich bin eine Stressfresserin, denn je höher meine Nervosität ist, desto höher ist auch mein Kalorienverbrauch."

Knox' Stimme drang durch das Headset. „Ruslans Männer sind gerade aus der Park Lane gekommen und versammeln sich hinter der Mall."

„Gia?", fragte Beckett.

„Ja." Gia erhob sich, warf sich die Handtasche über

die Schulter und zeigte auf den langen Korridor der Mall hinter ihnen. „Zeit, das hier unter Dach und Fach zu bringen.“

Darya stand ebenfalls auf, obwohl sie es für ein Wunder hielt, dass es ihr mit ihren zitternden Knien überhaupt gelang. Selbst als sie in die Staaten geflohen war und nicht gewusst hatte, ob ihr falscher Ausweis funktionieren würde, war sie nicht so voller Angst gewesen.

Gia strich beruhigend über Daryas Rücken und blieb dicht an ihrer Seite, doch ihre Worte waren an die Männer gerichtet, die ihnen den Rücken freihielten. „Wir gehen zur Tiefgarage.“

Der Weg war kurz, fühlte sich aber wie eine Ewigkeit an. Sie gingen aus dem Restaurant in den Hauptflur der Mall und eine kühle Brise strich unter ihrem losen Haar über ihren schweißnassen Nacken. Ein paar Shops vor ihnen wanderte Axel über eine der breiten Brücken, die die zwei Gänge miteinander verbanden, und schien sich mehr auf sein Handy zu konzentrieren als auf seinen Weg.

Von den gemurmelten Updates über ihr Headset wusste sie es allerdings besser. Wusste, dass alle bereit waren, ihren Teil zu übernehmen. Jedes Fitzelchen Information ertönte deutlich in ihrem Ohr, doch nichts davon machte einen Unterschied. Ihr Gehirn konnte es nicht verarbeiten. Er konnte nur noch Schadenskontrolle betreiben bei ihren überstimulierten Sinnen und sicherstellen, dass sie mit Gia Schritt hielt.

Die Türen zur Tiefgarage öffneten sich und die drückende Hitze des Augustes traf sie doppelt so heftig. Das war es. Kein Weglaufen mehr. Kein Verstecken. Weder vor Ruslan noch vor einem anderen.

Niemals.

Nachdem sie fünf Autos in ihrer Reihe passiert hatten, kam das Geräusch von tiefen Männerstimmen näher. Ihr russischer Akzent war unmissverständlich, aber die

Worte wurden nicht so weit getragen, dass sie die Richtung identifizieren konnte.

Vor ihnen näherte sich ein schwarzer SUV mit schwarz getönten Scheiben ihrer Reihe.

„Schwarzer SUV direkt vor uns", flüsterte Gia.

Becketts Stimme war knapp und bestimmt. „Wir haben Sichtkontakt. Der Plan startet."

Gia legte ihren Arm um Daryas Taille und drücke sie freundschaftlich. Auf jeden anderen mussten sie wie zwei Frauen wirken, die sich an ihren überstrapazierten Kreditkarten berauscht hatten und sich auf den Abend freuten, wenn sie sich gegenseitig ihre Einkäufe vorführen würden. Aber die Schärfe in Gias Ton, als sie sich vorbeugte, zeigte ihre volle Konzentration. „Erinnere dich an den Plan. Halt dich an mir fest, als ob du furchtbare Angst hättest. Sie werden keine andere Chance haben, als uns beide mitzunehmen, wenn sie kein Aufsehen erregen wollen."

Darya gelang ein abgehacktes Nicken und sie ging weiter.

Der SUV wendete und fuhr direkt auf sie zu.

Hinter ihnen kamen die Männer näher und ihre schnellen Schritte hallten von der niedrigen Decke und den Zementsäulen um sie herum wider.

Gia sah zurück, und eine Maske der Angst, die nicht zu dem zuversichtlichen Griff um Daryas Taille passte, glitt über ihr Gesicht, als der SUV mit quietschenden Reifen vor ihnen hielt. Drei Männer sprangen aus dem Wageninneren, sodass sie umzingelt waren.

„Fünf", murmelte Gia so leise, dass Darya es kaum durch ihren Ohrstöpsel hörte, aber es reichte, um das Team wissen zu lassen, mit wie vielen sie es zu tun hatten.

Von dem Augenblick an fiel es Darya leicht, ihre Gegenwehr natürlich wirken zu lassen, da Angst und ein sehr echtes Bedürfnis, zu entkommen, sie überschwemmte. Mit einem Arm kämpfte sie, schleuderte ihre Taschen mit ganzer Kraft herum, und hielt den anderen eng um Gia gelegt. Ein Mann brüllte einen Befehl auf Russisch, der den anderen sagte, sie sollten beide mitnehmen. Als Nächstes wurde sie halb zur Hecktür gezerrt, halb getragen und mit Gia in den Frachtraum geworfen.

Gia rollte sich vorwärts und nahm Darya mit sich, sodass Daryas Rücken gegen den Rücksitz gedrückt wurde und sie sie mit ihrem Körper deckte, aber einer der Männer kam hinter ihnen herein, schloss donnernd die Tür und zog Kabelbinder aus der Tasche.

Die Wagentüren vorn wurden zugeknallt und eine Stimme schrie nach hinten: „*Blondinka yego. Ushibla, i on budet imet'golovu.*" *Die Blonde gehört ihm. Verletz sie und er wird dir den Kopf abreißen.*

Was bedeutete, dass sie in Sicherheit war, aber Gia nicht. Nicht, bis ihre eigenen Männer loslegen und sie sich mit ihrer Waffe einbringen konnte.

Den Kabelbinder fest zwischen die Zähne geklemmt, riss der Mann, der mit ihnen hinten war, Gia weg und versuchte, Darya auf den Bauch zu rollen.

Das Auto fuhr an und das geschmeidige Gleiten stand in vollkommenem Gegensatz zu dem Kampf zwischen Gia und ihrem Kidnapper. Sie rammte ihm den Ellbogen so hart gegen den Kiefer, dass es ihr eine Rückhand gegen die Wange einbrachte. Das machte sie lang genug benommen, dass er sie auf den Bauch rollen und ihre Hände auf den Rücken reißen konnte.

Oh, zur Hölle nein. Auf keinen Fall würde Darya das zulassen. Nicht, wenn sie so nah dran waren. Sie warf sich mit allem, was sie hatte, nach vorn, brachte den Mann aus dem Gleichgewicht und füllte das Innere des Wagens mit einem wütenden Brüllen.

Anders als bei seinem brutalen Angriff auf Gia legte er nur die Arme um Darya und hielt sie in einem gnadenlosen Griff, während er versuchte, sie zu Boden zu ringen. Das war nicht leicht, wenn man bedachte, dass Gia sich inzwischen wieder aufgerappelt und ihren Arm um den Hals des Mannes gelegt hatte.

„Bereit." Sergeis Stimme erklang in ihrem Ohrstöpsel, sein Akzent ausgeprägt und voller grimmiger Entschlossenheit. Ein rascher Blick aus dem hinteren Fenster bestätigte, dass nicht nur der schwarze Mercedes, der ihnen zur Mall gefolgt war, hinter ihnen war, sondern dass auch der Wagen eines Klimaanlagenwartungsservices von einem reservierten Parkplatz fuhr.

Ihr Kidnapper, der genug davon hatte, artig zu sein, ließ Darya los und warf Gia so kräftig quer durch den Frachtraum, dass ihr Kopf gegen das Glas donnerte. Sie sank in sich zusammen, und einen Augenblick lang dachte Darya, er hätte ihre neue Freundin bewusstlos geschlagen.

Gerade als Darya über den Boden kriechen wollte, um sie zu beschützen, machte der Wagen eine scharfe Kurve in eine enge Garage. Damit die Schranke sich hob, musste man scheinbar etwas bezahlen. Der plötzliche Halt warf sie und den Mann neben ihr um.

Das Fahrerfenster summte, als es gesenkt wurde, und Darya rappelte sich auf die Knie, aber ihr Wächter zog ein Messer hervor und trat zwischen sie und Gia. *„Peremeshcheniya i ona umirayet."* *Eine Bewegung und sie stirbt.*

Darya erstarrte. Ihr Blick glitt zu Gias zusammengesunkenem Körper. *„Ty yey bol'no. Vse, chto ya khochu sdelat', eto ubedit'sya, chto ona v poryadke."* *Sie haben ihr wehgetan. Ich will nur sehen, ob es ihr gut geht.*

Durch die Windschutzscheibe erkannte sie die weiße Schranke, die sich hob. Bloß noch ein paar Sekunden. Genug, damit der SUV und der Wagen dahinter, in die enge Gasse folgen konnten. Dann hätten sie Hilfe.

Der SUV kam näher, als ein weißer Cadillac Escalade nach vorn rauschte und mit kreischenden Bremsen vor ihnen hielt.

Becketts Stimme schoss förmlich durch den Ohrstöpsel. „Gia! Go!“

Eine Sekunde.

Ein Augenblick, in dem die Zeit stillstand, dann warf sich Gia auf den Mann neben ihr und die Hölle brach los.

Kapitel 36

Zu viel Lärm und keine Informationen. Knox ballte die Hände auf dem Tisch vor sich, die Unterarme so fest auf das teure Möbelstück gedrückt, dass das Holz protestierend stöhnte. Er wagte es nicht, seinen Laptop zu berühren, aus Angst, dass er ihn zu Tode quetschen oder das verdammte Ding aus dem Fenster werfen würde.

Beckett, Danny, Axel und Ivan gaben Feedback, doch die Details waren zu abgehackt, um sich ein deutliches Bild machen zu können. Aber das war immer noch besser als der russische Scheiß, der aus dem Mund von Sergeis Crew kam. Diese Worte würde er nie verstehen.

Und kein Piep von Darya. Nur ein paar Grunzer und Schreie von Gia, die neben ihr war.

„Der Letzte", sagte Beckett, gefolgt von einem lauten Donnern, das sich anhörte, als ob eine Autotür geschlossen worden wäre. „Danny, komm mit mir. Ivan, hol das Verfolgungsauto. Axel, fahr den Cadillac zurück."

„Schon dabei", erwiderte Axel.

Ein weiteres Donnern, dann noch eins.

Motoren heulten auf und Reifen quietschten, aber Knox wagte es nicht, etwas zu sagen. Das Letzte, was sie alle brauchten, war Ablenkung.

„Atmest du noch, Knox?"

Zeke meldete sich als Erster. „Es gibt nur eins, was du von dir geben kannst, damit das passiert."

„Okay, Zeit anzufangen", erwiderte Beckett. In seiner Stimme lag mehr als ein wenig Genugtuung trotz seiner beschleunigten Atemzüge. „Dein Mädchen ist sicher, die Männer in unserer Gewalt und wir sind unterwegs."

Fuck.

Er versuchte, sich zu entspannen. Versuchte, sich zu zwingen, seine Hände zu entspannen und seinen Kopf aus dem grauenhaften Stillstand zu holen, den er in den letzten dreißig Sekunden erlebt hatte. „Wo ist Darya?“, brachte er endlich heraus, obwohl er nicht wusste, wie es ihm gelang, genug Luft dafür in die Lungen zu bekommen. Sein Zwerchfell war auf jeden Fall immer noch wie eine Brezel verknotet.

Geraschel ertönte, dann kam Daryas zittrige Stimme durch die Leitung. „Ich bin hier.“ Schweres Schnaufen füllte das, was sonst Stille gewesen wäre, doch das Lächeln in ihren Worten blieb. „Ich habe meinen Ohrstöpsel bei dem Gerangel verloren, aber mir geht es gut.“ Ein Lachen voller Adrenalin folgte direkt auf ihre Aussage. „Uns allen geht es gut.“

„Absolut easy-peasy“, vermeldete Danny.

Beckett, der eindeutig bereits wieder im Taktier-Modus war, schnitt durch die Übertragung. „Knox, du musst nach Polizeiberichten suchen. Ich habe ein paar Schaulustige während der Sache entdeckt. Sergei hat Ruslans Männer hinter uns in einen Lastwagen verladen. Es wird nicht gut laufen, wenn er erwischt wird, bevor wir Informationen aus ihnen holen können.“

Um seinen Kopf schnell wieder klar zu bekommen, war die Notwendigkeit von Informationsbeschaffung perfekt geeignet. Ehe sein Gehirn die Bitte komplett verarbeitet hatte, flogen seine Finger bereits über die Tastatur und er fing Anrufe bei der Polizei ab, so wie er es schon in der Highschool einfach nur aus Jux und Tollerei getan hatte. „Zwei Telefonate. Habe beide abgefangen. Es werden keine Einheiten geschickt. Wie weit draußen seid ihr?“

„Fahren gerade langsam in die Anliegerstraße, damit wir nicht auffallen“, antwortete Beckett. „Axel, fahr auf die 75. Wir nehmen die Anliegerstraße, um uns mehr Zeit zu verschaffen. Sergei, hörst du mich?“

„Schlüsselkarten zu Ruslans Suite und Handys sichergestellt“, sagte Sergei. „Keine ausgehenden Anrufe, nachdem wir losgelegt haben. Nur zwei, bevor wir eingegriffen haben, aber keiner an Ruslan."

„Also hat Ruslan keine Ahnung, wann sie ankommen sollen, und wurde nicht alarmiert wegen dem, was passiert ist", sagte Axel.

„Hoffen wir", bestätigte Axel. „Besser, wir werden nicht zu überheblich. Nicht, bis sie angezählt werden und wir die sind, die noch stehen."

Knox vergrößerte die Kamerabilder, die er in einer Ecke seines Bildschirms platziert hatte. „Er hat immer noch zwei Wachen vor seiner Zimmertür, um die wir uns kümmern müssen. Wisst ihr, wie viele drinnen noch auf uns warten?"

„Gebt mir dreißig Minuten." Das tiefe Brummen in Sergeis Stimme versicherte ihnen, dass das, was in der nächsten halben Stunde in dem Van stattfinden würde, nicht besonders schön für die gefangenen Männer werden würde, aber dass Sergei sich definitiv darauf freute.

„Darya, hast du dein Handy?", fragte Knox.

„Äh …" Geraschel drang durch die Leitung. „Ja, ich habe es."

„Gut. Wenn jemand mich braucht, klingelt bei Zeke durch. Ich bin offline." Er zog sein Headset ab und drückte ihre Nummer in seiner Favoritenliste.

„Wir haben es geschafft", war ihr erster Satz. Zum Teil geflüstert, zum Teil klang ihre überwältigende Begeisterung durch. „Du hättest Gia sehen sollen. Ich dachte, der Kerl, der versucht hat, sie zu fesseln, hätte sie ausgeknockt, aber als Beckett ‚Go' gesagt hat, wurde sie zur Actionheldin. Ich will lernen, wie ich so was auch tun kann."

„Süße, wenn wir den Rest des Tages hinter uns gebracht haben, darfst du lernen, was immer du willst, solange du nichts davon ohne mich neben dir tust. Allerdings erst, nachdem ich die letzten sieben Stunden hinter mir gelassen habe."

Einen Augenblick lang war sie still. Als sie wieder das Wort ergriff, war ihre Stimme sanft, und ein Bedürfnis schwang darin mit, das zu seinem eigenen passte. „Ich vermisse dich auch."

Knox seufzte und ballte an seinem Scheitel die Fäuste, die Ellbogen auf den Tisch vor sich gestützt. „Ich konnte nichts sehen." Das kam aus den Tiefen seiner Seele. Es war ein Geständnis und eine Bitte, sie möge es verstehen. „Es hat siebenundneunzig Sekunden gedauert. Über anderthalb Minuten, in denen das, was ich gehört habe, in meinem Kopf kein Bild geformt hat, und du warst mittendrin. Ohne mich."

„Du bist, wo du sein solltest. Und du tust, worin du gut bist."

Seltsam. Seit er denken konnte, hatte er eine treibende Neugier besessen, Dinge anzustoßen und an ihnen zu rütteln. Sie auseinanderzunehmen und nachzusehen, wie sie funktionierten. Die Angewohnheit hatte ihn zu Computern geführt und seither war er ihnen verbunden geblieben. Der Code und die Herausforderung, sich an Orten einzuschleichen, an denen er nicht sein sollte, war das gewesen, was ihn beruhigt hatte. Seine Art zu entkommen und den Leuten den mentalen Mittelfinger zu zeigen, die zu effektiv darin gewesen waren, ihn aus ihrem Leben rauszuhalten. Jetzt, da er Darya hatte, brauchte er diesen Trost nicht mehr. Er musste niemandem etwas beweisen. „Das Einzige, was noch wichtig ist, ist, mich um dich zu kümmern."

Zeke schlug ihm auf die Schulter und zeigte auf Knox' Headset, das auf dem Tisch vor ihm lag.

Knox nahm es, sagte aber zu Darya: „Trägst du deinen Ohrstöpsel?"

„Ich setze ihn grad ein."

„Gut. Erinnere dich an den Plan. Und kein Undercoverscheiß mehr mit dir mittendrin und ohne mich neben dir, solange ich atme."

Ihr leichtes Lachen war das Letzte, was er hörte, bevor Sergeis Stimme durch ihre Leitung schnitt. „Es sind elf drin, Ruslan eingeschlossen. Sie haben mehr für die Bewachung geschickt, als wir dachten."

Axels tiefe Stimme kam durch die Verbindung. „Fein. Sie sind fünf Minuten früher fertig geworden."

„Ich wette, das bedeutet auch, dass wir einen Van loswerden müssen, wenn all das vorbei ist", fügte Beckett hinzu.

Sergeis Atem war etwas schneller, aber sein Akzent war doppelt so ausgeprägt und es lag grimmige Zufriedenheit in seinen Worten, als er antwortete. „Damit liegen Sie richtig."

„Wie viel Zeit benötigen Sie, um herzukommen?", fragte Danny.

„Meine Männer machen sich gerade fertig", erwiderte Sergei. „Führen Sie Ihr Team die Treppe hinauf und seien Sie bereit."

„Wir brauchen Gia, um mit den elf gleichzuziehen", sagte Beckett. „Gia, ist das okay für dich?"

Bevor sie antworten konnte, mischte sich Knox ein. „Gia bewacht Darya. Ich bin dabei."

„Knox, wir brauchen dich an den Computern", sagte Axel. „Außerdem geht keiner von uns ohne Weste rein. Und ich weiß ziemlich genau, dass du keine besitzt."

„Die Wahrscheinlichkeit, dass jemand auf etwas anderes als unsere Köpfe zielen wird, ist relativ gering, und da wird mir eine Weste nicht helfen. Und sobald wir den Türcode geknackt haben, gibt es nichts, was Zeke hier nicht übernehmen könnte. Er ist vorbereitet, aber Darya setzt keinen Fuß über die Türschwelle, ohne dass sie vollkommen gedeckt ist. Wenn wir einen weiteren Schützen brauchen, werde ich derjenige sein."

Schweigen knisterte durch die Leitung, obwohl er keinen Zweifel daran hatte, dass Axel, Danny und Beckett alle nach einem vernünftigen Grund suchten, weshalb er seinen Arsch auf seinem Stuhl lassen sollte.

„Freut mich, dass wir das ausdiskutiert haben", sagte Knox, bevor einem von ihnen etwas einfallen konnte. „Danny, ich behalte die Kameras im Auge und treffe den Rest von euch im Treppenhaus."

Es war Zeke hoch anzurechnen, dass er, nachdem Knox sein Mikrofon ausgeschaltet hatte, zehn Sekunden wartete, bevor er das Wort ergriff. „Bist du sicher, dass du das tun willst? Wenn da drin was schieflaufen sollte, können sie dich eher an der Tastatur brauchen als im Kugelhagel."

Unter normalen Umständen hätte er zugestimmt, aber Ruslan hatte das gesamte Stockwerk gemietet und bezahlt. Egal, was in der nächsten halben Stunde abging, es würden keine unschuldigen Passanten nah genug herankommen, um Notrufe abzusetzen. „Ich bin vor sieben Stunden von meiner Frau weggegangen und habe seither in diesem Stuhl gesessen. Das habe ich getan, weil es der Ort ist, an dem ich ihr am meisten helfen kann, und es hat mich fast umgebracht. Aber jetzt … Wenn es Gabe wäre, die in ein Zimmer gehen würde, in dem in alle Richtungen geschossen wird, und wir einen weiteren Schützen bräuchten, um pari zu sein, wo wärst du dann?"

Zeke erwiderte seinen Blick und nickte. „Alles klar."

Auf dem Bild der Tiefgaragenkamera öffnete sich die Seitentür des Lieferwagens und Sergeis Leute stiegen aus. Alle außer Sergei und seinen zwei besten Schützen schlossen sich Danny, Axel und Ivan an, die bereits im Treppenhaus standen. Beckett, Sergei und seine beiden Männer umrundeten Darya und Gia und übernahmen den Part, Ruslans Handlanger zu spielen.

Knox erhob sich, wechselte sein Headset gegen eine mobile Version aus und überprüfte seine Waffe. „Ich bin oben. Du musst nur die Wachen außerhalb der Tür im Auge behalten und uns ein Zeichen geben, bevor sie innen einen Alarm auslösen können."

„Ja, das und sicherstellen, dass am Ende keiner tot ist." Zeke glitt auf Knox' freien Stuhl hinter dem Tisch und ließ seine Knöchel knacksen. „Tu mir einen Gefallen. Erspare mir Überstunden und weiche den Kugeln aus, okay?"

„Sagt der Kerl, der für seine eigene Frau bei einem Einbruch keine Pistole getragen hat und sich daher eine Schusswunde als Auszeichnung abgeholt hat. Zumindest bin ich bewaffnet."

Wenige Minuten später erreichte Knox den Treppenabsatz zu Ruslans Stockwerk. Danny, Axel, Ivan und Sergeis Männer standen bereits parat. Trotz ihres leicht zerknautschten Äußeren und ein paar Blutspritzern auf den Hemden zeigten alle drei Russen ausdruckslose Mienen. Die Art, die deutlich machte, dass sie entweder so verdammt gewöhnt an dieses Metier waren, dass es ihnen absolut nichts mehr ausmachte, oder dass sie ihr Bestes gaben, um zu verbergen, wie sehr sie es hassten, mit einer gemischten Mannschaft zu arbeiten.

Da die Tür zu Ruslans Suite direkt am Treppenabsatz war, sagte keiner ein Wort.

Becketts Stimme ertönte durch die Leitung. „Noch zwei Stockwerke."

Axel trat zurück und nickte.

Danny übernahm seinen Platz vor der Tür.

„Zeke, alles okay?", fragte Knox so leise, dass seine Stimme nicht sehr weit drang.

„Die Wachen stehen bereit, sehen aber verflucht gelangweilt aus."

„Nicht mehr lange", murmelte Axel.

Das Klingeln des Aufzugs meldete sich durch die Headsets. „Wir gehen raus", sagte Beckett.

Sobald Beckett sprach, legten Gia und Darya los. Selbst ohne sie zu sehen, tönten die Geräusche ihres

Kampfs durch die Stahltür zur Treppe. Er verstand keine Silbe von dem, was aus Daryas Mund kam, aber es klang unglaublich übel. Perfekt dafür, dass sie loslegen konnten.

Sergei gab einen Befehl auf Russisch von sich.

„Habe den, der am weitesten von der Treppe entfernt steht“, murmelte Beckett während des ganzen Chaos. „Danny, du nimmst den, der am nächsten steht. Fünf Meter.“

Mehr Russisch erklang, aber diesmal waren es die Wächter auf der anderen Seite der Tür.

„Sie werden nervös“, sagte Zeke. „Ich glaube, es wäre besser, wenn ihr loslegt.“

Becketts Befehl kam sofort darauf: „Danny, los!“

Danny riss die Tür auf, packte sich die überraschte Wache vor Ruslans Suite und zerrte sie ins Treppenhaus. Fünf Sekunden. Mehr Zeit konnte nicht vergangen sein, aber alles geschah in einem Wirbel, und Daryas und Gias Proteste übertönten mehr als nötig die Notwehr der Wachposten, die als leblose Häufchen auf dem Betontreppenabsatz endeten.

Daryas Stimme verklang. Ihr Blick war durch die offene Tür auf die toten Männer gerichtet und ihr Gesicht kränklich weiß.

Knox trat näher.

„Waffen hoch“, sagte Sergei und zog die Schlüsselkarte, die sie von Ruslans Männern gestohlen hatten, aus der Tasche.

Knox packte Daryas Kinn. „Sieh mich an. Konzentrier dich!“

Ihr Blick zuckte zu seinem und sie nickte angespannt. „Alles gut.“ Sie fuhr herum und gab laut einen Schwall Russisch von sich, der Sergei zum Grinsen brachte.

Er schob die Schlüsselkarte in den Schlitz und Gia stolperte durch die Öffnung, als ob jemand sie geschubst hätte. Sie zog Darya mit sich, womit sie die Tür vollkommen öffnete, ließ sich auf den Boden fallen und rollte herum, um Darya zu decken.

Das unerwartete Eindringen und die Ablenkung, die die Mädchen ihnen boten, war der Vorsprung, den sie brauchten. Die Schalldämpfer der Pistolen mochten zwar das Ploppen der Schüsse dämpfen, halfen aber nicht dabei, das sofort entstehende Chaos leiser wirken zu lassen. Angespannte Befehle auf Russisch und Englisch wurden durch das Zimmer gerufen, gemischt mit Grunzen, Getöse und dem Geräusch von Körpern, die auf dem Boden auftrafen.

Knox trat vor Darya und Gia und schirmte die beiden ab, während Gia Darya tiefer in die Sicherheit des Treppenabsatzes zog. Er wollte gerade zurück in die Suite gehen und mitmischen, als eine andere Tür im Flur hinter ihm aufgerissen wurde.

Miteinander verbundene Zimmer.

Der paranoide Bastard hatte das ganze Stockwerk gemietet. Natürlich hatte er einen Fluchtweg, wenn er einen brauchte.

Zwei Männer rannten heraus, Schulter an Schulter, Ruslan dicht hinter ihnen.

„Bewegung im Flur!“, rief Zeke durch das Headset.

Gia zog im selben Augenblick ihre Waffe wie Knox und schrie: „Beckett!“

Sofort ertönten Schüsse, und Knox und Gia schalteten die zwei Männer vorn aus. Knox zielte erneut, einen Herzschlag davon entfernt, auf Ruslan zu schießen, aber er erstarrte in der Sekunde, in der sein Gehirn registrierte, dass Ruslan mit seiner Waffe auf Darya zielte.

Sergei kam von der anderen Seite heran, die Pistole gezogen, und richtete sie auf Ruslans Kopf, zögerte aber ebenfalls, als er merkte, wen Ruslan im Visier hatte.

„Betätigt den Abzug und sie stirbt zusammen mit

mir." Sein Akzent war ausgeprägt und kaum verständlich, doch Ruslans ruhige Hand und der irre Blick, mit dem er Darya ansah, waren deutlich genug.

Niemand bewegte sich.

Seit Darya Knox von Ruslan erzählt hatte, hatte er diesen Schuss abgeben wollen. Die Chance haben wollen, ihr Leben mit seinen eigenen Händen sicher zu machen. Aber jetzt wollte er nur, dass jemand etwas tat. Irgendwas, damit seine Frau aus der Schussbahn war. Sie war einen Schritt von ihm entfernt. Ein Glücksstreich oder ein Wunder war alles, was er brauchte, um sie decken zu können.

Zekes Stimme drang durch den Ohrstöpsel. „Ablenkung ist unterwegs. Halte dich bereit."

Ein leises Summen kam vom Absatz, das Geräusch des Aufzugs, der sich ihrem Stockwerk näherte, füllte die Stille.

„Du hast mir eine ziemliche Jagd abverlangt, kleine Taube. Ich freue mich auf alle Arten, mit denen ich dich für meine Zeit und den ganzen Ärger bezahlen lassen werde." Ruslan verengte die Augen und bedeutete Darya mit dem Kopf, sie solle zum Aufzug gehen. „Beweg dich."

Eine Sekunde lang trafen sich Knox' und Sergeis Blicke. Letzterer stand immer noch am Eingang der Suite, aber es reichte, um ihm Knox' Absicht klarzumachen.

Der Aufzug klingelte und Knox knurrte: „Sie geht nirgendwohin."

Die Türen öffneten sich und der Wagen des Zimmerservice, den sie gestohlen hatten, um einen besseren Blick in die Suite werfen zu können, schoss nach vorn.

Knox fuhr herum, schirmte Darya mit seinem Körper ab und warf sie zu Boden.

Schüsse füllten den Flur, Kugeln flogen in die Wand und ließen Holz und Metall um sie zersplittern. Schmerz explodierte in seiner rechten Schulter, ein scharfer Stich, der seinen Arm hinabschoss und seinen Oberkörper erfasste, aber er blieb an Ort und Stelle, zwang beide Hände nach oben und um Daryas Kopf.

Die Schüsse wurden eingestellt und Schritte dröhnten um sie. Russische Worte von Sergei ertönten voller Ekel von der anderen Seite des Raums.

Darya drückte die Hände gegen seine Brust, um aufzustehen, aber Knox bewegte sich nicht. Er wagte es nicht, bevor er nicht das Okay von einem der Männer erhalten hatte.

„Oh mein Gott!" Darya kämpfte stärker unter ihm. „Gia, hilf mir. Knox blutet."

Rasche Schritte kamen auf dem dicken Teppich heran und Gia hockte sich neben sie. „Halt still. Lass mich schauen."

„Mir geht es gut", brachte er heraus. Was immer ihn auch getroffen hatte, es schmerzte wie die Hölle, aber er konnte seinen Arm bewegen und seine Lungenflügel arbeiteten beide, also konnte es nicht so schlimm sein. Er stemmte sich auf einen Unterarm, als Beckett, Axel und Zeke zu ihm kamen und ihn von Darya und auf die Beine zogen.

In Sekundenschnelle hatte Zeke Knox' T-Shirt am Kragen bis zum blutigen Ärmel eingerissen und schob die ruinierten Hälften auseinander, um besser sehen zu können.

Darya drängte Beckett aus dem Weg, um selbst einen Blick darauf werfen zu können. „Ist er okay?"

„Schulterwunde. Vermutlich ist eine Kugel vom Aufzug abgeprallt, aber darum können wir uns im Sanctuary kümmern."

Sergei hatte gerade seinen Männern einen Befehl erteilt, wandte sich jetzt allerdings ab und erwiderte Knox' Blick über den Servicewagen hinweg, der immer noch zwischen ihnen stand.

„Sagen Sie mir, dass dieser Bastard nicht mehr atmet",

bat Knox.

Mit der Kälte eines seit langer Zeit abgestumpften Mannes schob Sergei den Wagen zur Seite.

Auf dem Boden lag Ruslan. Seine blicklosen Augen waren auf die Decke gerichtet und eine Blutpfütze bildete sich neben einem grauenhaften Loch, dort, wo sich seine Schläfe befunden hatte.

Darya keuchte auf und wandte sich ab, aber Knox zog sie mit seinem guten Arm an seine Brust und legte die Hand an ihren Hinterkopf. Endlich war sie in Sicherheit. Kein Weglaufen mehr, kein Leben, in dem ihr ständig die Angst folgte. Und obwohl es nicht seine Kugel gewesen war, die die Sache beendet hatte, atmete sie. Am Ende war das alles, was zählte. „Er kann dir nicht länger wehtun. Niemand kann das."

Epilog

Sechs Monate hatte Knox auf diesen Tag gewartet. Einundzwanzig lange Wochen, in denen er sich mit den Nachwehen eines toten russischen *pakhan* hatte beschäftigen müssen. Weitere vier, die er in Russland verbracht hatte, um die einstmals verschwundene Darya Volkova wieder auftauchen zu lassen, während sie erneut den Freiwilligendienst im Pflegeheim aufgenommen, ihre neue Karriere begonnen und glücklich Hochzeitspläne geschmiedet hatte. Es erübrigte sich zu sagen, dass Ninette und Sylvie bei Letzteren auf Schritt und Tritt dabei waren und die Rolle der Mutter übernahmen, ohne die sie aufgewachsen war.

Auf der anderen Seite der riesigen Empfangshalle stand seine Frau, strahlend in einem zarten weißen Kleid, das sie wie eine Winterprinzessin wirken ließ. Wenn es um Stile und Stoffe ging, war er absolut ahnungslos, aber es gab kein Mitglied des Königshauses, lebendig oder bereits verstorben, das ihre Schönheit in den Schatten stellen konnte. Flankiert von Gia, die nicht nur Daryas engste Freundin geworden, sondern auch als Brautjungfer dabei gewesen war, und Ninette schob Yefim von einem Gast zum nächsten und prahlte mit ihren großartigen Abenteuern in Amerika.

Niemand konnte sie Knox jetzt noch wegnehmen.

Darya Volkova Torren.

Obwohl er, wenn er ehrlich war, nicht sechs Monate gewartet hatte. Er hatte sein ganzes Leben gewartet. Und jede Minute davon war es wert gewesen.

Neben Knox am überaus geschmückten Kopfende des Haupttisches saß Axel, streckte die Beine aus, legte seinen Arm über den oberen Teil des vergoldeten Stuhls neben sich und überblickte die überladene Empfangshalle. Anders als die übrigen Trauzeugen hatte er seinen Anzug mit einem Kilt kombiniert – eine Taktik, die Axel gewählt hatte, um Sergei in Sachen Stil zu übertrumpfen, davon war Knox immer noch überzeugt. Der Look wirkte vollkommen unkonventionell verglichen mit dem Rest der Menge, aber irgendwie gelang Axel das Kunststück, verdammt schick damit auszusehen.

„Eines muss man über russische Hochzeiten sagen“, meinte Axel. „Da wird nichts Halbgares gemacht.“

„Das stimmt“, sagte Beckett neben Knox. „Verflucht, es war nicht mal ich, der angekettet wurde, und *ich* fühle mich schon verheiratet.“

Da hatte er nicht unrecht. Die Planung beiseitegelassen, hatte das Ganze zwei volle Tage gedauert. Tag eins hatte damit begonnen, dass er seine zukünftige Braut aus Yefims Zuhause abgeholt und dafür ein Lösegeld bezahlt hatte, als *vykup nevesty* bezeichnet. Da Knox bereits alles bis auf zehn Millionen von Ruslans Geld an den älteren Mann weitergeleitet hatte, um es an die restlichen Familien weiterzugeben, wie er es für richtig ansah, hatte er sich was anderes überlegt. Er war mit einem handgefertigten ausgestopften Wolf, einem Diamantanhänger, der die Form des Symbols der Bruderschaft hatte, und Schokolade für Darya aufgetaucht statt dem üblichen Bargeld.

Sie hatte trotzdem Geld bekommen. Genau genommen zehn Millionen auf einem Konto, das nur auf ihren Namen lief, von dem sie allerdings noch nichts wusste. Aber er würde es ihr sagen, wenn die Zeit reif war. Auf keinen Fall würde seine Frau je wieder nichts mehr besitzen, auf das sie zurückgreifen konnte.

Seltsamerweise hatten sie nach der Lösegeldübergabe eine Behörde aufsuchen müssen, wo sie offiziell als Mann und Frau registriert wurden. Es ging irgendwie darum, dass Kirchentrauungen eher als symbolisch angesehen wurden und nicht als rechtlich bindend, und er würde den Teufel tun, Russland wieder zu verlassen, bevor er nicht *vollständig* an seine Frau gebunden war.

Tag zwei war der absolute Burner gewesen, denn er begann mit einer traditionellen kirchlichen Zeremonie in einer Kirche, bei der Yefim zweifellos einige Strippen gezogen hatte, damit sie hineindurften. Die Trauung hatte über eine Stunde gedauert, Kronen und eine Menge Prunk beinhaltet. Für ihn ergab das alles keinen Sinn, weil nur Russisch geredet wurde, doch Darya hatte während all dem so breit gelächelt, dass er vier weitere hintereinander ausgesessen hätte, wenn es sie glücklich machte.

Die einzige Zeit, in der sie allein zusammen gewesen waren, war eine stille Tour in der Limousine durch Sankt Petersburg nach der Zeremonie, die aber auch feierlich war, denn sie hielten an einem älteren Friedhof und legten Blumen auf das Grab ihrer Eltern.

Jetzt waren sie hier. Umgeben von einem künstlich erschaffenen Winterwunderland aus weichen blauen und weißen Lichtern und wenige Stunden entfernt davon, eines von Trevors Gulfstream-Flugzeugen zu besteigen.

Allein.

Mit seiner Frau.

Endlich.

Danny wandte sich weit genug auf seinem Platz, um auf die Tanzfläche sehen und die Menge von wunderschönen Frauen betrachten zu können, die die Musik genossen. Zuerst, als Darya es das erste Mal erwähnt hatte, hatte er sich gegen das Tragen eines Anzugs gewehrt, doch sobald ihm klar geworden war, was für eine Aufmerksamkeit er damit bei den Frauen erregte, hatte er sämtliche Streitigkeiten eingestellt. „Mann, ich freue mich nicht drauf, zurück nach Dallas fliegen zu müssen, aber ich muss sagen, dass ich die Erfahrung nicht hätte missen wollen.“

„Fünfzehn Stunden sind nichts.“ Trevor neigte den

Kopf in Knox' Richtung. „Dank des Abstechers, den Knox und Darya nach Maui machen wollen, werden sie fast einen ganzen verdammten Tag im Flugzeug verbringen."

Jace, der einen Arm um Vivienne gelegt hatte und mit einer Hand zärtlich über ihre Schulter strich, lachte leise und beäugte Knox über den Tisch hinweg. „Er hat die G6 mit dem Bett darin. Nach dem ganzen Rummel der letzten Tage glaube ich, dass er ein wenig Zeit allein mit seiner Frau zu schätzen weiß, egal, in welcher Höhe er sie verbringt."

Die Band wechselte von einer langsamen Ballade zu einer weiteren, und die Menge auf der Tanzfläche tauschte ihre Plätze mit einer neuen Gruppe. Zeke und Gabe waren die Ersten, die wieder am Tisch waren, dicht gefolgt von Levi und Sylvie.

Trevor streckte Levi die Hand entgegen und zog ihn eng an seine Seite. Offener Stolz zeigte sich auf dem Gesicht seines Bruders. „Hast du mit Omi Sylvie eine flotte Sohle aufs Parkett gelegt, Kumpel?"

„Habe ich versucht", sagte Levi, „aber es macht keinen Spaß, wenn man nicht über den Kopf hinweggreifen und sie so herumwirbeln lassen kann, wie du es mit Mom machst." Er runzelte die Stirn und sah zur Menge, zweifellos auf der Suche nach der hübschen achtjährigen Blondine, mit der er sich seit gestern herumgetrieben hatte. „Darf ich mal sehen, ob ich Anna wiederfinde?"

Trevor kratzte sich an der Nase und versuchte, sein Grinsen zu verbergen. In den anderthalb Jahren, seit Levi all seinen Brüdern vorgestellt worden war, hatte Levi alles in seiner Macht Stehende getan, um seinen neuen Vater und seine Onkel nachzuahmen, eingeschlossen deren Würdigung schöner Frauen.

Bevor Trevor Levi das Okay geben konnte, kam Sergei mit Natalie an seinem Arm heran. „Suchst du nach

Anna?"

Levi fuhr herum und warf Sergei ein strahlendes Lächeln zu. „Haben Sie sie gesehen?"

Sergei neigte den Kopf in Richtung des überladenen Nachtischbüfetts. „Deine Mutter und ich sind an ihr vorbeigekommen, als wir die Tanzfläche verlassen haben."

„Cool!" Er kippte einen Schluck seiner Cola herunter und stellte sie auf den Tisch, bereit und erpicht darauf, loszukommen. „Ich komme wieder."

„Du bleibst auf dieser Seite der Halle, wo ich und deine Onkel dich sehen können", sagte Trevor. „Und auf keinen Fall gehst du aus dem Gebäude."

Das war klug, wenn man bedachte, dass einige der Männer in diesem Raum unbestreitbar gefährlich waren.

Levi hielt inne und schaute zurück zu Sergei. „Das schließt jetzt auch Sie ein, oder? Tante Darya meinte, Sie wären wie ihr Bruder, also macht Sie das zu meinem Onkel."

Um den Tisch herum wurde es leise und alle sahen zu Sergei.

Falls er von Levis offener Frage kalt erwischt worden war, zeigte er es nicht. Er erwiderte den Blick des Jungen nur mit unglaublichem Ernst. „Du bist Teil meiner Familie. Zweifle nie daran."

Wie der Blitz tauchte Levis Lächeln wieder auf. „Großartig! Noch ein Onkel." Sein Blick glitt zu Natalie, die dicht an Trevors Seite getreten war und die Hand auf seine Schulter gelegt hatte. „Das nächste Weihnachten ist so was von geritzt!" Damit war er weg und seine raschen Schritte ließen ihn zwischen den schick angezogenen Pärchen auf der Tanzfläche verschwinden.

Zeke stieß ein scharfes Lachen aus und legte die Hände auf Gabes Hüften. „Da hat er recht. Wenn wir so weitermachen, müssen wir Haven erweitern.“

Natalie folgte mit den Augen dem Weg ihres Sohns und drückte Trevors Schulter. „Ich glaube, ich gehe mit, um sicherzustellen, dass er sich keinen Ärger einhandelt.“

„Ich komme mit“, sagte Sylvie und ging um den Tisch herum. Sie bedeutete Gabe und Vivienne, sie sollten sich ihr anschließen. „Kommt schon, ihr zwei. Sie haben eine neue Reihe von *pastilas* gebracht, während wir getanzt haben, und ich habe einen neuen Kuchen gesehen, den ich probieren muss.“

Vivienne und Gabe sahen sich mit gutmütigem Augenrollen an, schoben ihre Stühle zurück und erhoben sich, aber es war Vivienne, die das Wort ergriff und ihren Kommentar in Axels Richtung abgab. „Deine Mutter ist eine Gefahr für meine Figur.“

Jace packte ihr Handgelenk, bevor sie gehen konnte, legte eine Hand tief auf ihren Rücken und zog sie an sich. Selbst mit der Band hinter ihnen war das Knurren in seiner Stimme nicht zu überhören. „Wenn du auch nur eine Chance bei dieser Diskussion haben willst, solltest du aufhören, diese engen roten Kleider zu tragen, die das Gegenteil beweisen.“ Nicht im Mindesten von den Männern um den Tisch abgeschreckt, küsste er ihren Bauch über dem schimmernden Stoff und ließ sie los, aber nicht, ohne ihr kurz an den Hintern zu grapschen.

„Ihr seid sehr gesegnete Männer“, sagte Sergei und sah den Frauen hinterher.

Zeke, der keine Gelegenheit verstreichen ließ, nutzte den Moment allein mit den Männern, um das Thema anzuschneiden, das allen Brüdern durch den Kopf ging. „Das stimmt, und ich würde auf jeden Fall besser schlafen, wenn ich wüsste, dass das, was in den letzten sechs Monaten vorgefallen ist, keine Auswirkungen auf unsere Familien hätte.“

Sergeis Blick glitt zu Zeke, dann sah er die restlichen Männer am Tisch an. Er schaute auf den leeren Stuhl neben Knox und hob eine Augenbraue.

Er war nicht Teil des Haven, nicht im Geringsten. Aber er war Darya wichtig und er hatte Ruslan ein grauenhaft zufriedenstellendes Ende bereitet. Allein dafür verdiente er Knox' unendliche Dankbarkeit. „Sie haben es selbst gesagt. Sie sind Teil der Familie. Setzen Sie sich."

In all der Zeit, die Knox Sergei kannte, hatte er noch nie ein komplettes Lächeln auf seinem Gesicht gesehen, sondern immer bloß das halbe Grinsen, das einen Mundwinkel hob und das er in den seltenen Augenblicken gezeigt hatte, wenn Darya ihn dazu gebracht hatte, etwas locker zu lassen. Er setzte sich, legte ein Bein über das andere und besah sich die Menge. „Ihre Familie wird nicht angetastet werden. Nur wenige wissen, dass Sie mitgeholfen haben. Yefim. Meine Männer. Anton und ich."

„In Ihrer Gruppe gab es fünf Männer, über die wir keine genauen Informationen haben", sagte Beckett. „Sie können sich in einer Notlage zusammenreißen und beherrschen die Kunst, wie man unbemerkt bleibt, doch wie soll sie das davon abhalten, ihr Wissen mit anderen Interessierten zu teilen?"

„Weil sie mir gegenüber loyal sind. Weil sie mit mir nach Amerika reisen werden." Er erwiderte Becketts Blick direkt. „Aber vor allem, weil sie respektieren, wie Sie sich um die kümmern, die zu Ihnen gehören."

Jace nippte an seinem Scotch und beäugte Sergei über den Rand hinweg. „Klingt, als ob Ihre Umsiedlungspläne neuerdings etwas weniger schwammig wären. Haben Sie schon einen bestimmten Ort im Sinn?"

Eine Genugtuung, die Knox überraschte, huschte über Sergeis Gesicht. „New Orleans."

Bei mehr als einem Mann hoben sich die Augenbrauen, und Danny pfiff. „Mann, das ist eine heiße Stadt."

Sergei zuckte mit den Achseln. „Sie hat Charakter. Gutes Essen. Gute Musik. Es ist warm." Er sah zu Knox. „Und es ist nah genug, damit ich meiner Familie helfen kann, wenn sie mich braucht."

„Ich glaube, wir haben bewiesen, dass wir uns um unsere Familie kümmern können", sagte Axel mit einem leisen Lachen. „Obwohl Sie richtig am Arsch sein werden, wenn Sie nicht an Weihnachten kommen, jetzt, wo Levi Anspruch auf Sie erhoben hat."

Sergei entdeckte Levi mit Anna auf der Tanzfläche und sein halbes Grinsen tauchte wieder auf. „Wenn er mich dabeihaben will, werde ich ihn nicht enttäuschen." Er erwiderte nacheinander die Blicke der Männer. „Aber meine Schuld bleibt bestehen. Wenn Sie mich brauchen, rufen Sie mich einfach an."

Das aktuelle Lied endete, und eine Runde Applaus ertönte und füllte die Stille.

Bevor er erstarb, sagte die sinnliche Sängerin der Band etwas auf Russisch, und die Menge teilte sich.

Darya stand in der Mitte der Tanzfläche, Yefim neben ihr, ihre Hand in seiner, und er wartete darauf, sie an ihren Ehemann weiterreichen zu können.

Sergei neigte den Kopf, die Aufmerksamkeit auf Darya gerichtet. „Ich glaube, die Zeit für Formalitäten und Geschäfte ist vorüber."

Verdammt ja. Kein Pomp und keine Umstände mehr. Keine weiteren Unterbrechungen. Nur er, die Musik und seine Frau. Er erhob sich, knöpfte seinen Anzug zu und stolz drückte er die Schultern zurück, sodass er sich drei Meter groß fühlte. „Bruder, ich glaube, Sie haben recht."

Darya hatte geglaubt, San Diego wäre der Himmel auf Erden. Sie hatte falsch gelegen. Maui war das wahre Paradies.

Besonders mit Knox.

Am Horizont schimmerte die Sonne in einem wunderschönen Gold und war kaum mehr eine halbe Stunde davon entfernt, das türkisfarbene Wasser zu berühren. Die Wolken des späten Nachmittags hatten sich darüber gebildet und vermischten sich mit den warmen Strahlen, um den Himmel in Mango, Violett und ein weiches Blau zu tauchen.

Zufriedener als sie es jemals gewesen war, beobachtete sie, wie sich ein weiterer Tag in die Nacht verwandelte, und kuschelte sich dichter an ihren dösenden Ehemann in ihrer Hütte auf einem Privatstrand. Für einen Mann, der früher darum hatte kämpfen müssen, zu schlafen, gelang es ihm nun wirklich problemlos. Er wachte nur manchmal mitten in der Nacht auf, was dann dazu führte, dass sie liebevoll miteinander intim wurden. Als ob er wüsste, dass sie beide die Erinnerung daran brauchten, dass sie lebendig und zusammen waren. Sicher und auf dem Weg in eine gemeinsame Zukunft.

Der Wind strich über ihre Haut und ließ ihr offenes Haar über ihre Schultern tanzen. Über ihnen flatterte das weiße Baumwolllaken, das ihre helle Haut vor den kräftigen Strahlen der Nachmittagssonne schützte, und der Ozean schwappte leicht gegen den pudrig weißen Sand.

Ja, das hier war der Himmel.

Doch mit Knox zusammen wäre jeder Ort gleich.

Sie hob den Kopf von seiner Brust und strich über sein nacktes Brustbein. Unter ihrer Handfläche und den Haven-Hundemarken starrte der Wolf sie an, den er sich über sein Herz hatte tätowieren lassen. Ernst, aber wunderschön. Es hatte Stunden gedauert, bis der Künstler fertig gewesen war, doch sie hatte während der ganzen Zeit bei ihm gesessen, nicht nur geehrt von der Dauerhaftigkeit der Markierung, sondern auch von der Tatsache, dass er sie so stolz trug. Ihr Zeichen. Ihr

Erbe, das sich nun mit seinem verband.

Niemals in ihrem Leben hatte sie überlegt, selbst einen solchen Schritt zu machen, aber ihn zu beobachten hatte ihre Sichtweise geändert. Jetzt wand sich das einfache Zitat, das früher bei ihr über der Küchenspüle gehangen hatte, in graziler Schrift um eines ihrer Handgelenke.

Träume, als lebtest du für immer. Lebe, als ob du morgen sterben würdest.

Von dem Tag an, an dem sie Knox' Namen gehört hatte, hatte sie gewusst, dass er Teil ihrer Träume sein würde. Die Grundlage für ihre Zukunft. Sie hatte nur nicht geahnt, wie sehr.

„Du beobachtest mich schon wieder", murmelte Knox, ohne die Augen zu öffnen.

Sie liebte seine schläfrige, brummende Stimme. Tief, intensiv und voller Verruchtheit. „Wenn deine Brüder sehen würden, dass du so ruhig und so lang von deiner Tastatur getrennt bist, würden sie mich beschuldigen, dass ich dir eine Gehirnwäsche verpasst habe."

Seine Lippen verzogen sich zu einem gelassenen Lächeln und er hob die Lider. In der sinkenden Sonne passten seine Augen zu den Grautönen der helleren Wolken über ihnen. „Sie wüssten es besser."

Sie neigte den Kopf. „Was wüssten sie?"

Er legte die Hand an ihre Wange, sein Daumen strich zärtlich über ihren Kiefer und sein Blick wurde sanft. „Dass ich das nicht länger brauche. Das Codieren hat mich beschäftigt gehalten. Das Hacken hat mir eine Herausforderung gegeben. Aber am Ende wollte ich nur etwas, das zu mir gehört. *Jemanden*, der zu mir gehört. Es gibt keinen Grund, etwas Neues aufzubauen oder eine Firewall zu durchbrechen, wenn man bereits Perfektion besitzt."

Ihr Magen machte einen Purzelbaum, und ihr Herz wurde so leicht, dass es ein Wunder war, dass es in ihrer

Brust blieb. „Du willst nichts Neues erschaffen?"

Er grinste und seine Augen funkelten. „Zählen auch Orgasmen? Weil ich mich ziemlich inspiriert fühle, eine Menge davon zu erschaffen."

Junge, das war er. Von dem Augenblick an, in dem sie das Flugzeug in Sankt Petersburg bestiegen hatten, hatte er ihr Vergnügen und ihren Komfort zu seinem höchsten Ziel erklärt. Er war vollkommen nachgiebig in seinem manchmal anmaßenden Alpha-Verhalten.

Aber sie liebte es.

Träume, als lebtest du für immer. Lebe, als ob du morgen sterben würdest.

Da war es. Es blickte sie von ihrer Haut an und machte ihr Mut. Es forderte sie dazu auf, das eine Thema anzuschneiden, das sie bisher nicht beredet hatte, weil sie zu nervös gewesen war. Aber das hier war Knox. Ihr Ehemann. Ihre Basis.

Sie konzentrierte sich auf die wunderschöne Schrift und holte langsam Luft. „Du weißt, dass es Dinge gibt, die wir gemeinsam aufbauen könnten."

Zuerst hallte ihr Schweigen entgegen. Der sanfte Wind und die Wellen füllten den Raum zwischen ihnen. Sie fuhr das eine Ohr des Tattoos ihres Wolfes nach und ihr Finger zitterte, während sie wartete.

Er führte ihr Gesicht an seines heran. „Mit dir würde ich alles aufbauen."

Sie schluckte schwer und drückte die Handfläche auf seine Brust. „Selbst eine Familie?"

Eine Wachsamkeit, die sie seit Tagen nicht mehr in seinen Augen gesehen hatte, flammte hell in seinem Blick auf. Bevor sie seine Absicht entziffern konnte, stemmte er sich auf einen Ellbogen hoch und rollte sie auf den Rücken, damit er über ihr aufragen konnte. „Versuchst du, mir etwas mitzuteilen?"

Oh du meine Güte. Sie hatte das vollkommen falsch angefangen. Obwohl er auf den ersten Blick nicht besonders besorgt über die Richtung wirkte, in die sich alles entwickelt hatte, also vielleicht war ihre Vorgehensweise doch nicht so vollkommen falsch gewesen. „Ich bin nicht schwanger, falls es das ist, was du glaubst."

Er besah sich ihr Gesicht, und reines Staunen machte sich auf seiner Miene breit.

Das war auf keinen Fall eine schlechte Reaktion. Damit könnte sie arbeiten, wenn sie es wagte.

Sie legte ihre Finger an seine Lippen und flüsterte: „Aber ich wäre es gerne."

In einem Augenblick wechselte die Luft um sie herum von kühl und angenehm zu aufgeladen und heiß, und der Wind leckte mit der gleichen Intensität über ihre Haut wie sein Blick. „Wie lange dauert es, bis diese Pillen nicht mehr wirken?"

Er verlor keine Zeit. Ihr bestimmender, selbstbewusster Mann hatte eine neue Herausforderung identifiziert und war bereit, alles in Gang zu bringen. Sie kicherte trotz des ernsten Themas. „Ich habe keine Ahnung."

„Wir rufen Zeke an", sagte er und machte es sich zwischen ihren Schenkeln bequem. Da nur seine Boardshorts und ihr Bikini sich zwischen ihnen befanden, konnte sie weder seinen Enthusiasmus noch seine Bereitschaft anzufangen übersehen.

Sie spreizte die Beine weiter und winkelte die Knie an, damit er ihr näher kommen konnte. „Wir müssen jetzt gar nichts tun. Ich will bloß wissen, wie du darüber denkst."

„Träumst du davon, Babys zu bekommen?"

Gott, ja. Ihrer Vorstellung nach gab es kein besseres Geschenk, keinen besseren Ausdruck der Liebe zwischen zwei Menschen als ein Kind. „Eines Tages, ja."

Er ließ die Hüften an ihren kreisen und das freche Funkeln in seinen Augen gewann an Tiefe. „Wie viele?"

Ihr Atem stockte, denn der perfekte Druck seines

Glieds an ihr schickte ihre Gedanken sehr effektiv in andere Richtungen. „Ich weiß nicht. Ich würde mich über eines freuen, hätte aber gerne zwei."

Die Berührung seiner warmen Hand an ihrem Nacken und dass ihr Bikinioberteil gelöst wurde, riss sie zurück in die Gegenwart. „Was tust du?"

Er zog den Stoff weg, ließ die angenehme Kühle der Luft über ihre Brüste streichen und umfasste eine. „Das Leben ist kurz. Habe große Träume, korrekt?"

Das Leben *war* kurz. Gefährlich kurz. Und mit Knox wirkte jeder Traum größer. Strahlender. „Wir sind draußen", flüsterte sie und bog sich in seine Berührung.

„Mir egal." Er fuhr mit den Lippen über ihre. „Was ist außerdem der Vorteil eines Privatstrands, wenn man nicht ein wenig Dekadenz genießen kann, während er einem gehört?"

Sie wob die Finger in sein Haar und legte die Beine um seine Hüften. Er hatte recht. Wenn es jemals eine Zeit gegeben hatte, ihren Träumen mit dem Mann, den sie liebte, nachzujagen, war es jetzt. Beschützt in seinen Armen, während das Paradies um sie herum summte. „Du weißt, dass ich heute Morgen meine Pille genommen habe."

Er lächelte an ihren Lippen und murmelte: „Du kennst doch meine Einstellung gegenüber Firewalls."

Lachend biss sie in seine Unterlippe. „Du glaubst wohl, du bekommst einen an meinem Torwart vorbei?"

„Vielleicht. Vielleicht auch nicht. Aber du kannst deinen süßen Hintern darauf verwetten, dass ich es versuchen werde."

Ende

Danksagung

In Knox’ Geschichte einzutauchen, war eine Herausforderung, weil ich allein schon beim Gedanken an Netzwerke, Firewalls und IP-Adressen anfange zu winseln. Glücklicherweise kenne ich diesen Typ namens Jay Donovan, der ein wahres Tech-Genie ist. Er hält nicht nur meine Webseite am Laufen und macht sie sicher, sondern spricht auch gern über heimtückische Anschläge und Cyber-Spielchen – was sehr praktisch für eine Autorin ist, die einen raffinierten Charakter wie Knox erschaffen hat.

Wieder einmal erhält Angela James ein gigantisches High-Five, weil sie mir den Rücken freigehalten und Knox und Daryas Geschichte wirklich zum Rocken gebracht hat. Ich schwöre bei Gott, wenn jemand versucht, sie mir wegzunehmen, schicke ich die Brüder los, damit sie für mich eingreifen.

Und natürlich muss ich meiner genial verlässlichen Meute danken – Cori Deyoe, Juliette Cross, Kyra Jacobs, Audrey Carlan, Dena Garson und besonders meinen *unglaublichen* Töchtern. Ohne euch, die ihr mich erdet und zum Lachen bringt, und ohne eure Liebe und Unterstützung wäre ich vollkommen verloren.

Autorin

Die aus Oklahoma stammende Mutter zweier hübscher Töchter ist attestierte Liebesroman-süchtige. Ihr bisheriger Lebenslauf spiegelt ihre Leidenschaft für alles Neue wider: Rhenna Morgan arbeitete u.a. als Immobilienmaklerin, Projektmanagerin sowie beim Radio.

Wie bei den meisten Frauen ist ihr Alltag von morgens bis abends vollgepackt mit allerlei Verpflichtungen. Um ihrem anstrengenden Alltag zeitweise zu entkommen, widmet sie sich in ihrer Freizeit dem Liebesromangenre. Egal, ob zeitgenössisch oder übersinnlich - in Rhenna Morgans Liebesgeschichten stecken stets neue aufregende Welten und starke Helden, die um die Frauen ihres Herzens kämpfen.

www.rhennamorgan.com

j'ai vu naître le monstre twitter va-t-il tuer la #démocratie ?

Les Arènes
17-19 rue Visconti, 75006 Paris
Tél.: 01 42 17 47 80
arenes@arenes.fr
www.arenes.fr

samuel laurent

j'ai vu naître le monstre

twitter va-t-il tuer la #démocratie ?

les arènes

SOMMAIRE

9 Avant-propos
15 Il faut pendre Samuel Laurent
29 De sales petits cons
41 La guerre des boutons
53 La Manif pour Trolls
69 Dans les faits
81 Quand les politiques tweetent
95 La tyrannie du jugement moral
109 Fini de rire
123 Le clash des générations
133 La guerre du faux
147 Passeurs d'intox
163 Le président était un troll
177 Le Décodex, ou l'histoire d'une tentative ratée
193 Gilets jaunes : les nouvelles guerres d'opinion
205 La meute en marche
219 Épilogue – En défense des légions d'imbéciles
227 Remerciements
229 Notes

AVANT-PROPOS

J'ai 5 ans. Dans le salon, mon père et un ami s'activent autour d'une étrange machine blanche, composée d'un écran vert et noir et d'un clavier. Nous sommes en 1985, et cet Apple IIc est le premier ordinateur que je vois.

J'ai 12 ans, et j'aide mon père à installer son premier modem sur son PC. La configuration est complexe, mais on finit par y parvenir. La machine fait ce grésillement particulier que tous ceux de ma génération connaissent. Nous sommes en 1992, et je découvre Internet.

J'ai 24 ans, je suis en emploi jeune, et je viens de monter avec fierté mon premier blog personnel. J'ai acheté un nom de domaine, installé Wordpress, un *content management system*. J'y commets de pathétiques mais sincères tentatives d'écriture, essentiellement personnelles, parfois politiques. Je laisse aussi quelques commentaires chez d'autres blogueurs. Alors que nous inventons de nouvelles sociabilités entre inconnus, la presse commence à évoquer l'influence des blogs dans le cadre de la campagne du référendum sur le traité européen de Lisbonne. Nous sommes en 2004, je suis un blogueur anonyme.

J'ai 26 ans, je suis le seul de ma promotion à l'école de journalisme de Grenoble à viser le journalisme Web. J'ai utilisé mes compétences de bidouilleur pour monter avec quelques potes de promo un éphémère site d'«info alternative», Grelibre. Je suis toujours blogueur, j'écris notamment sur la loi de confiance en l'économie numérique, la LCEN. La responsabilité des plateformes de publication est au cœur des débats: un prestataire d'outils de blogs doit-il être tenu responsable de ce qui est écrit sur les carnets qu'il héberge, au même titre qu'un directeur de publication l'est des articles de ses journalistes? Je suis persuadé que non, et n'y vois, comme l'immense majorité des blogueurs, qu'un risque de censure et de modération exacerbée des contenus. Nous sommes en 2006. Je deviens journaliste.

J'ai 27 ans, je suis pigiste permanent sur le site Web du *Figaro*. C'est un site d'information gratuit, avec peu de moyens et peu de temps pour creuser, pour faire de la plus-value. Nous sommes le fast-food de l'info, le McDo de la *breaking news*, qui produit du contenu en continu. Je me crée un petit espace de liberté avec un blog dédié à la culture «geek» et me spécialise autant que possible en politique et en nouvelles technologies. J'ouvre un profil Facebook dès l'arrivée de la plateforme en France, j'y poste sans complexe des choses personnelles. Nous sommes en 2007, je suis journaliste Web.

J'ai 28 ans, je suis journaliste titulaire au Figaro.fr, et je cherche à en partir. Je m'occupe toujours de la technologie et de la politique entre deux réécritures de dépêches, et le phénomène du moment est Twitter. J'y vais par curiosité, puis j'y reste, de plus en plus fasciné. Nous sommes peut-être une cinquantaine, une centaine de journalistes à y tenir un compte, à y partager des liens, à y faire des blagues. J'y prends goût. J'y suis toute la journée. Nous sommes en 2008, et je viens de m'inscrire sur l'oiseau bleu.

J'ai 39 ans. Après presque une décennie comme fact-checkeur, durant laquelle j'ai lancé la rubrique Les Décodeurs du journal *Le Monde*, je jette l'éponge. Je sors de deux années marquées par des vagues de harcèlement en ligne de plus en plus fortes, de plus en plus violentes. Je viens de décider de tout arrêter, ou presque, à commencer par Twitter. Désormais je me contente d'y trouver de l'information et d'y faire la promotion de mes articles ou de ceux de mes confrères. Nous sommes en 2019, et je viens de frôler le burn-out.

2008-2019. Entre les deux, une décennie, le temps pour Twitter de prendre une place de plus en plus centrale, tant dans ma vie professionnelle et personnelle que dans la vie publique. Une décennie pour rendre accros les politiques, journalistes, influents de tous bords, prenant chaque jour, chaque heure, leur dose de nouvelles polémiques, de nouvelles intox*, de nouveaux emballements. *Ad nauseam.*

> Des milliers de voix, jour et nuit, poursuivant chacune de son côté un tumultueux monologue, déversent sur les peuples un torrent de paroles mystificatrices, attaques, défenses, exaltations. Mais quel est le mécanisme de la polémique? Elle consiste à considérer l'adversaire en ennemi, à le simplifier par conséquent et à refuser de le voir. Celui que j'insulte, je ne connais plus la couleur de son regard, ni s'il lui arrive de sourire et de quelle manière. Devenus aux trois quarts aveugles par la grâce de la polémique, nous ne vivons plus parmi des hommes, mais dans un monde de silhouettes[1]**.

Ces mots d'Albert Camus ont 72 ans, et ils décrivent parfaitement ce qu'est devenu le service d'échange de messages lancé en 2006 par Biz Stone et Jack Dorsey.

L'outil dont on imaginait qu'il allait permettre la fin des dictatures s'est transformé en une machine à diviser, à créer des camps et des oppositions, souvent plus virtuelles que réelles. Twitter est devenu le lieu où

* Une intox est une fausse information diffusée délibérément et qui peut prendre de nombreuses formes: fausse image, information datée ou sortie de son contexte, rumeur, théorie conspirationniste, etc.
** Toutes les notes chiffrées renvoient aux sources bibliographiques, indiquées en fin d'ouvrage.

l'information se fabrique, mais aussi une plateforme qui permet de manipuler des opinions, de diffuser des intox, de faire connaître voire d'élire des démagogues vociférants. Un réseau prompt à écarter les nuances, les faits et le contexte, au profit de la condamnation morale, de l'indignation permanente, du harcèlement en bande organisée. J'en ai été un utilisateur enthousiaste, jusqu'à l'addiction ; j'ai promu son usage dans les rédactions, je l'ai enseigné à des étudiants en journalisme. J'ai été un petit justicier du réseau, dispensant mes foudres contre les diffuseurs d'intox, souvent en pure perte. Puis j'en ai été la victime, harcèlement après harcèlement, jusqu'au point de non-retour. C'est ce parcours que j'ai voulu raconter ici : le mien, et celui, indissociable, du réseau à l'oiseau bleu. De la rencontre à la rupture.

IL FAUT PENDRE SAMUEL LAURENT

Elle s'appelait Nicole, je ne la connaissais pas. Sa photo de profil montrait une retraitée dynamique, la soixantaine, sourire, lunettes et brushing, on l'imaginait volontiers préparant de bons desserts pour ses petits-enfants chéris. Ce dimanche matin d'octobre, Nicole avait délaissé la pâtisserie le temps d'allumer son ordinateur et de m'envoyer un message sur Facebook. Je l'ai toujours. Il dit notamment: «J'aimerais voir qu'un décervelé [...] vienne chez vous et s'attaque à vos enfants, si vous en avez. J'aimerais voir votre visage à ce moment-là... vous êtes devenu des raclures de la société*.» Je me suis longtemps demandé ce qu'avait fait Nicole après avoir écrit qu'elle souhaitait qu'on s'en prenne à ma fille, qu'elle aurait aimé voir mon visage pendant qu'on s'attaquait à elle. Est-elle retournée à la préparation de son repas dominical? A-t-elle regardé ses petits-enfants jouer dans le jardin? S'est-elle sentie soulagée?

C'était la rentrée 2018, et Nicole faisait partie de la centaine d'internautes qui m'ont envoyé injures, menaces de mort et autres témoignages de sympathie. Mon erreur?

* *Sic*. Les extraits de tweets ainsi que les citations de sites Internet ou de blogs figurant dans l'ouvrage sont reproduits tels quels.

Avoir écrit un article sur l'une de ces polémiques quotidiennes qui font le sel des réseaux sociaux et de la vie numérique moderne, un épisode aussi brutal qu'éphémère, et que tout le monde a sans doute oublié depuis. Appelons-la «l'affaire Nick Conrad». Nick Conrad est un rappeur. Pas un rappeur à succès, plutôt un petit rappeur, comme des dizaines d'autres. Et comme tout le monde, il tente de percer, de faire le buzz* pour connaître enfin la gloire. Alors, en mars 2018, Nick écrit une chanson médiocre, violente, provocatrice, intitulée *Pendez les blancs*. Et il tourne un clip, lui aussi ultra-violent, où il se met en scène torturant, violentant puis exécutant sommairement un «Blanc» dans une mauvaise parodie du film *American History X*, où ce sont des Blancs, américains, qui torturent et violentent un Noir.

Mais Nick a beau se donner du mal, le succès ne vient pas. Il n'affiche que quelques dizaines d'abonnés à sa chaîne YouTube, moins de cinq cents *followers* (abonnés) sur Twitter, et malgré certains relais comme celui de Dieudonné, l'ex-humoriste devenu entrepreneur en antisémitisme, sa vidéo comptabilise à peine mille cinq cents vues. Bref, Nick n'est personne. Jusqu'à un beau matin

* De l'anglais «bourdonner», «vrombir». Faire le buzz, c'est connaître une notoriété sur les espaces sociaux du Web en obtenant beaucoup de partages ou de mentions sur les réseaux sociaux, des vues sur YouTube, etc.

de la fin septembre, six mois plus tard, quand le clip est soudain repéré par quelques activistes d'extrême droite identitaire, puis par l'avocat, chroniqueur et militant de droite très dure Gilles-William Goldnadel, et enfin par un ex-responsable du Front national (FN) et activiste virtuel, Grégory Roose. En l'espace d'une matinée, cet aréopage d'influenceurs* politiques offre à Nick le buzz après lequel il courait : par la magie des réseaux sociaux, notre rappeur inconnu va devenir une célébrité nationale, conspuée par toute la classe politique, droite en tête. Éric Ciotti, Christian Estrosi, Bruno Retailleau** vont donner le ton ce matin-là, réclamant sur Twitter condamnations et interdictions. Puis c'est au tour du Rassemblement national (RN) avec Marine Le Pen, suivie de la députée des Bouches-du-Rhône Valérie Boyer (LR). Il faudra moins d'une demi-journée à l'autorité publique, le ministre de l'Intérieur, Gérard Collomb, pour se fendre – toujours sur Twitter – d'une condamnation « sans réserve ». Quelques heures plus tard, ce sera au tour du leader de l'opposition de gauche, Jean-Luc Mélenchon, de condamner lui aussi via un tweet cet « appel au meurtre » qui ne doit « pas rester impuni ». Entre-temps, des milliers d'internautes se

* Personne bénéficiant d'une notoriété sur un réseau social, en général mesurée par son nombre d'abonnés. Si le fonds de commerce des influenceurs politiques repose sur leurs idées, d'autres influenceurs (beauté, mode) sont souvent rémunérés par des marques qui les utilisent pour faire du placement de produits.
** Respectivement député des Alpes-Maritimes, maire de Nice et sénateur de Vendée Les Républicains (LR).

sont lancés dans une investigation poussée sur le parcours et le passé de Nick-pendez-les-Blancs-Conrad.

En fin de journée, lorsque YouTube le supprime, son clip jusqu'ici ignoré affiche plusieurs dizaines de milliers de visionnages. Une suppression inutile, puisque de nombreuses autres versions ont été mises en ligne par des justiciers du Web, des internautes lambda, parfois assortis d'une justification: «Ne signalez pas cette vidéo, il est important que tout le monde puisse se rendre compte du discours et des intentions tenus par certains.» La logique est subtile: ne supprimons pas cette vidéo dont nous demandons la suppression, car elle doit servir à l'édification des masses. Et les masses en seront pour leurs frais, puisque l'intégralité des médias français va traiter de l'affaire, en tête des *trending topics**. *Le Monde*, où je travaille comme journaliste, ne fait pas exception et s'interroge sur la manière de traiter ce énième buzz. Comment en parler sans l'alimenter? En conférence de rédaction, je m'agace de ce diptyque indignation/notoriété que l'on connaît par cœur, au point que l'un de mes rédacteurs en chef me demande justement d'écrire un

* Les sujets du moment, c'est-à-dire les termes les plus employés à un moment donné dans une zone géographique donnée. Les *trending topics* sont affichés en une sur l'interface de Twitter, placer son sujet dans cette liste est donc considéré comme un succès.

papier pour raconter ce paradoxe. Je m'exécute, de mauvaise grâce : ce n'est pas mon travail, du moins en principe. Je suis responsable d'un service, Les Décodeurs, que j'ai lancé quatre ans auparavant, et qui est connu pour faire du datajournalisme* et des vérifications factuelles, du fact-checking en anglais dans le texte. Faire du « buzz-checking » n'est en principe pas dans mes attributions. Je me fends néanmoins d'un petit article[2], qui ressemble fort à ce que vous venez de lire ; autopsie d'un buzz et d'une époque où prévaut un credo : que l'on parle de soi en bien ou mal importe peu, pourvu que l'on en parle.

Comme dans un mauvais film, je venais justement de décider quelques jours auparavant de couper un peu les réseaux sociaux, épuisé par des dizaines de polémiquettes du même acabit, par des centaines de commentaires peu amènes à propos de tout et de n'importe quoi, au gré de nos productions, de nos vérifications, et de l'indignation du moment. La dernière salve d'agressivité, qui m'a déjà lessivé, faisait suite à un emballement autour d'une étude belge, très reprise, qui estimait que des *bots*** auraient amplifié artificiellement la polémique et les conversations autour

* Désigne un format journalistique où l'on traite de vastes quantités de données, souvent chiffrées et mises en forme graphiquement, pour expliquer l'information ou mener une enquête.
** Abrégé de l'anglais « *robot* », un *bot* est un programme informatique capable de tweeter seul ou de relayer industriellement des messages pour gonfler artificiellement une tendance.

de l'affaire Benalla, survenue en juillet 2018. Mais l'étude me pose problème : elle est bancale, ses conclusions hâtives. Quand je l'écris dans un article, je suis immédiatement classé dans les rangs de l'opposition factieuse par les partisans du gouvernement. Puis déferle une deuxième vague d'indignation lorsque les twittos* découvrent que, pour faire cette étude, l'institut qui l'a commise a récupéré des milliers de messages à propos de l'affaire et a classé leurs auteurs comme « opposants ». L'organisme en question, critiqué pour la légèreté de son travail, fait l'erreur de publier le fichier intégral sur lequel il s'est basé : un tableur qui contient des milliers de noms de comptes Twitter, les fameux « opposants ». Il n'en faut pas plus pour que quelques militants, de La France insoumise (LFI) à l'Union populaire républicaine (UPR), brandissent un « fichage politique » commis sur ordre de l'Élysée. Les twittos, scandalisés, affichent à côté de leur nom leur « matricule » – le numéro de ligne de tableur dans lequel figure leur nom. Je publie quelques tweets visant à relativiser ce nouvel emballement, expliquant notamment qu'il est fort aisé de faire ce genre d'études et de constituer ce type de corpus, puisque Twitter donne accès aux données sur l'activité publique de ses membres. Ces quelques messages suffisent à me ranger cette fois-ci dans la catégorie du pro-Macron militant, coupable de relativiser un scandale

* Les twittos sont les utilisateurs de Twitter. L'expression était au départ ironique, elle a fini par rentrer dans le vocabulaire commun.

absolu, une affaire de fichage digne des pires dictatures, etc. Après un mois d'août bercé par la douce rengaine «vous êtes un factieux anti-gouvernement», «vous êtes un laquais soumis aux ordres du gouvernement», j'ai tenté de préserver ma santé mentale en prenant mes distances avec ce réseau social devenu infernal.

Quitter Twitter, c'est un peu comme arrêter de fumer, il faut souvent s'y reprendre à plusieurs reprises. Pourtant ce réseau ne m'amuse plus depuis longtemps. Je n'ai plus ni le temps ni l'énergie de tenir le rythme de vingt, cinquante, cent tweets par jour, de répondre aux questions, de faire le ménage dans mes mentions* pour masquer les plus virulentes. Twitter fut un plaisir, une drogue, puis c'est devenu du travail, et c'est désormais une corvée. Malgré moi, je suis témoin de son influence croissante dans la couverture médiatique, dans le choix des invités des émissions de télé. Politiques, journalistes, influents de tous bords, tous ceux qui comptent sont accros à l'oiseau bleu et viennent à chaque instant ingérer leur quota de nouvelles, d'engueulades, de rigolade, ou y faire de la politique, du journalisme, de l'activisme. C'est ici que naissent les polémiques, les rebondissements, les soubresauts de ces sphères essentiellement parisiennes qui chaque jour fabriquent l'actualité.

* Les mentions sont les interpellations faites par un utilisateur à un autre. Elles sont consultables dans un endroit spécifique de l'application Twitter.

Nick Conrad en est un nouvel exemple, et me replonge tête la première dans le marigot des indignités. Mon court papier visant à expliquer l'emballement autour de son clip provoque la colère de ceux-là mêmes qui s'étaient emballés. Ils semblent mal supporter que leur rage serve de carburant à la notoriété du rappeur, qui a composé cette chanson justement à cette fin. Parmi les plus virulents, un petit groupe m'a déjà dans son collimateur depuis quelques années : c'est le Printemps républicain, groupuscule d'ex-socialistes obsédés par la laïcité et les réseaux sociaux, orfèvres en développement de débats sur des riens, experts en déterrages de vieilles archives.

La joyeuse bande des « printaniers », dont le noyau dur se compte en dizaines à peine, ne peut pas rater une si belle occasion de s'en prendre au *Monde* et à son service de vérification. « Pour les @decodeurs du @lemondefr le problème n'est pas l'appel à pendre des blancs mais le fait que cette affaire ait été rendue publique. Le niveau de déni et de refus de voir la réalité de ce qui se passe dans notre pays au sein d'une partie de la presse vire au grotesque ! » fustige ainsi – toujours sur Twitter – Amine El-Khatmi, président du Printemps républicain. Le 27 septembre, le groupuscule se fend même d'une lettre ouverte envoyée au directeur du journal, mon patron, pour m'accuser pêle-mêle de « décoder une évidence », de « donner ma propre opinion », ce qui « contribue au brouillage des registres » :

bref, de mal faire mon métier. Surtout, les activistes printaniers me reprochent de les avoir assimilés à l'extrême droite, les privant ainsi de leur droit légitime à s'indigner: «Est-ce parce que l'extrême droite dénonce cette vidéo [...] qu'elle n'est pas profondément choquante et insupportable?» À l'instar de leur personnalité politique de référence, Manuel Valls, qui avait eu à propos de l'islamisme cette expression: «comprendre, n'est-ce pas un peu excuser[3]?», le Printemps républicain estime qu'ici mon crime est d'avoir, en donnant un contexte et en cherchant à situer cette vidéo et son auteur, offert une forme de relativisation, ce qui revient à entraver leur droit légitime et sacré à s'indigner en rond. À les en croire, il eût été nécessaire que je m'indignasse moi aussi, car sans cette indignation, aucune analyse ne semble recevable.

Cette lettre n'attend évidemment pas de réponse. Sa fonction première est de démontrer à la communauté du Printemps républicain son action, son influence. Sa deuxième utilité est de citer mon nom, afin que ses troupes et ses sympathisants sachent à qui s'en prendre. Et cela fonctionne très bien, puisque, rapidement, grâce à des relais y compris confraternels, mes mentions Twitter se remplissent d'injures et de menaces diverses. «Pendez les journalistes n'est pas un appel à la haine pour Samuel Laurent, juste un bad buzz. Dont acte. Samuel Laurent est bien journaliste? C'est pour un ami pendeur», plaisante ainsi un aimable internaute le 27 septembre. Tel un paratonnerre, j'ai réussi à détourner une partie de l'indignation envers Nick Conrad sur ma petite personne. Et ce n'est que le début. Le lendemain, je suis invité à l'émission *C à vous*, où je tiens par ailleurs une chronique hebdomadaire, pour revenir sur cette « affaire ». J'y répète les mêmes choses : personne n'avait vu ce clip avant qu'il ne soit brandi par quelques indignés professionnels qui l'ont *in fine* popularisé à force de le dénoncer. Fort des premières critiques, je fais très attention à clarifier ma position en répétant que je ne cautionne aucunement les paroles de la chanson ni ce rappeur dont, comme tout le monde, j'ignorais totalement l'existence jusque-là. À la fin de l'émission, on me demande ce que risque Nick Conrad d'un point de vue judiciaire. Je réponds honnêtement qu'il ne risque « pas grand-chose », car en France la parole est libre, et on ne va pas en prison pour une chanson. Spontanément, j'ajoute une phrase de contexte : Brassens en son temps a eu des ennuis judiciaires pour certaines chansons où il n'était pas tendre non plus avec la maréchaussée. Je pensais notamment aux paroles d'*Hécatombe*, sortie en 1972 :

En voyant ces braves pandores
Être à deux doigts de succomber,
Moi, j'bichais, car je les adore
Sous la forme de macchabées.

Mais Brassens, ce n'est pas du rap, c'est du patrimoine. Et en mettant le moustachu de Sète dans la même phrase que Nick Conrad, je viens de commettre une grave erreur, dont je ne me rends pas encore compte. Après cette semaine animée, je pars en week-end avec ma famille dans notre petite maison de l'Orne. Il fait encore beau, et nous profitons du jardin. De manière générale, j'évite de trop partager avec ma femme et ma fille mes mésaventures sur les réseaux, qui prennent déjà bien trop de place dans mon quotidien professionnel. J'essaie aussi, dans la mesure du possible, de couper Twitter, Facebook et tout le reste lorsque je ne travaille pas. Le dimanche matin, en jetant un œil à mes mails, je comprends tout de suite que quelque chose ne va pas : plusieurs messages d'amis m'assurent de leur soutien. Intrigué, un peu inquiet, j'ouvre l'application Twitter sur mon téléphone. C'est une scène de film d'horreur où la porte à peine entrouverte laisse échapper un tas de zombies affamés : *C à vous* a diffusé un extrait de quelques secondes de mon passage, conservant uniquement la référence à Brassens. L'extrait a été repris et conspué par toute la fachosphère, par le Printemps républicain, mais aussi par certains médias du *Figaro* à *Marianne* en passant par *Valeurs actuelles*.

Tout ce petit monde a rameuté sa propre communauté, venue en masse me dire sa façon de penser. Je reçois des centaines de mentions injurieuses, de menaces de mort plus ou moins explicites. « On peut appeler à pendre ce trou du cul et toute sa famille au nom de la liberté de l'art », « il faut pendre Samuel Laurent et écarteler toute sa famille»... Au message sur Facebook de Nicole la retraitée s'en ajoutent d'autres, dont Franck, un quinquagénaire qui m'écrit sous son vrai nom: «J'ai envie de te pendre et de noyer tes gamins.» «Il faut juste que ça arrive à un de ses proches sinon ils continueront à nous faire passer pour d'ignobles racistes», précise un internaute, sous pseudo cette fois. «Balle dans la nuque», propose un autre. Ça s'enchaîne, toute la journée, toute la nuit et le lendemain, à mesure que la séquence se diffuse. Je suis une «grosse merde de gauchiasse», qu'il faut coller «contre un mur les yeux bandés». Un twitto, à l'âme d'artiste, propose de «faire un rap où je vais expliquer que je vais égorger tes gosses». Et d'autres de fantasmer: «Je rêve de le voir se faire abattre par des islamistes», «S'il doit tuer des blancs j'espère que ce seront tes enfants». J'ai beau avoir l'habitude, je reste stupéfait de cette déferlante, de son unanimité, de sa violence. Non content de ne pas m'indigner avec la meute, j'ai osé une analyse et une comparaison, il est donc juste que je sois lynché.

Quand ma compagne remarque mon mutisme, elle me demande ce qu'il se passe. Elle finit par aller voir par elle-même ce qu'on dit de moi sur les réseaux. Elle sera traumatisée durablement, au point d'en perdre la voix plusieurs semaines et de développer une phobie des transports en commun. En voyant sa réaction – ses larmes, sa peur –, je finis par comprendre que c'est la mienne qui n'est pas naturelle. À force de subir cette petite rengaine, certes moins puissante en temps normal, je ne me rends plus compte de sa violence et de sa toxicité. Cette fois, impossible de l'ignorer. Que faire ? Je finis par publier une sorte de communiqué, expliquant que j'envisage de porter plainte. Mon journal dépêche un avocat, qui m'expliquera quelques semaines plus tard que cela ne sert à rien. Ces gens sont anonymes, leurs menaces pas assez explicites, ma plainte ne peut pas aboutir. *C à vous* revient également sur la séquence, me permettant une clarification qui ne convainc que les convaincus, et qui conduit ma fille, alors en CE1, à voir l'affaire évoquée par ses amis à la récréation. Du reste, tout le monde oubliera rapidement cette petite polémique. Tout le monde sauf ma famille. Quant à l'affaire Nick Conrad, comme j'avais eu le malheur de l'annoncer trop tôt, la justice suivra une jurisprudence solidement établie depuis Brassens, et sera clémente envers le rappeur, qui écopera en mars 2019 en première instance d'une amende de 5000 euros avec sursis. Il fera appel.

La twittosphère, elle, est déjà passée à d'autres sujets d'indignation. Une fois la stupeur passée, je me suis remémoré avec nostalgie l'époque lointaine où évoluer sur Twitter et en maîtriser les codes était une source d'amusement, de fierté. Je me suis rappelé cette époque où, débutant dans le journalisme, j'y trouvais sujets, contacts, idées, je m'y construisais une petite gloire d'influenceur, naïvement convaincu que les réseaux sociaux allaient changer le monde pour le mieux.

DE SALES PETITS CONS

J'avais trois raisons de m'inscrire sur Twitter, début 2008: j'étais curieux, je percevais l'intérêt professionnel de ce jeune réseau et j'avais envie de m'amuser. J'avais beaucoup de chance: après seulement quelques mois comme pigiste permanent, j'étais devenu journaliste titulaire au Figaro.fr. En technophile affirmé, je tentais de développer un début de spécialité, entre deux réécritures de dépêches: la politique sur Internet. Je m'y suis donc engagé, bercé par la douce mélopée utopiste qui caractérisait le Web de la fin des années 2000: participation, écoute de l'audience, coproduction de l'information, blogs... Le monde était en train de changer, et l'Internet «2.0» – prononcé deux point zéro – c'était l'avenir, non seulement de la technologie, mais surtout de la démocratie. La popularité croissante des blogs et de Facebook allait changer la donne en matière de représentation et d'échanges d'idées, j'en étais convaincu. Nous ne débattrions plus jamais comme avant. Chaque semaine semblait rythmée par l'arrivée d'une plateforme innovante et de nouvelles manières d'échanger. Parmi ces nouveaux services, l'un rayonne particulièrement: Twitter, un réseau qui permet d'envoyer de courts messages à des abonnés. J'y trouve une forme de récréation, j'y pêche des informations, des contacts. Rapidement, je ne compte plus les heures.

Je suis loin d'être le seul. L'arrivée de Twitter correspond avec les débuts professionnels de toute une génération de journalistes employés sur les sites Web d'information, à qui l'on demandait de produire rapidement du « desk », des articles écrits sans quitter leur ordinateur, en reprenant, en réécrivant, en « bâtonnant » des dépêches d'agence. Ces nouveaux venus de la profession, dont je faisais partie, ont rapidement identifié Twitter comme un moyen de se retrouver et de se reconnaître, mais aussi de se faire voir. Et si on y était assez actif, c'était l'occasion de décrocher de belles opportunités de carrière. Pour les jeunes journalistes que la technologie ne rebute pas, Twitter devient le réseau à la mode, un écosystème qui permet, si on en adopte les codes, de s'amuser et de se faire remarquer, de se construire une réputation à coups de messages courts et bien sentis. Le score Klout va matérialiser ce changement de paradigme. À l'époque, Klout est une application très regardée, qui permet de mesurer l'influence, valeur centrale de l'économie twitterienne et du Web social. Contrairement aux blogs qui l'ont précédé, Twitter permet une métrique instantanée de l'influence : on sait combien de personnes suivent un compte donné, combien de fois chaque tweet est partagé. Klout agrège ces données et d'autres ratios afin de fournir une note, un score global, qui permet ensuite de classer des utilisateurs. Avoir un Klout élevé, c'est donc un certificat de prestige et de pouvoir. J'ai longtemps été dans ce cas : en 2011, jeune rédacteur Web, auteur au mieux de quelques articles un peu remarqués mais bien loin des scoops ou des enquêtes fouillées, je me retrouve ainsi classé parmi les cinq « journalistes les plus influents » du pays. Un classement absurde, mais au double effet dopant : d'une part sur mon ego, d'autre part sur ma carrière. Twitter me permet d'exister, de compter professionnellement. Je tweete, donc je suis, donc j'existe, donc je pèse. Il me pousse à continuer, à tweeter et à retweeter sans trêve, sur tout et n'importe quoi.

Le tweet compulsif est l'un des péchés originels dans lesquels nous, jeunes journalistes accros à Twitter, sommes tous tombés – moi le premier. Twitter offre la possibilité de commenter l'actualité, d'émettre un jugement, une analyse sur la marche du monde. Celle-ci est par essence brève, puisque réduite à 140 caractères. C'est trop peu pour développer une pensée, mais c'est suffisant pour une blague, un peu d'ironie acide. L'ironie acide, c'est ma spécialité. J'en use par exemple pour commenter les tweets de radios ou de télévisions qui résument de façon sommaire l'interview matinale d'un politique, souvent sans prendre la peine d'aller écouter son propos en entier. Qu'importe que l'extrait fasse partie d'un enchaînement d'idées, d'un développement plus long qui le précise, puisqu'il était plus facile de régaler mes abonnés d'un rapide commentaire amusé ou indigné, au choix.

Twitter a transformé cette génération de journalistes tout juste trentenaires en éditorialistes, commentateurs chevronnés de l'actu politique ou internationale à laquelle nous ne connaissions pas grand-chose, mais sur laquelle nous avions forcément des commentaires à faire, avec pour seul horizon le nombre de retweets que nos messages généraient. C'est une forme de course qui ne dit pas son nom, une décharge d'endorphines chaque fois que mon jeu de mots sur l'actu du jour ou mon message révolté connaît son petit succès, et voyage de tweet en tweet. À mesure qu'il est adopté par toute une génération de journalistes, Twitter se transforme après quelques mois en une vaste usine à commentaires, à blagues, à jeux de mots, heureux ou pas.

La promesse de Twitter à nous autres, rédacteurs Web collés à leurs écrans, assignés à résidence dans leurs rédactions pour traiter l'actualité du monde en temps réel, c'est aussi l'illusion facile de l'exhaustivité, comme une fenêtre qui permettrait, sans être sur place, de tout savoir, de tout voir, de ne rien manquer. Tous, nous nous connectons dès le matin sur le réseau, tous, nous y voyons passer les mêmes polémiques, les mêmes sujets. Tous, nous les commentons. Puis, tous, nous les reprenons sur nos sites d'une manière ou d'une autre, sans nous poser la question de cette circulation circulaire de l'information qui fait qu'un sujet qui buzze mérite une reprise, qui va l'autoalimenter.

Dès 2010, je ne conçois pas de commencer ma journée autrement qu'en me connectant à l'oiseau bleu, et je ne travaille pas sans l'ouvrir dans un onglet de mon navigateur. Twitter me donne une force de proposition impressionnante, une capacité à repérer le buzz, ce qui fait parler, et qui, transformé en article, va en général aboutir à un succès d'audience. Je m'y exprime souvent, trop souvent. J'en arrive à tweeter vingt, trente, cinquante fois par jour, sur tout et n'importe quoi*. Je mélange sur le même compte anecdotes et traits d'humour personnels avec les sujets d'actualité des plus sérieux, persuadé que le format et la fréquence l'imposent. Comme d'autres, plus que d'autres, j'y suis sept jours sur sept, du lever au coucher, répondant aux interpellations, interpellant à mon tour, donnant mon avis sur tout ce qui passe.

Être influent sur Twitter, durant cette brève période, c'est bénéficier d'une sorte de superpouvoir. Le monde est à nous, l'influence ouvre des portes, facilite les relations, les embauches. Le journalisme connaît alors sa révolution numérique, et chaque année voit émerger son lot de nouveaux *pure players*, des médias uniquement basés sur le Web. Ainsi le site Rue89, lancé par des anciens de

* Je comptabilise un total d'environ cent vingt mille tweets en douze années d'utilisation. En 2013, mon année la plus prolixe, j'ai publié plus de vingt mille messages ou réponses, soit près de cinquante par jour.

Libération en 2007, a-t-il pour premier slogan « l'info à trois voix » : celle des journalistes, celle des experts et celle des internautes. Son concept de départ est d'être gratuit, financé par la publicité, et d'encourager la participation des lecteurs, invités à débattre dans les commentaires, voire à publier leurs propres articles. Mediapart, qui naît l'année suivante sur un modèle souscriptif, est l'abréviation de « média participatif » et propose dès le départ une plateforme de blogs en parallèle des articles de la rédaction. L'époque est également à la gratuité, encouragée là encore par les réseaux sociaux. Mais pour que le gratuit fonctionne, il faut des visites, donc du contenu. Twitter permet de mesurer instantanément cette demande : on sait en temps réel de quoi parle la communauté. On y trouve chaque jour des sujets « concernants », ces thématiques dont on parle, et qui vont créer des visites et de l'engagement. Autre usage qui se développe à partir des codes des réseaux sociaux, le principe de la « curation » : les médias gratuits en ligne reprennent sans complexe dans leurs pages des contenus issus d'ailleurs, par exemple de la presse payante. En conséquence, il n'est pas rare que la reprise en cinq paragraphes (gratuits) d'une grosse enquête (payante) connaisse plus de succès que l'enquête elle-même. L'Internet des années 1990 et des forums avait une expression qui symbolise cette tendance déjà marquée vers la synthétisation à marche forcée: « tl;dr » pour *too long; didn't read* (trop long, je n'ai pas lu). Twitter tient justement cette promesse-là:

on vous résume l'actualité que vous n'avez pas le temps de lire.

Autre piège dans lequel nous sommes nombreux à tomber, celui de l'hyperpersonnalisation. Début 2010, les réseaux sociaux encouragent chaque journaliste à devenir son propre média, à produire et diffuser son propre contenu. Sur le Twitter de l'époque, on s'abonne non pas à un journal ou une chaîne, mais à une personne, journaliste ou chroniqueur, qu'on connaît et dont on aime le ton et les histoires, y compris personnelles. *Exit* la notion de rédaction, de ligne éditoriale, de construction collective de l'information au sein d'une marque reconnue et identifiée dont on reprend les codes et la charte. Bienvenue dans le média 2.0, où un journal est avant tout une écurie de marques et de personnalités individuelles.

Pour les jeunes journalistes adeptes de Twitter comme moi, cette manière d'*en être* passe aussi bien souvent par la ringardisation de nos aînés qui n'y sont pas, ou y débarquent sans en maîtriser les codes. J'ai souvenir d'une explication, dans un bar, avec une journaliste du *Figaro*, le journal qui m'employait à l'époque : jugé à côté de la plaque, un article qu'elle avait signé était conspué sur les réseaux. Je m'étais joint aux rieurs, sans me douter qu'elle lisait déjà ce qu'on racontait sur Twitter. Gentiment et avec beaucoup d'élégance, elle m'avait rappelé à certaines notions basiques telles que la confraternité.

J'en fus mortifié. Rétrospectivement, elle m'a sans doute évité des erreurs bien pires. Reste que nous nous comportions bien souvent comme les gardiens d'une «révolution numérique» dont nous étions alors convaincus qu'elle ne pouvait être que bénéfique. Pour les hussards noirs que nous étions, elle aboutirait inévitablement à un monde meilleur, plus démocratique, plus uni. Sous la bienveillante houlette des géants de l'Internet, grâce aux merveilleux outils qu'ils avaient développés, l'humanité était enfin unie dans la communication et la transparence. Comme le démontraient les révolutions des Printemps arabes de 2011, assidûment suivies sur Twitter, durant lesquelles la jeunesse d'Égypte, de Tunisie ou de Syrie avait recouru massivement à Facebook et Twitter pour contourner et dépasser les autorités, la censure et la dictature étaient en voie de disparition grâce à la technologie. Rien ne devait entraver cette marche historique vers la démocratie directe des réseaux sociaux, une marche dont nous autres, journalistes Web, étions aussi les hérauts. Peu importaient les travers de ces nouveaux médias, ou que notre façon de traiter l'actualité en soit directement affectée.

La première génération d'adeptes de Twitter n'est pas si différente de ces jeunes espoirs du football qu'on retrouve ivres en excès de vitesse au volant d'une voiture de luxe. Nous sommes vite grisés de nos succès, de notre influence réelle ou supposée, de notre pouvoir prescripteur. Nous recevons pour la plupart des demandes pour aller enseigner dans les écoles de journalisme dont nous venons de sortir ; à l'époque, on nous demande d'apprendre aux étudiants qu'ils *doivent* être sur Twitter et s'y exprimer, que c'est une nécessité professionnelle, ni plus ni moins, et qu'il leur faut apprendre à s'y montrer cool, drôles, incisifs, surtout pas guindés ni compassés, surtout pas *chiants*, en somme. C'est la culture du « LOL* », une certaine continuation de l'esprit Canal. C'est aussi le règne d'une nécessaire désacralisation de la posture journalistique : il ne faut surtout pas donner l'impression d'être au-dessus de la mêlée, mais au milieu, comme les autres, oubliant tous les principes de ce beau métier, notamment celui attribué au fondateur du *Monde*, Hubert Beuve-Méry, pour qui « le journalisme c'est le contact et la distance[4] ». Certes l'usine de l'information en ligne, où l'on produit trois, quatre, cinq articles par jour, ne favorise pas beaucoup le contact ni l'approfondissement des sujets. Quant à la distance et au recul, nous avons tendance à nous en moquer, au sens propre et au figuré. L'heure est au contraire à la proximité, nous sommes prêts à descendre dans l'arène, à faire du journalisme « participatif », heureux de n'être qu'une voix parmi une multitude d'autres. Cela ne nous empêche pas de nous considérer comme des prescripteurs

* LOL est l'acronyme de *laughing out loud*, traduit en français par « mort de rire », abrégé en « MDR ». Au début des années 2010, on déformait parfois LOL en « lulz ».

de la tendance, les arbitres de ces nouveaux codes que nous seuls possédons.

Lorsque les partis politiques se risquent sur le numérique, nous sommes en embuscade. En 2010, la section jeune du parti de Nicolas Sarkozy, l'UMP, sort un *lipdub*, un clip où l'on se met en scène, chantant en play-back sur une chanson connue. Venu du monde de l'entreprise, le format se prête facilement au ridicule. De fait, le clip est caricatural – difficile de ne pas se moquer à la vue des jeunes de l'UMP qui se dandinent au son de *Tous ceux qui veulent changer le monde*, de Luc Plamondon. Quelques ministres esquissent même des pas de danse, dans une ambiance de mauvaise production étudiante. Le déchaînement qui a lieu en premier sur Twitter est rapidement repris sur les sites de presse. Le clip est tellement moqué qu'il en devient iconique. Rebelote quelques mois plus tard lorsque l'ex-candidate de 2007, Ségolène Royal, lance son site Désirs d'avenir, conçu par son compagnon de l'époque… et particulièrement mal fait. Twitter se gausse, parodie, détourne et, une fois de plus, les blagues se transforment en articles, donnant à ces petites plaisanteries des allures de polémique nationale. Le mécanisme est en place et ne s'arrêtera plus : Twitter étant le réseau social le plus fréquenté par les journalistes, il devient forcément celui qui occasionne le plus de reprises dans les médias.

Par la suite, Désirs d'avenir donnera lieu à une parodie de concours, organisé par quelques twittos influents de l'époque et dont le but est de décerner un prix du site le plus moche. Cet humour de collégien fait rire toute une jeune génération de concepteurs Web, de développeurs et de graphistes professionnels et parisiens, qui ne réalisent pas que l'objet de leur ridicule, ce sont des amateurs qui tentent, certes maladroitement, mais le plus souvent bénévolement, de faire vivre en ligne leur passion. Nous nous sommes accoutumés à une cruauté très enfantine, une méchanceté qui ne se vit pas comme telle. En cela Twitter correspond bien à un certain état d'esprit du début du XXIe siècle : cynisme, dépassement du politique, humour à tout prix et à tous crins. Il n'est pas étonnant, rétrospectivement, que ce climat ait donné naissance aux premières campagnes de harcèlement – le terme n'est alors quasiment pas utilisé pour la vie en ligne – contre des cibles promises à une vindicte universelle. *Vae victis*, malheur au ridiculisé du jour. Il faudra des années pour que l'on prenne en compte les objets de nos moqueries, généralement lorsque nous subirons à notre tour des campagnes de harcèlement. Comme le résumera des années plus tard le graphiste Baptiste Fluzin, longtemps acteur de ces campagnes de dénigrement plus ou moins bien intentionnées, « la vérité c'est qu'une nouvelle plateforme s'ouvrait et nous l'investissions comme un free-fight géant, la bave aux lèvres et l'envie d'en découdre sans doute proportionnelle à nos frustrations IRL*. Nous en étions les flics, la milice rigolarde et entre deux ratonnades numériques, on se donnait des notes artistiques[5] ». Bref, de sales petits cons.

* Abréviation tirée de l'anglais *in real life*, « dans la vraie vie ».

LA GUERRE DES BOUTONS

Je ne saurais pas dater précisément le moment où j'ai commencé à prendre mon smartphone avec moi sous la douche le matin, mais ce devait être au début des années 2010. En quelques années d'existence, le réseau social est devenu un pilier central de mon travail et de ma vie. Si Twitter a conquis mon existence, et celle de 330 millions d'utilisateurs mensuels sur la planète*, c'est parce que ses créateurs ont su rapidement adapter sa forme et ses usages, embrassant à plein la révolution majeure que représentent les smartphones et l'Internet mobile.

Le premier Twitter, celui de 2008, est une plateforme de geeks, conçue par et pour des gens à l'aise avec la culture Web. À l'époque il est tout sauf ergonomique, ce qui fait en partie son charme. Les règles sont simples : on peut y publier des messages de 140 caractères** tout compris, et, pour suivre les messages d'un compte, il faut s'y abonner. On peut également interpeller ou citer un autre utilisateur en mentionnant son nom précédé d'un @. Dans

* En France, Twitter compte 4,26 millions d'utilisateurs quotidiens pour l'année 2020 (source : Médiamétrie).

** Twitter doublera ce nombre quelques années plus tard pour le passer à 280 caractères.

ce cas, seuls les deux intéressés ainsi que les personnes abonnées aux deux comptes profiteront du message. Il est également possible d'envoyer des messages privés à une personne si l'on est abonné à son profil. Enfin, ajouter un dièse devant un mot le transforme en hashtag*. Une fonctionnalité émerge rapidement, qui permet de « citer » le message d'un usager auprès de ses propres abonnés. C'est la communauté qui imagine ce principe : il suffit de décaler le @ de la personne et d'ajouter quelque chose avant. Par convention, c'est l'expression « retweet » qui s'impose, abrégée en « RT ». On peut ensuite ajouter quelques mots en commentaire de ce que l'on relaie.

Très vite, les créateurs de Twitter comprennent qu'il faut améliorer l'ergonomie du site pour attirer un public plus large sur la plateforme et surtout l'y garder captif. L'autre enjeu est celui du support des smartphones, qui déferlent sur le marché à la suite de l'iPhone d'Apple, sorti en 2007. Le réseau social n'est plus limité à un ordinateur, il est aussi mobile que ses usagers et peut désormais les informer en temps réel, dans le métro, dans l'ascenseur ou même, pour les plus accros dont je suis, jusque sous la douche. Mais pour les rendre adaptées à

* Sur Twitter, un mot précédé d'un caractère dièse (#) devient cliquable. Son emploi permet donc d'indiquer qu'on parle d'un thème précis et de retrouver d'un clic les autres tweets parlant de ce sujet. Les hashtags les plus fréquents à un moment donné apparaissent dans les *trending topics*, un espace de l'interface qui affiche les tendances du moment.

un usage mobile et donc à de plus petits écrans, il faut simplifier les interfaces. Cette amélioration obéit aussi à un autre objectif, plus intéressé : maximiser le temps que l'utilisateur passe sur le réseau, en rendant la fonction de partage plus facile et ludique ou en mettant en évidence la mesure de l'influence dont il dispose.

Tu partageras tout ce qui passe

Le premier bouleversement se produit dès 2009, lorsque Twitter simplifie la vie de l'usager en ajoutant un bouton « retweet », lequel permet de repartager directement un message à ses propres abonnés, voire d'y ajouter un commentaire. Un changement majeur qui rend anodin le partage, mais qui permet aussi de le pratiquer de façon industrielle. Dix ans plus tard, dans un entretien au site américain BuzzFeed, en juin 2019, le développeur de ce bouton, Chris Wetherell, constatait avec amertume l'effet majeur de son travail : « C'est comme si nous avions donné une arme chargée à un enfant de 4 ans[6]. »

Enfin, le retweet est comptabilisé : le nombre de partages est désormais indiqué sous chaque tweet. Cette métrique rend visible l'influence du message, créant un effet ludique, excitant, validant. En effet, si Twitter a toujours été une course à l'influence, celle-ci se mesurait auparavant au nombre d'abonnés d'un compte. Désormais on peut également mesurer l'influence de chaque message. Les créateurs du retweet automatique et du *quote RT* (retweet avec citation) ne se sont jamais préoccupés du fait que cette influence soit positive ou négative. Or, comme souvent, c'est la seconde option qui est privilégiée par le plus grand nombre. Un tweet scandaleux a toutes les chances d'obtenir un large partage, puisqu'un grand nombre de personnes va le citer pour s'en indigner.

En France, le magazine *Valeurs actuelles*, dont le lectorat était généralement âgé ou limité aux salles d'attente de dentistes, comprend vite l'intérêt de ce phénomène. Jusqu'ici, ses contempteurs se contentaient de ne pas l'acheter en kiosque. Mais sur Twitter, ses unes provocatrices, publiées chaque semaine, connaissent immanquablement un succès dû à l'indignation de tout un public qui n'a probablement jamais lu le magazine, et n'en aurait jamais entendu parler s'il n'apparaissait pas soudain dans son fil d'actu. C'est l'une des magies de Twitter, qu'adoptent rapidement la plupart de ses usagers : s'il est incongru d'aller protester en criant contre ladite couverture affichée chez un marchand de journaux, le faire sur un réseau social peut vous valoir un certain nombre de retweets. L'effet pervers, c'est qu'en vous indignant, vous offrez de la publicité gratuite au magazine en question. Comme d'autres, je me livrerai durant des années à cet exercice absurde consistant à m'emparer d'un tweet particulièrement choquant pour le partager, en l'accompagnant d'une remarque outrée ou d'un commentaire ironique. Sans réfléchir deux secondes au fait que, ce faisant, je propulse l'objet de mon indignation à la vue de tous mes abonnés. Sans réfléchir tout court, d'ailleurs, dans bien des cas. C'est un autre effet de ces merveilleux petits boutons : ils facilitent encore plus le partage d'un contenu que l'on n'a pas vraiment lu.

Tu chercheras à percer

Le nombre de partages détermine une autre métrique, celle des fameuses « tendances du moment », que Twitter affiche sur une partie de son interface. Grâce au bouton de retweet, une poignée de militants rompus à ces codes sont capables de promouvoir une indignation nationale sur, par exemple, le fait qu'une marque de yaourts à la grecque ait retiré la croix chrétienne qu'on apercevait auparavant sur les toits bleus des maisons des Cyclades figurant sur le couvercle de ses pots – la polémique, véridique, date de septembre 2017 et fut relayée notamment par la députée LR des Bouches-du-Rhône Valérie Boyer. La gratification est immédiate et peu risquée : vous récolterez, au pire, de l'indifférence. Au mieux, vous faites le buzz, et votre tweet devient viral. À vous la gloire et une potentielle reprise dans les médias, si vraiment l'engouement est total. Bref, au jeu du commentaire indigné, on a tout à gagner. Le retweet automatique est également un formidable outil de harcèlement. On peut aisément l'utiliser pour désigner une cible à agonir d'injures, ou plus simplement partager une réponse injurieuse faite à quelqu'un, ce qui va lui donner plus de poids en la rendant visible à d'autres, lesquels viendront peut-être eux aussi apporter leur petite pierre au lynchage virtuel en cours.

Tu susciteras de l'engagement

En 2012, Facebook met en place le même mécanisme permettant de copier-coller à l'envi un lien ou une info vers ses abonnés. La plateforme de Mark Zuckerberg craint la concurrence de Twitter, mais elle a des projets quelque peu différents en tête. Depuis 2009, elle crée un autre produit en grande partie responsable du paysage actuel : EdgeRank. Un nom méconnu du public, et pourtant capital pour comprendre la décennie qui vient de s'écouler, de l'élection de Donald Trump aux vagues de désinformation. EdgeRank est le premier nom donné à l'algorithme conçu par Facebook pour proposer les contenus les plus pertinents aux abonnés de son réseau.

La première mission que se sont donnée les réseaux sociaux était simple : Facebook voulait vous connecter à vos proches, Twitter vous informer en temps réel. Au départ, le fil d'actu fonctionne selon un système chronologique, et l'actualité la plus récente s'affiche donc en premier. Mais Facebook, soucieux de gagner de l'argent avec son service, va rapidement réfléchir à un moyen d'afficher également dans votre flux des contenus issus de marques, idéalement des produits que vous seriez susceptible d'acheter, et donc pertinents par rapport à vos préférences – préférences que Facebook connaît, puisque vous lui dites tout, ou presque, à travers vos statuts et vos likes. Le réseau social a trouvé sa martingale ; une connaissance fine de son audience, qui peut être découpée, classée, rangée dans des catégories : les urbains de moins de 30 ans, les mamans de plus de 50 ans, les fans de foot ou de politique… À chacun sa petite case. Cette analyse qualitative de l'audience est un graal pour les agences de marketing, puisqu'elle permet de savoir à qui proposer quelle publicité. Il ne reste plus qu'à l'afficher. Et pour cela, il faut briser la logique initiale, et ne plus afficher un flux ordonné par date, mais en fonction d'autres critères plus flous, comme l'intérêt supposé pour l'utilisateur. Puis une promesse supplémentaire est faite aux utilisateurs : Facebook va effectuer à leur place le tri dans le flux d'informations, et leur proposer une hiérarchie personnalisée, où les nouvelles jugées les plus importantes pour eux apparaîtront en premier, sans oublier quelques publicités glissées au milieu de tout cela. Mais comment déterminer l'intérêt d'un contenu ? Faute de pouvoir en apprécier la pertinence brute, les ingénieurs des GAFAM* vont aller chercher un autre critère, celui de

* Acronyme de « Google, Apple, Facebook, Amazon, Microsoft », les cinq multinationales américaines qui dominent le marché du numérique.

l'engagement. L'engagement, ce sont – pour faire simple – les interactions suscitées par une page. Si celle-ci a été beaucoup vue, qu'elle a fait réagir dans votre zone géographique, c'est qu'elle est intéressante. Voilà comment l'engagement est devenu l'alpha et l'oméga du succès sur les médias sociaux : si votre contenu suscite des réactions, des commentaires, des actions permises par la mise en place de ces nouveaux boutons, alors il est pertinent.

Tu likeras

En parallèle du retweet, une autre fonction, sur un autre réseau, joue un rôle capital. En 2009, Facebook crée le bouton du fameux *like*, et son emblématique pouce levé. Là encore, d'apparence anecdotique, ce changement provoque un séisme. Le like ne veut rien dire en soi, sinon qu'on a remarqué un contenu. Mais il est pris en compte par l'algorithme, qui va le considérer comme une preuve d'engagement, donc du fait que l'élément « liké » mérite d'être mis en avant.

Le 10 septembre 2013, Stéphane Turk, un bijoutier niçois de 67 ans, est victime d'un braquage à main armée dans sa boutique. Menacé à l'aide d'un fusil, frappé, il est contraint d'ouvrir le coffre de son établissement. Les deux agresseurs ramassent des bijoux puis tentent de s'enfuir en scooter. Stéphane Turk se saisit d'un revolver et tire trois fois, tuant l'un des deux hommes. Le bijoutier était-il en position de légitime défense ? Non, estime le procureur de la République : au moment où il fait usage de son arme, il n'est plus menacé. Ce fait divers tristement banal va rester dans la petite histoire des réseaux sociaux pour une autre raison : une page de soutien au bijoutier sur Facebook, propulsée notamment par l'extrême droite, va connaître un record de likes : plus d'un million de personnes cliqueront sur le petit pouce en soutien à « ce bijoutier qui ne faisait que son travail », un chiffre encore inédit en France, qui choque et interroge la petite coterie des spécialistes du buzz.

Au-delà de la polémique, cet épisode montre bien la puissance de l'engagement : le nombre de likes a propulsé la page en termes de visibilité. Il montre surtout la force de l'émotion, ici de l'indignation, pour créer du répondant. L'engagement permet de militer à peu de frais, de s'offrir les délices d'une bonne conscience d'un simple clic, d'un simple commentaire acerbe. Incidemment, Twitter mettra en place lui aussi son bouton like* en 2015, assorti d'une métrique qui s'affiche au bas de chaque Tweet. Et des mêmes effets délétères. En 2019, le patron du réseau social, Jack Dorsey, dira ses regrets d'avoir mis en place cette fonctionnalité : « Si je devais recommencer, je ne mettrais pas autant en avant le nombre d'abonnés. Je ne

* Il s'agit cette fois-ci d'un cœur, qui remplace le bouton précédent « mettre en favori » (une icône en forme d'étoile dont le rôle et la signification étaient jugés trop ambigus par le réseau social).

mettrais pas non plus en avant le nombre de likes[7].» Un peu tard.

Tu cautionneras l'info

Achevons cet intermède technique avec deux autres effets bien connus des réseaux. Tout d'abord, le filtre affinitaire. Il est double. D'une part, l'effet de caution: lorsque je partage une information, je lui confère en quelque sorte ma crédibilité. Je la valide, et je dis à mes abonnés que cette information est pertinente à mes yeux. La source de l'information compte souvent moins que la personne qui la partage. Si je fais confiance à cette personne, je fais confiance aux infos qu'elle décide de partager. Le saut est essentiel, et explique en partie le peu de cas fait des sources. Ma source, ce n'est pas celui qui a enquêté et a rédigé l'article, c'est mon cousin Kevin, ma grand-mère, mon patron, ou cette personne que je ne connais pas mais dont j'apprécie les tweets. En apparence, l'info est validée par ce filtre de qualité, malgré le fait que tous ces gens peuvent eux-mêmes s'être fait avoir par une fausse info. En janvier 2017, l'astronaute français Thomas Pesquet effectue une sortie dans l'espace depuis la Station spatiale internationale. Plusieurs photos et vidéos témoignent de cet instant rare. Parmi elles, une image où l'astronaute semble faire un selfie, un autoportrait, avec la Terre en arrière-plan, va beaucoup circuler sur Twitter. J'ai vu des dizaines de journalistes la relayer et s'extasier sur cette image qui disait tout d'une époque… à un détail près: le cliché ne représente pas Thomas Pesquet. Ce n'est pas non plus une vraie photo, mais un montage réalisé deux ans auparavant par un artiste allemand. Cette intox est bénigne, mais révélatrice: parmi les dizaines de journalistes professionnels qui ont partagé ce cliché, personne n'a eu l'idée d'en questionner la provenance; après tout, ils l'avaient repéré sur les comptes d'autres journalistes qu'ils jugeaient fiables.

Autre mécanisme classique des réseaux sociaux, l'effet de bulle. Son mécanisme est simple: je m'intéresse à un sujet et, grâce à Twitter ou Facebook, je découvre d'autres personnes qui partagent cet intérêt. Donc je m'abonne à leurs profils, et je reçois ainsi le contenu qu'ils partagent. Me voilà abreuvé d'informations supplémentaires sur mon sujet d'intérêt, mis en relation avec davantage de personnes intéressantes et intéressées par la thématique, aux comptes desquelles je peux m'abonner pour creuser encore ce sujet. C'est parfait lorsqu'on est passionné d'astronomie ou de tricot. Mais à choisir ce qu'on voit apparaître dans sa timeline, on finit par se focaliser inconsciemment sur un seul et même sujet. Et lorsque l'on quitte la sphère du tricot pour entrer dans celle de la politique, les choses se corsent. J'ai pu observer de près, à plusieurs reprises, le processus de radicalisation que connaissent les usagers, particulièrement les plus âgés et moins familiers des réseaux. J'ai vu ce mécanisme à l'œuvre des dizaines de fois, souvent chez des militants, venus sur les réseaux sociaux pour faire la campagne d'un candidat et finissant par sombrer dans le conspirationnisme pur et simple. Ce sera le cas, en 2011, de nombreux activistes anti-mariage gay de la Manif pour Tous, que quelques semaines de militantisme actif vont pousser vers des sites et des comptes de plus en plus radicaux, de plus en plus outranciers.

LA MANIF POUR TROLLS

C'est un dimanche du début de l'année 2013. Nous recevons des amis, venus déjeuner à la maison pour voir notre fille qui fait ses premiers pas dans le salon. Pourtant, je suis enfermé dans la chambre depuis plus d'une heure, rivé à mon smartphone, pianotant rageusement sur la dalle de l'écran : il se trouve que ce dimanche est aussi un jour de Manif pour Tous. Les opposants au mariage entre personnes de même sexe défilent dans Paris et, comme toujours, ils ont annoncé des chiffres de mobilisation fantaisistes. J'ai posté une série de tweets pour les relativiser, partant d'un calcul de densité destiné à leur montrer qu'avec ces scores, ils seraient quatre ou cinq manifestants par mètre carré. Inévitablement, ce raisonnement suscite des centaines de contestations, plus ou moins aimables.

Rien ne m'oblige à répondre à ces anonymes virulents. Personne ne m'a demandé de me lancer dans cette arithmétique dominicale. Je l'ai fait de ma propre initiative, aiguillonné comme tant d'autres par ce puissant sentiment d'indignation dont se nourrit Twitter. J'ai dû penser quelque chose comme : « et voilà, ils disent encore n'importe quoi, je ne peux pas laisser passer ça ». J'ai complètement intégré ce rôle de vigie numérique et je suis toujours à l'affût, dans un coin de Twitter, en veille. Il y a quelque chose de donquichottesque dans ma démarche : je lutte contre des moulins, je tente de convaincre des convaincus, par essence indétournables de leur conviction, quoi qu'il en coûte. Et il en coûte – à ma vie de couple, à ma vie familiale. Je n'arrête jamais, puisque l'intox ne s'arrête jamais. À l'époque j'ai encore de grands principes, qui me paraissent stupides aujourd'hui : je pense qu'on peut, par la seule discussion et des arguments rationnels, convaincre une personne qu'elle se trompe. Ou en convaincre cent cinquante. Me voici inlassablement lancé dans des discussions interminables avec des dizaines de contradicteurs, répétant souvent les mêmes choses avec un ton de moins en moins amène, de plus en plus tranchant. Sans m'en rendre compte, j'ai basculé dans des joutes rhétoriques où l'idée n'est plus tant de convaincre l'autre que de lui montrer qu'il a tort. Tout y passe : caricaturer son argumentation, user de cynisme, d'exagération, souligner les faiblesses de son raisonnement… Pour paraphraser une célèbre œuvre cinématographique des années 1980, *Rambo II*, pour survivre au trolling, je suis devenu un troll. Monstre poilu issu du folklore nordique, le troll est belliqueux, peu futé. Le terme est employé depuis les débuts du Web pour désigner un utilisateur de forum ou de réseau social qui prend plaisir à se montrer agressif, cynique, de mauvaise foi, dans le but d'énerver ses interlocuteurs et de parasiter leurs publications. Et un troll n'a pas d'horaires, il ne prend pas de congés. Combien d'heures perdues en joutes rhétoriques avec des comptes anonymes à douze abonnés ? Combien de soirées gâchées, de week-ends sacrifiés à tenter de juguler des hordes de contradicteurs, en tentant à tout prix d'avoir le dernier mot ?

Pourtant, je ne conçois pas de ne pas répondre. En réalité, j'ai le plus grand mal à ne pas le faire. J'ai besoin, viscéralement, d'avoir raison. Y compris, voire *surtout* avec les interlocuteurs les plus pénibles, les plus violents, les plus insultants. Ils ont débarqué nombreux à la faveur de l'élection présidentielle de 2012, où la sociologie restreinte, jeune, parisienne et branchée de Twitter s'est élargie à de nouveaux acteurs : les militants. Si les politiques n'y sont encore pas très nombreux, leurs supporters, eux, se sont inscrits en masse, avec une mission : défendre les idées de leurs champions. Inspirés par le modèle de Barack Obama aux États-Unis, les partis français ont pris en compte l'importance des réseaux en ce début des années 2010. Ils ont commencé à professionnaliser leur pratique, organisant par exemple des soirées riposte, où l'on réunit quelques jeunes militants au QG de campagne afin qu'ils tweetent et retweetent frénétiquement en faveur de leur candidat. Le dispositif reste encore amateur, loin des campagnes d'intox massives qui arriveront quelques années plus tard. Il s'agit simplement de faire masse, de se débrouiller pour placer son hashtag, son mot-clé, dans les tendances du jour. Gadget, ludique, la tactique reste dans un esprit encore relativement sportif.

À ce jeu des réseaux, la gauche encore hégémonique conserve, pour l'instant, son avantage sur la droite. Nicolas Sarkozy est arrivé tard sur Twitter; il lance un compte en février 2012 mais peine à rattraper son retard, comme du reste dans les sondages électoraux. François Hollande finit par être élu. L'un des premiers couacs de son mandat se produit pourtant sur Twitter, lorsque sa compagne, Valérie Trierweiler, publie le 12 juin sur son compte un message de soutien au dissident PS de La Rochelle Olivier Falorni, qui s'est maintenu face à Ségolène Royal, ex-compagne du nouveau chef de l'État: «Courage à Olivier Falorni, qui n'a pas démérité et se bat aux côtés des Rochelais depuis des années dans un engagement désintéressé.» C'est un événement mineur, une petite disruption dans une communication politique en ligne encore très contrôlée. Pourtant, cette sortie sera abondamment commentée dans le monde entier et restera, détournée et caricaturée par les ricaneurs de Twitter, comme un gimmick emblématique.

Mais si la droite institutionnelle est KO debout, l'*alt-right**, conservatrice et chrétienne, commence son ascen-

* Forme abrégée de l'anglais *alternative right*, «droite alternative». Mouvement né dans le sillon du Tea Party, un rassemblement populiste apparu sous le mandat de Barack Obama pour dénoncer la politique démocrate. L'*alt-right*, aux idées radicales (contre le féminisme ou les droits des minorités, contre l'immigration), aux thèses parfois antisémites et conspirationnistes, s'est développée en marge du Parti républicain américain, notamment sur des sites Web comme Breitbart ou des chaînes YouTube. En France, l'*alt-right* possède son équivalent, nommé la «droite hors les murs», qui prospère sur les plateaux de la chaîne CNews ou dans les colonnes du magazine *Valeurs actuelles*.

sion, et cette dernière passe notamment par les réseaux sociaux. À la fin 2012, alors que l'UMP se déchire entre soutiens de François Fillon et de Jean-François Copé pour la succession de Nicolas Sarkozy, les acteurs de la Manif pour Tous mettent en place leur stratégie d'opposition à la promesse de François Hollande de légaliser le mariage entre les personnes de même sexe. Une stratégie très inspirée des méthodes des chrétiens conservateurs américains de la National Organization for Marriage (NOM) ou de l'American Center for Law and Justice (ACLJ), dont les leaders sont parfois présents dans les cortèges français. Ces organisations militent depuis longtemps grâce à des méthodes inspirées du marketing direct : centres d'appels, recueil de dons professionnalisé, et recours à la désinformation pour mieux alerter sur leur cause. Créée par le célèbre télévangéliste Pat Robertson, l'ACLJ, dirigée par Jay Sekulow, avocat, activiste et animateur de radio qui sera une décennie plus tard l'un des avocats de Donald Trump, a fondé une succursale européenne, l'ECLJ[8]. Son directeur, Gregor Puppinck, fait partie du noyau dur des activistes de la Manif pour Tous, que l'on retrouve sur les podiums des manifestations, nombreuses au début de 2013. La campagne qu'initie la Manif pour Tous est exemplaire d'un nouvel activisme, fait d'exagérations, de déformations et de manipulations. Elle marque aussi un tournant majeur, celui de l'émergence d'une « droite hors les murs », conservatrice, qui va reprendre à la gauche son hégémonie culturelle sur les réseaux sociaux des années 2010.

Le coup de génie de la Manif pour Tous est d'avoir choisi un axe de communication aussi simple qu'efficace, consistant à inventer un monstre à combattre. Comme l'opinion ne semble pas réceptive à la simple question du mariage entre personnes de même sexe, ce sont les conséquences hypothétiques de cette loi qui sont mises en avant : le mariage gay est un pas de géant vers la procréation médicalement assistée (PMA), puis la gestation pour autrui (GPA), l'achat d'enfant, la location des ventres des mères, etc. C'est du moins ce que scandent les manifestants. Peu importe que la GPA soit explicitement condamnée par le gouvernement Hollande, que la PMA pour les lesbiennes ait attendu 2020 avant d'obtenir un début de reconnaissance législative. Il faut faire peur, y compris sur les réseaux sociaux, nouveau terrain de prédilection de toutes les luttes. L'association anti-avortement Alliance Vita, l'une des organisations constitutives de la Manif pour Tous, est déjà sur le coup : depuis quelques années, elle a lancé de faux sites d'information sur l'interruption volontaire de grossesse (IVG), jouant sur le référencement sponsorisé pour les placer en tête des requêtes sur les moteurs de recherche. En croyant recevoir une information objective, les internautes qui atterrissent sur IVG.net ou SOS bébés sont en réalité sur des sites militants, qui font tout pour dissuader les femmes d'avorter.

Une stratégie assumée par le responsable d'Alliance Vita, Tugdual Derville, qui me répondra en février 2013, sur Twitter, que «le bien ne fait pas de bruit médiatique». Pourtant, du bruit, la Manif pour Tous ne fait que cela. Autre stratégie d'imposture, le faux effet de masse. Le collectif se veut un regroupement de trente-sept associations différentes mais, en réalité, quelques recherches suffisent à constater que la plupart sont des coquilles vides, créées quelques mois avant le début du mouvement par le même petit groupe d'activistes afin de faire masse et de montrer un visage plus lisse.

Cette stratégie du monstre et du faux-nez se double d'une défiance de plus en plus forte à l'égard du pouvoir, jusqu'à la paranoïa. Lors d'une manifestation tenue le 24 mars 2013, lassée de la guerre des chiffres que lui mène l'organisation – qui l'accuse de minimiser le nombre de manifestants – la préfecture de police de Paris publie des clichés aériens montrant un cortège peu dense par endroits. Ces images vont donner lieu à une impressionnante campagne de désinformation, lorsque des membres de la Manif pour Tous accuseront la police d'avoir tout simplement manipulé les fichiers pour en effacer une partie des manifestants. La thèse, farfelue – à quoi bon recourir à Photoshop pour un cliché qui n'a été vu que de quelques internautes? –, est défendue âprement par quelques militants se disant experts en imagerie, dans une vidéo d'une dizaine de minutes qui affichera des centaines de milliers de visionnages. L'idée se répand, y compris dans des cercles *a priori* peu sensibles à ce genre d'intox. Invité d'une émission de radio à cette période, je découvre ainsi avec stupéfaction qu'un éditorialiste, rédacteur en chef d'un prestigieux journal conservateur, sans adhérer complètement à cette thèse, « se pose des questions » ! C'est le début d'une dérive, celle qui fait primer le virtuel et les soupçons qui confirment nos présupposés sur le réel. À cette même période, un reporter chevronné du *Monde* me raconte, choqué, comment son compte rendu tweeté de la manifestation, où il évoque lui aussi des cortèges parfois peu denses, a été très largement contesté par d'autres internautes qui n'étaient pas sur place. À coups de photos et de tweets, ils se sont employés à démontrer qu'il se trompait ou mentait, alors qu'il était sur le terrain et eux derrière leurs ordinateurs. Je me rappelle lui avoir expliqué que c'était là le fonctionnement classique du réseau social ; on préfère volontiers une analyse faite par quelqu'un qui n'est pas sur place, mais qui dit ce que l'on veut entendre, à un compte rendu qui ne va pas dans le sens de ses idées.

La loi autorisant le mariage entre personnes de même sexe est finalement adoptée le 23 avril 2013, mais les membres de la Manif pour Tous n'en resteront pas là. Ils trouvent illico un autre thème de combat : la théorie du genre. Là encore, puisque la réalité ne suffit pas, il s'agit de créer un monstre assez effrayant pour justifier qu'on le combatte. Car la « théorie du genre » n'existe pas. Il existe bien des études sur le genre, issues de la sociologie américaine et des luttes féministes, qui distinguent sexe et genre et s'intéressent à la construction des rôles masculins et féminins. Le gouvernement socialiste souhaite sensibiliser les enfants à cette question en mettant en place de petits ateliers à l'école primaire, où les écoliers sont incités à questionner ces figures imposées du petit garçon viril qui ne pleure pas lorsqu'il se fait un bobo et de la petite fille princesse qui doit être réservée et élégante. Mais la Manif pour Tous et les organisations conservatrices vont transformer ces « ABCD de l'égalité » en une monstrueuse offensive idéologique visant à transformer les petits garçons en filles, à encourager homosexualité et transsexualité ou à faire disparaître la distinction entre les sexes. Une fois encore, les mêmes acteurs utilisent les mêmes méthodes, multipliant les sites Web et les groupuscules pour donner l'illusion d'un mouvement massif: Vigi-gender.fr, Theoriedugenre.fr, etc.

Derrière ces faux comptes*, on retrouve les mêmes activistes chrétiens conservateurs, rompus aux méthodes

* Sur Twitter, il est facile pour une seule personne de créer et de gérer plusieurs comptes. Le faux compte a souvent pour but de multiplier une présence en ligne autour d'une idée, de se permettre un ton plus virulent qu'avec un compte à son propre nom, etc. Un faux compte n'est pas nécessairement anonyme, il s'agit parfois de créer une identité crédible, lambda, en empruntant une image de profil prise sur le Web assortie d'un faux nom.

de propagande importées des États-Unis. Notamment l'Union nationale inter-universitaire (UNI), syndicat étudiant de droite dure, où officie alors Samuel Lafont. Ce jeune spécialiste du Web et figure de Twitter, passé par l'UMP, a été formé à bonne école, par les spécialistes du «marketing associatif» que sont les réseaux de Contribuables associés, une très vieille association de combat contre l'impôt, et ses satellites, l'Institut Molinari ou le think tank IFRAP. Ils trouveront une alliance de circonstance avec une ex-militante de la Marche des beurs, Farida Belghoul, qui relaie cette propagande dans les quartiers populaires, aboutissant à des «journées de retrait de l'école», où des parents inquiets gardent leurs enfants à la maison pour protester contre une théorie du genre qui n'existe pas. Le mouvement est donc une imposture, qui combat un danger inexistant. Alors pourquoi prend-il tant d'ampleur? Sans doute parce que cette caricature fonctionne, complaisamment relayée par des figures comme le polémiste Éric Zemmour, ou par certains médias, du *Figaro* à Causeur.fr. Et finit par gagner, puisque les «ABCD de l'égalité» sont retirés des programmes.

En quelques mois, de la Manif pour Tous à la polémique sur le genre, s'est produite une révolution culturelle invisible, qui ébranle le peu de cordon sanitaire qui subsistait entre droite traditionnelle et extrême droite. C'est l'acte de naissance de cette droite hors les murs où l'UNI, longtemps satellite de la droite de gouvernement, fait front sans rougir aux côtés de l'extrême droite identitaire. En février 2014, Jean-François Copé, qui vient de prendre la tête de l'UMP, s'empare d'une polémique morale poussée par l'UNI, en fustigeant un livre pour enfants, *Tous à poil*[9]. Sa déclaration mérite d'être citée: « Quand j'ai vu ça, mon sang n'a fait qu'un tour. Ça vient du Centre de documentation pédagogique, ça fait partie de la liste des livres recommandés aux enseignants pour faire la classe aux enfants de primaire. [...] À poil la maîtresse... Vous voyez, c'est bien pour l'autorité des professeurs ! On ne sait pas s'il faut sourire, mais comme c'est nos enfants, on n'a pas envie de sourire. À poil le bébé, à poil la baby-sitter, à poil les voisins, à poil la mamie, à poil le chien[10]... » Là encore, il s'agit d'une intox, puisque ce livre n'est absolument pas recommandé aux enseignants, sinon sur un obscur document issu d'un groupe de travail régional. Copé est brocardé, le livre bénéficie d'une publicité inattendue qui dope ses ventes et la polémique, comme tant d'autres, passe. Elle n'en reste pas moins emblématique de cette nouvelle logique : n'importe quel point anecdotique repéré par un internaute anonyme et relayé par quelques groupuscules, le plus souvent issus de cette nouvelle droite, peut désormais connaître une audience nationale et occuper l'espace. Le monde des réseaux sociaux tel qu'on le connaît aujourd'hui se met en place, fait de convictions aussi hâtivement bâties que virulentes, de soupçons permanents envers les pouvoirs, tous les pouvoirs. Y compris et surtout celui des médias.

Face à ces nouveaux acteurs, à ces entrepreneurs en polémiques qui ont saisi toute la nouvelle grammaire de l'activisme virtuel, nous, les « fact-checkeurs », surtout ceux qui sont actifs sur les réseaux, sommes souvent en première ligne. Le fond de ces débats n'intéresse encore que peu les médias traditionnels. Et nos équipes de vérificateurs sont bien seules face à des hordes de militants aussi déterminés que virulents. Ceux-ci ont bien compris qu'il est plus efficace de dénoncer les biais supposés des médias qui vérifient leurs intox que de répondre sur le fond. La stratégie est même théorisée par des penseurs d'extrême droite comme Jean-Yves Le Gallou, cofondateur du Club de l'Europe, creuset intellectuel de l'extrême droite moderne, qui la baptise « réinformation ». La réinformation, explique Le Gallou dans un petit essai paru en 2013, *La Tyrannie médiatique. Les assassins de l'information*[11], « n'est pas une désinformation en sens contraire, c'est le contraire de la désinformation. La réinformation remet l'actualité dans une autre perspective en évitant les pièges du politiquement correct ». Pour résumer, la guerre, c'est la paix, la désinformation, c'est l'information. Face à la « tyrannie médiatique », qu'il définit comme « mélange de connivences, de mimétisme et de paresse intellectuelle, sous le regard permanent et inquisitorial de l'idéologie "politiquement correcte" », Le Gallou propose un manuel consistant à critiquer ces médias, « à rechercher et à découvrir les faits cachés ou les aspects occultés des faits publics», à encourager «l'essor des médias alternatifs sur Internet», afin de «chasser les assassins de l'information» que sont les journalistes. Il s'agit en somme d'une guerre culturelle, de «métapolitique*», qui passe par la décrédibilisation des médias traditionnels, déjà qualifiés de *mainstream*, un terme appelé à un franc succès aux États-Unis, où il possède désormais son abréviation, MSM (pour *mainstream media*).

Rien de plus simple, sur Internet, que de créer un média «alternatif» avec des apparences de crédibilité. En 2012, Jean-Yves Le Gallou lance ainsi l'Observatoire des journalistes et de l'information médiatique (OJIM). Sous des airs tout à fait sérieux, ce site qui se veut le pendant droitier d'Acrimed, site de critique des médias plutôt fortement marqué à gauche, est l'un des bras armés de cette méthode. Comme le précise son slogan, «informer sur ceux qui vous informent», il multiplie les articles critiques envers certains journalistes jugés dangereux. J'y figure en bonne place dès 2014, avec toute une série d'articles fort sympathiques, qualifiant la rubrique que j'ai lancée, Les Décodeurs, de «ministère de la Vérité», accusé

* Le concept, issu des travaux du penseur marxiste italien Antonio Gramsci et popularisé en France par la «Nouvelle Droite» des années 1970, vise à chercher à peser sur les idées, les valeurs, les représentations et les concepts afin d'influer indirectement sur la politique.

de chercher à «établir une vérité unique, monolithique, pour ainsi dire incontestable». «Ce n'est pas tant sur la prétention à tordre les faits pour les insérer dans une vision du monde préétablie qu'il faut porter la critique aux Décodeurs et, plus généralement au *fact-checking*. Mais contre cette volonté qu'il a de présenter cette entreprise, bien évidemment partisane, en processus scientifique, infaillible, axiologiquement neutre alors qu'elle est politiquement orientée», écrit ainsi l'OJIM dès 2014[12]. Un bel exercice de judo intellectuel visant à inverser la charge de l'accusation. Vous m'accusez de mentir et de manipuler? C'est vous qui êtes manipulateur et non neutre.

Qu'elle soit l'œuf ou la poule, la rhétorique de l'OJIM fait écho à une accusation récurrente portée par les militants de tous bords sur les réseaux: si vous n'êtes pas de leur avis, c'est que vous êtes vous-même militant de l'autre bord. «Et toi, tu milites dans quelle association LGBT?» me demandera ainsi publiquement une vieille connaissance, blogueur catholique pourtant loin d'être d'extrême droite, irrité par notre couverture de la Manif pour Tous. C'est sans doute l'inévitable pendant de l'hyperpersonnalisation induite par Twitter et les réseaux: les attaques ne portent plus sur un média, mais sur une personne. Avec toute la violence sémantique que cela peut supposer. «Démissionnez ou apprenez à devenir journaliste», «Vous êtes une honte pour votre profession», «bobo gaucho», «troll subventionné» et j'en passe. Loin d'être l'apanage d'une communauté en particulier, cette agressivité se retrouve dans nombre de camps politiques. Quelques semaines après que le comptage des manifestants anti-mariage gay m'a valu injures et dénigrements de la part des militants catholiques, un autre article sur un autre comptage, cette fois de manifestants de La France insoumise, provoquera ainsi le même genre de réactions, mais en version «valet du pouvoir», «journaliste de cour», etc. Rétrospectivement, en relisant ces tweets, les miens et ceux de mes contempteurs, je me demande quelle aurait été la bonne posture: ne pas leur répondre? Sans doute aurais-je offert moins de prise aux critiques. Mais il est illusoire de penser que j'aurais pu les éviter, tant c'était l'exercice de vérification factuelle lui-même qui était en cause.

DANS LES FAITS

En relisant quelques textes et articles traitant du journalisme Web du début des années 2010, j'ai ressenti un malaise croissant. Parmi la série de perles que j'y ai trouvées, on y parlait de la nécessaire refondation du métier à l'aune de la révolution numérique, mais surtout de la conversation globale, une conversation par essence bénéfique et enrichissante, dans laquelle le journaliste devrait se fondre. « Il n'existe sans doute plus que quelques grincheux de service pour nier l'intérêt que les journalistes peuvent trouver aux réseaux sociaux, à la fois pour rechercher de l'information et pour communiquer mais également pour mener les veilles sur leur sujet, repérer des personnes-ressources, faire la promotion de leur média ou de leur travail individuel », résume Nathalie Dollé dans un texte datant de 2012, intitulé *Journalistes et réseaux sociaux, évolution ou révolution ?*[13]. Le journaliste, sur le Web, n'est qu'une part de cette conversation, qu'une voix parmi d'autres. Il doit descendre de son piédestal, redevenir un citoyen, voire faire part de son expérience, de sa subjectivité.

En novembre 2009, le monde fête les 20 ans de la chute du mur de Berlin, qui sépara durant un demi-siècle la ville allemande. Nicolas Sarkozy, qui vient d'ouvrir une page Facebook, y raconte son souvenir de l'événement: «Le 9 novembre au matin, nous nous intéressons aux informations qui arrivent de Berlin, et semblent annoncer du changement dans la capitale divisée de l'Allemagne. Nous décidons de quitter Paris avec Alain Juppé pour participer à l'événement qui se profile. Arrivés à Berlin-Ouest, nous filons vers la porte de Brandebourg où une foule enthousiaste s'est déjà amassée à l'annonce de l'ouverture probable du mur.» Qu'un dirigeant raconte ainsi sur Facebook une anecdote est alors un beau coup de com'. Le problème, c'est que son souvenir est inexact. Sur Twitter, quelques journalistes dont je fais partie commencent à en discuter, et à mettre en doute la date du 9 novembre: cette dernière impliquerait que Nicolas Sarkozy, doté d'une intuition exceptionnelle, ait anticipé le jour de la chute du mur pour être présent à Berlin. Nous sommes une poignée à chercher des éléments pour vérifier l'information, à l'aide d'archives de presse ou de comptes rendus de l'Assemblée. Ceux-ci abondent, et nous permettent rapidement de montrer que Nicolas Sarkozy s'est bien plus probablement rendu à Berlin une semaine plus tard, le 16 novembre 1989, après que le mur a été démantelé.

L'histoire est anecdotique, mais elle symbolise un double tournant: comme le notera l'actuelle directrice de l'école de journalisme de Sciences Po, Alice Antheaume, sur son blog Work In Progress[14], cette recherche partagée par plusieurs médias marque la naissance de ce qu'elle nomme une « métarédaction » – plutôt que la concurrence traditionnelle entre titres et journalistes, Twitter aurait fait émerger une forme de collaboration autour de l'information, encourageant les journalistes à raconter en temps réel ce sur quoi ils travaillent, voire à échanger des informations sur des sujets communs. On retrouve cette vision utopiste du journaliste qui agit comme un élément dans une grande conversation globale. C'est une description très optimiste d'une réalité qui reste fort concurrentielle : en réalité, plutôt que de l'entraide, il s'agit sans doute autant de baliser le terrain et de le marquer, de dire qu'on était sur un sujet avant les autres.

Mais cette histoire de mur de Berlin constitue aussi l'un des premiers cas français de vérification factuelle par des journalistes portant sur des déclarations d'un responsable politique. Le fact-checking est d'abord une pratique interne aux journaux américains, où un spécialiste est chargé de vérifier les faits d'un article avant sa publication. Historiquement, le fact-checking « externe », en tant que format d'article consacré à vérifier une allégation, se met en place outre-Atlantique au milieu des années 2000, notamment à la suite de la campagne opposant Georges W. Bush à John Kerry, marquée par l'utilisation massive de rumeurs et de calomnies de la part du camp républicain envers le candidat démocrate, dont le passé de héros de la guerre du Vietnam est remis en question. Bush sera réélu. Quelques mois plus tôt, en 2003, l'université de Pennsylvanie a lancé un site qui se consacre à la vérification des déclarations politiques, Factcheck.org. La chaîne Channel 4 lancera son propre service en 2005. D'autres suivront, comme PolitiFact en Floride, qui sera à l'origine d'un réseau transnational qui unit aujourd'hui les acteurs de cet exercice particulier, baptisé International Fact-Checking Network. Il est intéressant de noter que l'exercice est, au départ du moins, mis en pratique le plus souvent par des universités ou des associations, et non des journaux.

En février 2010, je quitte avec une certaine fierté LeFigaro.fr pour LeMonde.fr. C'est le journal que j'ai toujours vu chez mes grands-parents, chez mes parents, la référence française pour le jeune journaliste que je suis. Au Figaro.fr, je m'occupais d'un blog intitulé « Suivez le geek », dédié à la culture Web. Au Monde.fr, on me propose de participer au blog lancé l'année précédente par Nabil Wakim, Les Décodeurs. En 2007, *Libération* a lancé un format inspiré de plusieurs médias américains : une rubrique de fact-checking intitulée Désintox, qui se propose de vérifier les propos des politiques. Le blog des Décodeurs veut faire pareil, mais en y ajoutant une dimension participative, alors très en vogue : « Chers internautes, aidez-nous à vérifier les propos des politiques. » En pratique, hélas, le format ne fonctionne pas très bien. Là où nous espérions que des experts interviennent, ils sont rarissimes.

En général, des tas d'internautes adorables nous envoient les premiers résultats d'une recherche Google que nous avons bien sûr déjà faite. L'un des premiers billets de ce blog portera justement sur cette affaire de mur de Berlin[15].

Lorsque j'ai commencé cet exercice de vérification, je n'ai pas souvenir d'un accueil très enthousiaste de la part de nombre de mes consœurs et confrères. L'émergence de ce format a choqué une partie de la profession, qui ne le comprenait pas. Des dizaines de fois, on m'opposera que «tous les journalistes vérifient leurs informations». Si c'est exact, ou devrait l'être, cela n'empêche pas l'intox en politique de connaître un âge d'or avec Nicolas Sarkozy, roi incontesté de l'approximation chiffrée et de la déclaration tonitruante. L'un des cas les plus emblématiques est celui du bouclier fiscal: cette règle instaurée en 2007 par le gouvernement Fillon plafonne les prélèvements des revenus des hauts patrimoines à 50%. Après la crise de 2008, il devient ardu pour Sarkozy de la défendre. Il le fait néanmoins en utilisant un argument imparable: l'Allemagne a mis en place la même mesure. L'affirmation est répétée en boucle, à longueur d'interviews, par toute la majorité. Et personne dans la presse politique n'a l'idée de la vérifier. Il faudra pour cela l'obstination de la rubrique Désintox de *Libération*[16]. Mais même là, des mois s'écouleront avant que les intervieweurs n'osent interrompre un politique ressortant cette vieille lune, pour lui opposer les faits.

Si la vérification factuelle dérange, même lorsqu'elle prouve son efficacité, c'est qu'elle vient sans doute heurter une pratique très française du journalisme politique « de cour », de confidentiels, qui date du XVIIe siècle : Théophraste Renaudot, le premier journaliste français, était devenu le chroniqueur de la Cour avec sa *Gazette*. C'est l'héritage d'un journalisme où l'on privilégie la proximité avec la personnalité politique et la description interminable des joutes et stratégies animant ce petit théâtre, délaissant les réformes, les arguments et leur pertinence. Qu'importe le fond, pourvu qu'on ait un personnage à camper, un bon mot à relayer. Avant de m'intéresser au fact-checking, j'ai un peu tâté de ce journalisme politique de petites phrases et de déjeuners, suffisamment pour en être assez vite dégoûté. J'ai moi aussi alimenté, dans des dizaines d'articles, cette machine rhétorique qui produit des histoires plus ou moins inspirées des éléments de com' qu'on nous propose. On y campe en permanence des personnages et des postures dans des papiers alimentés par des « off » savamment distillés et truffés de ces éternelles périphrases : « dans l'entourage de », « selon ses proches », « explique un bon connaisseur de », « raconte un visiteur du soir », etc. Ce journalisme politique à la française, que je trouvais mortifère et inutile, me déprimait. Que pouvais-je penser d'autre lorsque, à l'occasion d'universités d'été du PS, j'ai vu tel journaliste en vue faire la bise à un jeune espoir socialiste, tel patron de site d'info déjeuner avec une cacique du parti, telle rubriquarde – qui abandonnera quelques mois plus tard ce métier pour devenir conseillère en communication politique – revenir en courant enregistrer une séquence pour défendre sa championne attaquée par ses concurrents, tel futur Premier ministre venir en salle de presse pour un off accordé à vingt-cinq journalistes à la fois. Le fond, les programmes, les réformes ? Aucune importance, quand on peut régaler ses lecteurs des stratégies, alliances, trahisons, le petit théâtre des ambitions.

En 2010, lorsque j'arrive au *Monde* et que l'on me propose de contribuer au blog de vérification des Décodeurs, bien que je sois au départ sceptique à l'égard du concept de fact-checking, j'y trouve rapidement une réponse à mon malaise. L'exercice me permet de m'intéresser au fond, aux faits, aux contradictions et aux retournements de veste des personnages qui forment le paysage politique. Le format emprunte énormément aux réseaux sociaux et au Web, qui permettent l'accès facile et rapide à une multitude de sources, et poussent à proposer sa propre lecture sans remâcher des éléments de langage. On caricature souvent la vérification factuelle comme un exercice de simplification qui viserait à coller un tampon « vrai » ou « faux » devant l'assertion d'un politique. Bien souvent, nos articles sont en vérité difficiles à écrire, pointus. Vérifier, c'est chercher la petite bête, acquérir une formation accélérée à la lecture de rapports parlementaires ou de textes budgétaires arides, aller chercher le petit point de détail qui change tout dans une masse de documents. C'est un exercice formateur et souvent difficile, et dans la majorité des cas, nos articles sont nuancés, aboutissant à des « plutôt vrai », ou des « c'est plus compliqué ». Tout l'inverse d'une simplification.

Si le fact-checking déplaît donc aux journalistes chevronnés qui en soulignent volontiers les biais, il connaît un franc succès sur les réseaux sociaux, friands de joutes dialectiques et ravis d'avoir ainsi un matériel argumentaire à disposition. Il séduit ma jeune génération de journalistes issus du Web : c'est l'occasion d'approfondir notre pratique et de sortir de l'assommant bâtonnage d'articles issus d'agences de presse. Il nous est souvent difficile d'investir d'autres terrains, n'étant pas toujours bien accueillis par nos confrères de la presse « traditionnelle », peu ravis à l'idée de devoir composer avec une forme de concurrence interne sur leur domaine. Faire de la vérification est donc un moyen d'échapper à cette pression et de construire un espace propre à cette nouvelle culture. Cela permet aussi de coller à un paradigme fort de ce début des années 2010, celui de la médiocrité généralisée des politiques, et du personnel politique. C'est une réponse à l'esbroufe permanente des chiffres et des plans com' qui triomphent lors du mandat Sarkozy. À titre d'exemple : les chiffres de la délinquance, abondamment commentés chaque mois par le gouvernement, item par item, sans tenir compte des nombreux biais méthodologiques qui rendent ces comparaisons mois par mois ineptes, de l'avis unanime des spécialistes. Vérifier des propos politiques est une forme de lutte contre ce diktat de la «com' pol'», une manière de revenir au fond. Ce sera d'ailleurs l'un des slogans des Décodeurs lorsque le blog se transformera en rubrique, en 2014: «Revenons-en aux faits.» Ce que nous ne faisons pas encore, à l'époque, c'est vérifier ce qui ressort de la rumeur, du complotisme, du discours conspirationniste. Durant ces années, un credo demeure: en donnant de la place aux rumeurs, même pour les démonter, on leur donne du crédit. Cette position, défendable sur le moment, l'est moins rétrospectivement: alors que nous nous escrimions à contester les chiffres enthousiastes du gouvernement sur le chômage ou la croissance, Alain Soral ou Dieudonné enchaînaient les vidéos à plusieurs centaines de milliers de vues. Et comme personne ne se souciait de démentir leurs affirmations, seules restaient les intox. Pendant que nous ergotions sur les chiffres de la croissance en Allemagne ou le temps de travail en Europe, la «réinfosphère», elle, multipliait les blogs, les sites, les chaînes YouTube.

À cet instant, nous sommes encore convaincus que la presse, le journalisme que l'on n'appelle pas encore *mainstream*, est le seul cadre informationnel qui vaille. Et nous refusons obstinément de voir la montée en flèche d'espaces alternatifs, bien mieux pensés pour les réseaux sociaux que ne le sont nos propres sites d'information. Pas toujours pour des raisons politiques ou militantes d'ailleurs : au fil de la décennie, un nouveau type de compte Twitter va apparaître, qui se veut journalistique, mais se contente en réalité de faire de la reprise et du repackaging d'informations prises ailleurs. Ils se nomment Info140, Limportant, Actu17 ou Conflits, sont tenus par des profils divers, et pratiquent la curation, sans vérifier ce qu'ils relaient. À mesure que leur popularité augmente, que leurs abonnés se multiplient, ils jouissent d'une influence de plus en plus forte. Nous les verrons des dizaines de fois jouer le rôle – involontaire, mais réel – d'amplificateur d'intox en leur donnant une caution « sérieuse ». Vérifier les intox sera une mission que nous finirons par endosser quelques années après, mais trop tard, bien trop tard. Cet écosystème du faux aura eu le temps de prospérer, de s'industrialiser, de saturer les premières pages de résultats des moteurs de recherche.

La vérification implique aussi de savoir expliquer, vulgariser, rendre compréhensibles les choses les plus complexes. Parfois, une courbe, un schéma, un graphique, permettent d'ajouter encore à cette compréhension. D'autres fois, il faut aller soi-même chercher des chiffres, les travailler, remplir des tableurs pour organiser cette info et en tirer du sens. Cette partie de l'activité s'appelle du datajournalisme. Il fait alors ses premiers pas en France, poussé là encore par de jeunes générations de journalistes qui y voient de nouvelles manières de travailler, d'informer. En 2011, la petite cellule politique montée sur LeMonde.fr et dans laquelle j'ai été embauché est fusionnée dans la «newsroom présidentielle» du *Monde*, où l'on tente d'hybrider les cultures *print* et Web. Nous constituons un petit groupe de journalistes Web consacré principalement à vérifier, vulgariser, expliquer, comptabiliser.

Cette aventure plaît suffisamment pour que nous la prolongions une fois l'élection passée. Fin 2013, je coordonne une petite équipe occupée à ces activités et qui comprend le blog Décodeurs, des articles de pédagogie et du datajournalisme. Nous avons développé un savoir-faire, une méthode, une approche, encore trop peu visibles. J'ai l'envie de réunir tout cela sous une seule et même bannière, afin de créer une forme de marque, un espace dévolu à cette approche. Ma direction approuve l'idée et me permet de monter un projet, auquel je m'attelle avec enthousiasme et accompagné d'une équipe riche de talents, de créativité et de zèle au travail. Nous sommes convaincus d'aller dans la bonne direction, celle d'un journalisme plus à l'écoute de son public, plus tourné vers le fond que vers la forme. C'est également une façon de répondre aux critiques qui montent déjà envers les médias. Après de multiples tentatives et séances de brainstorming, nous décidons de conserver le nom du blog de vérification, qui devient donc une rubrique, Les Décodeurs du *Monde*, alimentée par sept personnes à plein temps*. C'est un effort conséquent de mon journal et une chance énorme que d'avoir pu lancer, le 10 mars 2014, cette «marque». Une chance immense d'avoir pu également, durant six ans, diriger une équipe de journalistes talentueux, créatifs et innovants, qui, à force de nouveaux formats, d'enquêtes «data» comme les Panama Papers ou de lutte au quotidien contre la désinformation, ont fait avancer le journal et, j'en suis convaincu, le journalisme. Ces années resteront, malgré les trolls, malgré le harcèlement, les meilleures de ma vie professionnelle jusqu'à présent.

* Ce nombre est passé à treize journalistes en 2020.

QUAND LES POLITIQUES TWEETENT

La Manif pour Tous et ses trolls ne sont que le début d'un processus qui va croissant : Twitter devient la plateforme de référence de tous les militants, à commencer par ceux des partis politiques, venus en nombre en 2011 avec la perspective de l'élection. Face à un Nicolas Sarkozy qui fait figure de tête de Turc universelle sur les réseaux, la gauche doit composer avec François Hollande, vainqueur surprise de la primaire socialiste, dont le style assez mou offre peu de prise à la caricature. Aucun des deux n'est très enthousiaste à l'égard de Twitter, mais tous deux savent que les réseaux sociaux sont désormais un terrain de bataille à investir. À nouveau, le parangon de l'époque se situe outre-Atlantique avec la campagne de Barack Obama, qui y appuie tout un pan de sa stratégie pour amplifier son message. L'idée est simple : il est bien plus facile de proposer aux militants de s'engager via leur activité en ligne que dans la vraie vie. Et comme les réseaux sociaux sont un espace d'échanges de plus en plus investi, un engagement virtuel peut être tout aussi bénéfique.

Finies les opérations de tractage sur les marchés un samedi matin pluvieux : place à la mobilisation en ligne, confortablement installé chez soi. Avant 2012, on l'a oublié, PS et UMP avaient tenté de lancer leurs propres réseaux sociaux – respectivement, la Coopol et les Créateurs de Possible – avec un succès des plus mitigés : peu de militants s'y rendirent réellement et ces réseaux, très coûteux à mettre en place, furent abandonnés en quelques mois. L'expérience est intéressante, elle montre le peu d'intérêt de construire son propre écosystème, tout simplement parce qu'il vaut mieux aller militer sur les réseaux sociaux existants, ceux où l'on trouve les « vrais gens ».

La campagne 2012 se veut également *positive*, encore une fois sous l'influence d'Obama : il s'agit avant tout de séduire, de convaincre, plus que de dénigrer l'adversaire. En réalité, 2012 consacre surtout le triomphe des chaînes d'info en continu, qui deviennent le véritable enjeu des partis. Il faut y être, en dominer le tempo, enchaîner les propositions et les images chocs. Twitter reste le plus souvent cantonné à une compétition futile, notamment celle qui consiste à placer le hashtag de son candidat devant celui de son adversaire, signifiant qu'on a obtenu plus de tweets – une forme de victoire en soi. Pour quelle performance, *in fine* ? Combien de voix gagnées, d'électeurs bousculés dans leurs certitudes ? Sans doute peu. Reste qu'après l'élection de François Hollande, une nouvelle génération, plus jeune, plus connectée, et plus présente sur les réseaux, arrive au pouvoir ou dans l'opposition. L'année 2012 marque l'arrivée des personnalités politiques sur Twitter. Et, comme les journalistes quelques années auparavant, ils développent rapidement une addiction marquée pour un réseau qui permet de réaliser le vieux rêve de tout politique : se passer du filtre des médias pour pouvoir directement diffuser son message au peuple.

C'est la stratégie suivie en particulier par Jean-Luc Mélenchon et La France insoumise. Mélenchon n'a jamais aimé les médias et n'en fait guère mystère. Surtout, à l'instar d'un François Bayrou en 2007, il a compris que ce sentiment de désamour était largement partagé en France et lui valait en soi des soutiens et de la sympathie. Il n'hésite donc jamais à régaler ses partisans d'une de ses tonitruantes sorties, comme son « petite cervelle » lancé en 2010 à un jeune journaliste*. Après 2012, la stratégie d'opposition frontale envers les médias est donc poursuivie par La France insoumise et par Jean-Luc Mélenchon, qui en fait même une théorie politique : les médias sont un tout global, un « système médiatique », pilier et soutien de la « caste » au pouvoir contre laquelle le leader du peuple se bat. En 2018, Jean-Luc Mélenchon résumera sa position sur son blog[17] : « Si la haine des médias et de ceux qui les animent est juste et saine, elle ne doit pas nous empêcher de réfléchir et de penser notre rapport à eux

* Une invective adressée à un étudiant en journalisme, Félix Briaud, le 19 mars 2010, en marge de la campagne des régionales.

comme une question qui doit se traiter rationnellement dans les termes d'un combat, écrit l'ancien candidat à la présidentielle. [...] Nous n'avons pas d'autre adversaire concret que le "parti médiatique". Lui seul mène bataille sur le terrain, en inoculant chaque jour la drogue dans les cerveaux.»

Le discours critique envers les médias n'a pas attendu les réseaux sociaux pour s'imposer, notamment à gauche. Qu'il s'agisse de déconstruire le dispositif télévisuel avec Pierre Bourdieu[18] ou de fustiger le formatage idéologique de la profession avec François Ruffin[19], le journalisme a mauvaise presse. Pertinente par bien des aspects, cette critique des médias, portée par exemple par le site Web Acrimed – et reprise quasi dans les mêmes termes, on l'a vu, par la réinfosphère d'extrême droite –, pousse les politiques à une autre réflexion : à l'heure des réseaux sociaux, a-t-on encore besoin des médias ? La France insoumise de Jean-Luc Mélenchon parie que non, et prône la mise en place d'une stratégie d'opposition frontale au système médiatique dans sa globalité. Et la communication du parti, gérée par Sophia Chikirou, future fondatrice de la WebTV Le Media, est à l'encan, fustigeant régulièrement l'utilisation de photos jugées trop peu flatteuses du leader LFI, les «campagnes» contre lui, etc. Le tout avec une certaine agressivité.

Après quelques années de relatif consensus, la vérification factuelle se heurte donc aux politiques, peu enthousiastes à l'idée de voir leurs affirmations contestées. Pourtant, mécontenter les politiques, s'exposer à leurs récriminations plus ou moins amènes, cela fait partie des charmes du métier. La nouveauté, en ce début de quinquennat Hollande, vient plutôt de ce que ces heurts, qui jusqu'ici se produisaient de façon bilatérale, par téléphone, se pratiquent désormais en public, sur Twitter. Et ce dernier présente un avantage de taille pour une personnalité politique : celui de pouvoir rameuter sa communauté afin de la lancer contre l'objet de son ire.

J'ai ainsi eu des échanges fascinants avec une ex-candidate à la présidentielle, Ségolène Royal. À l'automne 2013, le gouvernement annonce la mise en place imminente d'un projet ancien, maintes fois repoussé, celui de l'écotaxe poids lourds. Il s'agit de faire payer les camions qui empruntent quelques routes nationales afin de les faire davantage participer aux coûts d'entretien de ces axes. L'idée déplaît fortement à certains acteurs stratégiques de ce secteur et un mouvement hostile naît, celui des « Bonnets rouges ». Des manifestants, particulièrement en Bretagne, s'en prennent aux portiques installés le long des nationales pour calculer les passages de camions et appliquer la taxe. Et ils trouvent en Ségolène Royal un appui de poids. Celle-ci cherche à revenir sur la scène nationale en développant une rhétorique anti-« écologie punitive », qui cible les classes populaires. Elle s'en prend donc à cette « mesure totalement absurde » venue selon elle d'Allemagne, et apporte son soutien aux Bonnets rouges. En vérifiant ses propos, je tombe sur un élément savoureux : il se trouve que Ségolène Royal a été très longtemps l'une des principales promotrices d'une taxe sur les poids lourds, qui figurait dans son programme de 2007 sous l'appellation d'« éco-redevance ». En 2006, l'assemblée de la région Poitou-Charentes*, qu'elle préside à l'époque, a signé un texte réclamant une accélération de la mise en place de cette taxe. Dans un communiqué de 2010, son mouvement, Désirs d'avenir, s'est même indigné du retard dans sa mise en œuvre. Je raconte tout cela dans un article.

La réponse de Ségolène Royal ne se fait pas attendre, et elle arrive bien entendu par Twitter. Tout en m'accusant de mentir, elle développe un contre-argumentaire des plus rocambolesques : elle n'aurait « pas voté » le vœu émis par la région qu'elle préside et dont elle a la majorité de l'assemblée, et n'aurait pas non plus été en accord avec le texte du communiqué de Désirs d'avenir. Elle m'interpelle en ces termes : « Samuel Laurent est amnésique ? Il a reçu des preuves écrites. Il peut les retrouver sur Facebook. Quand je change d'avis je l'assume, sinon non. » Les

* Aujourd'hui intégrée à la Nouvelle-Aquitaine.

« preuves écrites » en question sont une suite de déclarations de Ségolène Royal qui font référence à… un autre sujet, celui de la taxe carbone, qui n'est pas l'écotaxe (la première a vocation à s'appliquer à tout le monde, la seconde cible un secteur précis, le transport routier). Tout ceci se double, sur Twitter, d'une offensive en règle des militants de Ségolène Royal contre ma personne. « Guignol », « mauvaise foi », « roi de la désinformation », me voilà cloué au pilori pour avoir exposé des faits que je pensais incontestables. C'est sans doute l'une des premières fois où j'assisterai à une défense qu'on pourrait rétrospectivement qualifier de proto-trumpienne : évacuer les faits ou les noyer dans d'autres faits, jusqu'à rendre la polémique illisible. Relisant des années plus tard l'article que j'avais dû écrire en réponse, je me rends à l'évidence : il est d'une lecture laborieuse, ressemblant plus à un mémoire d'avocat qu'à un travail journalistique. La réaction de Ségolène Royal illustre un phénomène classique de la vérification factuelle : il est très facile de diffuser une intox, mais souvent fort laborieux de la réfuter. On est parfois perdants face à la mauvaise foi.

Une impression d'écran d'un tweet de Jean-Luc Mélenchon, daté du 18 avril 2014 et écrit en réaction à une vérification qu'il n'avait pas appréciée, trônera longtemps au-dessus de mon bureau : « Ah ouiii ! Les décodeurs sont juste des déconneurs. Mince,un poisson d'avril juste 20 jrs de retard. Le Monde, c'est pas frais. » Voilà qui peut faire sourire, la pique se voulant comique, ou du moins potache. Mais les partisans LFI sont souvent moins sportifs. Quelques années plus tard, une jeune journaliste en alternance aux Décodeurs se retrouvera victime d'une campagne de harcèlement d'une violence inouïe venue de ses partisans. Sa faute: avoir signé un article relevant une belle bourde dans un visuel conçu par un militant LFI, qui a commis une grossière erreur de calcul en voulant démontrer la baisse du poids des prestations sociales dans le PIB, quand celui-ci a en réalité augmenté. Furieux, les militants LFI se jettent en meute sur son compte, l'accablent de mentions injurieuses (huit cents en douze heures) : «Rat d'égout», «garce», «menteuse»... Ils vont jusqu'à déterrer sur son mur Facebook d'anciens posts d'adolescente pour mieux la traîner dans la boue.

Ce genre de violence est devenu ordinaire, car le militantisme politique sur Twitter n'a pas résisté longtemps à la toxicité du réseau. Dans cette réalité virtuelle, contrairement à une distribution de tracts sur un marché, il est plus facile de fustiger l'adversaire que de chercher à convaincre les indécis. Surtout lorsque l'adversaire est un journaliste. En dix ans, j'ai subi les attaques d'à peu près tous les camps politiques, de La France insoumise au FN en passant par les libéraux. J'ai vu monter en puissance cet argument systématique: «Vous [les médias] êtes tous contre nous / tous vendus à nos adversaires.» En interne, c'est devenu une blague récurrente: Les Décodeurs faisant de la vérification factuelle sur tous les bords politiques, il n'était pas rare que dans la même semaine nous soyons traités par les militants de divers camps d'affreux libéraux vendus aux puissances de l'argent le lundi; d'horribles proto-communistes mélenchonistes le mardi; d'affreux immigrationnistes pro-charia le mercredi; d'immondes bobos-écologistes le jeudi; et d'ignobles néo-fascistes le vendredi. J'exagère à peine, car cette essentialisation des médias est devenue un réflexe systématique face à n'importe quelle contradiction, et ce souvent sans aucune nuance.

En outre, la vindicte populaire est toujours prompte à confondre les fonctions et les titres. On m'a souvent reproché la sortie d'un éditorialiste sur une chaîne d'info en continu, comme si j'avais quelque pouvoir sur les choix éditoriaux des télévisions, voire sur l'équilibre global de la couverture d'un événement. J'ai souvent entendu la désignation «vous les médias», comme si nous étions une sorte de parlement, de collectif solidaire. Combien de fois ai-je constaté un amalgame entre une tribune publiée par une personnalité extérieure et une prise de position du journal? Combien de fantasmes sur les actionnaires omnipotents et omniprésents décidant du moindre titre et du moindre contenu, combien de procès des «journalopes» vivant forcément dans les «beaux quartiers» (ayant vécu l'essentiel de la période dans le plutôt populaire secteur de

Barbès, cette accusation m'a toujours beaucoup amusé), surpayés, sur-avantagés, etc.? Pendant très longtemps, j'ai tenté de répondre, d'argumenter pied à pied face à ces meutes militantes, de défendre mon métier, d'expliquer, inlassablement, que si certains titres connaissent effectivement des interventions actionnariales ce n'est pas le cas de tous, que toucher des subventions n'est ni l'apanage des médias ni quelque chose de grave en soi… Peine perdue, évidemment.

Mais fustiger la presse permet surtout de détourner le projecteur. Lorsqu'une affaire éclate, de celle qui emporta le candidat Fillon en 2017 aux innombrables affaires Sarkozy, en passant par le dossier Cahuzac, les scandales financiers du FN ou les perquisitions au sein de La France insoumise, aucun politique ne se prive de cet argument aussi simpliste qu'efficace: le complot médiatique. Les politiques de tous bords vont adopter à cœur joie ce ressort systématique, avec toutes ses variations:

– L'affirmatif: «À supposer qu'ils existent, je peux par avance qualifier ces soi-disant documents comme étant de faux grossiers construits et colportés dans l'intention de nuire» (Jérôme Cahuzac, décembre 2012[20]);

– L'agressif: «Pourrissez-les partout où vous pouvez. (…) Il faut qu'à la fin il y ait des milliers de gens qui se disent "Les journalistes de Franceinfo sont des menteurs, des tricheurs «(Jean-Luc Mélenchon, octobre 2018[21]);

– Le mystérieux: «Vous les journalistes qui dites n'importe quoi [...]. Le secret de l'instruction bafoué en permanence on sait bien par qui!» (Isabelle Balkany, août 2015[22]);

– Le victimaire: «On scrute ma vie au laser, cherchant la moindre erreur, la moindre faille, le moindre scoop, est-ce que c'est juste? Est-ce que c'est équitable?» (François Fillon, le 8 février 2017[23]);

– Le lyrique: «Qui aura le courage de dénoncer la peine médiatique qui s'abat sur celui qui, parfois, n'a même pas été encore entendu par la justice elle-même? Qui aura suffisamment de courage pour écrire le "J'accuse" qui manque à notre siècle?» (Nicolas Sarkozy, mars 2017[24]).

Il y a quelque chose de paradoxal et de dangereux dans cette parade de la théorie du complot, employée à tous crins par les politiques, tous partis confondus: ce faisant, ignorent-ils combien de leurs partisans vont basculer pour de bon dans ce conspirationnisme à la petite semaine? Combien vont ensuite, toute confiance perdue dans les médias traditionnels, devenir clients de réinformation et de propos des plus fantasques? Depuis ma petite fenêtre Twitter, j'ai vu des dizaines de militants s'autoradicaliser de la sorte, finissant par aller s'abreuver aux sources les plus délirantes, les plus manipulatrices, par dégoût de ces médias traditionnels qui avaient trahi leur champion. Les y voilà poussés par ces mêmes politiques qui sont pourtant les premiers à craindre les effets délétères des réseaux sociaux et à tenter de légiférer – souvent mal – pour en limiter les dégâts.

Si les politiques sont aussi sensibles aux arguments des réseaux sociaux, c'est qu'ils les fréquentent souvent beaucoup eux-mêmes. J'ai plusieurs fois constaté à quel point les femmes et hommes politiques pouvaient devenir des usagers compulsifs de Twitter. Lors de plusieurs échanges par message direct avec des ministres, je me suis rendu compte que ces derniers étaient fréquemment actifs en personne sur leurs comptes, tweetant et lisant eux-mêmes leurs mentions. Je me souviens d'une conversation téléphonique d'une vingtaine de minutes avec un ministre du premier gouvernement d'Édouard Philippe qui n'avait pas apprécié mon interprétation, faite en un message sur Twitter, d'une de ses sorties. En 2018, Les Décodeurs ont écrit une série d'articles pour démonter une théorie des plus absurdes, apparue durant l'été[25]. Le gouvernement voulait durcir la loi sur les atteintes sexuelles visant les mineurs. Il souhaitait, pour simplifier, rendre automatique la présomption de non-consentement, afin que tout attouchement sur mineur soit considéré comme un viol et non une simple atteinte sexuelle, et fixer un âge – 15 ans – pour cette automaticité. Mais le Conseil d'État a retoqué le texte, l'estimant inconstitutionnel. Nous avons assisté au démarrage d'une incroyable campagne sur les réseaux sociaux, où certains, ayant tout compris de travers, s'étaient convaincus que le gouvernement autorisait les rapports sexuels entre adulte et mineurs de 15 ans. «Légalisation de la pédophilie», «victoire de la pédo-criminalité», «il n'y a désormais plus d'âge pour le consentement», martelèrent quelques sites et comptes douteux, repris ensuite par des particuliers, des mamans affolées se filmant dans leur voiture en dénonçant un péril imminent pour les enfants, dans des vidéos qui dépassaient parfois la centaine de milliers de vues.

À cette occasion, Les Décodeurs ont publié plusieurs articles pour tenter de contrer ce énième cas de désinformation, aussi délirante que massivement partagée. Cette démarche nous a valu une invitation chez une ministre, qui tenait à nous féliciter de notre travail. Une fois sur place, à notre surprise, l'entretien porte quasi exclusivement sur Twitter. Nous nous apercevons que ladite ministre et son conseiller sont extrêmement attentifs à ce qui s'y passe. Ils ont identifié plusieurs comptes pourtant peu influents, plusieurs polémiques assez précises, et, contre toute attente, ils consacrent visiblement un temps et une énergie considérables à ce réseau et à ces acteurs. À cette période, une élue locale des Yvelines, Agnès Cerighelli, qui se réclame de La République en marche (LREM), multiplie les sorties homophobes sur Twitter, ce qui lui vaut d'être unanimement conspuée. Du récit de nos interlocuteurs au ministère, nous comprenons que ce cas préoccupe sérieusement le gouvernement, que plusieurs ministres ont échangé à ce propos, travaillé sur le dossier. Bien qu'elle n'ait que quelques centaines d'abonnés et ne soit absolument pas connue du grand public, son cas a donc occupé plusieurs heures de travail gouvernemental. La disproportion de leur réaction est édifiante : comme tout le monde, ils sont prisonniers d'une fascination malsaine pour Twitter. Et comme nombre de journalistes, ils l'érigent en France miniature qu'il n'est certainement pas.

LA TYRANNIE DU JUGEMENT MORAL

Nous sommes en 2015. J'ai 35 ans, et je dirige Les Décodeurs depuis bientôt deux ans. Cette semaine, j'ai amené la nièce de ma compagne au travail, pour son stage de troisième. En ce matin du 7 janvier, nous voilà déjà englués dans l'actu plutôt poussive du début d'année. Vers 11 heures, une dépêche de l'Agence France-Presse (AFP) mentionne des tirs dans les locaux de l'hebdomadaire satirique *Charlie Hebdo*. Vingt minutes plus tard, nous démarrons le *live* du Monde.fr, qui va durer sept jours, une semaine complète d'info en continu. Nous avons basculé dans une autre dimension. Le terrorisme a frappé le pays, la presse, la caricature, la liberté d'expression, le mode de vie français. Passé les jours de traque des terroristes, une France changée émerge. Soudain, il faut se positionner : est-on « Charlie », ou pas ?

Dix mois plus tard, le 13 novembre, je suis chez moi, un vendredi soir. Je bois une bière pour célébrer la fin de la semaine, quand mon téléphone vibre sur le canapé. J'y jette un œil distrait, puis plus attentif : il y aurait eu une fusillade au Stade de France, une autre dans les rues du 19e arrondissement. Je rallume mon ordinateur, je me connecte à nos messageries internes. Je vais passer la nuit à tenter d'aider la rédaction, alors que se déroule la plus grande attaque terroriste qu'ait connue la France depuis la Seconde Guerre mondiale.

Vu depuis la sphère Twitter, ce qui ressort de cette année 2015, c'est l'avènement d'une certaine posture morale déjà fortement présente sur ce réseau. 2015 est l'acte de décès du Twitter des débuts, irrévérencieux et rigolard, tué par l'autre Twitter, celui des indignés. Le « Je suis Charlie », un slogan qui visait au départ à défendre la liberté d'expression et le droit au blasphème, va bien souvent devenir un étendard servant au contraire à imposer une forme d'ordre moral. En 2018, le journaliste et écrivain Philippe Lançon, rescapé de la tuerie de *Charlie Hebdo*, publiera d'ailleurs un texte fustigeant la récupération de ce slogan, « devenu l'étiquette magique qu'on faisait valser au gré de ses intérêts, de ses combats et de ses préjugés ; en clair, une injonction[26] ».

Il suffit de chercher les termes « honte » ou « à vomir » pour mesurer la puissance des vagues d'indignation sinon automatique, du moins moutonnière, qui submergent régulièrement la communauté Twitter. Dans son best-seller *Indignez-vous*[27], Stéphane Hessel emprunte à Sartre pour défendre l'idée que l'indignation est le premier pas vers la résistance, qu'il faut s'indigner pour ne pas cautionner. Sur Twitter, nous y sommes tous tombés à pieds joints. En relisant mes vieux tweets, je peine à comptabiliser les épisodes où je me vautre dans des travers moralisateurs, expliquant doctement, à mon avis, quelle devait être la bonne, la juste posture à adopter au sujet de tel ou tel événement.

Quelques jours après l'attentat de *Charlie Hebdo*, le 12 janvier 2015, Jean-Pierre Elkabbach reçoit pour son interview matinale sur Europe 1 la patronne du Rassemblement national, Marine Le Pen. Cette dernière ne s'est pas rendue à la marche républicaine en solidarité avec *Charlie Hebdo*. Jean-Pierre Elkabbach commence son interview en lançant: «Bonjour Marine Le Pen, vous n'avez pas honte?» Cette réplique connaît un triomphe sur Twitter, qui reprendra ensuite la phrase comme un gimmick adressé à tous ceux qui devraient, selon certains utilisateurs, avoir eux aussi honte. Voilà qui symbolise tout l'esprit d'un réseau dont l'un des premiers usages est d'interpeller une marque ou un service, ce que nombre d'utilisateurs ne se privent pas de faire, pour un motif trivial (un souci de colis? Allons interpeller le compte de La Poste. Un retard d'avion? *Idem* pour Air France) ou plus sérieux.

Twitter permet en effet de décliner une stratégie déjà rodée par les ONG: haranguer marques et entreprises pour obtenir un changement d'éthique. La pratique date des années 1990 et des combats d'associations contre les marques de vêtements par exemple, dont certaines faisaient fabriquer leurs produits dans des pays recourant au travail des enfants. Des mobilisations associatives et le travail de journalistes ou de documentaristes* ont alors permis de faire changer les choses. Au début des années 2000, nombre d'entreprises finissent par adopter des chartes éthiques ou des slogans visant à démontrer leur responsabilité sociale. Cette politique du *name and shame*** s'est progressivement étendue à l'ensemble du paysage consumériste et aux réseaux sociaux. Pour le meilleur, souvent : il suffit de quelques clics, de quelques retweets, pour participer à une action susceptible d'effets concrets pour faire changer une pratique, une attitude. N'importe qui ou presque, par le biais de quelques hashtags et de bons relais, peut démarrer une campagne. Un héritier spectaculaire de cette méthode est le mouvement #MeToo, lancé cette fois pour dénoncer les institutions et leur permissivité à l'égard du sexisme, du harcèlement et de la misogynie.

Mais après plusieurs glorieuses années de cette pratique, je ne suis pas le seul à me demander si ce ressort moral est toujours pertinent. Sur Twitter on milite en deux clics, comme on note son chauffeur Uber, comme on donne son avis sur un restaurant, comme on fustige la SNCF pour un retard de train. Le citoyen consommateur s'y comporte avec un politique ou un média comme avec

* On pense par exemple à Michael Moore et son film *The Big One* qui dénonçait les pratiques de Nike.
** Littéralement « désigner et faire honte ».

une marque, en usant des mêmes défenses, de la même attaque, sans voir que, parfois, l'objet ciblé s'en frotte les mains. À la moralisation vient répondre la provocation, le choix volontaire de choquer pour faire parler. Dix ans de mobilisation contre Éric Zemmour ont-ils entaché sa popularité ? Tout un pan de la droite hors les murs fait d'ailleurs commerce de cette « censure » imposée par la gauche morale, de cette « bien-pensance » qui fait d'eux des rebelles courageux.

J'ai toujours été frappé par une expression courante sur Twitter : « à vomir ». Comme si s'indigner avait déjà donné envie à quiconque de *régurgiter*. Mais alors, pourquoi un tel plaisir de l'indignation ? Sans doute parce qu'en s'insurgeant, on a l'impression d'être dans le bon camp. Dans *Total Bullshit, au cœur de la post-vérité*[28], le neuroscientifique Sebastian Dieguez résume parfaitement le phénomène, qu'il rattache à la « grandiloquence morale » décrite par les philosophes Justin Tosi et Brandon Warke : « Une forme d'indignation performative visant à se présenter ostensiblement comme une personne vertueuse dans un environnement social où chacun cherche à montrer une image valorisante de soi. » S'indigner, c'est dire à l'autre : « Je suis mieux que toi. »

Twitter est aussi un espace où l'on peut s'indigner sans en craindre de grandes conséquences. Confronté à un acte d'incivilité dans la vie quotidienne, il est fréquent, comme je l'ai fait un certain nombre de fois, de se précipiter sur Twitter pour s'en plaindre au lieu de chercher à régler le problème «dans la vraie vie». Cette dame m'est passée devant dans la file d'attente? Plutôt que de m'expliquer avec elle directement au risque de vivre une situation gênante, je m'empresse de le raconter sur Twitter et obtiendrai ainsi quelques likes, quelques commentaires de soutien. C'est un autre aspect du réseau social qui rend l'indignation si facile et si valorisante: la réassurance immédiate qu'on n'est pas seul à dénoncer – il suffit de chercher cette phrase récurrente: «Suis-je le seul à trouver choquant que...?», question rhétorique en forme d'appel à l'aide qu'on est assuré de trouver. «Un tel dispositif, explique Sebastian Dieguez, finit immanquablement par créer une escalade de la pureté morale et de la diabolisation des opinions contraires, où tout le monde tente de se positionner au-dessus de la mêlée, encore plus perspicace et épris de justice que les autres. [...] Les réseaux sociaux, contrairement à la vie ordinaire, offrent un nombre infini d'opportunités pour signaler son moi vertueux en exprimant à volonté, à peu de frais, sa réprobation du comportement et des opinions d'autrui.»

À la logique de l'indignation s'ajoute une logique campiste: s'indigner, c'est créer son camp et par nécessité le camp opposé. Je suis #teamvélo contre #teamvoitures, #teamMelenchon contre #teamMacron, #teammariagepour tous contre #teamunpapaunemaman... À partir du milieu des années 2010, on voit apparaître à côté du pseudo d'un utilisateur (son «*tweet name*», ou TN) un emoji* destiné à préciser «d'où il parle». L'un des premiers à apparaître en France sera le signe arabe «noun» (ن), lancé par une jeune étudiante en journalisme, en solidarité avec les chrétiens d'Orient persécutés par l'État islamique (EI) en Syrie**. D'autres, nombreux, suivront: étoile de David ou triples parenthèses autour du nom*** pour les Juifs et les soutiens d'Israël, drapeau européen pour les europhiles, drapeau français ou emoji «cochon» pour les identitaires, triangle rouge pour les sympathisants du Front de gauche... Puis les sigles aussi font leur apparition. Ainsi, FBPE, pour *Follow Back Pro-EU* (je suivrai en retour les pro-Europe), utilisé au départ par les Britanniques opposés au Brexit, a été récupéré par nombre de soutiens d'Emmanuel Macron. Chacun son icône, chacun son camp, chacun sa case. Le réseau social, par essence, rassemble en clivant, en créant des parties adverses, des mobilisations contre un adversaire. Qu'il soit une figure connue ou un anonyme qui symbolise la cause que l'on dénonce.

* Ensemble de petites icônes disponibles sur la plupart des claviers, qui peuvent être utilisées pour indiquer un état émotionnel (les smileys) ou pour signifier notamment l'appartenance à un groupe de pensée.

** En Syrie, dans les zones conquises par l'État islamique, le signe est alors apposé sur la porte des chrétiens pour identifier les maisons à piller.

*** Ce signe constitue une réponse à la mouvance antisémite d'extrême droite américaine, qui utilisait ces triples parenthèses pour indiquer la judéité de personnalités. Tout comme «noun», le fait de le reprendre est donc un geste visant à retourner la stigmatisation.

Au mitan des années 2010, j'ai observé de plus en plus souvent des personnalités qu'on pourrait dire « qualifiées », diplômées, actives, s'indigner contre un tweet émis par une personne sans influence, voire anonyme, et s'en servir comme exemple à l'édification de leurs abonnés. Je suis bien placé pour identifier cette pratique: j'ai moi-même passé des années à récupérer des tweets d'activistes méconnus contenant des mensonges éhontés, des intox, et à les citer sur mon propre compte pour m'en moquer, ou en faire des exemples. Il a fallu des années pour que je m'interroge sur l'effet que cette habitude avait produit sur ma victime du jour, pour que je me demande si mon tweet destiné à lui *mettre la honte* la faisait réellement changer de comportement par la suite. En réalité, j'exerçais surtout un droit autoproclamé à cette cruauté presque infantile, avant tout destinée à *me faire plaisir*, et à montrer ma supériorité morale et informationnelle. Quitte à ignorer son revers contre-productif. Il est évident que nombre d'utilisateurs de Twitter, à l'instar des tabloïds, ont volontairement publié des tweets provocateurs en espérant justement obtenir des réactions et donc une notoriété. Il est également évident que d'autres, subissant ce type de mise en cause de ma part ou de celle d'autres « influents », l'ont vécu comme une forme de censure, d'atteinte à leur liberté d'expression, les renforçant d'autant plus dans leurs convictions qu'ils se retrouvaient à se battre pour les défendre.

C'est à mon sens une question indissociable de la morale et des combats moraux: quand a-t-on gagné? Qu'espère-t-on gagner? Peut-on triompher d'un comportement, imposer un mode de pensée à d'autres à force de les couvrir de honte? Après l'avoir expérimenté des centaines de fois, je pense en réalité qu'on obtient bien souvent l'effet inverse. La finalité du combat moral est très nette lorsque l'on veut faire changer les pratiques d'une institution, d'une entreprise. À force d'interpeller publiquement la marque Nike, cette dernière a fini par se tourner vers des procédés de fabrication un peu plus éthiques. Mais la logique fonctionne-t-elle de manière identique lorsqu'elle s'attaque à des individus? J'en doute. D'autant que, bien souvent, la foule indignée s'abaisse elle aussi à un comportement de meute. La vague de harcèlement que j'ai subie après mon commentaire sur l'affaire Nick Conrad n'était pas le fait d'une horde de fascistes la bave aux lèvres, elle provenait pour une bonne partie de gens qui se pensaient tout à fait vertueux, pour qui ce combat était juste et nécessaire. Sur un réseau social, la meute, la foule, n'a jamais conscience qu'elle en est une. Chacun pratique sa propre indignation individuelle, sans prendre en compte le caractère collectif qu'elle finit par revêtir.

Il existe une forme d'accoutumance, d'ivresse de l'indignation. Je connais une douzaine de comptes dans ce cas, dont les propriétaires voguent à longueur de semaine, voire de journée, de cause en cause, de #vomi en #honte, dans une sorte d'« indignite » aiguë permanente, tout en ayant de moins en moins de recul sur la cause. Combien de fois ai-je vu monter des campagnes d'indignation collective ayant pour base un message tronqué ou mal compris ? À l'été 2016, notre équipe des Décodeurs avait recensé pas moins de six faits divers ayant connu en moins d'un an le même schéma : des événements locaux surinterprétés par les réseaux sociaux, qui concernaient tous des altercations ayant pour cause une tenue vestimentaire, et cadraient avec un climat de crainte de l'islamisme en France.

Le premier cas date d'août 2015 : le journal régional *L'Union de Reims* raconte qu'une jeune femme a été agressée car elle bronzait en maillot de bain dans un parc de la ville. L'article évoque « un discours aux accents de police religieuse » tenu par l'agresseur. Il n'en faut pas plus pour provoquer une mobilisation massive, de SOS Racisme à Twitter, avec le hashtag de circonstance. Quelques jours après pourtant, le quotidien régional rétropédale : il ressort de l'enquête qu'il s'agissait d'une bagarre entre deux groupes, dont aucun n'avait évoqué quelque religion que ce soit. Le même phénomène se produit en mai 2016 lorsque *Le Parisien* évoque une jeune femme « rouée de coups parce qu'elle portait une jupe ». Là encore on apprendra quelques semaines plus tard au procès que son agresseuse portait également une jupe, et que l'altercation n'avait rien à voir avec la tenue vestimentaire. Fin août 2016, en Charente, un autre cas du même acabit: «Une femme agressée par six hommes car elle se baignait seins nus sur une plage.» Une fois encore, le prisme islamique provoque l'emballement sur les réseaux. Après quelques jours, la vérité sort: il n'y avait aucun musulman impliqué dans cette histoire, la jeune femme est portugaise, ses agresseurs charentais et il s'agit d'une banale bagarre aux motifs flous entre deux groupes.

Chaque fois, le même processus est à l'œuvre: il suffit d'un titre, d'un extrait d'une vidéo de quelques secondes, pour provoquer l'indignation, l'émotion. Mais une fois l'indignation éprouvée puis exprimée, difficile de revenir à la raison. C'est ce qu'on appelle l'effet de cadrage[29] : lorsque l'on a posé un cadre de signification, il est très difficile d'en sortir. Et d'ailleurs, bien souvent, on préférera douter du démenti: «Vous dites que ce n'étaient pas des musulmans mais je ne vous crois pas.» Car on veut à tout prix que cela se soit produit de la façon dont on l'a imaginé, de la manière qui a justifié notre colère. C'est une réaction que j'ai observée très souvent; l'incapacité à envisager qu'on ait pu s'énerver à tort ou ressentir une émotion sincère pour un mauvais motif.

En conséquence, les faits – la réalité, sa complexité – sont négligés, secondaires. Peu importe, finalement ce qu'il s'est produit. Ce qui compte, c'est la leçon qu'il faut en tirer. Le fait est peu à peu relégué au statut d'exemple, de toile de fond sur laquelle tisser la morale édificatrice de l'histoire. C'est le règne d'une forme de métonymie permanente où la partie, l'exemple, l'anecdote, est significative par essence d'un tout, d'une croyance. « Cette histoire est bien la preuve que » est encore une tournure qu'on retrouve fréquemment sur les réseaux sociaux. En résumé, l'histoire factuelle ne vaut que par sa dimension exemplificatrice, elle sert de trame à un récit plus grand, plus vaste, plus moral. La division en camps, la bulle de filtre, exacerbe encore cette dérive : si je suis #teamvélo, donc pour le vélo, je suis contre les voitures. Donc toute anecdote, toute vidéo montrant un « bagnolard » ayant un comportement abusif, renforce ce que je crois, à savoir qu'ils sont tous comme ça. Dans ce système, la nuance ne peut exister : elle n'est que relativisation scandaleuse. Des dizaines de fois, nos articles visant à donner des faits et du contexte ont été conspués par des personnes sans doute sincères, mais qui jugeaient indigne que nous prenions le risque, en donnant une version plus complexe, plus détaillée, plus *factuelle* de l'indignation du jour, de la relativiser, et donc de l'excuser.

Car c'est bien le danger ultime de la tyrannie du jugement moral : dans son aboutissement, elle fait de chacun de nous un petit Saint-Just, imperméable aux circonstances et aux faits, tourné vers le nécessaire châtiment de celui qui a enfreint les règles de la morale et de la bienséance. Dans *Exterminez toutes ces brutes*, un livre qui m'a marqué, l'écrivain suédois Sven Lindqvist évoque longuement la mécanique de déshumanisation à l'œuvre dans la colonisation du continent africain[30]. Elle permettra à de grands intellectuels de justifier les massacres perpétrés à l'encontre des populations autochtones à l'aune de la nécessaire mise au pas des «brutes», des «bêtes sauvages» que sont les peuples colonisés, au nom du progrès et de la civilisation. La morale, bien souvent, exclut l'empathie: l'objet de mon indignation est par essence méprisable, indigne de ma sympathie ou de ma compréhension. Sur Twitter, cette tyrannie morale, cette indignation au nom du *bien* ne s'accompagne pas de massacres physiques, mais d'autres formes de punition, par l'ostracisme et le harcèlement. Elles frapperont de plein fouet, bien des années plus tard, une petite bande qui a longtemps régné sur le réseau.

FINI DE RIRE

Retournons un instant en 2009, au tout début du Twitter français. Parmi les quelques pionniers du réseau, son journaliste le plus suivi et sans doute le plus influent, Vincent Glad, passé par *20 Minutes* puis Slate.fr, crée un groupe privé Facebook pour y réunir des amis, réels ou virtuels. Il le baptise « Ligue du LOL ». Au sein de ce groupe coexistent une trentaine de personnes, une bande de jeunes gens pour l'essentiel parisiens, journalistes, communicants, développeurs, blogueurs… Et tous ou presque également actifs sur Twitter.

Que font-ils sur ce groupe ? Ce que font des milliers d'autres sur des centaines de groupes privés : ils discutent, s'amusent, débattent. L'un de leurs sujets récurrents est l'autre réseau qu'ils fréquentent, Twitter, et ses profils. Tout comme ils ont l'habitude de le faire sur Twitter – donc en public –, ils commentent les petits travers des uns et des autres, se moquent beaucoup, font des blagues. Ces dernières ne sont pas toujours drôles, même parfois franchement cruelles. Ils se ciblent volontiers entre eux, jouent avec des comptes collectifs anonymes aux noms poétiques (« FoutLaMerde », par exemple). L'humour n'est pas toujours des plus fins, il vire vite aux blagues lourdes, voire aux injures envers quelques têtes de Turc récurrentes. C'est sans doute la première manifestation d'un des défauts majeurs de Twitter : il donne l'illusion d'un entre-soi, qui fait oublier que ce que l'on écrit est lisible par tous. Et qu'il suffit d'un retweet pour faire se croiser des communautés qui auparavant coexistaient chacune dans leur coin. C'est ainsi que les tenants du Twitter « lulz » (qui ne se limitait pas à la Ligue du LOL, mais concernait tout un pan de ce premier Twitter rigolard), un petit monde très masculin et jaloux de son influence, sont tombés sur d'autres communautés, les féministes, les blogueuses et blogueurs mode ou consultants spécialistes en « influence », justement. Ce clash des cultures est l'occasion pour le Twitter parisien et branché de dénigrer ce qu'il jugeait alors caricatural et excessif, ou heurtant son esthétisme et sa culture à lui. La Ligue du LOL s'imaginait sûrement représenter une sorte de club du bon goût sur les réseaux, dénonçant ceux qui s'y prenaient trop au sérieux à ses yeux. Aujourd'hui, on ne peut s'empêcher d'y lire les prémisses du même élan d'ostracisme qui finira par les emporter à leur tour, quelques années plus tard.

Cette logique d'exclusion réapparaît semblablement chez d'autres, en plus sérieux cette fois. Rappelons-nous que début 2016, dans l'« après-Charlie », naît le groupuscule du Printemps républicain. Quelques personnalités proches du Premier ministre Manuel Valls décident de se rassembler pour défendre – comble du paradoxe, rétrospectivement – la liberté d'expression et le droit au blasphème, attaqués par les islamistes. Mais le Printemps se positionne surtout *contre* : contre les communautarismes, contre l'islam politique, contre le port du voile... De fait, le Printemps républicain existe surtout pour et par le combat et la dénonciation, pratiquée massivement par réseaux sociaux interposés. L'un de leurs modes d'action favoris consiste à mener des recherches dans l'historique de publications de la personne à abattre pour y dénicher tout ce qui peut paraître compromettant. J'en serai victime à plusieurs reprises, dont une accusation de complaisance à l'égard de l'islamisme pour avoir, quelques années auparavant, expliqué mon travail devant les étudiants du Bondy Blog, une association qui veut former des jeunes de banlieue au journalisme, mais que le Printemps juge suspecte de sympathie avec l'islam radical. Plusieurs articles des Décodeurs relativisant des phénomènes décrits comme communautaristes nous vaudront aussi les foudres du mouvement.

Le Printemps républicain pratique une forme de lutte virtuelle baptisée *culture war* aux États-Unis[31] : un combat pour légitimer ses vues idéologiques, ou au contraire invisibiliser d'autres luttes, jugées dangereuses ou illégitimes. Il va par exemple s'associer – même s'il le niera *a posteriori* – à la fronde qui cible en 2018 une chanteuse de l'émission de télé-crochet *The Voice*, Mennel Ibtissem, coupable de porter un turban cachant ses cheveux. D'abord lancée par la sphère identitaire, la polémique trouve un relais complaisant chez plusieurs activistes du mouvement. Elle atteint rapidement son but : la jeune chanteuse finit par quitter l'émission lorsque quelques internautes fouinent sur son Facebook pour en ressortir de vieilles publications datant de son adolescence, ou des photos la montrant à côté de membres d'une association pro-voile. La victoire est totale, et Mennel disparaît des écrans*.

Cette logique d'occultation n'est pas limitée au Printemps républicain, au contraire. L'injonction au « casse-toi », « on ne veut plus te voir », s'est généralisée. Elle a aussi gagné un nom à la mode, venu d'outre-Atlantique : la *cancel culture*. L'expression est douteuse et, à mon sens, caricaturale : il ne s'agit pas d'une « culture », même si on ne peut nier que la pratique existe, autant sinon plus dans les mouvements dits « de gauche » qu'à droite ou à l'extrême droite. Bari Weiss en est un exemple récent. Cette journaliste était employée depuis trois ans au service Opinion du prestigieux journal *The New York Times*, où elle a parfois critiqué les dérives de mouvements comme #Metoo ou #BlackLivesMatter. Mais en juillet 2020, elle en claque la porte, dénonçant la trop forte perméabilité du journal aux mouvements d'opinion sur les réseaux sociaux et à cette *cancel culture*. Quelques semaines auparavant, en juin, le patron des pages Opinion du journal, James Bennett,

* Elle a annoncé son retour - sans turban - et un nouvel album fin 2020.

avait lui aussi démissionné après une polémique née sur les réseaux puis prolongée en interne. Il avait autorisé la publication d'une tribune d'un sénateur républicain, Tom Cotton, proposant le recours à l'armée contre les manifestants en soutien à George Floyd, un Afro-Américain tué par la police lors de son interpellation. Dans sa lettre de démission, qu'elle a rendue publique, Bari Weiss écrit: «Twitter ne figure pas sur l'ours* du journal. Mais Twitter est bien devenu son seul rédacteur en chef[32].» Elle fera partie des 153 signataires d'une tribune parue dans *Harper's Magazine*[33], dénonçant la pratique du *cancel*. Les signataires y affirment voir émerger plusieurs phénomènes: «intolérance à l'égard des opinions divergentes, goût pour l'humiliation publique et l'ostracisme, tendance à dissoudre des questions politiques complexes dans une certitude morale aveuglante», et fustigent «un ensemble de postures morales et d'engagements politiques qui risquent d'affaiblir les règles du débat public et l'acceptation des différences au profit d'un conformisme idéologique».

Toujours en juin 2020, c'est au tour de la plateforme de streaming HBO de provoquer un tollé lorsqu'elle annonce son intention de retirer provisoirement de son catalogue *Autant en emporte le vent*, film de Victor Fleming tourné

* En presse, l'ours est un encadré qui figure dans tout journal, et qui donne les noms des principaux responsables, des directeurs de publication aux chefs de service.

en 1939 et adapté d'un roman de Margaret Mitchell[34], longtemps considéré comme un joyau cinématographique. Nous sommes en pleine apogée des manifestations #BlackLivesMatter, et le film, qui dépeint une histoire d'amour dans le sud des États-Unis à la période de l'esclavage, a subi beaucoup de critiques, notamment parce que les esclaves y sont parfois présentés comme satisfaits de leur sort. « C'est un film qui, lorsqu'il n'ignore pas les horreurs de l'esclavage, s'interrompt uniquement pour perpétuer certains des stéréotypes les plus douloureux sur les gens de couleur », dénonce ainsi le romancier et scénariste de *Twelve Years a Slave* John Ridley[35]. Suivant l'annonce de sa déprogrammation, tribunes, coups de sang se multiplient contre une « censure ». En France, le critique littéraire et chroniqueur Éric Naulleau, invité le 11 juin de l'émission *C à Vous*, n'hésite pas à expliquer qu'il voit « revenir toutes les méthodes staliniennes, avec ce retrait, c'est-à-dire qu'on vous efface des photos quand vous n'êtes plus dans la ligne ». En réalité, tout cela est quelque peu exagéré : HBO Max a simplement pris le temps d'ajouter un message de contextualisation sur l'époque à laquelle le film a été réalisé. Ce dernier retrouve sa place dans le catalogue le 25 juin.

L'accumulation de ces polémiques, pour éphémères ou parfois futiles qu'elles soient, dessine nettement le contour d'une fracture au sein de la gauche morale, qui se cristallise notamment autour des mouvements féministes, entre deux générations militantes. L'un de ces points de rupture est la question des transsexuels, comme le montre le cas J. K. Rowling, qui a vu l'auteure de la saga *Harry Potter*, fustigée pour ses positions sur le sujet. Comme souvent avec ces polémiques virtuelles, l'histoire est longue et fastidieuse à retracer. Elle part de soutiens lointains, sous la forme de likes, donnés par Rowling à quelques personnalités ayant des positions hostiles à la présence de transsexuels dans les luttes féministes ou dans le sport féminin, puis s'aggrave lors de démarches maladroites de sa part pour clarifier sa position. Mais, comme souvent sur les réseaux sociaux, à chaque tentative d'explication, l'auteure s'enfonce aux yeux de ses détracteurs, notamment parce qu'elle confond sexe et genre dans ses justifications. Rapidement, l'affaire atteint un point de non-retour : J. K. Rowling est classée comme une « TERF », acronyme de *transgender-exclusionary radical feminist* (féministe radicale excluant les transgenres). La voici donc, aux yeux des plus radicaux, vouée à être *cancelled*, effacée. La condamnation semble funeste, mais elle est à relativiser : J. K. Rowling continue de vendre des livres, *Harry Potter* est loin d'être oublié par des générations de lecteurs. C'est bien là tout le problème de ces mécanismes argumentatifs qui caricaturent la position adverse : J. K. Rowling n'est, en pratique, absolument pas en voie d'être boycottée massivement. Mais face à cette fronde violente, elle a rejoint à son tour le camp des opposants à une supposée *cancel culture*, et figure elle aussi parmi les signataires de la tribune du *Harper's Magazine*.

En réalité, le mécanisme à l'œuvre est, à mon sens, consubstantiel de la culture Twitter, faite d'exagérations, de malentendus, de caricatures opposées à des caricatures dans des joutes argumentatives sans fin et sans recul.

Pourtant, force est de constater que, dès 2015-2016, le Twitter américain abonde de cette injonction, glissée sous un autre Tweet: *delete*, en français: «supprime*». Lorsqu'un tweet est jugé mauvais, problématique, on voit des dizaines, des centaines de fois cette mention apparaître. Supprime ton tweet, supprime ton compte, disparais de notre vue. Cette pratique, cette idée de l'effacement, est avant tout la récupération d'un outil militant bien plus ancien, celui du boycott, à cela près qu'il ne s'agit plus de marques, mais bien d'individus.

Je ne nie pas la puissance de certains mouvements de société féministes ou antiracistes, une puissance

* Le 9 juin 2016, Hillary Clinton, alors candidate démocrate face à Donald Trump, postera la phrase «*Delete your account*» (supprime ton compte) en citant un tweet de son adversaire qui la fustigeait.

démultipliée par les réseaux sociaux. Sans Twitter, pas de #Metoo, pas de #BlackLivesMatter, pas de mobilisation massive obligeant le public à remettre en question des comportements, des actes, des pratiques systémiques. Je n'oublie pas non plus Karl Popper et le paradoxe de la tolérance* : on peut être une démocratie tout en sanctionnant certaines expressions racistes, haineuses, sexistes. La liberté d'expression est encadrée et c'est, à mon sens, un bien. Mais elle doit l'être par le droit, pas par la foule. Car à se contenter de témoignages sans entendre la version de l'intéressé, à nier les contradictions, à «effacer» telle ou tel, jusqu'où risque-t-on d'aller? Une pratique du réseau social qui m'a toujours frappé consiste à chercher, parmi ses «mutus», ses propres abonnés, ceux qui suivent également le compte que l'on juge problématique, et exiger d'eux qu'ils s'en désabonnent. Twitter bruisse régulièrement des dénonciations de comportements répréhensibles imputés à tel ou tel youtubeur ou *streamer*** du réseau de

* Le philosophe des sciences Karl Popper (1902-1994) a énoncé en 1945 dans son ouvrage *La Société ouverte et ses ennemis* (Seuil, 1979) ce paradoxe: une société qui offre une tolérance sans limites risque de finir par être détruite par l'intolérant. C'est cette logique qui amène à fixer des limites à la liberté d'expression, considérant qu'on ne peut tolérer, par exemple, les propos racistes ou l'appel à la violence.
** Un youtubeur (ou une youtubeuse) est un vidéaste influent sur le réseau YouTube. Les youtubeurs peuvent aujourd'hui réunir des audiences qui n'ont plus grand-chose à envier aux émissions de télévision, ce qui leur donne une influence certaine, notamment auprès des plus jeunes. Le vidéaste de la droite dure Raptor Dissident affiche ainsi près de 700 000 abonnés à sa chaîne. Un «streamer» est son équivalent sur le réseau Twitch, au départ surtout dédié au jeu vidéo et qui permet de réaliser des directs vidéo.

vidéos Twitch. Captures d'écran de messages échangés, longs *threads** pour évoquer le sujet… Et comme toute pratique est labellisée, celle-ci a également son nom : le *callout*. Cette libération de la parole est souvent nécessaire, elle met en lumière la persistance du sexisme et des comportements de harcèlement, bien trop fréquents et normalisés. Même si, en luttant contre l'invisibilisation et la censure des victimes, on prend parfois le risque de l'erreur sinon judiciaire, du moins morale.

D'autant que la justice des réseaux fonctionne souvent par emballement, par le mouvement de foules qui ne font pas de détail. Le tribunal populaire qui condamnera les membres de la Ligue du LOL en est un exemple. Lorsque l'affaire éclate, dix ans après la création du groupe Facebook, c'est via un article de *Libération*[36], critiquable sans doute, mais enquêté et sourcé. Sur Twitter, toutefois, l'ambiance est plus libre, l'émotion devant les témoignages poignants des victimes de ces comportements toxiques pousse à la rage, au désir de justice. Rapidement, une liste des membres de la fameuse « ligue » circule sur le réseau, fruit de quelques discussions entre victimes. La liste est approximative, des noms manquent,

* Traduction littérale de « fil » en anglais. Sur Twitter, on peut créer des « chaînes » de tweets qui sont liés les uns aux autres. En les faisant défiler, le lecteur pourra lire l'ensemble des tweets composant le *thread*. La méthode est souvent utilisée pour développer un propos ou une argumentation.

d'autres seront effacés rapidement. Surtout, elle ne fait aucun distinguo entre vrais «bourreaux», accusés de harcèlement et simples membres de ce fameux groupe Facebook, dont l'objet principal n'était pas de harceler des individus, mais de discuter entre amis. Le groupe Facebook ayant été supprimé, impossible *a posteriori* d'établir qui disait quoi, qui faisait quoi, qui était derrière tel compte anonyme lorsqu'il a envoyé tel ou tel message. Ne demeure qu'une forme de culpabilité collective. Une fois la liste diffusée, chacun des individus cités a donc subi une vague de harcèlement à son tour, d'une violence parfois extrême. Aux yeux des twittos, l'appartenance au groupe, ou le fait d'être lié à un membre du groupe, était en soi une preuve de culpabilité. Plusieurs de ces personnes ont subi de graves séquelles psychologiques, dont une tentative de suicide. Un bon nombre a dû changer de vie.

L'éclatement de l'affaire de la Ligue du LOL, je dois l'avouer, m'a plongé – ainsi que toute ma génération journalistique, il me semble – dans un profond malaise. Je me suis longuement interrogé sur mon propre comportement, sur la sympathie que j'avais pour certains membres du groupe qui étaient, sinon des amis, du moins des connaissances de longue date. En lisant les témoignages de victimes de harcèlement, je me suis demandé pourquoi nous n'avions pas réagi à l'époque, comment tout cela avait pu se dérouler littéralement sous mes yeux. L'histoire est parvenue jusqu'aux colonnes du *New York Times*, aboutissant à une série de démissions et licenciements parmi plusieurs rédactions. S'y sont amalgamés d'autres histoires, d'autres cas de harcèlements et de comportements sexistes, à France Télévisions, Vice ou au Huffington Post. Bien que n'ayant rien à voir avec la Ligue du LOL, ces affaires sont sorties au même moment, ajoutant encore du poids à cette dernière. Le terme même de «Ligue du LOL» a fini par devenir polysémique, désignant vaguement tout type de harcèlement sexiste dans un média – au grand dam des anciens du groupe Facebook de 2009, condamnés à arborer pour des années cette étiquette infamante.

J'ai cherché à revenir sur cette histoire, à enquêter, sans parvenir à un résultat satisfaisant. Il est très difficile de raconter le Twitter de 2009 avec le regard d'aujourd'hui. L'affaire a laissé un goût amer, et je reste incrédule face à tant d'emballement et de fureur, qu'ils soient individuels ou collectifs, et devant les lourdes conséquences qui ont suivi. Pourtant, il n'y a rien de surprenant dans le scénario qui se déroulait alors, celui d'un jeune monde qui s'efforce de renverser l'ancien pour se tailler sa place. Mais, à mon sens, il s'est sans doute joué aussi une partition plus complexe: ces premiers utilisateurs influents, dont j'étais, ont peut-être tenté inconsciemment de conserver un certain pouvoir, une capacité d'influence et de curation face à l'arrivée d'autres acteurs et d'autres communautés que la leur au sein du réseau. Hélas, sur Internet, on est vite ringardisé. Loin d'échapper à la règle, les princes du LOL de 2010 ont été balayés par une nouvelle génération, plus jeune, qui n'avait pas le même sens de l'humour.

LE CLASH DES GÉNÉRATIONS

« On ne peut plus rien dire ! » se lamentent les détracteurs de la *cancel culture*. « *OK, Boomer !* » leur répondent des foules d'internautes plus jeunes, alimentant un conflit de générations parfois caricatural, et qui a contribué à structurer en partie les réseaux sociaux depuis quelques années.

Si l'expression « *OK, Boomer* » est devenue idiomatique sur les réseaux, elle est aussi le symbole d'un conflit larvé entre deux visions du monde, deux générations. Un *boomer* est issu de la génération du baby-boom, donc née – en Occident – entre 1945 et 1965. Une génération que l'on décrit souvent comme « bénie », puisqu'elle a connu à la fois la paix, la prospérité, la croissance économique ; elle a bénéficié toute sa vie du progrès technique et des avancées sociales ; elle a connu le plein emploi, une certaine libération sexuelle, la démocratisation du tourisme. Les *boomers*, en France, correspondent peu ou prou à la génération de Mai 68 et à celle qui vient ensuite. Ils sont aujourd'hui les cadres dirigeants du pays, tant en politique que dans l'économie ou les médias.

Cette génération bénie, surnuméraire par rapport à celles qui la suivent, est aujourd'hui à la retraite ou en passe de l'être. Elle est sans doute dans les dernières qui bénéficieront de pensions confortables et pourront ainsi cesser de travailler à un âge raisonnable, puis en profiter. C'est aussi celle qui a vu naître et monter la problématique environnementale, et n'a rien fait, ou si peu, pour empêcher le réchauffement climatique, la chute de la biodiversité, la surconsommation. Enfin, elle aura disparu lorsqu'il s'agira d'en subir les conséquences, ou du moins les effets les plus catastrophiques.

Longtemps, les réseaux sociaux ont été l'apanage de générations plus jeunes, de la «X» (1966-1976) à la «Y» (1984-1996). Ces catégorisations sont souvent réfutées par les sociologues qui y voient une généralisation utilisée surtout à des fins marketing, mais elles permettent de définir quelques bornes. Étant né en 1979, donc entre X et Y, je n'y ai jamais accordé un crédit immense*. J'ai pourtant été aux premières loges de l'arrivée en force des *boomers* sur les réseaux durant la décennie 2010. Le Web des années 2000 exigeait de ses utilisateurs un certain bagage technique, une maîtrise de codes multiples – savoir ce qu'est une URL, un site, une indexation, un code source, etc. Quand

* Le marketing n'a pas de limites: en rédigeant ce livre, j'ai découvert qu'il y avait aussi un nom pour cette génération hybride. J'appartiens donc au sous-ensemble des «Xennials», nés entre 1977 et 1983.

les plateformes et les smartphones ont démocratisé ces usages, ils ont permis à tout un chacun, sans aucune formation préalable, de s'exprimer dans l'agora publique mondiale, ce dont personne ne s'est privé. Plusieurs études montrent ce tournant, au mitan des années 2010 : s'ils n'ont pas grandi avec les réseaux sociaux, les *boomers*, comprenant qu'il s'agissait d'espaces d'expression politiques, les ont progressivement investis. Selon une étude de l'organisme américain Pew[37], les plus de 65 ans sont 46 % à utiliser Facebook en 2019, contre 20 % en 2012. Ils représentent le groupe d'âge qui a le plus progressé en termes d'utilisation des réseaux durant la dernière décennie.

Or les réseaux sociaux sont un espace d'expression, mais aussi de luttes pour imposer ses valeurs. L'origine de l'expression « *OK, Boomer* » se place dans ce paradigme. Depuis une décennie, la presse américaine a multiplié les articles critiques à l'encontre des *millennials*, donc la génération Y. En mai 2013, le magazine *Time* lance le mouvement en consacrant sa couverture à cette « *me me me generation* » (génération moi moi moi), expliquant que les *millennials* refusent de grandir, sont hypersensibles aux discriminations (on les dénigre souvent outre-Atlantique en les qualifiant de *snowflakes*, « flocons de neige »), difficiles à manager en entreprise, égocentriques et égoïstes. En 2017, *Business Insider* titre : « Les *millennials* psychologiquement marqués tuent des dizaines d'industries, des serviettes de table à {la chaîne de restaurant} Applebee's », au-dessus d'un article listant dix-neuf secteurs économiques « tués » par cette génération maudite qui n'adopte pas les comportements de consommation de ses aînés[38]. Des études plus sérieuses montrent surtout que la génération Y est née et a grandi dans un environnement bien moins favorable que celui des *boomers*, qu'elle est moins privilégiée économiquement, sans même parler de la question climatique.

Autre facteur non négligeable, la structure d'âge au sein même des organes médiatiques. Les lecteurs de *Time* sont avant tout des *boomers*, de même que ceux de *Business Insider* et de la majorité des titres de presse écrite. Et au sein des rédactions, la pyramide des âges penche souvent davantage vers les plus de 50 ans, surtout du côté des éditorialistes et des chefferies. Ayant essentiellement travaillé dans les sections dédiées au Web, je l'ai vécu avec une certaine ironie : lorsqu'on est journaliste sur Internet, on reste un « jeune du Web », même passé 35 ans. L'un de nos contempteurs les plus virulents et les plus réguliers, adversaire déclaré du fact-checking, Stéphane Soumier – né en 1965 – qui fut longtemps à la tête de la chaîne BFM Business*, expliquera ainsi dans une

* Ce dernier est aujourd'hui fondateur d'une chaîne, BSmart, qui veut « donner la parole aux entrepreneurs ». Il y revendique dans un entretien au *Monde* daté du 9 juin 2020 « de servir la soupe, et d'inviter à table les gens qu'on a envie d'entendre ».

interview donnée au blog «La Ruche Média», en 2014: «C'est ahurissant de penser qu'avec Google, trois bases de données statistiques, un ordinateur et quelques jeunes journalistes en culottes courtes, on va aller contester les chiffres qui sont apportés par tel ou tel responsable politique.» Culottes courtes contre sagesse du vieux briscard: encore un conflit de générations. J'avais répondu à ces attaques dans une longue note. À quelques années près, j'aurais aussi bien pu me contenter d'un «*OK, Boomer*».

Revenons à notre expression. «*OK, Boomer*», qu'on pourrait traduire par «d'accord, l'ancêtre» ou «très bien, l'ancien», apparaît sur divers forums américains, avant de se diffuser sur la plateforme chinoise TikTok*, privilégiée par les adolescents. Avec ce «*OK, Boomer*», des adolescents répondent dans leurs codes et sur leurs réseaux à la critique récurrente de leur génération, par un simple slogan. C'est une manière de traiter le mépris par le mépris, et de résumer en deux mots une pensée simple et quelque part éternelle: vous êtes le passé, nous sommes l'avenir. Des dizaines de vidéos vont reprendre ce slogan, le décliner en rap, en clips, etc. Comme le notera le *New York Times* en octobre 2019, l'expression «marque la fin

* Réseau social chinois, très populaire chez les adolescents et jeunes adultes, qui permet de poster de courtes vidéos souvent accompagnées de musique. TikTok affiche une croissance exponentielle, au point de devenir depuis quelques années «le» réseau scruté par le marketing et les politiques.

de la relation amicale entre générations» et le début d'un conflit générationnel[39].

Si l'on étudie les réseaux sociaux à l'aune de cette fracture, beaucoup de phénomènes s'éclairent. Le mouvement #MeToo, lui aussi structuré par cette question de l'âge, est porté par une génération de femmes qui refusent d'accepter le sexisme et les comportements harcelants banalisés dans la génération précédente. La hargne manifestée par des milliers d'internautes à l'encontre d'une adolescente, Greta Thunberg, se manifeste souvent chez des hommes blancs de plus de 50 ans, qui supportent mal la réalité du changement climatique et refusent d'adapter leur mode de vie. Ce conflit de générations se retrouve aussi dans les tensions opposant les féministes de la génération 1968, qui se réclament de l'universalisme, et les jeunes femmes plus radicales dans leurs actions et leurs slogans – par exemple «*Men are trash*» (les hommes sont des ordures). La dénonciation sans concession d'un système oppressif, qu'il s'agisse de sexisme ou de racisme, passe souvent moins bien chez les plus de 50 ans, qui craignent le «séparatisme», et affirment leur croyance idéaliste en un monde où la couleur de peau ne jouerait aucun rôle, ou chacun serait jugé de manière égale, peu importe ses origines.

Bien sûr, on ne peut pas tout résumer à un conflit de générations. Il existe du reste toute une frange, très active sur les réseaux, de jeunes néoconservateurs assumés qui prônent le retour aux valeurs du « monde d'avant » et à l'image d'Épinal de la France idyllique des années 1960 ou 1970. Ils sont les premiers à dénoncer la *woke culture** portée par les mouvements féministes ou antiracistes, et par extension la *cancel culture*. Très influencés par la droite américaine, ils reprennent ses codes, utilisant par exemple l'expression « *social justice warrior*** » (guerriers de la justice sociale), pour moquer cet activisme ; ou en créant des memes*** pour ridiculiser les « féministes à cheveux bleus » et autres hommes féministes nécessairement *cucks* (littéralement « cocu »). Chez ces jeunes néocons, qu'on retrouve notamment sur le « 18-25 », un forum emblématique du site jeuxvideos.com, on rivalise souvent de virilisme, s'insurgeant contre les « fragiles », glorifiant la musculation et moquant les « hommes soja » gauchistes incapables de se battre physiquement pour leurs idées. Souvent issus de la culture du jeu vidéo et assumant un masculinisme virulent, ces groupes de jeunes hommes

* *Woke* signifie littéralement « éveillé ». Le terme, employé depuis les années 2010 aux États-Unis en marge du mouvement #BlackLivesMatter pour désigner les personnes sensibilisées aux problématiques d'égalité des sexes ou des races, est devenu essentiellement péjoratif.

** Expression péjorative utilisée par leurs détracteurs pour désigner les activistes virtuels engagés sur des causes progressistes (féminisme, droits LGBT...) et leurs méthodes.

*** Un meme est une blague, souvent sous forme d'une image, qui peut être tirée d'un film, d'une BD, de l'actualité ou totalement anodine, et agrémentée de texte. Le meme, qui peut aussi être une image animée durant quelques secondes (un GIF) ou un simple texte, a la particularité de se décliner à l'infini à mesure des reprises qui en sont faites, et d'être adapté et modifié selon les contextes et circonstances. De fait, le meme est souvent drôle uniquement si l'on en possède la référence.

jouent un rôle non négligeable en usant d'une créativité parfois impressionnante pour s'insérer dans le débat. Ainsi, début 2020, un petit groupe issu de cette culture passera des semaines entières à tenter de viraliser une «carte des quotients intellectuels» issue d'une étude douteuse et mal interprétée, qui montrait des QI supérieurs en Europe du Nord, Russie, Amérique du Nord. Une forme de marketing viral identitaire d'autant plus redoutable qu'il se fait sous couvert d'humour. Cette fois, le conflit est intragénérationnel.

Enfin, s'il est un domaine dans lequel la grille de lecture générationnelle est pertinente, c'est notamment dans ma spécialité, l'intox. J'ai pu le constater des dizaines de fois sur Facebook ou Twitter ; ce sont souvent des seniors, des *boomers*, qui diffusent et relaient de fausses informations. Plusieurs enquêtes l'ont confirmé : contrairement à une croyance largement répandue, ce ne sont pas les jeunes qui sont les premières victimes de la désinformation sur les réseaux, mais bien souvent les plus âgés. Une étude des universités de New York et Princeton en 2019[40] a démontré que si environ 9 % des Américains avaient partagé sur Facebook des intox durant la campagne présidentielle de 2016, le pourcentage était de 3 % chez les 18-29 ans, contre 11 % chez les plus de 65 ans. C'est un phénomène que nous avons nous aussi observé des milliers de fois : dans les groupes conspirationnistes de Facebook, la moyenne d'âge est élevée.

Selon moi, c'est surtout une question de culture et d'habitus : les *digital natives* pratiquent Internet depuis leur naissance, ils en connaissent donc mieux la grammaire et se gardent bien de tout prendre pour argent comptant. Ils sont d'ailleurs souvent les premiers à demander du contexte lorsqu'ils sont confrontés à une image ou une vidéo. Pour les plus âgés, familiers d'une ère où l'écrit imprimé revêtait une forte légitimité, quelque chose qui ressemble à un site sérieux est par essence sérieux, comme l'est en principe un journal imprimé. Ils n'ont pas grandi dans un bombardement permanent d'informations, mais avec le journal télévisé et éventuellement un quotidien. Recevoir soudainement un tapis de bombes informationnelles riches en émotions parce qu'ils se sont abonnés à quelques profils ou quelques pages les déstabilise davantage.

La crise sanitaire liée au Covid-19 a cristallisé de façon spectaculaire ce conflit de générations. En août 2020, un chercheur de Sciences Po Grenoble, Antoine Bristielle, a étudié les profils des « anti-masques » français, qui collent pour beaucoup avec celui des *boomers* : « Ce sont des profils assez étonnants puisqu'il y a une plus grande part de femmes (63 %) dans les personnes interrogées. On se rend compte aussi que ce sont des personnes dans des catégories sociales plutôt élevées parce qu'on a une part très importante de cadres : 36 % de cadres parmi les anti-masques alors qu'ils ne représentent que 18 % de la population totale. Des personnes qui sont également assez âgées, avec en moyenne une cinquantaine d'années, et aussi avec un niveau d'éducation assez élevé, avec en moyenne un bac + 2», détaille-t-il dans un entretien à Francetvinfo[41].

Des publics caractérisés aussi par leur défiance à l'égard des institutions et par leurs croyances en diverses théories complotistes, lesquelles sont désormais largement diffusées sur les réseaux sociaux, où quelques grandes gueules, de plus en plus nombreuses et actives, se chargent de les propager.

LA GUERRE DU FAUX

Il est assis dans le salon de sa maison de Grospierres, en Ardèche, chemisette blanche et lunettes ovales, la main droite gantée de noir, l'air sérieux. À ses côtés, son fidèle comparse, M. Chaumont, petit bouc et moustache Troisième République, se charge de poser les questions et de réaliser la séquence. Si leurs mines sont compassées, c'est que l'heure est grave : la Constitution, le texte de loi fondamental de la République française, a disparu. Et personne ne s'en est rendu compte, sauf cet homme de 72 ans, Serge Petitdemange, qui a courageusement accepté d'endosser le rôle de lanceur d'alerte. Heureusement, les réseaux sociaux lui permettent de passer outre la censure des médias, complices évidents, pour alerter la population sur cette forfaiture, ce coup d'État passé presque inaperçu.

C'est en effet par un banal décret du Premier ministre, Manuel Valls, qu'a eu lieu la confiscation de la Constitution. Valls, explique Serge Petitdemange de son phrasé monocorde d'ancien militaire, a instauré par décret fin 2016 un corps administratif d'inspection financière des tribunaux. L'exécutif, en se permettant cette ingérence dans le judiciaire, a donc violé la séparation des pouvoirs. Et puisqu'il l'a violée, alors il n'y a plus de Constitution. Donc plus de gouvernement, ni de légitimité à l'élection d'Emmanuel Macron.

Si ce raisonnement semble délirant, c'est qu'il l'est. Un décret n'a pas le pouvoir de supprimer la Constitution, en vertu d'un principe que l'on appelle la hiérarchie des normes : la Constitution est supérieure aux lois qui sont supérieures aux décrets. Si un décret viole la Constitution, alors il est caduc. C'est bien ce qu'il s'est produit, puisque le décret en question a été annulé par le Conseil d'État quelques mois après sa publication. Pourquoi, alors, cette théorie de pilier de bar en fin de soirée a-t-elle séduit des centaines de milliers d'internautes, qui ont vu en Serge Petitdemange un courageux lanceur d'alerte ? Ce discours sur la Constitution disparue a émaillé les rassemblements de Gilets jaunes, qui l'ont servi à des journalistes perplexes au début de leur mouvement.

Je me suis intéressé à Serge Petitdemange. Son mur Facebook était révélateur : au début, on y trouvait des messages anodins, des proverbes, des « joyeux anniversaire ». Peu à peu, les liens se multipliaient vers des sites de plus en plus improbables, du loufoque à l'absurde : des conseils pour fabriquer un étui à carte bleue à l'aide de papier aluminium afin d'éviter le piratage, des diatribes anti-vaccins… Jusqu'à la folie. En octobre 2019, un octogénaire lui aussi très actif sur Facebook, Claude Sinké, est monté dans sa Ford Fiesta blanche, a foncé en direction de la mosquée de Bayonne pour y mettre le feu, abattant au passage deux personnes qui tentaient de l'arrêter.

Il voulait « venger la destruction de Notre-Dame de Paris », provoquée selon lui par « des membres de la communauté musulmane », expliquera le procureur de la République de Bayonne[42]. Une théorie conspirationniste, une de plus, qui fait florès sur les réseaux sociaux.

Le succès de Serge Petitdemange n'est qu'un exemple parmi d'autres. Des Petitdemange, il en existe des centaines, avec leur combat bien identifié : pseudo-médecine, mainmise des francs-maçons ou des satanistes sur la justice, monopole de la Sécurité sociale et j'en passe. À chacun correspond une communauté d'internautes, ravis de se voir confortés dans leurs préconceptions. Peu importe qu'une information soit vraie ou non, dès lors qu'elle va dans le sens de leurs croyances. En dix ans de vérification, les images et les vidéos sorties de leur contexte que j'ai dû traiter se comptent en centaines, et dans tous les domaines : la saleté à Paris illustrée par des images prises dans les rues au lendemain de la victoire en Coupe du monde de football ; des femmes voilées devant une CAF dont le logo a été ajouté sur Photoshop, l'image ayant été prise en réalité en Grande-Bretagne ; l'héroïque et fort accorte pilote de chasse russe qui s'avère être une mannequin brésilienne qui n'a jamais volé. On retrouve ces images polysémiques partout dans le monde, leur légende recyclée pour coller aux peurs locales. Bienvenue dans la fabrique mondialisée du faux, que quelques internautes vont alimenter en puisant dans les mêmes sources, les mêmes forums. Je pourrais remplir un livre entier de ces petites trouvailles, intox du quotidien qui n'ont pas d'intérêt en soi, mais qui se partagent et se repartagent des milliers de fois, jusqu'à créer une réalité alternative pour des centaines de milliers de personnes. Dans cette réalité, la France compte 20 millions de musulmans, tous islamistes et pro-Daesh, prêts du jour au lendemain à déferler sur nos maisons et nos familles. Dans cette réalité, Microsoft et George Soros travaillent activement à implanter des puces électroniques pouvant modifier notre comportement via la 5G, les vaccins et les compteurs Linky. Dans cette réalité, l'ONU planifie le remplacement des peuples autochtones par des migrants, Donald Trump est l'agent d'une action déterminée de quelques généraux américains contre le *deep state*, l'État profond, un cénacle sataniste et pédophile qui dirige dans l'ombre les États-Unis d'Amérique*. Dans cette réalité, on cache au peuple la forme réelle de la Terre, qui n'est pas ronde, mais plate.

Ce que je décris est bien, pour des millions de personnes dans le monde, une réalité. Elle est alimentée au

* Je fais ici référence à QAnon, une théorie conspirationniste née sur des forums fin 2017 et endossée implicitement par le camp Trump. Elle postule que le président américain œuvre en secret pour neutraliser un vaste complot mêlant démocrates, Hollywood et grandes entreprises américaines, qui tiennent dans l'ombre les rênes du pouvoir. Cette théorie du complot a ceci de particulier qu'elle est polysémique et s'adapte à l'actualité. Elle postulait récemment que les masques, voire la Covid-19, faisaient partie intégrante du complot.

quotidien par des milliers d'articles, de photos, de vidéos, partagées sur Facebook, Twitter ou dans des groupes Telegram* ou WhatsApp. L'extrême droite et les groupes anti-immigration en fournissent un bon contingent, issu des forums et des sites nationalistes du monde entier, lesquels inondent ensuite les réseaux. Bien souvent le public de ces images ne s'intéresse guère à leur contexte : leur violence suffit à renforcer leurs préjugés. D'où cette maxime, que j'ai lue un nombre incalculable de fois : « Si c'est vrai, c'est très grave. » Ou une autre, omniprésente : « C'est peut-être pas vrai, mais ça aurait pu. » L'image n'est plus indicielle car elle ne montre pas ce qui *est*, elle n'est ici qu'une icône, un symbole qui vient appuyer une conviction. Peu importe finalement que ce bateau de migrants débarque en France ou en Grèce, peu importe à quelle date, il y a bien des migrants qui ont débarqué quelque part un jour, le reste n'est que détail.

L'image d'intox est aussi utilisée pour amplifier le réel. Le 31 décembre 2015 à Cologne, dans l'Allemagne en plein réveillon, une série d'agressions sexuelles se

* Messagerie privée similaire à WhatsApp, permettant de créer des groupes publics ou privés et d'échanger des messages. Réputée pour être plus sécurisée que sa concurrente WhatsApp, Telegram est très utilisée dans le monde politique et militant.

déroule dans la rue. Elles sont pour l'essentiel le fait de jeunes hommes issus de l'immigration. Plus de mille deux cents plaintes seront déposées, dont cinq cents pour agression sexuelle. Une cinquantaine de personnes sont interpellées, dont cinq pour agression sexuelle, et deux individus sont condamnés. L'affaire choque toute l'Europe. Mais pour certains c'est une occasion en or, et le moment idéal pour pousser leurs thèses, qu'importe si pour cela il faut détourner des images. L'une d'elles, très partagée, montre ce qui semble être une femme blonde, de dos, frappée par plusieurs hommes basanés[43]. Mais tout est faux: cette image a été prise en septembre, à Budapest, et la personne agressée est en réalité un homme – migrant lui aussi – teint en blond. Une autre image utilisée pour illustrer la violence des agressions de Cologne montre une jeune femme au sol, le visage couvert de sang. Là encore, il s'agit en réalité d'une mannequin britannique, agressée par deux femmes dans un pub de Londres en 2009. Dans une troisième, on voit un homme basané cracher au visage d'une jeune femme blonde. Le cliché vient en réalité d'Australie et tourne sur le Web depuis au moins 2004. Puisque les faits ne suffisent pas, on recourt ainsi à des images hors contexte, illustratives, destinées à provoquer cette émotion supplémentaire. Et qu'importe leur source, puisque les images *existent*. C'est la réponse que l'on me fait bien souvent lorsque je vérifie ces intox: «Vous cherchez à occulter la réalité», «vous êtes complice». Le contexte est l'ennemi de l'émotion.

Sur un réseau social, tout est placé au même niveau, du compte anonyme à celui de l'expert. Tout le monde peut publier dans les mêmes formats et avec autant de chances de voir sa publication partagée. Cette horizontalisation de l'information associée à la défiance croissante envers les médias traditionnels a fait des ravages, car elle a donné à n'importe quel témoignage, direct ou non, mais «authentique» et venu d'un citoyen lambda, une force souvent supérieure au reportage ou à l'enquête d'un journal, que l'on estime par essence sujet au mensonge et à la manipulation. Le 6 septembre 2017, l'ouragan Irma dévaste les Antilles et frappe l'île française de Saint-Martin. Sur Facebook, une certaine Rebecca Riviera se filme, l'air sombre, dans une vidéo de près de vingt minutes. Elle y affirme que «les médias nous mentent» sur l'ampleur de la catastrophe, qui aurait fait selon elle des milliers de morts. Rebecca n'est pas en direct de l'île, elle vit dans le sud de la France. Pourtant sa vidéo dépasse les 4 millions de vues. D'autres internautes postent des vidéos similaires, citant un proche sur place, ou d'autres témoignages entendus «sur Facebook», sans en donner la source. Une femme, Grace, qui vivait sur l'île mais en a été évacuée, raconte elle aussi dans une vidéo qu'il y a «des milliers de morts», qu'«on voit des corps flotter». Lorsque nous l'interrogerons, elle nous précisera qu'elle n'a «rien vu» de ses yeux, mais se base sur les récits de témoins[44]. L'extrême droite s'en mêle aussi, relayant abondamment l'idée que l'État aurait sciemment caché les milliers de morts de l'île et surtout que des pillages, des agressions, des viols ont lieu partout, avec une dimension ethnique : des bandes de Noirs s'en prendraient aux riches Blancs de l'île. Une autre rumeur évoque le déferlement de centaines de détenus évadés d'une prison. Mais à nouveau… rien n'est vrai. Le bilan de l'ouragan est de dix morts et deux disparus. La prison a bien été touchée, mais aucun détenu ne s'en est évadé. S'il y a eu quelques pillages, ils se sont déroulés sans violences. Mais la charge émotionnelle des témoignages, le relais sincère d'internautes touchés par ces coups de gueule, et la capacité de la droite identitaire à faire feu de tout bois sur les réseaux ont provoqué une panique nationale.

Car s'il est un groupe militant qui a compris la puissance des images, c'est la droite dure, qu'elle soit *alt-right* américaine, pro-Bolsonaro brésilienne ou identitaire française. Privés de l'accès aux principaux médias, ces militants ont su maîtriser avant les autres les réseaux et le Web afin de développer des canaux mondialisés où images et vidéos circulent en un temps record, alimentant parfois des campagnes internationales autour d'un seul et même thème, et parvenant régulièrement à franchir la barrière entre leurs sphères d'activistes et des médias plus importants.

En tant que vérificateur, j'ai connu l'un de mes grands échecs à la suite des attentats de novembre 2015. À l'été

2016, des rumeurs ont commencé à circuler à propos de tortures qui auraient été pratiquées sur les otages retenus dans le Bataclan le soir du 13 novembre 2015, mais je n'ai pas réagi à temps. L'information avait été diffusée par deux sites, l'un d'extrême droite, Breizh Atao, l'autre plutôt conspirationniste, Panamza. Tous deux s'appuyaient sur la commission d'enquête parlementaire relative aux moyens de l'État pour lutter contre le terrorisme, lancée en 2016, durant laquelle plusieurs survivants ainsi que des policiers intervenus ce soir-là ont été auditionnés. Dans le rapport de la commission[45], on peut lire le témoignage d'un policier qui explique qu'il y a eu « des personnes décapitées, égorgées, éviscérées », des yeux arrachés et d'autres horreurs. Mais ce policier n'est pas entré dans le bâtiment. Il dit rapporter les propos d'un autre enquêteur, qu'il ne peut identifier. Autre témoignage cité, celui d'un parent de victime, qui dit que l'institut médico-légal lui a refusé le droit de voir son fils, car son corps portait des traces de tortures violentes. Mais dans le même document, l'audition du préfet de police, puis celle du patron de la police judiciaire, démentent ces témoignages. Tous deux sont catégoriques : « Je n'ai reçu aucun message de la sorte provenant de l'institut médico-légal ou de la direction de tutelle de la BAC [brigade anticriminalité] concernée », assure Michel Cadot, préfet de police. « Si ces faits avaient été établis, je pense qu'une telle information ne m'aurait pas échappé », renchérit Christian Sainte, patron de la police judiciaire parisienne. Le procureur de Paris, François Molins, est tout aussi clair: «C'est une rumeur. Les médecins légistes ont été formels: il n'y a pas eu d'acte de barbarie, pas d'utilisation, notamment, d'armes blanches.»

Sur le moment, lorsque je vois passer ces articles, j'hésite à écrire un papier. Je me retrouve à nouveau face à l'éternel problème de la fausse information: en la démentant, je contribue à la faire connaître. Or ici, les deux sites n'ont pas réussi à «percer», et l'intox n'est que peu diffusée. Je m'abstiens donc. Hélas, quelques jours plus tard, Louise Mensch, une journaliste du site britannique HeatStreet, sorte de tabloïd britannique très à droite, publie un article, en réalité un copier-coller des allégations de Panamza et Breizh Atao[46]. Elle n'a évidemment contacté aucun responsable officiel, se contentant de reprendre les extraits les plus sordides cités dans le rapport. Un internaute britannique s'est même amusé à remonter son fil Twitter, où on la voit demander un lien vers l'article à un compte citant Breizh Atao. Cinquante minutes plus tard, son article est en ligne. Je passe une soirée dantesque à tenter de discuter avec cette Louise Mensch pour lui faire comprendre qu'elle a publié une fausse information, en vain. Son site, HeatStreet, est suffisamment connu pour que l'information soit ensuite reprise, sans aucun scrupule, par plusieurs tabloïds britanniques comme le *Daily Mail* ou le *Sun*, ou par le journal conservateur américain *Washington Times*. Lorsque je finis par écrire l'article, il est trop tard: la fausse information est désormais mondialisée.

Pour citer un très vieux film : « *This is the West, sir. When the legend becomes fact, print the legend**. »

Le nouveau paysage de l'information ressemble effectivement au Far West, où se déchaîne une guerre du faux : il suffit de peu de moyens, d'un blog, d'une chaîne YouTube, d'une page Facebook, pour faire naître et prospérer une rumeur. Parfois, grâce à l'activisme et la réaction instantanée de quelques influenceurs ou politiques, elle se transformera en une information nationale, voire mondiale. En France, les identitaires, qui pèsent très peu numériquement, sont devenus au fil des ans des orfèvres en matière d'activisme en ligne, usant de toutes les ruses. En 2016, j'avais produit un recensement d'une douzaine de vrais-faux sites d'information locale, de Nice-Provence Info à Infos-Bordeaux en passant par Paris Vox ou Nord Actu[47]. Tous ces sites proposaient des informations locales tout à fait banales, traitant de radars sur les rocades ou de passage à l'heure d'hiver, mais aussi un contenu beaucoup plus trouble, évoquant sans trêve l'immigration, l'islam, la violence… Ces faux médias étaient en réalité tenus par des militants identitaires qui capitalisent sur la réinformation en créant des sites d'apparence sérieuse, qui passent facilement sur Facebook et dupent les lecteurs en orientant

* « On est dans l'Ouest, ici. Quand la légende dépasse la réalité, alors on publie la légende. » *L'Homme qui tua Liberty Valance*, John Ford, 1962.

leur vision de l'actualité. En quelques années, les identitaires français sont devenus les champions du happening médiatique, qu'il s'agisse d'organiser des «patrouilles» à la frontière franco-italienne pour stopper les migrants ou de brandir une bannière «Justice pour les victimes du racisme anti-blanc» au-dessus d'un rassemblement contre les violences policières à Paris en juin 2020.

Enfin, ils sont passés maîtres dans la diffusion massive de vidéos, d'infos, fausses ou tronquées, pêchées dans toute l'Europe ou aux États-Unis, lesquelles alimentent en flux continu des dizaines de canaux de diffusion, suivis par un public de plus en plus important. L'intox est un processus d'empoisonnement lent. Peu à peu, à force de suivre certains comptes, certains profils Facebook, on finit par se noyer dans ces informations manipulées, puis par ne plus lire que cela. C'est tout le génie du navire amiral de la réinformation, FDesouche. FDesouche.com «est une revue de presse», précise l'en-tête du site, et, de fait, il ne publie quasiment que des informations reprises de médias fiables et crédibles. Mais il les choisit savamment: faits divers impliquant des banlieues ou des migrants, articles consacrés à l'islam, aux mosquées, etc. Un lecteur du site reçoit ainsi chaque jour une rafale de nouvelles parlant d'une seule et même chose: les migrants, les musulmans, la violence, les banlieues. En boucle. Voilà trente ans, hormis quelques journalistes spécialisés ou quelques universitaires, personne n'épluchait quotidiennement l'intégralité de la presse régionale pour en extraire ainsi toutes les informations autour d'un seul et même sujet. Internet rend la chose facile. Et permet de produire un effet d'accumulation saisissant, donnant l'impression que le pays est à feu et à sang, et surtout qu'« on », le « système », les « merdias* », nous le cache.

C'est un argument récurrent du réinformé, que celui d'avoir enfin ouvert les yeux, grâce au Web, sur la réalité qui lui était jusqu'ici occultée par les médias généralistes. L'*alt-right* américaine utilise une métaphore issue du film *Matrix*, celle de la *red pill*, la pilule rouge : au début du film, le héros, Neo, se voit offrir un choix par Morpheus, le chef d'une bande de rebelles qui lutte contre la tyrannie des machines : prendre la pilule bleue et rentrer chez lui, ou prendre la rouge et découvrir la vérité (jusqu'ici il était enfermé, comme toute l'humanité, dans une simulation virtuelle). « Tu prends la pilule bleue, l'histoire s'arrête là, tu te réveilles dans ton lit et tu crois ce que tu as envie de croire. Si tu prends la pilule rouge, tu restes au pays des Merveilles, et je te montre à quelle profondeur descend le terrier du lapin. Rappelle-toi : ce que je t'offre, c'est la vérité, rien de plus[48]. » La vérité des *pillers*, c'est celle que diffusent quelques youtubeurs et quelques forums, de 4chan à la chaîne Reddit r/The_Donald (fermée en

* Un mot-valise couramment utilisé sur les réseaux sociaux pour dénoncer la presse.

2020). Elle passe tout d'abord par la misogynie : la *red pill* révèle que les femmes sont les réelles privilégiées de la société. Mais il existe d'autres pilules, d'autres couleurs, qui peignent un tableau plus général de la société libérale comme un danger, une conspiration, un complot.

Nombre d'auteurs de tueries racistes de ces dernières années se définissaient comme des *pillers* ayant ouvert les yeux grâce à Internet et aux réseaux sociaux. C'est le cas de Brenton Tarrant, l'auteur de la tuerie commise dans deux mosquées de Christchurch, qui a fait cinquante et un morts en Nouvelle-Zélande en 2019, ou de Patrick Crusius, qui a abattu vingt personnes dans un supermarché d'El Paso, au Texas, la même année. Tous deux avaient laissé des textes clairement inspirés des mêmes sources racistes et antisémites, tous deux fréquentaient les mêmes groupes, les mêmes forums en ligne. Tous deux, comme tant d'autres, ont progressivement dérivé vers l'action violente. Ce processus a un autre nom, plus familier : il s'agit de radicalisation terroriste, similaire à celle qu'on observe chez les islamistes. Mais si, après 2015 et les attentats islamistes qui ont frappé la France, celle-ci s'efforce d'ériger un cordon sanitaire des plus fermes à l'égard des radicaux d'Allah, certains médias audiovisuels ont en revanche déroulé un tapis rouge à quelques personnalités, lesquelles se chargent de distiller à un public de plus en plus large une petite musique venue tout droit des franges de la droite la plus extrême.

PASSEURS D'INTOX

Twitter est le réseau social le plus fréquenté par les journalistes*. Peu de confrères, à ma connaissance, passent du temps sur Instagram ou Facebook au quotidien, au-delà de leur usage personnel. En revanche, quasiment tous les journalistes que je connais ont au moins un compte sur Twitter pour pouvoir y faire une veille, et y vont, sinon chaque jour, du moins plusieurs fois dans la semaine. En pratique, Twitter a remplacé le fil AFP; il est devenu notre rendez-vous avec l'actu, le lieu où l'on vient s'informer en premier. C'est donc une plateforme de choix pour se construire une notoriété médiatique à peu de frais.

Dans les années 2000, certains sites s'étaient fait une spécialité de la reprise de contenus viraux. Le plus célèbre s'appelait « Chauffeur de buzz ». L'expression s'est un peu ringardisée, mais la pratique a perduré ; elle s'est amplifiée en une industrie florissante qui se sophistique, permettant à n'importe qui ou presque de connaître son quart d'heure warholien de gloire à peu de frais, à grands

* Une étude de l'application spécialisée en presse d'investigation MuckRack montrait qu'en 2019, 83 % des journalistes américains interrogés déclaraient utiliser régulièrement Twitter.

renforts involontaires des masses indignées des réseaux sociaux. La technique est simple : publier quelque chose de choquant, laisser le temps à la polémique de monter, à chacun de se positionner, et profiter de la notoriété ainsi générée. « Qu'on parle de moi en bien ou en mal, peu importe. L'essentiel, c'est qu'on parle de moi ! » dit la maxime, attribuée à Léon Zitrone*. L'idée est bien plus ancienne que le mot « buzz ». Ce que le buzz a de plus, c'est l'effet d'accélérateur permis par les réseaux sociaux, ingrédient désormais indispensable pour créer l'événement.

En France, l'empereur incontesté de cette technique s'appelle Éric Zemmour. Polémiste, journaliste politique, Zemmour a longtemps officié comme « plume » du *Figaro* et de *Valeurs actuelles*, diffusant auprès d'un lectorat plutôt réceptif, mais relativement réduit, ses idées récurrentes sur la décadence de la modernité, la mort de la virilité traditionnelle, l'invasion migratoire, la tyrannie européenne, etc. Tout va changer à partir de 2006, lorsque Laurent Ruquier lui offre un rond de serviette dans son émission *On n'est pas couché*, qui régnera sur les samedis soir télévisuels durant une décennie. Zemmour officiait déjà sur I>Télé, mais la chaîne d'info continue n'avait

* Pour les plus jeunes lecteurs, Léon Zitrone était un animateur de télévision vedette dans les années 1970.

pas l'audience de France 2, loin de là. Désormais, chaque samedi, Éric Zemmour distille son venin à une audience bien plus large et plus populaire. Ravis, les producteurs d'*On n'est pas couché* se rendent vite compte du succès viral de la petite séquence du polémiste, une fois découpée et isolée sous forme de courtes vidéos, généralement titrées « Zemmour clashe » (tel ou tel invité).

Une simple recherche avec ces mots-clés sur YouTube donne une idée du phénomène : 6 millions de vues pour le clash – de titans – entre Zemmour et l'humoriste Michaël Youn en 2013, 4,4 millions pour la présentation par Zemmour de son livre *Le Suicide français*[49] dans l'émission en 2014, 3,7 millions pour un clash avec la journaliste Léa Salamé au sujet de Vichy, 3,3 millions pour un clash avec l'humoriste Yassine Belattar… Des chiffres d'autant plus étonnants que l'émission de France 2 était regardée par un million de personnes en moyenne. Zemmour est devenu une garantie d'audience, ce qui lui ouvre les portes de RTL, où il officiera de 2016 à 2019, avant de passer sur la chaîne CNews. Chaque fois, le chroniqueur et ses outrances attirent des téléspectateurs, au prix de dérapages réguliers qui lui valent plusieurs condamnations pour provocation à la haine. De quoi peaufiner son image de martyr sacrifié sur l'autel du politiquement correct, et renforcer d'autant plus son aura auprès de sa communauté. Mais il faut regarder au-delà de cette posture provocatrice. En réalité, Zemmour, comme bien d'autres, politiques en tête – Nicolas Dupont-Aignan ou Philippe de Villiers, par exemple –, est un virtuose de la provoc, de la reprise de polémique lancée par quelques anonymes sur Twitter. Et Zemmour, en jouant à ce jeu, endosse bien souvent le rôle de passeur d'intox.

Plus qu'aucun autre, Zemmour est ainsi devenu un blanchisseur de fausses informations et de thématiques d'extrême droite, qu'il a apportées semaine après semaine avec lui à la télévision, instillant dans le canal général des thèmes jusque-là réservés aux franges de la droite identitaire. Zemmour est un fidèle lecteur de sites issus de la fachosphère, on l'a ainsi vu en 2013 brandir des captures d'écran issues du site d'Alain Soral, Égalité et Réconciliation, pour argumenter contre la «tyrannie de la théorie du genre». Ce faisant, il contribue à la visibilité et donc à la popularité de ces sites et de leurs thèses. Le politologue américain Joseph P. Overton a construit au cours des années 1990 un concept qui porte son nom, la «fenêtre d'Overton[50]», pour expliquer comment une société définissait à un moment donné le champ des discours jugés collectivement acceptables. Son idée, largement explorée ensuite par la science politique américaine, postule que la fenêtre est mobile, et peut être élargie. Ainsi, par glissements successifs, ce qui était autrefois jugé inacceptable, car trop radical, trop violent – par exemple un discours identitaire assimilant tout ce qui n'est pas «blanc» à un envahisseur dangereux – peut, à force d'être brandi et repris, passer dans le langage commun. C'est précisément ce que fait Éric Zemmour depuis une décennie : il élargit la fenêtre, rendant acceptables des propos et des discours qu'on ne trouvait jusqu'ici que chez les plus radicaux.

La recette du clash-buzz n'est pas l'apanage de Zemmour : Cyril Hanouna, animateur sur C8, en est un orfèvre. Là encore, la recette est simple : tenir ou faire tenir des propos outranciers à l'antenne, attendre que les réseaux sociaux s'en emparent et s'enflamment, puis profiter des retombées et de la notoriété supplémentaire ainsi acquise grâce aux indignés de Twitter et Facebook qui, en fustigeant ces propos « honteux », « à vomir », leur ont offert une visibilité accrue. Ce piège du buzz est connu de tous, mais quasiment imparable. Il est impensable pour la communauté des twittos de ne pas s'indigner, même en sachant que l'indifférence serait largement plus efficace. Or, cette communauté est scrutée, plus que toute autre, par tous les médias français, lesquels en auscultent les mouvements d'humeur comme un signal faible censé donner la température de l'opinion générale.

C'est particulièrement vrai lorsque votre média doit, chaque jour, organiser des débats autour d'une thématique que vous voulez « concernante » – barbarisme médiatique très répandu. Il est devenu normal et presque attendu de critiquer les chaînes d'info en continu, leur surcharge permanente d'informations, leur fonctionnement monothématique qui les conduit à surcouvrir un sujet et à en passer d'autres sous silence, leur obsession pour le « débat » en plateau. Bien que nombre de ces critiques soient tout à fait justifiées, il est important de comprendre qu'il s'agit surtout d'un modèle économique. De BFMTV à CNews en passant par LCI, les chaînes d'info sont en concurrence permanente pour produire du contenu, 24 heures sur 24, au coût le plus bas possible. Or, la production de l'information télévisuelle est sans doute le format journalistique le plus coûteux. Faire du reportage, de l'investigation, coûte cher, très cher : pour réaliser une bonne enquête, il faut des journalistes chevronnés disposant de bons contacts, du temps, des déplacements, etc. Pour un bon reportage, vous devez mettre des moyens, humains et financiers. En comparaison, entretenir un plateau télé pour y mettre quatre « éditorialistes » qui vont parler une heure – en général sans expertise particulière – de toute l'actu que vous voulez ne coûte pas grand-chose : voilà pourquoi, économiquement du moins, ce format s'impose. Enfin, en termes de viralité, un bon coup de gueule d'éditorialiste rapportera autant sinon plus d'audience, d'engagement, de retombées, qu'un reportage de terrain sur la misère des réfugiés à la frontière de l'Europe ou qu'une enquête de six mois sur l'évasion fiscale des multinationales. Il est donc logique que le format « débat » soit devenu la norme sur ces chaînes.

Dès lors qu'il faut alimenter les plateaux en débats, en continu, à raison de plusieurs heures par jour, la chaîne doit disposer d'un large panel d'éditorialistes et d'intervenants mobilisables, qui sont peu ou pas rémunérés. Là encore, il s'agit d'un principe d'économie, qu'on pourrait appeler le principe du « bon client » : il est bien plus simple et rapide de rappeler une personnalité dont vous avez les coordonnées (car vous l'avez déjà reçue), dont vous savez la disponibilité et la capacité à « bien passer » à l'écran, plutôt que de courir des heures après un vrai expert qui, en principe, a déjà un travail et n'est pas rodé au dispositif. Cet invité couteau suisse, le « toutologue », véritable animal de plateaux débats, est d'autant plus apprécié qu'il sait se rendre disponible. Et tant pis s'il ne connaît pas spécialement le sujet dont il vient débattre, pourvu qu'il sache en discuter dans les formats imposés par la chaîne. Les politiques qui ont compris ce schéma avant tout le monde et savent se libérer à tout moment, tel l'ex-cadre du RN Florian Philippot à une époque, sont donc devenus des piliers d'antenne.

Si possible, le toutologue devra produire non pas de l'expertise, mais de l'outrance. On préférera volontiers un débat animé, voire trash, à l'explication nuancée et parfois monocorde d'un vrai spécialiste. On cherche donc avant tout des forts en gueule, des personnalités capables de bonnes diatribes. C'est le triomphe du format « Grosses Têtes », qu'on voit parfois justifié par la nécessité de « faire peuple», de parler à l'audience avec ses mots. Voilà comment, en direct sur CNews, chaîne dont l'orientation éditoriale penche à droite toute, on en arrive à écouter le journaliste André Bercoff émettre des doutes à tendance conspirationniste sur un fait divers réunissant un sans-papiers, un enfant et un balcon.

L'histoire se passe en mai 2018. Mamadou Gassama, un Malien sans papiers, avait été filmé escaladant lestement les quatre étages d'une façade parisienne pour aller secourir un enfant accroché tête en bas à la rambarde d'un balcon. Le geste courageux avait pourtant déplu à toute une frange de twittos, visiblement révulsés par l'idée qu'un sans-papiers puisse faire acte de bravoure. Aux premiers doutes émis quant à la véracité de la scène filmée ont succédé les théories les plus fantaisistes: l'enfant portait un harnais, ce n'était pas un enfant mais un adulte atteint de nanisme, tout cela était un coup monté, et j'en passe. Un jour comme les autres sur les réseaux sociaux. Mais cette fois-ci, le phénomène va dépasser le stade de l'entre-soi conspirationniste grâce à un homme, un autre passeur d'intox, André Bercoff.

Journaliste plutôt spécialisé dans la culture, passé par de nombreuses rédactions, dont *Valeurs actuelles*, issu de la gauche mais de plus en plus proche de la droite identitaire, André Bercoff s'est fait, sur sa fin de carrière, une spécialité des émissions de débats sur les chaînes d'info.

Sur Twitter, Bercoff assène les mêmes coups de gueule qu'à la télévision. C'est aussi là, visiblement, qu'il vient prendre ses informations. Sur l'affaire Gassama, il va se faire le relais de toutes les théories conspirationnistes, qu'il n'hésitera pas ensuite à propager sur les plateaux où il est invité.

Il adopte une technique que l'on nomme «l'inversion de la charge de la preuve», un raisonnement classique du conspirationnisme où l'on exige de son interlocuteur qu'il lève lui-même les doutes qu'on a émis*. Bercoff ne propose aucune preuve, aucune explication sur le «pourquoi» – pourquoi une telle manipulation, dans quel but? Il se contente d'émettre des doutes, des questions, rythmées de «c'est tout de même troublant». À charge pour les autres d'y répondre. Il va jusqu'à réaliser une émission complète sur Sud Radio, durant laquelle quelques ingénieurs et physiciens au pedigree douteux expliquent, sans aucune connaissance des détails précis de l'incident, qu'il est techniquement impossible que l'enfant soit tombé et se soit accroché au balcon.

* Formulée par le philosophe britannique Bertrand Russell (1872-1970) sous la forme d'une locution latine, *Quod gratis asseritur gratis negatur* («Ce qui est affirmé sans preuve peut être nié sans preuve»), l'idée, fondamentale notamment en droit pénal, est qu'il appartient à celui qui assène un argument d'apporter la preuve de son allégation. Inverser la charge de la preuve, c'est donc partir d'un élément non prouvé, et demander à l'autre de démontrer que ce que l'on déclare est faux, sous peine de le considérer comme vrai.

Pour Les Décodeurs, et pour les vérificateurs en général, c'est un piège implacable, car il faut consacrer du temps et de l'énergie à lever ces doutes pour éviter la propagation d'une rumeur. Nous voilà contraints de publier des articles laborieux pour expliquer que ce que l'on voit sur la vidéo est bien ce qui s'est produit, et que rien ne permet d'affirmer que les choses se seraient déroulées autrement. Journalisme tautologique, qu'on a fini par baptiser en interne «article non virgule», tant les titres se ressemblent: «Non, cette photo n'a pas de rapport avec...»; «Non, l'Europe n'impose pas» telle mesure, etc. L'émetteur des doutes, lui, s'en fiche: il a obtenu une audience avec ses théories et peut passer à autre chose. D'autant que cette affaire n'a aucunement entravé sa carrière médiatique, puisqu'il continue d'être invité régulièrement à des émissions de débat.

Il existe une théorie en sociologie des médias, développée dans les années 1950 par Kurt Lewin et David Manning White, nommée le *gatekeeping*[51]. Elle postule que les journalistes sont les intermédiaires entre l'information et le public. Ils sont les gardiens de cet accès, les *gatekeepers*, et ont pour rôle de filtrer les informations puis de choisir celles qui sont d'intérêt public. En principe, cela consiste à ne pas laisser une théorie conspirationniste se frayer un chemin vers l'accès au grand public. Mais le *gatekeeping* n'a pas résisté à l'attrait du spectacle, notamment aux yeux des chaînes d'info en continu pour qui une outrance dans un débat importe peu, pourvu qu'elle rencontre une audience. Bercoff ou Zemmour sont donc des passeurs, des *gate openers*, qui permettent à ces théories fantaisistes, invraisemblables, invérifiables, d'être diffusées au grand public. Zemmour l'a particulièrement bien fait avec la fameuse théorie du «grand remplacement*», longtemps réservée aux franges extrêmes de la droite, mais désormais largement connue et partagée en France. Bercoff a joué ce même rôle dans l'affaire Gassama, bien que cela n'exclue pas, dans ce cas, une certaine sincérité de sa part. Je soupçonne que, comme beaucoup, il s'est laissé séduire par des rumeurs et des théories présentées sur les réseaux sociaux, car elles renforçaient ses convictions. Et comme beaucoup, une fois bien installé dans cette position de doute, devenue une certitude, il n'a pas pu ou pas souhaité en sortir.

Les programmateurs des chaînes d'info à la recherche de nouvelles voix, de nouvelles grandes gueules, n'ont

* Thèse popularisée en France par l'écrivain Renaud Camus, qui postule que les populations «indigènes» d'Europe sont peu à peu «remplacées» par l'immigration (les «allogènes»), ce qui provoque un changement de civilisation. Largement démentie par les démographes, cette idée, qui recycle les théories identitaires et antisémites de la fin du XIXe siècle, a été citée par plusieurs auteurs de tueries racistes, notamment Brenton Tarrant, responsable du massacre de Christchurch en 2019 qui avait fait cinquante et un morts.

qu'à se baisser pour les ramasser sur Twitter. Au fil des ans, j'ai vu émerger d'autres personnalités médiatiques de ce vivier. Prenez Laurent Alexandre. Urologue de formation, fondateur du site Doctissimo, cette personnalité forte en gueule, engagée en politique un temps aux côtés des libéraux, a d'abord publié des chroniques plus ou moins centrées sur ses domaines de spécialité, notamment la technologie et le futur, dans *L'Express*. Mais c'est sur Twitter qu'il va donner sa pleine mesure en multipliant les outrances et les prises de position provocatrices – contre l'écologie « punitive », contre le véganisme, mais aussi contre l'immigration. Laurent Alexandre a ceci d'admirable qu'il ne cache pas sa méthode. *Vanity Fair* citait ainsi en 2018 l'un de ses amis à qui il expliquait : « Les réseaux sociaux, c'est simple, tu publies deux ou trois trucs clivants par jour et au bout de deux ans, tu as minimum trente mille abonnés[52]. » Lui-même en affiche plus de soixante-dix mille.

De fait, sa théorie est largement validée par de nombreux exemples, de l'activiste anti-Macron Juan Branco au député ex-LREM Joachim Son-Forget en passant par les youtubeurs d'extrême droite comme Raptor Dissident, ou même par le contesté professeur Didier Raoult. Twitter a permis de créer ou d'amplifier la notoriété de toute une galerie de personnages souvent issus de ce réseau et en portant les codes : outrance verbale, positions tranchées, appétit pour le clash et les horions. À force de les observer, j'ai fini par m'amuser à en dresser un schéma général, qui se décline comme une recette de cuisine :

POUR RÉALISER UN BON BUZZ

– Ayez, pour commencer, une forme d'expertise ou d'autorité morale ou intellectuelle dans un domaine (on peut faire sans, mais le succès est moins garanti).

– Prenez une semaine peu chargée en actualité, évitez les moments où un seul sujet domine toutes les conversations.

– Choisissez un thème clivant et générateur de débats importants et tranchés (immigration, islam, droits LGBTQI, etc.).

– Produisez un contenu outrancier, une vidéo choc, un titre racoleur. Si possible avec un minimum de matériel, une image, un graphique, un lien.

– Allez-y franchement dans votre commentaire, l'idée n'est ni d'être juste ni de se faire des amis, il faut choquer.

– Observez tranquillement votre message susciter de l'indignation, donc du bruit, des retweets, des commentaires, un débat.

– Laissez les gens citer votre tweet, pour s'en moquer, s'en indigner, puis vous insulter ; le plus important, c'est qu'ils parlent de vous.

– Mathématiquement, il y aura parmi eux quelques intervenants qui trouveront que vous n'avez quand même pas tort. Que vous êtes courageux d'adopter cette position.

Qu'il faut entendre votre point de vue. Félicitations, vous avez gagné des abonnés.

– Répétez le processus. Soyez à la fois drôle et outrancier si possible. En cas d'absence de contenu à produire, vous pouvez vous moquer de vos détracteurs, en les citant, pour rallumer la flamme. L'idée ce n'est pas de vous faire aimer, mais de vous faire connaître, et d'agréger de nouveaux abonnés.

– À force de suivre cette recette, vous voilà naturellement à la tête d'une petite communauté prête à vous écouter et à vous suivre, et qui vous donne du même coup une légitimité. Étape suivante, le plateau télé ou la chaîne YouTube.

Si la recette est évidemment caricaturale, elle demeure efficace, et repose sur le plaisir simple que sont l'argumentation et le retweet, le petit bonheur d'un message partagé, liké, commenté, débattu. Et l'addiction qui en découle. Certaines personnalités, comme le professeur de philosophie Raphaël Enthoven, devenu spécialiste du clash permanent sur Twitter, dissimulent à peine la jubilation que leur procure la pratique de la contradiction argumentative systématique, de l'outrance rigolarde au nom du sacro-saint débat à tous crins.

Tout est-il vraiment sujet à débat? C'est à mon sens l'une des raisons majeures de cette crise de la vérité: lorsque tout se discute, que tout est contestable, la vérité disparaît des radars. Un documentaire fascinant de Daniel J. Clark produit par Netflix en 2019, *Behind the Curve*, permet de plonger dans le petit monde des platistes, les tenants d'une théorie selon laquelle la Terre n'est pas ronde, mais plate. On y découvre une communauté de passionnés, farfelus plutôt que méchants, qui mettent une énergie incroyable à tenter de prouver – y compris scientifiquement, ce qui donne lieu à des scènes des plus cocasses – leur hypothèse, malgré les moqueries, malgré les faits eux-mêmes. Surtout, on comprend qu'ils ne réclament pas d'imposer leur « vérité ». Ce qu'ils réclament, c'est le droit d'en débattre, le droit pour leur théorie d'exister en tant que telle, comme le créationnisme, qui a fini par l'obtenir dans plusieurs États américains, où il est enseigné aux enfants au même titre que la théorie de l'évolution*. Les platistes font sourire en France. Beaucoup moins au Brésil, où les enquêtes d'opinion montrent que 5 % à 7 % de la population, soit des millions de personnes, ont adopté cette croyance[53].

En permettant l'horizontalisation des savoirs, en mettant sur le même plan et dans les mêmes formats un expert avéré d'un domaine et un compte anonyme qui

* Le créationnisme est une théorie religieuse qui invalide les découvertes de la paléontologie et la théorie de l'évolution. Ses défenseurs tentent de justifier scientifiquement les textes bibliques, en expliquant entre autres que l'homme descend bien d'Adam et Ève et a été contemporain des dinosaures.

réfute sa théorie, les réseaux sociaux ont mis à bas la notion même d'autorité des sources. Chacun peut accéder à une infinité de faits, de théories, de postulats ; il n'y a plus qu'à faire son marché, à choisir ses convictions et ses infos en fonction de ses propres présupposés et de ses propres biais. Puisque tout se vaut, tout peut être débattu et contesté, du réchauffement climatique à la vraie recette des pâtes carbonara en passant par la rotondité de la planète. Le printemps 2020, celui du Covid-19 et de la chloroquine, en a offert un exemple parfait, durant ces quelques mois où toutes les conditions ont été réunies : une situation de crise, une grande gueule incarnée par le professeur Raoult, un médicament miracle avec l'hydroxychloroquine, contesté par des spécialistes mais aussitôt adopté par quelques politiques. Didier Raoult va surtout être adulé par des millions de gens qui s'improviseront épidémiologistes à la petite semaine. Pour les scientifiques, le résultat – outre un débat d'envergure mondiale sur la chloroquine – se chiffre en milliers d'heures perdues à démontrer son inefficacité, au lieu de chercher un réel remède. Surtout qu'entre-temps l'un des passeurs d'intox les plus efficaces de la twittosphère s'est lui-même emparé de la potion magique ; Donald Trump, le président des États-Unis d'Amérique.

LE PRÉSIDENT ÉTAIT UN TROLL

Nous sommes le 11 janvier 2017, à New York. Debout derrière son pupitre, sur fond de drapeaux américains, le président élu – mais pas encore officiellement investi – tient une conférence de presse à son quartier général de la Trump Tower. Sa mèche blonde, aussi travaillée que d'habitude, n'est pas encore devenue le symbole familier de quatre années de présidence chaotique. Jim Acosta, le correspondant chevronné de la puissante chaîne CNN à la Maison-Blanche, souhaite poser une question. « Non, pas vous. Votre chaîne est nulle », répond Trump. Quelques jours plus tôt, CNN a fait état des soupçons au sujet de liens entre Trump et la Russie de Poutine. Furieux, le président élu vient de s'en plaindre durant de longues minutes. Un brouhaha s'élève dans l'assistance des journalistes politiques, peu habitués à autant d'agressivité. Acosta insiste : « Puisque vous nous attaquez, pouvez-vous nous laisser vous interroger ? Monsieur le président élu, pouvez-vous nous laisser une chance ? » De plus en plus excédé, Trump pointe Acosta du doigt : « Non, je ne vous laisserai pas me poser une question. » Puis il hausse encore la voix – cette fois-ci, il crie : « *You're fake* *news**! » Le ton est donné, et ne bougera guère. L'Amérique vient d'élire un troll comme président.

Durant une bonne partie de ma carrière de vérificateur, particulièrement lorsqu'il s'agissait de démonter des rumeurs ou des bobards dans des articles de « *debunking*** », j'ai été confronté à de nombreuses réactions sceptiques, essentiellement chez mes abonnés Twitter. « Mais qui croit vraiment à ces trucs ? » Derrière cette critique – émanant souvent de personnes diplômées et très bien informées –, on nous reprochait de perdre du temps et de l'énergie à vérifier des rumeurs improbables que seuls les individus les plus crédules pouvaient gober ; ce faisant, nous leur offrions plus de visibilité. Selon eux, cette forme de *debunking* était donc au mieux inutile, au pire dangereuse. Il valait mieux laisser ces théories fumeuses dans leur coin et revenir à du journalisme digne de ce nom. D'ailleurs, nous allions chercher tout ça sur Internet, qui, comme chacun le sait, n'est pas « la vraie vie », tout au plus un univers rempli de choses farfelues

* « Vous diffusez de fausses informations ! » *Fake news* signifie littéralement « fausse nouvelle », « fausse information », dont il faut préciser qu'elle est en principe intentionnelle (*fake* a un sens un peu différent de *false*, « erroné »). J'ai choisi volontairement d'éviter le terme dans ce livre, car il est devenu trop polysémique (le président Donald Trump en use et abuse notamment à l'encontre des médias américains), agrégeant erreur involontaire et volonté délibérée de tromper, deux choses pourtant très différentes.

** Désigne l'action de démonter une rumeur, et par extension la pratique de vérification de cette rumeur afin de démontrer son caractère non avéré.

qui n'ont aucune prise réelle. Ce sont probablement les mêmes personnes qui ont tant ri, en 2015, des velléités de candidature d'un milliardaire américain surtout connu pour ses frasques et son rôle d'animateur d'une émission de téléréalité. Et ceux-là mêmes qui ont estimé jusqu'au bout que le référendum sur le départ du Royaume-Uni de l'Union européenne, le Brexit, n'avait aucune chance de passer. À présent il serait trop facile de me moquer à mon tour, de souligner leur manque de perspicacité ou leur déconnexion visible avec notre époque. La réalité, c'est que nous étions tous dans le noir. En cette année 2016, Internet a rattrapé puis dépassé la réalité ; entre juin et novembre, deux votes décisifs ont suffi à établir clairement qu'Internet, c'était bien la vraie vie. Et que les intoxiqués de Twitter et Facebook étaient aussi des électeurs.

Durant la campagne du Brexit, au Royaume-Uni, le camp du «*Leave*» (pro-Brexit) a utilisé tous les ressorts possibles, à commencer par le mensonge. Lorsque le UK Independence Party (UKIP) utilise une affiche de campagne titrée «*Breaking Point*» (point de rupture), qui figure une foule d'immigrants, le message, à défaut d'être subtil, est très clair : l'Europe, c'est l'immigration. Peu importe que l'image en question ait été prise à la frontière entre Slovénie et Croatie. Citons aussi le *Boris Battle Bus*, le bus de campagne rouge de Boris Johnson, maire de Londres et pro-Brexit, où figure une inscription expliquant «nous envoyons 350 millions de livres par semaine [à l'Union européenne], finançons plutôt le NHS ! [la Sécurité sociale britannique] ». Or ces chiffres sont faux, la somme est bien moindre et, surtout, elle ne prend pas en compte ce que l'UE verse au Royaume-Uni.

Mais on l'apprendra plus tard : le Brexit, c'est surtout l'un des premiers grands succès d'une entreprise britannique, aujourd'hui dissoute, qui va beaucoup faire parler d'elle. Cambridge Analytica, créée en 2013, est la propriété du milliardaire conservateur Robert Mercer et de sa famille, des proches de Donald Trump. Il cherche à révolutionner la communication politique en utilisant les données et les réseaux sociaux. Comme le révélera en 2018 Christophe Wylie, lanceur d'alerte et ancien employé de l'entreprise, les données collectées – illégalement pour une part – par Cambridge Analytica vont bien plus loin que tout ce qui existe alors en matière de marketing politique : usant de méthodes empruntées à la psychologie comportementale, elles permettent un ciblage extrêmement précis de groupes d'utilisateurs à qui l'on peut envoyer des contenus spécifiquement formulés pour les toucher, les faire réagir, les « engager ». Cambridge Analytica offre donc la possibilité d'identifier au plus près à qui on adresse quel message, y compris une information fausse ou déformée. Dans le cas du Brexit, il s'agira d'un tapis de bombes d'intox, massivement diffusées sur Facebook, jouant pour l'essentiel sur la peur de l'immigration.

Toujours selon Wylie, la plateforme officielle du *Leave* a consacré 40 % de ses dépenses à rémunérer une filiale de Cambridge Analytica au Canada[54]. A-t-elle suffi à renverser l'élection ? Il faut se méfier de la facilité téléologique qui impute tout à la technologie. Le *Leave* a gagné car il a su convaincre, le *Remain* a perdu car il n'a pas réussi à proposer un projet fédérateur. Reste que cette nouvelle manière de faire de la politique en utilisant le ciblage direct et le marketing psychologique personnalisé est inquiétante, en termes de manipulation d'opinion, et pour la démocratie en général.

Un autre homme proche des Mercer va utiliser toute la puissance de Cambridge Analytica. Steve Bannon a la soixantaine, porte le cheveu long et aime à empiler plusieurs polos, qu'il porte col relevé, les uns sur les autres. Proche de la droite la plus radicale, cet ancien officier de la Navy devenu banquier, puis producteur, est le président exécutif du site Breitbart, le navire amiral de l'*alt-right*. Robert Mercer, toujours lui, en est actionnaire. Depuis 2007, Breitbart pilonne sans relâche l'administration démocrate, les Clinton, emploie des chroniqueurs issus de mouvances antisémites et identitaires extrémistes et contribue à radicaliser une partie de la droite américaine contre l'« establishment » de Washington, l'immigration ou le progressisme. En août 2016, lorsque Trump embauche Bannon et lui propose de diriger sa campagne, il fait coup double : le site Breitbart se met à son service et adopte une ligne éditoriale de soutien sans trêve au candidat républicain. Un autre média majeur va jouer le même rôle : la chaîne d'information conservatrice Fox News, propriété du milliardaire conservateur Rupert Murdoch, un ami de longue date de Donald Trump, et qui domine le marché de l'information télévisée. Ces deux organes de presse conservateurs vont donc dérouler un tapis rouge à Donald Trump, tout en torpillant son adversaire démocrate.

Mais Bannon voit plus loin. Plus que d'autres, il a compris l'importance des réseaux sociaux et de leur culture. Il a étudié les forums comme Reddit ou 4chan, lieux d'échanges entre jeunes hommes aux valeurs conservatrices, et il a décidé de faire de son candidat un produit de la culture Internet. Donald Trump s'y prête à merveille : magnat de l'immobilier milliardaire, grand amateur de coups de communication – on a pu l'apercevoir sur les rings de catch américain –, il est connu dans toute l'Amérique pour avoir animé durant des années *The Apprentice*, une émission de téléréalité où il jouait le patron tyrannique face à des candidats en recherche d'une embauche, les éliminant les uns après les autres avec sa célèbre réplique « *You're fired* » (vous êtes viré). En mai 2016, après une campagne où il multiplie les déclarations tonitruantes et les propositions incongrues, la victoire éclair de Trump à la primaire républicaine est un premier choc pour l'establishment. Sa campagne, Trump l'a menée en grande partie depuis son compte Twitter, qui affichait déjà plus de 4 millions d'abonnés début 2016 (85,5 millions en août 2020) et dont il a un usage frénétique et agressif. Il aime y insulter et provoquer sans vergogne ses adversaires ou les journalistes, dans un style bien à lui, ponctué d'interjections rédigées en lettres capitales : «*SHAME!*» (honte), «*SAD!*» (triste), etc. Il n'a pas plus de scrupules à mentir, exagérer, déformer les faits au service de sa rhétorique. Cette stratégie* inédite laisse pantois politiques et journalistes, mais séduit une jeunesse de droite dure en quête de discours et de postures radicales. En bon twitto, Trump possède toute une réserve de slogans, comme «*Drain the swamp*» (nettoyer les «égouts» que sont à ses yeux la politique américaine et la classe politique de Washington). Lors d'un meeting dans l'Iowa, à Cedar Rapids, en avril 2016, quelques opposants se sont introduits dans le public. Il encourage ses supporters à «*knock the crap out of them*» (leur casser la figure). «Je paierai les amendes, je vous le promets», ajoute-t-il, sourire aux lèvres. Il n'hésitera pas à répéter ce petit numéro à plusieurs reprises dans ses meetings.

Ce n'est que le début. Nommé candidat, Trump lance avec Bannon une campagne qui s'appuie très largement sur les réseaux sociaux, faisant un usage particulier de Facebook.

* Laquelle a connu son paroxysme après la défaite de Donald Trump aux élections de novembre 2020 ; durant des semaines, il a relayé des théories conspirationnistes sur son compte Twitter, affirmant que l'élection était truquée.

Entre juin et novembre 2016, son équipe dépense 44 millions de dollars en publicités ciblées, contre 28 millions pour Hillary Clinton[55]. Brad Parscale, directeur numérique de la campagne de Trump, expliquera dans un entretien à la chaîne CBS en octobre 2017: «Twitter était le canal par lequel Trump a parlé au peuple, Facebook était le canal par lequel il a gagné.» Ainsi, pendant que la communication outrancière du candidat focalise l'attention médiatique, ses équipes opèrent des bombardements ciblés de messages politiques. Le directeur numérique détaille, au cours de la même interview, comment Facebook lui permettait de cibler précisément de petits groupes de votants, sur des problématiques locales spécifiques, et de leur fournir un message personnalisé. Ou une intox. En octobre 2016, une enquête de BuzzFeed portant sur mille informations diffusées sur ces pages montrait que 38% des contenus proposés sur les espaces pro-Trump étaient de fausses informations[56]. Ainsi, en juillet, une intox assurant que le pape François soutenait Donald Trump a été partagée plus d'un million de fois. Elle doit en partie son succès à l'algorithme de Facebook, qui privilégie l'engagement, donc la réaction, et tend à aggraver la situation en rendant ces contenus d'autant plus viraux. Et quand cela n'est pas suffisant, des «fermes à contenus*»

* Conçue pour imiter les vrais sites d'information, la ferme à contenus publie de manière industrielle des articles de piètre qualité avec une titraille et un sujet racoleurs. Le but est de maximiser le nombre de clics vers leurs espaces, ce qui génère du revenu publicitaire. Ces sites ciblent en particulier Facebook, et vont jusqu'à créer des pages thématiques («humour à gogo», «nous les filles», etc.) afin de mieux promouvoir leurs contenus.

vont, elles aussi, jouer leur rôle en reprenant ces mêmes intox, sans aucune arrière-pensée politique, simplement parce qu'elles suscitent des partages et des clics. Ces procédés sont largement répandus et le camp démocrate n'est pas en reste, avec 19 % de fausses informations sur ses pages.

En janvier 2020, Andrew Bosworth, dit « Boz », l'un des vice-présidents de Facebook, livre son analyse dans un message destiné à ses collègues, puis rendu public* : « Facebook est-il responsable de l'élection de Donald Trump ? » « Je crois que la réponse est oui, mais pas pour les raisons auxquelles tout le monde pense. » Pour lui, Trump « n'a pas été élu à cause de la désinformation russe ou de Cambridge Analytica. Il a été élu parce qu'il a mené la meilleure campagne de publicité sur Internet que j'aie jamais vue. Point final ».

Au-delà de cet usage efficace de l'écosystème de Facebook, Steve Bannon n'a pas négligé non plus la guerre culturelle. La campagne Trump fait feu de tout bois, forte du soutien de certaines communautés extrêmes. On y retrouve la jeunesse masculine et viriliste des forums de 4chan ou Reddit, qui pour l'occasion s'est dotée d'un

* Le message sera posté sur son profil Facebook le 7 janvier 2020.

nom, la *Trump's Troll Army* (l'armée de trolls de Trump), au service de celui qu'elle surnomme « l'empereur-dieu* ». La page Reddit r/The_Donald, espace dédié à ce fan-club, comptait près de trois cent mille abonnés avant sa fermeture. L'un des memes utilisés sur ces forums depuis des années, un dessin d'une grenouille nommée Pepe the Frog, devient un symbole de la droite nationaliste et des pro-Trump. Trump saisit cette occasion et le reprend sur Twitter, publiant une version où Pepe, affublé de sa mèche blonde à lui, figure sur un podium présidentiel. Le candidat assume ainsi sa transformation en meme Internet : la boucle est bouclée.

Ces entreprises de communication paraissent sans doute risibles, mais le ridicule va s'inviter dans « le vrai monde » de façon très concrète. Parmi les intox diffusées par la *Trump's Troll Army*, une thèse conspirationniste baptisée « *Pizzagate* » postulait l'existence d'un vaste réseau pédophile, dont aurait fait partie le directeur de campagne d'Hillary Clinton, John Podesta. Elle doit son nom au Comet Ping Pong, une pizzeria de Washington fréquentée par les Clinton et qui serait l'un des centres névralgiques de l'opération. Un sondage effectué en décembre 2016 montre que 14 % des électeurs de Trump

* On retrouve encore une fois une référence à l'univers de la science-fiction et des jeux vidéo, ici la saga dystopique *Warhammer 40,000*.

sont convaincus de son existence, que 32 % doutent, et que seuls 53 % pensent qu'il s'agit d'une intox[57]. Le même mois, Edgar Maddison Welch, un habitant de Caroline du Nord de 28 ans, fera irruption, fusil-mitrailleur en main, dans la fameuse pizzeria, afin d'y délivrer les enfants qu'il pense prisonniers. Qui a encore envie de rire ?

Facebook, Twitter, Fox News, armées de trolls et de communicants, le tableau est presque complet. Mais il manque un autre précieux allié à Donald Trump pour s'assurer la victoire : la Russie de Vladimir Poutine. Si le rôle et l'influence précis des Russes sur l'élection restent matière à discussion et à enquête, les services de renseignement américains ont établi qu'ils ont au moins joué un rôle dans le piratage des ordinateurs du comité national démocrate, qui fuite sur le site Wikileaks en juillet 2016. Cette fuite empoisonne juste assez la campagne de la candidate Hillary Clinton, qui devra en permanence se justifier dans diverses polémiques résultant de leur divulgation. La Russie met aussi au service de la campagne de Trump ses « usines à trolls » : des organisations spécialisées où des centaines de professionnels administrent des milliers de comptes sur les réseaux sociaux, où ils peuvent attiser des polémiques ou exprimer un soutien. Si de nombreuses enquêtes journalistiques[58] ont établi tant leur existence que leur activité en faveur de Trump, on ne peut pas affirmer pour autant que les trolls russes aient été à eux seuls décisifs dans sa victoire. Hillary Clinton a souffert d'un déficit d'image, et son équipe de campagne n'a pas su concentrer ses efforts sur certains États-clés qu'elle pensait acquis, mais qui ont finalement basculé dans le camp de Trump, offrant à ce dernier la victoire. Même s'il n'a pas remporté le vote populaire, le système d'élection américain lui a permis d'obtenir la majorité des grands électeurs. Le 8 novembre 2016, Donald John Trump devient le 45e président des États-Unis.

Avec Trump, c'est Twitter et sa culture qui accèdent au pouvoir avec toute la mauvaise foi, toute la hargne, tout le delirium propres au réseau social. Le nouveau président refusera d'ailleurs d'abandonner son compte Twitter de candidat, @therealdonaldtrump au profit du compte officiel de la présidence. À vrai dire, il ne change en rien ses habitudes, l'utilisant comme un canal de communication permanent pour commenter l'actualité du matin au soir et tempêter contre ses adversaires. En moyenne, Trump publie une dizaine de tweets par jour en début de mandat, un chiffre qui montera jusqu'à plus de trente par jour en 2020. En un sens, il ne déçoit pas : les débuts de sa présidence sont aussi délirants, grandiloquents, ridicules que le personnage. Il nomme des membres de sa famille aux postes les plus stratégiques et continue de raconter des bobards. En août 2020, le *Washington Post*, qui en tient un comptage précis, arrive au chiffre ahurissant de vingt mille intox proférées depuis son élection[59].

Le jour de la prestation de serment du président Trump, le 20 janvier 2017, la foule présente devant le Lincoln Memorial est nettement moins importante que lors de l'intronisation de Barack Obama en 2009, ce que ne manque pas de noter la presse. Le lendemain, le nouveau porte-parole de la présidence, Sean Spicer, accuse «certains membres de la presse» d'avoir «délibérément rapporté de fausses informations». Citant quelques déclarations de journalistes sur Twitter, il est catégorique : la foule représentait selon lui «la plus grande audience à avoir assisté à une investiture, point final». Puis le porte-parole quitte la salle de presse sur ces mots, refusant de répondre aux questions qui suivent. Le lendemain, c'est au tour de Kellyanne Conway, l'une des conseillères du président, de faire face à la presse, qui ne manque pas de l'interroger sur la sortie de Spicer. Sa réponse donne le ton pour les quatre années suivantes : «Notre porte-parole, Sean Spicer, a donné des faits alternatifs.» Faits alternatifs, ou triomphe de la post-vérité[60], nous sommes entrés dans une nouvelle ère.

LE DÉCODEX, OU L'HISTOIRE D'UNE TENTATIVE RATÉE

Avec l'élection de Donald Trump et la sortie annoncée du Royaume-Uni de l'Union européenne, une partie de l'élite économique et politique mondiale – disons pour caricaturer le «camp progressiste» – plonge dans une perplexité et une inquiétude croissante. Les fous, les hystériques des recoins du Web, ceux qu'on observait d'un œil dédaigneux, ont remporté deux victoires électorales majeures dans deux grands pays. Et Internet, les réseaux sociaux et leur économie du faux si profitable y ont grandement contribué. Lorsque l'année 2016 s'achève, le doute n'est plus permis: l'utopie informationnelle du début de 2010 a viré à la dystopie.

Restée jusqu'ici dans l'ombre, la communauté des vérificateurs attire soudainement la lumière. Si les médias, les politiques et les GAFAM nous prêtent davantage d'attention, ils en profitent également pour émettre de sérieuses réserves. Certains confrères, dont le journaliste Daniel Schneidermann, patron du site Arrêt sur Images et grand critique des médias, me le diront sans détour: selon eux, l'élection de Trump montre que le fact-checking a échoué, tout simplement. Je ne peux m'empêcher de trouver la critique cruelle, et ceux qui la profèrent un peu naïfs; comment attendre d'un format journalistique si récent qu'il ait un tel impact sur la société? A-t-on estimé que le reportage de guerre avait échoué, puisqu'il y a toujours des guerres? En réalité, voilà bien longtemps que nous avons abandonné la prétention – si nous l'avons jamais vraiment eue – d'être le seul remède aux fausses informations. La masse d'intox à trier est devenue titanesque, surtout depuis que les plateaux télé et newsmagazines ont généreusement offert du temps d'antenne aux passeurs d'intox. Nous sommes l'équivalent de la Drug Enforcement Agency (DEA) américaine qui a fait face à l'importation massive de cocaïne aux États-Unis dans les années 2000: nous n'avons tout simplement pas les moyens d'arrêter un flux si énorme.

Tous les jours, je sais pertinemment que le temps consacré à vérifier une image trafiquée a permis à une centaine d'autres d'être publiées et de circuler librement. Je me rappelle une réunion avec l'équipe des Décodeurs, pendant laquelle j'avais lancé, en plaisantant à moitié: «Vous êtes un peu comme les X-Men*, vous vous battez pour sauver un monde qui vous déteste.» Cette remarque ironique était une tentative pour lutter contre le découragement qui s'installait parfois. En réalité, nous étions

* Les X-Men sont des personnages de comics issus de l'univers Marvel. Ce sont des mutants, dotés de superpouvoirs, qui leur valent d'être rejetés par la société, alors même qu'ils tentent de s'en servir pour faire le bien.

– tout comme l'ensemble de la rédaction du *Monde* – inquiets, dépassés, anxieux à l'idée de voir se répéter en France les mêmes mécanismes qui avaient ouvert à Trump les portes de la Maison-Blanche.

Aux États-Unis justement, un autre acteur majeur fait sa propre introspection et s'intéresse lui aussi soudainement à la vérification factuelle. S'ils n'ont pas de remède miracle aux intox, les GAFAM, dont les outils portent une grande part de responsabilité dans cette crise de l'information, ont de l'argent en abondance. Voilà plusieurs années, par exemple, que Google a démarré plusieurs programmes de financement de projets innovants dans la presse traditionnelle. De notre côté, nous avons de plus en plus le sentiment de vider la mer avec une épuisette : nous décidons de faire évoluer notre méthode de fact-checking pour traquer les intox à la source. En effet, s'il est impensable de traiter toutes les fausses informations, leurs points d'origine nous sont connus. À force de baigner dans cet écosystème, nous avons appris à identifier les sites peu fiables, les faux-nez. Mais le grand public, lui, les méconnaît, d'autant plus que ces sites sont peu évoqués par les médias généralistes.

À cette époque, un projet porté par le journaliste qui coordonne la vérification, Adrien Sénécat, patiente depuis quelques mois dans nos cartons ; nous voulons créer une sorte d'annuaire de ces sites toxiques, un endroit où les internautes pourront venir se renseigner sur la source de l'information *avant de la partager*. Nous comptons y lister les grands classiques de la réinformation d'extrême droite, mais aussi ces réseaux de pages sur les médecines alternatives qui inondent Facebook de contenus hostiles à la vaccination ou proposent des médicaments bidon. Ou encore quelques sites de canulars, comme le célèbre belge Nordpresse, qui s'enfonce de plus en plus dans un registre douteux où la tromperie n'a plus pour but de faire rire, mais bien souvent de générer du clic. Jusqu'ici, tout va bien; dans notre esprit, il s'agit d'une sorte de guide Michelin, une ressource offerte à nos lecteurs, et qui répondrait à une question en apparence simple: ce site est-il fiable? Le projet, pour lequel nous demandons un financement à Google, est lancé en interne à la rentrée 2016. On le baptise en référence à une blague entre nous: le Décodex est né.

Au fil de sa conception, nous complexifions le dispositif: il nous semble intéressant de classer également les sites que nous jugeons fiables, ceux des grands médias, ou d'organismes spécialisés. Le but est défensif: nous anticipons les critiques qui vont nous accuser de censurer l'information alternative. En ajoutant des médias connus à notre classement, il s'agit de montrer que nous n'avons pas uniquement créé un index des «petits» sites. Lorsque nous imaginons notre logique de code couleur, c'est aussi dans une volonté de simplification, d'ergonomie: le système doit être clair et lisible rapidement par un internaute ; l'idée des feux tricolores l'emporte, vert pour les sites fiables, orange pour les douteux et rouge pour les plus dangereux. Nous savons que le projet va susciter des remous – même si nous n'avons pas mesuré la hauteur de la claque qui va s'abattre sur nous –, mais nous ressentons une forme d'urgence, de nécessité : la présidentielle française arrive, l'intox devient un sujet majeur, il nous semble urgent d'agir, d'expérimenter, d'innover. Nous sommes donc pressés, mais pas complètement naïfs, et d'emblée nous devinons certaines des critiques auxquelles nous nous exposons ; le Décodex faisant partie du journal *Le Monde*, on nous reprochera d'être à la fois juges et partie.

Le projet est enfin lancé le 1er février 2017. La majeure partie du travail, titanesque, a consisté à classifier des centaines de sources, qui constituent une base de données. L'outil comporte une page dotée d'un moteur de recherche où les internautes peuvent taper le nom d'un site et lire une notice à son sujet, ainsi qu'une extension de navigateur, un petit programme à installer, qui affiche automatiquement une fenêtre d'avertissement dans un coin de l'écran, ou encore d'un *bot*, un programme de dialogue automatisé via l'outil Messenger de Facebook, capable d'interagir par message avec l'utilisateur. Il s'agit d'une première version qui a déjà demandé beaucoup de travail à notre équipe réduite, accaparée par bien d'autres choses. Nous avons préparé des contenus pédagogiques, notamment un manuel sur les manières d'éviter de se faire avoir par une intox, les bons réflexes à adopter face à une information, etc.

Dès le lancement, pourtant, je comprends que nous allons dans le mur. Le projet soulève un tollé presque unanime, sinon du grand public, du moins de la communauté intellectuelle et journalistique parisienne. J'ai sous-estimé beaucoup de paramètres, à commencer par le poids unique du *Monde* dans le paysage des médias français. Là où nous pensions concevoir un guide subjectif, beaucoup voient une forme d'index impératif conçu par un quotidien de référence dont l'avis pèse lourd. La critique reviendra très souvent: l'idée n'est pas mauvaise, mais ce n'était pas à nous de la lancer. L'histoire aurait sans doute été différente si le classement avait émané d'une université, d'un comité de sages, d'un acteur indépendant. De fait, si plus tard le Décodex a fini par connaître un certain succès, outre le public scolaire ou les professionnels de l'éducation aux médias et à l'information (EMI), c'est bien auprès de la communauté des chercheurs et des spécialistes, qui ont utilisé notre base comme un outil pour identifier et classifier des diffusions d'intox à de nombreuses reprises.

L'autre élément qui joue en notre défaveur, c'est que le lancement se fait en pleine campagne présidentielle, alors que les opinions se polarisent et que les camps politiques se tendent et s'opposent. Cet autre biais nous a échappé : notre classement a pris une dimension politique. Enfin, dans un souci de transparence, nous avons ouvert notre base de données, afin que tout le monde puisse regarder notre classement dans le détail, ce que feront un grand nombre d'utilisateurs. En conséquence, ce sont les cas marginaux qui nous sont renvoyés le plus souvent, comme l'organe de presse lancé par François Ruffin, *Fakir*. L'auteur des *Petits Soldats du journalisme* n'est pas encore entré en politique. Son site et son journal étant des médias engagés à gauche, nous avons dans un premier temps placé le curseur en orange, comme nous l'avons fait pour d'autres titres à forte coloration politique, *Valeurs actuelles* par exemple. Il faut se l'avouer, lorsque nous mettons le Décodex dans les mains des internautes, nous tâtonnons encore.

Nous cherchons des critères objectifs, mais rien n'est simple : faut-il juger uniquement de la fiabilité de l'information ? Nous savons que tout le monde peut faire une erreur et diffuser une bêtise, nous les premiers. Comment juger de la bonne foi ? À nos yeux, c'est une question de ratio, d'intention : la « revue de presse » proposée par le site François Desouche, par exemple, ne fait que reprendre des informations issues de médias fiables, mais elle le fait avec un but militant affiché, celui de dessiner une France livrée à la violence et à l'islamisation. Ici pas d'intox, mais une instrumentalisation des faits divers tout aussi efficace et malhonnête. Dans notre classement, nous ne pouvons pas le mettre en rouge, car c'est la catégorie des sites les moins fiables. Le site finit donc lui aussi par atterrir en orange. Rétrospectivement, je ne peux que comprendre la colère de François Ruffin, rangé dans ce panier peu savoureux avec son journal de combat social. « Tout le monde sait que les ouvriers, les employés, les syndicalistes, les économistes hétérodoxes, les chômeurs, les agriculteurs sont des sources "peu fiables" avec lesquelles il faut être "prudent". Un bon lobbyiste à Bruxelles, hein, c'est toujours plus sérieux ! » ironisera son journal[61]. Et c'est de bonne guerre.

Dans les semaines qui suivent le lancement, nous découvrons l'ampleur de l'opposition qui se met en place. L'attention de nos détracteurs ne se concentre pas sur les sites peu fiables – ceux qui apparaissent en rouge dans notre outil – mais sur la liste verte des sites jugés fiables. La critique des médias est si puissante et si présente chez les twittos qu'il leur est très difficile de comprendre pourquoi tel blog spécialisé et militant, mais qui donne des infos fiables, est en orange quand une chaîne télévisée comme BFM est en vert, entre autres exemples. Enfin, le Décodex nous réserve une autre surprise : des dizaines de petits sites très spécialisés nous demandent d'y apparaître, comme si nous avions créé une sorte de label « certifié information de qualité ».

Nous avons clairement sous-estimé la visibilité du projet, qui aurait sans doute mérité plus de moyens en termes de communication et de « service après-vente ». L'essentiel de ce lancement a reposé sur les petites épaules des Décodeurs, dont les miennes. Comme aux plus grandes heures de 2013, j'ai à nouveau perdu énormément de temps à répondre à des centaines de détracteurs, à écrire des billets de blogs et des tribunes pour tâcher de convaincre de la légitimité et de l'intérêt du Décodex, malgré ses nombreuses imperfections. J'ai beau me débattre, après quelques semaines, je dois en convenir : ce lancement est un échec. Les mots de nos confrères frappent fort : « Filtre idéologique » (Élisabeth Lévy, *Causeur*) ; « conflit d'intérêts » (Daniel Schneidermann, *Libération*) ; « le fait de s'ériger pour un journal en juge d'autres moyens d'expression publique est en soi-même une insulte à la notion de liberté d'expression et de pluralisme » (Emmanuel Todd), etc. Beaucoup de ces critiques sont légitimes, constructives. Beaucoup sont également violentes, et ce – sans surprise – sur les réseaux sociaux en particulier. La vague de colère y est terrible, parmi les plus intenses que j'ai connues dans une carrière pourtant riche en campagnes de haine. Cette fois-ci, la surprise réside sans doute dans le fait que c'est la gauche qui la porte, en grande partie. Parmi ces critiques, l'une m'atteint particulièrement : Frédéric Lordon, économiste et philosophe, artisan des « Nuits debout » de 2016, a décidé de me prendre pour cible. Si j'ai lu ses publications à de nombreuses reprises, appréciant même parfois sa violence verbale jubilatoire, je n'ai jamais rencontré ou échangé avec Frédéric Lordon, ni écrit une ligne le concernant dans toute ma carrière. Sans doute suis-je la tête qui dépasse le plus dans le petit groupe des fact-checkeurs français. Il décide, tout à sa croisade contre les médias, de me la couper, métaphoriquement s'entend. Il consacrera pas moins de trois longs articles à la vérification factuelle et à ma petite personne. Le titre de celui qu'il publie après le lancement du Décodex donne le ton: «Charlot, ministre de la vérité[62].» J'y suis décrit comme un «sous-doué», le symbole d'une «dégradation intellectuelle du journalisme», et j'en passe. Fin mars 2017, deux mois à peine après la mise en ligne du Décodex, nous intégrons une partie des critiques dans une seconde version, à laquelle nous ajoutons de nouvelles grilles de lecture, des classements plus clairs... Mais le mal est fait, médiatiquement du moins: *Le Monde* a voulu labelliser l'information, ce n'était pas son rôle.

Les années ont passé, et, le recul aidant, je m'interroge: peut-être n'était-ce pas à nous de faire ce travail. Mais alors, à qui? Peut-être fallait-il se contenter de signaler les vrais robinets à intox, sans chercher à identifier des centaines de sites et de comptes, y compris ceux de grands médias? Si c'était à refaire, je pense que je ne classerais aucun site en vert; je me contenterais de pointer le pire, les sites les plus dangereux, les diffuseurs massifs d'intox et de conspirations. Je prendrais également le temps de construire l'outil avec une communauté de lecteurs, d'élargir le nombre de personnes décisionnaires du classement, etc.

On ne peut pas revenir en arrière. Mais on peut se consoler en voyant que notre idée a depuis été reprise par d'autres acteurs, dont une société américaine, Newsguard, qui en fait un *business model* : elle propose depuis 2018 un même système d'évaluation des sites – y compris des médias reconnus – conçu par des journalistes salariés par l'entreprise. Le projet plaît aux agences de publicité, soucieuses d'offrir à leurs clients des repères à propos des sites sur lesquels ils placent leurs annonces, et rencontre bien moins d'opposants. Le constat est clair : aux yeux du public, une entreprise privée est donc plus légitime qu'un journal pour concevoir ce genre d'outil. Dont acte, mais cela pose d'autres questions : peut-être devrait-il exister une structure indépendante dédiée à ce rôle, qui reste à inventer, et qui intégrerait universitaires, représentants du public, etc. ? L'idée n'est pas si neuve ; c'est l'équivalent d'une sorte d'autorité déontologique, de conseil de l'ordre des journalistes, comme il en existe pour les avocats ou les médecins, une vieille lune brandie depuis trois décennies au moins par quelques universitaires, quelques acteurs sincères, mais qui n'a jamais connu de concrétisation crédible. Elle semble aujourd'hui d'autant plus complexe que la notion même de média journalistique est battue en brèche : devrait-on y intégrer les youtubeurs, les comptes Twitter, les podcasteurs? En réalité, notre échec montre, plus largement, à quel point les cadres de représentation traditionnels – d'un côté les journalistes, de l'autre le public – sont de nos jours peu opérants car imbriqués dans une réalité bien plus complexe, où blogueurs, vidéastes, influents et autres pourvoyeurs de contenus divers et variés rebattent les cartes de la production de l'information.

Restent les GAFAM, qui continuent de se débattre avec l'épineuse question de la labellisation de l'information qu'ils diffusent en masse. Le Décodex se voulait aussi une réponse à leur inaction face aux effets pervers des réseaux qu'ils avaient créés, et à leur incapacité à concevoir une réelle politique de modération*. Facebook, puis Twitter et Google ont chacun mis en place des outils pour signaler des tweets ou des messages manifestement faux et informer sur les sources. Google a décidé d'utiliser des informations prises sur Wikipédia et qui apparaissent au-dessous de certaines vidéos YouTube afin de fournir du contexte, ou encore d'adopter

* À l'exception des contenus «adultes», qui sont fortement et immédiatement modérés. Je me souviens d'un article des Décodeurs datant de 2017, consacré au cancer du sein et que nous avions illustré avec une image de mammographie figurant un sein compressé entre deux plaques de verre. Moins de deux heures après sa publication sur Facebook, nous avions reçu un avertissement de la plateforme: l'image ne convenait pas au réseau social, il nous fallait la changer d'urgence, sous peine d'être bloqués.

une signalétique particulière sur Google Actualités pour les articles de vérification. En 2019, Twitter a commencé à proposer une signalétique indiquant lorsqu'un tweet contenait une fausse information. Le twitto compulsif qu'est Donald Trump a fini par en faire les frais le 27 mai 2020 : l'un de ses tweets accusant le vote par correspondance de favoriser la fraude électorale a été classé comme « fausse information » par la plateforme. À la fin de la campagne présidentielle américaine, des centaines d'autres ont été accompagnés d'avertissements de Twitter précisant : « Cette affirmation est discutée ». Ce que le président-troll n'a pas manqué d'instrumentaliser aussitôt, pour accuser la plateforme de biais démocrate et de non-neutralité. À l'automne 2020, Twitter a expérimenté une autre approche, baptisée Birdwatch, qui vise à constituer des communautés de « validateurs » d'information, prises dans ses abonnés. C'est le retour des modérateurs qui poliçaient les dialogues des forums des années 1990 et 2000. Et on voit d'ici poindre les critiques : qui sont les *birdwatchers* ? Qui les choisit ? Sur quels critères ? *Quis custodiet ipsos custodes*, qui gardera les gardiens ?

Facebook s'est aussi montré proactif, mettant en place un programme visant à vérifier l'information diffusée sur sa plateforme en 2017. Depuis, l'entreprise prend contact avec des rédactions dans le monde entier, et leur propose de faire ce travail : passer au crible les informations signalées comme douteuses par des utilisateurs, contre rémunération. En France, *Le Monde*, *Libération* ou l'AFP sont engagés dans ce programme, et vérifient au quotidien des dizaines de publications, de billets ou de pages, signalant si nécessaire qu'une information est fausse, avertissement qui apparaît au-dessous de celle-ci ou lorsqu'on cherche à la partager. Pour critiquable qu'il soit, ce programme offre aux médias une nouvelle manne de revenus qui peut se chiffrer en centaines de milliers d'euros, voire plus : si les contrats passés avec Facebook interdisent de divulguer le montant exact, l'AFP, qui possède un réseau mondial de journalistes et qui a multiplié les services de vérification en plusieurs langues, a transformé ce service en un véritable secteur d'activité, et admettait en 2018 qu'il lui rapportait plus d'un million d'euros*. Un travail d'égoutier du Web, dira Frédéric Lordon[63]. Un travail de fourmi, préciserais-je, puisqu'il revient à prendre son épuisette pour écluser une par une les intox, sans chercher à tarir leur source, cette tâche restant la prérogative unique de Facebook. Le paradigme libertaire de l'information, la crainte omniprésente d'une « censure » ont tellement façonné la culture Web qu'il est sans doute impossible d'imaginer faire plus. D'autant que Facebook est soumis à une pression constante du camp

* Selon l'aveu de son patron, Emmanuel Hoog, au journal *Libération* le 20 mai 2019.

Trump, mais aussi des démocrates, chacun accusant la plateforme et son patron, Mark Zuckerberg, de jouer un rôle en faveur de l'autre. Enfin, il faut mentionner que Facebook, qui ne perd pas totalement le nord, garde la main sur le choix des publicités que le réseau diffuse, lesquelles ne sont pas incluses dans la vérification opérée par les médias partenaires.

La crise sanitaire du printemps 2020 montrera pourtant à quel point les intox et leur diffusion via des faux-nez aux apparences de respectabilité* peuvent faire des dégâts. Il ne s'agit pas, cette fois, d'images trompeuses de migrants ou de fausses citations de politiques, mais bien de santé publique, un sujet qui devrait en principe rassembler. Pourtant la pandémie mondiale du coronavirus nous a prouvé que la science n'échappe pas à la remise en question de l'autorité, devenue un axiome cardinal des réseaux, peu importe que cette dernière soit scientifique ou politique. C'est ce qu'il s'est joué, fin 2018, sur le plus populaire et le plus fréquenté des réseaux, celui des « non-influents » : au nez et à la barbe de tout le paysage médiatique français, Facebook est devenu le foyer de naissance d'un mouvement historique qui a bouleversé la présidence Macron.

* On peut citer à cet égard le site FranceSoir.fr, autrefois un journal respecté, repris depuis par un entrepreneur peu scrupuleux qui a pris fait et cause pour Didier Raoult et multiplié les intox autour de l'épidémie de Covid-19.

GILETS JAUNES : LES NOUVELLES GUERRES D'OPINION

« J'ai vu que ça bougeait un petit peu pour le 17 novembre, j'espère que ça va bien bouger, que les Français vont se motiver, sortir vraiment, faire un petit blocage bien costaud, montrer qu'il n'y a pas que le foot qui rassemble. Si on peut faire vraiment comme en 1998 et en 2018, pour la Coupe du monde, dans la rue, pour le gasoil, pour les taxes, pour tout, on se fait enculer de partout. Donc ceux qui sont d'accord pour le mouvement peut-être qu'ils seront au travail, ils ne pourront pas... Mais on a tous un gilet jaune, dans la bagnole. Foutez-le en évidence, sur le tableau de bord, toute la semaine, là, jusqu'au 17, ça va motiver. » La voix est parfois hésitante, mais le ton est déterminé. Cheveux courts, polo sombre, assis à l'avant de son véhicule utilitaire, Ghislain Coutard n'a visiblement pas l'habitude de se filmer. Ce mécanicien de Narbonne ne se doute probablement pas que sa vidéo publiée sur Facebook sera visionnée 5 millions de fois, et qu'il vient de donner un nom à un mouvement qui va changer le visage de la présidence d'Emmanuel Macron.

Nous sommes fin octobre 2018. Depuis quelques mois, sur Facebook, des personnes comme Ghislain s'agitent, excédées par la baisse de la limitation de vitesse à

80 km/h sur les nationales, par les prix du carburant et de manière plus générale par le coût de la vie. Et comme nous sommes à l'ère des réseaux sociaux, ils créent des pages pour le dire. Une psychothérapeute bretonne de 51 ans, Jacline Mouraud, ou encore Frank Buhler, *community manager* de métier, ancien militant FN passé chez Nicolas Dupont-Aignan, sont parmi les premières figures du mouvement. Puis un chauffeur routier de 33 ans, Éric Drouet, créateur d'une page, « La France en colère », propose une action à la date du 17 novembre. À la surprise générale, y compris rétrospectivement des Gilets jaunes eux-mêmes, ce premier appel du 17 novembre est extrêmement suivi : selon les autorités, deux cent quatre-vingt mille personnes au total se mobiliseront sur plus de deux mille ronds-points de France[64]. Sans organisation, sans leader, sans mot d'ordre sinon celui de la colère. La France n'avait pas connu de mouvement social de cette ampleur depuis une décennie.

La genèse de ce mouvement, pourtant massif, a échappé à toute la presse, à tous les pouvoirs. C'est cet aveuglement qui m'interroge : si tout s'était déroulé sur Twitter, je suis convaincu que la mobilisation aurait été repérée bien plus tôt. En réalité, tout s'est passé sur Facebook, l'autre réseau, celui des « non-influents », des grands-parents, des gens ordinaires, bien moins fréquenté et bien moins connu des journalistes. Il faudra donc plusieurs semaines, et le travail solitaire de quelques journalistes, dont Vincent Glad, pour que les rédactions aillent enfin enquêter « sur le terrain » virtuel, en s'intéressant aux groupes et aux *Facebook lives** qui structurent le rassemblement. Avec Les Décodeurs, nous tenterons également de comprendre cette organisation à la géométrie inédite et déroutante. Mais dans les rédactions, on s'obstine avant tout à en chercher le leader. Difficile d'admettre la réalité, à savoir qu'il n'est pas structuré, et qu'aucun syndicat ni parti n'est derrière cette révolte spontanée, cette jacquerie pourrait-on presque dire, si l'on pousse l'analogie avec les révoltes paysannes du Moyen Âge. Sauf que, cette fois-ci, ce ne sont pas des paysans que l'on découvre, mais une France de classe moyenne inférieure, d'ouvriers qualifiés, de chauffeurs routiers, d'employés du privé, de chômeurs, qui n'ont pas de mot d'ordre clair, pas de slogan défini, pas de revendication précise, sinon le RIC, le référendum d'initiative citoyenne, qui doit permettre de rendre au peuple le pouvoir de décision.

Si les Gilets jaunes reflètent aussi la France de Facebook, c'est à cause de leur rapport aux intox, petites ou grandes. La fameuse théorie de la Constitution disparue de Serge Petitdemange y fera ainsi de nombreux adeptes, et elle n'est pas la seule. Parmi les leaders des Gilets, on

* Un format proposé par Facebook, où l'utilisateur est en direct et en vidéo sur le réseau social, et qui a été particulièrement utilisé par les Gilets jaunes.

trouve Maxime Nicolle, alias Fly Rider, un trentenaire roux et barbu au bagout impressionnant, qui multiplie les *lives*, lors desquels il répond aux questions et donne des nouvelles du mouvement. Il fait aussi partie de ceux qui relaieront le bobard du «pacte de Marrakech». Pour cette intox, on peut à nouveau remercier l'Amérique de Donald Trump. Le nouveau président cherchait des symboles ; un texte de l'ONU sur l'accueil des migrants, au contenu si bénin et dénué d'effet que la plupart des ONG l'ont jugé inutile, servira de prétexte. La presse de l'*alt-right* américaine se charge de le faire passer pour un traité apocalyptique, qui va rameuter des hordes de migrants en Europe ou aux États-Unis. L'intox fera le tour du monde, et sera réutilisée par les droites dures d'Australie, du Canada, de Hongrie, d'Allemagne, de Belgique… et de France. Elle séduit surtout les Gilets jaunes, qui seront nombreux à la reprendre, en accentuant encore son aspect dramatique. Selon certains d'entre eux, Emmanuel Macron s'apprête alors à fuir le pays après l'avoir littéralement «vendu à l'ONU» – l'histoire ne dit pas pour combien. Des groupes de Gilets jaunes envisagent même de bloquer son avion sur le tarmac de l'aéroport du Bourget.

Comment faut-il classer ces Gilets jaunes ? Sont-ils d'extrême gauche, d'extrême droite, tous conspirationnistes ? Des demeurés aux revendications ridicules ? Une partie des médias assène rapidement ce verdict, lequel sera largement partagé sur Twitter, où les Gilets Jaunes sont peu présents. Encouragés par leurs pairs, des twittos constitués en grande partie par les partisans de la majorité LREM vont rapidement basculer dans une détestation viscérale des « jaunards », campés en factieux abrutis, et dont les revendications ne méritent même pas d'être écoutées. Difficile de ne pas lire dans cette détestation unanime un certain mépris de classe.

Le 15 décembre 2018, ma consœur Faustine Vincent publie dans *Le Monde* un portrait d'Arnaud et Jessica, un couple de Gilets jaunes[65]. Ils ont 26 ans, quatre enfants, et sont mobilisés depuis trois semaines sur les ronds-points de l'Yonne. Ils vivent en HLM, gagnent environ 2 700 euros à deux, prestations sociales incluses, et s'ils manifestent, c'est que, financièrement, chaque mois est un défi. L'article détaille leurs difficultés ; les classiques effets de seuil qui dissuadent Jessica de reprendre un travail de crainte de perdre en allocation ce qu'elle gagnerait en salaire, la hausse des prix qui les prive des quelques petits plaisirs qu'ils s'octroyaient auparavant, leur rage et leur impuissance face aux moqueries que subissent leurs enfants dans la cour de récréation pour leurs habits troués et sans marques.

Sur LeMonde.fr, l'article génère rapidement des centaines de commentaires. Même pour le premier site d'information de France, c'est un nombre de réactions inhabituel, et elles sont pour l'essentiel extrêmement négatives. Nos lecteurs s'insurgent qu'on puisse avoir quatre enfants lorsqu'on ne gagne pas assez, ils fustigent le « misérabilisme » dont nous jouons en leur donnant la parole, prétendent que d'autres sont plus à plaindre, qu'ils ont choisi des forfaits de téléphone trop chers… «Après avoir lu cet article où l'on voit comment des pauvres se sont eux-mêmes mis un peu plus sur la paille en faisant quatre enfants, on est révolté de constater qu'il n'y a pas chez eux un début d'autocritique», note par exemple un internaute. « Ce couple a fait des choix individuels, vit sur nos impôts (plus de 1 000 euros d'aides) et se plaint », s'indigne un autre. Et j'en passe. Plus de cinq cents réactions, dont neuf sur dix sont défavorables. La violence est tellement inédite que Faustine écrit un second article pour raconter ces commentaires, leur virulence. « Cela relève d'une haine sociale et d'un mépris de classe », explique Louis Maurin, directeur de l'Observatoire des inégalités, appuyé par Jeanne Lazarus, sociologue au CNRS : « Se demander si les pauvres ne font pas n'importe quoi avec leur argent est une question très ancienne. » Effectivement, on y retrouve un peu du *Germinal* de Zola, dans lequel Grégoire, riche actionnaire de la mine, réplique à la Maheude, femme de mineur venue lui demander l'aumône : « Mais, ma brave femme, il faut dire aussi que les ouvriers ne sont guère sages… au lieu de mettre des sous de côté comme nos paysans, les mineurs boivent, font des dettes, finissent par n'avoir plus de quoi nourrir leur famille. »

Non contents de vivre dans des réalités différentes, les Français échangent sur des réseaux différents. Pour nombre d'utilisateurs de Twitter, le réseau social crée l'illusion d'être une France miniature, alors qu'il rassemble avant tout des personnes urbaines, aisées, éduquées, les fameuses « CSP+ ». Une étude de Médiamétrie en 2016 estimait que ces derniers, qui représentent 22 % de la population en France, totalisent 36 % des utilisateurs du réseau[66]. Un entre-soi qui vire parfois à la caricature, où le Twitter bourgeois et parisien refuse toute empathie envers le Facebook populaire et provincial des Gilets jaunes.

Malgré le mépris virtuel, la mobilisation des Gilets jaunes est réelle, et va en s'amplifiant ; de plus en plus, les statuts Facebook s'écrivent en lettres capitales sur des pancartes. La manifestation du 1er décembre fait monter encore d'un cran le niveau de violence et, à présent, la police est dépassée. Les Gilets jaunes envahissent l'Arc de Triomphe, y brisent des statues. D'autres cherchent à s'approcher de l'Élysée. L'inquiétude monte au sein du pouvoir, bien décidé à faire preuve de fermeté. La semaine suivante, le 8 décembre, la police est présente en force, avec des consignes très claires. Un an plus tard, nous avons pu avoir accès à des comptes rendus des échanges radio des policiers parisiens. On peut y lire cette phrase, qui sera le titre de notre enquête : « Allez-y franchement, n'hésitez pas à percuter. Ça fera réfléchir les suivants[67]. »

Tirs de lanceur de balles de défense (LBD) à la tête, manifestants éborgnés, frappés à coups de matraque alors qu'ils sont au sol, usage non conforme de grenades… Ce n'est que le début d'une séquence inédite de répression policière, qui se répète à chaque manifestation. Le nombre de blessés est sans précédent dans l'histoire récente, mais le gouvernement refuse mordicus le simple terme de violences policières. «Vous me parlez de répression, je vous dis "c'est faux"», répondra Emmanuel Macron à une Gilet jaune en mars 2019[68]. Face à l'impunité et au déni, le sentiment de rage et d'injustice des Gilets jaunes va croissant. Pourtant, ils ne trouvent que peu de relais dans la presse pour enquêter sur l'ampleur inouïe de ces violences commises par les forces de l'ordre. Il faudra l'obstination du journaliste indépendant David Dufresne pour réveiller un peu les consciences de la profession. Son mode d'enquête et de publication m'a frappé : il a décidé de tout faire de manière ouverte, en se servant de son compte Twitter pour recueillir et signaler les vidéos de violences qu'il reçoit et celles qu'il voit passer, utilisant le hashtag #AlloPlaceBeauvau. Il en comptabilise aujourd'hui plus de neuf cents, dûment vérifiées et recoupées. J'ai beaucoup fustigé Twitter dans ce livre, quitte parfois à perdre de vue ses effets positifs. Sans la vidéo, sans la possibilité de transmettre des images ou de les diffuser en direct, sans les relais de journalistes comme David Dufresne ou de militants, la question des violences policières n'aurait sans doute pas pu émerger comme elle l'a fait. Ce même mode de dénonciation permettra l'émergence du mouvement #BlackLivesMatter aux États-Unis, qui dénonce les violences commises par des policiers sur des Noirs américains.

Comme souvent sur Twitter, il n'a pas fallu attendre longtemps pour que le hashtag #BlackLivesMatter trouve son antagoniste, #BlueLivesMatter, popularisé cette fois-ci pour défendre la police. En France aussi, des comptes anonymes de policiers ou d'épouses de policiers connaissent un pic d'activité pour témoigner à leur tour des violences commises contre les forces de l'ordre. Ces comptes sont, sinon soutenus explicitement, du moins encouragés par le ministère de l'Intérieur, en recherche d'alliés dans cette guerre de communication par réseaux interposés qui durera tout le printemps. Les syndicats policiers se mettent eux aussi à utiliser leurs comptes pour faire de l'activisme, répondant parfois vertement au nombre croissant de journalistes qui enquêtent sur les violences. Voilà Twitter transformé en une sorte de canal institutionnel parallèle, où l'on peut se permettre d'être plus familier, plus agressif que dans une communication officielle. Ce qui prouve bien la place cruciale que joue Twitter et sa culture de l'image dans la construction de l'opinion.

Quelques mois plus tard, le monde entier est secoué par une autre crise, cette fois-ci sanitaire. Le 16 juin

2020, une manifestation de soignants, la première post-confinement, montrera à quel point ce même dispositif de guerre de l'image est efficace. À 16 h 58, une vidéo circule à flux tendu sur Twitter. On y voit une femme en blouse blanche, interpellée par plusieurs policiers, dont deux la maintenant immobilisée au sol, alors qu'elle crie «je veux ma Ventoline». À peine deux heures plus tard, à 18 h 52, la fille de cette infirmière, une journaliste, publiera à son tour un message partagé près de quatre-vingt mille fois: «Cette femme, c'est ma mère. 50 ans, infirmière, elle a bossé pendant 3 mois entre 12 et 14 heures par jour. A eu le covid. Aujourd'hui, elle manifestait pour qu'on revalorise son salaire, qu'on reconnaisse son travail. Elle est asthmatique. Elle avait sa blouse. Elle fait 1 m 55.» Il faudra moins de deux heures pour que la réplique Twitter survienne du côté de la police: il est 20 h 53 quand le compte anonyme de policier «Matricule 007» publie un contrechamp, dans lequel on voit la même infirmière jeter des pierres sur la police. Farida l'infirmière victime de violences devient aussitôt Farida la délinquante, lanceuse de projectiles sur la police. La polémique durera plusieurs jours, alimentée autant par des comptes d'extrême droite que par des partisans LREM. On reprochera à l'infirmière de mentir, sur la foi de la couleur de son badge, qui indiquerait selon certains qu'elle n'est pas infirmière comme elle le dit, mais agent administratif. C'est raté: son badge indique en fait qu'elle est cadre infirmière. Mais toutes ces petites intox destinées à salir demeurent.

La chorégraphie est bien rodée : face à des vidéos chocs montrant des violences, des contre-argumentaires émergent rapidement, souvent eux aussi sous forme de vidéos, doublés de recherches acharnées pour trouver dans le passé de la victime des travers qui justifient les attaques à son encontre. Établir les faits n'est plus l'objectif : il n'y a pas de vérité, il n'y a que des récits. L'important, c'est de produire un discours à destination de sa communauté, qui pourra l'adopter et le partager. De plus en plus, ces épisodes anecdotiques deviennent le centre de l'attention, occultant l'événement lui-même. Quelques semaines plus tôt, le 13 juin, un rassemblement à l'appel du comité Adama contre les violences policières sera lui aussi « piraté » par un événement annexe. Sur une vidéo anonyme prise depuis la foule, on entend une voix crier « sales Juifs ». Nul ne peut dire qui a crié, s'il s'agit d'un manifestant, qu'importe : la focale de l'attention se déplace aussitôt. Oubliées les violences policières, oubliée l'affaire Adama. Durant deux jours, Twitter ne bruissera que de cette interjection.

Si ces polémiques, relayées de manière presque industrielle, arrivent à dominer les tendances de Twitter l'espace de quelques heures, c'est en partie grâce à des armées militantes, employées par tous les camps, y compris par l'actuelle majorité. Depuis novembre 2019, une cohorte d'abonnés Twitter s'est organisée pour soutenir une présidence Macron qui s'enfonce dans l'impopularité. Un régiment anonyme, fait de faux comptes et de relais industriels, ayant ses quartiers dans des groupes privés sur la messagerie Telegram, et envoyé au front contre des cibles désignées par des cadres du parti au pouvoir. Pendant des mois, j'ai été l'une de ces cibles. Ce sera l'épreuve de trop, celle qui mettra fin à ma carrière dans le fact-checking.

LA MEUTE EN MARCHE

C'est sans doute l'économiste et penseur de gauche Frédéric Lordon qui a le mieux résumé les choses. Il m'avait depuis longtemps dans son viseur lors de sa longue croisade contre la vérification factuelle, dans laquelle il voyait le dernier argument d'un système libéral à bout de souffle. En juillet 2019, le philosophe s'est étonné sur son blog de ce «paradoxe qui, en raccourci, dit tout d'une époque: c'est la macronie qui aura eu la peau de Samuel Laurent[69]». Pour l'illustre penseur en effet, il était impossible qu'une courroie de transmission du pouvoir «semi-habile» comme moi, pour reprendre son vocable fleuri, puisse enquêter sur les «armées de trolls macroniens, parfois automatisées, parfois décentralisées, d'une morgue, d'une arrogance de classe et d'une violence verbale inouïes – au point de lui faire jeter l'éponge et se retirer des réseaux sociaux». Pourtant, sur ce point, il avait parfaitement raison. Les petits soldats virtuels d'une macronie aux abois ont réussi ce qu'une décennie de trolls fachos n'était pas parvenus à obtenir: j'ai déclaré forfait. J'ai quitté Twitter, cessé de m'exprimer sur les réseaux, arrêté la vérification factuelle, lâché la direction du service que j'avais monté, et abandonné ma chronique télévisée. Je suis retourné aux joies simples de l'écriture après avoir frôlé de très près le burn-out, au terme d'une descente aux enfers de plusieurs mois, rétrospectivement assez prévisible.

Le chant du cygne débute avec un banal message, envoyé un jeudi. Nous sommes le 2 mai 2019, au lendemain d'une manifestation du 1er mai marquée – comme tous les rassemblements des derniers mois – par les violences policières à l'encontre des Gilets jaunes. La veille, mercredi 1er mai, le cortège parisien remontait le boulevard de l'Hôpital, en direction de la place d'Italie, sous un soleil printanier. Comme toujours, la manifestation se déroulait sous les tirs de LBD et les jets de lacrymos des CRS contre le «cortège de tête». Dans la cohue, quelques manifestants, cherchant à éviter les charges policières, ont pénétré dans l'enceinte de l'immense hôpital de la Pitié-Salpêtrière, qui jouxte le boulevard. L'«intrusion» est largement commentée sur les chaînes d'info en continu et se transforme, le soir même, en «attaque», dans un message publié sur le compte Twitter du ministre de l'Intérieur Christophe Castaner: «Ici, à la Pitié-Salpêtrière, on a attaqué un hôpital. On a agressé son personnel soignant. Et on a blessé un policier mobilisé pour le protéger. Indéfectible soutien à nos forces de l'ordre: elles sont la fierté de la République.»

Le même ministre ajoutera force détails: «Nos forces de l'ordre sont intervenues pour sauver le service de réanimation.» L'image est là, puissante, dans une guerre de communication et d'opinion qui dure depuis des mois entre pouvoir et Gilets jaunes : des manifestants s'en prennent à un hôpital, à des malades, à ceux qui les soignent. Ils perturbent le fonctionnement du service de réanimation, celui où se trouvent les plus vulnérables des patients. Ils provoquent peut-être – qui sait ? – des morts, avant d'être chassés par les forces de l'ordre. Quelle indignité ! Toute la soirée et toute la nuit, Twitter résonnera des clameurs lancées par les partisans du président de la République. Le premier problème, c'est que d'autres images existent, et qu'elles ne montrent pas la même chose. Le second, c'est que de nombreux témoignages affluent, et qu'ils viennent largement relativiser cette version.

Jusqu'ici, rien de bien extraordinaire. L'intox politique, c'est mon quotidien, le quotidien de ma rubrique, depuis presque une décennie. Au fil des ans, Les Décodeurs ont donné tort à des tas de gens, à des tas de camps, de l'extrême droite aux Insoumis en passant par le PS, LR, les chasseurs, les profs, les tenants du complot sioniste, ceux du grand remplacement, et j'en passe. En vérifiant leurs propos, nous sommes exposés à un retour client souvent violent, voire menaçant. On en a (presque) pris l'habitude. Je ne découvre donc pas la violence militante, en ce jeudi ensoleillé de mai, lorsque me vient l'idée de poster, à 9 h 21, un message sur Twitter : « Si vous avez des images / vidéos ou témoignages des événements d'hier à la Pitié-Salpetriere, vous pouvez nous les communiquer. » Nous préparons un article sur ce qui est rapidement devenu la polémique du jour, à savoir : les Gilets jaunes ont-ils vraiment « attaqué » l'hôpital ? Pour avoir la réponse, il faut bien trouver des preuves. À ce stade, nous avons déjà lancé des pistes, contacté des membres du personnel de la Pitié, mais tout témoignage, toute image est bonne à prendre. Pourtant, ce que nous allons récolter, ce seront avant tout des injures, des mises en cause, des attaques personnelles. Soudainement, des centaines de comptes affichant dans leur nom « En marche » ou « FBPE » m'interpellent, ainsi que Les Décodeurs, pour dénoncer violemment la simple démarche d'appel à témoignages. « Si vous n'avez pas d'image, fermez-la et faites votre travail au lieu d'aller à la pêche aux fakes news », « Ne lui envoyez rien du tout, qu'il bouge son cul et qu'il enquête »... S'il ne s'agit pas, cette fois, de menaces de mort, le volume est inédit. Je n'ai jamais connu cela, même pendant les pires polémiques auxquelles j'ai été mêlé : 1 240 mentions reçues en vingt-quatre heures, dont 821 émanaient de partisans macronistes, pour un total de 546 comptes différents. Soit 34 mentions reçues par heure, ou une toutes les deux minutes. Une fréquence industrielle.

Ce déferlement ne nous empêche pas d'écrire un article démontrant, témoignages et vidéos à l'appui, qu'il n'y a eu aucune « attaque » de l'hôpital, mais quelques dizaines de manifestants qui se sont réfugiés dans l'une des cours de ce grand ensemble de bâtiments, sans rien casser, ni pénétrer dans les services, bref, sans faire grand-chose. *Libération* en fera sa une, le vendredi, titrant : « La *fake news* venait de l'intérieur. » En l'occurrence, de Christophe Castaner. « Je n'aurais pas dû employer le terme "attaque" », admettra le ministre de l'Intérieur dès le jeudi soir[70]. Mais, sur Twitter, ses partisans ne sont pas de cet avis, et continuent de défendre mordicus la version initiale.

« Journaliste ou militant ? », « Misère, si c'est ça, le journalisme, je pourrais m'en passer », « Samuel Laurent est un menteur », « Vous cherchez des excuses à ces salopards ». Parmi les torrents d'injures et de dénigrement qui continuent de déferler en ce début mai, je finis par remarquer des points troublants, comme une photographie de Gilets jaunes sur le toit d'une guérite de l'hôpital, que m'envoient des dizaines de comptes différents en l'espace de quelques minutes, ce qui semble indiquer une organisation en amont, des « éléments de langage ». Autant d'indices qui confortent un soupçon que nous avons, au *Monde*, depuis quelques mois : face aux Gilets jaunes, la majorité présidentielle, qui assure en parallèle vouloir lutter contre le cyberharcèlement, semble avoir décidé d'adopter une stratégie d'*astroturfing** (de « massification » en français) et de construction d'opinion sur

* Technique visant à amplifier, manuellement ou informatiquement, un mouvement ou une tendance sur un réseau social pour la faire paraître plus importante. On peut pour ce faire recourir à des programmes informatiques (des *bots*) ou faire appel à des agences spécialisées.

les réseaux, en recourant à des hordes de comptes de plus en plus agressifs. Depuis l'automne, on a ainsi vu apparaître des centaines de comptes pro-gouvernement et anti-Gilets jaunes qui, loin, très loin de la «bienveillance*» prônée par la majorité présidentielle en 2017, n'ont pas de mots assez durs à l'encontre des «jaunards», ces factieux violents et conspirationnistes qui mettent la France à genoux. Ils parasitent les commentaires de nos articles, publient frénétiquement sur Facebook et Twitter, virulents, inlassables, répétant en boucle les mêmes messages, les mêmes arguments.

On me propose de me pencher sur le phénomène. Je le fais en choisissant une approche qui rétrospectivement m'apparaît suicidaire, mais qui sur le moment me semblait pertinente: je décide de mener une enquête ouverte, et donc de raconter en temps réel ce que je découvre. En y repensant, j'imagine qu'adopter cette méthode était une manière d'essayer de garder le contrôle sur Twitter, ce média que je pensais maîtriser après une décennie à m'y exprimer. Sans doute voulais-je m'assurer que j'y avais encore une légitimité, une autorité, en tant que journaliste et vérificateur. Je l'ai compris trop tard, mais l'entreprise avait peu de chance de fonctionner, face aux

* Emmanuel Macron avait expliqué à plusieurs reprises, notamment dans une interview à France Inter, le 1er avril 2017, «croire en la bienveillance en politique». Ce terme a été récurrent dans sa campagne.

hordes des militants de la majorité. J'ai commis l'erreur de me croire mithridatisé, je pensais avoir reçu tellement de coups que quelques semaines de plus à encaisser ne changeraient rien. Quelle erreur.

Durant des semaines, la litanie se poursuit au quotidien: «Arrête de chouiner», «j'ai honte pour votre profession», «t'es né comme ça, mon con, ou t'as été malade quand tu étais petit?». Le harcèlement peut prendre la forme d'une vague, une déferlante violente qui emporte tout sur son passage. Mais le plus souvent il s'apparente au supplice de la goutte d'eau: un flux, plus ou moins fort mais d'abord et surtout régulier, qui tombe, tweet à tweet, reproche à reproche, inlassablement. Une petite mélopée qui répète en boucle «c'est nul», «tu es mauvais», «tu es vendu», «tu es partisan», «tu n'y connais rien». J'ai beau me protéger, filtrer, masquer, bloquer, penser qu'à force j'ai l'habitude, on ne la prend jamais vraiment. D'autant que le niveau a monté. Là où aux débuts de Twitter, en 2012, un harcèlement consistait en quelques dizaines d'injures, il peut désormais se chiffrer en milliers de messages. Surtout lorsqu'il est instrumentalisé, automatisé, organisé par des partis politiques qui ont compris que les réseaux sociaux étaient une nouvelle arène à investir massivement.

Mon enquête est laborieuse. Comment établir précisément une identité, un profil, quand tout le monde est sous pseudonyme? Rapidement, à l'aide de quelques outils informatiques, je tombe pourtant sur des pratiques troublantes. En reprenant les rafales de messages haineux en réponse à notre appel à témoignages, j'isole des dizaines de comptes qui ont plusieurs caractéristiques communes: ils sont apparus très récemment, souvent en octobre ou novembre 2018, au début du mouvement des Gilets jaunes; ils sont totalement consacrés à un seul sujet, à savoir taper sur les «jaunards»; ils relaient tout ce qui va dans ce sens; enfin, ils ont une activité frénétique. Certains parviennent à publier des centaines de messages par heure, essentiellement des retweets. Au fil de l'eau, je tente d'échanger avec ces comptes. J'y découvre, pour ceux qui me répondent, des profils fort variés, notamment de retraités militants incités à aller «au front», et qui y consacrent parfois des heures, des jours entiers. Certains me racontent comment cet environnement en bocal, cet entre-soi, les «radicalise», les pousse à toujours plus de violence verbale, à toujours plus de colère envers les ennemis du gouvernement: «Tout me polarisait. J'étais de plus en plus en colère. Contre la présidence et son traitement de crise affreux et contre les médias qui vendaient leur actu grâce à ça. J'étais outré en permanence», me confiera l'un d'eux, qui a depuis pris de la distance avec l'action militante.

Surtout, je découvre que derrière ces profils se cache une organisation rigoureuse: les militants sont incités à créer plusieurs comptes, en général un «officiel» et plusieurs «officieux» sur lesquels ils se permettent d'être plus violents. Ils communiquent en amont sur d'autres outils fermés, notamment la messagerie Telegram, pour se coordonner, désigner des cibles à aller harceler – particulièrement les journalistes, faiseurs d'opinion réels ou supposés. Le système est perfectionné. Un certain nombre de comptes est ainsi géré en direct par des permanents du parti. J'en débusque plusieurs, assez connus, dont les photos de profil ont été piquées sur des banques d'images afin de mieux les «personnaliser». L'un d'eux, très actif et influent, se fait ainsi appeler Natalia de Saintonges, mais sa photo de profil est celle d'une «camgirl», une jeune femme qu'on paie pour une prestation sexuelle virtuelle. Un autre, que l'équipe d'En marche a plus ou moins reconnu comme étant le sien, s'appelle Alain Grand Bernard. Je finis par retrouver son image de profil, tirée d'un site permettant de générer aléatoirement des portraits grâce à un algorithme. «Alain» est particulier, je le découvrirai quelques mois plus tard : il a joué un petit rôle dans l'affaire Benalla.

On se souvient que l'ex-garde du corps et conseiller d'Emmanuel Macron avait été filmé le 1er mai 2018, en tenue d'intervention de policier, frappant d'apparents manifestants – lesquels ont affirmé être simplement en train de boire un verre en terrasse – place de la Contrescarpe. Publié par *Le Monde,* le scandale sera le premier de l'ère Macron. Quelques mois plus tard, nous révélerons d'autres détails peu glorieux[71]. Notamment le fait qu'Alexandre Benalla a fourni à la communication de l'Élysée, alors dirigée par Ismaël Emelien, des images tirées d'une caméra de vidéosurveillance policière, auxquelles il n'aurait pas dû avoir accès. Elles montrent un homme qui ressemble à celui qu'Alexandre Benalla a agressé qui renverse des chaises dans une rue – il ne s'agit en réalité pas de lui, mais ni Benalla ni Emelien ne le savent alors. Ces images ont servi à réaliser un petit montage destiné à disculper Benalla. Emelien l'a raconté ainsi aux enquêteurs de la police : il a collé à la suite les images de l'agression et celle de cet homme, puis l'a confié à Pierre Le Texier, responsable des réseaux sociaux pour En marche. Celui-ci diffuse le montage à l'aide d'un compte qu'il pilote, « FrenchPolitic », assorti d'une légende : « OK, même si ce n'était pas à #Alexandre Benalla de le faire, ne faisons pas passer cet étudiant pour un garçon bien sous tous rapports. C'était un individu violent qui était sciemment venu place de la Contrescarpe pour casser du flic. » Un autre compte diffuse ce petit montage trompeur : celui d'Alain Grand Bernard. Le gouvernement, le même qui a fait de la lutte contre les *fake news* l'un de ses objectifs du quinquennat, qui a reproché à ses adversaires de les employer contre lui durant la campagne, a donc conçu et fait prospérer de faux comptes, dotés de fausses images de profil, et s'en est servi pour diffuser une intox.

Retour au printemps 2019. On me confie une archive précieuse, qui regroupe tous les messages échangés sur l'un des groupes Telegram de militants En marche. On peut y lire des mois d'activité, les appels à la « riposte » envers tel ou tel coupable de telle ou telle déclaration. On peut y constater les interventions du responsable des réseaux sociaux de LREM, Pierre Le Texier, ou de la députée LREM Aurore Bergé, tous deux très connectés à ces armées de trolls. Je m'inscris à quelques groupes, puis je finis par me faire démasquer : quelqu'un reconnaît mon numéro de téléphone et me bannit. Je suis convaincu de ne pas avoir toute l'histoire, de rater un élément, mais je suis à bout de forces : toute cette investigation se fait avec, en tâche de fond, un harcèlement quotidien de la part de ces mêmes comptes sur lesquels j'enquête. Ils se font de plus en plus violents, de plus en plus insupportables à mesure que je documente faux profils et pratiques douteuses : « Qui vous paie ? De qui êtes-vous le subordonné ? » s'interroge Paul. « Sale petit con », « petit trou du cul merdeux », écrit, plus franchement, un «juge anti-réac ». « À voir la tête de névrosé de Samuel Laurent, il a dû se faire tabasser par ses camarades d'école à cause de son insolence », renchérit un certain Éric. « C'est un vrai con, ce Samuel Laurent, prétentieux, pédant mais surtout une vraie tête de con », ajoute un autre.

Au fil des années, j'avais appris à filtrer correctement ce type de réactions : cette fois, je les lis toutes. J'en deviens obsédé. Cette violence, cette outrance, cette organisation pour harceler, insulter, dénigrer, que j'avais connue surtout à l'extrême droite, est désormais utilisée par le parti au pouvoir, par le centre libéral. Je suis fasciné, à la fois par cette enquête et par ce phénomène, cette haine qui se déverse jour après jour, ces considérations d'inconnus sur mon physique, mes capacités intellectuelles, ma santé psychique… Les fachos de Nick Conrad voulaient me pendre, ceux-ci réclament l'hospitalisation d'office en psychiatrie. L'enquête me hante, leurs messages également. C'est la campagne de harcèlement de trop, qui fait déborder un vase déjà bien rempli. Début juin, j'ai très mal au ventre. Un médecin me diagnostique un calcul rénal. Colique néphrétique, la maladie des hommes stressés. Je m'arrête de travailler quelques jours, la parution de l'enquête est retardée.

J'ai enfin un peu de temps pour penser, et me demander si tout cela vaut le coup. Quelle gloire y a-t-il à devenir le journaliste le plus détesté de France ? Une certitude finit par émerger : j'ai fait mon temps. Dix ans sur ce réseau, presque autant de vérification factuelle, et pour quoi, outre un calcul rénal et une réputation horrible sur Google, où il suffit de taper mon nom pour afficher une trentaine d'articles violemment critiques issus de mouvances diverses, de l'extrême droite à l'extrême gauche ?

Imaginez la vérification factuelle comme une version moderne du rocher de Sisyphe, puis ajoutez une foule hostile qui jetterait des déjections à la figure de l'infortuné. Vérifier des faits sur les réseaux sociaux, c'est tenter d'arrêter la marée. L'intox coule à flots, partout, tout le temps. Vérifier une info prend mille fois le temps qu'il faut pour la partager, cent fois celui de s'indigner, et pourtant, un partage associé à un «si c'est vrai, c'est très grave» permet de véhiculer une émotion avec une amplitude que n'atteindra jamais le pensum rectificatif destiné à expliquer que *non, ce n'est pas vrai*. Enfin votre vérification aura beau être la plus exemplaire, la plus complète, la plus implacable, elle n'en changera pas pour autant d'un iota les convictions et la croyance de celui ou celle d'en face, qui préférera en général vous disqualifier en tant que source. En tant que vérificateurs factuels, nos efforts pour enrayer un tant soit peu le phénomène de désinformation sont nécessaires, mais ils restent peu efficients. Nous tous, journalistes, politiques, décideurs, influents divers, nous faisons le jeu des réseaux qui privilégient la conviction et l'émotion, au détriment des faits, et qui encouragent l'indignation, le lynchage collectif. Tenter d'y proposer des faits, c'est retourner dans une ambiance de village médiéval absurde à la Monty Python, où donner du contexte est déjà une forme de complicité. Pour reprendre un vieux proverbe belge, il faut hurler avec les loups ou aboyer avec les chiens. Ou, dit autrement, par Boualem Sansal dans son roman *2084: la fin du monde*,

« avec les loups il faut hurler ou faire semblant de hurler, bêler est la dernière chose à faire[72] ».

Plusieurs fois retardée par divers impondérables, mon enquête sort le 4 juillet, sans grand retentissement. Le même jour, j'annonce ma décision : je quitte Les Décodeurs, le fact-checking, ma chronique sur France 5, et Twitter. Je sais que j'y joue ma santé physique et mentale. Ils y ont mis le temps, mais Frédéric Lordon avait raison : les trolls ont fini par avoir ma peau.

ÉPILOGUE
EN DÉFENSE DES LÉGIONS D'IMBÉCILES

Sur le site officiel Drogues Info Service, on trouve cette définition : « On appelle "drogue" toute substance qui modifie la manière de percevoir les choses, de ressentir les émotions, de penser et de se comporter. » Twitter *est* une drogue, une addiction collective que partage non pas la majorité de la population, mais son élite politique, financière, économique, universitaire, culturelle, journalistique. Twitter est le crack des gens qui ont des choses à dire, des opinions à tweeter et retweeter, des commentaires de commentaires à liker, des perles à enfiler en *threads*. Et qui participent, chacun à leur niveau, à ce grand jeu de l'emballement et de l'indignation généralisée. Qui parmi eux mesure pleinement à quel point la grammaire même du réseau social, sa logique de clashs, de camps, d'opposition systématique, de dictature de l'émotion, en vient à modeler le débat public ?

L'enjeu est de taille : Twitter est peut-être en train de s'imposer comme une nouvelle forme de démocratie directe. Sans doute est-ce là l'idéal prôné par les inventeurs des réseaux sociaux, nourris d'un certain utopisme libertarien où la liberté d'expression totale, le « libre marché des idées », est par essence bénéfique pour la démocratie – et donc pour tous. Cette idée d'une démocratie numériquement assistée, d'une sorte de noosphère* mondiale où l'humanité se serait unie pour mieux communiquer, mieux décider, mieux entreprendre, est fondatrice de la communication des années 2010 autour des réseaux sociaux et du Web 2.0.

Finalement, Twitter a tout simplement privatisé l'idée émise en 1962 par le philosophe allemand Jürgen Habermas[73] : une start-up californienne s'est approprié la production de ce qu'il nommait «l'espace public», l'espace du débat public en démocratie. Depuis, cette agora collective et permanente discute, fustige, et condamne les soubresauts du monde. Mais en lieu et place d'un «usage public du raisonnement» qu'observait le philosophe, le réseau social fait naître un «usage public de l'émotion», qui domine les échanges jusqu'à créer une forme de tyrannie morale au nom du bien commun. Quelle aubaine pour les Trump et les Bolsonaro de ce monde, en passant par les lobbies des pesticides, Poutine ou La République en marche, autant d'acteurs qui investissent des moyens considérables pour influencer le débat, disqualifier leurs opposants, réécrire le réel selon leur volonté. Quel paradoxe surtout, puisque Twitter, s'il se vit comme cette

* Le concept de noosphère, qui provient notamment des travaux du philosophe jésuite Pierre Teilhard de Chardin (1881-1955), évoque une «sphère de la pensée humaine», d'espace mondial et partagé des idées et des consciences.

agora populaire, ne représente en réalité qu'une frange élitiste, qui ignore tout un pan de la population, du moins jusqu'à ce que celle-ci finisse par enfiler un gilet jaune et partir occuper un rond-point.

Twitter peut-il / va-t-il / a-t-il déjà tué la démocratie ? En réalité, il n'est que la dernière itération d'un vieux débat. À force de conflits entre l'aspiration du Peuple à se gouverner lui-même dans une démocratie directe et celle des élites à une direction éclairée et confiée à un cénacle de sachants, les XVIIIe et XIXe siècles ont abouti à une sorte de compromis, celui de la démocratie représentative. Puisqu'il était impossible que tout le monde décide collectivement de tout, il appartiendrait au peuple, non pas de prendre seul toutes les décisions, mais d'élire des représentants qualifiés et compétents pour le faire, tout en gardant les moyens de contrôler leur action. Enfant de cette même époque, le scientisme prônait lui aussi une forme d'autorité des savoirs, des connaissances. Le savoir étant inégalement réparti entre experts et profanes, tout le monde ne peut avoir, sur un sujet donné, la même autorité de parole. Pour autant, faut-il que les spécialistes soient les seuls autorisés à débattre ?

Pour conclure ce livre, je me dois de citer ce grand classique d'un de mes auteurs favoris, Umberto Eco. Une citation traîne partout sur le Web et sur Twitter. Elle est utilisée en boucle pour dénoncer le risque du populisme, le risque de l'idiocratie, du règne des imbéciles et des fous : « Les réseaux sociaux ont donné le droit à la parole à des légions d'imbéciles qui avant ne parlaient qu'au bar et ne causaient aucun tort à la collectivité. On les faisait taire tout de suite. Aujourd'hui ils ont le même droit de parole qu'un Prix Nobel. » Cette citation est authentique, elle a été prononcée par Eco en juin 2015, lors d'une conférence de presse improvisée, en marge d'une énième distinction *honoris causa*, un an avant la mort du philologue[74]. Ce qui est moins connu, c'est le reste du discours qui l'encadre. Eco avait dit bien d'autres choses ce jour-là. Par exemple que « le phénomène Twitter permet aux gens d'être en contact les uns avec les autres. Même s'il possède une nature légèrement onaniste et prive les gens d'un contact en face à face, le phénomène produit aussi des aspects positifs [...] si le Web avait déjà existé, Hitler aurait eu du mal à cacher l'existence d'Auschwitz. » Pour Eco, les réseaux sociaux n'étaient ni un bien ni un mal, mais un nouveau paradigme. Se contenter de hurler contre la « légion d'imbéciles » surgie des réseaux, estimer qu'ils ne devraient pas avoir droit à la parole, c'est perpétuer ce réflexe surplombant qui voudrait laisser le monopole du débat à ceux qui ont, de par leur naissance, leur éducation, leur culture, les moyens de le mener. Ce sont ces raisonnements un peu faciles, ces aveuglements volontaires, qui ont amené au Brexit, à l'élection de Trump, aux Gilets jaunes.

Les réseaux sociaux font désormais partie du paysage de la pensée : il serait illusoire d'imaginer que cette boîte de Pandore puisse être refermée. Elle peut, en revanche, être modérée, policée, investie. On peut, on doit, entendre ces discours, ce conspirationnisme, cette défiance, pour ce qu'ils sont : l'expression d'une détresse profonde face à un système capitaliste et productiviste qui ne parvient plus à convaincre et à proposer de solutions dans un contexte d'urgence sociale, climatique, démocratique. On ne fera pas taire cette détresse en se contentant de fustiger ceux qui l'expriment. Eco, lors de cette même conférence, invitait les médias à investir ce champ nouveau et les réseaux sociaux à « filtrer, à l'aide d'une équipe de spécialistes, les informations du Web, car personne n'est capable de dire aujourd'hui si un site est fiable ou non ». En somme, une modération. C'était l'idée du Décodex, cela devient de plus en plus une question que se posent les opérateurs des réseaux.

Pourquoi se contenter de condamner les masses anonymes et les concepteurs des réseaux, du haut des chaires de légitimité que nous confèrent nos positions de politiques, de journalistes, d'universitaires ou de communicants ? Il est facile d'oublier au passage que nous en sommes les utilisateurs les plus influents. Et que c'est avant tout à nous, qui sommes des professionnels de la parole, d'apprendre à mieux nous y exprimer, mieux nous y comporter. À nous de retrouver, en somme, ce qui nous a donné au départ cette forme de magistère sur le débat public : la qualité et la maîtrise de nos propos, de nos informations, de nos jugements. De retrouver, surtout, ce qui fonde notre fonction sociale : une capacité à écouter, à comprendre, à retranscrire les préoccupations et les attentes d'une population qui s'étend au-delà de celle du réseau social. D'expliquer, plutôt que de décrier et juger. Une gageure que j'ai moi-même du mal à respecter ; je dois encore me faire violence pour ne pas me contenter de *réagir*.

J'ai fait mes adieux à la vérification factuelle le 5 juillet 2019. Quand on m'a proposé d'intégrer un domaine dont je rêvais, le service « informations générales » du *Monde*, qui regroupe les enquêtes et l'investigation, j'ai accepté avec fierté. Pourtant, j'ai aussi ressenti de la tristesse à l'idée d'abandonner mon équipe, mon projet, ma rubrique. Et puis de la honte, celle d'avoir « déserté » dans cette guerre de tranchées qu'est devenue la bataille des faits. Je pense encore et toujours qu'elle est vitale.

REMERCIEMENTS

Ce livre est dédié à ma fille, Félicie, qui a illuminé ces années de ses rires, et dont les questions sur le travail de son papa ont sans doute beaucoup fait pour m'en sortir.

À Julie, mon amoureuse, qui m'a accompagné et soutenu durant cette décennie et pour l'écriture de ce livre.

À l'exceptionnelle équipe des Décodeurs, journalistes incroyables de talent et de volonté, qui ont subi à des degrés divers tout ce que je raconte ici, à tous les stagiaires passés par notre rubrique et qui y ont eux aussi parfois laissé des plumes.

Aux centaines de personnes avec lesquelles j'ai pu interagir durant ces années sur Twitter, que nos échanges aient été publics ou privés, polis ou sous forme d'invectives. C'est de ces interactions que j'ai tiré l'essentiel des observations que je formule dans ces pages.

Et enfin à Jack Dorsey et Biz Stone, les créateurs de Twitter, sans qui ce livre n'existerait pas.

NOTES

1. « Le témoin de la liberté », une allocution d'Albert Camus prononcée salle Pleyel à Paris le 13 décembre 1948.
2. « "Pendez les Blancs", itinéraire d'une indignation », LeMonde.fr, 26 septembre 2018.
3. « Pour ces ennemis qui s'en prennent à leurs compatriotes, qui déchirent ce contrat qui nous unit, il ne peut y avoir aucune explication qui vaille. Car expliquer, c'est déjà vouloir un peu excuser », extrait d'une allocution en hommage aux victimes de l'attaque de l'Hyper Cacher, porte de Vincennes à Paris, le 9 janvier 2016.
4. Cité dans la biographie du fondateur du *Monde* par Laurent Greilsamer, *Hubert Beuve-Méry*, Fayard, 1990.
5. « "Laughing out loud" », billet publié sur son compte LinkedIn, le 10 février 2019.
6. « The Man Who Built the Retweet: "We Handed a Loaded Weapon to 4-Year-Olds" », entretien avec Alex Kantrowitz, BuzzFeed, 23 juillet 2018.
7. Propos tenus dans une conférence TED à Vancouver, le 16 avril 2019.
8. J'ai enquêté sur ce sujet des années plus tard, dans un article intitulé « Des proches de Donald Trump au secours de la Manif pour Tous », publié le 3 mars 2020 dans *Le Monde*.
9. Marc Daniau et Claire Franek, Éditions du Rouergue, 2011.
10. Propos tenus sur le plateau du *Grand Jury RTL – Le Figaro*, le 10 février 2014.
11. Éditions Via Romana, 2013.
12. « Les Décodeurs, bienvenue au ministère de la Vérité », ojim.fr, 8 décembre 2014.
13. Brochure publiée par l'Alliance internationale des journalistes dans la collection « Journalisme responsable », en octobre 2012.

14. «La rédaction secrète du Web français», 30 août 2010.
15. «Chute du mur de Berlin: Sarkozy s'est trompé d'une semaine», Nabil Wakim, LeMonde.fr, blog des Décodeurs, 9 novembre 2009.
16. «Sarkozy et son bouclier fiscal allemand», Cédric Mathiot, Liberation.fr, 12 mai 2009.
17. «La semaine où Macron dévisse: bain de boue pour tous», L'ère du Peuple, melenchon.fr, 26 février 2018.
18. *Sur la télévision*, Liber-Raisons d'agir, 1996.
19. *Les Petits Soldats du journalisme*, Les Arènes, 2003.
20. Propos tenus sur RTL le 4 décembre 2012.
21. Vidéo publiée sur le compte Facebook de Jean-Luc Mélenchon le 21 octobre 2018 au lendemain d'une perquisition au siège de la France Insoumise.
22. Entretien au *Journal du dimanche*, le 16 août 2015.
23. Discours tenu dans un meeting à Poitiers, le 8 février 2017.
24. Discours prononcé le 20 mars 2017 à l'occasion de la remise de la Légion d'honneur à l'avocat Jean-Yves Le Borgne, qui avait défendu Éric Woerth dans le cadre de l'affaire Bettencourt.
25. Voir «Non, la loi Schiappa n'a pas "légalisé la pédophilie" ni assoupli les règles de consentement», LeMonde.fr, 9 août 2018.
26. «"Je suis Charlie" : Ce slogan a vite cessé de me convaincre», *Libération*, 5 janvier 2018.
27. Indigène, 2010.
28. Presses universitaires de France, 2018.
29. «The Framing of Decisions and the Psychology of Choice», Amos Tversky et Daniel Kahneman, *Science*, 1981.
30. Les Arènes, 2014.
31. Un concept défini notamment par le sociologue américain James D. Hunter dans *Culture Wars: The Struggle to Define America*, BasicBooks, 1991.
32. La lettre est consultable sur son site, bariweiss.com.

33. « Notre résistance à Donald Trump ne doit pas conduire au dogmatisme ou à la coercition », tribune parue dans *Harper's Magazine* le 7 juillet 2020, publiée en France dans *Le Monde*.
34. Margaret Mitchell, *Autant en emporte le vent* (1936), Gallimard, 1938.
35. « Hey, HBO, 'Gone With the Wind' Romanticizes the Horrors of Slavery. Take it off Your Platform for Now » (Hé, HBO, *Autant en emporte* le vent idéalise les horreurs de l'esclavage, sortez-le de votre plateforme pour l'instant), tribune publiée dans le *Los Angeles Times* le 8 juin 2020.
36. « La Ligue du LOL a-t-elle vraiment existé et harcelé des féministes sur les réseaux sociaux », Robin Andraca, Checknews, 8 février 2019.
37. « 10 Facts about Americans and Facebook », John Gramlich, Pew Research Center, 16 mai 2019.
38. « 'Psychologically Scarred' Millennials Are Killing Countless Industries from Napkins to Applebee's—Here Are the Businesses They Like the Least », Kate Taylor, *Business Insider*, 31 octobre 2017.
39. « 'Ok Boomer' Marks the End of Friendly Generational Relations », Taylor Lorenz, *New York Times*, 29 octobre 2019.
40. « Prevalence and Predictors of Fake News Dissemination on Facebook », Andrew Guess, Jonathan Nagler, Joshua Tucker, *ScienceAdvances*, 9 janvier 2019.
41. « Femmes, quinqua, CSP+, adeptes des "théories du complot", tel est le profil type des anti-masques, selon un chercheur », Francetvinfo.fr, 26 août 2020.
42. Conférence de presse du procureur de la République de Bayonne, Marc Mariée, le 29 octobre 2019.
43. « Cologne : de vraies agressions qui suscitent de fausses images », LeMonde.fr, 11 janvier 2016.
44. « "On nous cache des morts" : aux racines des rumeurs sur l'ouragan Irma », Adrien Sénécat et Anne-Sophie Faivre Le Cadre, LeMonde.fr, 13 septembre 2017.

45. Rapport de la commission d'enquête relative aux moyens mis en œuvre par l'État pour lutter contre le terrorisme depuis le 7 janvier 2015, présidée par Georges Fenech, rendu public le 5 juillet 2016.
46. Le site et l'article ont depuis disparu. On peut le retrouver en cherchant son titre original : « France 'Suppressed Reports of Gruesome Torture' at Bataclan Massacre ».
47. « Nordactu, Breizh Info, Info-Bordeaux... Les vrais faux sites d'infos locales des militants identitaires », LeMonde.fr, 1er novembre 2016.
48. Extrait de *Matrix*, réalisé par Lana & Lilly Wachowski et sorti en 1999.
49. Albin Michel, 2014.
50. On trouve un résumé de ce concept sur le site de l'organisation qui l'employait, le Mackinac Center for Public Policy, à l'adresse mackinac.org/7504.
51. Son acception moderne est notamment évoquée par Pamela Shoemaker et Tim Vos, dans *Gatekeeping Theory*, Routledge, 2009.
52. « Comment le fondateur de Doctissimo est devenu futurologue », *Vanity Fair* France, 24 mai 2018.
53. Sondage de l'institut brésilien Datafolha en date de juillet 2019, réalisé auprès de 2089 personnes. 7 % des répondants disaient ne pas savoir quelle était la forme de la planète.
54. « Cambridge Analytica a fermé, mais ses tactiques n'ont pas disparu », entretien accordé au *Monde* le 11 mars 2020.
55. Selon un document interne de Facebook révélé par Bloomberg en avril 2018.
56. « Hyperpartisan Facebook Pages Are Publishing False and Misleading Information at an Alarming Rate », BuzzFeed, 20 octobre 2016.
57. Sondage de l'organisme Public Policy Polling du 9 décembre 2016.

58. Voir notamment le travail du journaliste Adrian Chen du *New Yorker*.
59. « President Trump Has Made More Than 20,000 False or Misleading Claims », Glenn Kessler, *Washington Post*, le 13 juillet 2020.
60. Selon l'expression employée par l'éditorialiste Katharine Viner dans le quotidien britannique *The Guardian* au sortir du référendum sur le Brexit, le 12 juillet 2016.
61. Sur son compte Facebook officiel, le 2 février 2017.
62. « Charlot, ministre de la vérité », blog de Frédéric Lordon, 22 février 2017.
63. « Macron, décodeur-en-chef », blog de Frédéric Lordon, 8 janvier 2018.
64. Chiffres de mobilisation à 17 heures, le 17 novembre, communiqués par le ministère de l'Intérieur.
65. « "Gilets jaunes" : Arnaud et Jessica, la vie à l'euro près », Faustine Vincent, LeMonde.fr, 15 décembre 2018.
66. Médiamétrie/Netratings, NetLetter n° 16, juillet 2016.
67. *Le Monde*, 7 décembre 2019, avec Nicolas Chapuis et Yann Bouchez.
68. Propos tenus en marge d'une rencontre dans le cadre du grand débat, à Gréoux-les-Bains (Alpes-de-Haute-Provence), le 7 mars 2019.
69. « Où est Steve ? (et où va la police) », blog de Frédéric Lordon, le 15 juillet 2019.
70. Propos prononcés par Christophe Castaner en marge d'une conférence de presse, le 3 mai 2019 à Toulon.
71. « Comment l'Élysée a fait diffuser un montage vidéo trompeur pour tenter d'excuser Alexandre Benalla », avec Ariane Chemin, *Le Monde*, 29 mars 2019.
72. Gallimard, 2015.
73. Jürgen Habermas, *L'Espace public. Archéologie de la publicité comme dimension constitutive de la société bourgeoise*, Payot, 1988.

74. Propos tenus le 10 juin 2015, en marge de la remise d'un doctorat *honoris causa* de l'université de Turin. On peut trouver l'intégralité de son intervention, d'une quinzaine de minutes, en vidéo sur le site illibraio.it.

L'EXEMPLAIRE QUE VOUS TENEZ ENTRE LES MAINS
A ÉTÉ RENDU POSSIBLE GRÂCE AU TRAVAIL DE TOUTE UNE ÉQUIPE.

ÉDITION : Flore Gurrey
COUVERTURE ET CONCEPTION GRAPHIQUE : Éric Pillault
ILLUSTRATION : Andrew B. Myers
RÉVISION : Fabrice Émont, Isabelle Paccalet et Vladimir Sichler
MISE EN PAGE : IGS-CP
FABRICATION : Maude Sapin
COMMERCIAL : Pierre Bottura
RELATIONS LIBRAIRES : Jean-Baptiste Noailhat et Damien Nassar
PRESSE ET COMMUNICATION : Jérôme Lambert avec Axelle Vergeade
LES ARÈNES DU SAVOIR : Pierre Bottura avec Marc Blactot,
Fanny Boidron, Adèle Hybre et Guillaume Lollier

RUE JACOB DIFFUSION : Élise Lacaze (direction), Katia Berry
(grand Sud-Est), François-Marie Bironneau (Nord et Est),
Charlotte Jeunesse (Paris et région parisienne), Christelle
Guilleminot (grand Sud-Ouest), Laure Sagot (grand Ouest),
Diane Maretheu (coordination), Charlotte Knibiehly
(ventes directes) et Camille Saunier (librairies spécialisées)

DISTRIBUTION : Interforum

DROITS FRANCE ET JURIDIQUE : Geoffroy Fauchier-Magnan
DROITS ÉTRANGERS : Sophie Langlais
ACCUEIL ET LIBRAIRIE : Laurence Zarra
ANIMATION : Sophie Quetteville
ENVOIS AUX JOURNALISTES ET LIBRAIRES : Vidal Ruiz Martinez
COMPTABILITÉ ET DROITS D'AUTEUR : Christelle Lemonnier,
Camille Breynaert et Christine Blaise
SERVICES GÉNÉRAUX : Isadora Monteiro Dos Reis

La couverture et la bande ont été imprimées par Déjà Link
à Stains (Seine-Saint-Denis).

Achevé d'imprimer sur les presses de l'imprimerie CPI Bussière
à Saint-Amand-Montrond (Cher) en janvier 2021.

ISBN : 979-10-375-0287-2
N° d'impression : 2055463
Dépôt légal : Février 2021